在加纳的足迹

我的援非日志

瞿东滨　著

湖南大学出版社

·长沙·

图书在版编目（CIP）数据

远在加纳的足迹：我的援非日志 / 瞿东滨著. —
长沙：湖南大学出版社，2024.1
ISBN 978-7-5667-3361-0

Ⅰ.①远…　Ⅱ.①瞿…　Ⅲ.①随笔—作品集—中国—
当代　Ⅳ.①I267.1

中国国家版本馆CIP数据核字(2024)第016484号

远在加纳的足迹：我的援非日志

YUANZAI JIANA DE ZUJI: WODE YUANFEI RIZHI

著　　者：瞿东滨
责任编辑：张　毅
印　　装：天津中印联印务有限公司
开　　本：787 mm×1092 mm　1/16　印张：31.25　字数：560千
版　　次：2024年1月第1版　印次：2024年1月第1次印刷
书　　号：ISBN 978-7-5667-3361-0
定　　价：168.00元

出 版 人：李文邦
出版发行：湖南大学出版社
社　　址：湖南·长沙·岳麓山　邮编：410082
电　　话：0731-88822559（营销部）　88649149（编辑室）　88821006（出版部）
传　　真：0731-88822264（总编室）
电子邮箱：743220952@qq.com
网　　址：http://www.hnupress.com

谨以此书

纪念中国派遣援外医疗队60周年

（1963年—2023年）

自序

我的足迹在天边

人生总在不经意间开启一段旅程。2011年12月20日至2013年12月31日，作为一名骨科主任医师，我有幸加入援加纳中国医疗队，在遥远的西非国家加纳共和国，留下我援非的足迹。

在援加纳中国医疗队中，我只是一名微不足道的接力者。2006年，时任中国总理温家宝访问加纳，这是时隔42年之后，第二位中国总理访问加纳。在温总理访加期间，中加双方签订了关于中国向加纳派遣中国医疗队的协议。2009年12月，由广东省派出的第1批援加纳中国医疗队来到加纳。两年之后，我作为第2批援加纳中国医疗队员走进非洲，来到加纳，接过援非医疗的接力棒，在加纳大学医学院克里布教学医院开展工作。两年援非是宝贵的人生经历，令我至今难以忘怀。在我之后，有多批中国医疗队员来到加纳，工作在中国援建的中加友好医院，继续讲述着生动的医疗援非故事。

中国援外医疗事业从派遣援非医疗队开始，援非医疗是最具浓墨重彩的篇章。20世纪60年代，世界风云变幻，民族独立和民族解放运动风起云涌。1962年7月，北非国家阿尔及利亚宣布独立，结束了法国在阿尔及利亚长达130多年的殖民统治。与此同时，原宗主国撤离所有医生，刚刚获得独立和解放的阿尔及利亚人民陷入疾病缠身、求医无门的困境。当年年底，阿尔及利亚政府通过国际红十字会向全球发出紧急呼吁。1963年初，中华人民共和国政府第一个响应阿尔及利亚政府的邀请，宣布向阿尔及利亚派出医疗队，支援阿尔及利亚。中国政府迅速组织了以湖北省为主，北京、上海、天津、江苏、辽宁、吉林、湖南等地的24名医疗专家组成的第一支中国医疗队。1963年4月6日，首批13名中国医疗队队员从北京出发，辗转10天，经莫斯科、贝尔格莱德、拉巴特，最终抵达阿尔及利亚"撒哈拉沙漠之门"的赛伊达市。从此，开启了新中国援外医疗的历史篇章。从此，世界词典中出现了一个专有名词——Chinese Medical Team（中国医疗队），世界大地上亦有了一张中国名片——中国医疗队。

20世纪70年代，有一首旋律优美的歌曲《医疗队员到坦桑》曾风靡全国。歌中唱道：

> 医疗队员到坦桑，
>
> 远航万里送医忙。
>
> 毛主席的教导记心上，
>
> 救死扶伤走四方。
>
> 哎——
>
> 中坦医生齐合作，
>
> 跋山涉水穿村庄。
>
> 风里来雨里去，
>
> 谱写着中坦友谊新篇章……

2013年3月25日，国家主席习近平在坦桑尼亚尼雷尔国际会议中心，提出了"中非命运共同体"的理念。习近平主席说，对待非洲朋友，我们讲一个"真"字；开展对非合作，我们讲一个"实"字；加强中非友好，我们讲一个"亲"字；解决合作中的问题，我们讲一个"诚"字。习近平主席提出的"真、实、亲、诚"对非政策理念和正确义利观，引领着中非合作迈上新台阶。数日之后，习近平主席与刚果（布）总统萨苏一道，为新建成的中刚友好医院剪彩。在这里，习近平主席接见了中国援非医疗队，概括提出了"不畏艰苦，甘于奉献，救死扶伤，大爱无疆"的中国医疗队精神。一代又一代中国医疗队员以接续奋斗、艰辛努力铸就了这个中国医疗队精神。中国医疗队的精神鼓舞和鞭策着一批又一批中国医疗队员前赴后继、奋勇向前，中国医疗队友谊之歌、合作之歌、大爱之歌传遍这蓝色地球的天南地北、天涯海角。

2013年，我创作出版了援非散文集《心儿向着远方——我在加纳的援非经历》，记录了我援非的足迹。在散文集扉页上，我郑重写下：

> 谨献给五十年来在非洲大地上"不畏艰苦、甘于奉献、救死扶伤、大爱无疆"的中国医疗队全体队员。

而今，中国援外医疗事业已届60年。世界上很多人难以置信，60年来，中国始终不渝地做这么一件事，竟然把这一件事做成了一项伟大的事业。而我们一直坚信着，伟大的事业从不是一蹴而就，而是无数岁月凝聚的结晶，是无数人追逐的潮流。60年来，一支又一支中国医疗队始终牢记祖国和人民的重托，走出国门，义无反顾地奔向那世界人民最需要的地方。60年来，无论国际风云如何变幻，无论面临什么样的困难，无论环境条件多么艰苦，一批又一批中国医疗队员毫无怨言地以仁心仁术造福当地人民。60年来，中国医疗队员风雨兼程，在异国他乡讲述了一个个动人的大爱故事，谱写了中国和驻在国人民友谊合作的新篇章。60年来，中国医疗队的足迹遍及亚非拉等76个国家和地区，3万人次中国医疗队员为受援国人民送去中国人民的深情厚谊。

"中国人民热爱和平、珍视生命，援外医疗就是生动的体现。"伟大而崇高的援外医疗事业作为人类命运共同体的炫丽篇章而载入史册。伟大的事业从来只有起点，没有终点。中国医疗队精神将在新一代中国援外医疗队员身上闪耀其光芒。

但请记住，唱响中国援外医疗事业壮美之歌的不仅仅是那3万名留下足迹的中国医疗队员，还有他们身后的无数个家庭、无数个单位和集体，以及无数为中国援外医疗事业默默奉献的人们。

记得在加纳时，有一曲《天边》总在我的耳边回响：

　　天边有一棵大树，

　　那是我心中的绿荫；

　　远方有一座高山，

　　那是你博大的胸襟。

　　我要树下，树下采撷，

　　去编织美丽的憧憬；

　　我要山下，山下放牧，

　　去追寻你的足印，足印……

我曾经踩着前辈的足印，跋涉在非洲大地上，为中国援非医疗事业尽绵薄之力。如今我亦为前辈，但有我们的后来者，跟随着我们的足印，跋涉在更广阔的世界大地上，为推动人类卫生健康共同体再立新功。

2023年4月28日于广州增城寓所

目 录

引子

一

2011年12月19日晚上，广东省政府在广州花园酒店举行第2批援加纳中国医疗队欢送会。

当日下午，我来到位于仓边路的广东省卫生厅培训中心集合。刚刚修剪的小平头，藏青色的西服套装，白色衬衣配深色领带，黑色皮鞋擦得锃亮，再戴个黑色墨镜，怎么看都不像一个医生，活像一个贴身保镖。是的，我就要为非洲人民的健康护航。

从国家卫生部援外中心过来的田副主任给我们做了动员讲话：援非医疗工作是国家对外工作的重要组成部分，援非医疗队员是民间外交的使者、文化交流使者、医学交流的使者，肩负使命重大。从工作、生活条件这么好的广州到非洲援非，大家做出很大牺牲，精神可嘉可慰。希望大家不辱使命，在非洲工作好、生活好，为援非工作做出新贡献。

12月20日晚20点，我们从南方医院出发前往白云国际机场。去机场送行的人很多，一辆24座中巴根本乘不下，只好从医院临时调配了一辆面包车。在机场出发大厅，人声鼎沸，顿时成了一片欢呼的海洋，彩旗飞舞，闪光灯频亮，我和妻子捧着鲜花，大家纷纷过来合影留念，先拍集体照，再合个人影。南方医院的横幅标语——"白求恩式的好大夫""中非人民热爱的好医生"，让我倍感荣耀的同时，我知道真正的硬战在前面等候着我，我只能将激情深深埋藏在心底，默默前行，去夺取最后的胜利。

夜色已浓，一切喧嚣总会归于沉静。我坐在候机厅的椅子上，凝望着停机坪上灯光照耀下的那架阿联酋航空空客飞机，忽然觉得它那么可爱、那么亲切，它将带我去一个更远的地方，一个我从未涉足的远方——非洲。

2011年12月20日，北京时间23点55分，阿联酋航空EK363航班从广州白云机场起飞。作为第2批援加纳中国医疗队队员，我——瞿东滨，年届45岁，时任南方医科大学南方医院脊柱骨科主任医师、副教授，从此正式开启我的援非生活。

二

经过近8小时的空中飞行，我们于当地时间12月21日3点30分抵达阿联酋的迪拜机场。4小时后，转乘阿联酋航空EK787飞往西部非洲加纳共和国首都阿克拉市。

当地时间2011年12月21日13点，我们一行11人终于到达阿克拉科托卡国际机场。加纳卫生部副部长Robert Joseph Mettle-Nunoo、加纳大学医学院克里布教学医院首席执行官（院长）Nii Out Nartey、中国驻加纳大使馆经济商务参赞处高文志参赞及中资机构代表、首批援加纳中国医疗队队员等在机场迎接，并在机场贵宾室举行了简短的欢迎仪式。加纳卫生部Nunoo副部长代表加纳总统和卫生部长对新一批中国医疗队员的到来表示热烈的欢迎，预祝医疗队员生活愉快、为加中友谊做出新贡献。

首批医疗队将于12月28日撤离，故加纳卫生部安排我们在医疗队驻地附近的Unique Palace Hotel临时住宿。酒店刚开张，属于那种小型旅馆，不过设施条件还可以，比较舒适。新老医疗队有一周时间交接班，包括资产移交、物品清点、情况介绍等，晚上我们则参加中资机构的招待会。在加纳的中资机构较多，华为公司、中地公司、国家开发银行、甘肃华陇公司、中国铁建、葛洲坝公司等，主要从事基础建设。

12月23日，中国驻加纳大使馆经参处（医疗队直接领导部门）举行晚宴，欢迎（送）新（老）医疗队，龚建忠大使、赵世人政务参赞、高文志经济商务参赞及新华社记者等出席。龚大使和高参赞发表了热情洋溢的讲话。他们共同说道，医疗队员们都来自繁华的广州，都是专家教授，有甜蜜的家庭，事业有成，受人敬重，却不远万里，来到加纳，这本身就是无私的奉献，就是对国家的贡献。

12月27日，加纳卫生部在下榻的酒店举行欢迎（送）仪式，气氛热烈，但也让我们领教了加纳朋友的风格，说是上午11点开始，但到了下午2点才进行。我们穿着正装，在烈日下汗流浃背地等待着……

12月28日，首批医疗队员一行11人结束为期两年的援非任务，撤离加纳，返回祖国。我们在医疗队驻地欢送他们，挥手目送他们乘车离开。当驻地那扇铁门"哐当"一声关上时,我心里咯噔一下,一种空落落的、孤寂的感觉由天而降。

三

12月29日,我们进驻医疗队驻地。

驻地位于阿克拉市的西南角,是个坡地,地势相对高一点。这是由加纳卫生部租借的一栋3层楼的独院房子,总占地有1亩。房子坐西朝东,外观漆成蓝色,被大家亲切地称为"蓝屋"(Blue House)。院子围墙上布着铁丝电网,周围是黄土路。每个队员有独立房间,我那间位于三楼的西北角,稍小一点,但好打扫。与另一队员合用卫生间及冲凉间。

驻地设施较完善,有会客室、会议室、乒乓球室、台球室、娱乐室和健身房等。不过,我对这些所谓的文体娱乐活动并不太感兴趣。我比较惊喜的是,可以收看有线电视节目,包括中央电视台4套、凤凰卫视中文台等,这样我们可与国内保持联系,不脱节。

刚来的那几天,我每天晨练,与非洲兄弟一起跑步,也是一大享受,照面时相互举起右手友好示意、问个好。可不久就遭受"洋"罪了——全身过敏,起风团,奇痒难耐。想想没有出入什么场合,也没吃什么不洁食品,最终猜测是搞驻地卫生时陈年灰尘中一些螨虫之类的东西引起的,赶紧服用了一些药,一周后过敏症状才消失。这是出国后身体上"享受"的第一个"洋(痒)"罪,印象深刻啊!

我主要负责膳食工作,系兼职"司务长",通俗一点,就是买菜。加纳近年社会经济发展迅速,随之而来的便是通货膨胀、物价飞涨。牛肉、羊肉价格比国内稍便宜些,而米面之类的价格与国内相差不大,但蔬菜、水果相当贵。超市西红柿一公斤要28塞地(1塞地=4元人民币),其他瓜果蔬菜也要3塞地、4塞地,而来自中国的商品报价与国内一样,但是计价单位却从元换成塞地,如阿克拉中国小超市(当地都叫Chinese Market)的五粮液690塞地。

元旦那天,根据首批队员留下的联系电话,我请中国商人李老板送来一些新鲜蔬菜,主要有豇豆、茄子、小白菜、云南小瓜等。李老板是温州人,来加纳已有五六年时间,在当地租种了150亩农场,农产品主要提供给一些中资机构和华人,在阿克拉开了一家"丰收超市"。加纳属于热带,土壤不固水,他经过一年多时间才摸索出适宜在加纳种植的蔬菜品种,但一些瓜果类蔬菜结的果实比国内小很多。

经过几天海跑,我初步摸出一些门道,牛羊肉、米面等在加纳超市采购;蔬菜等主要在中国小超市采购;买鱼则要去另一座城市——特马,那里有特马渔港,不过这是下一步的事情。

医疗队有两台车。1台尼桑手动挡中巴车，可乘坐12人，雇请一位当地小伙子当司机。另1台为三菱自动挡越野车，由队员兼职司机，我也是兼职司机之一。

从驻地往南行，步行约半小时，就到了大西洋边。那里是几内亚湾，有很漂亮的海滩。阿克拉是个热带海滨城市，气候宜人，常年气温在22～33℃之间。在太阳下比较炎热，但在林荫树下或室内，阵阵海风吹来，顿觉凉爽。现在是旱季，来自撒哈拉沙漠的沙尘让天空有灰蒙蒙的感觉。据说3月份后，天空就会变得湛蓝湛蓝的，不知那时能否见到海天一色的美丽景观。

驻地东面500米开外，是国家级鸟类保护区，其实就是湿地和贫民窟，可以看到垃圾填埋、污水横流，不时还会见到升腾的浓浓黑烟，闻到飘来的刺鼻气味……

四

医疗队驻地离加纳大学医学院克里布教学医院很近，也就是半小时左右的步行距离。没想到，这成了我日后最常走的一段路。

2012年1月5日，我们到克里布医院报到，与克里布医院行政人员见面，并参观克里布医院。加纳卫生部医师执业注册登记工作尚未完成，我们仍不具有在加纳行医的合法身份。

克里布医院成立于1923年，那时加纳还是英国殖民地——黄金海岸。现在医院里很多建筑都建于那个时代，故具有欧式风情，且建筑质量很好。医院占地面积很大，拥有床位2000张，是非洲第三大、西非最大的医院，也是加纳总转诊中心（相当全国总院）。

克里布医院最高建筑是外科大楼。外科楼共七层，属于工字型建筑，建于1953年，里面走廊相当宽敞。我要去的科室为神经外科。神经外科病房位于二楼，属于大外科的神经外科病房（几乎所有手术科室均归到大外科）。加纳没有脊柱外科这个专科，故到了克里布医院，我一直强调自己是脊柱外科医生，而不说是骨科医生，因为克里布医院有骨科，但仅处理创伤骨科病人。神经外科床位30张（其实不准确，因为有时可以塞进好几张婴儿床），还有4张脑科ICU床（在手术室，属于共享的）。病房设施极为简陋，像是人民公社那个时期的布局。神经外科主任是Dr Thomas Dakurah[①]，曾留学加拿大，是北美脊柱外科学会会员。

---

① 援非日志中，带有Dr的均为专科医生，专科培训医生均呼其名。

神经外科有独立手术室，有两个手术间，在外科楼的一楼。神经外科的ICU病房以及医生值班室也在里面，还有一个休息室，我有时就到那里看书。后来，那里就成为我主要的工作（手术）及写作场所。

毕竟是教学医院，对学习抓得很紧。每周四早上7点30分，大外科安排有学术活动，由各科轮流讲座，要求各科医生和实习医生参加，并进行登记，时间一个多小时。神经外科安排周二、周五学习，上午8点开始，时间可长可短，由年轻医生进行讲演，属于学习汇报。

圣诞节前，我参加了一次他们的查房。因为要过节，病房里空床较多。脊柱病患主要以退变性疾患以及脊柱骨折为主。由于阳光充沛且体力劳动多，故骨质疏松疾病在这里很少见。科室也不讲究床位周转率等问题，病人要想治病得先筹钱，医生也不急，所以每周手术量不大。病人出院了，就将病历资料也一起带走，故很少有病例资料总结等。很多医生在欧美接受过医学教育和培训，也了解相关领域的一些进展，只是由于观念还比较保守，且受经济、技术条件的限制，不太重视新技术、新业务的开展。周四下午是神经外科门诊时间，有多少预约门诊病人，都要及时看完。由于麻醉医生缺乏，预约外科手术病人还要先看麻醉医生门诊，经麻醉医生评估且同意麻醉后，才能收入院手术治疗，所以麻醉医生权限很大。饶有兴趣的是，在加纳医院，上班时间仅有初级医生才穿工作服，而高级医生都是穿着自己的便装，所以在国内制作的带鲜艳国旗标识的白大褂只能压箱底了。

五

2012年1月18日晚，中国驻加纳大使龚建忠在大使官邸举行春节招待会，驻加纳中资机构、华人华侨、汉语教师、留学生代表及中国医疗队全体队员共200多人获邀出席。

夜幕降临，满天的蝙蝠在盘旋着，这也是加纳一景。蚊子最猖獗时，正是蝙蝠最快乐的时光。招待会在大使官邸旁的草坪举行，属于西式招待会。这个草坪不大，只有几张酒台孤独地摆放在一角。一条"欢度春节"的横幅和几个高高悬挂的大红灯笼提醒着我们，春节要来了。招待会流程很简单，先是使馆官员致辞，而后大家便享受自助餐。

草坪两个角落的食物台前排起了长龙，那龙头在不断地追逐着"吃"。我们初来乍到，认识的人也不多，所以几个队员凑在一起，顺着龙尾蜿蜒前行。

2012年1月22日，中国除夕。因时差关系，龙年对于我们会晚8个小时。上午10

点，所有队员在厨房和餐厅集合。翻译老彭是武汉人，比我年长几岁，上过山、下过乡，特别能干。队里有两位北方人，和馅、擀皮非常麻利。大伙儿包起饺子来相当来劲，只是形状各异，五花八门，什么流派都有。12点，中央电视台春晚准时开始，热腾腾的饺子也端了上来。外面日头正烈，屋里谈笑风生。大家边吃饺子，边看春晚，再佐以几口红酒，胡乱评说一通，也有另一番风情。

近18点（北京时间近午夜），我接到两个电话，一个是金大地院长打来的，另一个是陈建庭主任打来的。熟悉的声音和衷心的祝福，令我十分激动，热泪差点就像长江之水滚滚而来。接着，大量短信蜂拥而至，来自亲人、老师、同学、战友、同事、脊柱外科界同仁……

北京时间0点正，女儿从新加坡发来一则"龙年快乐吉祥"的短信。我回复：哥们，我的龙年8小时后才到呢，呵呵！

六

2012年1月24日（大年初二），中国医疗队全体队员首游阿达（Ada）。加纳分为16个省，首都阿克拉市在大阿克拉省，另一个重要港口城市特马（Tema）也在这个省。阿达虽是特马的一个小镇，却是加纳游客必到的一个地方，因为那里是加纳母亲河——沃尔特河的入海（大西洋）口。

阿达距离阿克拉市有110公里，车程要两小时。到景区后，我们一行登上一艘机动小木船，游览沃尔特河。沃尔特河河面宽广、平静，游船向下游出海口缓慢驶去，两岸风光奔来眼底。海风吹徐，风光旖旎，椰林、沙滩、草屋、清澈的水面，组成一幅幅美丽的图画，如不是看到河里嬉戏的当地儿童，根本就想不到已身处非洲……

下午从阿达返回驻地后，一对儿夫妇急匆匆带受伤的女儿过来检查。经了解，女孩儿不慎摔伤致膝关节肿胀、疼痛。我进行了详细检查，而后告诉他们，尽管关节肿胀明显，但可以排除重要结构损伤，问题不严重，仅需拍张X线片即可。父亲听后，脸上愁云一下子消失了，连说谢谢，并说如果没有中国医疗队专家在这里，真不知道该怎么办。待X线片出来我阅后，明确表示其为单纯膝关节扭伤，仅需好好制动，不用吃药，休息几天就会明显好转。女孩开心地笑着，夫妻俩也露出了笑容。两天后我进行电话随访，女孩已返学校上课。他们的女儿是我到加纳后诊治的第一例病人，我也因此与她父亲成了好朋友。女孩儿父亲名叫郝烨，我亲切地称呼他为"老郝"，郝烨来自甘肃，年纪与我相仿，已在加纳开公司多年。

2022年1月28日（大年初六），我获邀到阿克拉市长官邸，为市长先生诊治颈椎病。他也成为我服务的第一位加纳朋友，我倍感自豪。

抵达加纳后这一个多月里，恰遇圣诞节及中国春节这两个东西方最盛大的节日，所以更多时候都是在吃喝玩乐，轮流参加多家中资机构的宴会，应接不暇。对这些中资机构的朋友来说，"有朋自远方来，不亦乐乎"；对我而言，"万里他乡遇故知，三生有幸"，觥筹交错间，连想家的时间都没有。

上编

援非日志（2012年2月—2012年12月）

2012年2月

2012年2月1日，周三，阿克拉

今日正式到医院、下科室，开始我的"非洲医生"之旅。

7点45分乘坐尼桑车离开驻地，仅3分钟就到克里布教学医院。在神经外科主任办公室面见Dr Thomas Dakurah，奉上几盒中国茶叶作为见面礼。Dr Dakurah出示外科部主任通知及中国医疗队员下科的手书函件。

随Dr Dakurah到病区，认识了Dr Akoto、秘书Regina小姐等。而后见到一青年医生带着实习医师在查房，就随其查房，了解一些医疗工作程序。病房内有脑肿瘤术后、脑积水等病例，还有脊柱方面的病例，主要是退变性疾病，如腰椎滑脱、腰椎管狭窄等，我还恰逢1例脊柱结核术后出院的患者。据查房医生介绍，结核病例亦较多，以后可否在这方面做些事情则可以考虑考虑。

查房主要进行简要查体，下级医生则当场简要记录病情变化、治疗医嘱等，处方、化验单和检查单都在床边开具。每个病人的床尾放有塑料袋，内装当天药物及注射器等。医生负责静脉穿刺，护士负责液体输注及肌注等。术后病人均普遍采用下肢弹力袜，以预防术后深静脉血栓。

毕竟半年多没有上班了，两个小时转下来，双腿有些酸疼，便去医生办公室休息了一下，看到墙上有每周的工作安排——周一到周四为手术日，一般安排两台手术，周五为大查房，多不安排手术。今日有1台腰椎后路内固定术后感染清创手术，明天有1台颈椎前路减压内固定手术。因为麻醉医生缺乏，多数时候仅展开一个手术间，故手术量不大。

2012年2月2日，周四，阿克拉

8点05分到达医院。周四早上有每周一次的学术讲座，由大外科部组织，各外科专业轮流进行。医生要签到，列入考核内容。

主讲医生报告后，大家提问及讨论，与国内流程基本相同。神经外科安排在19日讲座，这时我才明白Dr Dakurah昨日为何给年轻医生拿两本书，原来要让他们准

备讲座，内容好像是Chronic Subdural Hematoma（慢性硬膜下血肿）。

回到科室后，我与Dr Akoto交谈，得知其为专科医生（Specialist），主要负责脊柱手术。科主任Dr Dakurah几乎不参加脊柱手术。Dr Akoto计划4月份到访广州1周，我邀请他方便时访问南方医院。谈到脊柱内窥镜技术时，其认为有明显的学习曲线，刚开展时很费时，而且受经济条件限制较大。

聊着聊着，一病人到病区找Dr Akoto会诊。病人是个50多岁的女性，有腰腿痛，但间歇性跛行不明显。MRI提示腰5/骶1椎间盘轻度突出，但腰2/3椎间盘终板炎较严重。Dr Akoto认为不需要手术，采取药物保守治疗即可。从近两天观察看，手术病人中，病情多相当严重，症状和体征明显，主要为腰椎管狭窄症，但MRI资料都是8个月之前的，说明病史较长，病人须等候入院床位。

从几份住院病历来看，现病史书写较简单，把几个重要专科症状罗列出来，右上方打圈的（意"0"）为阴性症状，+为有这个症状，而++则表示症状明显。

Dr Akoto进了手术室主刀颈椎手术，而我则约好下周再进手术室。病房里连个交谈的医生都没有。10点便步行返回驻地，用时30分钟。

晚上想了很多，不知道以后能做些什么。

2012年2月3日，周五，阿克拉

周五为教学大查房，有两项内容：一是学习报告，二是床边教学查房。

7点45分离开驻地，8点到达位于外科楼3楼的小会议室。会议室内有期刊和书籍，有投影仪。几名轮转医生准时到达，8点25分，Dr Dakurah和Dr Akoto到场，学习开始。

开场由一位年轻医生进行学术报告，内容为Encephalocele（脑脊膜膨出）。幻灯内容很全面，图片效果也可以，可见报告者下了些功夫，但缺乏自己的病例资料。因为不熟悉脑科内容，也不习惯非洲英语口音，我听得有些费劲，颇感要有一个适应过程。

个人报告后，由大家提问，拖时较长，1小时后结束。这个学习形式对于年轻医生的培养很重要，如能结合经治病例，既有理论，又有实践，则更有助于提高其能力。

途中我认识了另一位专科医生Dr Bankah，其与Dr Akoto同期完成专科医师培训点。科室大查房（Ward Round）由其主持进行，大概10点才开始。

查房在床边进行。由管床医生（轮转医生）报告病例，主持查房医生进行提问，内容五花八门，涉及病因、病理、解剖、生理、治疗等，基础还偏多。与国内一样，一到上级医生提问，年轻医生就往后面躲，害怕被抽问而答不上来。然后上级医生会提出诊断及鉴别诊断要点，明确治疗方案，如需手术治疗，则确定具体术式。

神经外科病区有30张床位，另有1张小儿床，收治颅脑和脊柱病人。由于是上级转诊医院，加纳全国脑外科病人几乎集中于此治疗，包括脑肿瘤、脑积水、脑膨出及脊柱疾患等。病房里，收治了一名仅两个月大的婴儿，其患巨大脑脊膜膨出（Myelomeningocele），表皮溃疡，让人不禁心生怜悯；有5例脊柱病人，包括腰椎内固定术后感染1例、腰椎管狭窄症3例、颈椎损伤1例，下周均要进行手术。其中1例腰椎管狭窄症病例，合并有颈椎病变，但病人没有颈痛症状，颈椎活动度良好，手握力好，但腰椎症状很重，行走都有困难。Dr Bankah问我对颈椎病变的看法，我很干脆地回答说："No symptom, no neurological sign, no operation."（没有症状，没有神经体征，就不需手术）。从该例颈椎MRI分析，可能以前有颈椎外伤史，导致严重颈椎退行性改变。从这3例腰椎管狭窄症病例看，症状重，影像学表现明显，手术适应证都很明确。

大家查房相当认真，到14点才把30例病人查完。上级医生较少在床边示范查体操作，仅Dr Dakurah对颈椎损伤病例进行手、腕、上臂等上肢肌力检查示范。开展床边教学查房也是很好的教学方式，有助于年轻医生能力的培养和提高。

一直站着、走着，两腿酸胀难忍，外科医生的常见病——下肢静脉曲张可能也落到我身上了。于是我赶紧告别Dr Dakurah、Dr Bankah，离开医院。没有呼叫队里的车辆，而是选择徒步返回驻地，活动下肢，锻炼身体。

确实有些疲惫不堪，整个下午和晚上都迷迷瞪瞪的。

2012年2月4日，周六，阿克拉

晚上，加纳中华工商总会在甘肃大厦举行"华人相聚在元宵"晚会，中国医疗队获邀出席。晚会以醒狮开场，有时装表演、歌舞、独唱、合唱、电吉他弹唱等节目表演，最让人惊喜的是加纳员工演唱中文歌曲。而最激动人心的当属抽奖活动，最诱人的奖品则是阿联酋航空送出的两张往返国内的机票，其他奖项有液晶电视、笔记本电脑、iPad等。尽管最后没有抽到奖，但整晚心情还算不错。

在晚会现场，我还遇到了老郝夫妇。得知其女儿恢复良好，亦为其高兴。老郝岁数略小于我，原在华陇公司工作，之后自己开公司。老郝说，他到非洲来，就是为了生活，做生意、赚钱，虽有千辛万苦，也要坚持。他不太理解我为什么万里迢迢到非洲来，我一笑置之，没有予以正面回答。

2012年2月5日，周日，阿克拉

上午，闲来无聊，我便上网浏览以往国人到加纳工作旅游的心得。发现近10年来，大家的关注点或感受有很大的变化。无论是谁，只要在加纳生活一段时间都会有不同的感受。当然，我不会人云亦云，要重在自己的体验，才会有自己的收获。

FOCOS基金会在加纳建了一家骨科专科医院，拟于4月28日开张。这虽是一家私立医院，但有慈善机构的支持，更容易获得加纳人的接纳。

经过这段时间的观察，我发现加纳脊柱外科发展存在几个突出问题：一是人才条件，目前脊柱外科为神经外科亚专科，专科力量薄弱，专门人才缺乏；二是设备条件，如缺乏进行术中监视的C臂X线机等；三是经济条件，贫穷人口多，医疗保险覆盖面不大，许多病人看不起病，得不到及时治疗。其实，这些也是我们10年前遇到的问题。在非洲国家中，虽然加纳不是最贫穷的国家，但贫困人口仍占多数。所谓贫穷限制了想象，没有经济社会发展的支撑，医学健康事业发展同样举步维艰。

我想，如能在南方医院和克里布医院之间搭起一座桥梁，开展切合实际的国际间合作，不仅有利于扩大南方医院和南方医科大学的国际影响力，也将开拓一种全新的援非模式，这很有意义。

2012年2月6日，周一，阿克拉

今天进手术室观摩手术。病人为50岁女性，腰3/腰4、腰4/腰5双节段椎管狭窄症，采用后路手术治疗。

神经外科手术室位于外科楼一楼，有两个手术间，并有1间4张床位的ICU监护病房。由于缺乏麻醉医生，多数仅使用1间。手术间很小，显得拥挤，但基本设备齐全。病人由两名轮转医生（非护工）护送到手术室，在交换床上进行插管全麻，由医生进行留置尿管，再转移到手术床，并取俯卧位。医生用手触摸进行体表解剖定位，并体表标记，护士用碘附擦拭术部。手术医生洗手后，穿手术衣，再行术部碘附消毒，然后外科铺巾。10点25分开始手术。

这台手术由Dr Akoto主刀。克里布医院的脊柱手术基本上均由其负责开展。Dr

Akoto上台手术时，不但采用头灯照明，还戴有手术放大眼镜，比我们武装到位。我静静在台下观摩整个手术过程，总的印象是手术操作规范且熟练。有几点目前在国内可能难以想象：一是手术节段定位，仅靠体表解剖学定位，容易发生手术节段错误；二是没有术中影像学监视，单纯徒手操作，难以保证螺钉位置均合适；三是采用全椎板切除减压，手术创伤大。这是脊柱外科早期手术方式，现在一般采用节段性椎板减压，可减少术后失败综合征；四是采用横突间植骨，肌肉剥离广泛，融合效果不佳。这可能有外科观念方面问题。神经外科医生较注重脊髓和神经减压，认为解除脊髓、神经压迫就可以达到良好效果；而脊柱外科医生更注重神经减压和脊柱稳定性维持之间的平衡，以保证病人长期获益。

手术结束后，Dr Akoto在休息室享用咖啡及自带的饼干等点心（手术室不提供工作餐），等待接台手术。接台手术为颅顶骨缺损脑脊膜膨出的小儿，拟行修补术。我亦感饥肠辘辘，就没有继续观摩手术。14点回到驻地。

今日是元宵节。在异国他乡，平淡无奇。

2012年2月7日，周二，阿克拉

我7点30分到达医院，参加科室学术活动。学术活动由Dr Akoto主持，报告者为轮转女医生，内容是Trigeminal Neuralgia（三叉神经痛）。报告对历史定义、分类、诊断及治疗等进行综述，尤其介绍一些治疗进展如伽玛刀、神经切断术等引起大家浓厚兴趣。提问较多，但报告医生多无法回答，可能不是本专业缘故。按照本月安排，有6名轮转医生轮流报告，多数为神经外科内容，仅两个脊柱外科专题，一是胸椎骨折的处理，另一个为脊柱原发肿瘤和转移瘤的治疗。

今日有1台腰椎后路内固定术后感染病例，拟进行清创及内固定取出。到了手术室，才知道该台手术临时改期，而需进行第1台颅内肿瘤手术后的小儿骶部脊膜膨出修补手术，只能说更换手术的随意性较大。第1台手术已结束，医生和护士在休息室里吃点心、喝咖啡、聊天等。等到15点，获知患儿已进食，今日不能手术，遂步行返回驻地。

有一名神经外科专培医生叫Mawuli，年龄30岁出头。我见他手上拿着一个新iPad，便询问其多少价格，但其仅回答说不是加纳买的，具体价格也没说。从我的近期观察看，这里的年轻医生很赶时髦，随身iPhone、iPad不少见，只是少见随身携带数码相机的。

昨日队友回来讲，手术室缝线都是用维乔。今日注意了一下，确实如此，皮下缝合均用可吸收缝线，尼龙线用于缝合皮肤及引流管固定。这点学习较快，跟得上国际趋势。

手术室护士长见我在休息室看电视，就进来问我要不要喝点咖啡。我说："进手术室前已经补充足够水分，现在不需要饮品，而且我不太习惯喝咖啡。"她开玩笑说："是否为了保持身材Slim（苗条）？"我说："只为了Keep Fit（保持健康）。"对于非洲英语，我最近好像有一点进步。

今天严重沙尘天气，整个城市上空灰蒙蒙的，总觉得沙尘直往鼻子里灌，算是真正闻到泥土的"芳香"。回到房间，我赶紧关窗，启动空调，否则很难受。但愿这种天气很快过去，据说雨季来后就好了。

尽管这种天气很难讨人喜欢，但是撒哈拉沙漠南下的沙尘在日后雨季中都沉降在这块土地上，造就这里肥沃的土地和良好的植被，使加纳成为非洲的天堂。自然界就是这么奇妙，不管你喜欢不喜欢，它就是如此循环往复、周而复始。

2012年2月8日，周三，阿克拉

8点30分进手术室。第1台手术患者是一名1岁4个月大的儿童，严重脑积水，行颅骨钻孔引流，预后不好。第2台手术于11点20分开始，患者系女性，58岁，腰椎退行性滑脱病。两台手术都是由Dr Akoto主刀，由于病人肥胖，手术比较费时。今天Dr Akoto不敢太自信，下台后用中国产C臂X线机进行透视。

没有放射技师在场指导，由Dr Akoto等自行操作C臂X线机。不知是放射条件设置不对，还是病人较肥胖，尽管提醒Dr Akoto上调电压、上调电流，但是出来的透视图像效果差强人意。我们在国内多数使用国外进口C臂X线机，可根据透视对象自动调整条件参数，而这台中国产设备纯靠手动。这台设备是Dr Akoto去年参加广交会时买的。他在一旁嘀咕着，在中国时，这台C臂X线机透视效果还不错呢。由于成像不清晰，我只好拿张腰椎侧位X片进行比对，根据邻近节段骨赘情况，告诉Dr Akoto手术固定节段没有错误，获得其认同。

在手术室过道上，我与Dr Bankah一起交流。Dr Bankah可能在进行胸椎骨折后路椎弓根固定时，造成患者严重血管损伤，问我有没有这方面经验。我回答说："椎弓根置钉引起的血管损伤是脊柱手术最严重的并发症，可导致死亡，在中国开展此手术都是在C臂X线机透视监护下置钉，可以减少该类并发症发生。"Dr Bankah似乎较少参加本院脊柱手术，主要在外院开展此类手术。

而后有1例脑外伤硬膜外血肿病人被直接推进手术室，等待急诊手术。我站了一天，深感疲惫，就结束观摩，步行返回。

2012年2月9日，周四，阿克拉

因为麻醉医生补休，常规手术推迟到明日进行。

克里布医院采用预算管理中心（budget management centre,BMC）的制度，下面设有几个分中心（Sub-BMC）独立运行，医院管理权限下放至这些分中心。这些分中心包括妇产科部、内科部、外科部、急诊急救部、整形和烧伤中心，其他包括病理、儿科（Child Health）、门诊（polyclinic）、实验室（检验科）、麻醉科和放射科。外科关系最密切的麻醉科则属于医学院的麻醉学系，没有集中手术室，如神经外科、整形烧伤科、妇产科以及骨科等都有独立的手术室，麻醉医生轮转开展工作。如遇到麻醉会议等，除急诊手术外，择期手术则全部停止。由于麻醉医生不足，医院CEO访问中国时，曾要求派遣更多中国麻醉医生到加纳。不过，在这里每个麻醉医生只负责一间手术室，不像在国内，一个麻醉医生要负责2～3间手术室。看来，还是属于那种"不急、不急、慢慢来（slow but sure）"。

外科部下面的一些临床科室，称为Unit（病区），也有称作Ward，如神经外科就为Surgical Ward 1。外科部包括骨科、泌尿外科、眼科、耳鼻喉、普外等。心胸外科是独立的国家级中心，在西非享有很高声誉，据说科主任曾参加总统候选人竞选。外科部每周四早间举行学术活动，并通知一些事项。所有医生均要求参会，并登记造册。一般早上7点30分开始到8点30分结束。

我随Yankey进行病区查房。现在院病人共26人，其中小儿病人8人。小儿病人均为脑积水或脑脊膜膨出。刚入院1例新生儿，腰骶部脊膜膨出并有皮肤破损，其母亲很年轻，产后腹部尚未复原。我在国内接触过神经外科，觉得此病没有如此多见。

昨日腰椎手术病人术后恢复挺好的，今日查房时已让其坐起来。我问Yankey，病历记录中"药物×3/7"表示什么意思，其告知我，类似3/7、2/52、1/12，分别表示用药3天（一周7天）、用药2周（一年52周）、用药1个月（一年12月）。

有几例腰椎内固定术后复查螺钉位置均很好，徒手技术能做到这种地步，也不简单。1例胸腰椎骨折脱位并截瘫（已出现褥疮），采用长节段固定，复位很好，但没有采用横连（Crosslink）。问Yankey什么不用横连，回答说现在尚未引进。我觉得以后可建议Dr Dakurah考虑引进，毕竟对于严重脊柱骨折脱位病例，横连具有更好的生物力学效应。

11点30分步行返回。14点老郝携其女儿膝关节MRI资料来驻地。阅片发现其膝关节面光滑、交叉韧带及半月板没有明显损伤，但关节内有积液。嘱咐其护膝保护，不负重，局部热敷。据老郝说，膝关节MRI费用为500塞地，约2000元人民币，比国内高出一截。在发展中国家或者不发达国家，由于平均收入低，劳动力不值钱，技术和服务都不赚钱，只能靠仪器设备赚钱，加纳也一样。而在发达国家，类似仪器设备的检查费用很低，而医生的劳动和服务却很昂贵。因此，医院最不吝啬花钱买仪器设备。

早上冯岚护士长发来短信，通报我担任脊柱骨科行政副主任。晚上几位同事来短信表达祝贺，统一回复：这么遥远，没甚感觉。

2012年2月10日，周五，阿克拉

8点到医院，先到外科楼三楼参加学术活动。今日学习内容是脑积水（Hydrocephalus），是加纳常见病。因脑积水，最后都成"大头娃"，病房里就有5例。其中1例18岁男性，已成"巨头"，真不知道瘦小的身子怎么扛起那"巨头"？因由轮转医生进行学习报告，套路类似，缺乏更多临床体会，故内容显得有些苍白。

Dr Akoto主持学术活动。他讲的一番话，颇有道理。他说，学习要靠讨论，你提出问题，说明你思考了；人家答不上来，也会促进人家去学习，去寻找答案，然后再一起讨论，这样就共同提高了；因此学术活动时要积极提问。"Any question？Any comment？"（有什么问题？或有什么评论意见？）因为不熟悉神经外科，我提的问题比较简单。在病房中见到有小孩进行脑室-腹腔分流（V-P Shunting，）也有进行外引流（External Drainage）的，我问Dr Akoto这在病例选择上有什么不同？Dr Akoto回答说，外引流是临时治疗，为下一步病因治疗提供基础，如肿瘤切除等。因我目前还不能达到深入交流的外语水平，因此无法提出更深刻的问题。不过我想，在非洲两年，神经外科知识肯定会提高不少，这是收获。

近10点回到病区，Dr Akoto主持查房。查房中，Dr Akoto也提问，如果下级医生回答不上来，他就自问自答。在病房里，见到一些物理治疗师在协助病人康复锻炼。病人手术用血要靠自助献血，有一张血站单子，注明谁为哪位病人献血，这样血站就可以为该病人供血。因无特殊病例，我中途离开，到手术室去。

今天有1例颈椎前路手术。病人为女性，53岁，于2011年11月16日车祸受伤，导致颈5/6脱位，但没有脊髓损伤。手术医生是Dr Bankah。进入手术室后，我仔细

阅读X片、CT和MRI，系单侧关节突脱位交锁。此类损伤要早期牵引复位，两周后复位就很难。由于该例病人已伤后两个月，所以我告诉Dr Bankah，现在可能很难复位，只能原位融合。

已在手术中的Dr Bankah对我说："已见到颈椎台阶样改变。"Yankey在台下操作C臂X线机。我告诉他可将透视条件稍提高，图像会更清晰一些。果然，这次透视图像比上次使用就清晰好多，可以协助准确定位。

器械台上摆放了众多手术工具，连颈椎前路拉钩都有好几套，还有碳素撑开器等，都是国际知名品牌，据说是一些基金会在加纳开展慈善手术后留下来的。颈椎前路内固定植入物为中国品牌，系他们主动引进的。

切除椎间盘减压后，Dr Bankah用骨凿置入椎体间，试图复位，但根本就是纹丝不动。我再次提醒其原位融合即可，他也不再尝试。遂取自体髂骨块，进行椎间植骨融合，并前路钛板内固定。术后再次用C臂X线机透视，内固定位置良好，结束手术。不管怎样，手术过程挺顺利的。

14点我步行返回驻地。已经坚持8天，即便忍饥挨饿，也要步行下班，以锻炼身体。在非洲的烈日下（最近沙尘天气，好像太阳也不太烈），步行半小时，回到房间，真有点疲惫。下午休息一下，很舒服，有点享受。

22点还未来电，我只好在应急灯下写作。首批医疗队留下来的柴油发电机不知什么时候能安装好，但愿那时不用再在黑暗中写作。不能上网，没有电视，写作效率却提高不少。这世上就是这样得得失失的。最后连应急灯都熄灭了，我不得不停下来。

窗外只见几盏散落的路灯发出暗淡的光芒。天空没有月亮，也没有星星，一切笼罩在夜色中。

2012年2月11日，周六，阿克拉

上午，待在房间里，闲来无事，适合思考。

人到中年，到了非洲。既有闲时，又有闲心，可以清静，修身养性。人生无非一个算式，而且只是简单的加减乘除算式，高数都用不上。中年之前，多做加法、乘法；中年之后，多想减法、除法。援非生活，"援非"只是高帽，我更看重的是生活，在非洲的生活体验是许多人可望不可求的。有两年时间，我可以静静地想一想人生的减法和除法。不管怎样，生活不能在浑浑噩噩中度过。

下午尝试收集有关外科手术器械的资料。不查不知道，外科手术器械的中文与

英语表达之间相差如此之大，如中文中分有齿镊、止血钳，英文都是Forceps；而骨科中咬骨钳、枪式椎板咬骨钳、髓核钳，英文都是Rongeur；中文命名采用通用名称，英文名称则更多按发明者命名。即便在加纳，医生与护士之间很难就一种器械名称准确表达，有时也要换好几种器械才能确定。这说明外科手术器械名称复杂，五花八门，已影响到相互交流，这点中外概莫能外。如能编写一册书籍，将常用的外科手术器械进行归纳介绍，尤其有中英文对照，那必有利于中外交流。

16点又停电，上床休息。20点来电，继续收集资料。

2012年2月12日，周日，阿克拉

9点，和队友老彭（翻译）、王泽（中医针灸师）一起出去买菜购物。我们先去了Koala超市，但到了那里才发现还没有开门。所以我们又不得不跑Max超市，但令我们没想到的是，Max也没开门。我们这才想起今日是星期日，人家在休息。难怪感觉路上的车明显少了，只有一些出租车在忙碌着。街道两旁，可以见到许多加纳女性穿着节日服装，准备参加教堂的礼拜活动。当年在德国柏林时，也是这种情况，星期日出门买点食物还是比较难的。

不过庆幸的是，我们还有温州人李老板开的丰收超市这一选择，我们在那买了小白菜、辣椒、花菜、蒲瓜、苦瓜、黄瓜等，共花了107塞地。很多中国人都在这里买菜，新鲜蔬菜一来，便被一抢而光。

晚饭后在小院子里散步活动。有队友说，像我这样整天躲在房间里，不会生活、不会享受，图啥呢？我不屑回答此类问题。人活着各不一样，没有必要去求别人理解。干自己想干的事，是件乐事；把自己想干的事干成了，那是大快事！我想，在这两年时间里，在养好身体的前提下，一定可以干出一些事，一些与别人不一样的事。

人与人，各安其事，这世界就丰富多彩。

2012年2月13日，周一，阿克拉

8点20分到达病区，进手术室。手术室内干净、舒适，也不嘈杂，有点喜欢上这个地方了。

第1台手术病人是两个月龄的男婴，患腰骶部脊膜膨出，表面皮肤已经破溃，已住院两周。手术过程可谓"惊心动魄"，不过令人欣慰的是，手术结果很成功。

第2台手术为颈椎前路手术，在第2手术间进行。这说明麻醉安排得当，完全可以同时开台，可以缩短手术等候时间，对病人、对医生均有好处。

其间与Dr Bankah讨论第3台手术方案，系1例多节段退变性颈脊髓病和神经根病。从MRI上看，主要受压部位在颈5/6、颈6/7，局部脊髓信号有改变，尽管颈3-5节段椎管后方很平滑，但轴位MRI可见多节段后纵韧带骨化症（OPLL）并致椎管狭窄。所以，当Dr Bankah征求意见时，我毫不隐瞒自己的观点，既来此工作，我们就是同事兄弟，相互之间以诚相待。如考虑脊髓受压信号改变问题，则前路手术可以解决；如考虑OPLL致椎管狭窄问题，则需要后路手术。在中国，我们一般会跟病人说明清楚，可能需要分期进行前后路手术。Dr Bankah选择后路全椎板切除减压，他们不太接受颈椎后路椎管成形术，这是观念问题。国际上，脊柱外科医生有两类，一是出生于骨科，一是出生于神经外科。比如，我就是来自骨科，而Dr Akoto、Dr Bankuh、Dr Dakurah等都是神经外科医生。骨科医生对骨头有一种依恋，能不切除就不切除，能保留就保留；神经外科医生则倾心于脑和脊髓减压，骨头显得无足轻重，能切除多少就切除多少。手术进行时，Dr Akoto对选择后路手术有一些微词，但已经决定了，就没有坚持己见。同时，Dr Bankah告诉我，其下月要到美国霍普金斯医院进修学习小儿外科。我向他表示祝贺，并询问何人赞助费用。他说加纳政府支持部分经费，剩下就是自己掏钱。

规培医生Adjeitey拿张X片进来请Dr Bankah会诊。Dr Bankah告诉我这是1例颈椎外伤后截瘫病人，问我怎么办？我看X片显示颈4棘突椎板骨折并颈5/6完全脱位，这是严重伸张性颈椎损伤病例。我就对Dr Bankah说，可以先行颅骨牵引复位，然后前后路联合手术固定。由于病人系高位脊髓损伤，手术时机要抓紧，否则很快出现脊髓高热及坠积性肺炎。只是他们不做颅骨牵引，似乎神经外科医生更爱护颅骨。

上午与专培医生Mawuli一起聊毕业后医生的教育问题。他是2003年9月从加纳大学医学院毕业，在克里布医院当1年实习医生（House Doctor），然后在基层医院工作两年，回到克里布医院大外科又干3年住院医生（规培医生），最后进入神经外科专科规培。从其手术操作看，虽然慢点，但废动作不多，属于训练有素一类。Dr Bankah也讲，住院医师三年（规培期），再定专科（神外）三年（专培期），才可以担任专科医生。规培期及专培期内至少1年在基层医院服务，以弥补基层医院医生不足。毕竟克里布医院属于加纳顶级的医院，只有到了这个级别，才有机会出国进修学习。因此出国学习对年轻医生而言可能比较奢侈。Dr Bankah今年38岁，尚属低年资专科医生。他笑道，已不年轻了，"Hair are grey"（头发都花白了）。

　　第3台为颈后路手术，采用Mayfield架固定头部，比国内用头托支撑理念还先进。看了手术显露，也知道接下来进行全椎板切除减压，没有继续观摩。

　　15点，我步行返回驻地。站立时间较长，右小腿有酸胀感，看来以前的症状又出来了。队里厨房留有饭菜，糊弄一下自己。

　　晚上，林队到房间来，谈了买菜一些事情。谈及目前医疗队的主要困难，我说可能最大的困难就是想家。生活上的困难可以克服，想家则只能靠熬。另外，驻苏丹医疗队出国仅4个月就发生了车祸，这告诫我们，刚出国在外，对于车况与道路不熟悉，最好外出不要跑太远，熬过这半年，环境基本适应了，外出活动的安全系数就大一些。

2012年2月14日，周二，阿克拉

　　8点去科室开始学习。由Mawuli报告，内容是"髓母细胞瘤"（Medulloblastoma），属于文献综述类型。报告引起的讨论很热烈，可惜英语听力和专业知识没有达到可以享受的地步，只能凑热闹。9点10分，由于学习室供学生教学之需，就结束讨论。回到医生办公室后，Dr Dakurah和Dr Akoto继续就一些问题进行讨论，发表个人不同意见。我很欣赏这种学习讨论精神。不学习、不讨论、不发表意见，很难促进人才培养，所以克里布医院在教学方面有许多值得学习的地方。

　　进手术室前，我跟Dr Dakurah说，本月主要熟悉了解情况，后面再探讨具体工作。

　　第1台手术病人是两周龄新生儿，患脑积水以及骶尾部脊膜膨出，骶尾部皮损溃疡，真难相信竟然有这么严重的病例。本周安排9台手术，有5例是小儿，其中3例仅两月龄大小，均为脊膜膨出并溃疡，这在国内极为少见。顺便记一点，两周龄新生儿手掌是白的，而身体其他部位肤色全黑了。

　　这台手术由Mawuli进行。我忍不住在一旁提醒他，先从正常组织开始分离，找到正常界限，否则炎症浸润后界限不是很清楚。整个分离过程比较顺利，只是局部覆盖时有深筋膜缺损，所以把Dr Bankah叫来指导。最后采用游离肌束来覆盖缝合。

　　第2台手术为腰椎间盘突出并椎管狭窄病例，由Dr Bankak及一名轮转医生进行。已了解他们的手术方式，所以我没有在一旁观摩。

　　而后我与一名轮转女医生交流了一下，得知她是牙科医生，在外科轮转两周，本周结束。她饶有兴趣地问我为什么到加纳来，看来许多人并不了解中国医疗队。我没有说我是来援助非洲或者援助加纳的，那会伤人的自尊心。我说，这是两国间

的医疗合作和交流，也有加纳学生到中国去学习。

13点多回到驻地。走在路上，太阳火热且耀眼，似乎沙尘少了许多，天空变得湛蓝、湛蓝的。下午睡了两个小时，起床后洗衣服，喝点果汁，感觉浑身舒坦了。

2012年2月15日，周三，阿克拉

上午到科室转了一圈，我就去加纳大学农场买食材。

在农场收获了很多，买了鸡蛋（6塞地/30个）、一整只鸡（15塞地/公斤）以及兔肉（25塞地/公斤），总共花了将近300塞地。路过Max超市时，又买了100塞地的牛腱子肉，用来卤牛肉。

13点返回驻地。

2012年2月16日，周四，阿克拉

上午安排有1台小儿脑科手术，下午为专科门诊。没自己什么事，就不去医院了。

下午葛洲坝公司张总以及一名华为公司女职员过来看病，问题都不大。张总是外伤引起的肋软骨炎，过两周就没事了。华为女职员腰痛，不是椎间盘突出，髋关节活动很好，考虑腰肌及骶髂部问题，王泽已帮助予以针灸治疗，嘱咐加强腰肌锻炼及腰部保健。

晚上经参处高文志参赞及王大忠秘书过来驻地，了解近期一些情况，并一起就餐。

今天恰有队员生日，所以一起乐呵乐呵。

2012年2月17日，周五，阿克拉

8点到医院参加学习。今日学习内容是"脑动静脉畸形"（Cerebral arteriovenous malformation），报告者为轮转医生Ayolete。幻灯制作不错，内容很全面，所以引起了热烈讨论。

10点开始大查房。那个大病房已成了小儿病房，有几例术后的，还有几例新入的。1例脑积水幼儿已出现明显角弓反张。有1例两月龄幼儿，在双眼之间、鼻梁之上，犹如长出一个凤冠，还是脑脊膜膨出（Encephalocele）。我建议Mawuli，如果

把这些小儿脑脊膜膨出病例收集起来，可以总结出很好的文章。还有1例脑积水术后，V-P shunting分流管堵塞，小儿情况差，肌张力很高，已经奄奄一息。

这些患儿的母亲在病房里陪护。从她们脸上，我没有见到恐慌和忧伤，也没有哭泣，没有情绪失控。那是一张张无助的脸，见到我这个外国医生，也会挤出露齿的笑容。我知道，那是苦难人的苦笑。苦难对于虔诚的基督徒来说，可能就是上帝的安排，因此她们看得比我们淡然。那个头上长着凤冠的幼儿的母亲抱着孩子，轻轻摇晃着，一边哼唱着好像摇篮曲的歌（很好听但听不懂），算是给自己的苦难孩子一点慰藉吧。真想为她们留点图片资料，但不知道如何开口，有些外观照片只能到手术室里拍摄。

新入1例脊柱侧后凸畸形的10岁女孩。我纳闷着，怎么也收治这类患儿入院手术呢？即使在国内，并不是这类严重脊柱畸形患儿都能接受手术，因为手术不是问题，而钱是个问题。后来听介绍，才知道是FOCOS病人，已经做过矫形手术，现在出现断棒，入院进行手术翻修。病人不需要支付费用，由FOCOS加纳机构账户付费。

12点查房结束。到加纳一晃快两个月了，无聊之中，也不无聊。

2012年2月18日，周六，阿克拉

上网查阅加纳人均GDP、人均寿命等资料，从这个角度分析加纳脊柱外科的发展现状，可能更有说服力。世界银行提供的资料很全面，也可以进行国家间的比较。现加纳人均GDP为1200多美元，大概与中国2001年相当。脊柱外科发展需要有经济基础的支撑，类似一些脊柱外科前沿技术可能并不适合当地的实际。加纳千人口医生不到0.09人，人均医疗费用支出不到50美元，城镇化率仅为12%，这些都是选择脊柱外科发展方向必须考虑的问题。而预期寿命不到60岁，说明人口没有进入老年化，一些老年化疾病如骨关节炎、骨质疏松等不是重点问题。今后相当长一段时间内，加纳面临的突出问题也是发展。加纳政局稳定，资源丰富，近些年发展一直处在非洲国家的前列，这将为脊柱外科发展带来新的机遇。而后我又在Pubmed检索主题词Ghana & Spine，仅14篇脊柱论文，均发表在《西非医学杂志》（West Africa J Med）杂志上，可见脊柱外科尚处发展初期。

在加纳，脊柱外科并没有成为独立的专科，人才培养刚起步，这就像中国10年前的情形。应该说，中国脊柱外科发展道路值得加纳借鉴。那就是从常见病、多发病诊治入手，通过脊柱内固定技术的推广和普及，造就更多具有一技之长的脊柱外

科专门人才，才能更好地为本国人民服务。

我想，或许可以在双方学习交流上做些工作，在技术合作上做些工作，那就是"架桥"的工作。这样援非的意义可能更大。

2012年2月19日，周日，阿克拉

10点许，与老彭一起出去买蔬菜。

下午构思"加纳脊柱外科发展现状"。思想有点开小差，突发一个颇有意思的奇想。好像医生喜好的球类运动与脊柱外科的几个发展阶段有相关性。如只有篮球和足球的年代，脊柱内固定处于哈氏棒年代；20世纪90年代中后期玩起保龄球，脊柱内固定进入椎弓根时代；21世纪初玩起羽毛球，后来又玩起网球，脊柱内固定进入动态固定时代；近三四年玩上高尔夫球，脊柱外科又进入微创时代。这是一个十分有趣的文化现象。

加纳足球发展比较发达，现在脊柱外科已进入椎弓根内固定时代。在发展思路上，基本技术不能跨越，开放手术是脊柱外科基础，微创是发展方向，但是微创的理念以及一些技巧确实可以得到应用。虽然说有些阶段可以跨越，但似乎加纳的网球与高尔夫球类运动并不多见。因此，开展规范的脊柱内固定技术仍是目前重点工作，而所谓占据制高点则是以后的事。思索是个痛苦的过程，但能不想吗？身体可以休闲，思维不能停止。

下月省卫生厅要海运一批货物到加纳。要志红寄来一点物品，以下为清单内容：

（1）双肩背包（深色），不要太硬皮，最好能折叠；

（2）书2本：《鲁迅选集》、黄莛庭主编的《外科临床思维》；

（3）茶叶，有多少，寄多少；

（4）圆领短袖汗衫（白，休闲，薄，XXL），3件；

（5）白背心（XL，110），3件；

（6）休闲皮鞋（41码），1双；

（7）休闲沙滩裤，2件；

（8）洗脸毛巾(稍大)，2条；小毛巾，2条；

（9）碳酸氢钠片（100片），3瓶；

（10）放大镜，1个；

（11）舒肤佳肥皂，6块；

（12）书写笔，1盒；

（13）巴掌大的软皮本（记事本），2本。

2012年2月20日，周一，阿克拉

8点30分到医院。因麻醉医生开会，所有手术延期进行。

巡视病房时，发现有两例颅内病患的小儿已奄奄一息，其中1例是内引流堵管的3岁小孩。还有几例等待手术的脑积水患儿，不清楚加纳怎么有如此众多的脑积水患儿。有两例颈椎损伤病人，其中1例为30岁男性，为颈5椎体矢状骨折并完全脊髓损伤。向年轻医生提起"颈椎矢状骨折"这个名词，大概他们都没听说过，一脸茫然。另1例系上周入院的，右侧肢体功能障碍，准备下周手术。和Dr Bankah一起讨论1例颈椎病例，颈5/6、颈6/7均见到椎管狭窄，主要是颈6/7颈椎间盘突出，可见有纤维环破裂、髓核突出。所以我认为，通过前路手术处理颈6/7可以解决问题，而颈5/6是骨性狭窄，一般很少引起神经根病。这时又"卖弄"了一个概念"责任椎间盘"。Dr Bankah听后，一脸茫然。

12点返回，路上遇到队里的车，就乘车回来。

离开广州整两个月。初步感受，生活有规律，脑里有想法，正在做一些事，心里不觉空虚。任正非说，"无事心不空，有事心不乱，大事心不畏，小事心不慢"。任老所言，颇有道理。活着讲究境界，而只有精神才有境界之说。

2012年2月21日，周二，阿克拉

早上起来，乌云密布，阵风刮起，接着下起大雨，但很快就过去了。

想起今日麻醉会议还在继续，手术绝对没戏，就没有去医院。坐下来想写点东西，但心静不下来。

坐在电视机前，看着画面，听听英语，还要盯着英文字幕，遇到生词，查查词典，也算学习。下午央视4台有庐山、青海等名胜纪录片，那极致风光动人心弦。以后回国了，真想什么都不干，和志红一起自驾游山玩水去。

17点许，突有东征弟弟来电显示，吓我一跳，以为家里出了大事或是急事。急忙回电，原来是他的校长遇到车祸，被紧急转送福州总医院。我只好半夜打（北京时间）国际长途将在该院工作的学弟郑兆聪主任叫起来帮忙。

2012年2月22日，周三，阿克拉

8点30分到医院，1小时后又回到驻地。

麻醉医生会议进行中，仅下午有一台颅内硬膜外脓肿病例急诊手术。病房里有两例颈椎损伤病人，预计下周手术。

大概这就是加纳公立医院的现状。干多干少都一样，谁有积极性呢？其实在马来西亚公立医院访问时，也发现了这个问题，一周仅安排3～4台手术，因为政府全民医疗保险只能提供少数病人的治疗。病人在等候，但医生不能在等候，因为医生也要有收入去支撑其家庭，所以只好到私立医院兼职接私活。经济杠杆是经济社会的产物，靠觉悟、靠规章、靠制度、靠追求，如没有物质支持，可能都不灵。最好什么都要靠一靠。

不想那么多了，这几天静心写文章。

2012年2月23日，周四，阿克拉

今天没去医院，也没出驻地大门。躺在床上，想写点东西；坐在电脑前，却无从下手。到点下楼就餐，没有饥饿感，也要填饱肚子。

走上屋顶天台，看天上大鸟在飞翔，不远处贫民窟周边一股黑烟升腾而起……

2012年2月24日，周五，阿克拉

8点前就到医院。来到3楼学习室，才知道有医生考试，改在病区进行学习活动。今日学习内容为"血栓与栓塞"。据Yankey介绍，在加纳术后深静脉血栓形成（DVT）也不多见，但常规术后预防性应用下肢弹力袜。

接着Seth介绍1例颈胸交界区骨折病例，仅进行前路固定，术后螺钉有点松动。Seth问我的意见。我从生物力学角度说明这一类骨折需要前后路联合固定，才能达到脊柱稳定的目的。Dr Dakurah后来跟年轻医生交代，要与我多一些交流，可以了解不同的学术观点。

随手翻看一本《圣经》箴言，其中有一句话，"A wise man will hear and increase learning, and a man of the understanding will attain unto wise counsels。"大概意思是，智者要善倾听、擅学习，而有理解力的人要得到聪明的劝告。

学习结束后教学查房，Dr Bankah 和Dr Akoto都在。有几例颈椎损伤病例，其

中1例为屈曲旋转暴力引起的单侧关节突脱位，但Dr Akoto认为属于剪切暴力所致，我们没再争论。有1例年轻男性患腰3/4椎间盘突出并髌板离断，在这里，单纯的腰椎间盘突出较少见。还有1例3岁慢性脑积水病例，真正的"巨颅症"，又让我开眼了。这小孩根本无法支撑起那个巨大脑袋，只能躺在床上，更不用说坐起或者站立了。

13点，查房结束。有一名药商进行药品介绍，并提供盒饭。我问了一下Yankey，说起是一家抗凝药物的厂商。在这一点上，加纳与国际规则属无缝接轨。

2012年2月25日，周六，阿克拉

晚上老郝邀请吃饭，约上队友老彭、杨璐一起去城市花园中餐馆享用粤菜。老郝夫妇及女儿一起出席。加纳的粤菜对于从广州出来的人来说，确实无法恭维。

席间，老郝讲起去年在特马被人用枪指着并被抢掠5万塞地的事。刚到加纳时，就听说在工地遇劫这摊事，原来当事老板就是老郝。听老郝讲起在加纳的创业故事，开过餐馆，后来还是搞回建筑行当，现在北部省和特马均有项目，发展不错。就餐的城市花园中餐馆的女老板是从广州来的，到加纳已经18年。上批医疗队员和她较熟，都是通过她订回国的机票。

2012年2月26日，周日，阿克拉

昨日酒喝多了，宿醉，睡了一整天。看来酒这东西，还是少沾一点为好。
晚上停电，省心也省事。听iPad播放的音乐，补记昨天日志。

2012年2月27日，周一，阿克拉

8点30分走去医院。

今日有3台手术，1台颈椎病行前路手术；1台腰4/5结核后路减压及内固定；还有1台颅内肿瘤切除术。从近期脊柱手术看，病种是脊柱骨折、脊柱退行性疾病、脊柱结核，采用术式是颈椎前路、颈椎后路及胸腰椎后路，包括减压、植骨融合及内固定等。可以认为，加纳脊柱外科尚处于起步阶段。

翻看神经外科的手术登记本。从去年4月到11月，上批队员董医生在8个月时间仅参加3台手术，看来确实不需要我们参与什么具体工作。既来之，则安之。在加纳两年，我又能做些什么呢？

13点，觉得没什么好观摩的，未等手术结束，就步行返回驻地。午睡1小时，16点多起来，上网查阅资料。

2012年2月28日，周二，阿克拉

早上学习活动取消，安排有3台手术。第1台是一例双眼之间长凤冠的脑脊膜膨出患儿，由Dr Bankah主刀。开颅进去，因缺损区大，采用颅骨骨膜瓣修补，不知效果如何。另一手术间同时开展第2台颈椎前路手术，系颈椎旋损伤并单侧关节突交锁，看样子术中可以复位。第3台为接台手术，系多发胸腰椎体骨折，可能15点多才开始。

13点30分步行返回。午睡个把小时。有同学来短信，挂念我在加纳的生活。回了一句，"了然绝世事，此地方悠哉"，借用李白诗作。

2012年2月29日，周三，阿克拉

本月任务是熟悉克里布医院，也就是get to know（了解）。每个医院都有其独特的文化。一家医院与另一家医院不尽相同，国内亦如此，更不用说到了非洲，这是最令人感兴趣的地方。由于语言交流上不顺畅，所以对很多方面了解不是很深入。当然，还有两年时间，不用那么着急。

其实，非洲年轻医生也很尊重上级医生，而上级医生也有较多机会接触到外面的世界，同样具有世界的眼光，看问题亦较为客观、公正。要知道，克里布医院是大学教学医院，人家更看重的是你的真材实料，更注重你的渊博知识、临床思维以及临床技能。当你不能提出自己的临床见解时，那就容易被人看轻。所以，到了非洲，别把自己太当一回事，当然也不能不当一回事，要恰如其分地表现自己。

接下来我有几项工作要完成：一是克里布教学医院的考察报告。主要提交科室和医院，还是采用散文形式，不想写成干巴巴的发言稿；二是加纳脊柱外科发展现状。介绍加纳国情、脊柱病种以及脊柱外科发展，主要提供给国内同道参考；三是加纳医学教育制度。介绍加纳的医学院、医学教育体系及医学生教育，主要作为医学教学论文，以后晋升教授职称需要有此类论文；四是加纳医师培训制度。介绍加纳医学毕业后培训制度，包括规范化培训及专科医生培训，这方面比国内更为规范、成熟，值得借鉴。

怎么有一个感觉，我不是来援非的，而是到非洲考察的？

2012年3月

2012年3月1日，周四，阿克拉

8点30分到医院，今日仅有1台手术。

该例59岁男性病人系胸椎管狭窄症，拟后路全椎板减压后再切除前方突出椎间盘。在手术室里，我向Dr Akoto说出我的意见。如果贸然从后路切除前方椎间盘，有损伤脊髓的极大风险。在中国此手术多经椎间孔途径，要切除关节突关节，但需进行内固定重建节段稳定。作为胸椎管狭窄症减压手术，术中准确定位是最重要的环节。术前，他们将两枚加纳硬币用胶布固定在病人背部，到放射科行胸椎正位X片拍摄。因担心这体表定位不可靠，故在病人取俯卧位后，又把中国产C臂X线机推过来，再次X线透视定位。Yankey叫我过去示范C臂X线机操作，在国内这项操作可能是年轻医生需要最先掌握的内容。我将有关透视参数提高后，图像效果还可以。手术显露后，用止血钳夹住棘突，再次透视确认，看来他们也是很认真的。手术结束后，Dr Akoto告诉我术中所见及其手术操作，仅行单纯后路椎管减压手术。胸椎管狭窄减压手术是风险最大的脊柱手术，很容易出现术后脊髓损害加重。他们用枪钳突入椎管内进行椎板切除减压，我在台下看了胆战心惊。

有位护士下周一要到广州。她给我展示了几张广州火车站附近酒店的小卡片，问我知不知道这些酒店。我一看，都是一些不知名的小酒店，这我哪知道呢！我们一起聊起中国的商品，她说得挺有意思。她说，中国有很便宜的服装、鞋以及皮包等，摊主是这样告诉她的："这个质量好的货品很贵，是给英国或者美国的客商，而这个比较便宜，适合你们非洲人，但质量不会很好。"她学得惟妙惟肖，我乐着说："一分钱一分货，阿联酋航空服务可好了，但机票也贵，这是一回事，全世界都是如此。"

2012年3月2日，周五，阿克拉

今日早间学习，Yankey讲"癫痫"（Epilepsy），我在迷糊中度过。

大查房由Dr Akoto主持进行。病房里大概有10多例待手术病人，脊柱方面主要有颈椎骨折、腰椎管狭窄、颈胸交界部椎管内占位。1例本周二腰椎后路手术病例，复查X片发现腰5左侧椎弓根螺钉位置欠佳，但无明显下肢症状，不需要调整螺钉返修。有1例腰椎管狭窄病例，腰4/5节段压迫严重，且有不稳，手术指征明确；但病人伴有左侧臀部及大腿后外侧症状，MRI可见腰3/4左侧也有明显狭窄。Dr Akoto询问我的意见。我说，现在很难确定腰3/4是否导致症状，建议手术同时处理腰4/5和腰3/4节段。

问规培医生Adjeitey，脊柱植入物费用有没有保险支付，Adjeitey说，如果购买了保险，医疗费部分由保险支付，但植入物要自费（From the pocket）。几天前查阅资料可见，世界银行有一个医疗支出"自费率"（Out of the pocket）指标，加纳达41%，而美国仅10%。这与中国几年前的情况类似。随着今后发展，植入物肯定也会列入保险范畴，那样更多病人可以享受到经济社会和科技发展的成果。所以说，加纳让人有似曾相识之感，那简直是我们10年前的翻版。

晚上有一个药商支持的小型科室聚会，Adjetey 和Yankey邀请我参加。可以感受到他们的盛情，但我只能找借口谢绝，因为实在太困，得回去补睡。

上月伙食费结算后，每人发还220塞地，大家都很高兴。就是嘛，伙食上保证一日三餐集体饭堂标准（现在算小灶标准），自己有什么想法，想怎么改善，那就自己去加餐。所谓众口难调，集体伙食只能满足基本需求。能有点伙食费结余，大家自行安排，岂不很好？刚到加纳时，有的人很憧憬，说起伙食安排来，要求正餐有鱼有肉，顿顿有水果，吃面包还要有果酱，如果伙食费不够，大家一起掏钱来凑。我第一个反对："不能说得那么轻巧。"可行吗？这是一个集体，不是自己的家里！一日三餐有保障，月底发放一些零花钱，想吃什么自己去买，不是挺好吗？

2012年3月3日，周六，阿克拉

早上起床后，先给女儿打个电话。女儿今日从新加坡回国，现刚进广州家门。女儿告诉我要给奶奶打个电话。所以我也给家里老母亲打了一个电话。远道到非洲，老人家心里有牵挂。这样也好，更会注意照顾自己。

上午出去买菜。到了加纳大学农场，被告知没有鸡蛋和鸡，只有兔子（上次买了几只，有种膻味，林大厨说是地鼠），只好作罢。下次过来前要事先电话联系，否则白跑一趟。返回到Max超市，买了牛肉，每公斤10.50塞地，比较便宜，大家也喜欢吃卤牛肉。我自己还买了饼干、果汁及可乐，花了40塞地。最后转到丰收超市买了够一周吃的蔬菜。明天决定再到附近渔港去买些鱼。

2012年3月4日，周日，阿克拉

9点30分，与老彭一起，去驻地附近James Town渔港买渔获。那是阿克拉最古老的港口，但以前的繁华不复存在，现在只是一个小小的渔港。太阳火热，晒在身上，皮肤都会觉得疼痛，但有海风吹来，又感有一种凉意。

海滩上，有一些小摊贩在兜售似曾相识的渔获，渔获刚上岸，就放在筐里或者铝盆里。卖鱼的主要是妇女和老人。看到有一条大鲷鱼，要20塞地，先买了下来。而后又见到另一家有条更大的，有80厘米长，20多公斤重，要120塞地，觉得有点奢侈，我们没有买。后来看到一家小摊贩鱼筐内有一些红鱼等，我们就叫卖鱼的妇女将这些红鱼挑拣出来，然后一起报价。没有称重，那卖鱼妇女就用手扒拉，最后扒拉成三小堆，要价30塞地。讨价还价半天，最后以25塞地成交。经过一轮的购买，现在知道，大鱼论条卖，而小鱼、小虾之类码成小堆（one set）报价，没有论斤论两的交易。在这里，砍价（bargain）还是很热烈的，他们会翻开鱼鳃让你看这条鱼有多新鲜。自己在海边长大，如此门道略知一二。

不到1小时就完成第一次在阿克拉买鱼的经历。

2012年3月5日，周一，阿克拉

8点30分到医院，直接进手术室。本周择期手术安排为周一3台手术，周二为假期，周三两台脑科手术，周四1台脑肿瘤手术。

今日两个手术间同时开放。1台是颈椎前路手术。另1台是小儿颅内肿瘤手术，先前行V-P旁路引流，但效果不好，患儿已经出现角弓反张。不知道怎么回事，开台时间一直拖延，大概11点30分才开始。Dr Akoto把自带的午餐（蔬菜沙拉和三明治）吃完了，才进去手术。而那台小儿颅内肿瘤手术也等到12点由Dr Bankah进行。

来自尼日尔的Dele医生已完成三年规培（membership），现为专培（fellowship）第一年。他说，在加纳培训一年后，要回到尼日尔继续专培。当问其有没有想过到中国去学习时，他表示有非常浓厚的兴趣。他问："在中国能不能参加手术？"我说："只能观摩，当个二助之类的。"许多年轻医生都想去外面看看，累积阅历，开拓视野。

在Dr Akoto吃点心时，我们也聊起加纳医生的工资待遇。在加纳，像Dr Dakurah这样的顾问医生（Consultant）月工资可达3千塞地，这是比较高的。同级别医生的工资标准一样，不分内科和外科，不计工作量，只因服务年限不同而有差异。

今天的最大收获是观摩Dr Bankah开颅，以及切开脑组织到肿瘤囊内切除。就手术方式，Dr Bankah认为肿瘤实在太大，不可能完全切除。所以在手术前，Dr Bankah给小儿母亲专门交代了手术危险性。

到了14点，两台手术均未结束，我先行告退。

太阳火热，徒步返回驻地，算是体能锻炼，自然汗流浃背。

2012年3月6日，周二，阿克拉

加纳独立日，为国家假期。加纳政府在独立广场举行独立55周年纪念仪式，有几个队友过去观看，我待在驻地。

整理手头材料，也是一个学习过程，很有收获。加纳医学教育制度、实习医师培训制度、专科医师培训制度等，对我们医学教育很有启发。我们把研究生教育混同于毕业后医生培训，最后科研创新能力上不去，医生基本技能也提不高，这点值得我们深思。因此，在这些方面可以做一些比较研究。

查阅文献时，我发现加纳同样存在人才流失的严重问题，这是非洲国家普遍存在的问题。有一个突发奇想，人才外流是否与人均GDP有一定相关性呢？中国在2003年人均GDP达1200美元，与加纳2010年相似。而中国人才流失在20世纪90年代达到高峰，而2003年之后就返流，应该说有明显的相关性。

而加纳最严重的问题是广大农村地区缺医现象突出，平均94000人口才有一名医生，有些地区甚至达到142 000人口比，这是一个可怕的数字。这一点，中国的乡村医生制度可能值得借鉴。可以像中国培养赤脚医生那样，当然标准可稍提高。从各地农村选派人员出来培训乡村医生，如培训医助，最后培训医生。无论在中国或加纳，如何吸引医生到乡村服务都是费脑筋的事。

不管做什么，只要深入了，都会有收获。而这些最后都要以文字形式总结而成。所以要靠笔杆子。

2012年3月7日，周三，阿克拉

由于医师执业注册与居留证都没有下来，我仍然只能参观手术。Dr Akoto告诉我今天只有脑科手术。

今天一例4岁巨颅小孩行脑室分流术。这例巨颅孩子行脑室腹腔内引流，手术并不复杂，就入院等待了两周多。其所采用的CT影像资料还是2009年3月的，这说明其3年前就被发现如此严重的脑积水。不知为什么等到现在才接受手术。可能又是钱的问题。大概等参加医保后才能承受医疗费用，而且公立医院手术要排队等候。另1台右侧额叶部肿瘤切除由Dr Akoto主刀。这例病人上周五才入院，等待时间算是比较短的。观摩Dr Akoto开颅手术操作，保护电锯、电钻一应俱全，很快就完成颅骨开窗。我还以为他们处在手摇钻及线锯年代呢，非洲并非我想象中的医疗水平很差啊！

观摩一下脑科手术很有收获，相信两年下来，我的脑科知识会增加不少。

13点多，就回撤，看手术比做手术更累人。

2012年3月8日，周四，阿克拉

今日仅有1台脑科手术，没有去医院。

继续写作加纳医学考察报告的初稿。总的看法是，加纳虽然经济落后，但医学教育或培训比较规范，值得我们学习借鉴。

2012年3月9日，周五，阿克拉

今天有早间学习活动，由Yankey报告。其总结报告3例硬膜下血肿病例，共19张幻灯片。第1例是再生障碍性贫血病人，突发头痛呕吐等，CT显示有硬膜下血肿，经输血（血小板）以及手术清除血肿后好转。第2例系长期应用抗凝药物，其是突然出现意识障碍、肢体一侧无力，CT显示颅内硬膜外血肿，手术清除后好转。而第3例为年轻病人，车祸引起急性硬膜外血肿，合并有颈椎外伤，手术清除血肿后次日因脑疝死亡。

Dr Akoto主持学习活动。他认为，病例报告要突出重点，目前把"急性/慢性硬膜下血肿"（Acute / Chronic Subdural Hematoma）病例放在一起，重点应在慢性和急性血肿诊断与处理差异上。而Yankey认为，急性血肿可能很危重，而慢性血肿即使延期手术效果也不错。

Yankey下周要在大外科学术活动报告这些病例。这与科室内部学习不同，报告形式也要相应改变，要突出自己病例的疑难程度和诊断治疗方面的经验教训。所以，我提出自己的观点，第3例属于外伤病例，与前两个病例放在一起，可能并不合适。

回到病区后，我向Yankey等几位年轻医生谈了自己的体会：一是要提供完整的病人资料，病史要交代清楚；二是图像要清晰。选择几幅典型图片就行，不要用整张CT图片；三是要引导听众讨论。介绍病例后，要提出几个讨论问题，可以把主题限制在慢性硬膜下血肿方面，如鉴别诊断、出现血肿原因、手术适应证选择、围手术期处理等。第3例为术后死亡，如果报告了，可能大家都去讨论为什么死亡，医疗处理上有没有不当……这种结果显然不利于展示专业能力和水平。因此建议集中报告前两例；四是要用最后几张幻灯片来总结，向大家明确自己的体会和结论，因为听者并不是神经外科医生。当然，我同时还夸了夸Yankey，说这两例慢性血肿病例选择得很好，我听后觉得很有收获。Yankey很开心，两排洁白牙齿闪着耀眼的光泽。

我向Yankey具体了解了加纳的专科医生培训制度。他毕业于加纳大学医学院，在基层工作1年后，考上规培医师（membership），大外科轮转3年，考试合格后成为外科医生；然后要到下面医院至少工作一年，才可以继续考神经外科专培医师（fellowship），也是3年期。加纳神经外科医生人数很少，由于加纳只有Accra有两台MRI，因此下面的医院神经外科最多开展颅骨骨折减压及血肿清除手术。完成专培后，具备专科医师资质（Specialist）资格，自己就去较大医院找工作了。Dr Akoto深思了一下，也说整个加纳可能只有10名神经外科医生，而骨科专科医生包括创伤最多13名。即使每年都有几名专培生毕业，但很容易获得赴欧美学习深造机会，多逾期不归，所以整体数量变化不大。

10点开始大查房，由Dr Akoto负责进行。有1例胸腰椎骨折术后，一侧下肢肌力恢复至3级，术后复查X片见几枚腰椎螺钉位置良好，而胸椎螺钉就不敢恭维，好几枚位置不良，根本不在椎弓根内，甚至有2枚外倾角度过大，可能已进入椎管。由于一律使用万向螺钉，骨折复位效果差强人意。后来我跟Mawuli说起，对于胸腰椎骨折病例，骨折部上下节段要选择单向螺钉，否则复位效果不好。Mawuli说，他也明白这个道理，但没有引进单向螺钉，所以只能将就而行。记得Dr Bankah曾提起胸椎椎弓根螺钉内固定导致血管损伤的案例。这说明他们在胸椎椎弓根内固定技术方面确实存有短板。

另1例颈椎外伤并脊髓不全损伤行前路手术后，术前MRI显示颈4/5、颈5/6节段病变，Dr Akoto认为颈3/4也有椎间盘轻度突出，所以就做了3个节段前路手术，上了块长节段钛板。Dr Akoto认为手术非常好。但我也看到问题所在，钛板没有预弯，与骨质不伏贴，仅固定上下端椎体，中间2个椎体没用固定螺钉，则钛板两端螺钉易受力集中，术后钛板松动概率增加。功夫见于细节，只有细节处理好了，在行家眼里，才会说完美，否则只能采用非常好的说法来恭维了。

13点查房结束。在医生办公室，见到一张大家自行填报的休假名册（leave roster）。填报休假时间都很长，40到50多天不等，可能算上平时加班补休时间。Dr Bankah要去美国，明年3月才回来，届时人手亦不充裕。

查房期间，有一华为公司曹姓员工来院找我看腰痛，来之前其已在华人诊所打了3天消炎针。仔细询问病史，检查未见明显异常，故初步认为是腰肌劳损。最后告诉他吃点止痛药，好好休息一下，就会好转。

站立大半天，腰酸、腿酸。回驻地后，睡了个舒服觉。

2012年3月10日，周六，阿克拉

6点起床，这是近来起得最早的一次。6点30分与老彭、林队、王泽以及林大厨一起去詹姆斯小镇（James Town）渔港买鱼。刚到加纳时，还起来晨练，这几个月觉得早上空气质量不是太好，当然主要还是恋床，就少有去晨练。

路上车辆已穿梭不停，而几内亚湾海滩上，有许多小伙子不亦乐乎地在沙滩上奔跑或者踢球。太阳在海平面上已经腾空而起，如橙红的灯笼悬挂在空中。由于来此甚早，整个渔港未见往日的喧嚣，只有一些妇人已经拿着桶盆在等候回港渔船。我们只能在晨风和涛声中静静地眺望着大西洋。

买鱼过程顺利，我们8点返回驻地。一共花了100塞地，买到两条石斑鱼（40塞地）、55条红鱼（60塞地）。回去后，让林大厨分包冰冻保鲜，分次享用。

9点我们又去加纳大学农场。见到有一堆鸡蛋，但不卖给我们，说是大学那边有人买了。这里鸡蛋价格与超市相比，存在明显的价差。如一排30个鸡蛋，农场这里仅八九塞地，而Max超市、Koala超市则需十二三塞地，丰收超市也要十塞地，但鸡蛋没有那么大个，也没有那么新鲜。

返回时顺路到Koala超市，买了面包和一小袋牛腱子肉（单价9塞地，比Max超市便宜1.5塞地）。自己买了果汁、饼干、牛奶等。屋里刚添置小冰箱，每周得买点食品储备着，半夜起来充饥。最后去丰收超市，买黄瓜、包菜、大白菜、小白菜等，可够吃一周。每周大概就这些食材、食物等，很难变出什么花样。超市里有进口的蔬菜品种，那价格让人瞠目结舌，望而止步！

女儿今日从武汉飞昆明，发来条短信，说昆明怎么这么热！不明白昆明为什么叫"春城"啊！

作为父亲的我，希望她自己去闯，去经历，去体验，去收获！祝福她今后顺风顺水，走好自己的路。

2012年3月11日，周日，阿克拉

开始写作"叙事克里布"，叙述2月份下科以来对克里布医院的了解。当然，还是想写成散文随笔式的，有写实，有风情，有知识，有思考，有文化比较等。内容上关乎异国风情，文风上轻松活泼，要有一种思想在脉动，这才比较符合我的个性。写作是一项很艰辛的劳动，我想，若能坚持不懈，定有不凡收获。

昨晚女儿到了昆明。我给昆明的战友发了短信，通报女儿去昆明旅游一事。女儿似乎有点不高兴。想独立，不想应酬，这可以理解。但是，如果我不事先通报，真有什么事，再去联系人，就有些晚了。

2012年3月12日，周一，阿克拉

新的工作周又开始了，但我似乎是无业游民。

8点30分去医院。先到医生办公室，见本周安排8台手术，加上急诊手术2～3台，这是神经外科一周的手术量，仅相当于国内一个医疗组的工作量。

进到手术室，见两例病人在等候手术。1例是大头孩子（脑积水），另1例是颈胸交界部压迫并不全瘫的。先做脑积水体内分流术，由Yankey和Adjetey进行，整个过程基本了解。手术结束后，我就问Yankey："这次在上腹部（剑突下）做了个腹腔入口，但我也看到有在左下腹做入口的，有没有什么区别啊？"Yankey认为应该没有多大区别，但他并不肯定，所以跑去问Dr Akoto。Dr Akoto认为，总的说没有更多差别，均靠大网膜吸收脑脊液来完成体内循环。但人属于站立行走，剑突下入口则吸收面积较大；如入口置于下腹部，站立时则大部分脑脊液会集中到盆腔部。这有道理！上次那个超大头小儿因为起不了床，所以分流入口就选择在下腹部。

Dr Akoto在休息室里等待接台手术。我见到休息室茶几上有份本地报纸 *TODAY*，属2012年1月旧报纸（不知谁还将此报纸"郑重其事"地摆放在茶几上），上面有篇关于克里布教学医院的报道。该报道说，医院管理混乱，存在管理层内战（真用上了"internal war"），且该CEO任期内腐败问题严重，故建议总统免除现任CEO，并认为医院管理委员会（Management Board）没有更大存在价值。Dr Akoto

显然也了解该报道，仅斜瞄了一眼，就说道："I don't care."（我不屑一顾）。

闲聊要找些无关紧要的话题。我就向Dr Akoto谈起，医院官网上有计划成立"神经外科中心"（Neurosurgery Centre）的消息。Dr Akoto认为此举意义当然重大，但目前尚处"计划"（plan），也不知道什么时候能够实施。Dr Akoto无奈地摇摇头，想必心里亦没谱。Dr Akoto接着说，现在的普外科一个小时的疝气修补术与两个小时的脊柱手术收费竟然一样，因为脊柱手术属于新开展手术，但没有相应手术收费目录，所以就参照普外科手术来"套收"。但这样的话，脊柱医生的劳动价值就得不到承认和体现，那自然令人沮丧。

其实，在中国脊柱外科发展初期也是如此，但随着其发展，会有各种脊柱手术收费的名目，而发展的标志就是脊柱外科以亚专科独立出来。加纳神经外科于1967年建科，如今后单独组建脊柱外科，那就是创造历史了。Dr Akoto谈起FOCOS骨科医院的事，该骨科医院已开始试营业，将于下月底正式开张。这家骨科医院由加纳裔美国人、国际著名骨科专家Dr Boachie教授领衔的FOCOS基金投资建设，投资额达1亿美元。FOCOS骨科医院在阿克拉市东北部，Dr Akoto与Dr Boachie有私交，获邀协助该院开展脊柱外科手术。在国外，专科医生一般都在多家医院兼职，这也是资源有效利用。

Dr Akoto又谈到手术收费问题。同样的"椎板切除术"（laminectomy）手术费，在克里布医院仅2000塞地，而FOCOS医院则收8000塞地；如果附加进行"椎弓根螺钉内固定术"（PSF），克里布医院需要2500塞地，而FOCOS需要13000塞地。原以为FOCOS医院是一家慈善医院，没想到是一家完全私立医院。这种模式很有意思啊！也干慈善，也赚钱，两者之间似乎并不矛盾。

Dr Akoto近期休假。他这次想去英国，带孩子一起出国旅游。说起家庭，Dr Akoto脸上露出淡淡的微笑。他有3个孩子，小的才8岁，而他今年已42岁。

我见到手术登记簿中记录Dr Akoto上周六完成1例台腰椎后路内固定手术。难道周六也不休息？他说，那是来自利比里亚的病人，系腰椎管狭窄症，跌倒后下肢症状加重，所以就早一点进行了急诊手术。

第2台颈胸交界部肿瘤于12点左右开始手术。这是1例女性病人，因不全性瘫痪3周前入院。病人全身状况较好。上次查房时，我认为应考虑椎管内硬膜外肿瘤或者炎症肉芽肿。手术主刀是Dr Akoto，Adjetey担任助手。透视定位后采用后正中切口，用史塞克磨钻椎板开槽。Dr Akoto胆子大，直接拿咬骨钳掀掉椎板。让人感到奇怪的是，并没有在椎管内见到明显的硬膜外软组织肿块。Dr Akoto用神经剥离子在椎管内硬膜囊前方自上而下探查一番，也没有看到明显的肉芽组织。只好重新C

臂X线机下透视，确认手术部位无误，就结束手术。Dr Akoto检查了一下切除下来的椎板，没有见到椎板骨质有破坏，仅有一点可疑的肉芽组织送病理检查。从这种情况看，硬膜外炎症可能性较大。我仔细复习MRI，是上月10日在一家私立眼科医院诊断中心进行的，仅一个多月时间就能够完全吸收，那只有炎性肉芽肿。这也证实两周前查房时我的推断。

今天神经外科另一手术间借给骨科手术，系1例右侧股骨干粉碎骨折，拟行交锁髓内钉固定。这是1例非常肥胖的病人，至少有200公斤。让我长见识的是，病人是坐位时接受硬膜外穿刺及置管，然后侧卧位手术。用那台旧的C臂X线机透视，图像效果不错，可以看得清楚。我没有详细观摩整个手术过程。到了14点，又累又饿，就告别了Dr Akoto，返回驻地。

晚上继续"叙事克里布"写作。在手术室时已理下写作思路，拟最后增加一节"烈日下思考"，与前面第一节内容呼应起来。

2012年3月13日，周二，阿克拉

今日早读会还是为周四的大外科学术活动准备，看来科室很重视。Yankey报告原先几个病例，最后总结近一年收治的硬膜下血肿病例情况。再由Adjetey进行完整的文献综述。应该说这样编排也不错，可惜最后下来，前半部分没有分量，后半部分内容拖沓，无法突出重点。这说明两人没有很好地协调，而是各干各的。整个早读会持续一个半小时，这种情况好像只有在非洲可以见到。

今日安排两台手术。1台颅底肿瘤经鼻腔内窥镜下手术，由耳鼻喉科医生协助；另1台腰椎狭窄症行后路减压融合内固定术。我们一拨十几号人，包括手术医生、手术护士、麻醉助理等，还有两例待手术病人，在手术室左等右等，苦苦等候。到了12点，还是没有等到麻醉医师。要在国内，这是不可想象的事。但在这里，一切习以为常。尽管很多医生认为这样不好，因为他们也希望什么事可按计划进行，但实际情况不是"拖"，就是"延"，都是无可奈何。

在等候中，我就琢磨着"叙事克里布"一文如何结尾。突然，想起加纳歌手Darmeco的一首歌，"I LOVE MY LIFE"。觉得将这首歌作为结尾段，可与前文提到Azonto舞蹈联系一起。其实"叙事克里布"大块内容是描写加纳的一些问题，只不过从专业角度认识罢了。医院也是社会的一个缩影，落后、贫穷和痛苦一样困扰着医院、员工和病人。把这首歌放在最后介绍，可以更好地突出主题，点燃希望。那就是我们都热爱生活，热爱快乐。在无聊中找到乐趣，那也是一个生活境界。

2012年3月14日，周三，阿克拉

今天没有去医院，继续写作"叙事克里布"。写作乐趣在于，当笔下一行行文字流淌时，一切欲罢不能，一切皆可忘乎所以。

2012年3月15日，周四，阿克拉

今日系大外科学术活动，按计划由神经外科报告。早上7点30分匆匆赶到医院，在外科楼下见到油笔书写的海报，介绍说此次报告由来自美国新墨西哥大学一位教授讲授"Chairi畸形"。进了三楼学术室，发现人已经到得差不多了，我赶紧找了个位置坐下。

大外科学术活动要求所有医生、实习生和培训医生都参加，各科主任也要参加。大外科几位老教授一般都会出席，在前排就座。由于大部分医生都住在院外，上班开车都得一个多小时，所以能赶到7点30分出席，也实属不容易。

可让我没想到的是，原以为接下来由神经外科进行的"硬膜下血肿"报告，临时取消了，又推迟到周五进行。无奈，计划赶不上变化。

回到病区，发现走廊里的一张桌子上摆放着3份病历，对应袋子里装了一堆药品（供术中常规使用，均提前开具并配送，这是特色），这表明今天准备完成这3台手术。其中1台腰椎后路手术、1台颈椎前路手术、1台脑科手术，而这两台脊柱手术都是前几天拖延未行的。因与加纳大学农场那边已约好，要过去买鸡蛋，所以没有进手术室观摩手术。

8点40分，在外科楼下，给老彭电话，让他开车过来接我。候车时，顺便和拉客的出租车司机聊了几句。克里布医院是个开放社区，没有公交线路，病人就医基本上都是出租车或私家车来往。如碰上出院病人，跑点远路，则是一趟好活。阿克拉出租车大多为比较破烂的二手车，没有计程器，车费靠讨价还价（bargain）。因担心安全，我至今还没坐过出租车。

没一会儿，老彭开车过来了，我们一起去加纳大学农场。到了农场，就剩下6排鸡蛋，1排30枚，6塞地，不贵。前两次跑农场没有买到，今日再迟一步，大概也会落空。返程途中，又到Max超市买牛腱子肉。店里员工见到我，可能熟络了，问也没问，就把牛腱子肉全给了我。每公斤10.5塞地，没有注水，用来加工卤水牛肉，很不错。

2012年3月16日，周五，阿克拉

8点到医院。进外科楼3楼学术室时，学习活动已经开始，我迟到了几分钟。

今日由Mawuli报告。他是专科培训医生（fellowship）最后一年，也负责一些类似住院总医师的工作。报告题目是"垂体肿瘤"（Pituitary Gland Tumor），大部分内容很基础，涉及解剖、胚胎发育、组织和病理，当然也包括分类、临床表现、治疗、并发症等，我听着有点云里雾里。

今日出席人员不简单。有来自加拿大的一名女放射科医生，来自美国新墨西哥大学的Tuner医生（昨日学术讲座由他主讲），来自尼日利亚的一名医生，当然还有我。所以，我有一个很深的印象，就是他们在对外交流上并不封闭，欧洲学生以及美加医生经常到加纳交流。这些来访的美加医生更多由基金会支持，来加纳进行短期的访问交流，带来一些新的观点和思维，顺便在加纳休假旅游。由于语言便利及来往密切，非洲医生更信任美加医生。人员交往是国家间交流的重要内容，看来我们也要提高援非的层次。

大查房由Dr Akoto主持。病人主要还是脑积水、脑肿瘤（一样表现为脑积水）病症。有6例在院脊柱病人，其中1例为第3腰椎Chance骨折，女性，年龄为27岁，但没有明显神经损害。Dr Akoto问我意见，我明确回答，同意其有关损伤机制的分析，属于不稳定骨折，需要手术稳定；没有神经症状，单纯后路手术固定和融合就行。另有1例腰2/3椎间盘脱出及椎管狭窄，大概也是安排下周手术。

查房时，Mawuli问我什么时候开始参加手术，我说，那要等到下月，因为刚获得加纳卫生部的执业许可（License），还要两周时间办理居留证（Inhabitant）。Dr Bankah去美国了，科里仅有Dr Akoto开展脊柱手术，可能要"赖上"我。所以我也跟Dr Dakurah说明一下，要到下月才能参加手术。到了非洲，事情要不急不慢地干，那才会留下真正的足迹。

12点查房结束，回到医生办公室。其实主要医疗工作在病人床头都已办完，连病历记录也放在病人床头，所以医生办公室就是休息室。办公室里已准备着甜点和咖啡等，大家随意享用。这种形式确实不错，大家忙碌过后，休息一会儿，一起吃点、喝点、聊一聊，小有情调。

查房时确定下周手术病人、手术日期、术式选择及参加手术医生，由Dr Akoto安排，然后交给科秘书，打印后通知麻醉科及手术室，并报大外科备案。今日有赛诺菲公司（Sanofi）药商推广左氧氟沙星（Levofloxacin-TAVANIC，可乐必妥）的临

床应用，我很认真地听完，主要目的是训练听力。该注射剂每瓶250mg，费用50塞地，不便宜啊！

2012年3月17日，周六，阿克拉

6点多起床，7点坐在电脑前写作，终于在9点30分完成"叙事克里布"初稿，共1.7万字。自觉不错，至少写清楚了自己的所见所闻，并有自己的感悟和思考。如果整日流于表面的、肤浅的体验，没有对历史、文化等广泛了解，就无法达到深刻的认识。而最终记录这些深刻认识的，那就是文字，那就是写作。

早上给老母亲打了个电话。嘿，跑去参加同学聚会了！所以我就想，我这一到非洲来，也把老父亲、老母亲动员起来了，至少他们让心里有所牵挂，更注意保重身体。

周六早上、中午及周日早上给林大厨放假，要保证林大厨有一天的休息时间，各人自行解决就餐。早餐好对付，但到中午，对几个三十出头的人来说，光靠面包是顶不住的，尤其有的还要运动锻炼，只能自行去厨房煮食，那炉灶就供不应求了。而我在冰箱里准备了饼干、果汁和牛奶，够对付了。今早吃完面包后，喝了一杯冻牛奶，那可滑肠啊！3个月没喝牛奶，没想到这个胃肠又不适应了，有意思！还得把它培养起来，否则下月上台手术，早餐光靠两片面包，那是绝对顶不住的！

阴雨天，雨要下不下；就是下了，也不痛快点，没洒几滴又完了。地气升腾，海风也不吹，弄着人十分难受。

2012年3月18日，周日，阿克拉

早上吃点饼干，喝杯牛奶。牛奶从冰箱拿出来后，先放置一会儿，复温后没那么冰凉，所以没有滑肠。跟女儿、志红打了个电话，都没接通。

坐下修改杨勇研究生学位论文，文中改了较多，并写封回信：

总的印象，存在初学写作者通病。在讨论部分，用心不够（文献掌握量不足），讨论没有一定深度，所以论文的水平体现不出来。任何文章，前面都是铺垫，只有到了讨论部分，才能提升到理论高度。如果这部分内容没有很好展开，则如同"喝白开水"，什么滋味都没有。现在没有时间了，只能留下一点遗憾。也怪我，后面一段时间没有紧逼你，光靠自己自觉，还是差强人意。

修改内容见论文内，写得比较乱，你仔细斟酌一下。功夫见细节。要抓紧修

改，有事及时联系。

你为人不错，热心、有情、有义，很难得。做人是第一要务，比什么都重要。很高兴认识你，并建立师生情谊，定珍视之。

11点30分，与志红通话。女儿今日从丽江返回广州，不知这趟国内自由行有什么收获。志红现在金港城，准备两小时后到白云机场接机。谈起《家中水仙花》一文，志红说："怎么有那么多人知道这篇文章？你不是写给我的吗？"大概此文在院刊《南方通讯》上刊登了。我说："我是属于你的，也是属于世界的，美好的事物要一同分享。"

12点30分，还没来电。13点，只好自行发电。发动机轰鸣声中，将"叙事克里布"修改、定稿，字数1.8万，配图片26幅。21点将此文发至国内相关方面，包括志红和女儿。

总算完成一件事情！说是工作汇报，形式却是散文，多有意思啊，肯定给人耳目一新的感觉！

2012年3月19日，周一，阿克拉

昨天是市政线路停电最长的一次。到了半夜1点许才来电，足足停了30多个小时。幸好前两周安装了柴油发电机，否则真无法想象没电的生活。没电，就没网络、没电视，手机充不上电，水壶烧不了水，电脑不能用，连屋顶的储水罐压力也不够，洗澡自然也困难，只有一个收音机能收听广播，令人昏昏欲睡、无所适从。人确实在不断进化中，但依赖性更强，适应力也下降。有得有失，有失有得，持之有道也。

8点30分到医院。在医生办公室，遇到来自美国的Tuner医生，就带他进手术室去。今日有一拨男女护生进来见习，可能很有新鲜感，更衣后就在手术室里相互拍照。Tuner医生来自美国新墨西哥大学，神经外科医生，年纪有60多，这是第3次来加纳，将要待一个月时间。他很惊讶我竟然要在这里待上两年，那不可思议的面部神态似乎一下子冻结了。当然，他没有问我为什么。

第1台手术是交通性脑积水病人，Mawuli和Ayodete上台手术，也是脑室腹腔内分流术。我好奇地问了一个问题："为什么都是在右侧颅骨钻孔？"哦，原来人脑优势侧一般在左侧。隔行如隔山，如此简单的问题却没有想到答案，只好嘲笑自己无知。

有两台脊柱手术接台。1例是腰椎退变性滑脱，另1例是颈椎外伤并脊髓损伤

（入院已有3周）。Dr Akoto大概11点进手术室，并在休息室就餐。他告诉我说，一天就两顿，在医院和家里各一顿。确实一方水土一方人。想当初我上军校时，节假日也是两顿，饿得我躺在床上都睡不着觉。从小胃就是一日三餐养着，想改变这种习性还真不容易！

讨论腰椎退变性滑脱病例时，我说，似乎在非洲少见峡部裂性腰椎滑脱。Dr Akoto说，他也仅遇到几例，都是比较年轻的。峡部裂性腰椎滑脱在中国却很常见，这是否与不同人群的腰椎曲度差异有关呢？当然我也注意到一个因素，就是非洲人的工作和劳动的习惯姿势。非洲人扫地拾物时，很少弯腰，而代以屈髋动作。这似乎有关联。这是一个很有意思的问题。

Dr Akoto带着一位骨科专培轮转医生上腰椎手术，问我是否洗手上台，我说："下月再正式开始手术吧。"而颈椎前路手术由Mawuli主刀进行。这也很有意思哦！在国内，一般认为颈椎手术属高难度手术，由副主任医师以上主刀施行。在加纳却可以由专培医生主刀。该病例MRI上显示颈5椎体后缘有一块很大的椎间盘组织，所以我对Mawuli说："要有思想准备，如果在椎间隙减压后无法摘除这块椎间盘组织，就需要部分切除颈5椎体。"

台下就我和Tuner医生。我就主动负责两个手术间的C臂X线机使用。机器推来又推去，可能吃了不少射线，难怪疲惫感这么明显。Dr Akoto完成减压内固定后，透视下见钛板螺钉位置很漂亮。所以我恭维了一句"Excellent"，不料他却回了一句"Perfect"。我想，他这句"Perfect"并非自诩手术完美，而只是表达内固定达到"理想状态"。恭维是个学问，要好好学习。

颈椎手术定位后进展顺利。摘除椎间隙髓核后，Mawuli便觉得无从下手。我在一旁说，用薄枪钳从外侧开始，将椎体后缘骨赘一口一口地咬除，后纵韧带就断了，就可以探查后纵韧带的深面，找到游离髓核组织。Mawuli试着一口一口地咬下骨头，没一会儿，就掏出一块髓核组织，高兴得在台上手舞足蹈起来。我亦向他表示祝贺，这样手术就比较简单，不用椎体部分切除了。然后，我又让他用神经探子勾一勾，又找到两个髓核小碎块，那减压差不多可达到目的。Mawuli目前还没有掌握切除后纵韧带的技巧，以后再慢慢一起交流。

手术进展顺利，已到14点30分。看来没有我什么事了，肚子又饿，就告别大家，步行回驻地。

下午有名中国人来医疗队会诊。25岁小伙子，系修理工，腰背痛1个月，晚上明显，起床时都觉明显痛感。检查一下，脊柱活动好，局限性压痛明显，无深部叩击痛，X片未见骨质异常，考虑棘突间韧带损伤。嘱其注意工作姿势，局部可用扶他林或法斯通软膏外用，并口服一点止痛药，过几天再看看。从国内出来揾食都不容易，有点病疼，更是担心。多数不重，但苦于手头没有常用药物及手段，至多提供一个治疗建议，觉得挺过意不去。

中午在手术室时，给女儿打了个电话，听她讲国内旅游的故事。她说可能印象最深刻的还是丽江，而且运气挺好，玉龙雪山上有雪，上山时还漂着雪花，且比上次我们俩一起去时爬得更高。女儿说，相机在丽江被偷了，有点郁闷。

2012年3月20日，周二，阿克拉

今天早读会内容为"松果体肿瘤"（Pineal Tumor），报告者为Ayodete，由Dr Dakurah主持。大概9点，我回到医生办公室，看了学习安排，几乎都是关于脑科的，主要原因是脊柱外科不是规培或专培的重点内容，由Yankey、Mawuli、Adjetey、Ayodete几位专培医生轮流报告。

今日安排4台手术。1台脑积水行脑室引流术，1台为腰椎硬膜外封闭术，1台为颈椎后路全椎板切除术，而1台腰椎多节段椎间盘突出行全椎板切除术，可能由于费用问题，不能按原计划进行内固定。没有什么好观摩的，提前返回驻地。

志红来信说：你总有惊喜给我。你和女儿都是我的骄傲。无论你们俩取得什么样的成绩，我都会感到无比的欣慰！那是一种用任何物质都无法取代的美好的幸福感。祝贺你！

我回复说，不要给我们太多压力。人首先要为自己活着，顺便也为别人活着，那就没有那么多心里疲惫。从小被寄予太多的期望，尽力用那些不平凡的经历来满足自己的追求，但更多时候也是身不由己。假如50岁时给自己一个选择机会，我会为了自己心中的想法而舍弃现有的地位、职业、待遇吗？一个人常是理想的，又是世俗的。如不为世俗所累，做自己想做的事，那就是自由的彼岸，那该多好啊！不知道两年援非生活，能悟出什么真谛。

今天是离开广州整整三个月的日子，大家都喝了一点酒。特马的老苏送来海鲜，螃蟹、小龙虾先享用，鱼留着以后慢慢吃，又能节省些伙食费了。

日子过得可真快啊！如果不是看到这些留下的文字，真想不起自己做了什么事情。

2012年3月21日，周三，阿克拉

8点30分到医院，进病房看望几例脊柱术后病人。刚好遇到Dr Dakurah，就说等会儿到手术室观摩。而Tumer医生坐在办公室里，没有要进手术室的意思。

今天手术是那例腰3椎体Chance骨折的26岁女性病人。在手术室里，我仔细看了CT片和X线片，觉得腰3左侧椎弓根还比较完整，就向Dr Akoto建议，可考虑在腰3椎弓根置入螺钉。Dr Akoto看了片子后，也认为可行。对于脊柱骨折，能经伤椎置钉固定，则更有利于稳定性重建以及椎体复位。当然，脊柱骨折手术技巧有很多，但不能一下子说太多。说多了，肯定会引起人家反感，只能慢慢来。能有一句话被接受，能有一个意见受采纳，就是一点进步，我的作用就在于此。

手术助手是Mawuli和Ayodele。我看他们用手触摸棘突在定位，就善意提醒一句，可以用C臂X线机来协助定位。他们目前没有这个习惯，而习惯一时半会儿难以改变。等以后自己上台手术时，再告诉他们中国医生是怎么做的。果不其然，手术切口偏下，要往上延长切口。不是我有什么先见之明，而是这些问题我们以前早已遇到。光靠手摸等解剖关系定位并不可靠，要结合X线定位，否则还会犯错误。

与非洲医生交流要注意说话的学问。不说不行，不然人家就认为我没有真材实料；说多了也不行，人家是主、我是客，不能把观点强加给人家。我想，处理好这个问题，就会获得人家的信任和尊重。在休息室里，匆忙草拟《说话的学问》一文。

12点30分这台手术结束，术后透视复位尚可。接台是外伤后腰2/3椎间盘破裂突出，有严重右下肢神经功能障碍。腹部外伤已在下面省级医院进行了腹腔镜手术。所以加纳这地方很有意思，省级医院腹腔镜手术能推广，而腰椎手术竟然做不了，还得送到首都克里布医院。可能制约发展的还是人才培养，缺乏足够专科医生数量。手术没有什么好观摩的，至少15点后才能完成，我就先走了。

在克里布医院，目前脊柱外科手术每周仅5～6台，一年总量大概250台到300台次，充其量是国内一个外科医疗组年手术量。加纳脊柱外科毕竟处在发展初期，但脊柱病人不少，外伤不会少、结核不会少、退变不会少，中国产的内固定器械在价格上应会有明显优势，只是脊柱外科医生有限，在量能扩大上尚需一段时间。加纳是西部非洲的桥头堡，从加纳市场出发，可辐射整个西非。随着西非经济社会发展，医疗市场肯定会越来越大，国内医疗器械厂家应该重视这个市场。

2012年3月22日，周四，阿克拉

8点30分到医院，直接进手术室。今日大外科有学术活动，病人尚未送到手术室。到了9点30分，病人才送来。直到11点，病人才开始麻醉。

今日就1台手术，系32岁男性的士司机，车祸导致腰1-2骨折脱位并完全瘫痪。采用后路复位内固定术，难度不大。

Dr Akoto进手术室时，手持一封广交会的邀请函。Dr Akoto说，他去年去了广交会，人实在多，他还买了C臂X线机。他准备5月初再去广州，参加第3期广交会。我们一起聊到，目前加纳人均GDP为1283美元，这是中等收入国家水准（偏下），相当于中国2003年的水平。在这个阶段，市场最活跃，发展最显著，感受最明显，对医生来讲机会也更多，很多项目可开展，可大有作为。Dr Akoto似乎不仅对生意感兴趣，也对"食在广州"感兴趣。

我无意提起："好像没有见到过Dr Dakurah参加手术，他是不是只出门诊和教学？"Dr Akoto闭口不答，看来心里也有不满，不便与我这个外人说罢。但我为自己唐突感到自责，应引起为戒，毕竟我们来寻求友谊，而不是介入其内部事物。

2012年3月23日，周五，阿克拉

8点到达医院。今日早读会由Yankey报告，内容为"颅内动脉瘤"（Intracranial Aneurysm）。大概从书上摘录下来的，内容面面俱到，没有重点，听了一头雾水。

倒是讨论有意思！另一医院的一名神外医生和Dr Akoto在热烈争论，语速相当快，只能了解大概。该名医生认为，这一类疾病首先要通过一系列检查明确是动脉瘤后，才能够决定内科介入（Neurology）或外科手术（Neurosurgery）治疗。而Dr Akoto认为，加纳情况并不允许做更多检查，应该先治疗，稳定后再进一步明确诊断。唇枪舌剑，你来我往，其他人坐在那里，也不好意思插话。动脉瘤确实依靠影像造影检查才能明确，包括DSA、CTA、MRA等。但在加纳的目前条件下，能做到多少，似乎并不乐观。其实两者都对，只是侧重点不同。一个说书，一个说事（现实），当然书本和现实总有一定差距。

10点多开始查房。几例脊柱术后病人情况尚好，因为在手术室里打过照面，那几个病人也认识我。新入1例腰椎结核病人。病史比较长，去年10月份门诊时已有腰痛9个月，查血沉115mm/H，然后就在门诊抗结核治疗半年才入院，现在血沉已

降至20mm/H。从MRI看已无明显椎旁脓肿，椎体信号基本恢复正常，只有轻度后凸畸形。这说明在门诊有效抗结核药物治疗是可行的。另有1例腰椎管狭窄症病人。Ayodele问我，该例手术节段如何选择。该例腰4/5节段狭窄明显，并有轻度滑脱，该节段手术没有异议。腰5/骶1节段虽有轻度椎间盘突出，但节段狭窄并不严重。所以我说，该病人已经77岁高龄，手术应该局限，能小就小，把腰4/5减压就可以；是否固定，则有不同意见，要看病人骨质情况以及腰部肌肉力量。在加纳，骨质疏松问题并不突出，劳动妇女的腰部力量相当不错，可视情况而定。

12点查房完毕，在医生办公室里，大家围坐一起，享用中午点心。Dr Akoto就早上争论一事，继续发表自己看法。他说，考虑什么事情都要根据实际情况，在加纳什么都要病人自己掏钱，所以根本做不起那么多检查，也用不起那么多医疗器械，不像中国医生每天可以换一套器械（one system）。即使在加纳，每个地方的现实差异也很大，如加纳FOCOS医院收费也很贵。蔬菜在超市（supermarket）很贵，在农贸市场（free market）很便宜，都是为了满足不同人群的需要嘛！加纳现在没有达到那个阶段，再好的技术也是没有用的，所以不能空谈书本或者杂志那些东西。Dr Akoto说得有道理，他是一个明白人！选择发展道路当然要适合自己国情和实际，不能照搬美国和欧洲，甚至照搬中国都不行。还是那句话，没有最好的，只有最合适的！所以不能小看非洲医生，也很有哲学头脑。

这几天没有网络，与外界联系处于静默状态，令人难受。晚上读唐诗宋词，就记住一句：人间平地亦崎岖。

2012年3月24日，周六，阿克拉

这几天，步行回来后，总感到休闲鞋里有细沙，袜子也很脏。昨日回来了，索性用水灌注鞋子，一股细细水流从鞋底而出，鞋底破了。昨日下午、晚上都在琢磨这事，忽有一个主题，"鞋破足自知"，但是苦于哲理方面的领悟，没有动笔。

今早起来，就动笔写作。写到最后，觉得还是要落到"人贵有自知之明"。不要欺骗自己，脚都知道鞋儿破了，那就是破了。无聊之时，也在领悟人生啊！就像人家读"与蚊子的战争"后说，打几只蚊子竟能写出如此名堂，绝！今日，就一只破鞋，偶得一段小文，亦有意思！

10点出去到Shoprite购物中心超市买点牛奶、果汁以及即食面，聊以填肚子。现在周六和周日需要自己解决两顿，要准备一点食物。

还是没有网络，中午跟女儿打了个电话，密授瞿氏红烧肉的烧制方法。晚上将

《加纳实习医生培训制度及思考》一文修改完毕。

2012年3月25日，周日，阿克拉

已经4天没有网络，除了观看无聊的电视节目，就是读唐诗宋词。

上午完成《加纳专科医生培养制度及思考》一文初稿。此文与《加纳实习医生培训制度及思考》一文，均有"思考"，通过与国内医学教育比较，提出一些自己的意见和看法。

思考是对自己的剖析，所以思考有时很累人。对我来说，停止思考，那就成了行尸走肉。即便不成熟的思考，也是自己独立的见解。一个人一定要有自己的见解，要有自己的主张，这是一种独立的人格。独立思考，这是做人、做一个有意义人的基本品质。很庆幸自己一直为此努力。

2012年3月26日，周一，阿克拉

9点进医院手术室，先看看本周手术安排。今天安排3台手术，第1台为9月龄小儿脑积水，行脑室引流；第2台为两月龄小儿腰骶部脊膜膨出，行修补术；第3台腰椎结核，行后路固定融合术。周二有两台脑科手术，周三有3台手术，考虑第3台可能当天完不成，又写到周四手术安排中去。

今天观摩腰骶部脊膜膨出修补术，感觉不是很好。手术分离步骤不对，本应在切皮后顺脊膜往根部分离至骨性缺损部，然后进入腔内，分离马尾神经部分（带脊膜），予以还纳，并加强缝合闭合缺损部。但Mawuli等分离顺序颠倒，所以马尾神经上带组织太多，这样还纳后，不就类似脊髓栓系吗？Dr Akoto后来洗手上手术。手术于14点结束。

我关心的是第3台脊柱结核手术。现已14点，就问Yankey，第3台手术是否如期进行？没想到，因为没有内固定棒（rod），只能停止手术、延后进行。病人已在手术室整整等了3个小时，别的借口还好说，到上台手术时，才知道没有固定棒，怎么也说不过去啊！但也无法改变事实。

早上去医院时，留下一碗稀饭；下午回到房间后，就这么对付了一下，另加几块饼干。如果行，以后可以少吃点。17点午睡起来，没有低血糖感觉，还行，顶得住。百丈大师说，不劳不食。没做更多事，少食一点，免得身体负担重。

2012年3月27日，周二，阿克拉

今日有学术讲座，所以8点就到了医院。

报告人为来自加拿大的那位放射科女医生，应有60多岁，内容系有关造影剂及造影术。到加纳来交流的这些学者多数是"夕阳红"，年轻人较少。

今天只有两台脑科手术。病区空了好几张床。新入两例颈椎骨折病人，已伤两周多，以颈托制动，似乎脊柱骨折急诊手术在这里并不存在。

9点40分离开医院，步行返回。走在路上，觉得徒步上下班的好处真不少，可以东张西望，可以思前想后，可以锻炼身体……

2012年3月28日，周三，阿克拉

8点30分到医院，病房转一圈后，就进手术室。

今日手术病人是位77岁老太太，腰4/5椎管狭窄症。这类老年椎管狭窄病人椎间隙高度维持得很好，椎间盘突出不重，但黄韧带肥厚明显，伴有轻度腰椎滑脱或不稳，骨质无明显疏松。这些可以说是加纳腰椎管狭窄症较为典型的影像学表现，所以有加纳医生认为椎板切除减压就行了，不需要处理椎间盘。老太太很肥胖，术前没用C臂X线机定位，所以又吃亏了，切口要很长。原计划单纯腰4/5固定融合，透视时发现置钉到腰3、腰4。有意思的是，那就索性固定到腰3至腰5，最后透视几个螺钉位置还不错。检讨这个病例，最大问题是没有很好利用C臂X线机定位，盲目相信体表定位。

手术前与Dr Akoto在休息室闲聊。其曾在2009年到美国密歇根访问一年，并按期回国服务。Dr Akoto说，现在收入要比在美国少15倍，所以有的医生到美国后就不回来。这一点说明他还是挺爱国的！我说："这几周来，你每周都是工作6天，有没有觉得劳累？"他说："不会的，我才42岁，身体挺好的。"我说："那不是只有一天和家人待在一起？"他回答："不是啊，每天都在一起。"原来他就住在医院内，租住医院的公产房，可以步行上下班，基本上18点前回家，和家人一起开心。我说："我也住在医院内，病房一有事，就被叫回来。"Dr Akoto笑了，其实病房管理也就他一人。

昨天经销商已经把内固定棒送来。Dr Akoto说，在美国也一样，医院不需要购买内固定器械，经销商会送来，而且也会在手术室中协助，因此比较方便。加纳脊

柱外科刚起步，经销商也是他们的朋友。病人需要支付植入物费用给经销商，不能进入医疗保险支付范围。

闲坐时，构思"红白喜事"，主要讨论文化差异现象。一出国门，感受最深刻的是文化差异，"红白喜事"可能是文化差异的代表。若无文化差异，那世界就如此单调乏味。因此，了解文化差异，学习文化差异，包容文化差异，也是一种人生态度。在日志中，把每天不成熟的思考记下来，等到哪天有灵感、有激情时，就是很好的选题。晚上把"白与红"改定，主题是"文化差异像高山和湖泊，跨越很困难，欣赏却很美丽"。我想这句话还是蛮有哲理的。

已经7天没有网络，驻地这个区域全部波及。带来的茶叶已喝完，这两个月只能清水一杯。昨日回冯岚一个短信，"我本闲云野鹤一村夫"。双耳不闻窗外事，且成世外一高人。

2012年3月29日，周四，阿克拉

8点30分到医院，在病房里转了一圈。Mawuli见到我，又问我医生执照拿到手没有，我说，已经有执照了，下月开始参加他们的手术。

进到手术室后发现已经有很多欧美医生在手术室里，原来他们借用了神经外科手术室进行小儿外科手术。这些中青年医生可能觉得很新鲜，叽叽喳喳说个不停。在非洲，加纳相对安全稳定，欧美医生喜欢到这里来。对于年轻医生来说，有更多机会接触一些贫穷地区和人们，知道世界上还有很多人需要帮助，这很有好处。"何不食肉糜"之问，从古到今，并非世所少见。

周一因为缺棒而停止手术的那例腰椎结核病人已推进手术室等候，我也在手术室静静等候，顺便构思《学会恭维》一文。看来手术又玄了，因为昨天在我离开后，他们又把1例外伤性腰椎间盘突出和1例颈椎骨折手术完成了，那肯定会超时工作，麻醉医生今天要补休。果不其然，到了10点，这个病人又被推回病房。

原计划下午2点到使馆经参处参加科普讲座，所以就走回驻地。回来后接到通知，活动改到周五下午进行，计划永远赶不上变化！

2012年3月30日，周五，阿克拉

8点参加早读会。Adjetey报告"脊柱硬膜下肿瘤"（Spinal Intradural Tumor），讲着头头是道，只是资料比较陈旧，而且没有结合临床实际。病房里就收治了一例

颈髓内肿瘤病人，可能是星状细胞瘤（Astrocytoma）。查房时，我就问Adjetey，这个病例应考虑什么诊断和鉴别诊断呢？其一脸茫然，尽在摇头。自己刚讲的课，现在就不记得了，这很说明问题。

经典教学法讲究理论系统性，但缺乏实践性，年轻医生不知道怎么用。这就需要基于问题教学法（Problem Based Teaching）来补充。那就是病例讨论等形式，通过活生生的具体病例来加深对理论系统性的认识。对于年轻医生来说，系统性很重要，否则缺乏全面的、整体的知识体系，所以经典教学法有利于知识获取；问题教学法是最实用的培训方法，可应用自己的知识去横向分析和比较，所以有利于培养解决问题能力。只有这两种教学方法互补，才能真正提高两方面的能力。因此教学法应用在培训不同节点和阶段有不同侧重，不能厚此薄彼。

病房新入1例腰2椎体破坏并波及单侧椎弓根，周围有软组织影，病史有两个月，加重两周，疼痛较剧烈，应考虑恶性肿瘤。1例单纯腰椎间盘切除术后失败病例（初次在37军医院手术），术后症状没有明显改善，复查椎间盘仍有突出，考虑没有摘除干净，而且存在局部不稳，拟再次手术减压融合内固定。有1例无骨折脱位型颈椎骨折，其实存在椎间盘以及前纵韧带损伤，在国内一般需要手术治疗，但他们决定不手术，这就是认识上差异。

12点查房完毕，返回驻地。14点去使馆经参处参加科普讲座。

2012年3月31日，周六，阿克拉

今日一些队友去华陇公司打羽毛球，我和邵医生一起去买菜。先到Koala超市，再去买鸡蛋，附近那家鸡蛋店关门了。司机Amos带我们到他家附近买。路上见到一个追悼仪式，就在路边摆了副棺木，大家围坐一起，缅怀、追思、祈祷等，仪式很简朴，然后尘归尘、土归土（soil to soil, dust to dust）。Amos加了句，bye-bye to bye-bye。

闲聊间，我们得知Amos有两个儿子。我问其为什么不多生育几个，他说，那样很辛苦，生活费用要增加很多。他现在租一套房子住，每月租金50塞地。今天我刚把这个月300塞地的工资给他，路过家时他就交给了妻子。我还打趣说："有没有留一点在口袋里，自己零花？"他嘿嘿地笑着。

其实，加纳人对"home、house"的区别很清楚。这点在跟护士长以及Dr Akoto一起谈话时，他们都说是my home，所以 go home，因为他们住的房子是医院房子，那就不能说my house了。所以家还是有差异的，my house是有自己产权房子

的家，my home那是租住房子的家，而my family就是家人。所以如不清楚，只能问home。

在阿克拉，贫富悬殊很大，富人区、平民区、贫民区有明显群落分布。富人区一般是别墅小区加高高围墙。司机Amos住在平民区，都是低矮平房，窄窄红土路，坑坑洼洼，但环境卫生还可以，不像贫民区那样蝇蚊飞舞、臭味扑鼻。在Amos家楼下的一家店里买了鸡蛋，一排30枚共8塞地，虽然没有加纳大学的农场鸡蛋价格便宜，但距离比较近，所以我们决定以后就在这里买，一则可以帮衬底层平民，二则可以深入了解加纳国情。

下午拟去买张电话充值卡，明天要打几个电话。但睡到16点30分才醒来，只好作罢。

2012年4月

2012年4月1日，周日，阿克拉

今天周日，街上的人和车都少了很多，礼拜天做礼拜，身心也要休息。在Shoprite购物中心也是以中国人居多。

周日超市10点30分开门营业，所以10点出门去买菜。先到丰收超市附近的Lara超市，还是早了，便直奔Shoprite购物中心，买了猪肉和鸡肉。这个超市全鸡是9塞地多，猪肉每公斤13塞地多，略贵些。反正到了这里，怎么也不能空手离开。自己买了富士苹果、百事可乐和饼干，还添置了一个瓷碗，用来泡即食面。

再回到Lara超市。该超市刚开张不久，人气不是很旺，店门还在装修。果汁等较Shoprite购物中心超市贵点，但还是买了点橙汁及饼干。两个超市共花费40多塞地，这个月的饼干可以不用再买了，小冰箱可塞满。这里腱牛肉每公斤11塞地，全鸡7.5塞地，但鸡较小。还以为捡了便宜，回来后仔细一看清单，嘿，原来不含15%消费税。若加上税点，那还是贵了。所以这些牛肉和鸡，还是在Max超市购买比较实惠。

这两个月来几家阿克拉超市跑下来，有个基本体会——那就是不可能在一家超市买全了所需物，一是所需的食材品种要多一点，二是想要经济实惠一点。肉类这些食材到大超市购买比较稳妥，否则吃坏了，那就犯不着。能节省就节省，不能节省则别怕花钱。

在加纳，有钱人要过有钱人生活，他们更看重身份、尊严和体面。加纳医生这个群体属于有钱人，根本不去农贸市场（free market）。尽管他们知道那里食材很便宜，但他们更清楚资源总是有限的，有钱人不去超市（supermarket）购物，而去农贸市场（free market）挤占平民资源，那也是另类的"掠夺"。

有一件很令非洲人反感的事——大部分中国人购买食材时喜欢挑挑拣拣，总是拿起食材，东看看，西瞧瞧，不是手上掂量掂量，就是用手捏捏。在Koala超市，店家专门准备了一次性塑料手套，供顾客选取蔬菜。但一些国人一站那里，就像到了农贸市场，不戴手套，拿起又放下，其他人则一直盯着看，不停向售货人员投诉。你站在一旁，都觉得脸上有点发烧。

中午给老母亲打电话，电信网络不行，不是没声音，就是自行退出，过几天再说吧。有两周时间没联系了，老母亲肯定在念叨。

2012年4月2日，周一，阿克拉

7点给女儿打个电话，嘱咐其要注意身体，多吃水果，多喝水，要控制体重。本来不好动，整天久坐学习，再不注意，以后就麻烦了。丽江旅游时她的相机被偷了，让志红买了个数码相机友情赠送。最好两人明天一起出去玩一下，记在我账上。唉，我的账在哪儿呢？

8点30分到医院，在病区遇到Yankey。其告知今日为每月First Monday，大外科组织学术报告会。在楼下见到学术海报，内容为"乳房重建"。本来没什么兴趣，加上7点30分已开始，就没有去参加。

那个去广州的女护士今天回科上班。她很热情地跟我打招呼，兴奋说起广州塔、花园酒店以及珠江等，还递给我一颗土耳其糖。周围护士很羡慕地看着她，毕竟有机会去一趟中国不容易。那女护士惟妙惟肖地学说中国话，什么"多少钱""很贵""便宜一点"……一副在广州拿货的样子！

今日3台手术。第1台患者是5周龄婴儿，患脑积水，行引流术。第2台是颅骨开放性骨折。有点奇怪，都看到白花花脑浆出来了，入院时也不进行急诊手术，硬生生等了两天，不知道是怎么想的。这种情况在国内根本见不到，在这里好像很正常。第3台手术是前两周因没有固定棒而停手术的那例腰椎结核患者，腰3-5结核，拟固定到腰1到骶1，属于长节段固定。

到了14点，肚子很饿，赶紧溜走。路上想，以后可能需要带点水果、饼干之类，聊以充饥，否则靠早点那片面包难以支撑到下午时光。14点40分回到驻地，本想躺下休息，无奈停电没有空调，有点闷热。只好开着窗，吹进大西洋的风，修改上午在手术室草拟的"一方水土"。

晚上伙食费结算后每人发放188塞地（100美元多），大家都很高兴。我这个兼职"司务长"，就坚持一个原则，满足基本温饱需求，能省则省，结余一点钱下发，大家自行改善。现在每月定量供应纯净水2桶、卫生纸2卷、肥皂2块，再发一点零花钱。自己每周买点水果、牛奶等，小日子过得很红火的。

2012年4月3日，周二，阿克拉

8点到医院，参加早读会。今日报告人是Mawuli，内容是"成血管母细胞瘤"（Hemangioblastoma）。系一种血管瘤，不太懂，权当听力练习。

9点进手术室。今日两台手术，第1台是垂体肿瘤，26岁女性，持续性肥胖并突眼等，经鼻腔切除。第2台是腰椎手术。经鼻腔肿瘤切除手术由高个子医生Dr Wepeba主刀，他不做脊柱手术，专攻脑肿瘤。与Tuner医生交谈，知道在美国脊柱肿瘤等多属于神经外科所为。

10点，麻醉医生才来，开始麻醉准备等。由于经鼻腔手术后，有脑脊液鼻漏，所以要先行腰大池引流，这项工作也是由麻醉医生进行。坐位下腰椎穿刺，折腾较长时间，才完成置管。然后再进行气管插管全麻，待到消毒铺巾已到12点。我已经饥肠咕咕，他们才开始正式手术。先由耳鼻喉医生进行鼻腔内剥离及建立手术通道，没有内窥镜，也没有高速磨钻，具体操作只能看图谱。接着Dr Wepeba上台手术，在ZEISS手术显微镜下进行，手术医生均穿上铅衣，术中需要透视。垂体肿瘤手术切除操作没什么好观摩的，于是13点10分我便离开手术室返回。

翻阅手术登记本，看到昨日腰椎结核手术是后路腰2到骶1节段固定，较术前预案缩短了一个节段，但是否病椎固定有待术后复查X片确认。任何技术发展都是在细节讲究上不断完善，粗放的手术完成再多例数，也只说明处于初级阶段。这是从具体技术上而言。而在具体手术设计上，更应注重不同病例的个体性，选择合适的手术方式。加纳脊柱外科尚处于初级阶段，在以后交流中，不应忽视这个判断。

9点多给老母亲去个电话，老父亲接的。今日他们回村里扫墓，但没住村里，已回到县城。老父亲就说了一句："现在回村的道路修得很好，农村变化很大。"老父亲、老母亲心里最放不下的自然还是我，只身一人在非洲，这是以前从来没有想到的事。我说，现在通国际电话都这么勤，还有什么可担心的呢？不过，我有一个看法，有所挂念对老年人身心有益。毕竟有所挂念，就有一种精神、一种意志去支持他们千万别躺下，因此会更注意身体，会主动去锻炼身体、保持营养等。老母亲还参加老同学聚会呢，整个精气神就不一样了。当然，只能是有所挂念，而不能让他们提心吊胆，否则就过头了。

明天是清明，属于中国假期，在手术室时已告诉几位医生和护士，明天不去医院。

2012年4月4日，周三，阿克拉

睡着有点乱，3点30分醒来，就睡不着了，索性起床，打开电脑，写完杂文"医生的层次"。

5点40分，听到屋顶铁皮上密集的声音，知道下雨了，这是阿克拉雨季的第一场雨。雨很大（但没有广州雷阵雨那么夸张），像鼓点，清晰可数，下了一会儿便消停一下。接着又来一次，断断续续，持续个把小时。这不禁让我想起了非洲人工作的状态——干会儿，休息一阵子。阿克拉位于大洋岸边，有时可以看到闪电，但很遥远，很少听到轰隆隆的雷声。可能大西洋的风一吹，那云层就不知道飘到哪儿去了。

据说，去年下了场4小时的大雨。结果导致了霍乱的爆发。阿克拉缺乏足够的污水处理设施。我们房子周围都是明沟，一下雨，便有阵阵恶臭，也不知道从哪里冒出来的。类似独栋的房子都挖了个大大的化粪池，自己消化处理，但贫民区的生活污水直接排到河涌里。在驻地不远处是一个不大的泻湖，上面完全被漂浮的垃圾覆盖着。我不敢去那些地方，但可以想象那种恶臭和蚊蝇滋生的场景。那个泻湖的排放口就在詹姆斯小镇（James Town）周边，开车经过时，要憋住呼吸，否则那种臭味让人脑袋昏沉。所以阿克拉害怕长时间下雨，水浸或者污水反流，后果可想而知。幸好老天爷比较照顾，即使进入雨季，雨也是下下停停。天不下雨不行，雨下多了也不行。污水和垃圾是阿克拉这座城市的烦恼。

6点多上床眯会儿，8点30分起来。写作散文"作别中国"前两节，争取这两天能完成。后面几天专注"加纳脊柱外科发展现状"写作。人在非洲，没人鞭策，亦无硬性任务，全靠自觉。我还算比较自律，因为有自己的追求。雁过留声，人过留名，援非两年，一定要留下属于自己的足迹。喝酒时，有酒兴，会多说几句，有时全然不顾别人的感觉；待我清醒时，想让我说些什么，或许就没有那个兴趣了。

下午国家开发银行西非项目组邀请我们去他们驻地参观。15点15分出发，前往国开行驻地。今天主要有三家机构人员聚会，使馆经参处、国开行和中国医疗队，号称中国队。

国开行驻地原是一家酒店，有14个房间，游泳池及康乐室等设施较齐全。三家人员到齐后，在会议室开了个小会。高参赞首先讲话，说搞这些联谊活动很有意义，可以联络感情、增进友谊、丰富生活等；其次，通报近期一些重要活动安排。5月11日财政部副部长李勇率团访问加纳，检查落实中加之间的合作项目情况，这边负责接待，医疗队要有人随团保障。然后高参询问国开行有关合作项目事宜。

国开行西非项目组李组长介绍其工作开展情况。首先是生活安顿问题，前一年借住酒店，不稳定，也不方便；现在找的这个地方，原来也是一家小酒店，但设施比较齐全，支出费用比住酒店节省。目前项目组有11人，只是一个派出小组。车辆从出租公司租借（含司机），每月租金3000多（以下均为美元），自觉便宜，不用买车，不用修车，不用车检，不用车险，还带有司机，7×24小时保证用车。目前没有雇佣厨师，在华为公司那里搭伙。

李组长介绍起工作，顿时让我们开了眼界。国开行有30亿的项目，90%已落实，合同已经签署。已动工两项，一是中石油项目，二是华为项目，这两个项目合同额已达10亿。其他7个项目已经加纳议会批准，并已落实。还有3个项目可能存在变数，包括渔港码头、输油码头等。加纳一方做事风格比较磨叽，尽管议会已经通过，但下面办起事来仍慢吞吞，项目推进不是那么迅速。在加纳大部分投资项目已获得IMF批准以及加纳议会通过，看来问题不大。

另外李组长还谈起，30亿贷款项目中有1亿微小企业贷款基金，贷款额虽小，但覆盖面广，以促进加纳就业发展，更注重社会影响，可能成本难以收回。所以说呢，领导就是比我们高瞻远瞩。

高参最后说，说来说去，一切就是为经济服务，搞政治最后还要回到经济这块地方来。今年7月中非论坛第5次部长级会议要召开，有很多扫尾事情要完成，以迎接下一步的新任务和新挑战。原先不甚了解对外工作，今天着实上了一课，知道一些知识，开了眼界，很有收获。

2012年4月5日，周四，阿克拉

没有去医院。修改几篇论文，拟近期投出。

2012年4月6日，周五，阿克拉

早上起来上网，见到女儿QQ留言，就上网联系。尝试视频通话，看到人像，却听不到声音，变成我语音播报，女儿文字回复。说了个把小时，因为不能即时互动，这种聊天挺累人的。女儿今天去接种了黄热病疫苗，给了黄皮本。QQ聊天便捷，亦省通信费，这是很实用的科技进步。只是国内那边网速偏低，视频聊天几成截图。

今日终于完成散文"作别中国"写作。忙到深夜零时，写到后面有点虎头蛇尾，因为无法倾注更多真情，只能草草收兵。时至今日，完成写作20万字，数量不说明更多问题，只表明我在阿克拉没有偷懒。

2012年4月7日，周六，阿克拉

昨天晚睡，早上8点多起床。和女儿在线上聊了会儿天。喝了牛奶，吃点饼干，权为早餐。9点30分和老彭、林大厨及邵医生一起出去买菜。

适逢复活节假期，路上车辆不是很多，道路顺畅不拥堵，买菜过程比较顺利。先到Max超市，买了牛腱子肉和肉鸡；再转Koala超市，买面粉和面包。一想自己冰箱里还有很多吃的，只买了几个青苹果。最后到丰收超市，买点蔬菜。这两天有雨，菜叶上沾有水和泥，不能买太多，易烂菜。共花了364.72塞地，11点30分回到驻地。

外面太阳很大，附近也没有地方好逛的，只能待在房间里。中午以青苹果对付，争取体重减轻5公斤。将体重控制在75公斤，那些代谢障碍问题就会迎刃而解。

上网浏览到，3月27日在广州召开广东省科技奖励大会，参与的研究项目"渗出期脊柱结核的外科治疗"获广东省科技进步一等奖。这是与金大地教授一起获得的第二个广东省科技进步一等奖，署名第四。想当初，金大地教授让我牵头这个项目申报成果，仅通过三等奖评审，于是果断放弃那个三等奖。现在看来属明智选择。

2012年4月8日，周日，阿克拉

晨起后上网，和女儿聊天。今日女儿更换了新麦克风和摄像头，视频聊天比较流畅，音质清晰。女儿将在丽江旅游时拍的一些图片发了过来，但网速较慢，折腾了半天才接收到清晰的图片。看到那些熟悉的景色，还是有些激动。曾两游丽江，其中一次携女儿出游，走四方街、登玉龙雪山、赏纳西古乐，优哉游哉，至今仍回味无穷。

今天修改论文"不对称临床现象的临床思维"和"外科具体术式选择的考量因素"。这两篇都是医学与哲学的论文。由于写作及思维角度不同，有时"自以为是"的观点较难获得审稿者认同，只能先冷却一段时间，以后再修改，再投稿。中文论文成文较快，英文写作则跟不上趟，看来很难突破。从明天开始，除杂文外，有关医学论文写作暂停两个月。

晚饭后，在院子里散步，和老彭一起聊聊，逗逗小花猫，也是一件乐事。不过，最近大家都喜欢到这个场所来。一个小院子，容纳人多了，就有一些嘈杂。

2012年4月9日，周一，阿克拉

今日是复活节，一个盛大的西方节日。

13点20分，老彭、林队和我相约去克里布沙滩（Korle Bu Beach），由老彭开车。这个沙滩就在驻地附近，一会儿就到了。我们一下车，就见到很多人聚集在入口处。这些几内亚湾的沙滩，平时没什么人来玩，可以自由出入，今天复活节，出来玩的人特别多，就有人做起生意来。

克里布地区在阿克拉的西南角，周围居民都属于平民阶层。濒海土地分成了一个个带私家沙滩的地块（Block），为私人物业。我们一走过去，就有加纳兄弟热情地招呼我们，允诺带我们从一个小门溜进去，只要支付很少的小费。可能我们几个中国人很是醒目，就有一个小伙子赶忙跑过来呵斥他，并指引我们到路边一个铁皮盒子屋的窗口前，购买几张入场券。每张入场券3塞地，还拉我们到入口处，在胳膊上盖了个图章，"PAID"（付讫）字样尤为醒目，好像我们是被贩卖的物品一样，心里觉得十分别扭。

走进场子，较为简陋。中央有一个水泥建筑的高台，摆上音响，那大音箱的声音震耳欲聋。非洲音乐鼓点节奏好像不太变化，但节奏感很强烈，震得人不由自主地跟着舞动起来。高台上几个小伙子热情地向我们打招呼，"你好"随口就飞了过来。高台下有些简易的木棚架子间，早已被人占满。很多是一家子出来，大人小孩、亲朋好友，围坐一起，旁边有个保温箱。从桌台上那些食物可以看出，多数是从家里带来的，如手抓饭、烤鱼、啤酒等。

沙滩上更是人山人海。因为阴天，没有太阳，海风吹来，尤感清爽。远眺大西洋海天一色，近处几内亚湾的海面上可见鲜明分界，200米开外是那种深蓝，而近处则有一点浑浊的蓝。海浪一个接着一个扑向沙滩，那些黑人也不用换什么游泳衣，男性穿着沙滩裤和白背心，而女性穿着裙子或者裤子，站立海水里，让迎面而来的海浪将他们淹没，而海浪过后，传来一阵阵爽朗的笑声。几个小伙子不停地迎着海浪向大海游去，看到他们在海浪起伏中若隐若现，我真佩服他们的勇敢。

而沙滩上一群男孩在玩排球，腾挪跳跃，轻盈翻滚，不时还冒出几招足球动作。有三名男孩在比试后滚翻动作，面向沙滩斜坡，向后跃起，也带起了不少沙土，有的落地很稳，有的则过了，就一头栽到沙滩里，赶忙站起来，眼睛还没睁开，先露出洁白的牙齿，憨厚地笑了起来，似乎我们就是专门欣赏他们表演的观众。沙滩上还有几匹枣红色的大马，长得很健美，颇有一点雄姿，但少有人上去骑行。海上游乐项目仅有两个大轮胎载着几个人在逐浪漂浮。可以说，这是最原始的、最自然的游乐。沙滩、海浪和亲朋好友一起组成快乐的音符。只有快乐才是这世界上最廉价的又是最珍贵的东西。它不用钱买，或者用钱也买不到；它不是富贵人的奢侈品，而是快乐者的享用品。

我们又买了另一地块的场子的票。我们找了几把塑料椅子坐下，每人喝上一支啤酒，吹着海风，说不出的惬意。这个场子有个舞池，中央有块水泥平地，周围有三面环形的高台。大概在沙滩上游玩已尽兴，大家就来到这块舞池，随着经典非洲音乐，跳起了非洲舞蹈。多数是Azonto舞，那是手、肩、髋、膝的运动；也有跳非洲比较传统的舞蹈的，就像打谷子那样，一抽一抽的；还有像僵尸一样的舞蹈，缓慢地舞动肢体。看到他们汗流浃背的样子，肯定很兴奋、很陶醉。有一名小伙子像是轻度脑瘫病人或者脑积水病人，面部表情有点扭曲，动作也不那么协调，而且舞动幅度很大，有点颤悠悠的，不时还会跪在地下，但不用别人搀扶，也不用自己用手支着，竟也站了起来。这令我有点激动，没想到Azonto竟有如此功用，能让一个脑瘫病人可以和着音乐起舞，以后是不是把这非洲音乐引进到中国康复中心去呢？

今天有Azonto舞蹈比赛活动。舞池里已聚集了一片黑压压的人群，场面有点嘈杂和混乱。主持人小伙子讲的不是英语，属当地土话，我一句也没听懂。主持人一番言语，煽动性很强，鼓捣着台下群情亢奋。先上来三名男士，有意思的是那个脑瘫小伙子也被推选上去。看他有模有样的动作，惹来台下的一片尖叫。但他们不能激动，一激动，就不分什么场合，跑上台，抱起台上的人，一起扭动起来，赶都赶不下去。过一会儿，换几名姑娘上来。音乐响起后，主持人声嘶力竭地催促女士扭臀。音乐停了，主持人举起一个姑娘的手，下面一阵嘘声，又举起一只手，下面又是不断挥手，最后举起的那只手引来了很多掌声。第三波上来跳舞的是小女孩，舞姿优美，看了很舒服，我也不禁鼓起掌来。旁边一名加纳小伙子问我："你知道他们说什么吗？"我说："不知道，但我可以感受到，他们都很快乐。"接着上来跳舞的是几个小男孩，他们跳起Azonto舞蹈特别有韵味。有一名小男孩，敞胸露怀，那个脐疝很凸显，引人注目。他跳舞节奏感很强，动作协调，下面的尖叫声似乎比前面几轮都响亮，而且一波一波地传来。又有人激动起来，纷纷跑上台，扛起小男孩，自我陶醉般舞动起来，疏松的沙滩裤已经滑到大腿，也浑然不知。周围几个人很有意见，拼命大喊大叫，像在投诉，台上乱成一团，比赛也进行不下去了。最后几个在沙滩上巡逻的警察跑了过来，将这几个"激动分子"驱赶下场。比赛暂停后，主持人躲在一旁休息，看来得等这些人平静后才能再次煽动。

这时，老彭说："我们得走了！不然等到最后，所有人一激动起来，不知道会出现什么事情。趁着现在他们舞蹈没有尽兴，啤酒没有喝多，我们快撤。"确实，刚才那几幕我也看到了，加纳人一激动，就冲上去，又抱又搂的。老彭在非洲待过，有经验。我们虽然意犹未尽，但安全是第一位。

回到驻地，已感十分困乏。冲个热水澡，冲洗掉身上的沙子。在空调机嗡嗡声中，得把今日的午觉补回来。

2012年4月10日，周二，阿克拉

复活节后上班，没想到今日成了援非生活中值得纪念的日子。

7点50分从驻地出发，步行去医院。Tuner医生本周将转赴埃塞俄比亚，他要在那里访问一个月，然后再回洛杉矶，所以早上安排一起座谈交流。Tuner医生讲了自己的一些看法，包括加强病例资料收集及科研合作等。加纳医生的观点则比较一致，就是术后复查费用比较高，多数病人难以承受，且门诊MRI等常常排队等候一两个月，因此获得完整的病例随访资料比较困难。"少年不知愁滋味"！富裕地方来的，当然不能了解贫穷地区医生的无奈。而医学实践活动常受制于经济社会发展。我们从贫穷走来，特别理解加纳医生的感受。

回到科室，看本周手术安排，周二到周四均安排两台手术。墙上白板有份月初的通知，说因缺乏肌松药，需暂停择期麻醉手术两天。不过，今日手术已照排，可能不会再停吧。

第1台手术是脑脊膜瘤切除术，由Dr Wepeba 和Mawuli施行。我们在手术室里等候，等到了9点30分麻醉医生才进手术室。连Tuner医生都直摇头，颇有微词。我开玩笑地问Tuner医生："在美国，是否都是手术医生给麻醉医生发钱啊？"他说："那倒不是！麻醉医生是医院的，外科医生可以与几家医院签约，各赚各的钱。但大家配合很好，基本上8点准点开展第1台手术。"我回了一句："在我们中国，也是如此。"

第1台手术于11点正式动刀，我在台下观摩了一会儿，Dr Dakurah也进到手术室。他热情地跟我打招呼，并对我说："可否邀请你等下和我一起上台，做一台腰椎手术？"我毫不迟疑地回答："当然没有问题啊！只是我现在需要回驻地，交代队友协助更换临时驾照。"Dr Dakurah说："接台手术没有那么早开始，我会等你上

台。"我赶忙致电司机Amos来车。回到驻地后，将加纳临时驾照转交老彭（后来也没有换成）。而后急忙吃了半包饼干、一个苹果，喝了一杯牛奶，12点又乘车返回医院手术室。

这台腰椎手术在第2手术间进行。病人女性，60岁，腰4/5椎间盘突出并椎管狭窄，伴有节段不稳。MRI还是半年前检查的，在国内依据这样陈旧的MRI检查进行手术较鲜见。病人肥胖，采用俯卧位，Seth用马克笔进行体表标记。我跑去推来C臂X线机。Dr Dakurah说："我们都是完成椎弓根螺钉固定后才进行透视。"我说："这个病人很肥胖，体表解剖定位不是很准确，采用C臂X线机透视定位可避免手术间隙错误，可以缩小手术切口。"但是C臂X线机的透视效果不佳，改变参数也不行，图像模糊，依稀判断定位间隙，这样心里就有数。Dr Dakurah看我操作后，认为这种术前透视定位方法确切，并不耽误时间。可惜今日C臂X线机透视效果不理想，可能射线对肥胖脂肪层穿透力有限。

我明白，Dr Atoko下月要休假，脊柱外科医生后继无人，所以今日要着急试试我的"真材实料"，否则脊柱手术就要停止一段时间。Dr Dakurah和Seth在术侧，我则选择站在助手侧，一则友好表示"自己的位置"，二则在国内习惯在助手侧指导。采用后正中切口，由Seth显露一侧，我显露另一侧。我示意Seth开始切皮，其间我切口范围。根据术前定位，我示意切口长度。他还"噢"一声说："很短切口！"我回答说："已经够用了，因为我们已经确定手术间隙位置。"脂肪层很厚，切口很深在，他们反复尝试撑开器，显露不是很好。我说："可以尝试用椎板拉钩，挂在关节突外侧或者横突部，这样显露起来就会好很多。"他们又"噢"一声说："这确实是好办法。"我一边显露操作，Dr Dakurah在一边向Seth解说中国医生Dr Qu的操作特点，如切开时不要进入骶嵴肌，可减少出血；要在椎板上进行剥离等。这些属于常规步骤，不需要我来讲解。

显露完毕，看到腰4/5关节突关节增生明显，显然局部明显不稳。我说："定位是准确的。下面我要演示椎弓根螺钉入钉点选择以及徒手置钉操作。"我用电刀沿着上关节突外侧缘以及椎板外侧缘进行显露，以寻找置钉点。毕竟此乃平生进行首例非洲人脊柱手术，并不熟悉腰椎骨性解剖是否与国人有异，需要显露清楚一点。我说："入钉点一般选择在腰椎上关节突基底部，要在椎板外侧缘的外侧，这样螺钉不会误入椎管，这是最主要的。仅就置钉而言，并不需要显露更多横突部分。"Seth频频点头，口里"Yes"不停。指示入钉点定位后，我让器械护士递来一把骨刀，在入钉点部去皮质骨处理。"当当"骨锤一敲，Dr Dakurah就说："这是骨科的脊柱外科医生，用起骨刀很熟练。"我知道他们神经外科医生除了颈椎前路手术时截取髂骨外，一般不太会使用骨刀，所以特意向他们演示一下。然后，"Awl（开口锥），Pedicle Finder（椎弓根钻孔器），Probe（探子）……"一气呵成，预制钉道完毕。我边干边说，什么操作动作、操作要点、操作技巧等，这时候不劳Dr Dakurah在旁解说了（他并不熟悉）。在国内我也是这么带教，只不过现在把流利的母语改换为不太流利的英语罢。毕竟解剖学专业博士出身，说起解剖来更是头头是道。Dr Dakurah笑着向台下观摩的几位医生说："今日很有幸，Dr Qu为大家演示了中国式脊柱外科操作。"

Dr Akoto上台手术时，所有置钉操作由个人独自完成。这一侧预制钉道完毕后，就跑到另一侧进行，其他培训医生并没有多少动手机会。所以，Seth置钉操作并不熟练，操作要领也不到位，预制钉道角度有点偏斜，经过手把手调整一下，还是可以满足要求。

预制钉道完毕后，Dr Dakurah问我："先置钉，还是先减压？"我说："还是按照加纳这里的习惯，我们先进行减压，是否进行全椎板减压呢？"Dr Dakurah给了个肯定回答。国内脊柱外科开展初期，也是进行全椎板减压，以后才进步到节段减压。因此，对于全椎板切除减压，我更是轻车熟路，有演示与他们不一样操作的冲动。我持起骨刀，切断减压节段棘上韧带棘突附着部，而不切除棘上韧带，便于维持局部稳定性。他们从未这么做过，因此颇感兴趣。然后，以骨刀开路，先切除腰4棘突，像剥洋葱一样把椎板骨质削薄，突破进入椎管。可惜骨刀实在太钝，且又长又重，骨锤也是又大又沉，那骨头更是又硬又厚。抡几下骨锤，就感胳膊又酸又疼。没有办法，工具就是如此，哪天自己得去找一下，看看有没有合适的骨刀、骨凿和骨锤，还有Homman拉钩，方便自己使用。看椎板骨质较薄了，就慢慢用枪钳一口一口咬除残余骨质，扩大减压范围。到了硬膜囊外侧完全显露，完成椎管彻底减压。我问一声："我们是否切除椎间盘呢？"Dr Dakurah回答说："I don't think so."（我认为不必）那就不切吧！一次手术不能改变他们太多，否则吃不惯，还消化不了。减压完毕，我们开始置钉。置钉后透视，C臂X线机图像又是如此模糊，令人费神。看了腰4椎弓根螺钉位置很好，在我这一侧腰5椎弓根螺钉位置不错，Seth一侧则有点偏下。考虑腰5椎弓根较宽大，估计不会突破椎弓根。我说："如果有疑问，可以将螺钉取出来，再探查一下骨道。"大家在透视图像辨认一会儿说："螺钉在椎弓根内。"

量取合适长度固定棒，预弯，置入，旋入螺塞，原位固定。遂进行横突去皮质，将椎板减压切除的碎骨，植入双侧横突间，完成植骨融合。他们取一具5ml塑料注射器，拔出内芯，先将碎骨装填其中，然后剪除前部，再装上内芯，直接将碎骨推到局部，并轻轻夯实。实践出真知，他们这一招很实用。我们在国内都行椎体间植骨，用的是椎间融合器，极少见横突间植骨，这次也让我开了眼界！

让Dr Dakurah下台休息，我和Seth继续闭合切口。我提示Seth，因保留棘上韧带，先在韧带下方将两侧肌肉缝合两针，有助于缩小术部空腔。留置引流管后，再将腰背筋膜与棘上韧带缝合一起，也有助于后部结构重建，符合生物力学要求。理论要一套一套地说明白，这就是教学。由于病人肥胖，皮下脂肪层厚，我又提醒Seth："可以再留置一条引流管，避免脂肪液化导致愈合不良。"Seth按我的要求做得挺好。最后由Seth进行皮内缝合。

17点从手术台下来。3个小时完成1台腰椎手术，这是我在加纳援非开展的第1台手术，也是第2批援加纳中国医疗队开展的第1台手术。

下台后，Dr Dakurah、Dr Wepeba及Yankey、Mawuli等医生很热情地对我说："Thank you，Dr Qu."我很谦逊地回答："It is my pleasure."确实很高兴，能在非洲同道面前演示一台中国操作和加纳操作相融合的手术，既有熟练的操作，又有娴熟的解说，至少让他们觉得Dr Qu这个中国医生不是沽名钓誉，而是有真材实料的。外科医生的世界应该在手术台上，在世界哪个地方都是这么认为的。

步行回驻地，站立时间长了，腿部有酸胀感，活动一下有好处。回到驻地，先冲了个热水澡，消除了一点疲乏。

2012年4月11日，周三，阿克拉

空调漏水，早上工人来修理，忙到8点40分，才步行去医院，直接进手术室。Mawuli告诉我说："昨日手术病人情况良好，今日Dr Akoto没有上班，需要你一起上手术。"我说："如安排第1台手术则可以，若参加第2台手术，我要先回去吃午餐，再回来手术。"他说："今天只有1台手术。"

病人为35岁女性，2010年8月在37军医院进行了腰椎间盘手术。术后就没有好过，左下肢症状明显，MRI提示腰4/5有明显神经受压。我上前询问病人症状，并进行必要查体，见左踇趾背伸肌力减弱、直腿抬高试验阳性，与影像学表现相符。这是个翻修手术，相对有点复杂，但没有更大难度。只是昨日手术站立时间过长，今日还没缓过劲来，右小腿肌肉酸痛发胀，所以在休息室里先自我推拿一番。

10点30分进入手术间，病人已摆好手术体位。我将C臂X线机推到位，进行透视定位。至少要让他们接受这个观念，有C臂X线机，就要用上，透视定位可以避免手术节段错误。手术开始了，Mawuli显露一侧，我显露另一侧。由于培训问题，

他显露范围广泛，几到横突尖部。我对他说："椎体间植骨融合是趋势，将来你们肯定会开展，那时则没有必要显露太多横突结构，可避免不必要的出血。"由于不清楚原来手术方式，所以我让Mawuli在显露原先手术位置时要多留点瘢痕组织，避免误入椎管。后来一看，根本就不是行全椎板切除，而是椎板开窗。Mawuli问："会不会是椎板愈合了？"我说："不会的，因为再生愈合椎板没有典型松质骨结构。"

显露结束后，Mawuli完成了一侧预制钉道，我一直叮嘱他要注意角度。当我这一侧预制钉道时，我让Yankey过来进行。我说："我的任务是协助你们提高手术技能，所以我会把动手操作机会留给你们。"Yankey转换了台上站位。预制钉道时，我就提醒他一定要清楚入钉点选择，要良好显露，辩清骨性解剖标志，这样就不太容易出错。按照操作规范进行，钉道预制过程顺利。在国内这时一般进行透视确认后完成置钉，但在这里先用骨腊封闭钉道。后来才明白，因为要横突间植骨，需要横突去皮质，如螺钉先置入，则会影响后续操作。

由于系翻修手术，最合适术式应是经椎间孔椎体间植骨融合术，即TLIF手术。但因没有引进椎间融合器，故还得按照他们的习惯进行全椎板切除减压、横突间融合术。原先手术部位疤痕形成明显，分离起来很费时间，我就持起骨刀，准备切除关节突内侧部分，找到正常界限。Mawuli惊呼道："这太危险了！"我说："请放心，不会有问题的。如不用骨刀，很难进入椎管，分离难度更大。"几刀下去，我就把关节侧内侧部分切除下来，显露出一个很好的减压操作空间。Mawuli还心有余悸地说："你是骨科医生，我是神经外科医生，我们的训练没有像你这个样子进行减压的。"昨日Dr Dakurah见到我使用骨刀减压，也惊呼这"中国操作"呢！见怪不怪！看来同为脊柱外科医生，神经外科医生出身与骨科医生出身的操作习惯还是存在很大的差异。

协助找到神经根后，探查一下，没有找到游离髓核组织。Mawuli认为椎间盘没有明显突出，可不要切除椎间盘髓核。我说："那不行！这个椎间盘原来做过手术的，探查也见有纤维环破裂，神经剥离子都可以进入。而退变髓核组织含有炎性因子，有很强的炎性作用，可以刺激神经根引起症状，所以要清除残余髓核组织。"我讲起理论来头头是道，毕竟他们只是专培医生，听地频频点头。Mawuli切开纤维环，摘除髓核组织。从摘除组织看，颜色是乳白的，还有一些弹性，看来退变不是很完全。这点表明，加纳椎间盘退变疾病与国内情形有明显不同之处。一般椎间盘退变不严重，椎间隙下降不明显，所以他们经常不切除椎间盘或者进行椎体间植骨，这有一定道理的。松解神经根后，探查没有明显致压因素，就置钉固定，准备结束手术。

我先下手术台，推来C臂X线机透视一下，发现Mawuli侧的腰5椎弓根螺钉位置不正。他辩解称螺钉是处于终板位置。我说："我们可以比较一下上下的椎间盘间隙。很显然，这个螺钉已经进入椎间隙了，主要原因是螺钉头倾角度不对。"预制钉道时，他们会注意外倾角度，但常常忽视了头倾角度。在Mawuli置钉时，我就发现了这个问题，特别提醒他要注意螺钉角度。Ametefe问我："怎么办？"我说："翻修吧，重新调整螺钉角度，至少透视满意后才能结束。"Mawuli在台上继续调整螺钉，我在台下操作C臂X线机透视确认，并建议更换较大直径的螺钉。最后我交代要重视冲洗伤口。这是我援非的第2台手术。

15点多回到驻地，上床睡觉，17点20分醒来。这觉睡得舒坦，连小腿酸痛都缓解多了。

2012年4月12日，周四，阿克拉

今天仅安排2台脑科手术，就没有去医院。

完成2篇通讯稿：一是"来自加纳的特殊工作汇报"，二是"南方医院瞿东滨主任在加纳演示中国操作"。发给科室秘书姚玲，并抄送志红。要不时在医院或者大学网站露露脸，否则大家渐渐淡忘了我在非洲。

2012年4月13日，周五，阿克拉

7点50分离开驻地，到医院参加周五早读会。今日由Yankey报告神经胶质瘤（Gliomas）。他竟然准备了76张幻灯片，讲了整整一个半小时。

10点开始查房。查房由Mawuli和Yankey进行，Dr Dakurah负责带学生。周二和周三手术的两位女病人术后效果均不错，可下床在助行器辅助下行走锻炼了。

东区大病房里，原为8张床位，已住进13个病人，婴幼儿居多。其中一个女婴额顶部脑脊膜膨出，似凤冠一样。而更吓人的是，竟然没有鼻子，好像被什么动物吃掉似的，鼻孔朝天，而残留的半拉鼻子歪斜一侧。不知哪位好心人扯了一小截胶布，盖在鼻腔部，姑且貌似有个鼻子样子。这个女婴6周龄，出生后次日CT扫描说明这是个先天畸形。女婴母亲有二十多岁，从熟练护理女婴的样子，好像不是初产妇。在她的脸上看不出不耐烦，全然不顾别人诧异的目光，深情地轻拍着孩子，淡定地母乳喂养这个可怜的孩子。另1例重新入院的是那位颈胸交界部肿瘤病人，初次手术中发现根本没有硬膜外肿块。现在这病人情况不佳，存在贫血、感染等症

状。病房里脊柱病人不多，有1例颈椎矢状骨折并不全瘫，此类病人在这里都行保守治疗，这病人明天出院。已遇到该类型骨折两例，要注意收集资料。

有1例伤后5周入院的20岁病人，从椰子树上坠落，导致胸12骨折脱位并双下肢瘫。我问："这个病人可以安排下周手术吗？"没想到一旁的Ayodele告诉我："没有钱啊！现在连CT或MRI都无法安排检查，还不知道有没有钱接受进一步手术呢。"对医生来说，这是无能为力或无可奈何的事。

下午华陇公司张总带来一名年轻男性病人，半年前车祸导致右肩关节脱位、肱骨下端骨折，曾在克里布医院进行过两次骨科手术。现在肩周肌肉明显萎缩，肩关节以远自主活动消失，其中肘关节以远运动感觉均消失。从损伤情况看，可能是外伤导致臂丛神经或腋神经损伤。但在肘关节上方有一个反L型切口疤痕，说明可能当时只是想探查肘部神经。不过，该切口选择并不规范，如此小切口并不足以显露广泛，而且亦未给予骨折内固定，显然手术根本没有达到目的。建议先进行神经电生理检查，明确臂丛损伤情况，最好接受手术探查及神经修复。但加纳肯定缺乏这种能力和水平，还是建议回国治疗吧。

2012年4月14日，周六，阿克拉

上午外出买菜，带了300塞地现金。去Max超市、Amos家附近鸡蛋摊、丰收超市等，买了鸡肉、鸡蛋和蔬菜，共支出297.30塞地。收支平衡，真够水平。

下午收看于震主演的电视剧《密使》。有感昨日所见的那个女婴，拟就一篇散文《一个女婴》。

2012年4月15日，周日，阿克拉

女儿今日结束国内休假，返回新加坡上学。收到女儿安全抵达的短信，牵挂的心才渐平静。一家三口，天各一方，只求各自安好。

2012年4月16日，周一，阿克拉

今日原计划安排3台手术。第1台2岁龄患儿脑积水性脑室引流；第2台75岁腰椎管狭窄症病人因有肺部阴影，被麻醉医生停止手术；第3台56岁腰椎管狭窄症病人，行半椎板切除减压、椎间盘摘除术。

在手术室，遇到Dr Akoto。交谈后，才知道其得了疟疾，但没有明显高热，只有疲乏、全身酸痛等症，服药几天就好了。在加纳疟疾很常见，故Mawuli问我："有没有得过疟疾？有没有服用预防疟疾的药物？"我肯定地回答："没有得过疟疾，我每天晚上会先驱赶蚊子，再上床入睡。但不会服用药物预防，我觉得那用处不是很大。"Mawuli笑笑说："不用太恐惧！"在我们驻地，看门的非洲兄弟Tier上周也得了疟疾，但很快就好了，真佩服非洲人的身体素质！

Dr Dakurah来到手术室并告诉我，上周三手术的那位青年女性，昨日出现左下肢疼痛以及无力，X片显示螺钉位置偏内。我知道这个病人在左侧腰5椎弓根置钉时曾经调整过，肯定那里出了问题。但术后第1天查房，病人表示感觉挺好的，她可能没有如实说明情况。过了会儿，病人被推进手术室。我阅看X片，腰5左侧椎弓根螺钉已越过中线，说明螺钉偏内误入椎管。Dr Dakurah问我："继续观察治疗，还是手术翻修？"我说："已明确螺钉位置不正，且有相应症状，就不要等待观察，还是尽早手术调整一下螺钉。"

12点30分，我和Mawuli一起上这台手术。术中见螺钉位置偏内并进入椎管，神经根有点损伤，且上关节突浮动，说明入钉点和螺钉角度均偏内。Mawuli情绪有点低落。毕竟这是他手术操作出了问题，而且置钉结束没有常规探查椎弓根内侧壁完整性，这是个教训。当然也怪我，上次手术时我提前下台推C臂X线机透视，忘记交代要常规探查一下椎弓根内侧壁的完整性。Dr Akoto也洗手上台，完成螺钉调整。我趁机让Ayodele照几张工作照，留下我援非的身影。这是我援非的第3台手术。

15点20分回到驻地。晚上开始收集有关脊柱手术器械图片。骨科手术器械众多，且中英文名称大不同。为利于国际交流，国内年轻医生应通晓这些英文名称，故可以考虑编写一部实用参考书。

2012年4月17日，周二，阿克拉

早上起来，走到阳台。天阴沉沉的，远处大西洋上乌云密布。7点50分去医院。刚开始学术报告没多久，就听见一声巨大响雷，接着倾盆大雨打得屋顶铁皮咚咚作响。这是到加纳以后遇到的第一场大雨，真有点亲切！

学术活动结束后，我专门站在廊道上，通过窗户玻璃，观赏这久违的雷阵雨。在国内经常遇到雷阵雨，总会带来一点清爽。阿克拉现已进入雨季，今天下了约一小时的雨。不能下太长时间，否则这座城市很多地方要被水淹，霍乱就会出来

作乱。

　　学术报告内容是普通X线平片在脑和脊柱的应用，由来自加拿大的放射科医生主讲。X线平片的重要性大家都清楚，但要获得良好的影像却是放射科需要努力的方向。毕竟目前诊断上分类更加深入，脊柱方面必须有CT/MRI资料。从加纳情况看，他们似乎对MRI应用更加青睐。

　　今日手术为脑肿瘤经鼻腔手术切除，另一台是颈椎脊髓内肿瘤切除。由于已约定去买新轮胎及买鱼，就没有参观手术，9点20分回到驻地。

　　和老彭一起，开着帕杰罗，驶出驻地大门。原计划先到NISSAN服务店，再去詹姆斯小镇（James Town）渔港。刚出门不久，就看到好几条街道被水淹了，被推上路面的垃圾很多，河涌水位上涨不少。到了克里布路口，见到前方严重堵车，就果断折返驻地。

　　15点再到NISSAN服务店接车。到了服务店，注意到几块告示牌。一块最醒目的牌子是服务时间，每周五个工作日。周一到周四，早上从7点30分到12点30分，下午1点30分到4点30分，共8小时。而周五有点特别，下午服务时间从14点到17点，中午有1小时餐点时间。周六、周日以及节假日均休息。

　　第二块牌子是直接写在门框上，提醒优先服务预约客户，而不是谁来都行，先到先得。这样每天工作量就好控制，以保证服务质量。在国内预约制尚不普及。第三块牌子是收费项目公开。

　　等到16点多提车，交费497塞地多，包括零部件321塞地，人工费111塞地以及税费。

　　回来的路上，司机Amos说如果到路边店去换这些东西，大概只要两三百塞地。但路边店零部件多数是二手，质量不好讲。况且这些专门店至少检测服务方面好很多。车辆安全要优先考虑！

2012年4月18日，周三，阿克拉

　　8点30分到医院。进医生办公室时，遇见Dr Dakurah，打了个招呼，就去病房了。病房空了五六张床。脊柱术后翻修那个女病人情况不错，直腿抬高试验可以达到70°，但是□趾肌力还差点。注意到病历书写，神经外科仅注重肌力、感觉以及反射等记载，缺乏脊柱及关节活动度等记录，这是不同训练方式造成的差异。另外那例脊柱骨折并截瘫的年轻人因为缺钱，一些检查没有完成，能否手术说不准。这世界上，苦难的人何尝不是一样的？！

回到办公室，才发现手术安排有调整。今日安排4台手术，前3台是脑肿瘤并积水，行脑室引流，后1台为周一停手术的73岁腰椎管狭窄病人。但后两台手术亦出现在明日预手术单上，说明今日如不能完成计划，则剩下手术延迟至明日进行。今日没我什么事情，就提前返回驻地了。

10点，和老彭一起去詹姆斯小镇（James Town）渔港买鱼，由司机Amos开车。甫一下车，有一名中年男性热情地迎面而来。很遗憾，他嘀咕了半天，说出来的鱼名，却没有一个我能听得懂，只好告诉他要看看有哪些鱼类。最近加纳塞地明显贬值，我们反而增多了一些伙食费（以美元结算），所以想买些鱼，主要那种小红鱼，另外搞几条石斑鱼，以改善一下伙食。想是这么想，走走看看吧。后来在一个摊位，买了两条大鱼。一条为大的乌头鱼，有40厘米长，7斤重。另一条大海鱼，鱼嘴大、头小、身粗，有70厘米长，9斤重，但不知道其名。两条共花110塞地。再转一圈，没有见到更多红鱼，就请那个摊主挑拣出一堆红鱼。他将那些红鱼放在一个铝盆内，端起来掂量一下，报价110塞地。老彭杀了10塞地，以100塞地成交。

晒一通太阳，买一些渔获，有一点收获，心里就不会那么失落。回来后，林大厨把红鲷鱼分装冷藏，分有十几袋，每袋一顿，油煎后分食。那两条大鱼至少也够分五六顿食用，所以很划得来。

到房间拿了相机，再跑到厨房，提起那条大海鱼，请林大厨帮忙拍照留念。林大厨说："将大海鱼提起来拍！这是来自非洲大西洋的鱼，更能体现出援非买菜人的风采。"

2012年4月19日，周四，阿克拉

8点30分赶去医院。病房又收满了，但是脊柱病人不多。我先去看了那个翻修手术的女病人。她正坐在床边吃饭，告诉我已经可以下地行走，感觉良好。再到另一间病房，见到那个73岁腰椎管狭窄病人，原准备今日手术。但询问他时，他并不知道今日手术，看来又取消了。他的间歇性跛行症状很重，有4年病史，昨日接受胸部CT扫描，尚未见到结果回报。他的邻床是新入院病人，从1层楼上跌落，导致颈痛以及右上肢活动障碍、排尿困难，肢体感觉可以，X片显示有齿突骨折并有寰枢椎轻度脱位，但查体未见枕颈部压痛及颈椎活动受限。看其病历记载1年前遭遇车祸，可能齿突骨折系上次损伤所致，现正等待MRI检查。

进了手术室，仅有1台脑室引流手术正在准备中。此手术较为简单，如有接台手术，一般手术病人已送到手术室等候。

10点30分Mawuli开始手术。他还告诉我，Dr Akoto要休假，后两周没有安排脊柱手术。11点，看到接台手术的病人尚未接来，我就走回了驻地。

2012年4月20日，周五，阿克拉

7点55分走去医院。进了外科学习室，已有两名轮转医生在座位上，陆陆续续又来了一些医生，Dr Dakurah到来后，便正式开始学习。由Ayodele讲"中枢神经系统的寄生虫感染"。寄生虫单词很长，并不熟悉。Ayodele讲了3种寄生虫感染疾病，从宿主到临床表现等，均有涉及。在座的医生包括我在内都听得晕乎乎的。还是Dr Akoto讲得一句话在理，占位性诊断没有太大困难，需与脑脊髓内肿瘤鉴别，但术前病因很难明确。学术活动进行了一小时多。回病房后，我自行去转一圈，没有什么特殊病人。看到时间已过9点30分，因与老彭约好去买恒温箱，就提前返回，当然还是步行回来。

老彭开车，我们一起去Game超市，买了两个恒温箱，支出280塞地。顺便自己也买了可乐、牛奶和果汁。然后转去丰收超市买些蔬菜，147塞地，够吃几天了。

晚上中铁五局宴请中国医疗队，席设玫瑰中餐厅，所以16点全体队员就乘车前往赴宴。今天恰逢来到加纳4个月。4个月前，刚抵达加纳的当天晚上，也是在玫瑰中餐厅就餐。时间一晃而过，往事历历在目。

今日我们吃火锅。在非洲吃火锅，感觉就是不一样。大家聊着高兴，吃着开心，喝着顺心。什么小龙虾、竹节虾、羊肉、牛肉以及豆腐、海带、土豆、南瓜、粉条等一应俱全，算是给我们改善了一下伙食。

中铁五局有个农场，赵总提出以后可送我们一些猪肉，这很令我们感动。

开心到21点，已酒足饭饱，便打道回府。天上明月当空。

明天要去特马港拿鱼。对，不是买鱼！

2012年4月21日，周六，阿克拉

为了避免痛风发作，昨天吃完火锅后，便吃了粒苯溴马隆胶囊。可谁知到了半夜2点，就被饿醒了。这一醒，就难以入睡。只好起床，泡了包即食面，索性看起电视节目来。折腾到4点，才又上床准备睡会儿。

6点整，被老彭的电话催醒。这是到非洲后第一次非自然睡醒。头脑有点迷糊，但还得爬起来，因为要去特马渔港拿鱼。没有什么比改善队员伙食更重要的。

6点11分从驻地出发，绕道高速公路去特马。原以为时间还早，没想到从环市路过去，路上车辆络绎不绝。公交车站、农贸市场已是人头攒动，路边的摆摊也开始营业，不禁想起一句话："莫道君行早，更有早行人。"

太阳刚升起，红彤彤的，给人一种大地复苏般的温馨感。我们要去的特马港在阿克拉的东边，刚好是迎着太阳而去。车辆奔驰在公路上，两旁的景物一晃而过，牛羊群在路边的荒地上悠闲地觅食。30公里路程很快就到了。

到了特马渔港，华人渔业公司朋友已在路边等候。通过一道安全检查岗，被要求缴纳每人5塞地费用。等拿到票据一看，却仅写了3塞地，很自觉地被摊派2塞地小费。刚过检查岗，又有一个穿制服的女青年来检查，一问才知道是移民局的。我们出示了因公护照和居留签证，才被正式放行进入码头区。

这家华人渔业公司有4艘船，都是大几十吨的铁壳船，出去打鱼一个来回需4周。在大海上漂泊一个月，那艰苦不是一般人能想象的。这些渔船都要获得加纳政府的捕捞许可，所以船上都写着官方证书编号，还要接受海上捕捞检查。

我跳上一艘正在下货的渔船，趴在船舱边观看，那船舱就像一个黑洞洞的房间。一名加纳人站在下面，把一筐筐墨鱼、石斑鱼、红鱼等提起，举过头。由甲板上另一名加纳人接过，并传到岸上，再由一名加纳人倾倒到不锈钢台面上。几名熟练工人很快就分拣完毕。按照品种及大小，分装在不同的筐内，由已在岸上等待的经销商拿走分销。这样渔船不会有制冰设备，还得先将大冰块装在船舱里，再出海捕捞。

渔业公司送给我们一些不同种类的鱼，装满两个恒温箱，共30多公斤。有大龙虾、石斑鱼、墨鱼以及红鱼、黄花鱼等，看着让人双眼发直、唾液直流啊！要是到市场去买，可能要近1000塞地，真感谢这些华人渔业公司！

出渔港检查岗时，见到那个门卫嘴巴收成"O"状，不时用手示意往嘴塞东西。老彭说："那是要点吃的或者喝的。别理他！"

晚上林大厨制作海鲜大餐。大家想吃大龙虾刺身，但担忧冰鲜不安全，改以清蒸。几只大红蟹，亦以清蒸，肉质口感不佳，没什么味道。还是白灼墨鱼不错，又脆又香甜。

2012年4月22日，周日，阿克拉

昨晚22点入睡，凌晨3点多就醒了。人到中年，大概难以一觉到天亮。

昨日从特马返回阿克拉，走的是海边公路，曾在海边防护堤上流连会儿，让老

彭帮忙拍摄了几张照片，并发给志红，免其挂念。今晨查邮箱，见志红回信如下：

你的照片很能感染人，给人一种积极向上的感觉。

"心里有阳光，到那里都明媚"，很精辟！也打破了我心中的小小疑虑：没有亲人没有朋友，没有多少手术可做，没有特别的体育运动，在遥远的异国他乡，就算有心结识新朋友，语言交流也不可能像母语那样流畅，除了吃饭、睡觉、独自散步、在宿舍里写写文章，可能在加纳那边的生活也是索然无味吧。而且要坚持两年啊！

但愿，照片里的你是生活中真实的你，而不是为了安慰我。

确实，在非洲生活无疑是一番修炼，对自己身心的修炼。失去很多，得到甚少，还要"无事心不空"，如无静心又无定力，援非生活则并非易事。事务性的工作主要是上班和买菜，其他时间就是想自己所想、做自己想做，而不是强迫自己而为之。

凌晨4点多，窗外传来祷告声，一天就这么开始了。6点，又上床休息了一下。今天几名队友去沃尔特水库旅游，还有6人留队。其实这样挺好，想去就去，不想去就留下，没有必要追求步调一致，毕竟这里不是军营生活。

2012年4月23日，周一，阿克拉

8点30分到医院，11点30分已返驻地。这两周没有安排手术，手术室用作肾移植手术训练。不知道这是克里布医院第几例肾移植手术，竟然全院停止手术两周，看来开展新技术委实不易。

到病房看看，关注一下脊柱病人。那个因螺钉位置不正而翻修的女病人感觉很好，我让她下床走了一圈，没有什么不适，而且左蹞趾背伸肌力也有明显恢复。我笑着对她说："终于见到你的笑脸，我们都很高兴。"比起那些脑科病人，脊柱手术效果一般较为显著，所以在病房里，只有脊柱外科术后病人的笑脸较多见。

新入一名中年男性病人，背痛4周，加重伴有下肢活动障碍4天，但下肢感觉尚好，而且没有大小便功能障碍。这是典型脊髓前动脉损伤表现。MRI显示胸4/5椎体并椎间盘破坏，突入椎管压迫脊髓。查看该病人时，Dr Dakurah刚好也过来。他问我："这个病人应该考虑什么诊断呢？"我说："首先要考虑脊柱结核。"他问："有没有可能肿瘤？"我说："从MRI影像上看，这是涉及椎间盘破坏，并有椎旁脓肿和死骨形成，不太符合脊柱肿瘤的表现，而更符合结核表现。"他问："下一步治疗选择呢？"我说："先抗结核治疗1～2周，再从后路手术。"他问："不经胸腔手

术吗？"我说："胸腔手术对肺部影响较大，并发症多，我更倾向于后路手术。"他问："后路经椎弓根途径吗？"我说："可以经椎弓根，也可以切除肋椎关节，如一侧减压不够，可以两侧进行。"他问："椎体切除后缺损怎么办？"我说："需要钛网（Mesh）来重建。"这老兄在考我啊！他可能不会想到，我专注脊柱结核研究多年，这方面的造诣本来就不浅。

还有1例胸腰椎骨折并不全瘫病人，在等待MRI检查，不知有没有钱接受手术。另1例颈椎Brown-Square综合征的病人，也在等待MRI检查。

看完几例脊柱病人后，就参加 Yankey的查房。多数为脑科病人，跟在他们后面，可以听一听，训练自己的听力。只是进展缓慢，看来自己的语言中枢并不那么发达。

有意思的是，Adjeley主动接近我，问我："你什么时候回中国休假？"我愣了一下，回答说："可能今年年底。"他对我说："我还没有去过中国，很想去看看中国医生怎么工作。"我说："那非常欢迎。"我知道，虽然有许多外国医生来加纳交流、讲课或者手术等，但加纳医生更想有机会自己出去看一看。我也正有此设想，以后与Dr Dakurah讨论此事。

11点许查房结束。正要离开时，Mawuli向我走来。他对我说："如果有机会，我也很想去中国接受一下脊柱外科方面的培训。"我还是回答："欢迎啊，非常欢迎！"

今年计划安排Dr Dakurah访问中国，并参加中国骨科学术大会（COA）。此应视为我的援非工作之一。

2012年4月24日，周二，阿克拉

7点20分离开驻地，步行上班。此时太阳有点热烈，身上略有一些汗，腿无酸胀感，精气神正足。

9点30分，见医生办公室里摆满了座椅，以为又有什么学术活动，没想到竟是医护沟通会。参会者中有5名护士，医生则全部参加，包括实习医生，由护士长（matron）主持。会上沟通的问题五花八门，医生提医生的意见，护士有护士的关注。饶有兴趣的是，许多关注点与我们国内几乎一致。比如说，如何保证不漏费、不逃费，医生开医嘱字迹潦草、无从辨认等。在加纳，给伤口换药属于护士的工作，而静脉穿刺则是医生的活。护士就提出，医生应在伤口上药前就查看伤口，否则护士不但要换两次药，还会增加病人负担。有一个问题提得比较尖锐。护士反映

说，晚上病人情况有突发变化（the patient's condition changes），打电话找医生时，回答都是"我来了"（I'm coming），但是等了半天，还没见到医生到来，耽误了最佳治疗时间。尽管他们也有安排值班医生（on duty），但多数并不住在院内，紧急情况时，即使赶过来，还得费一些时间。如Adjeley居住地方到医院要开车一个多小时。但是，Mawuli回答说："我就住在医院的公寓（block），如果给我打电话，一般十几分钟内就可到达病房。"其实，他们也有值班制度，但缺乏值班补贴，责任与报酬没有结合在一起，所以有些人不那么上心。医生也吐槽说，有时接到电话说事故中心（accident centre）有急诊病人，让医生赶紧过来。但医生到了医院后，等了半天，最后被告知急诊科把钱花完了，病人已无钱住院，那医生一个晚上时间就赔进去了。实习医生也大胆地说道，他们轮转到科室，有些病人的事情要打电话请示一下上级医生，却找不到医生电话号码，建议将科室医生电话号码制成号码簿，便于查找及请示。Dr Akoto对此回应说："这个建议有道理，应该把医生电话都留下来，便于实习医生和护士及时联系。"还有实习医生说，病人经常调床，但没有及时告知他们，有时都不清楚病人去哪里了，搞得他们无法正常交接班。这些问题有的是体制问题，有的是工作程序问题，有的是相互配合问题。但这种沟通很有必要，有什么问题一起摆出来，对事不对人，都是为了工作，有利于把工作做好，也是对病人的负责。

我觉得，在国内也应该将这种医护沟通会制度化、常态化。医护是一家，有事当面坐在一起，及时沟通，共同探讨，有助于提高医疗服务。因此，这种"面对面"（face to face）的医护沟通很有必要，这是我今天的主要收获。

11点30分步行返回，途中给女儿打了个电话，知其假期是从9月3日到10月14日。回来后跟志红发了个邮件，就其今年来加纳探亲一事谈了初步想法。希望她最好在女儿假期时间休假，与女儿一起访问加纳。

晚饭后在小院子里踱步，看月亮挂在天上，投下院子里一片洁白，云朵静静飘浮在空中，一幅恬静的画面。只是见到贫民窟那边又冒起一股黑色浓烟，好似《封神榜》里妖怪显现一样，有点扫人兴致。不管怎样，月亮又可以陪同我一些日子，至少在小院子里散步不会显得那么孤寂。

没有往来的喧嚣，心里留有一块灵境，做一点自己想做的事。如此甚好！

2012年4月25日，周三，阿克拉

5点40分就起床。睡前收到杨勇发来的毕业答辩幻灯资料。其将于本月27号预

答辩，5月11号正式答辩。因此早点起来，就幻灯情况向杨勇写封信。

当老师甚是操心！大概这辈子我不会亲力亲为指导更多学生，因为需要操心的事情太多了，而我更多精力会转向写作（创作）。何况，我无什么门派或门户之见，不管谁的学生，我都会与其保持良好关系。在培养学生上，老师不能夹带有私心杂念，更不能把学生当作无偿劳动力，而要把他（或她）当作自己的孩子，怎么培养、教育自己孩子，就一样培养、教育研究生，这才是为师之道。正因为如此，我才不敢带太多学生，以免误人子弟。

7点30分出发去医院。8点到病区，见到护士长和Mawuli，打了个招呼。再转转病房，没有新入脊柱病人。这时感觉肚子有点不适，才记起今日喝了一杯冰牛奶，忘记解决一下问题就到医院来。觉得还可以顶会儿，就到门诊那里转了一圈，看到Yankey和几个实习医生甚为悠哉，因为今天没什么病人，见状，我准备返回驻地。

回来的路上，这便意感有点强烈了，恨不得找个厕所痛快一下。在加纳，路上少见有公厕，在克里布医院大概只有太平间那里有。这一路，我埋头疾步行走，确实锻炼了肛门括约肌功能。25分钟赶回驻地，坐在马桶上，真实体验了一番什么叫幸福感。范伟说得好，对于三急的人，找到茅坑就是幸福。哈哈。

下午和晚上我都在收集外科器械图片资料。

2012年4月26日，周四，阿克拉

6点出发，驱车到特马。另一家华人渔业公司有船靠岸，让我们过去拿渔获。

到了特马渔港，看到卸货的是一艘大木船，有红鱼、鲷鱼、海鲳等，这次我们只要一些小鱼。但是老板客气，硬塞给我们4只大龙虾、1只大鲳鱼和几只大墨鱼等，又装了满满两个恒温箱。看来添置保温箱以及另购一个冰柜还是挺有必要的。两次到特马拿鱼，足够我们吃上两个多月。今晚肯定要消灭大龙虾，佐以威士忌，美哉！

我跳上渔船，一名加纳工人善意提醒我，要注意甲板有水，很滑。我趴在鱼舱边，看看里面也不是很大，带有冰碴的鱼已经装箱，什么都有，石斑、红鲨等，还有一种很像非洲鲫鱼的。船老大在一旁说："这不是非洲鲫鱼，而是当地特有的一个鱼类。"

船老大姓郝，来自丹东，来加纳有几年了。他介绍说："这艘渔船是200匹马力，一般每次出去捕鱼要一个多礼拜。船上有7名当地非洲人，3名中国人。"我好奇地在船上东张西望，还受邀登上操纵室。一看蛮简陋的，没有太多仪表。郝老大说：

"我们有罗盘，还有卫星定位仪。"我还以为，这样小型的渔船一般不会跑很远去捕捞。郝老大解释道："那也不一定。有时也跑到大洋去，来回要一个月。"我问："在茫茫大海上，就几个人待在一艘船上，只有收音机相伴，那不是寂寞难耐？"郝老大笑着说："肯定寂寞！但习惯就好！"

我尤为好奇的是，船到大海里，怎么发现鱼群呢？以前看电视节目，采用雷达或者声纳探测鱼群，然后渔船直奔目的地。显然他们没有这种设备，那也不能在茫茫大海中随便撒下网，就可以捕到鱼啊？郝老大笑而不答，似乎要保守看家饭碗的机密。但我想，肯定就是去渔区或者渔场捕捞，那些地方鱼会傻傻地聚集到一起。

郝老大还说："这几年的鱼明显少好多，大概捕捞多了。在加纳工作，虽然很艰苦，但一年有20多万收入，所以觉得挺满足。"

当然，我还关心一件事，那就是海上生活会不会有一些极端的气候，如台风等。郝老大说："在加纳的大西洋上，没有台风，没有飓风，也没有风暴，是很好的海区。"

非常感谢郝老大的介绍，让我此次特马之行又增添对加纳中国人生活的了解。谁的生活都不易，万里迢迢远赴加纳谋生，更是难以想象的艰辛。临走时，郝老大将操纵室里用麻绳吊着的两只干海马取下来，送给我作为纪念。一只干海马淡红色，一只土灰色的，都很漂亮。我忙致谢意，并祝他们一切平安。

2012年4月27日，周五，阿克拉

7点05分醒来，有点迟了，只能坐车到医院。在外科楼前下车时，看到加纳大学医学院一群学生敲着鼓点，吹着喇叭，很整齐地跑过来，领头的几位拉扯着一条宣传画，原来是宣传HIV/AIDS预防的志愿者活动。医学生就应该多关注一些社会问题，多参加一些促进健康的志愿者活动。

晨读报告者是Mawuli，他是一名专培医生（fellowship），培训即将期满。他报告的内容是"神经外科的植入物感染"，更多涉及的是有关机制的研究，如生物膜等，对临床一些具体问题少有涉及。这也是他们众多报告中的一个共性问题。8点25分开始，9点05分结束，整整一节课程。由于他们对脊柱外科的认识尚肤浅，所以我不太愿意参与更多讨论。对他们来说，更重要的是掌握一些脊柱外科基础理论。

到病房转了一圈。那位齿突骨折病人已完成MRI检查，证实其为2型齿突骨折，前部尚有一块小骨块，属于不稳定骨折。病历中未提供该病人过伸损伤的病史，尚

需进一步询问。最佳治疗选择是颈椎前路中空螺钉直接内固定，这个术式在国内由我们首先开展，技术成熟。只是不知道有没有这种螺钉，下周再去问一下。如有，结合C臂X线机，则可以完成该手术。那例胸腰椎骨折并截瘫的年轻病人因没有钱，只能放弃治疗，自动出院。另外，那例胸4/5椎体破坏并运动功能损害的中年病人没有什么变化，Dr Dakurah尚考虑血液系统疾病，但蛋白电泳没有明显异常。这例病人表现为单纯下肢运动障碍，考虑脊髓前动脉损害，一般减压手术后预后也不会很好。其他住院病人都是脑科病人。今天没有上级专科医师带着查房，就几个年轻医生在那里商量着有关诊疗处理。

2012年4月28日，周六，阿克拉

10点30分，和老彭一起出去买菜。在Osu买了鸡蛋，近12点才到丰收超市，已没剩下什么像样的蔬菜，就随便拿一些。黄瓜全长得歪哩吧唧的，1公斤1塞地，而平时要1公斤3.5塞地。以后要找一个工作日去买菜，不能与其他中国人习惯一样周六周日大采购。

2012年4月29日，周日，阿克拉

国内今日开始进入五一假期。

9点30分，中国医疗队全队出去到阿克拉的拉巴迪沙滩酒店（Labadi Beach Hotel）吃自助餐。该酒店离驻地不很远，路上不堵车，半小时就到了。酒店很漂亮，系阿克拉唯一的五星酒店。

一进酒店，并不觉得热浪扑面而来。阿克拉就是这样好，天气基本属于恒温，即使火热的太阳照得你睁不开眼，在树荫下却只有凉爽的感觉。酒店掩映在绿树之中，规模不是很大，有3栋独体双层建筑，大概有100间客房。酒店设计精致，颇有点热带风情。

有几名队友去室外游泳池游泳，我更喜欢亲近大自然，就信步走到海边沙滩上。沙滩上人并不多，太阳伞下那些躺椅都是空荡荡的。我脱了鞋，赤足走在沙滩上。沙子又细又白，踩在上面，感到软滑。经过日光照射，沙子有点烫脚，但还可以承受，所以首先享受一下足疗。然后，走进海水里，让海浪一遍一遍地冲刷自己的双足，就像小时候在海边玩耍一样。海浪冲刷引起细沙在足趾间流动，让人不禁有一种惬意之感。

找把沙滩椅躺下，静静地享受着风和日丽，只觉得这世界静好，由衷感叹大自然对加纳的恩赐。加纳不仅物产丰饶，而且气候宜人，景色满目。我曾感叹道：加纳处处皆景色！在加纳南部可享受大西洋风情，而在加纳北部又是另外一番景色，以后肯定要去观赏。

没来非洲前，难免有点恐惧心理，好像真要走进原始食人部落。到了加纳，渐觉这里真是一块风水宝地。我竟有机会在这块风水宝地上生活两年，暗自庆幸。

到了11点多，沙滩上游玩的人渐多起来。一群小伙子，有大点的也有小点的，就在沙滩上，摆开龙门阵，玩起对抗赛，积极拼抢足球。

看到一位年轻父亲带着两名小男孩在沙滩上跑步。排成一列，父亲居中，老小跟在后面，大概只有3岁左右，跑起来有板有眼，很是整齐。从小就这么锻炼，长大以后那还了得！或许这不是锻炼，只是海边的嬉戏。人家是在游玩中不断成长，长大了愿意干啥就干啥。就像我一样，看到人家在海上搏击海浪，我很羡慕；看到在沙滩上健步如飞的矫健身形，我很羡慕；但我只钟情于我的生活，亲近一下大自然，感悟一下大自然，那就行了。生活本来多姿多彩，我还是走我自己的路。

12点许，我们要去享受自助餐了。一脚踩在沙滩上，不禁"哎呦"一声，实在太烫脚了。这样走过沙滩，岂不成了"烤猪蹄"？赶忙套上拖鞋，不敢享受如此热烈的足疗。

12点30分开始享受自助餐，每人58塞地，不包酒水。有烤全羊、牛肉、鸡肉、海鲜（淡菜及小虾等），还有沙拉和水果。本来这些食物皆非我所欲也，只是为了58塞地，得努力多吃一点。大概把一个月的牛肉和羊肉都吃进肚里，实在有点撑。

14点30分返回驻地。晒了太阳，出了汗，真得好好睡一觉。晚上喝了点稀饭，好像还没有消化，胃有点饱胀。真是无福消受啊！晚上肚子胀得更厉害，不下气，还觉得身上发冷，只好到卫生间去呕吐。以后再也不去尝试什么牛羊肉了，还是粗茶淡饭好，心里、肚里都舒坦。

2012年4月30日，周一，阿克拉

昨晚吐惨了！呕吐了3次，浑身发软，真担心今日起不了床。惨痛教训啊，以后再也不能如此贪吃了！半夜听到电话震动，也无力起来接听。早上醒来，见到是金大地院长来电，不知道有什么事情。

感到身体疲乏，不想去医院报到，在驻地休息。记住以后千万不能贪吃！

下午与老彭一起出去，到Shoprite购物中心，买些牛肉和猪肉馅。明天五一节，

队里要包顿饺子。并到Game买电煮锅，每人配发一个，可以煮面、煮汤、煮奶的锅。到超市一看，有四件套才50塞地，正合自己想法。本想再买几个电磁炉，每个楼层放一个，大家不要拥到一楼厨房煮，但没现货。

　　一个月又过去了。时间过得真快，可能是我这个岁数人的感受。幸好这辈子还做了一点事，聊以自慰。

2012年5月

2012年5月1日，周二，阿克拉

一早起来，与女儿线上聊天。女儿的路是自己走出来的，个中滋味只有她自己体会。我一直认为，孩子如果有一定心理承受能力，就让他们到外面去历练。这可能有点残酷，但现在残酷总比未来残酷好。人世间本来就是现实的，而更多的生存能力是父母无法给予的。当然也要注意心理疏导，女儿和志红每周煲电话粥，这也是她最好的宣泄方式。没有这环节，也容易憋坏孩子。许多父母把孩子送到国外，以为给够钱，让其生活无忧就行了，而不重视与孩子之间的交流。不知道孩子在国外，遇到最严重的问题可能就是心理问题。

上午又与志红通了电话，从她那儿获得一些女儿的消息。因为她比较了解女儿的情况，而我少有时间去聊天。这一点上我和志红配合不错。说到让志红到非洲待一年时间，女儿最反对，理由是不方便聊天了。

2012年5月2日，周三，阿克拉

7点30分走去上班。好几天没有出出汗，觉得浑身不爽。早上太阳没有那么浓烈，晒一晒，出点汗，疏通排泄途径，还可以体表消毒，增强皮肤保护力，且不言强筋壮骨了。

原以为非洲烈日下易引起中暑之类，其实不然。这里有凉爽的海风，那么一吹，体表温度顿时降了许多，而不像广州那个湿热的环境，有汗出不来，活活要闷死人啊！走在路上，身旁的一景一物已然十分熟悉，而自己的思路也渐渐清晰，援非的主要任务应集中在年轻医生的培训方面，而不是所谓一招一式的传授。

经过3个月考察，已形成一些基本认识。首先，加纳经济社会处于发展中水平，人民并不富裕，很大程度上制约了脊柱外科的发展。其次，在脊柱外科培训方面尚有一定差距，脊柱疾病认识以及手术选择上处于发展初期。这种现状一时难有根本性变化，但人才培养是发展的共性需求。假如在专培医生培训环节能有机会扩大国际交流，应该有助于加纳脊柱外科的发展。

病房里有几张空床。那个齿突骨折病人出院了，或许因为现实条件，我总觉得有点遗憾。那位腰椎骨折并截瘫病人还在病房里，因为缺钱，MRI检查还没完成，也无法安排手术。前天在Shoprite购物中心看到一个募捐箱，上面写的为克里布医院神经外科某病人募捐，不知道是否为其募捐；腰椎翻修手术那例女病人切口愈合延迟，还有渗液。翻修手术中见到切口内有较多积液，可能与引流不畅及脂肪液化有关；那例胸4/5椎体破坏并下肢运动性瘫痪病人血生化检查显示轻度肾功不全，要再次复查，但愿不会雪上加霜。

新入1例从车上坠落而伤的病人，出现左上肢运动及颈5平面感觉障碍，X片提示C4/5旋转半脱位，可能因此造成臂丛损伤。近3个月内已见到6例此类病人，比国内常见。原则上一般先行颈椎牵引复位，但他们神经外科不进行颅骨牵引，可能他们对脑壳的尊敬胜于对颈椎复位的渴求。该例病人伤后已两周，要待到下周手术，可能那时术中复位已困难。

8点40分结束自己的查房，看今日没有特殊安排，又步行返回。来回步行活动1小时，上班40分钟（仅一节课），完成今日的必修科目。

下午中铁五局送来一头已屠宰的猪。晚上林大厨将那些下水用来下火锅，一些队友并不喜欢。

晚上发放上月伙食费结余180塞地，其中收到6张5塞地纸币。按照自我约定，将这些5塞地纸币存下不花。上网见到女儿留言道："前几年我快乐，因为我满足于那刚好及格的60分；现在我抓狂，因为我需要放弃余下40分的平常心。"好像她的心情比前两天好点了。

2012年5月3日，周四，阿克拉

8点整走出驻地大门。到了科室转一圈，把那例颈椎旋转半脱位并单侧关节突交锁病例的X线片翻拍一下。要同国内的一些病例结合起来分析，根据斜位X线片或者CT三维重建，可以将此类损伤分型进一步细化，对于治疗方案选择很有意义。这就是今日上班的收获。

晚上启动"颈椎轴向螺钉固定"资料收集及论文修改，先完成中文，拟投《中国临床解剖学杂志》。

2012年5月4日，周五，阿克拉

昨夜暴风骤雨，电闪雷鸣。那一阵滚雷差点把我从床上震了起来。而急骤的阵雨敲击这铁皮屋顶，一阵阵的，一排排的，清晰可数。只是在半梦半醒之间，任它风吹雨打，我还要享受我的睡梦。早上7点才醒来，上网看新闻，也没吃早点，7点40分出门。

早上阴天，太阳躲在云层中。雨后空气清新好多，路面经过洗刷也干净不少，路旁的排水沟也没有平日那个酸臭的味道。路上进医院的车辆显然增加不少，可能也是因为昨夜那阵暴雨带来清凉，大家难得都睡过了头。

走急了点，8点05分就到了三楼学习室门口。Adjetey以及几名轮转医生在门口等待，几扇房门都紧闭着，看来管理员也睡过了头。最后只能借用大会议室进行早读学习，而那个管理员在8点25分才姗姗来迟。今天由Asare医生主讲"格拉斯哥昏迷评分法"（Glasgow Coma Scale），层次比较清楚，可能内容不甚复杂，9点多就结束了。

病区有8张空床。那个73岁腰椎管狭窄的老头又入院了。这两周停止手术，所以先出院回家，现再次入院，可能下周接受手术；又发现1例巨颅患儿入院。

10点Mawuli等开始查房，我在旁边听了一会儿，觉得没有什么意思，就回来了。回来的路上，已经阳光明媚，泥土地也已经干结。这雨季不像广州那样阴雨绵绵，快来快往，给人一种很舒适的感觉。这气候真好！

2012年5月5日，周六，阿克拉

上午和邵医生一起到Shoprite购物中心。为公家买面包等；自己买了青苹果、果汁、即食面、牛奶和可乐，花了40塞地，够2周消耗。又转到丰收超市，见小小的店里塞满了中国人，也没剩下什么菜，便空手而返。幸好可以坚持这几天，下周要安排工作日去采购，可能人会少一点。

2012年5月6日，周日，阿克拉

一整天没怎么动弹，终于把《我的娜塔莎》一口气看完，还不时激动得热泪盈眶，那种坚贞的爱情故事确实感人。这世界上并不缺乏理想、追求，并不缺乏爱情、友谊，很多故事着实令人感动。当然如果自己去体验或者经历，可能对大多数人都是不现实的事，因为那是要脱一层皮的，甚至连灵魂都要脱层皮，所以我们只能被感动。而能够被感动的，至少说明在其心里还存有一块绿洲，还保留一分理想和纯真，这是难能可贵的。认真又不太执着，努力又不太偏执，谈何容易！人生不过由几段故事写就，把这几段故事编好就不错了。

晚上有幸看到中央电视台的"欢乐中国行"节目——"魅力云南建水"。看到建水熟悉的街道、建筑和景色，倍感亲切。那里有文化，有历史，有休闲，有可口的小吃，还有自己的老部队。最美好的青春年华在建水度过，怎能没有感情呢？

2012年5月7日，周一，阿克拉

8点出门，漫步去上班。这时太阳热度稍大一点，在手术室更衣时，发现衬衣全部汗湿。

Dr Dakurah也进了手术室。他告诉我，今日有3台手术。第1台手术是翻修术，上月16日做的半椎板切除，术后早期复发，复查MRI提示残留髓核突出。首次手术由Dr Akoto主刀。有意思的事，我见到第2手术间的白板上居然还保留着当时此例病人的手术信息。我想起了这台手术由Dr Akoto和Ayodele做的，Dr Akoto还专门让我过去看他如何操作半椎板切除减压。术后效果一直不好，从MRI看主要还是髓核摘除不彻底，又掉出来一块。今日该病人手术放在第1手术间，由Dr Wepeba带着Yankey与Adjeitey施行。

Dr Dakurah请我一起参加第2台手术。这是1例75岁男性病人，系脊髓型颈椎病，以前当过兵，还是一名医生，原定手术为前路颈4-颈7椎间盘切除并融合内固定（ACDF）。当Dr Dakurah将影像学资料拿来后，我才知道情况有点复杂。该病人颈5-6椎体先天融合（阻滞椎），该阻滞椎的上方颈3/4、颈4/5节段及下方颈6/7、颈7/胸1等节段均有严重退变并椎间盘突出，其中颈3/4和颈7/胸1节段尚有后方黄韧带肥厚并突入椎管压迫脊髓，尤以颈7/胸1节段为重。所以，我思考会儿，就对Dr Dakurah说："如果选择颈椎前路手术，则我们只能完成颈7/胸1节段减压及融合固定，但颈胸交界部位手术难度较大。其实，我们可以选择颈椎后路手术，可以解决阻滞椎上下的压迫问题。这手术对于75岁病人则相对简单，病人可以耐受。"这句话可说到Dr Dakurah的心坎上。他把Dr Wepeba叫了过来，陈述了我的看法，然后一起去向那个病人解释，当然也提到这是来自中国脊柱外科医生Dr Qu的意见。老人同意更改手术方案。待此手术完成后，我暗自庆幸，还好改为颈椎后路手术。这老人肥胖，颈部特短，选择颈胸交界部位的前路手术可能骑虎难下。

手术于11点开始，病人采取俯卧位，Mayfield头架固定头部。采用固定头架还是方便、安全。Dr Dakurah显露左侧，我显露右侧。我决定仅切除颈4-7椎板，颈3/4、颈7/胸1黄韧带切除后椎板潜行减压，可以达到减压要求，而且对颈椎稳定性保护较好。亦可以不切断颈2棘突上附丽，有利于维持颈椎前凸角度（其实椎体退变严重，前方骨赘形成，基本融合一起，对颈椎曲度影响不是很大）。Dr Dakurah同意我的意见。我知道他们不做椎板成形术或颈椎管扩大成形术，统统都是行全椎板切除减压。而且手术操作还是比较的传统方法，用咬骨钳咬除棘突椎板后，再用枪钳一口一口地咬除椎板。我说："今天我将采用椎板成形技术来完成这个手术，那就是行双侧椎板开槽，然后切除全椎板，完成椎管扩大减压。"在切除棘突后，我找到一个小突破口，就用小枪钳进行椎板右侧纵向开槽，很顺利完成了一侧。在我操作过程中，Dr Wepeba和Yankey都过来观摩，而Dr Dakurah很有兴趣地向他们介绍我的手术操作技巧，看来他对椎板成形技术还是有点了解。

然后就由Dr Dakurah动手行椎板左侧纵向开槽。但其动作幅度较大，操作时钳子进入太深，着实吓了我一跳，赶忙提醒他。看来这老兄在操作技巧上还有点问题，或者是胆子比我大。最后，我用枪钳把黄韧带切除，一条很完整的后部椎板结构被切除下来。看着他们都有点惊讶，原来全椎板切除也可以这么做的，又开眼界了！我特意提醒他们，请注意颈3/4、颈7/胸1节段黄韧带明显肥厚、退变，组织丧失弹性，而颈5/6节段由于先天融合，残留部分黄韧带基本正常。然后，我就行颈3和胸1椎板的潜行减压，就是切除椎板的内板，而不需要全部切除椎板，再修整骨窗边缘，并用骨蜡把边缘骨面仔细封闭一下。Dr Dakurah又发表一番评论："Dr Qu这样操作有助于减小骨面出血。这虽是小事，但手术操作时应该想到，所以要善于学习一些好的、有用的操作。"最后Dr Dakurah将止血纱布剪成几小片，置于关节突内侧硬膜外，以控制静脉丛出血，效果不错，遂结束战斗。手术操作过程就1小时，但准备及体位摆放也要1个多小时，病人实在太胖了，折腾半天。14点拔管苏醒，可以活动双下肢，送ICU术后观察。14点40分，我走回驻地。

今日完成我援非的第4台手术，起步较为顺利。能帮到他们，我也很高兴。相信今后有更大的合作空间。

2012年5月8日，周二，阿克拉

早上到达医院时，学习已经开始。由加拿大那位放射科医生讲授"脊柱关节突关节炎"，好像有点不甚合其专业。其实，这个问题只是为一些治疗（如局部注射、封闭等）提供理论上的支持。关节突退变不过是脊柱退变的一种表现，孤立地将此作为一个问题去渲染，是一种"只见树木、不见森林"的思维。后来Dr Akoto也谈到关节突退变与椎间盘退变引起的症状在临床上难以鉴别。他们也做这些封闭等治疗，效果如何，尚缺乏一些循证医学证据。授课过程中，我见到其讲解有关脊神经后支解剖时有点犹豫，可能不是十分熟悉。不管怎样，她还是值得尊敬的。一个退休老人跑到加纳交流援非，也不容易。

回到病区后，Dr Akoto就昨日手术一事与我交换了不同看法。他认为，这个病人有颈椎后凸畸形，后路全椎板切除可使病人术后畸形加重。我却认为，这个病人有明显颈椎退变并骨赘形成，有些已经相互融合，颈椎本身属于稳定的，已成为僵硬颈椎，后方椎板切除不会加重后凸畸形。何况这个病人已75岁高龄，而不是一个年轻人，矫正畸形不是很重要的问题。可能Dr Akoto看过这个病人，比较倾向于前路手术，目的希望同时矫正后凸畸形，但最终结果可能手术难下台。

进入手术室后，我又和Dr Dakurah、Dr Wepeba交换意见。他们还是认为我昨日决定是正确的，因为病人短颈，前路手术跨越阻滞椎上、下两部位，增加手术难度，病人能否耐受本身就是一个问题，手术尽量简单为好。Dr Dakurah认为昨日我的手术操作是"well done"（"很漂亮"），今天病人自我感觉很好。在手术选择或者具体操作上，有些不同看法是正常的，这就看思维侧重于哪些方面。我专门写了篇名叫"外科术式选择的考量因素"的论文，主要观点是要从疾病因素、病人因素、医者因素等出发，选择最合适的术式。因为术式本身没有最好的，只有最合适的。Dr Wepeba提起，如什么时候有脊柱外科会议，包括讲座、操作训练等，他也要去中国参加学习。我说："欢迎到中国！不过都是中文讲授，你听不懂噢，当然有英文幻灯。如果你感兴趣，我也可以帮忙物色合适的学习班。"这也说明，他们对中国脊柱外科确实很感兴趣了。

第1台手术为垂体肿瘤切除。麻醉准备时发现血压不稳定，暂停手术。第2台手术为那例73岁腰椎管狭窄症病人，已推迟手术好几周了，拟单纯椎板切除减压。我看Dr Wepeba、Yankey、Adjetey等医生都在场，便借口要回去买菜，于10点30分返回驻地。抓住重点，协助他们在年轻医生培训方面做点事，那才是关键。

2012年5月9日，周三，阿克拉

昨夜一场夜雨，很早就睡了，还睡过头，今日7点30分老彭来电话才醒来。司机Amos还没到驻地，本周由我兼职司机，负责人员接送。起床洗漱完毕后，司机也到了，所以我最终选择走路去上班。

到了外科楼下，挂钟刚好指到8点30分。来到病区，遇到Dr Dakurah，互致问候。

手术安排又有调整。今日腰椎翻修手术取消，而明日两台脑科手术提前到今天进行。所以今天有两台脑科手术，还有1台骶尾部脊膜膨出，那就没我什么事。

坐在休息室里，把昨日那场夜雨情形记录下来，不然笔头要生锈。另外，还想写写这里的蚂蚁，以及每天晚饭时溜进院内的那只小花猫。从这些细节来反映援非生活的枯燥和艰苦，最好从中能透出一点苦中作乐，那就是很好的写作角度。对我来说，写作是援非生活的一部分。

2012年5月10日，周四，阿克拉

8点走路去上班，医院北门的加纳门卫见面多了，也熟悉起来。问声好后，他说："你今日迟到了。"我回答："不，今日8点30分到医院正好。"其实，时间都是自己掌握的，毕竟神经外科重点方向并不是脊柱外科。早上有个外科学术活动，属于大外科的，不感兴趣，早就决定不去参加。

到了病区，查看几例脊柱病人。那个73岁腰椎管狭窄病人术后两天，出现左侧大腿前部疼痛症状，属于股神经刺激表现，检查股四头肌肌力还可以。该病人抱怨术前没有这个症状，术后却出现了。我向他解释，这属于手术减压后引起的神经刺激表现，几天后会慢慢缓解。老人听后很高兴。

有1例颈椎骨折瘫痪病人，只有从低矮凳子上摔下的损伤史，但是出现颈6-7骨折脱位。其影像学报告为退变性骨关节炎，但图像上可见到胸腰椎椎节融合，呈竹节样改变，属于典型的强直性脊柱炎，不然如此轻度暴力不会导致这么严重的颈椎骨折脱位。我看到Dr Wepeba的会诊记录，其认为需要前后路手术。我不禁想起，刚到医院不久，科里讨论病例时，Adjetey提交1份病例，系颈胸交界骨折行单纯前路固定手术后出现钢板松动。现在他们已认识到该类型损伤需要前后联合固定，这就是进步。但当时他们含糊其词地称其为脊柱骨关节炎，这说明他们对强直性脊柱炎这个病不熟悉，这是神经外科医生的局限性。

还有1例坠落伤致颈4/5旋转半脱位。病历记录中有牵引后摄X片，但未见进行颅骨牵引，可能就是在枕颌带牵引下透视拍片，那有什么用呢？颅骨牵引不仅可以制动颈椎，还有助于颈椎复位，以前是治疗颈椎骨折的一种方法。尽管现在手术操

作多了，但颅骨牵引仍是治疗颈椎骨折脱位的有效且很重要的手段。又省钱又简便的方法就是不用，我真为他们想不通。

另外1例胸4/5结核并运动功能损害的病人，已入院数周，不知何时安排手术。反正大家都不着急，而且相对复杂病例也不进行术前讨论，只在手术室里"碰头"一下。对于处在"日新月异"发展期的脊柱外科，这是要不得的。要从疾病、病人、医者等角度出发，做出最合适的术式选择。如果不集思广益，怎么去做出这个选择？

10点多，和老彭一起出去买菜。先到Koala超市，买了6颗包菜，再加几条面包。再到丰收超市。最近下雨，蔬菜不是有点烂叶，就是被虫吃得厉害。据李老板讲，下雨后再暴晒，蔬菜很快就烂了，而且最近蔬菜产量少，建议不要太讲究。看到还有一袋包菜，还想再拿几颗，没想到被告知已经被人买了；看到有空心菜，想拿几把，没想到也有人要了，最后才匀两把给我们。看到有豇豆，顾不上问多少钱，赶紧全拿下。等我们装完袋，就有人过来问还有豇豆没有。大白菜有点烂叶烂根，也不管那么多，看看还凑合，就装了两袋，回去再让林大厨去摘拣吧。有吃的，能吃上，这才是最关键的问题。看到有一小筐云南小瓜，赶忙上前，非常利索地装了1袋。过秤一看，9.99公斤，看来买菜水平"与日俱增"啊！还买了1袋小白菜，有不少烂叶，没有办法，回去挑拣点好叶，煮碗菜汤吧。本来大家挺喜欢吃的那个苦芥菜，确实挑不出几颗像样的，只好作罢。再买1袋花生，价格已从9塞地涨到11塞地。

近来在阿克拉的中国人越来越多，大概靠一两个"丰收超市"的农场种植蔬菜是不够吃的，以后还要去当地超市买点蔬菜，尽管价格昂贵不少。吃，从来就是一个问题！这一趟下来，花了158.45塞地。交代林大厨，要管够一个礼拜呀！三天跑了三趟，又苦又累，才买回来这么点蔬菜！这就是生活啊！

2012年5月11日，周五，阿克拉

7点30分出发，走到外科楼下，还不到8点。路上看到西边的蓝天上还挂着一轮圆月，用相机拍摄，只是背景太亮，仅能隐约可见，这大概就是"日月同辉"。提早半小时出门，太阳少一分热烈，凉爽多了，走到医院，没有往常那样汗流浃背。

今日讲座主讲人是Asare，题目是"分流系统"（Shunt System）。还是从书本上摘抄内容，很全面，但听起来让人昏昏欲睡。对于临床医生来说，这只是在读书，而不是在思考。出席今日讲座的有三个外国人，我算一个，另一个是加拿大放射学

医生，还有一个我太不了解其具体身份的人，其看起来大概70岁，是名神经外科医生。在医院没有多长时间，已有好几名国外医生来交流，这说明他们在国际交流方面很活跃。这几年，中国脊柱外科进步很快，扩大国际交流是一个很重要的因素。但加纳这里虽交流不断，但来的人多，出去的人少。"来的人"以一些退休专家居多，就像加纳大学师资队伍严重"老化现象"一样。还有慈善机构赞助的医疗团队来开展手术，就是完成一些较为疑难的手术，对年轻医生培养亦没有更大作用。

今天是国内应届骨科研究生论文答辩的日子，杨勇也在其中。8点多，收到冯岚的短信，通报杨勇答辩已经通过。她还提起一件事，钟世镇院士担任答辩评委主席，在科里看到我写的那些加纳见闻，欲索要电子版。

早上学术讲座结束后，我来到室外，给冯岚打了个电话。冯岚还告诉我："钟院士说了，回来后可把这些加纳见闻出书，他很乐意亲自写序。"一语惊醒梦中人！冯岚还说，"现在全力以赴搞建设'幸福广东'活动。"我说："那我两年后回去，可以真正享受'幸福广东'果实了。"

10点开始病区查房。在东区病房，8张床位，竟收治了5个婴儿，不知道为什么小儿神经疾患那么多。有个6月龄女婴，额顶部脑膜膨出，那膨出的部分比真实的脑袋还大，形状就像中国古代那种官帽。查房讨论重点是，这个病人颅内还有脑积水，需要同时引流不？另外修补后，多余皮肤怎么办？这是第一次看到他们这么认真地在床边讨论一个病例的治疗。

另外有两例成人女性腰椎退变性滑脱，都是腰4/5的。其中1例病人合并有轻微的腰3/4膨出，但有腰4神经根症状。Dr Akoto认为有腰4神经根症状，所以需要处理腰3/4。我却认为，这是腰4/5滑脱以后造成的侧方狭窄，导致腰4神经根受压，而不是腰3/4有狭窄问题。Dr Akoto说："我担心单纯融合固定腰4/5会不会引起邻近节段退变加重？"我说："这不是一个问题。非洲女性的腰部运动本身就不是很多。何况前面有个松动病例就说明，固定又不融合，那螺钉迟早会松动的。"我只是发表我的看法，具体他们怎么选择，就看他们了。这两例病人可能安排下周手术。

而那个颈4/5旋转半脱位的病人可能没钱，做不成手术。因此，制约脊柱外科发展的还有一个因素就是经济实力，要推动将脊柱植入物（一些较便宜的）进入医疗保险支付范畴，否则脊柱骨折怎么治疗呢？这可能是一项很困难的工作，但脊柱外科如没有经济基础支撑，也是很难推进的。中国前几年的情况就是这样。

11点多，天上云层堆积，开始刮风了。12点10分下起雨来，等到12点30分结束查房，雨也差不多停了。连续站了几个小时，双小腿肌肉很酸胀，所以返回。

在外科楼下，看到不少蜻蜓在飞舞，雨已渐稀，路上已有不少人在行走。天上的云层没有散开，太阳也没露脸，不知道会不会接着下雨，况且雨后土路泥泞，还是坐车回去保险些。所以，致电Amos开车过来接我。

中午休息一下，15点30分起来。窗外已晴空万里。

2012年5月12日，周六，阿克拉

今日不用外出买菜。9点30分给老父亲、老母亲去个电话，问个好。然后，坐下来写作"阿克拉的小蚂蚁"，下午再写"小花猫"。通过描写小动物的这些短散文，记录自己的援非生活和思考。每篇写作控制在2000字左右，就很好掌握。这些生活小趣事以小见大，自觉还挺不错。

2012年5月13日，周日，阿克拉

早上起床后，花了两个小时，完成《中华外科杂志》《中华创伤杂志》《中国脊柱脊髓杂志》各1篇稿件的审稿。从审稿过程发现，真正科研选题上不会有更多问题，多半问题出在科研设计环节，尤其对照组的设立。一些论文在实验观察组设计上很用心，却忽视了对照组设计，影响研究结论的科学性和客观性，这是很可惜的。

这两天写了3篇散文、杂文，但专业论文写作有点耽误。

22点上网，收到今年毕业硕士徐准的来信。予以回信如下：

祝贺你顺利通过答辩，并已落实了具体工作单位。你的素质很全面，以后跟王文军主任好好干，肯定会有很好的前程。

我一直对学生讲，也包括对自己这么要求，就是一年要做一件值得回味的事。上学、毕业、结婚、生子、买房、晋职、留学、进修等，抑或发表论著、申请课题、获得奖项、提升学术地位等，每一年都要挑战自己，都应该有超越。当回首自己过去时，就不会觉得虚度年华，而且会佩服自己做了不少事。我相信你的生活一定会十分精彩。

回衡阳后，代向王文军主任问好。

我和张永刚教授一起吃饭时说过，对研究生就像对自己孩子一样，生活上要多一点鼓励、多一点关心，但学习上要求一定要高，时间不能浪费。就像奔马，草要先喂好，鞭子也要抽，它才会一跃千里。每年总有几个研究生成为自己的好朋友，我常感到庆幸。

2012年5月14日，周一，阿克拉

上午来到病区，查看了几个病人。这些病人等候手术时间比较长，见过几次面，自然熟络一些。我主要关注那个颈椎髓内肿瘤的病人。其主诉写字时无法用力，且不流畅，并没有下肢无力或者排尿障碍。查体可以发现其右前臂肌肉萎缩、手骨间肌萎缩、Hoffman体征阴性，故以尺神经损害为主，与肿瘤部位相符。那个73岁老头术后还有股神经症状，且大腿部经常出现肌肉抽搐，但医生很少予以神经营养药物等处理。

在东区病房看到那个"官帽"状脑脊膜膨出幼儿已不在病床上，可能今日手术，所以我就进了手术室。

在手术室里，见到那个"官帽"幼儿正坐在担架车上玩耍，便用相机拍了个外观，还录小段视频。Mawuli仅准备行脑室腹腔引流。手术进行中，Dr Akoto进来询问后，便不同意单纯引流，认为要切除脑脊膜膨出部分。于是，其就洗手上台，终于把那脑脊膜膨出包块完整切除下来。

第1台手术于12点30分结束，那今天只能开展第2台腰椎后路手术。Dr Dakurah进来后，先告诉我上周手术的那个75岁老医生出院了，行走很不错，并解释说由于只展开一个手术间，根本无法完成第3台手术。他到过中山三院参观，了解一点中国情况，一个大医院手术科室每天仅开展3台手术甚为少见。

与Dr Akoto讨论了一下胸4/5病变患病人术方案。他的意见是行后路全椎板切除减压，病椎切除，缩短脊柱，然后行胸2-7椎弓根螺钉固定。我说："这是一个脊柱结核病人，而不是脊柱肿瘤病人。我认为，只需要进行后路病灶清除并内固定，可以取肋骨植骨融合，没有必要进行病椎切除。何况脊柱缩短本身会引起脊髓缩短，可能加重脊髓损害。"与非洲医生交流，表达清楚自己意见即可，没有更多争论必要。

由于Dr Akoto在手术室，Mawuli等也在，第2台手术就不用我参加，所以我就离开了医院，返回驻地。

在手术室休息时，有感于昨日审稿以及徐准来信，写了一些有关研究生教育的看法。下午坐在电脑前，一边修改，一边输入，最后完成了1800字随笔。

2012年5月15日，周二，阿克拉

8点到达外科楼。今日讲课的是来自美国神经介入医生Dr Tony Bell，有点像白

求恩大夫的模样。讲课题目是"介入神经放射学的进展"，主要内容是颅内血管瘤的介入治疗。内容富有新鲜感，大家很感兴趣。但讨论起来，又说到点子上，那就是没有几个加纳人可以支付如此昂贵费用。我亦注意到这点，欧美一些专家来到加纳，只管介绍一些新技术、新科技，但忽视了加纳的具体实际。如同脊柱外科那些人工椎间盘置换、动力固定等新技术，在中国可以开展，就一定适合加纳开展吗？

今日第1台手术是垂体肿瘤切除术，1例53岁男性病人。第2台手术是那例颈椎管髓内肿瘤病人。他见到我，就问："我今日能不能做手术呢？"我说："那需要看第1台手术的进展情况，如果手术时间延长，那可能还要推迟。"果不其然，等到11点30分，两名麻醉医生都到了，才开始进行腰椎穿刺置管引流。12点，耳鼻喉科医生进来，开始经鼻腔蝶窦入路的显露。有好几名神外医生都在手术室里等待着，只有摇头的份，大家显得特别无奈。本来想观摩一下第2台手术，看来又没有希望了。

Dr Akoto给Dr Wepeba送来一台新iPad，大家很有兴趣地在那里摆弄一番。有一名轮转医生已有较长的使用经验，就在一旁介绍其使用方法。在加纳，这些电子产品颇受年轻人青睐，这点并无落后半拍。

我反正无所事事，就提笔写"人与人就是不一样"。手术室护士长（Matron）见到我在一旁写作，很感兴趣地问我："每天都在写什么啊？"我回答说："有时写论文，有时写文章，有时就是把自己现在想的问题记下来，免得过后忘记了。"对他们大多数人来说，英语虽说得很流利，但写作还是比较困难的，所以很羡慕会写作的人。

研究生邹琳来信说，科学出版社戚编辑已经将我主编《脊柱内固定学》样书寄给她。翘首盼望4个月，样书终于出来了，我难抑心中激动。

晚上在院子里散步，看到满天无云，繁星似锦，心情大好，回想起来，这好像是我到非洲以后见过最多星星的一次。哈哈，日月星辰是我忠实的舞伴！请君为我歌一曲，让我更进一杯酒！

2012年5月16日，周三，阿克拉

8时半到医院。在手术室里，草拟出版社要求《脊柱内固定学》"本书特点"。

今日手术2台，1台是星状细胞瘤术后复发，另1台腰椎术后再狭窄翻修。我见到手术台上已经站了4名医生，Dr Akoto也在，那就没我什么事，便徒步返回。

走在路上，顿感今天脚步特别轻盈。

2012年5月17日，周四，阿克拉

上午去了一趟医院，看了病房里的几个病人。本周停止的两台手术均顺延到下周。

学术活动到9点尚未结束，原计划今日进行的腰椎手术已提到昨日完成，看来今日也没什么事了。就离开医院，走了回来。

10点，几个人一起出去买菜。在Osu那里，连续跑了三家超市，买了牛肉、面粉、面包、蔬菜、豆腐等，总共花费326.59塞地。现塞地贬值快到1：2，如以美元计，并不觉得很贵。

有一个体会是，不能周六或周日去丰收超市买菜。人太多，大家都在那里疯抢。今日周四，顾客较少，买菜也从容一些，可挑拣几样新鲜蔬菜回来。在Koala超市买了8颗包菜，卖相不错，比丰收超市还便宜一点。那女收银员好奇地看着我，微微摇摇头，似乎不明白这个中国人为什么一次买那么多包菜。我微笑地对她点点头，没错，就是买这么多。我不好意思告诉她，我们就担心没有蔬菜难以下饭。只要每周能买到蔬菜，心里基本上就不会着急。肉类好搞，蔬菜有时紧俏，尤其一下雨，那就有点供应不上，所以要储备一下能放几天的蔬菜，否则真的会难过。

出门难，就难在这里。

2012年5月18日，周五，阿克拉

今日由美国医生Dr Tony Bell医生讲课，内容是"脑血管解剖以及介入取血栓"。他的幻灯片中，动画效果特别好，尤其是介入手术操作，逼真、形象，教学效果明显。医学动画的前景一定很好！

10点开始查房。刚入院1例65岁腰椎管多节段狭窄的男性病人。这个病例特殊之处在于，节段狭窄因素是单纯黄韧带肥厚，无明显椎间盘突出及椎板增厚。对于此类病例，国内一般以节段减压为主，甚至多节段开窗减压。而在加纳，微创手术基本意识尚缺乏，统统全椎板切除减压，肌肉剥离相当广泛，术后肌肉失能引起腰痛较为明显。

下午收集手术器械图片。工具代表生产力水平，手术器械不断涌现是外科技术发展的标志。

2012年5月19日，周六，阿克拉

8点起床，草拟《外科手术器械学》编写提纲，主要把器械名称收集齐全，特征描述清楚，目的是让读者能认得出、说得清、叫得上，以便于国内外交流。

10点给志红打个电话，聊了个把小时。从加纳致电中国，每分钟才0.10塞地，即0.32元人民币，而国内打国际长途出来，则每分钟需15元！

14点多，狂风突起，夹着无数垃圾吹上了天，一阵沙尘，遮天蔽日，断网断电，随之暴雨从天而降。关在屋里，静听外面的风声和雨声。晕乎乎睡了1个小时，不知道什么时候雨已停、风也歇。

2012年5月20日，周日，阿克拉

上午修改"颈椎轴向螺钉固定解剖学研究"的论文。最近总觉得精神难以集中，思维时常开小差，尽在胡思乱想，无法专注做事。

中午吃包即食面，外加两个鸡蛋，简单一点。

2012年5月21日，周一，阿克拉

8点15分到达医院，进了手术室，看到本周手术安排。除了1台腰椎管狭窄行注射治疗外，今日安排两台手术，1台为颈脊髓肿瘤，另1台为胸4/5椎体破坏。这两台手术都较大，可能难以全部完成。这个患颈脊髓肿瘤的病人，37岁男性，以前查房时常和他聊会儿，相互比较熟悉。Adjetey开始为其建立静脉通道时，他非常紧张，身体不由自主震颤。我上前安慰他："Don't be so nervous."（别太紧张）能不紧张吗？等待手术时间太长，越等越想自然越怕啊！

10点麻醉医生Dr Philipps来到手术室，开始麻醉。这个病人肿瘤位置在颈4-颈7，主刀医生是Dr Akoto。我主要想看看Dr Akoto是如何进行颈椎后路全椎板切除的，其次想看看如何切开脊髓去剜除肿瘤，所以从显露开始就在台下认真观摩。Dr Akoto手术操作比较麻利，用一把咬骨钳就把椎板切除得差不多。术中麻醉血压控制在80/60mmHg，切口渗血较少。用剪刀切开硬脊膜一小口，然后用硬膜剥离器纵向劈开硬脊膜，也就是撕开，可能我们用剪刀剪开脊膜不规范。脊膜双侧各悬吊一细线以牵开暴露。用细双极电凝处理脊髓表面血管后，在背中央沟部用细电凝纵向烧灼切开脊髓。想想脊髓是软的，用手术刀肯定切不动，用电凝确实是个好办法。

脊髓内肿瘤为淡红色，与脊髓组织边界尚明显，但是没有明显包膜，组织脆，无法完整分离切除，只能用电凝烧灼，行瘤内切除，不是很彻底，最后不了了之。脊髓切开后膨胀，原有硬膜无法直接缝合，修剪一块人工脊膜覆盖，定点缝合后，连续缝合脊膜，以前我们使用间断缝合方法可能不正确。原来脊髓内肿瘤是如此切除的，今天应算我在非洲进修。

手术持续到14点开始闭合切口。我已腹中空空，便离开手术室。天上乌云在翻滚，看来要下雨了，就紧赶慢赶，跟天上乌云赛跑。云层很低，成群的白鹭低空飞过，乌鸦鸣叫地盘旋着，大概在寻觅躲藏之处。风儿有点急，刮起地上的尘土，臭味也钻进鼻孔，雨马上要落下来了。当我小跑进了驻地小院，门卫Tier笑着说："马上来雨了，你真幸运！"我刚入房间，关闭门窗，大雨便倾盆而至。

躲在房间里，没有吃午餐，喝点果汁对付一下，便忙于下载邹琳发来的邮件。全部顺利下载，顿感松了一口气。

从19点开始，花了三个多小时，才搞定邹琳发来的20多条问题。

苦是自己找的，罪是自己受的，而快乐也是属于自己的。何谓幸福感？就是自己有幸去经历和体验苦后余乐。

2012年5月22日，周二，阿克拉

今日周二，很积极地赶在8点到达医院，却被告知讲座取消了。在这里"取消"是常见词。

进了手术室，护工还在拖地。钻进手术间里，看看今日的手术安排。第1台是垂体肿瘤切除，第2台是腰椎管狭窄术后翻修。垂体肿瘤手术的患者是上次在麻醉监护时发生血压不稳定的那位女士，已经在手术室走廊里等候了。我见到护士长（Matron）在推手术显微镜，赶忙过去搭把手，以为今日手术可按部就班进行。没想到，过一会儿，护士长又将手术显微镜推了回来，并告诉我垂体肿瘤手术取消，要先做昨日未完成的胸4-5结核手术。那位垂体肿瘤女士只好换台担架车，被送回病房。所以说，"取消"是常见的工作术语，计划总在变化中。

该胸椎结核病人叫Dickson Tettech，男性，50岁，入院已个把月。因诊断上考虑是否存在血液系统肿瘤问题，所以费点时间检查。该病人刚入院时，我就和Dr Dakurah讨论过，有邻近椎体并椎间盘破坏，而且有椎旁脓肿，首先应考虑结核诊断，但不清楚为什么耽搁这么长时间才手术。按照我们的习惯，如已出现脊髓损害表现，必须争分夺秒。上周安排过手术，不过后来取消了，因需要4个多小时麻醉

时间，接台手术则会超出每日工作时数；昨日也排了，后来也取消了。幸好今日调整到第1台，否则真不知道何时能手术。

见Dr Wepaba、Mawuli等进了手术室，我便问他们："哪些医生参加这台手术？"Mawuli告诉我："Dr Dakurah说，请你洗手上台手术。"虽然没有思想准备，但病人情况都熟悉，对我来说也不是什么问题。在阅看影像图片时，我与Dr Wepeba一起讨论具体手术方案，并说出我的看法。首先，固定节段选择，原手术计划胸2-胸7内固定。我认为固定节段太长了，由于有胸廓存在，胸椎稳定性尚可，所以我的意见是固定胸3-6就可以了。其次，不需要全椎板切除减压，而从一侧肋椎关节进入，必要时可以切除同侧半椎板，进行椎管减压，尽量保留胸椎后部结构，手术相对更简单一点。再次，植骨材料是否考虑采用肋骨，需要术中决定。Dr Wepeba同意手术尽量简单一点。按他的说法，清一清病灶就可以啦，连内固定都不用上。而Dr Akoto上次说起这个病例，要采用PVCR，那是经后路全椎体切除截骨重建术，一般用于严重脊柱畸形矫形。活动期脊柱结核，犯不着如此"大动干戈"！

手术前我去看望了一下在ICU监护的昨日进行脊髓肿瘤手术的病人，见其四肢活动很好，就安慰鼓励了几句，准备参加手术。

摆好手术体位（俯卧位）后，推来C臂X线机进行透视，效果不错，可以辨别损害部位，这至少让我心里有个底，否则发生术中定位错误，那就闹笑话了。在损害部位有明显的后凸畸形，我说："最高部棘突是胸4棘突。"Mawuli有意逗我："你确定吗？"我说："有生理解剖定位，有病理解剖定位，还有X线透视定位，这些定位方法要结合使用，才能避免定位错误。"

参加这台手术的医生有我、Mawuli和Adjetey。他们两位是专培医生，显然由我来指导手术。Mawuli和Adjetey站在主刀侧（病人左侧），我站在助手侧（病人右侧）。

手术显露时，Mawuli显露一侧，我显露另一侧。从切口长度选择，到具体显露操作，我都一一告诉他们。我想自己手术操作是次要的，主要教会他们怎么做。由于采用经肋椎关节手术，后正中切口要稍长一个椎体，否则无法有效显露，手术就没法顺利完成。其次不能像全椎板切除那样仅显露椎板，要显露到肋骨部分。Mawuli操作一侧，我示范一下，他很快就明白怎么回事了。然后进行椎弓根螺钉固定，所有定位方法以及置钉角度，我都告诉他们如何选择。Mawuli完成得挺好的，轮到我自己操作，却有点偏外，最后采用刮匙进行漏斗法置钉，也顺利完成了，螺钉置入非常稳固。我在右侧显露时见有脓液溢出，看来还是右侧重些，决定从右侧进去减压。所以我建议和Mawuli更换站位，让他过来，按我说的来做。带教他们是我的主要使命，尽管这样手术时间会长一点。

换位后，我就指导Mawuli操作。显露一截胸4、胸5肋骨，切除一小截肋骨及肋骨头，然后切断肋间神经血管束，用Cobb剥离子剥离椎体旁，有20ml较稀薄的黄白色脓液流出。Mawuli认为这样显露无法看清脊髓部分，所以想切除椎板。我也同意其切除半椎板，但强调只需切除半椎板，显露已足够，然后用刮匙进行病灶清除。他们不熟悉该手术入路，操作起来畏首畏尾，并说："有这么多脓液引流出来，已达到减压目的，可以不用大动了。"我探查椎管没有明显脊髓压迫，术前MRI显示主要是硬膜外脓肿，没有死骨，因此也作罢。但遇到另外一个问题，胸4、胸5椎体破坏都很重，缺损部分有3cm，而且骨面不规整，如用钛网重建，则要修整植骨面，还担心植入物滑移的可能。再复习MRI，并探查出这2个椎体左侧皮质骨尚好，有较好支撑点，可以维持部分连续，就放弃尝试钛网重建。因为保留了左侧椎板，可以用于椎板间植骨融合。最后把钛棒弯曲弧度加大，尽量贴服，完成固定。下台前，我提醒Mawuli："切口内注入生理盐水，请麻醉医生鼓肺，检查没有胸膜破裂后，才能结束手术。"此次向他们演示了一种手术方法，经肋椎关节胸膜外结核病灶清除内固定术，相信他们会有收获的。只是有一点，由于没有很好准备，英语表达跟不上自己思路，以后慢慢来。

从10点40分开始，到13点下台，手术时间两个多小时。由于系指导手术，可能花时稍长一些。这些年轻医生应知道，跟我一起上台，至少我在一步一步带教他们如何手术，手术过程一定看得很清楚，手术解说一定听得很明白，肯定会有较大收获。这是我援非的第5台手术。

手术毕竟体力活，这时肚子饥饿感明显，就告别Dr Wepeba等人，返回驻地。大概Dr Akoto在时，不需要我上台；他不在时，我可以帮大忙。

今日完成1台手术，也算有功之臣，开心！

2012年5月23日，周三，阿克拉

8点30分到了医院，直接进手术室。看到手术安排表又有变动，我笑着问麻醉助理："我们今日能完成4台手术吗？"她微笑不语，我自言自语，"我并不这么认为。"

第1台是垂体肿瘤切除，昨日停，今日做。经鼻腔手术，由耳鼻喉科医生协助，Dr Wepeba主刀。此类手术比较多，均由Dr Wepeba负责。

第2台手术是腰椎术后病人，53岁女性，有椎管狭窄症状，下肢疼痛重。X片显示腰2-5椎体螺钉固定并4个全椎板切除减压术后，其中腰2螺钉松动。病人有腰痛症状，椎管造影显示中央椎管狭窄不明显，但根袖不显影，有侧方狭窄情况。Dr Akoto关注腰2松动，想向上延长固定节段。我则提出，尽管L2椎体有轻度前移，但并不是很严重，如延长固定到腰1，则将来胸12/腰1节段更容易出事，固定节段还要向上到胸10，但对腰部功能影响大，得不偿失。不如就势把腰2螺钉去除，在关节突进行融合，术后腰围保护，也会获得融合。他们之前有几例腰椎长节段内固定术后，出现头侧固定螺钉松动，主要是没有很好融合，导致悬臂梁效应。这个病例，责任节段减压是最重要的，否则下肢痛症状解决不了。

第3台手术是腰椎管狭窄减压术。第4台手术是脑室腹腔分流术。我相信今日至多完成前两台手术。

2012年5月24日，周四，阿克拉

8点30分到病区，转了一下病房。颈椎髓内肿瘤病人术后四肢活动良好，但右下肢出现痛觉过敏，可能系手术创伤所致。胸椎结核术后引流不多，病人呼吸平顺，自我感觉良好，我告诉他目前尚不能坐起，毕竟前路支撑强度欠缺，过早负重可能无益。手术告一段落，以后就是抗结核药物治疗。

病房里尚有4例未手术的脊柱病人，颈4-5旋转半脱位并臂丛损伤1例，老年腰椎多节段狭窄1例，强直性脊柱炎合并颈椎骨折1例，新入腰1椎体骨折1例。该新入病例系10天前坐摩托车发生车祸受伤的年轻人，但很幸运，没有脊髓和马尾神经损伤表现。我叮嘱他不能起床，可以床上翻身活动，等待手术。

9点多，和老彭一起开车出去，更换尼桑车的轮胎。与店老板聊起，4月底到他这里，一个轮胎300塞地，怎么才一个月过去，已经到320塞地了，价格竟然上涨这么多啊？店老板说，现在每周五价格就会调整，随时有变化，那产自中国的玲珑轮胎上个月才七八十塞地，现在涨到100多塞地了。他也在摇头。我们心里清楚，这塞地在贬值，对店老板经营者有相当大影响，因为加纳不产轮胎。

老彭有意思，和店老板互猜对方年龄。那店老板头发和胸毛已夹杂很多白毛（grey hair），有点老态，一问才42岁，不过中年非洲人很难从外表看出岁数。老彭比他大10岁，那店老板说老彭看上去就30岁，不知道是否在恭维。

11点，一起去丰收超市买蔬菜。一看超市外面已经停了好多车，就知道今日可能买不到什么东西。超市店里中国人不少，豇豆已被抢完了，只剩下一些空心菜，

而且也就半袋，又买了一些茄子、葫芦瓜、大白菜、豆腐，够对付一周就行。冰箱里还有一些云南小瓜和包菜，但不能冰箱全空后再去买菜，毕竟这里供应并不那么充裕。计上今日买菜等支出，本月伙食费支出大概已1000塞地。

2012年5月25日，周五，阿克拉

African Day，非洲日，国家公共假日。

10点30分，给老母亲打个电话。今年福建春季雨天多，较寒冷，所以她身体不是很好，而且骨质疏松严重，全身酸痛明显。老年病就是这样，非洲太阳热烈很适合他们，却来不了。问他们现在是否需要寄点钱买药或者买点吃的，老母亲说，老父亲退休金又增加一些，够用。那就准备在中秋前寄钱回去，表达孝敬，让他们手头宽裕点。

老彭过来说，昨日刚换的轮胎，今天就有一个漏气。于是又不得不到修理店，检查一下。结果是气门漏气，重新调整一下就行。那修理工趴在车窗说："今日假期，我帮你们修理轮胎，给点什么意思意思？"老彭一点也不客气地说："兄弟啊，那是因为你们昨日没搞好，今天应该补偿我们才行啊。"我一看双方耗在那里，便说："算了吧，我给他2塞地，意思一下，生活都不容易。"

明日中国医疗队要去一个生态植物园活动，途中道路不是很好，轮胎不能再有什么问题，所以我们开车去遛了一大圈。

2012年5月26日，周六，阿克拉（Aburi）

今日全队出去游玩。

8点出发，目的地为阿克拉北郊的Aburi植物园。早上大阴天，天上云层很厚，看不见太阳，总担心要下雨，那雨中漫步就不是我这个岁数所期盼的。从加纳大学过去，有一段路还在修建，路面比较坑洼，且为进出阿克拉的干道，车辆多，路上拥挤，但大部分路程还不错。

植物园位于阿克拉市北边的山上。说是山，海拔就200多米，车仅盘山两圈就到顶。林队指着山顶一栋楼说，那是总统官邸。那位置不错，可以俯瞰整个阿克拉市，但外观看不出奢华。克里布医院心内科主任私家别墅也在这山上。

从车窗望去，美景如画。阿克拉市就像一块绿色大绒布，上边散步数不清的村落和城镇，那红色屋顶如花团锦簇，点缀着大地。到了山上，丝丝云雾从树梢间飘

过……仿佛回到国内，忘了自己身处非洲大地。

进入植物园，外国人要购5塞地门票，加纳人免费，内外宾有别。现在塞地贬值得厉害，没涨价就不错了。

植物园不是很大，那是绿色的海洋。湿润而清新的空气扑鼻而来，其中夹有淡淡花香，沁人心脾，精神为之一振。公园大道两旁，霸王椰整齐排列，笔直参天。植物园内物种并不是太丰富，当然自己也缺乏更多植物知识，只能看着树下那块介绍牌，去了解哪些是热带植物，哪些是亚热带植物，哪些是本地树种，哪些是外国引进。绕来绕去，很有兴趣地观赏了个把小时。

走在小路上，加纳司机Amos指着一片小树林说："那是Cocoa（可可）树！"那是加纳的国树！全球相当份额的可可产量都来自加纳，没想到今日有幸一睹。可可树并不粗壮，看上去给人一点精瘦的感觉，却在树干上结着一个个可可果，属于树干挂果。大概树上有瘤节的地方都可以挂果，有的才长出小果，有的已经硕果累累。长大的可可果就像我们国内吃的那个合掌瓜，10多厘米长，橄榄形，翠绿色，孤零零地挂在那里，十分醒目。香甜的巧克力主要成分就是可可，加纳有"金树"牌巧克力，哪天要去尝尝。

公园里有一群加纳人围成一圈，在唱"阿拉路亚"，好像我们排练合唱一样。在空气如此清新、充满负离子的公园里，放声歌唱真是一件美事，不但纯洁心灵，还有益健康，至少锻炼了肺活量。

本来准备在公园里用午餐，但仅花一个半小时都走完了，于是就回撤到驻地附近詹姆斯小镇的海边小餐馆就餐。

小餐馆建在海边的礁石上。海浪拍打着礁石，激起朵朵浪花，传来阵阵涛声。我注目观看一些小海蟹在礁石上爬行，就像小时候在家门口看那小蟹一样，不是家乡，犹如家乡。常说自己只要在一个地方待上一段时间，就会喜欢上那个地方，现在又有这种感觉了。坐在海边，喝点啤酒，让自己发呆，此生活乐哉。等志红和女儿来加纳后，我们可以一起到此发呆。

2012年5月27日，周日，阿克拉

就《脊柱内固定学》书稿校对，线上与邹琳讨论，确定20多处修改，以尽量减少谬误。这是今日的工作。

2012年5月28日，周一，阿克拉

今日安排3台手术，脑室引流1台，另两台为脊柱手术。1台是腰椎管狭窄，腰4/5退变性滑脱并黄韧带肥厚，拟行手术为后路椎板切除、横突间融合并椎弓根螺钉内固定术。该手术难度不是很大，手术医生是Mawuli和Ayodele。以前跟他们提起过，对于肥胖病人，最好采用C臂X线机定位，可以避免定位错误，缩短手术时间，但是他们没有养成这个习惯。另1台脊柱手术是颈椎病，病人Addison Barkah，男性，69岁，拟行手术是颈椎后路颈2-胸1椎板切除减压术。如此长节段减压，即使在国内也少见，何况在非洲，因为这里OPLL（后纵韧带骨化症）很少，所以我就特别留意这个病例。

病人躺在交换车上，在手术室走廊里等候。我先阅看其颈椎MRI，颈椎有轻度后凸，有颈椎退变以及椎间盘膨出，但黄韧带没有明显突出，椎管狭窄并不明显，脊髓信号亦正常，这说明颈椎压迫并不严重。难道诊断和术式选择有误？我忙上前询问病人病情，知其于去年底开始出现双下肢无力，不能站立和行走，但小便还好，也没有明显感觉障碍，或者胸部束带感，而且双上肢运动感觉都很好。病人上肢症状一点都没有，这让我怀疑颈脊髓压迫症的诊断。仔细检查病人，主要是下肢膝反射亢进，肌张力增高，且有下肢病理征，这说明有上运动神经元损害。所以我又去阅读腰椎MRI，腰椎狭窄较严重，而且腰3/4还有滑脱，但此与临床检查体征不符，应该是胸段脊髓问题。由于缺乏胸椎MRI检查，我再仔细阅看腰椎MRI，幸好包括胸腰椎段，矢状位上可以看到胸10-11节段有明显椎管狭窄，黄韧带凸入椎管，也有椎间盘突出，导致"钳状"压迫脊髓，并出现脊髓信号改变。显然这里的病变可以解释该病人的临床表现，应该是胸椎管狭窄症！

见到Dr Akoto进了手术室，我就对他说："可能我们误诊了。"他有点不太相信，因为病人住院时间比较长，并且在门诊也不知道看过多少回了，应该不会有误诊问题。他和Mawuli一起上前，仔细询问病史，并进行物理检查，又和我一起讨论了影像学表现。最后Dr Akoto说："我同意你的意见，诊断应是胸椎管狭窄症。当然，手术方式要作改变。非常感谢！"

能够捡漏，并不是说自己特有本事。说实在话，在国内时，我们就一直强调，症状体征和影像学必须相符，诊断明确，才能考虑手术。一位主任医师发现胸椎管狭窄，并没有可炫耀之处，但至少说明一个问题，那就是我可以有效地介入他们的工作，至少可以在手术环节上予以审核、把关，避免出现失误和疏漏。

12点步行返回。天空有蒙蒙细雨，轻轻扑在我的脸上……

2012年5月29日，周二，阿克拉

8点到医院。今日还是由那位来自温哥华的Lapointe讲授"中风的CT检查"，听课仅5人。

9点多来到病房。昨日胸椎管狭窄病人已接受了后路胸椎管减压手术。另外几例病人没有特殊情况，胸椎结核术后体温正常，但下肢运动尚无恢复迹象，单纯运动前角损害多数是脊髓前动脉闭塞，很难恢复。

今日手术安排3台。第1台是两月龄婴儿骶尾部脊膜膨出。这个疾病加纳多见，有些还很严重，早期手术效果肯定不错，以后要注意多收集一些资料，可以作为援非的一个收获。第2台是垂体肿瘤，经鼻腔手术，手术时间一般需要3个多小时。在更衣室时，Dr Wepeba介绍说："现在还有30例垂体肿瘤病人在等待手术。前年和去年因没有C臂X线机，这个手术都未能开展。今年有C臂X线机后，才逐渐恢复开展。但每周只能做1台，看来要做一阵子了。"第3台手术是颈椎4/5单侧关节突脱位交锁，住院时间更长，不过今日不一定能按计划接台。Mawuli等医生可完成颈椎前路手术。这些医生尚处在训练阶段，他们能做的手术，我就没有必要参与，所以10点30分就步行返回。

这几天脑子里常想明年的安排，希望志红来加纳陪同援非，一起在非洲晒太阳。

2012年5月30日，周三，阿克拉

不知昨夜什么时候下雨，反正6点多醒来时，就听到外面的雨声，继续眯到7点多才起床。雨虽然不是很大，但屋旁土路上已形成一条条细细的小水流，可见时间不短了。8点30分，雨小多了，就准备乘车去医院。

9点到了医院，进手术室。没想到第1台手术已经消毒铺巾完毕，准备开始手术。第1台手术是胸11骨折，而麻醉医生是女医生Dr Wullf。这让我有些诧异，在克里布上班4个月，手术基本上都是10点才开台，没想到今日竟然在9点开台。

Mawuli和Ayodele施行第1台手术。Dr Akoto进来手术室，两个手术间可同时开放。第2台手术是颈6/7骨折脱位，系强直性脊柱炎，但是病人出现咳嗽情况，麻醉医生要求停止手术。第3台是腰1骨折，但神经功能尚全，病人系23岁Emannule。快到11点时，我走进第1手术间，看到Mawuli才完成一侧螺钉固定，而那边第2手术间

病人已麻醉完毕，Dr Akoto正在洗手。看周围没有其他医生，我就主动洗手上台当助手。

这个年轻病人是车祸伤，其坐在疾驶摩托车后面，遇车祸时人飞了出去。手术显露后发现骨折很严重，腰1椎板骨折，腰1右侧椎弓根部分分离，棘突根部骨折，但棘上韧带没有断裂。原以为可能系Chance骨折，看来不是。Dr Akoto在左侧操作胸12、腰1、腰2椎弓根螺钉固定后，进行C臂X线机透视，三个螺钉位置尚可。但在我这一侧，无法经伤椎螺钉固定，而且缺乏横连接等。因是典型的三柱骨折脱位，只有一侧伤椎固定，显然固定强度不足。最后决定伤椎上下各2个水平固定，我这一侧就4枚螺钉固定。固定过程顺利，局部减压后，行横突以及关节突植骨。到了14点，所有过程结束。这是我援非的第6台手术。

下了手术，我步行返回。太阳已经出来，雨丝零落飘着。每天这么走来走去，晒晒太阳，比在室内跑步机上锻炼强多了。毕竟晒太阳可以调动体内的代谢，那是秉承天地之精华，而那些室内出汗运动难有此功效。

近几天，医疗队里有好几人陆续出现感冒症状，体温不太高，以全身不适为主。因为最惧怕的是疟疾，所以抗疟药物还是先用上，不能大意。

2012年5月31日，周四，阿克拉

今日系本月最后一天。病房安排两台脑室引流手术，没我什么事，所以给自己放了一天假。

凌晨3点醒来，后面就睡不着了。睡眠不足，整个上午脑袋昏沉沉的。午饭后，放下窗帘，房间不进一丝光线，好好补了3个小时的觉。顿感精神爽朗，完成修改"加纳脊柱外科发展见闻"稿件并传回《中国脊柱脊髓杂志》编辑部。

最近散文写作几乎停顿。这些写作急不得，没有生活和思考，没有什么新鲜事，写起来也没什么意思。今年计划完成50篇，看来问题不大。只要思维不懈怠，总会找到一些切入点。

时间过得挺快的，一晃五个多月过去了。总体感觉不错，虽然有时寂寞难耐，但心里自有一块天地。

2012年6月

2012年6月1日，周五，阿克拉

这几天睡眠不很正常。今日凌晨3点多就醒来，到了5点又眯了会儿，再醒来已7点10分。赶忙起床，收拾一下，赶往医院，8点05分到达。

学术室里有两人，Dr Lapointe和Mawuli。我和Adjetey前后脚到达，后面又来1人。8点20分开始学习讲座，由Mawuli主讲"皮层定位图"（Cortical Mapping）。对我来说，坐在那里目的就是"开开眼界"——了解一点脑科知识，再熟悉几个专业词汇。9点15分主讲结束，大家又讨论了一下，发言相对踊跃。

昨晚邵医生说："克里布医院的实习医生在罢工。"今日查房时，看到医生队伍确实冷清好多，只有几名规培医生，后确认实习医生在罢工。起因是本周三有一名27岁实习医生在医院公寓内被害，实习医生团体要求加强公寓安全措施，但未得到院方回应，所以就进行无期限罢工。

下周有6例脊柱病人拟手术，颈椎骨折和腰椎骨折各1例，腰椎管狭窄1例，颈椎病1例，还有两例腰5峡部裂并腰5/骶1滑脱。其中1例腰椎滑脱病人为女性，64岁，曾于2000年行后路手术，采用棘突钢丝固定。那是相当原始的固定方式，当然起不到任何作用。另1例腰椎滑脱病人亦为女性，55岁。这两例均系峡部裂性腰椎滑脱，为Ⅱ°滑脱，骶骨前部已形成类杵臼关节，这是我迄今在加纳首次遇到的真性滑脱。加纳多见腰椎退行性滑脱，峡部裂性滑脱较少见。

查房时见到1例婴幼儿，从耳钉孔判断其为女婴，又是在额顶部突出一个大大的包，左侧鼻孔开天窗，还用一片透明胶布覆盖。又是一名脑脊膜膨出女婴，看着让人心酸。这世上不幸的人确实太多了！

那例胸椎结核后路手术病人，切口愈合不良，皮缘有点坏死，我担心形成窦道。该病人脊髓功能未见改善，如出现窦道，那就雪上加霜。

病房在粉刷，有点刺鼻难闻的气味。参加查房的医生少，我就不好意思中途开溜。11点30分结束查房，才打道回府。

走在路上，晒晒太阳，觉得舒坦。昨晚与志红聊天。她说："到加纳就想晒晒非洲太阳，看看当地边边角角，吃吃当地水果和食物。"除了晒晒太阳，其余想法与我相距甚远。

2012年6月2日，周六，阿克拉

上午跑了5家超市，3家当地超市，2家中国人超市。

为队里买了牛肉、羊肉、蔬菜、面包等，以及一些酱料等。现在塞地贬值，牛肉等价格均有一定涨幅。令人高兴的是，抱回2个大冬瓜，可以煲冬瓜汤，清毒解火。

通知年度回国探亲休假需在加纳服务满11个月后安排。

2012年6月3日，周日，阿克拉

今日完成《颈椎轴向螺钉固定的解剖学研究》中文论文定稿，另外修改《加纳专科医师培养制度》和《脊柱外科具体术式选择的考量因素》两篇论文。

吃晚饭时，中铁五局杨医生送来了一名受伤的员工。其打篮球时腕关节受伤，右侧腕部背侧肿胀隆起，检查发现其桡骨和尺骨长轴连续性完整，我便考虑其为腕关节骨折或者腕骨脱位，让其去克里布医院急诊拍X线片。X线结果显示其为右桡骨远端关节面纵向劈裂骨折，腕骨无脱位，腕关节对位尚可。对其先局部麻醉后试图手法复位，虽复位成功但不能稳定，所以我便在背伸功能位对其进行石膏托固定。虽然有好长时间没有打石膏，但动作依然很熟练哦！看我忙碌到21点，那几位陪同的四川老乡不停表示感激。我说："谢哪个！出门在外，都不容易，互相帮忙嘛。"

或许在加纳，创伤骨科医生比我这个脊柱外科医生有用处。来加纳后，我为华侨华人服务的内容基本都是创伤骨科的，看来下一批医疗队员应挑选创伤骨科医生。

2012年6月4日，周一，阿克拉

一早起来将几篇论文稿件外投杂志社。

12点，Dr Akoto让人叫我上台协助手术。那是1例64岁腰椎滑脱女性病人，在2000年曾行棘突钢丝固定。手术显露后，见棘突植骨愈合尚好，但没有与椎板等融合一起，腰5/骶1部根本没有融合。因不清楚初次手术怎么做的，半天没有进入椎管，后来索性切除原来植骨块，才发现正常椎管结构，这样减压边界就清楚了。尽管是峡部裂，并未见明显峡部裂骨增生，所以不需切除更多骨质减压。椎管显露清楚后，椎弓根螺钉置钉顺利，后来撑开复位时用力过猛，螺钉拔出一枚，就变成一侧3钉而另一侧2钉固定。由于缺乏椎间融合器械和工具，还是进行横突间及关节突植骨融合。手术历时3小时。结束时，Dr Akoto问："是否用C臂X线机透视看看？"我说："你定啊！"后来也没透视，自觉几枚螺钉固定问题不大，能少吃射线，就少吃点。今日忘记戴手术眼镜上台手术，没养成习惯。切除骨质减压时感有血丝溅到脸上，有点担心！毕竟病人不查HIV，以后要装备齐全才能上阵。

这是我援非的第7台手术。15点10分，慢步返回驻地。

2012年6月5日，周二，阿克拉

凌晨3点醒了，醒后便难入睡。

6点，没有往日那样的阳光照进房间，往窗外一看，云层厚又低。7点多，噼里啪啦地下起雨来。雨很大，砸在铁皮屋顶，如同炒黄豆似的，轰然作响。8点雨停歇。

过了一会儿，老彭来电话说，志红及女儿来访加纳的邀请函已准备完毕。我到老彭房间，核实邀请函内容，无须改动，就和老彭一起开车出去邮递。国际特快专递DHL办事处就在环城路那个加油站附近。可能因为今日下雨，办理国际快递的人并不多，所以我们很快就办理好了，费用108塞地，大概3日后可到达中国。

然后，与老彭一起转到阿克拉展览中心。有个湖北公司在那里卖建材，公司在展览中心搭了一个80多平方米的样板房，也就是他们要销售的产品。所有建材价格仅1万多美元，但从中国到加纳的海运费用需要4000多美元，而关税为总价20%。这些建材包括门窗、隔热板及瓷砖等，类似我们建简易房的那些板材，不清楚在加纳的市场前景如何。

回来途中，在High Street路段拥堵严重，老彭叹气地说："看来要花上1小时，大概13点才能回到驻地。"结果没想到，12点30分我们的车就进了驻地院子。我说："不妨这么想，我们赚了半个小时，是不是觉得非常开心啊？"其实，生活没什么不同，心境最重要。有的人开心，有的人郁闷，有的人整日觉得没顺心事，有的人不管结果如何都开心做事。给自己找乐，生活就充满乐趣。

16点多，中铁五局送一个厨师来看病，其昨日被鱼刺扎到手掌里。在克里布医院急诊照了X片，没看到异物；尝试手术，小切口找异物2次，也没有找着。我一看，受伤处位于右手虎口部，局部肌肉组织丰富，且鱼刺异物不大，靠小切口去夹找，那很难奏效。考虑位置较深，局麻下扩大切口取异物，可能副损伤更大。衡量一下，决定还是先消炎后再看。

此人离开没多久，那边国开行又送来一个因打网球而扭伤腰部的病人，事情已发生三天，但腰痛还很明显，尤其睡到凌晨时感觉更疼，由于不放心就过来看看。检查其腰椎无叩击痛，活动尚可，显然是腰肌扭伤，我便让其回去贴膏药，吃点止痛药即可。

2012年6月6日，周三，阿克拉

6点多起床。阴天，天空灰蒙蒙的。8点出门，空中飘过些许雨丝，云层没有堆积，似要渐渐散开，也就没有在意，缓步行走去上班。现在唯一的运动是徒步，从驻地到医院，再从医院到驻地。

进了医院北门，看到一块荒地上，有个小伙子正在松土、挖沟，准备播种玉米。我便停下脚步，站在路边观察他的劳动。小伙子当然不知我的用意，但很友好地向我挥手致意。其实我主要是想从专业角度观察他们劳动时的腰部姿势。最后，得出结论是当地人在劳动时弯腰动作较少，一般以屈髋动作来代替弯腰等动作。

克里布医院的北部，原为杂草丛生的荒地，最近陆续被开发。有人翻了土，挖条沟，但没把草根清除彻底。他们开荒一小块，种下一些种子。长出来的苗高矮不一，高的已到半腰，矮的刚露出一茬，杂草也一起生长。非洲人惰性是比较出名的，但他们似乎没有那么不知足。

Dr Akoto一进手术室，就问我："昨日你来手术室没有？"我告诉他："没有。昨日去快递签证材料。"昨日安排3台手术，仅完成1台垂体肿瘤手术，其余两台脊柱手术全部取消。原来昨日他也没来，我又不在，脊柱手术只好全停，看来我已成他们"重要的"劳动力。那么，今日必须先完成昨日计划。

Dr Akoto和Adjetey一起做颈椎前路手术。病人有轻微外伤史，有脊髓功能损害。MRI显示颈3/4、颈4/5节段脊髓受压，局部信号增强。

我和Mawuli上台做腰椎滑脱手术。这是55岁女性病人，腰5/骶1 II° 滑脱。显露后明确为典型的峡部裂性滑脱，腰5椎板可活动，局部疤痕增生明显，峡部骨质增生形成，神经根卡压严重。我们先完成骶1、腰5、腰4椎弓根螺钉固定。为什么要3个椎体固定？由于缺乏椎间融合器应用，就需要一个较长的杠杆力臂，才有利于滑脱复位，同时增加腰4螺钉固定可对腰5螺钉有保护作用，避免螺钉拔出。上周五查房时，我向他们详述了这个观点，他们也虚心地接受。周一那台腰椎滑脱手术和今日这台手术，都采用了这种固定方法。

　　Mawuli预制骶1钉道时，遇到骶前皮质骨，不敢穿破。我告诉他："不穿透骶前皮质骨，无法获得双皮质良好固定，你可以大胆用锤子敲击。"结果他敲的节奏让我想起了非洲鼓点，我就逗笑说："你在打鼓吗？"我举锤猛敲两下，恰好穿破骶前皮质骨，旋转椎弓根探子，扩大突破口，告诉他："现在你可以置入螺钉了。"Mawuli拧入螺钉，一下就成功了，螺钉固定很可靠。在减压的时候，由于他们很少见到峡部裂腰椎滑脱，所以还是抱着椎板切除观念来减压，非要切除腰4、腰5椎板。我马上告诉他："不是椎板导致压迫，而是峡部裂地方的增生导致神经根受压，这是减压的关键位置。"骨刀不利，鼓锤也不顺手，故用骨刀切除减压不是很利索，但我把减压的界限给他指出来，指导他要沿着神经根把整个神经根管完全扩大。Mawuli可能从来没有见过如此减压方法，总想"见好就收"。我则一再强调："别急，Mawuli。如果减压不彻底，那这个手术就白做了，因为神经根性症状无法改善。"最后我还是自己动手，一点一点地切除峡部增生骨质，完全显露神经根。相信这一次的减压演示会给Mawuli留下深刻的印象。可惜，没有椎间融合器进行椎间融合，否则对于滑脱复位以及保护植入物免于疲劳意义重大。由于椎体不稳松动，所以上棒后固定，复位效果较好。Mawuli在腰5/骶1进行横突间植骨，在腰4/5我则要求其进行关节突植骨融合。关节突植骨融合效果优于横突间植骨，而且需要骨量不多。

　　手术关键步骤完成，此时已14点，我感到肚子确实饿了。我说了句："I miss my lunch."本来想说，我错过了午餐时间，但时态表达不对，竟成了"我十分想念午餐"，弄得几名护士都问我吃什么午餐。等到缝合切口时，台上护士让我先走，她来帮忙协助缝合。真感谢她们这么体贴我！这是我援非的第8台手术。

　　回到驻地15点多，有点疲乏，懒着吃午餐。正准备休息，那边来电话叫领钱。上月伙食费结余，每人发放100美元，另加63塞地。这些钱可供我买几瓶轩尼诗了！何以解忧？唯有杜康！几小时手术下来，何以解乏？此地有轩尼诗！

2012年6月7日，周四，阿克拉

　　8点去上班。到了病区，看望术后病人。昨日那位腰椎滑脱病人术后下肢活动良好，自我感觉不错。本想多交谈几句，但她的英语口语也不好，只能作罢。而周一和Dr Akoto一起做的那台手术，患者术后出现右侧股神经刺激症状，要查找原因。

昨日暂停手术的腰3骨折病人，以及额顶部脑脊膜膨出的婴儿还在病房里，没有接进手术室，看来今日又没戏。进手术室问了一下，才得知今日仅安排1台手术，为脑积水儿童的脑室引流。

Adjetey问我："你喝啤酒吗？"中午有手术室工作人员的小型聚会。对我而言，这样的聚会没多大意思，而且因痛风，已戒饮啤酒。我告诉Adjetey："今日已安排其他事情，我就不参加聚会了。我现在不喝啤酒，但能喝威士忌。我们以后找个时间一起共饮。"10点打道回府。

科里来了位轮转医生，会讲几句中文。他来自冈比亚，曾在中国台湾待了9个月。小伙子很想去北京玩玩，我说："也欢迎到广州。"能够交往几个非洲朋友，当然是乐事。

回来路上，遇到北门的门卫保安。他说："昨日看到你在拍我家的farm。"我愣了一下。Farm？农场？原来那块开垦的小荒地也能称作"农场"！不过，如果不是他告诉我，我还不能确定他们种植的是玉米。我告诉他："每天我都从这里走来走去，对这里的变化很感兴趣，就随时拍照记录啦。"天天往来，和门卫保安也混熟了。

凡人生所经历的，皆为宝贵的财富。

2012年6月8日，周五，阿克拉

8点准时到医院，得知今日学习讲座取消，就去查看病房。

两例腰椎峡部裂并滑脱病人术后都有点问题。周一进行的那例病人术后出现右侧股神经刺激症状。周三进行的那例病人术后X片见螺钉固定在腰3、腰4上，却漏了腰5滑脱椎体。尽管这里病人术后感觉不错，螺钉位置良好，复位也相当满意（力臂长了，当然有助于复位），但是与术前计划有偏差，这我要自我检讨。以后要谨慎一点，不能心存侥幸。

有5例脊柱骨折待手术病人。1例为强直性脊柱炎，颈6/7骨折脱位，因为有肺部感染，手术被停止，看来情况不是很好。1例为颈4/5屈曲牵张损伤，MRI见脊髓信号改变，正等待手术。1例为腰3椎体骨折，26岁男性，有马尾神经损伤，原定本周手术取消，延后到下周一手术。还有两例，均为道路车祸伤（RTA），分别为胸7骨折脱位、胸12/腰1骨折脱位，并完全性截瘫，估计下周安排手术，均需要后路长节段固定。

尚有两例腰椎管狭窄病人，都是60多岁，均有典型的间歇性跛行，MRI可见黄韧带肥厚引起节段狭窄。其中1例从库玛西的恩克鲁玛科技大学教学医院介绍转诊，合并有腰4/5退变性不稳。这是加纳仅有的两家教学医院之一，尚不能开展脊柱外科手术，这说明在脊柱外科人才培养上有很长路要走。因此，下周脊柱手术至少有6台，看来是做不完的。如果两个手术间全部开放，那我就要参加两台手术，参加1台脊柱手术可能较大。

我于9点30分结束查房。见Adjetey带着一名轮转医生在查房，就过去与其交流一些胸腰椎骨折的损伤机制，然后返回驻地。

15点21分，收到女儿短信：我到广州啦。志红已到白云机场接她。尽管女儿说不用接机，坐地铁或者出租车回家很方便。但从国外回国，下了飞机还得自己折腾，想必有点凄凉。想起自己上军校时，假期从广州返家，从福州火车站出来，见到人家都有人接，自己却要扛行李去挤长途汽车，心里难免有点酸楚。时代在变化，人的心理好像没有什么改变，而这点亲情更不能随便丢弃。

今日电话里志红说，已为女儿买了荔枝和芒果，过两周还有龙眼等。刚好这个季节有新鲜时令水果，可以一起享受。

2012年6月9日，周六，阿克拉

8点多给家里打电话，女儿接的。她这次回国，作业很多，所以画板和电脑都背了回来，真够辛苦。女儿说，在新加坡吃不到荔枝，有的都是绿皮的，刚好广州荔枝刚上市，可以享受一下。让她给奶奶去个电话，奶奶身体不好，代我关心慰问一下。

9点45分去买菜，买了鸡蛋、面粉以及蔬菜。这次鸡蛋稍大个，9塞地一排（30个），似乎涨了一点价，但考虑塞地贬值，好像也差不多。面粉分为软和硬，很少吃面，也没弄明白什么意思，各买一袋，价格没有变化。近两周买菜支出660塞地，在预算范围。下周国内发来的集装箱到港，有些酱料、食材等可不用再买。到了下月，可能要去特马港拿些鱼货。

11点返回驻地。

2012年6月10日，周日，阿克拉

上午出去买了张充值卡，给老母亲打了个电话。老母亲因骨质疏松性椎体压缩骨折，在县医院住院治疗。经全面检查，没什么大碍，心理负担也没那么重。再肌

注密盖息，感觉好多了，大概这几天就可以出院。

2012年6月11日，周一，阿克拉

8点多到医院。病房在装修，比较杂乱，就进手术室。看到本周手术安排，周一到周三各3台手术，其中各有两台脊柱手术，周四仅安排1台脑科手术。

很遗憾，等了半天，也没见麻醉医生来手术室。Dr Dakurah、Dr Akoto也都在手术室等待。

幸好自己很能适应这种状况。等待中，他们在一旁聊天，我在一旁写作。有的东拉西扯，反正想到啥就记啥，遇有智慧闪光，一字不落全记下。写作可能皆如此，捕捉脑海闪现的火花，让思维如脱缰之马，尽情驰骋，先写个痛快，管它什么谋篇和结构。毕竟以后还要修改和润色。

几名医生护士见我每日在那里旁若无人地写作，颇感好奇，连Dr Dakurah都过来问我写些什么。我回答说："不能做外科医生的事时，我现在要像作者一样写作。"看到本子上密密麻麻的中国字，或许他们更觉得惊奇。

Mawuli过来要学认几个中国文字。我对他说："中国语言的思维和英语的思维不一样，一个人很难同时具备这两种语言的思维。我的中国语言思维还可以，所以我每天都在用中文写作。"

顺便向Mawuli提起，明年是否有意到中国短期学习脊柱外科。他表示出浓厚的兴趣。Mawuli素质不错，对病人也挺好，是个不错的医生。我很希望，在援非期间能促成年轻医生到中国参观学习，这比我在这里参加几台手术指导更有意义。

午饭后，和司机Amos一起开车去年审。到了车管所，才知道这里仅进行新车以及过户车的年审，旧车的年审在其他地方，悻悻而返。明天再去吧！

下午请老彭帮忙理了个短发，让人看着精神一点。而后接着审阅稿件，孙天胜教授牵头的"下颈椎损伤的专家共识"要及时完成审阅。投稿和审稿是我现在与国内学术交流的主要途径。

2012年6月12日，周二，阿克拉

昨夜大雨，一夜凉风习习，舒服到天亮。

8点05分到医院，在科里举行学习讲座。主讲者为Ayodele，题目是"外周神经损伤"（Peripheral Nerve Injury）。整体感觉同前，内容虽全面却空洞，属照本宣科。

书本学习与临床实践脱节，这样只会事倍功半。教育更多的意义在于培养思维和启发思维，否则只有教过的病才会看、教过的手术才会做，那这样的医生将难有更大作为。

病房在粉刷，东区病房的小儿病人搬到了西区病房。过去看了看，有的说今日手术，有的说明日手术。我告诉他们："一切取决于手术的进程，现在还不能确定。"到了手术室，又是在等待。幸好已经习惯等待，而在等待中，我一样可以写文章，一样可以思考问题。因此，对我来说，等待一样有产出。

后来，Dr Dakurah也进来一起等待，我们交换了看法。我向他要了Email邮箱，过段时间把今后的打算向他汇报一下。我对他说："如有可能，明年计划邀请年轻医生到中国参观学习，这有助于提高他们的脊柱外科水平。"

从专业发展讲，一个专业的进步如同一个国家的进步，不能靠别人，只能靠自己，要依靠自己培养的医生。在加纳，只有成为专科医生后，才有机会出国到美国或加拿大进修学习，甚至就留在那边工作，而年轻医生在规培或专培阶段很难获得这样的机会。从专业角度讲，微创脊柱外科是发展趋势，但非洲病人来医院诊治都比较晚，病情较复杂，也难以承受较为高昂的费用，因此并不能作为主要的发展方向。Dr Dakurah表示认同。他说："人总要活着，富人有富人的活法，穷人有穷人的活法，专业发展也是这道理。"

Dr Dakurah尤其关心他年底能否到中国参加COA（全国骨科大会）。我说："现在具体会期和地点没有确定，要等待一段时间。"他不停提醒我："一有消息就让我知道。"其实他们很多人都有想去中国看看的想法。

后来返回驻地路上，我就想，今后援非工作应该是双向的，要你来我往，才能真正发挥作用。现在这种模式，仅派遣一个中国医疗队到一个非洲国家，再赠送一些仪器设备，能起多大作用呢？

晚上完成几篇稿件审稿，并修改完成《享受寂寞》一文。此文初稿是在手术室里拟写的。寂寞如影相随，但可以从心与心的对话中去领悟自己的人生。

2012年6月13日，周三，阿克拉

林位强老师来信说，其腰椎手术后情况比较好。他是我初中老师，现在澳门科技大学任教。出国援非前，他因腰椎间盘突出症而求治于我，并由我帮他做了手术。来信中，他很担心我这边的情况，是否社会稳定，有无战乱。确实，在大多数人心目中，非洲的形象还是贫穷、动乱和无休止战争。殊不知加纳偏安一隅，气候

很好，自己在这里无论工作，还是生活都比较顺心。

不过他告诉我，现在罹患类风湿性关节炎。我觉得有点不对，如不是沉疴，老年男性多半不会新患此病，倒要考虑痛风等，请他检查后再将结果发过来。

8点40分，到医院手术室。9点，给家里打电话，和女儿聊了会儿。其今早收到了DHL专递，这快件在途中走了一周。在网上查询才得知，这快件环游了一圈世界，从加纳阿克拉到尼日利亚拉各斯，到比利时布鲁塞尔，到德国利兹（Leizig），转香港，再到广州……原来没有直达航路。

在手术室里等待，等待是每天的歌谣。第1台手术是腰椎狭窄并退变滑脱的病人，从库玛西那家教学医院转诊过来。我问道："难道那家教学医院不能开展腰椎手术？"Mawuli说："可能他们缺乏脊柱内固定系统。"Dr Akoto则回答说："这个病人现在阿克拉工作和生活，但医疗保险在库玛西，因此要办理从库玛西转诊，才能获得保险支付。当然，那家医院经常缺乏脊柱植入物，有时缺乏医生做这个手术。"加纳情况有点类似我们国内15年前，脊柱植入物在医院备案后引进，然后用于病人身上。因属于自费项目，需要病人另行交钱。

11点10分，手术开始。有一群医学生涌进手术间观摩手术。Dr Akoto参加此手术，接台是垂体肿瘤手术，大概没我什么事，便自觉离开医院。

中午上网查阅邮件，收到两篇论文修改通知。1篇有关"加纳实习医生制度"的论文，审稿意见比较中肯，认为多为资料翻译介绍，没有更多文献支持，探讨也不深入，我亦认为那充其量是一般考察报告。另1篇有关"颈椎轴向螺钉固定"的论文，上周投《中国临床解剖学杂志》。一看审稿件字迹，虽无签名，但我仍然认出是主编徐老师审稿，而且是在打印纸质稿上认真圈点批改后，以扫描件寄回。最后还祝我援非凯旋，这很令我感动。老师们一直关心我、帮助我、提携我，使我在人生的道路上不断前行。我想，徐老师的这份改稿扫描件，也是给我的最好礼物，一定要好好保存。记得读博士期间，恩师钟世镇院士也曾如此帮我改稿，那是1篇有关"枢椎椎弓根固定临床解剖"的论文，那篇修改稿我至今还保留着。今我亦为人师，但差距很大啊，幸有自知之明，没有更多误人子弟。

晚上就"下颈椎损伤专家共识"的讨论稿提出修订意见，争取本周完成。

2012年6月14日，周四，阿克拉

晚上没有睡好，凌晨3点40分醒来，反正睡不着，就起床修改"一年有一个梦想"，却精力不济，毫无进展。8点走路去上班，路上琢磨着如何续完此文。一到医

院，赶忙写出草稿。

今日准备手术的是1例腰4/5椎管狭窄症，拟行后路减压椎弓根内固定。从8点多进了手术室，我们就一直在等待。连续几天等待，确实令人心烦。11点，麻醉医生才进手术室，看来要到15点才能完成这一台手术。Dr Akoto和Mawuli都在，我就告辞返回。每天如此等待，宝贵时光就这么流逝，技术效益、经济效益、社会效益，什么效益都没有，他们一样着急。

下午中地集团送来一名食指末节软组织砸伤工人，已在外院缝合。指骨及肌腱没有损伤，组织颜色不很红润，可以先观察，即使以后皮缘有点坏死，问题也不大。

晚上葛洲坝集团邀请中国医疗队到Labadi酒店吃自助餐。上次贪吃导致胃扩张，差点撑死人。现在想起来，仍心有余悸。所以这次吃得很斯文，半饱正好。

2012年6月15日，周五，阿克拉

早上学习讲座由 Adjetey主讲"颅骨缺损修补术"。参加学习的就Mawuli、Ayodele、我，以及3名实习医生，其他人影子都没见着。9点30分结束，接着查房，还是这么几个人。

病房在修缮粉刷，油漆味浓烈，令人头昏脑涨。有两间病房还在施工，少了好几张病床。

新收治了3例颈椎骨折病人。1例颈椎屈曲牵张骨折，有单侧关节突脱位，后部韧带复合体损伤，为Allen 3型；1例为40岁女性，系广告牌坠落砸伤，导致颈5-6椎体矢状骨折，属于屈曲垂直轴向暴力所致；1例为屈曲牵张损伤或伴有旋转关节突脱位，合并臂丛损伤。另有两例胸腰椎骨折，本来准备本周手术，但要延迟到下周进行。新入1例结核性胸椎后凸畸形并不全瘫，有3年病史，拟行后路截骨矫形。下周可能就这几台脊柱手术。

胸4/5结核术后病人出现严重褥疮，骶尾部、粗隆部、外踝等处出现2°到3°压疮。这些截瘫病人并没有得到很好的照护。相比较而言，在国内住院恍若天堂，我们护士工作很尽职尽责。

12点查房结束，就走回驻地。有些许小雨，有几分清凉。

2012年6月16日，周六，阿克拉

6点多起床，观看神九发射的实况转播。毕竟我是二炮部队出身，对火箭上天

一直有浓郁的情怀。但遗憾的是，发射时间是10点37分，而我正好那时要外出买菜，火箭轰鸣上天那一瞬间只能等回来看转播。航天员乃真英雄！这个时代需要理想主义，也需要英雄主义。他们就是这二者完美结合，应该成为这个时代的楷模。

下午队里买了新沙发回来，属于客厅用的几件套，中国产的。有队友要三人的，有的要双人的，我要了两个单人沙发。把上队留下来的脏沙发撤掉，换上新的，小天地顿时成了新天地。我们无力改变这个世界，但我们可以让自己的世界是新的。到加纳以后，每个房间添置了饮水机、小冰箱、煮食不粘锅等，还换了液晶彩电、办公椅、沙发，准备再买个电脑音箱。改变一下小天地，让每日心情是新的，那世界天天就是新的。

要让援非生活过得有滋有味，千万不能亏待自己。

2012年6月17日，周日，阿克拉

昨晚22点多就困不可支，房灯未闭，蚊帐未放，酣然入睡。凌晨4点多醒来，就起来打开电视，并写工作报告。工作报告拟呈报陈建庭主任，主要汇报这半年的工作以及下一步打算。有这三点打算：一是拟邀请Dr Dakurah参加今年北京COA会议；二是拟明年带两名年轻医生到南方医院参观学习；三是拟安排明年8月专家教授来加纳访问。

上午完成"让自己世界是新的"稿件，还给志红和老母亲都打了个电话。中午明显犯困，需要小睡会儿。

午睡一觉可香甜，醒来已经17点许。晚上收到朱青安教授来信，他有位朋友的孩子在加拿大读书，有意报考医学院，要来加纳志愿服务6周，让我关照一下。

2012年6月18日，周一，阿克拉

6点40起床。两杯白开水，1杯冰牛奶，几块饼干，便是今日早餐。

8点出门，25分钟后到医院，了解一下本周手术安排。今日安排3台手术，1台颈椎前路手术、1台腰椎（骨折）后路手术，还有1台小儿椎板切除减压手术，该小儿考虑淋巴瘤，住在内科。进手术室后，才发现忘记携带洗手衣，真有点昏了头，只好回去拿去。

下午收到姚玲邮件，传达陈建庭主任意见。拟邀请Dr Dakurah主任参加北京COA会议一事，科室可以安排，其他因涉及对外合作层面，需上报医院研究。

2012年6月19日，周二，阿克拉

7点30分醒来，8点出门。路上接到江西国际来电，说昨日有名受伤人员送到克里布医院急诊科。我便先到医院急诊科，看望一下伤者。伤者系青年小伙，一般情况尚可，腹部有擦伤，但肝脾区无压痛，没有明显腹肌紧张，下肢活动好，无会阴部感觉障碍。已留置尿管，活动左下肢引起腰部剧烈疼痛。X片见腰4椎体侧方压缩骨折，骨盆及股骨未见骨折。诊断明确，系腰椎骨折，无明显神经功能损害。由于江西国际项目部驻地离阿克拉很远，所以我还是建议其住院一段时间，再回项目部驻地休养。由于不熟悉收治病人的流程，我要找当地医生帮忙。回到神经外科病区，没有见到其他医生。进了手术室，遇到Adjetey，请他帮忙联系，协助该中国伤者住院。

看了手术登记本，才知道昨日完成1台颈椎手术和1台腰椎手术。那例小儿减压手术则延后今日进行。第1台是垂体肿瘤切除，Dr Wepeba的"拿手好戏"。第2台手术就是那例小儿减压手术，系12岁男孩，胸椎旁肿瘤进入椎管，压迫脊髓，有不全瘫，但椎体完整，全身状况还可以，考虑是淋巴瘤，手术目的是减压以及活检。第3台系胸椎骨折手术。等到11点，开始手术麻醉，ENT协助手术，Dr Wepeba于12点才进手术室。

无事之时，我又坐在休息室沙发上写作。今日拟写"事业和职业"。在我心目中，职业无贵贱，那是谋生的手段；事业有高低，那是境界所在。其间，还和那位冈比亚医生聊了会儿。谈起非洲医生外流时，我问他："有没有考虑以后在加纳工作？"他毫不迟疑地回答："一定回去！我心属祖国！"蛮有爱国情操的！

2012年6月20日，周三，阿克拉

8点出门去医院。

第1台手术是16岁颅骨缺损男子，接受颅骨修补术，由Dr Akoto主刀。我没见过颅骨修补，今日开下眼界。手术显露后，用手套包装纸覆盖缺损部，描出缺损范围后修剪，然后搅拌骨水泥，摊成薄层，按纸样剪裁。最后钻孔，以丝线固定于颅骨上，就此完成缺损修补。Dr Akoto说："也有用有机玻璃来修复的，也有用钛合金板修复的，就看病人的经济条件。"

第2台手术临时更改为71岁女性腰椎管狭窄病人。Mawuli等都在手术室，那就

不需要我上台，不到11点就回撤了。

2012年6月21日，周四，阿克拉

昨日恰逢到加纳半年。晚饭时，不知谁提议喝点小酒庆祝一下。没料到，开始后就难停下来，看来大家的心情都一样。把最后一瓶酒喝光、一袋花生米吃光后，我们就坐在一起喝茶、聊天……

从18点30分坐到次日凌晨4点30分，整整10小时，感觉双足明显肿胀。熬夜很难受，今日缓不过来。11点起床，冲了个热水澡，还是有点迷糊。已不年轻了，这样耗不起。

今日没有去医院。明天国内假期，照常休息。通知明天集装箱到，大家要一起卸货。3月份国内收集物品，6月底才到，前后4个月时间，祖国和亲人的关心一直在路上。

2012年6月22日，周五，阿克拉

本来今日可同国内一样休端午节假期，但江西国际伤者还住在创伤急诊中心，所以上午准时到医院，去看一下伤者。

受伤员工姓廖，31岁，赣州人，住在创伤急诊中心的Amenity Ward（这是"简易病房"或"日间病房"的正确译法）。伤者一般情况不错，尿管已经拔除。让他试着在床上自行翻身，也较利索，且后背肿胀不明显。已在印度人开办的Sunshine诊断中心完成CT和MRI检查，影像资料由Mawuli拿到病区，所以我又回到病区阅看影像资料。这些影像图片清晰，效果强于克里布医院，这说明私立影像诊断中心设备及水平均不错。虽然费用贵一点，但随到随做，极为高效，这是公立医院难以比拟的。

这个伤者诊断很明确，腰4椎体轻度压缩骨折（右上部），腰3/4椎间盘纤维环撕裂，腰2-4横突骨折（左侧）、腰2-4棘突骨折。脊柱稳定性良好，没有神经压迫，可采用支具等保守治疗。

我也和Mawuli、Ayodele一起讨论了这个病例。尽管有椎间盘纤维环损伤，但没有间盘突出以及神经症状，可不必进行手术。

确认完影像资料后，我又回到创伤急诊中心，向小廖解释目前的病情，以及下一步的治疗安排。然后电话联系江西国际杨春华经理及另一名员工小裘，说明小廖

的伤情及有关处理情况。虽然他目前不需要住院，但不适宜回国，所以需要给他就近物色一个住处休养，一个半月后愈合得差不多了，再回国休养两个月即可。杨经理等一再表示感谢。我只是觉得，这本来就是我们中国医疗队的工作。

11点，老彭来电话说，今日集装箱来不了。故抽空与邵医生一起出去买菜。1小时来回，可赶回来吃午饭。路上邵医生说起，下月其所在医院的领导要来加纳，她感到有点焦虑，如果到科室要怎么办呢？我说："不用担心。他们想了解什么，我们就介绍什么。"

18点45分，欧洲杯足球赛开赛，德国队对希腊队。晚饭后赶紧回房看电视转播。今年看欧洲杯和奥运会转播可方便了，黄金时间收看，没有时差，不需要熬夜。自己虽不是体育爱好者，但有此良机，也要享受一下。

2012年6月23日，周六，阿克拉

今日端午节。睡到8点30分起床，没有什么节日感。10点给老父亲、老母亲打个电话，主要关心东征弟弟和侄子浩浩的事。放假了，要安排时间出去旅游一下。散散心也重要，一定要明白这个道理。

午餐是即食面，煮好后浇点花雕酒，吃完就有点晕乎。14点多与志红、女儿在线上聊了会儿，到了15点就上床睡觉。午休两小时，很舒服。

晚上凑热闹，看了一场西班牙队和法国队的足球赛。

2012年6月24日，周日，阿克拉

7点多起床，赶紧给志红打了一个电话。女儿今日返回新加坡，恰遇广州有局部雷阵雨，不知是否能正常出行。上一次女儿回新加坡时遇到大雨，而推迟到次日成行。听到志红告知已顺利飞行，才放下心。8点44分收到女儿短信，其平安到达新加坡。

上午观看天宫一号手动交会的实况录像，然后审稿。

中铁五局何福带上次（3周前）右侧桡骨远端骨折的员工过来复查。局部仍有轻度肿胀，问题不大，予以石膏托重新固定。毕竟是关节内骨折，肿胀可能还会持续一段时间，嘱咐患者要重视功能锻炼。那员工很高兴地离开了医疗队驻地。

看病、看病，看到病人才算看病。我不习惯所谓网上或者电话咨询，一定要亲自问诊、亲自检查才放心。在国内时就是太操心，因此工作压力和负担就大。即便

现在非洲，习惯还是无法改变。

2012年6月25日，周一，阿克拉

进了手术室，本周计划安排10台手术。我不禁哑然一笑，那是理想啊！什么时候要能完成这个手术量，当刮目相看！

今日第1台手术是6月龄小儿脑积水，拟行脑室引流。病人在行手术准备时，我见到有人进手术室拍摄录像。后来问Dr Akoto，才知道这个病人是慈善机构捐助的。慈善机构需要一些佐证材料，以便向捐助人报告钱都花到哪里去了。这样的慈善活动就比较靠谱，而靠谱的慈善才能获得人们的信任，才能越滚越大。

Mawuli和我聊天。他说："为什么中国人叫你，都说Dr Qu，而不是Dr Q？这是怎么回事？"我详细向他解释，我那个"瞿"姓怎么发音，英文中没有相应发音，所以简单一点算了，便于交流。其次，他问："当我准备给腰椎骨折的那个中国年轻人治疗时，给其开抗凝药物，那个中国人却说中国人的血液与非洲人不太一样，不同意应用这些药物。为什么呢？"我解释说："亚裔人群DVT（深静脉栓塞）发生率较低，没有非洲裔以及欧美人群那么高。手术后或者创伤后，我们还习惯给予一些止血药。如不是高危人群，一般可不用抗凝药物。"这些是不同人群差异问题，解释后他也知道了怎么一回事。

当然，我很希望明年能安排年轻医生到中国参观学习。但Mawuli面露难色地对我说："医院肯定不可能支付机票等费用，要看看科里能不能解决这个问题。"这是个问题！与他一起聊天时，明显感受到他们这些年轻医生很渴望出去看看外面的世界。

上午闲坐时，把克里布医院的手术同意书与南方医院的内容比较了一下，便发现了有趣的现象。人家更侧重于法律方面的授权，如授权医生根据术中情况，以病人最大利益化为原则，采取更合适的手术方式。而我们似乎更侧重病人的知情权，如可能出现的并发症、术中采用的高值耗材及费用等。在国内，如术中出现非计划的改变，医生中途要下台找病人家属重新签知情同意书。而这个现象在非洲几乎就不存在，所以我很少看到病人家属簇拥在手术室外等候。这可能也是文化差异吧。

等待到13点20分，才开始第2台颈椎前路手术。第3台是胸12/腰1骨折脱位切开复位内固定术，按时间推算，很难顺利进行。Dr Akoto在场，Mawuli也很能干，那我就告辞了。

2012年6月26日，周二，阿克拉

8点30分到医院。到病房查看拟本周手术的1例上颈椎压迫症，系22岁男性，诊断为"颅底凹陷症（basilar invagination）"。我阅看病人CT和MRI等影像资料，其实这只是例寰枢椎脱位，引起脊髓受压，病人不能站立以及行走。手术计划是颈1后弓切除，枕颈固定以及融合术。我提出一个问题："是否考虑寰椎侧块螺钉固定，行单纯寰枢椎固定融合，而不是枕颈固定和融合？"毕竟寰枢椎固定比枕颈固定可保留更多运动节段。Dr Akoto说："非洲人的寰椎侧块很小，不能容纳3.5mm直径螺钉。"可能他根本没有搞清楚颈1侧块螺钉和椎弓根螺钉概念的差别。

9点进手术室，又见到昨日慈善机构的那些人在等待为捐助对象手术录像。第1台手术是骶部脊膜膨出的6岁小儿，由慈善机构捐助救治。那些人一直守在台下，最后还让Mawuli在镜头前说几句话总结一下。这很靠谱！有感于此，我就坐在休息室里，写了篇"靠谱的慈善"。没有慈善的社会，那是一个相当冰冷的世界！

第2台手术是被掉落的广告牌砸伤的青年女性病人，胸7、胸8骨折脱位，已经全瘫。下午Dr Akoto要去FOCOS医院帮助手术，所以我就要在手术室等待。到了13点，第2台手术准备就绪，我和Mawuli上台。后来我又见到Ayodele进来，亦邀请他一起上台，训练他们胸椎椎弓根置钉技术。

手术从13点30分开始。术中发现骨折局部已纹丝不动，可能已愈合了。伤后拖延时间太长，新鲜骨折变成了陈旧骨折。复位困难，只能原位固定。最后分别进行胸5、胸6、胸9、胸10椎弓根置钉固定，节段椎板切除减压。16点，完成固定以及植骨后，我就先下了台。饿着肚子上台，下台后赶忙返驻地。这是我援非的第9台手术。

2012年6月27日，周三，阿克拉

7点50分醒来，8点40分出门，9点10分到医院，进手术室。

第1台为脑积水行脑室引流，由Mawuli和Ayodele进行。而今日系Dr Wulff麻醉，比较利索。第2台是胸11/12骨折脱位的男性病人，已在病房待了个把月，在第2手术间进行。这台手术由我和Dr Akoto一起上，这个患者的情况比昨日患者稍好一些，可以良好复位。手术从11点30分开始，13点结束。最后皮内缝合时，让护士帮忙，我先下台。后面还有1台腰椎狭窄症手术，临时加上去的。今日完成援非的第10台手术。

在手术室时，见到Dr Akoto手拿一些可折断的万向螺钉，是采购自常州某品牌的。Dr Akoto说："我想买机床自己生产这些螺钉，不知道哪里可以买到这些设备？"我一听，觉得有些不可思议。我从事过脊柱植入物的研发，心里十分清楚，虽这么一个小小螺钉，但其技术含量并不低。并不是说，将钛合金棒喂进机床，那边就吐出来可用于病人的螺钉。但我不想打击他，并很真诚地说："我不清楚需要哪些设备以及投入等。但设备都好买，主要是难招熟练的技术工人，可能要从中国引进人才，这样比直接从中国厂家购入更不划算。"

刚走出医院北门，刚好Amos尼桑车路过，就上车返回。

2012年6月28日，周四，阿克拉

9点和老彭一起去买食品。先到Shoprite购物中心，买了意大利面条、土豆和南瓜等。自己买了点饼干、苹果等，备两周的点心啦。再转到Koala超市，买了10颗包菜，还有面包。最后到丰收超市，买了辣椒、茄子、空心菜、小白菜、冬瓜。这些菜可以对付一周。

16点，约了一名温州女士来看病。由一名男士介绍，不知道他怎么知道我的电话。后来见面时才知道他是福安人，我们是福建老乡。其父母是福州人，所以还会说几句福州话。那名女士43岁，从意大利又转到加纳。没问她做什么生意，对此不感兴趣。她常感颈部不适，头痛头昏，还有肩背部酸痛，检查颈部肌肉压痛明显，Hoffman弱阳性，还是颈椎问题。我建议其去检查颈椎MRI，还专门写了几个英文"cervical spine MRI"，并建议去印度人开办的Sunshine影像诊断中心检查。这名林女士还有一个问题，就是左侧腹痛并大便异常，看似结肠炎问题，我建议她回国检查。对在国外的中国人来说，看病最大的问题是语言障碍，不知道如何去描述症状及病史，所以看病还是回国内方便。

晚上几人谈起欧洲杯足球赛的事。今晚是德国队对意大利队，盘口开德国队赢半个球，大概都看好德国队。我却说："意大利目前经济状况不好，弄不好今晚就是意大利队赢。因为赢球了，就可以拿到更多的奖金，这当然是个巨大的激励。"果不其然，意大利队踢得不错，先进2球，后以2:1取胜。正可谓哀兵必胜！

2012年6月29日，周五，阿克拉

凌晨3点多（北京时间11点多）醒来观看神九返回，航天英雄们值得崇敬。

8点30分到医院。到了病区，把最近几例病人的图片资料收集一下。病房里油漆味道仍浓烈，待一会儿就头昏脑涨。7月1日为加纳独立日，恰逢周日，周一要补假，又可以连休几天。

14点40分，朱青安老师交代关照的那位小崔同学打来电话，她说已到克里布医院。我下楼，叫司机Amos开车到医院去，把她接到中国医疗队驻地来。中途去丰收超市换了一个坏冬瓜，回来后，就和小崔一起聊了聊。她现已完成了生命科学大学教程，想报考医学院，需要自费参与一项志愿者计划，才能获得报考资格。她父母都在白求恩医科大学附属医院，父亲为手外科医生，母亲是血液科医生。父母都在加拿大留学过，家境不错。小崔现在的想法是，第一想当医生，如果不行，学药学也行。我鼓励她要积极争取，没有争取就退而求其次，于心不甘。晚上留其在驻地就餐，体验中国医疗队员的生活，大家相聊甚欢。

19点30分我们几人一起开车送她回住处。她住得比较远，在Madina区域，加纳大学附近，她对那边情况并不熟悉。车到了那区域，找了很长时间才找到她的住处。那些一起做志愿者的学生们还在开派对呢。大家都觉得，一个女孩子独自跑到非洲来，还是挺厉害的，在锻炼中成长吧。

2012年6月30日，周六，阿克拉

时间过得有点快啊，来到加纳已过半年！我的基本感受是，援非工作进展比预想要顺利一点，援非生活比预想要好过一点，援非收获比预想要丰富一点。

编一段援非生活的"顺口溜"，那就是：按部就班，单调有序。五天工作日，步行上下班（算锻炼）。四天排手术，周五大查房。没有过时餐，3点（15时15点）就下班。有手术就上，没事写提纲。午睡一小时，夜眠六个钟。下午记日志，晚上看稿件。周六去买菜，周日做文章。自认为这也是一种活法。

努力充实自己的精神生活，多读书、多写作。个中乐趣，自己回味。

2012年7月

2012年7月1日，周日，阿克拉

加纳共和国日，公共假日。

全天待在房间里，写作以"人在非洲"为题的汇报材料。吭哧半天，才写了第一部分，不到2000字。整个内容写作框架已经确定，只是有时精力难以集中，下笔有点迟滞。

一周内要完成此项工作。

2012年7月2日，周一，阿克拉

今日补休。

完成写作《人在非洲》的第二部分，《援非的一天》。本文写作主要包括以下几个部分：

（1）人在非洲（援非半年总结）；

（2）援非的一天；

（3）歌声伴我走天涯；

（4）念天地之悠悠；

（5）吃是个问题；

（6）贪吃惹的祸；

（7）海边小渔港；

（8）可可树下。

其中后几部分属于已经完成的内容，仅前面三部分为新作，并补充一些图片。

第3季度要写《相聚在非洲》。志红要来，再加上在加纳中国人的生活，大概以写人为主。国内许多人不熟悉非洲生活，怎么写都会有新鲜感。身在非洲，不写非洲，那是对自己的纵容。

2012年7月3日，周二，阿克拉

半夜就开始下雨。睡到凌晨3点许，居然被冻醒了。早上起来，雨还没停，一阵一阵地下，路上泥水不停地流淌，天上云层低垂。

9点，与老彭一起出去买菜。牛肉已经吃完，我们这几天一直在吃鱼。这时间段，从James Town到High Street一段堵车很严重，住在城外的人都赶着往城里上班。车流慢慢挪动，好像都不是很着急。集装箱还滞留在特马港，说上周送，最后没送来，因为遇到假期。老彭今日又打电话，说是下午送达。

丰收超市那边新开一家Lara超市，价格稍贵点，但比Max超市近多了。买了10多公斤牛腱子肉和6只整鸡，够一周多伙食。准备联系加纳大学农场再买一头猪，上次是过年时买的，每公斤单价4塞地，现在应该要贵一些。

返回驻地后，继续完成"人在非洲"写作。有队友从医院回来说，因缺乏麻醉药物，只能满足急诊手术，全院其他择期手术一律停止。这么大医院，经常发生因缺药而停止手术情况，确实有点笑话。

到了20点，终于完成"人在非洲——援非生活写照"的散文写作，并配上插图。报科室、组织人事处、宣传处、党总支，抄送冯岚及志红、女儿，并请冯岚呈送钟世镇院士和金大地院长。

我相信，在援外、援疆、援藏等活动中，采用此方式进行工作汇报可能并不多见。只是最近诗词读得少，部分写作尚缺文采。不管怎样，也算了却一桩事。

2012年7月4日，周三，阿克拉

昨晚又迎来一场大暴雨，铁皮屋顶敲得很响，但节奏感很强，并不觉得嘈杂，很快送我进入梦乡。早上6点30分醒来，习惯上网看看新闻，没想到网络中断了。

8点出门。到了病区，看了下本周手术安排，就进了手术室。在手术室里已有两名病人在等待手术，Dr Akoto和Mawuli已在手术室里，麻醉医生Dr Wullf也到了，看来不用等待较长时间。

Mawuli告诉我说："昨日那个廖姓中国人已经出院，也不要止痛剂，也不用预防DVT等，说是要返回中国治疗。"该伤者没有再联系我。我前期已向他本人及项目经理交代清楚有关治疗事项。

第1台手术是寰枢椎脱位病人，男性26岁，个子较矮小，已出现瘫痪表现，准备行寰椎后弓切除减压及枕颈融合固定术，其还伴有陈旧性胸椎破坏引起椎管狭窄。我曾与Dr Akoto讨论过这个病例，诊断已明确，在术式选择上，如能行后路寰枢椎融合当然更好。但Dr Akoto说："非洲人寰椎侧块发育一般很小，不适合置钉。"今日我特意看了这例病人的CT扫描，侧块发育真的细小，如行侧块螺钉固定可能危险较大。Dr Akoto与Mawuli上台手术，器械是从FOCOS医院借来的。由于枕颈内固定器械是相当昂贵的，所以我猜测这例病人可能有慈善机构赞助医疗费用。我因参加另一台手术，对该例手术具体过程并不了解。当我完成手术后，过来一看，他们已经接着进行胸椎部手术，行后路椎板减压，不清楚是否同时行固定和融合。如此枕颈和胸椎两部位病变同时进行手术，胆子确实很大，一般较为稳妥的方法是分期手术。一次手术固然可节省一笔费用，但术前很难判断胸椎病变是否产生症状，故在国内一般分次手术。而这里情况不一样，一次性解决可以省下不少精力和财力，这也是一种选择。只是手术创伤很大，令人担忧。

另1台手术是64岁女性病人，腰1骨折并有圆锥部位受压。病人有明确外伤史，从影像学上观察，椎体压缩约1/2，极似骨质疏松压缩骨折，似乎还有椎前软组织肿块影。Dr Dakurah进了手术室，让我和Yankey一起上台手术。计划手术方案是节段减压，腰1骨活检，并椎弓根内固定。术前他们用手触摸棘突，确定病椎位置。显露后发现，定位是准确的，看来他们有一定经验。在伤椎上下各两椎体行椎弓根螺钉固定后，切除腰1椎板减压。Dr Dakurah想经椎管从腰1椎体取材活检。我则建议经椎弓根取一些组织，可以避免伤及脊髓及椎体出血。所以就用刮匙经椎弓根取材，感觉周围骨质较硬，也没有见到肉芽组织，不像为转移癌病变，更像是骨质疏松性椎体骨折。从置钉过程看，胸椎部骨折比较疏松，不像前面几次手术拧入螺钉那样费劲。手术到14点30分结束，拖的时间长一点，主要是Yankey比Mawuli操作欠熟练。Yankey休假了个把月刚回来上班。我问他："是否出去旅游了？"他回答说："没有钱！"大概全世界人们一说起这个问题，都是怪钱少。这是我援非的第11台手术。

手术结束后，与Dr Dakurah讨论年底中国COA会议事宜。我把会议官网地址发给他，请他自行上网注册。然后告知其会议注册号，我会让国内有关方面帮助其缴纳注册费以及预订酒店。我建议他先在北京住宿3天，然后再乘坐动车到广州，顺便访问一下南方医院，医院会负责有关接待。由于我的假期在12月份，不能陪同前往，但会安排人员陪同，所以不必担心。

15点返回驻地。站了几个小时，双小腿酸痛，尤其左腿更明显。躺了个把小时，酸痛感并无明显缓解。看来这已经是个问题了。援非这两年属观察期，如果不能坚持站立三四个小时，那以后别吃外科饭了。人到中年，谁都可以不听，但一定要听自己身体的。

2012年7月5日，周四，阿克拉

8点45分到医院。这几天空气清新，阳光明媚，精神爽朗。走在太阳下，出点汗，觉得遍体舒坦、带劲。这是室内运动带不来的，毕竟阳光给人以能量，给人以营养。进了手术室，仍感左小腿酸痛。坐在椅子上，自我按摩一下，肌肉压痛明显。看来心虽不老，但肌肉已衰老，壮志未酬体已衰啊！

等待手术时，提笔写点东西。或许刚晒太阳的缘故，就拟写了"阿克拉的天"。文章结构和内容都有了，但作为散文来说，尚缺文采，等以后再润色吧。

今日安排两台手术。第1台是55岁男性。去年12月开始出现双下肢无力，从手到躯干再到双下肢部疼痛，需要两人搀扶才能行走。MRI提示颈椎以及腰椎都有压迫，从症状看，还是颈椎为主。拟选择术式是后路椎板切除减压。加纳这里颈椎病人多较严重，常弥漫性颈椎增生，且呈跳跃性多节段。这个病人就是颈3/4和6/7节段狭窄，前路手术确实有点难度，还是后路手术稳妥，当然后路手术效果可能不会那么理想。在台下，观察Mawuli手术操作，觉得他们使用咬骨钳进行椎板减压的技巧不错。咬除棘突后，双手握着咬骨钳，从后正中部开始，一口一口地用咬骨钳咬除椎板，比Kerrison椎板咬骨钳还实用，但比起双侧椎板开槽，进度上还是慢点，而且咬骨钳咬除骨质时，可能出现小骨块蹦起来，对术者有威胁。其实，技巧是一种熟能生巧的过程，只要熟练了，干起来都很漂亮。

第2台手术是取内固定术。系1例32岁男性病人，2001年在克里布医院行后路胸椎骨折内固定术，属于单侧椎弓根螺钉钩装置，我不熟悉该植入物名称。近期出现内固定植入物穿出皮肤，但病人没有发热，也没有神经症状。从X片看，整个固定棒已经脱出，下面2枚椎弓根螺钉周边都有明显透亮区，说明松动很明显，而且整个骨折椎体高度并没有良好恢复。仅单侧固定进行脊柱骨折治疗，似乎早期手术确实有点可笑，但任何技术都是从蹒跚学步开始的，我很理解这点。手术无难度，虽然Dr Akoto、Dr Dakurah等都没来，但Mawuli他们可以独立完成。我自己双小腿酸痛明显，不再继续坚持，11点30分就回来了。

下午发放上月伙食费结余，每人100美元，另69.8塞地。

晚上把"阿克拉的天"录入电脑，改写完毕。还是那种感觉，描写不够细腻。另外，要写一篇关于加纳护士的文章，还要写"阿克拉的烦扰"等。有景写景著散文，没景没事写杂文。写这些东西，好像比写医学论文更有意思。真是别样人生！

2012年7月6日，周五，阿克拉

昨晚又睡乱了。22点多就犯困，上床睡觉，半夜1点20分醒来。起来喝水，吃了半包饼干，然后看电视打发时间。耗到4点多，窗外传来清晰的教堂诵经声，又觉得有点困，再上床睡觉。这下可好，直接睡过了头。醒来一看，已经8点45分。

上午出去买菜。先去Shoprite购物中心，买了面包、土豆、红薯以及猪肉。本来想联系加纳大学农场购买猪肉，现猪肉单价已从过年时每公斤4塞地涨到5.5塞地。后来农场又来电说，本月没有活猪卖，需等到下个月。所以就到超市买了点猪肉，当然还是那种整块切下来的，单价每公斤12.5塞地。估算一下，不会比买整猪贵多少，因为当地屠宰时把猪血和猪肠、猪肚等全部丢弃了，仅剩下猪肝和猪心、猪肺，再算上那个大猪头，我看超市每公斤12.5塞地还是很实惠的。

从Shoprite购物中心出来，已10点40分。到丰收超市，一看仅剩下黄瓜、大茄子、大白菜、辣椒以及豆腐、冬瓜等。司机Amos以为那盒装的豆腐是奶酪。我告诉他，那是中国传统的一道食材，名叫豆腐，由黄豆制成的。他没有享用过，所以很难理解。而后我们又到Amos家附近那家鸡蛋摊买了8排鸡蛋，每排30枚，8.5塞地，比在Osu那里看到的稍大一点，没有讲价，权当帮衬。路上拥堵严重，回到驻地已13点。

通知说集装箱晚上会送到驻地，明日卸货。大家盼星星盼月亮，终于盼到集装箱远涉重洋到身边。

20点多，正写着日志，楼下有人叫喊起来："大家一起卸货啦。"集装箱车已进小院子，全体队员都下楼卸货。老彭和林大厨上到集装箱里，把包装木箱打开，将里面的纸箱一个一个地取出来。下面的队员接着，将纸箱搬到房间里堆放。先搬医疗仪器，那是要捐给医院的；再搬公家的物品，就是茶米油盐以及干货之类；最后卸大家的个人东西。每个人情绪都十分高昂。遇到大件仪器，几个人齐上前，嗨哟一声，一同使劲，干得不亦乐乎，即使挥汗如雨，也不觉得疲乏。卸完货后，物品要归位，仪器设备等放到会客厅，药品等搬到三楼药房；食品等搬到厨房、库房。见有十多箱沉重物品，外包装写的是景德镇瓷器厂产品。打开一看，全都是瓷器盘子、汤碗或碟等，上面还印着鲜红的国旗。

集体活忙完了，我就拿着自己的两个纸箱回到房间里。急忙打开一个箱子，里面有旅行背包、数件短袖衬衫和背心（用来当睡衣的）、沙滩裤、毛巾、浴巾、皮鞋和拖鞋，还有香皂、水果刀以及电动理发剪等，除了这些生活用品外，纸箱里还有两本书，《鲁迅选集》与黄莛庭教授的《外科临床思维》。

另一个纸箱里全是茶叶，是同事和同学赠送的。属于"百家茶"，五花八门，自然让我十分感动。

我迫不及待地泡了一杯铁观音，喝一道家乡茶，回味一下久违的茶香，心里说不出的舒畅。后面一段生活就是一杯茶，一本书，一段文。

今晚一定睡得甜香！

2012年7月7日，周六，阿克拉

昨晚收到远方寄来的物品，自然感动、激动一番，折腾到凌晨2点多才入梦乡。临睡前给女儿留言道："今日是老爹老妈的结婚纪念日，祝贺我们吧。"然后给志红留言道："今日是我们的结婚纪念日。感谢你相扶相伴一路走过。以后我们还一起走下去，走到地荒天老。老婆老婆我爱你，就像老鼠爱大米。"

没错，今日是我和志红结婚23周年纪念日，很不容易。我从心里感激志红一直在身后默默支持着我，让我能够坚持到今日。尽管没有什么辉煌的成就，但是无愧祖先恩德。

早上起来，就收到女儿的祝福与感谢，很是感动！

一家三口，天各一方，个中之苦非一般人可以体会。我一直认为，宁可让孩子从小受点苦，也不要今后苦一辈子。

10点，出门买MTN充值卡。手机充值后，给老父亲、老母亲打了一个电话。今年福建气候有些反常，前一阵子雨下不停，这几天气温又到38℃。他们却担心我这里的气候，让我注意千万别中暑。我说这里的天气是好得不能再好了，平均气温24℃，晚上还要盖薄被呢。

17点，全队一起出去聚餐。本来医疗队自己安排，后来江西国际来电邀请，因江西国际廖姓伤者得到了医疗队的关照，其想聊表心意。却之不恭，就乐意受邀。

2012年7月8日，周日，阿克拉

昨晚饮酒过量，晚上觉得有点燥热，开着电扇睡觉，半夜还起来喝水。早上起来一看，双腿数个红点，又以身饲蚊子了。

今日完成《加纳医护职业暴露防护》一文。加纳人群HIV感染率高，而且为了保护隐私，不得进行术前常规检查。故病人查体或换药时，医生很注意戴上手套操作。而手术时医护人员更是重视个人防护，有的操作如切口引流则一律采用封闭引流系统，避免血液外渗。这些都是值得我们学习的。此文只是唤醒大家关注这个问题，保护好自己。

2012年7月9日，周一，阿克拉

前日收到背包，今日就成为背包族。走在上班路上时，被后面疾驶而过汽车剐蹭了一下，吓了我一跳。开车的是位女士，看来也是匆忙赶去克里布医院上班的，幸好没有什么事。不过惊醒自己，以后走路得小心一点，可能要错开8点上班时段，并走在路旁排水沟外侧。

在病房里，与Dr Dakurah见了面，询问COA会议注册事情，获得他肯定回答，那后面工作就要启动了。他还问我："今日能否上第3台颈椎前路手术？"我很干脆地回答："没问题。乐意之至！"第1台是脑积水的引流，等到11点才开始。第2台是外伤引起腰3/4骨折脱位，系侧方骨折脱位。这例如进行椎间融合则效果更好，因为椎间盘完全损伤了。但缺乏相关器械，所以还是后路内固定及融合。该例系女性，41岁，6月5日车祸受伤，1个月之后才接受手术。急性骨折熬成了陈旧性骨折，有点悲摧啊！完成第2台手术，那差不多到15点了，所以，第3台颈椎前路手术理所当然地推迟到明天了。

早上喝了点凤凰单丛茶，浓了点，肚子饿得快。

喝茶毕竟去体内油脂，如将这些茶叶全部消灭，相信可减重5公斤。昨日仔细端详一下茶叶种类，有红茶、绿茶和白茶，产地有好几个省份，有抽真空包装的，有简装的，也有精美罐装的，旧有"百家饭"，今有"百家茶"，这是难忘的深情厚谊！

2012年7月10日，周二，阿克拉

昨日被车剐蹭，今日推迟到8点30分出门。9点到达手术室。今日安排1台颈椎前路手术，在第2手术间进行。

趁着Mawuli在进行手术准备，我翻阅手术登记簿，初步统计脊柱手术量、手术类型及植入物的使用情况。写作《加纳脊柱外科发展见闻》，需要一定的数据基础支持。去年脊柱手术量不大，统计并不费时。

这台颈椎手术的患者是一位52岁女性，采用颈部横切口。从手术操作看，

Mawuli训练有素，符合英式规范，如不切断颈阔肌等，这与我前年在马来西亚沙捞越观摩时一样。进入椎前筋膜间隙时，也是用花生米推开组织，然后直接用电刀烧、剪刀剪。有意思的是，电刀头用塑料套保护着，仅露出一点小头，可以避免侧方电凝灼伤周围组织，这点不错。然后椎间隙置针定位，我用手指触摸椎前骨赘情况，心里已经有数。所以X线透视时，Mawuli认为是颈4/5间隙，我则肯定那是颈5/6间隙。移动C臂机透视，果然不出我所料，台下Dr Wepeba还向我竖起大拇指。我说："这个病人颈5椎体下缘骨赘明显，像一个鸟嘴样，这有助于术中定位。"Mawuli用电刀将椎间盘上下左右均电凝一圈，这也是一种好办法。手术时全部使用颈椎自动牵开器，比较省事。减压主要靠刮匙、枪钳。我提醒Mawuli减压时用小枪钳一点一点咬除椎体后缘骨质，则可以切除后纵韧带，见到硬膜。似乎他的胆子还小一点，但减压可以满足病人症状改善需要。取自体髂骨植骨，如有颈椎融合器则更省事。我逗笑地对Mawuli说："现在减压完毕，可以置入一个人工椎间盘啦。"Mawuli呵呵笑着说："哪天请你赠送一个人工椎间盘吧？"前路钛板内固定采用中国公司产品。切口引流采用导尿管，不用引流片。这点很好，引流血液可以使其不四处流溢。缝线采用几种薇乔线，不逊我们。13点15分手术结束。麻醉苏醒后，病人可活动足趾，那就一切可以了。这是我援非的第12台手术。

晚上队里开会，个人汇报半年来的工作开展情况。一些队友并没有深入认识克里布医院，没有更多留意学习加纳医生长处。其实一方土地养一方人，加纳医生有些做法，也是有一定道理的。我自己在认识上也曾出现过武断甚至偏见。我的体会是，要参与到他们的工作中去，否则谈何深入认识。

2012年7月11日，周三，阿克拉

8点30分出发，直达手术室。今日安排3台手术，有脑积水、脑垂体肿瘤以及颈椎前路手术。麻醉医生是Dr Wullf，她与神经外科配合较好，所以可以同时展开两个手术间。

Dr Wepeba和Dr Akoto都来了，而且Mawuli和Yankey也在。有这么多人，就不会有我什么事了。Dr Dakurah进来告诉我COA注册号尚没有寄来，让我帮忙查询。我顺便把今年上半年的脊柱手术数据统计了一下。

午睡到14点多，女儿打来电话。她要参加一个动漫比赛，让我把那些非洲习作发给她看看，希望从中能够寻找一点灵感。我不知道哪些合适，索性将10篇习作发给她。最近女儿作业很多，挺辛苦的，真想帮点忙，却不知从何入手。看来以后要

发点童心，琢磨一下动漫的脚本。

晚上读《鲁迅选集》。鲁迅是个肺痨病人，其书中写了很多结核病情况。从医学角度出发，探讨结核病人格对创作的影响，是很有意思的选题。

2012年7月12日，周四，阿克拉

昨夜有点凉意，盖着被子睡的。一觉醒来7点30分。今日要买菜，所以不到医院去。

8点多，给回国治疗的江西国际伤者小廖打了个电话。打通电话后，我把我的意见再给小廖重复了一遍，虽有创伤引起的纤维环撕裂，但椎间盘突出不明显，亦无下肢症状。先保守治疗两个多月，纤维环有自我愈合可能，所以不用着急。如果需要紧急手术，那在加纳时，我早就下手了，哪还用着回国治疗呢？

9点40分，和老彭一道，开车到医院接上邵医生，一起去买菜。先到Lara超市，买了鸡胗，还有几颗包菜。然后到Koala超市，买了面包。最后到丰收超市，蔬菜已送达。店里人很少，我第一次觉得挑拣蔬菜这么舒心、享受。那冲上去就抢菜的情景，确实让人觉得心堵。今日买到不少新鲜蔬菜，如豇豆、茄子、尖辣椒、圆椒、苦叶菜、菜心、大白菜等，品种丰富，才花了112塞地。

回来路上，谈起买菜安排，我觉得周四最合适。周六，阿克拉的中国人似乎都出来了，人多菜少，那是蜂拥抢菜，让人极不舒服。周五，没有新鲜蔬菜运来。还是周四最合适，这天我一般不参加手术，亦不出下午门诊。这样安排甚好，毕竟买菜也是我援非的重要工作。

另外，我们也讨论现在围餐问题，一致认为分餐好：其一，上下班时间不一致，需凑齐才能开餐，这不太现实。其二，都是医务人员，觉得围餐亦不卫生。还是分餐好，省事也省心。逢年过节可以一起聚餐吃顿饭，其余时间分餐，各回各房，如此甚好。

今天也谈起，到了加纳这里，才知道环境、气候、天气、吃的、住的、玩的、工作等都比预想得好。只是世间苦，最苦是分离。如果一家子在这里生活，那真是享受啊！

2012年7月13日，周五，阿克拉

8点05分到达医院。医生办公室没人，三楼学习室也没人，看来学习又取消了。

等到8点30分，陆续见到几人，才知道9点开始查房。我只好先到病房里查看脊柱病人。

有两个小房间还在装修，整个病区收治了27例病人。在东病区女病房，有1例腰椎管狭窄，1例垂体肿瘤。这里的脊柱病人常规拍摄腰椎动力位X片，这表明他们已普遍接受脊柱不稳的概念。但仅凭X片而忽视临床症状，容易误入歧途。基于影像学不稳，就予以节段固定和融合，常出现手术扩大化。在东病区男病房，有1例车祸导致的颈2椎弓根骨折，合并颈2/3脱位，属于Levine 3型，最好是前后路联合手术固定，至少行前路手术融合固定。由于缺乏合适的内植入物，可能采用Halo-Vest外固定。所以，很多时候不是要怎么想，或者能怎么想，而是要根据现有什么条件，才能做多少事。显然，脊柱内植入物的引进已经制约临床工作。强调以病人为本，就需要考虑如何来解决这个问题，否则就是空谈。科技发展成果无法让国民享受，确实说不过去。另有1例胸椎结核后凸畸形，已等待两周多，下周要安排手术。

另有两例腰椎退变很严重，MRI显示明显终板炎改变，此类病人最适合椎体间融合。单纯横突间植骨融合的缺点明显，可能他们也清楚。引进脊柱植入物时，为什么不同时引进椎间融合器呢？我不知道他们怎么想的，难道为了降低医疗费用？

最终要归结到人才培养问题。目前仅Dr Akoto主持脊柱外科手术，似乎有点技术垄断。如再有几名年轻医生成长起来，或有助于一些观念的改变。

上午查房时，我在思考着，或许更重要的事是促成他们年轻医生出去看一看、学一学，然后让他们结合自己的国情和现实，去寻找合适的发展途径。我们毕竟是局外人，不能越俎代庖、一厢情愿为他们选择发展道路。

2012年7月14日，周六，阿克拉

一天都在收集图片，累得右肩膀酸疼。最初从PDF文件中抠图，现从厂家官网上选图，都很辛苦。但愿有个良好的结果！

15点多，江西国际肖主任和杨春华经理过来拜访，送来了几只墨鱼、几箱苹果和提子，还有几瓶白马威士忌和红酒，有点受宠若惊。聊天时，知道这小廖员工是去年12月来的加纳。就在这半年多时间里，江西国际发生了3起车祸，全让他给摊上了。第一起是皮卡翻了个；第二起因车速快，遇到路坑，车辆弹起侧翻，连气囊都爆了，全车玻璃破碎；第三起就是这次与泥头车相撞。3起车祸，共报销了两部车。经过这三次事故，这哥们被吓得已魂飞魄散，强烈要求回国，自言道："事不

过三，以后再遇上，那不一定能这么幸运了。"

邵医生接到国内医院来电说，其院长于本月24日出发，25日到达加纳。看她眉开眼笑的，我们逗乐说："只是领导来，用不着这么兴奋吧。"

2012年7月15日，周日，阿克拉

早上起来继续收集图片。

午餐一包快食面，王泽送的；加一个鸡蛋，自己买的；再加一个红富士，昨日江西国际送的。好像不怎么饱，午睡得昏昏沉沉的，到了16点50分醒来。接着看中央4套，《远方的家》节目不错，展现一些有特色的海边小镇，连江也上去了。有一个小小愿望，退休后开车全国转一圈，那绝对过瘾。

晚餐时，宣布从明天（周一）开始，采用分餐制。每周五晚上，吃个围餐，有什么事情一起交流一下。大家各干各的事，不必老凑在一起，毕竟年龄、阅历、层次等相差较大，共同话题不太多。

晚饭后，在驻地小院子里散步1小时。邵医生说："那些领导过来以后怎么接待呢？"我说："昨日那么兴奋，今日就开始焦虑了。"

我跟林大厨说："要准备一下，这些领导可能要在队里吃一顿饭。我们买了两条石斑鱼，加上墨鱼、牛肉和鸡，再有两道素菜，可能差不多了。"

这日子确实过得很快！25日领导过来，呼啦一下，这个月就快过完了。时光难以驻留！有空闲时间，就要写点文章，援非的每一段时光、每一段经历、每一段故事，不能仅留在自己心中，而是要让其见之于世。

22点，上网和志红聊了个把小时，说些轻松的话题，开心一下，聊以自乐。

2012年7月16日，周一，阿克拉

8点55分到医院。手术室内廊里，有两名病人等候手术。一名是脑积水，另一名是颅骨缺损修补。看了手术安排表，今日尚计划一台颈椎前路手术，不知能否如期完成。

进入手术间时，有名护士正在整理手术床。她与我配合了几台手术，相互熟悉。她问我："加纳的护士工作与中国护士相比，有哪些不同呢？"我告诉她："中国护士要做很多事，比加纳护士更辛苦。"

Mawuli带了一名轮转医生上台施行脑室引流术，11点30分才结束。这时Dr

Akoto进来，准备参加颅骨修补手术。按以往的节奏，第3台手术肯定是进行不了了，所以过了12点我就回了驻地。

2012年7月17日，周二，阿克拉

9点进了医院手术室。更衣完毕，遇见护士长和Mawuli。Mawuli说："昨天我们都在找你，想让你一起上颈椎前路手术，没想到你已经走了。"他找Dr Dakurah要了我的电话号码，只不过是我中国的电话号码，所以没给我打通，Mawuli只好自个带着轮转医生上台手术。我真没想到昨日还能接第3台手术，很是抱歉。为了避免下次这种情况的发生，我把我的加纳电话号码给了Mawuli，说以后有什么事就直接电话联系我。

过会儿，Dr Dakurah也来到手术室，手上拿着一张我的国内名片，那是我刚到加纳时给他的。我再次表示我的歉意，并告诉他在加纳的电话。我们一起谈起那例颈2椎弓根骨折病例。我认为要牵引复位，然后再从前路融合，如没有合适内固定器械，则植骨后用Halo-Vest架外固定。病人没有神经症状，处理上能简单就不复杂，但复位是前提。没有复位，无论前路还是后路手术都将失败。

后来我和Dr Wepeba也一起讨论此病例。他说："能不能单纯后路通过螺钉固定达到复位呢？"我笑了，说："那有点侥幸。如果寰椎侧块狭小，靠枢椎椎弓根螺钉固定获得足够复位则有点悬。"他们计划明天将病人拉到手术室，在C臂机透视下进行牵引复位，观察复位情况。我说："假如持续低重量牵引复位，可能更安全一点。"只是他们没有牵引床，也不做颅骨牵引。所以，交流半天，还是透视下先复位看看。

今日两台手术。第1台是颅内肿瘤，仅行脑室引流。现在缺乏ICU医生，术后没办法监护，所以不敢切除肿瘤。而第2台系腰椎管狭窄。病人下肢症状明显，而且行走时不能直起腰，动力位提示腰椎不稳，拟行后路减压椎弓根螺钉内固定。该女性病人体重近150公斤，他们要我上这台手术。

13点10分开始手术。手术较为顺利，螺钉置钉都是一次过。减压时，Mawuli不敢用骨刀，只用枪钳行侧方潜行减压。幸好此例病人以黄韧带肥厚为主，无明显侧隐窝骨性狭窄，中央部减压基本可达到目的。而椎间盘突出不明显，就没有切除椎间盘。手术完毕，我抬头看下挂钟，正好16点。就告别大家，返回驻地。这是我援非的第13台手术。

2012年7月18日，周三，阿克拉

9点到达手术室。今日安排3台手术，麻醉医生系Dr Wulff女麻醉师，故两个手术间均开放。第1手术间行垂体肿瘤手术，由Dr Wepeba和Mawuli一起施行；第2手术间安排两台脊柱手术，分别为颈椎前路手术和腰椎后路手术，由Dr Akoto负责。Mawuli走近我说："请你和Dr Akoto一起上这台手术，可以吗？"我没有推辞。

第1台手术患者是一名73岁男性，名叫Dr Beecham，也是一名医生。他属于少见类型的颈椎病——食管型颈椎病，出现吞咽困难，以及肩背部疼痛，颈3/4脊髓有受压，脊髓信号尚正常，但是颈椎前方骨赘非常明显。术前MRI有个扫描异常图像，还想不出是什么东西呢。手术显露后，才发现原来属于前纵韧带骨化那种，巨大的骨块形成了向前凸起的骨桥，从颈2到颈5，没有完全融合部分则形成局部骨赘突起，而且切除时还发现骨已经塑形了，有松质骨并出血。以前没见过这样的病例，真开眼界了。切除骨桥后，摘除颈3/4椎间盘，骨质很硬，没有磨钻，有点难度，主要Dr Akoto在操作，我协助。由于切除下来骨质甚多，所以就用钛网进行植骨，避免髂骨取骨。手术比较顺利完成。这是我援非的第14台手术。

手术下来时，Dr Dakurah进来找我，将注册用户名以及密码给我。可能没有缴纳注册费，所以网上注册不成功。晚上将此发给姚玲，请她协助完成注册。Dr Dakurah询问董健文医生是否陪同他到广州。我说一切都会安排好，有我的同事或者研究生陪同他，不管在北京还是在广州，都负责旅行及住宿。相信此行他会有收获的。

我也向Dr Dakurah说起，希望能促成年轻医生到中国进行短期参观培训，这对年轻医生的成长很有好处。Dr Dakurah不置可否。我如实地告诉Dr Dakurah，我们医院可以接收年轻医生，但要获得中国使馆及广东省卫生主管部门的批准后才能成行。不过，我们不能负责这些年轻医生的国际旅行费用。言下之意，这些年轻医生不可能享受像Dr Dakurah这样的接待规格。

13点多，开始第2台手术。系胸11/12黄韧带肥厚致胸椎管狭窄，合并有腰椎管狭窄。Dr Akoto认为，胸椎管狭窄减压范围要够大，否则会形成局部脊髓疝出。这观点不一定正确，否则微创选择性减压就没有前景。Dr Akoto手术操作很利索、熟练，而且胆子比我大。完成胸椎管减压后，再行后路腰3-腰5椎弓根螺钉固定，全椎板切除减压，没有切除椎间盘，然后横突间植骨。不过，Dr Akoto操作时显露及剥离范围很广泛，连碍事的肌肉都予以切除，因此手术创伤大，我们很少这样做。其操作横突间植骨，比较标准及规范，值得学习。虽说援非，我也是抱着学习的态

度而来。对于有准备的头脑，没有一个机会不是学习的机会。善于学习、善于思考，就能进步。16点开始闭合手术切口，我先下台。现在可是又饥又困，本来没睡几小时，却连上两台手术，体力严重透支。这是我援非的第15台手术，也是首次一天参加两台手术。

手术结束后，告知Mawuli明天我休息，要外出为中国医疗队购买食材、食品。走回驻地，也像昨日一样，没有吃剩饭，仅喝了杯可乐，再吃了个苹果，就休息了。

2012年7月19日，周四，阿克拉

7点多醒来，觉得有点凉意，就在短袖圆领衫外套上了一件衬衣。阿克拉吹的是西南风，房间窗户正对西南方，所以风有点劲。这几天晨起时感觉身体不爽，可能着凉了。故上下班走在路上，晒一晒太阳，很有好处。

下月就到加纳一年最冷的季节了，估计要穿长袖了。八月天，盖棉被，这是在加纳感受的生活。没到加纳前，以为非洲就是那广袤的撒哈拉沙漠，炎炎烈日下，生活在"水深火热"中。现在看来，那只是一种无知。古人云，知之为知之，不知为不知，是知也。可是，假如没有经历和体验，怎知道哪种"知"是否为"真知"呢？

10点给老母亲打了一个电话，唠叨几句，让老母亲放心一点。并和志红线上聊了会儿天。志红明日要去拔牙，问我拔牙痛不痛，拔牙是要打麻药的！打了麻药，那还有什么痛呢？我不在身边，志红智商有点减退啊。

老彭和林队约定今日11点去拜访克里布医院CEO。没想到11点老彭又来电话，没见到医院CEO，人家在开会，没时间见他们。果然，什么约定、预约、安排……在加纳人那里，可能就不是个事。

老彭在楼下催促，我们一起去买菜。12点多到达丰收超市。很好，就我们独家购物。即使是剩下的蔬菜，还是很丰富的，有小白菜、大瓜叶菜，还有苋菜、潺菜、花菜（这是第一次买到花菜），再买些土豆和洋葱，又拿了花生和豆干，共花了173塞地。然后去Lara超市，买了牛肉、整只鸡、鸡翅和鸡胗，还买了几颗包菜，花了305塞地。钱花完了，就不用去Shoprite购物中心了，直接返回驻地。

21点多，将我写的文章发给志红。

2012年7月20日，周五，阿克拉

早上起床后，就见到志红来信：

这篇文章写得很棒，特有生活气息，描写细腻，像一篇小小说。不过，有错别字哦。

今天是由吕博帮我拔了那两颗烂牙。吕博手法一流，整个过程一点疼痛感都没有。我进治疗室后，告诉他我是你的老婆。他听到你的名字，马上就说："哦，'家中的水仙花是否已开放'是瞿博写的，看了那篇文章，我很感动。作为一名医生，能有那么好的文采，很难得！"看来你的文采也得到了大家的认可。我非常地欣慰！

放心去上班，9点05分到科室。查房中途，大概11点给志红打了个电话，表示慰问和关心。

下周有几台脊柱手术。脊柱结核后凸畸形已等候手术一个月了。有1例腰椎间盘突出症，这种单纯突出在加纳较为少见。还有1例腰椎管狭窄症，伴明显的终板炎改变。那例颈2椎弓根骨折在透视下牵引并无变化，也没有进行持续颅骨牵引，那就需要后路椎弓根螺钉固定复位。这几台手术可能在下周安排。1例关节突跳跃交锁的颈椎骨折，行前路手术后复查，后方关节突还是骑跨着，说明并没有良好复位。这说明术前没有获得良好复位，仅依赖术中牵开及器械协助复位，常难以奏效。

站立几个小时，小腿肌肉又酸胀明显。12点结束查房，就步行返回。路上一活动，肌肉酸痛缓轻了一点。路过那块玉米地，见到玉米株已齐人高，且已成熟，但每株仅一、两个玉米果穗，大小也不一，有些还烂了。看来不是种子不行，而是播种后田间管理不到位。

从一块空地，看到开荒，看见播种，现在玉米即将收获……时光在流逝，人生在收获。虽不很饱满、不很充裕、不很富足，但只要有收获，哪怕是一点点的果实，都值得欣慰。路旁的玉米地，给我不少的启示。

2012年7月21日，周六，阿克拉

7点醒来，9点给志红打电话询问拔牙后的情况，她说没有什么不适，也就放心了。后又给女儿打电话，嘱咐其学习很辛苦，营养要跟上，千万别省钱，身体要撑住。

10点20分，出去买菜。先去Shoprite购物中心，主要买猪肉，也给自己买了鸡中翅，准备加工一下，作为下酒菜。然后转到司机Amos家附近鸡蛋摊，买了10排鸡蛋，85塞地。12点20分回到驻地。

下午与女儿在线上聊了一个多小时的天。16点多去国开行驻地，包饺子，还喝了点洋酒。喝点酒，让人有欣快感。21点30分回驻地。

2012年7月22日，周日，阿克拉

晨起后，给研究生杨勇打个电话，询问入职面试情况。研究生就业不容易，前期我已帮忙打过招呼，一般问题不大。先稳定就业，以后再谋发展。

午睡后，开始红烧鸡翅。明日再回锅加工一下，味道一定不错。有了下酒菜，小酒慢慢有。

2012年7月23日，周一，阿克拉

7点起床。8点30分出门，9点到医院。到了病房，Mawuli已带下级医生在查房。我见到那个肥胖女性病人已经下地走路。那是我和Mawuli一起做的手术。原先都要弯着腰走路，现在可以在助行器辅助下挺直腰杆行走了。复查术后X片，螺钉位置不错。病人笑着告诉我，仅有一点腰痛，她感到很满意。当然，看到病人高兴，我也很高兴。

我又收集了几例病人的影像学资料。尤其是那例颈2椎弓根骨折病例，CT三维重建影像效果很好，在国内都较少见到那么好的效果，这是一家私立影像诊断中心完成的，让人不敢小视。另1例腰椎三节段椎弓根螺钉固定病例，螺钉固定比较漂亮。只是这例病人还躺在医院里，有下肢DVT形成。

本月死亡两例。1例是颈椎骨折5/6骨折并完全脊髓损伤病例，入院1周后死亡，死亡原因是呼吸衰竭。另1例就是那位22岁的寰枢椎脱位男青年，我们曾经讨论其为陈旧性寰枢椎脱位，但最终诊断为颅底凹陷症（basilar invagination）。7月17日（术后10天），该例病人死亡，原因是呼吸衰竭以及败血症。这例让我有点伤感。我觉得此类不全瘫病例同时接受上颈椎和上胸椎两处大手术，手术创伤确实大，毕竟此类病人心肺功能都不是很好，手术耐受性较差。同时，此类手术影响最大的是呼吸功能，术后易出现呼吸无力和痰阻等。如没有进行气管切开或呼吸支持，可导致呼吸衰竭。具体情况如何，需查阅病例资料。这也是难得的学习机会。

今日安排3台手术。第1台是腰椎间盘突出，54岁男性，比较少见为椎间盘突出类型的椎管狭窄，还是行后路半椎板切除髓核切除。第2台是腰椎管狭窄，行后路减压椎弓根螺钉内固定。因麻醉机有故障问题，仅能开放一个手术间。本周系Yankey手术周，Dr Akoto在岗，我属于可有可无之人。第3台是术后出现足下垂的，螺钉位置不正，需要翻修。

回驻地的途中经过玉米地时，随手拍了几张照片。仔细一看，每棵玉米株上仅保留下一个玉米棒！他们修剪掉那些发育不怎么样的果穗，全部养分要保"一个玉米棒"。这也是一种价值观！

2012年7月24日，周二，阿克拉

7点40分起床，冲个热水澡，让脑袋清醒一下。

8点30分出门。到了医院，先见Dr Dakurah。约定明日与林书记见面一事，初步定在16点。已邀请Dr Dakurah访问中国并顺访南方医院，所以他答应得也爽快。同时，也向Dr Dakurah告假三天，从周三到周五，接待林书记来访。

今日安排3台手术。除Dr Wepeba那台垂体肿瘤外，我要参加两台手术。第1台手术为腰椎管狭窄，女性，50多岁，以腰4/5为重，椎间隙狭窄，行后路全椎板切除减压。我与Mawuli一起上台手术，过程顺利，于12点结束。这是我援非的第16台手术。

中午休息时草拟《路过玉米地》一文。与一名护士一起交谈会儿。昨日她告诉我，护士月薪仅700～800塞地。神经外科手术室有14名护士，每周4天手术日，每天就2～3台手术，比较清闲。她中午要做顿米饭，邀请我一起吃。后来进去观摩她做饭。用电饭锅先把米煮半熟，然后放辣椒、洋葱等。把电饭煲当炒锅，煮一会儿，上下翻炒一下。后来我上手术了，不知道后面还放了哪些食材。不过，我肯定吃不上这顿饭了。

第2台手术患者是53岁的Dr James Clayman，其原来也是克里布医院医生，后来到了另一家医院工作。MRI显示腰3/4纤维环破裂，髓核突出。Dr Dakurah专门拉我到一边，问我是否需要处理腰2/3节段。我回答不必，因为从MRI看，仅腰3/4纤维环破裂，而腰2/3纤维环完整，仅轻度膨出。这病人症状重，影像学似乎有点不符。

这台由我和Dr Dakurah上台手术，Mawuli在台下协助推C臂机。先咬除椎板骨质，再切除肥厚黄韧带。完成减压后，我探查发现右侧硬膜囊明显偏硬、很紧，而对侧很软、很松弛，故考虑有髓核组织游离出来。原先MRI仅见到纤维环破口，但

没有明确髓核游离影像，可能与扫描层面有关。仔细分离后，取出一块游离髓核组织，并探查到纤维环有一破口。保护好神经根后，环形切开纤维环，摘除残留髓核组织。因为髓核游离时间较长，周围炎症明显，静脉丛出血较多，需要以止血纱布控制。这一例属于游离性椎间盘突出，可能Dr Dakurah以前没见过。所以手术完成后，Dr Dakurah很真诚地向我道谢。他们在读片时，就不会看纤维环破裂的图像。由于轴位片没有通过游离髓核层面扫描，所以术前我也没辨认清楚。但术中我准确判定我这一侧有东西，至少让Dr Dakurah领教一回。手术于16点30分结束。这是我援非的第17台手术。

在手术室更衣时，有名胸外科医生告诉我："加纳总统于今日下午去世。"我以为我听错了，反问一句："Mills总统吗？"得到其肯定回答。我说："上帝保佑加纳！"这是加纳国家大事！加纳官方尚未宣布，我立即致电上级报告。与加纳同悲！

2012年7月25日，周三，阿克拉

8点与老彭一起去James Town小渔港，想买一点新鲜的鱼货。路上很拥挤，到了渔港，根本没有什么鱼货，转了一圈就回来了。

10点30分，几人一起前往阿克拉阿科托机场。航班将于12点30分到达，我们就在机场附近吃了个午餐。我点的牛肉面，味道不错，仅12塞地；林队几位点的炒饭，16塞地；我们还喝了点菠萝汁饮料，反正6人一共消费了96塞地，包括我们的王导游。王导游是河南信阳人，老公在加纳做假发生意，已在阿克拉生活4年，将于明年回国。

林书记一行4人准时到达，系乘坐肯尼亚航空，在曼谷及内罗毕转机，辗转20多个小时来到加纳，确实很辛苦。此行由广州妇儿医院夏院长牵头，包括广州市卫生局张副局长、南方医院林书记、广医二院林副书记等。

到了酒店后，林书记向我简要介绍了医院近期的发展情况：新晋两个国家级重点专科，床位周转率提高，平均住院日缩短。我知道大家工作满负荷运转，十分辛苦，想想自己，有些惭愧。

根据行程安排，他们要在15点到克里布医院，拜会医院CEO。林书记赶忙冲了个澡，就马不停蹄地赶往下一站。

15点许，我们到达克里布医院行政楼。稍等候会儿，医院CEO就与他们见了面，林队陪同会谈。会谈持续大概半小时，然后到行政楼前合影留念。医院公关部

主任带领大家参观克里布医院。

参观完医院，我们驱车回到驻地。林书记到屋顶天台看了周围环境，参观了整个驻地的布局。

在会议室举行座谈会。林队简要汇报医疗队的建设情况。我说了几点，总体感觉是气候、环境、工作等比预期要好，最大的困难是家庭分离，其次是专业发展受影响较大，希望领导多加关心。杨璐谈了50年援非模式检讨，至少在加纳克里布医院，更要注重加纳医学人才培养，而不是靠赠送或者帮带援助。

晚上在医疗队共进晚餐，体验援非生活。气氛热烈，大家畅所欲言，已忘身在非洲，如同在广州聚会。

2012年7月26日，周四，阿克拉

16点30分出发到使馆经参处。林书记一行已从阿达游览返回，17点拜会经参处高文志参赞。我到经参处时，他们已在小会议室座谈。17点45分，我和老彭先行前往晚餐地——甘肃大厦。今日没有吃什么东西，肚子饿得咕噜叫，想早点到餐厅，先填点肚子。没想到路上严重堵车，幸好随身有巧克力救急，否则非低血糖不可。

19点多，大家陆续到达甘肃大厦。经参处高文志参赞偕夫人、秘书王大忠出席晚宴。席间，我把科室今年获得3项国家自然科学基金向林书记汇报。

高参今日参加阿克拉市长夫人葬礼，也比较辛苦，所以21点就结束了晚宴。送林书记一行回酒店后，我们返回驻地。

2012年7月27日，周五，阿克拉

10点与邵医生一起去买菜。加纳司机Amos辞职了，新任司机是Oxward，戴副眼镜，看上去有点斯文。我们先去了丰收超市，买到了黄瓜、苦瓜、花菜以及小白菜等，花了128塞地，然后驱车去Labadi酒店。

跟老母亲打了个电话，问了问家里情况。看来今日老母亲心情不错，老父亲有点伤风鼻塞，服用中药后问题不大。老母亲说："不知不觉，你到非洲已半年，要照顾好自己，父母在一起可以相互照顾，不用担心。"其实在国内的时候，平时也是给他们打个电话，报个平安，一年也没有回家一两趟，跟现在的情况差不多。

下午，我们与国内来访人员一起前往恩克鲁玛陵园、加纳工艺品市场、独立广场参观。最后一站，参观加纳大学。这是我第一次到加纳大学。校园规模很大，绿

树成荫，草木葱葱，环境优美，空气清新，尤为宁静。国家汉语办派了一名孔子学院的女老师接待我们。她已在加纳服务两年，今年8月份到期回国。这位老师带我们参观大学图书馆（5塞地钱币上图案）等，还让几位领导寄明信片回国，作为加纳旅游纪念。

结束参观行程后，我们送他们到机场。就此别过，来日国内再聚。

晚饭后，观赏伦敦奥运会开幕式，坚持看完点火仪式才去睡觉。开幕式有特色，让人赏心悦目。

2012年7月28日，周六，阿克拉

上午完成林书记访问加纳的新闻稿，并寄回医院宣传处。

11点多给志红去电话。吩咐下周一拿到护照后，要注意签注时间以及规定入境时间，然后再安排休假。

2012年7月29日，周日，阿克拉

今日修改《医学与哲学》两篇论文。没想到又收到编辑部通知，"不对称临床现象的临床思维"一文在第8期刊用，要寄1700元版面费，发个人大头照一张，增加其他专业例子，补充更新参考文献，控制字数5600字符，且在30日前修回。

马上给志红电话，明天寄出版面费。再给邹琳邮件，请她帮忙检索《医学与哲学》近期发表论文，作为参考文献。然后开动脑筋去改稿，终于在16时16点完成修改稿。另一篇"脊柱外科术式选择的考量因素"也修改完毕，主要补充近期参考文献，字数约4900字。

一天忙于改稿，没有午睡。17时17点，上床休息2小时。19时19点多起来吃晚饭，洗了衣服，再上网看2集电视剧。

有意思的是，来访张副局长临走时嘱咐那些院领导，看看医疗队员喜欢看什么电视剧，从国内寄一些影碟过来。这说明，很多人并不了解非洲。以后呀，有机会要多写一点文章介绍非洲。

2012年7月30日，周一，阿克拉

今天阴天，太阳不知躲到哪儿去了，倍感凉爽。哼着小曲走在路上，想想今年

收获真不少：一部专著，两项基金，三篇论文。

9点进手术室，看了今日手术安排。1台脑积水引流，由Mawuli独立进行。1台腰椎间盘突出，腰4/5、腰5/骶1双节段，仅Dr Akoto一人，Mawuli又请我上这台手术。还有1台腰椎管狭窄，由Mawuli和Yankey上台做。

椎间盘突出的这位病人是一个32岁年轻女性。那骨头真是硬啊！准备椎弓根螺钉通道时，很难前进，今日终于领教非洲女性的骨质。Dr Akoto显露时肌肉剥离还是那么广泛，我打心眼不太接受这种横突间植骨方式。还是全椎板切除，然后显露椎间盘，进行髓核摘除，但Dr Akoto也就随意掏几下，髓核钳不是很好用。反正不进行椎间植骨，髓核摘除太彻底则容易引起椎间塌陷。在我置钉时，即便搬来脚凳，还是很费劲，最后还是Dr Akoto帮忙来几下才到位。在加纳这段时间，就是对横突间植骨体会较深。其弊病是椎旁肌肉损伤严重，而为了保证融合效果，就需要植骨量很大，只好进行全椎板切除减压以获得足够骨量。国内很少采用这种植骨方法，仅在老年病人偶有应用，但关节突植骨融合优势更明显。这是观念问题，相信将来他们会改变这种融合方式。手术于13点40分结束，我走回驻地。这是我援非的第18台手术。

回来后上网与志红在线上聊天。她今日拿到签证，7月24日签发的，要在8月24日以前入境。志红有36天假期。我们商量了一下，确定她8月21日启程，22日到达加纳，9月25日回国过中秋和国庆。

下午欣赏58公斤级女子举重比赛。16点上床，休息2小时。

2012年7月31日，周二，阿克拉

8点30分去医院。9点进手术室。

今日安排3台手术。已到10点，还没开始手术，看来能完成两台就不错了。第1台是垂体肿瘤，经鼻腔手术。垂体肿瘤手术由Dr Wepeba进行，需要耳鼻喉医生配合，所以要拖延一些时间。第2台是腰椎管狭窄，行后路减压植骨融合内固定术。

Dr Akoto进了手术室，并告诉我说，其中国签证已经过期，要重新去签，下月他要休假。

Dr Dakurah也进来了。我向他解释上周林书记来拜访他，但没有遇见。我知道他在手术，因为人员较多，就没来手术室。有关他访华的事情已经安排妥当，近日将寄来会议邀请函。同时我也向Dr Dakurah提议，为加强中加医生之间的交流，明年能否筹办一个小型论坛，他表示很有兴趣。想法一点一点提，说多了，他们消化

不了。

14点40分开始第2台手术。幸好今日带了几块饼干充饥，足可对付。病人系62岁女性，非常肥胖。手术还是同样的操作步骤，全椎板减压、横突间植骨、椎弓根螺钉固定。17点50结束手术，18点离开医院。这是援非以来最迟下班的一次，也是我援非的第19台手术。

收到志红来信：

今天下午到粤海天河城大厦30层阿联酋航空公司定了机票：2012.08.17，Emirates 0363，Departure time 23：55，从广州到迪拜。2012.09.22，Emirates 0788，Departure time 17：35，从阿克拉到迪拜。没得机会再更改了。花费总额：11060元人民币。

女儿也来信：

我找不到加纳驻新加坡大使馆地址啊！查不到加纳驻新加坡领事馆！你们就自己开心吧，我还是买张票回国内去。虽然不能待在广州当"大王"，起码还可以投奔奶奶去蹭吃蹭喝的。

到加纳驻华大使馆一查，才知道新加坡护照免签，那当然没大使馆了。如不能从加纳这边签证，估计女儿加纳之行要泡汤。这是我的决策失误！

2012年8月

2012年8月1日，周三，阿克拉

　　八一建军节。每年此时此刻，总是令人心潮澎湃，感慨万千。曾经21年军旅生活，余生已与这个日子紧紧地捆绑在一起，也烙在心里。退役之后，每逢建军节，都有一些纪念活动，举杯畅饮之时，豪气随之而生，一曲《咱当兵的人》，就是不一样。现在非洲，一切埋在心中，祝愿我的战友万事如意，百尺竿头，更进一步。

　　昨晚酒后，睡得很沉。凌晨3点醒来，上网查阅有关加纳签证事项。没有提前启动从卫生厅途径申请加纳签证，而误以为在新加坡可以办理，这件事是自己决策失误。志红已购8月17日国际机票来加纳，现在启动女儿签证办理，时间太仓促。即使成行，从新加坡——广州——加纳，连女儿都说那要累死了，却仅能在加纳逗留两周，算算也划不来，倒不如回广州休整一段时间。看来女儿加纳之行真的要泡汤了！

　　志红有点责怪我，那是自然的，我不能有委屈。昨晚半夜看到志红邮件：

　　如果我家女儿不能前往加纳，那真是太遗憾了。全家团聚在非洲便成了一句空话。女儿体验生活、开阔眼界便成了泡影。

　　9点40给女儿打电话，她亦不想如此折腾，准备回连江看望奶奶。11点又给志红电话，若女儿如此折腾来加纳，意义不大。我和志红到过非洲，已令她对非洲有兴趣，以后肯定会促成其非洲之游。就是志红不在广州，女儿进不了家门，有点说不过去。午睡后，看到志红一则短信，想把钥匙放在银行保险柜里，让女儿回去后找银行拿。这样就很好嘛！

　　9点换穿藏青色西服、长袖白衬衣，系上领带，步行去医院，参加中国医疗队的捐赠仪式。10点整，在医院行政楼下，举行捐赠仪式。大家站在一起，前面摆放着十几个大大小小的箱子，上面张贴着醒目的"中国医疗队"等标签。经参处高文志参赞和医院CEO Natitey教授出席捐赠仪式。双方发表了热情洋溢的讲话。那些捐赠的物资，由各科室直接领回去，连出入库手续都免了。

　　11点回到手术室，正好遇到Dr Dakurah。提起捐赠问题，他还问我捐赠了什么。我告诉他，此次捐赠系去年的计划，没有脊柱或者骨科捐赠的东西。这老兄有

点闷闷不乐。后来我问他，对于中国医疗队的下次捐赠，有什么更好的建议？他冒出一单词："Implants（植入物）。"哈哈，这老兄还想让我们捐脊柱内固定器械。

今日安排3台手术。第1台腰椎管狭窄，由Dr Akoto和Yankey进行。第2台脑积水，由Mawuli独立开展。第3台原计划为Hangman骨折，后换成1例神经纤维瘤病人，要切除一个体表肿瘤包块，还是由Mawuli独立进行。手术室里，有各式各样的自动拉钩，深部和表浅的都有，比较好用，多系国际援助。由于有这些工具辅助，可节省上手术台的人手，甚至可以单干。

护士长问我昨日几时完成手术，我说："18点下台，肚子饿得厉害，就回驻地了。"弄着她在一旁忙道歉，因为她还负责什么饼干等点心的供应。

12点步行回驻地。14点停电，可以补觉了。放下窗帘，把耀眼阳光挡在窗外，房内顿时暗了下来。好好睡了两个小时，很舒服。

2012年8月2日，周四，阿克拉

10点，我和老彭、邵医生一起出去买菜。我们直奔丰收超市，有不少蔬菜，葫芦瓜、小白菜、花菜、洋葱、黄瓜及豆腐等都买了一些，并买了芝麻油之类的辅料，结算为247塞地。在丰收超市时，遇到国开行李组长。他们来了家属，也过来买菜包饺子。

12点多，跟志红视频聊天。女儿这次来不了加纳，我没有办好事，已很自责。志红说，女儿心里很平和，没有那么迫切想来非洲。我说："这是女儿回家第一次家里空无一人，不知道会有什么样的感受，会不会觉得有点凄凉？"嘴上这么说着，心里依然觉得女儿只身国外生活那么多年，应该会照顾自己。

倒是感觉志红有点心虚，因为这是她第一次独自出国，还要在迪拜转机。这对她确实是个考验。我说："看看大字不识的福建老太太一个人去美国，你至少还懂一些英语，怕啥？"大概志红也像女儿14岁时第一次独自去新加坡那样，一方面觉得有点兴奋，另一方面也有些不安。不管怎样，我来非洲以后，很多事情都是志红一人在做，个人能力进步很大。所以，我说："就像开车时，旁边老有人在指路，自己肯定不会用心去记路。走过的路再多，也是白搭。要自己大胆去闯，才40多岁，还不晚。"志红一人到非洲，女儿一人在广州，尽管全家不能在非洲团聚，但是对她们而言是全新体验，也是好事情。我说："你春节回了武汉，3月底女儿回家，6月份女儿又回国，8月份你到非洲，女儿10月才离开广州，而12月份我又回国休假，今年日子很好过啊。"志红哈哈一笑，说："我们全家明年该怎么安排？"我说："到时开国际视频会议，也是那么一回事儿。"华为、国开行都是每三个月续签临时居留证。明年志红再来探亲时，也三个月一续，到年底就一起回国，去阿姆斯特丹、巴黎、柏林环游一圈。那真不错！如能什么事情顺顺当当的就行啦，天下没有大不了的事！我们视频竟然聊了一个半小时。

14点，给女儿发了个邮件，表示歉意。女儿很快回复：

哎哟，我没差哪，一点没失落。犯不着这么抱歉的。我大概这周六或者下周会找时间去买回广州的机票。估计不会跑连江，你也知道的，我是实实在在的懒人一枚，嘿嘿。你们玩吧。反正我假期作业多，我就拿零花钱去付网费和电费，不跟你们客气了。

晚饭时，有队员问我："每天坐在电脑前，都写啥呢？"哈哈，什么都写。其实我给自己定的要求很宽松，每天1000字。现已半年有余，即便日志写作也不止这个量。看来目标定低一点，就能轻松实现，一想到这我就成就感满满。

从没有把援非当做生活的全部，也无视别人怎么评价或议论。除了帮助他人，就是修身、养性、写作，为了生活更有意义。

2012年8月3日，周五，阿克拉

9点10分到医院。今日查房仅几名医生，其中两名是轮转实习医生。其他医生休假，他们的假期比较长，规定6周，均系工作日，不包括周六、周日等法定节假日。

下周脊柱手术主要有两例腰椎管狭窄，1例颈椎病（颈3/4节段），1例颈2椎弓根骨折拟行后路椎弓根固定，还有1例颈6/7骨折脱位。上周手术的脊柱结核后凸畸形经后路截骨矫形固定，术后效果不错，术后下肢肌力明显改善，病人很满意。

尚有两例病人比较有意思。1例是14岁女孩，从胸12-骶1椎管内硬膜外肿瘤，椎管扩大，椎体后方均有压迹，而且肿瘤信号不很均匀，可能系含脂肪来源的良性肿瘤。如界限明显，应该可以剥离切除。只是范围广泛，要长节段固定。另1例是52岁男性，系胸段硬膜下肿块，压迫胸脊髓变细。肿块呈长节段，广蒂部，似脊膜瘤。这两例在诊断方面均未明确，下周可以进行减压并组织活检。几例腰椎术后病人均诉有腰部明显疼痛，主要与横突间植骨广泛的肌肉损伤关系很大。

13点结束查房，没有与同事们一起享用茶点，就走回了驻地。

下午收到志红邮件：

携电子机票到白云机场阿联酋航空柜台换登机牌就可以了吧？

看来志红没有在网上搜索出行攻略，遂回复邮件，告知在迪拜转机的注意事项。

我不禁感慨，这世界确实很大，但也很小，因为过几天，我和志红就要相聚在加纳了。

2012年8月4日，周六，阿克拉

9点给老母亲打电话，告诉志红和女儿的行程安排。老母亲说，要不要到广州，帮做几天饭？我说，那没有必要，孙女已经长大，会照顾好自己，这也是锻炼的机会。

9点30分，和林大厨一起去Shoprite购物中心。司机Oxward担心主干道拥堵，选择从西南部居民区绕道过去。那边有一片别墅区，系阿克拉的富人区，确实不堵车，但记不清路，绕了半天才绕出来。到了Shoprite，买了猪肉、面包、牛奶和饼干等，花了143.27塞地。超市里水果很多，不过我还是对青苹果情有独钟，虽然它能酸倒牙，但我反而喜欢。以前常买橙汁，现在改饮茶了。

11点30分就回到驻地。上网与志红聊天，志红今日到市内购买出国旅游物品。买了衣服、皮箱、皮鞋等，花了1600元人民币，她觉得太奢侈了。我说："折算成美元，就两百多美元。我们现在渡过了艰苦的创业期，要学会犒劳自己。"

晚上到Golden Tulip酒店享用自助餐，由烟建公司做东。烟建公司来加纳时间不长，主要承建大使新官邸建筑，有80多名员工。这家酒店的自助餐挺不错，各国风味均有，款式丰富多样，很诱人，我觉得比Labadi酒店好。但不敢吃太多，贪吃惹的祸仍记忆犹新。

2012年8月5日，周日，阿克拉

今日写作《悠悠茶香悠悠情》一文。吭哧吭哧努力写到了17点30分，终于完成了2700字。

暂且如此，有待补充一些茶文化的内容。柴米油盐酱醋茶，均属生活必需品，唯独茶上升到了高雅文化的一部分。此文若缺少这部分，那就没有了写的意义。现在不能静下心来，待日后再续。

再没有心思写别的了，看电视吧。

2012年8月6日，周一，阿克拉

7点多收到女儿短信。说是已购买了8月31日回广州的机票。

10点多给女儿电话，知其正式假期自9月3日开始，因周六、周日机票价格贵100新币，且要到银行保险柜拿家门钥匙，所以选择周五工作日飞回广州。回程定了10月13日（周六）18点多的航班。我建议女儿，如做作业累了，就飞回福建看望爷爷奶奶，让她考虑一下。还说，会让志红写个便条，提醒她要定期搞一下卫生。

11点30分给志红电话。让志红把要女儿做的事都列出来，水、电、煤气等要注意安全。志红还买了龙眼，放在冰箱里，等女儿回国吃。不知能否放那么长时间。

9点到手术室。见今日安排3台手术，仅准备开展两台。1台是脑积水引流，另1台是那个14岁女孩椎管内肿瘤切除。Dr Dakurah让我上台手术，乐意之至。

患椎管肿瘤的这位病人于3年前开始腰痛及下肢无力，3个月前双下肢瘫痪，还出现坐骨结节部褥疮。手术从12点开始，Dr Wepeba、Yankey和我三人上台。进入椎管后，看到硬膜囊比较紧张，触之稍硬，硬膜下见暗红色血管样改变。切开硬膜囊后，见肿瘤表面血管明显，组织脆，没有明显边界及包膜。肿瘤内部为暗灰色肉芽组织，间有蛋黄样组织（或者含铁血红素），延续范围广。根本无法切除干净，仅从囊内进行肿瘤摘除活检。

肿瘤切除主要由Dr Wepeba进行。我今日上台，主要关注术中所见，并与MRI影像对照，再留意术后病理结果。其实，上台就是学习。手术于15点多完成。这是我援非的第20台手术。

16点回到驻地，只能吃剩饭。17点多上床休息，两个小时后醒来。感觉依旧疲惫，看来体力差多了。

2012年8月7日，周二，阿克拉

最近多人休假，周二早读会暂停。今日安排有垂体肿瘤手术，那是Dr Wepeba的主攻专业，10点前开始不了，所以我9点多到手术室。

有空闲时，就坐在休息室里写作，大家习以为常。有次Dr Dakuarh问："是否在记录病例或者医学内容？"我直接回答他："我在写散文，把自己感兴趣的内容都记下来，再整理成文章。"上午收获颇丰，先写《路过一块玉米地》，又拟《国人的多情》，还写一段《阿克拉的烦恼》。

到了12点30分，第1台手术才建立起经鼻腔的手术通道，Dr Wepeba上台摘除垂体肿瘤。接台手术是腰椎管狭窄病例，腰3/4、4/5椎间盘突出。Dr Dakurah和我讨论过此病例。他问我："这个病例是否需要融合？"因为没有明显腰椎不稳，椎间盘高度很好维持，因此融合或者固定与否没有很大差别。所以我回答："要根据医生以及病人情况。有的医生喜欢融合，有的倾向单纯减压。如果病人肥胖或者重体力劳动，可能以固定融合为主。"由于第1台垂体手术在14点前很难完成，所以我对护士长说："我先回去吃午餐，如果进行腰椎手术，需要我过来，就给我电话。"

13点20分回到驻地，吃了午饭。收到《中国脊柱脊髓杂志》的审稿通知，并将《捐赠这件事》改写完毕，然后午睡。后来也没听到电话，15点多醒来。收到张永刚教授短信说，最近将把Dr Dakurah的正式邀请函寄来。感谢老兄的支持！

下午动笔修改《路过一块玉米地》。尽管上午有草拟内容，但还是写着写着，风格和内容就跑偏了。21点多，此文完成。今日完成两篇随笔，让人有一点高兴。

据通报，11月份省卫生厅来访，同时有电视台记者过来制作援非生活的节目，以迎接明年医疗援非50周年。我想，自己留下了一些宝贵的文字，记录自己援非生活和心得，这比什么都珍贵！

2012年8月8日，周三，阿克拉

今日开始已故Mills总统一连三日的葬礼活动。

9点多到手术室，坐在休息室里，观看电视直播移棺到State House等。问了轮转医生Gifty一个有趣的问题："死人在棺材里，移动时是头先行，还是脚先行？"他回答说是头先行。看来关于这一点全世界是相同的。

原计划3台脊柱手术，但进手术室里等候手术的只有两例脑积水病人，看来又更改安排了。昨日Dr Dakurah说，今日将那例颈2椎弓根骨折病人推进手术室，在透视下牵引，如能复位，就用Halo-Vest架外固定。我说："既然能复位，为什么不进行前路固定呢？如果不能复位，那只好选择后路固定。"病人已伤后1个月，光靠短时间牵引，很难达到复位效果。

10点多，麻醉医生还没来，大家都在看电视直播。我看没什么事，就先走了。路上遇到Dr Wepeba开车经过，打了个招呼。这哥们此时才来上班，是不是去参加悼念活动了啊？这里上班的随意性很大，不耽误教学任务就可以。况且全国人民沉浸在悲伤之中，都没有时间或者心情上班了。

2012年8月9日，周四，阿克拉

与往常一样，周四没去上班，固定买菜日。

与老彭联系后，两人一起开车出去，亲自感受加纳国家葬礼的气氛。老彭担心路上堵车或交通管制，所以我们9点30分就了出门。

从James Town过去，到了High Street，路上车辆不多，街道两旁的景观树和路灯柱子都缠着黑布和红布。直行到黑星广场，独立广场上人已多起来，还有很多军警。明日大型葬礼活动将在此举行。绕过加纳体育场，就是军人公墓。在其左侧稍远处，可以见到一栋高楼，此楼前面就是State House，吊唁活动就在那里举行。临出门时，在电视上见到国开行李组长也在吊唁人流中排队。明日葬礼路线从State House，经Castle Road，到独立广场。这条路线的两旁建筑及景观树一样点缀着红布和黑布，而路上行人亦是这种红黑装束。

很快就到了丰收超市。今日蔬菜还没有送来，只好买一些昨日的剩菜。少拿一点，包括黄瓜、芥菜、菜心和芹菜等。然后返回驻地，看来周六还要出去买菜。

加纳是以唱诗或者颂歌来表达怀念，只不过，路上熙熙攘攘的人们都穿着黑衣，男性脖子围着红领巾，女性大多头上绑着红头巾。加纳人家里常备这些黑衣和红布。

晚上收看加纳电视台GTV实况转播。在State House的广场上，举办追思音乐会，以音乐来陪伴老总统升天，以音乐歌颂神的伟大，以音乐祝福加纳，也是一种不同的文化。会场背景是已故Mills总统停枢的大厅。

趁着休息，今日完成了《国人的多情》和《阿克拉的烦恼》。还有几天休息，争取再写两篇，就能完成50篇散（杂）文随笔了，比预期好许多。

2012年8月10日，周五，阿克拉

整天猫在房里，收看已故Mills总统葬礼的实况转播，葬礼一直持续到下午近16点，Mills总统才入土为安。

在黑星广场举行葬礼大会以及宗教仪式。然后以军队礼仪将灵枢放在炮车上进行巡游，接受数以万计人民的致敬和告别。最后到了Osu Castle那里的公园安葬，鸣放礼炮，空中战斗机拉烟，海上炮艇鸣炮致意。陵墓由中国一家HL建筑公司设计和承建。炮车前行中，原来两旁夹道恭送的民众簇拥着跟跑在跑车后面，浩浩荡荡的人流在阿克拉独立大道上前进，场面相当震撼。

上午还跟老母亲、老父亲打了个电话，聊了一会儿，让他们放心。明天他们打算一起去罗源游玩，学会享受了。然后又给志红电话，告诉她，我已让科室安排车辆送机。她心里有点发虚，毕竟第一次独自万里旅行，还要在迪拜转机，这是可以理解的。明天再让女儿给志红电话，教教她国际旅行常识，面对未知，我们要勇于迎接并挑战。

晚上把今日观看国葬以及与家人通话的事情写了写，题目叫《越洋电话》。主要比较了加纳和国内、国际的电信资费，从电信资费来讲民生问题。从国内打国际长途到国外，那是天价；而从国外打电话回国内，就是低价。

2012年8月11日，周六，阿克拉

9点30分，和邵医生、林大厨一起去买菜，Oxward开车。今日街道上依然下半旗。到了Shoprite购物中心，先去兑换美元，1：2汇率，400美元兑换800塞地，钱包一下子鼓了起来。下周志红来加纳，要备些零花钱。和林大厨去酒廊观看世界名酒，有一些熟悉的名酒，价格亦不高，以后可带回国作为礼物。

在Shoprite购物中心，只买了面包。又转去Osu的Lara超市，买了只整鸡，每公斤8塞地，比Shoprite便宜2.5塞地。并买断店里所有鸡翅，每公斤也便宜2塞地，分餐比较容易。然后去买鸡蛋，那鸡蛋摊的哥们有20多岁。鸡蛋按大小排放，上面写着不同价格，从每排（30枚）7塞地、7.5塞地、8塞地到8.5塞地不等，8.5塞地的鸡蛋明显大许多。

我问："能否花8塞地买到那8.5塞地的鸡蛋？可以多买一些，价格优惠一点嘛。"那哥们死活就是No、No、No。尽管我们费了不少口舌，他一直坚守价格不降。摊上仅剩有5排8.5塞地的，还有5排8塞地的。我说："这10排鸡蛋，我全买下，我要付你多少钱呢？"哈哈，非洲兄弟的计算能力大概不是很好，怎么算都算不清楚。同在这里购买鸡蛋的顾客也来帮忙，还是算不清楚。那哥们最后蹦出来一句："80塞地。"说出来的话，那就要诚信。我认为系店家优惠出售，就递给他80塞地加纳币，走了。做生意计算能力很关键啊！然后我们又去丰收超市，买了青菜、豆腐干等。今日支出共407塞地。

13点回到房间，看到女儿留言，就和女儿聊天，虽是胡吹海侃一通，但很是开心。我知道，女儿学习辛苦，但帮不上忙，只能通过聊天，舒缓女儿国外学习和生活的焦虑。女儿慢慢长大，也明事理，用不着板着脸说教。每个人走的人生路不一样，女儿的路需要自己去走。记得有一次，女儿的一位新加坡同学到广州，住在家

里，见我们没有父母架子、嘻嘻哈哈的交谈，还不时哈哈大笑，那同学私下就问女儿："你和父母都是这么说话啊？"女儿回答说："打小就这样，我们家里一律平等，我爸妈有时还需要我拿主意。"说这话时，女儿颇有点自豪。

15点多，收到一个华人的来电。没有自报姓名，只说在Osu那里发生了车祸，有人受伤，让我安排一下。我想应该是慌乱之中电话打错了，这种情况应该赶紧呼叫急救中心，送去克里布医院创伤急诊中心救治。先让他们救命，后面有什么事，再联系我。而不是直接打给我，我连具体情况都不知道，干着急也帮不上忙。

与女儿聊天到16点，实在困乏，就上床睡觉。晕乎乎的睡着，还做起梦来。梦里回国休假，竟然有很多人都不认识了。睡了两个多小时醒来。看到女儿还在线上，又和女儿聊了半小时。

2012年8月12日，周日，阿克拉

上午给志红打了个电话。志红行程临近，为了消除她的紧张，我给她鼓了鼓劲。不过，志红好像已将这趟旅程当作一次对自己的考验。可能这万里旅途比在加纳生活的日子还要深刻了。老婆要来了，没什么心思写作了。有些久别胜新婚的感觉！

晚上观看伦敦奥运会闭幕式。这闭幕式像极了大联欢。毫不夸张地说，英国文化的元素很少。当然，有人会认为这是文化差异，但对于像我这样对世界文化很包容的人来说，闭幕式上的节目都没有兴趣看完，可见表演是多么老套。

切换到电影台，看了个兔侠动漫电影，还不错。不禁会想，这些动漫电影是怎么制作出来的，有哪些不寻常的表现手法？因为从动漫角度，很多动作可以极其夸张，而不必拘泥于真人表演的动作。所以我冒出了一个心愿：将来在医学世界能否会有相似的技术，探索医学的问题。

这世界如此美好，就是因为经常会有新的想法涌现。那是新的追求，新的愿景。

2012年8月13日，周一，阿克拉

9点到医院。今日安排4台手术，大概仅能完成3台。

第1台是颈椎病，颈3/4椎间盘突出，病人症状体征都很典型。Dr Dakurah要我和他一起上这台手术。从手术过程看，Dr Dakurah对颈椎前路手术不很熟练，所以

手术配合有点费劲。髂骨取骨时，也不熟悉取骨大小，切下来一大块髂骨，最后修整仅用一小块。仅单节段颈椎前路手术，延长到13点多才结束。这是我援非的第21台手术。

第2台手术是腰椎翻修术，上次手术是我和Mawuli一起合作的。原计划固定腰3-腰5，术后复查表明固定节段错误为腰2-腰4，此次翻修延长固定节段。此类极度肥胖病人仅靠解剖学定位并不可靠，术中需要C臂X线机辅助。Mawuli和Dr Wepeba一起做这台手术。我这边手术结束后过来一看，他们也差不多完成了。

第3台手术是颈2椎弓根骨折病例，局麻下行颈椎牵引，Halo-Vest架外固定。我于14点多离开手术室，没有跟踪透视下牵引复位情况。

与Dr Dakurah见面时，其明确答复已收到COA会议邀请函，准备申请中国签证。我建议其从北京入境，由广州出境。等到10月底，再具体敲定行程安排。

10点正准备手术洗手时，有护士过来对我说，有个中国人找我。我只能先从手术室出来。原来是成都建筑设计院的员工，有同事外伤致一侧腓骨下1/3螺旋骨折并内踝骨折。我建议石膏固定后回国手术治疗，除非不适合长途旅行。加纳的内固定器械不齐全，在这里手术并不让人放心。

14点40分回到驻地。桶装纯净水已喝完，故请Oxward开车去买水。泡茶叶，水消耗多点，一桶水几天就喝光。要跑到克里布医院门口那边买桶装水，每桶5塞地。Oxward帮忙把桶装水送到房间，我送他小盒装的中国茶叶，以表谢意。他很高兴，对我说："God bless you."

2012年8月14日，周二，阿克拉

9点到医院。今日两台手术，第1台是垂体肿瘤，第2台是腰椎管狭窄。Dr Wepaba和Dr Dakurah上垂体肿瘤手术，我和Mawuli上腰椎管狭窄手术。与Dr Dakurah、Dr Wepaba见面时，顺便告知了妻子下周来加纳，需要陪其游玩。如果有什么事，可随时电话联系我。

10点30分，给志红电话。几家人正聚在一起，欢送朱大贝赴美留学。并向朱大贝表示祝贺，祝其在美国麻省生活愉快。孩子要远飞，都很兴奋。也跟朱志刚说了几句话，没有多说，现场人多，我就不搅局了。

后来我就想，也许正是中国人不停出国学习交流，才让中国发展越来越好。只要有人出去，就会有人回来，中国进步就不会停歇。相信我们的下一代一定会更有出息！

13点10分才正式动刀。这个病人是50多岁女性，腰椎管狭窄并不稳。关节突增生很明显，腰3-骶1椎管狭窄，以黄韧带肥厚为主。减压范围同上，但他们想缩短固定节段腰4-骶1。我认为没有原则问题，表示同意。Mawuli上次和我一起上台手术，把固定节段弄错了，仍心有余悸，所以切口延长一点，很好显露骶1。切口长一些，手术做起来也放心一点。钉道准备顺利，切除肥厚黄韧带后，行侧方潜行减压。但在减压时，发生小口硬膜撕裂，需修补一针。行腰5-骶1横突间植骨有点困难，亦说明该植骨方法有明显局限性。手术历时3小时，离开手术室时已16点23分。这是我援非的第22台手术。

16点50分回到驻地，饿过了头，但也不想吃剩饭。晚上，中午剩菜和晚饭菜加一起，下酒菜比较丰盛，还能喝点酒。

2012年8月15日，周三，阿克拉

今日安排3台手术。第1台为嗅神经肿瘤，由Dr Wepeba和Mawuli施行。把大半个颅骨瓣切取下来，再从大脑与颅底间隙进去切除肿瘤。本来想好好观摩一下，因为要上手术，只好作罢。

第2台系胸5-7椎管内占位。病人男性67岁，胸6节段脊髓受压变细，为硬膜下病变，已有截瘫。MRI系去年4月份的，后面没有复查。

Dr Dakurah和我一起上这台手术。11点多开始手术，行椎板切除减压后，切开硬膜，见节段软脊膜有块白色片状质稍硬的肿瘤组织，脊髓受压变扁，周围粘连明显，考虑脊膜来源。我确定减压范围为胸5-7，椎管上下可见脑脊液溢出。Dr Dakurah认为没有见到正常脊髓，想延长减压节段。我说，切除肿瘤组织后，脊髓已恢复搏动，椎管上下是通畅的，说明没有致压因素，因此不需要扩大减压范围。遂结束手术，刚好14点。这是我援非的第23台手术。

饿着肚子走回驻地。把剩饭热了一下，刚端到房间，电话就响了。一看是Dr Dakurah来电，说还有1台手术需要我继续上台。我匆忙吃完午餐后，让Oxward开车送我去医院。这是第一次被电话召回参加手术。

这台手术病人是53岁男性，腰痛并左下肢疼痛，MRI显示腰3/4、4/5椎间盘突出并椎管狭窄。不行内固定，仅单纯全椎板切除减压。与Dr Dakurah一起做了几台手术，他好像开始注重提高自己的脊柱外科技能了。由于前面几台手术中出现节段定位错误，故他选择将切口延长到骶骨部，这样定位一般不会有偏差。因在手术台上站立太长时间，我小腿肌肉酸痛难忍，所以想尽量缩短手术时间。我拿起骨

刀，啪啪几下，就把腰4椎板切下，并切除腰3椎板下部，然后侧方潜行减压，探查腰3/4、4/5神经根出口无狭窄，椎间盘仅有膨出，可不切除。我很尊重地问Dr Dakurah："我已完成减压，请你再看看，我们还需要做些什么？"Dr Dakurah是神经外科医生，拿起神经根剥离子，直接就扒拉神经根，检查神经根松弛程度，如此胆大着实吓我一跳。最后他说一句："I think it is OK."手术历时1个多小时，切口皮内缝合由Dr Dakurah亲自进行。这是我援非的第24台手术。

17点20分我离开手术室时，Dr Wepeba的嗅神经瘤手术还在进行中。

19点多，正想上床睡觉，没想到志红在线，又聊了1个多小时。我说："别带什么东西，安全到达阿克拉就好。"还逗她说："志红跟一般人就是不一样！连北京都没有去过，就先去青海、西藏。连美国、英国都没有去过，直接就跑到非洲，真不简单啊！"说得志红开怀大笑。还说起援非这些日子，比较好过。因为刚来，有很多东西可以写，也有许多思考和感悟。而现在，事情做了不少，但记下来的越来越简单，因为没有那么多新奇的事了，也没有那么多能引发思考的问题。往后日子会不会难过了呢？

2012年8月16日，周四，阿克拉

昨晚特别累，好长时间没这么干过。没关灯，没下蚊帐，就睡着了。凌晨两点多醒来，看电视。又接着从5点睡到8点。

今天是固定买菜时间。上午老彭开车出去买电脑，我就审稿《中国脊柱脊髓杂志》的两篇稿件。13点和老彭、王泽一起出去。先到丰收超市买蔬菜，再到Shoprite购物中心，老彭去更换昨日购买的打印机，我则去超市买水果、果汁及牛奶。16点返回驻地。

中水电公司小闫到驻地，带来一份MRI资料会诊。其公司有一名员工车祸后颈痛一周，颈部活动不了。MRI提示颈4/5骨折，明显成角并突入椎管，脊髓信号正常。有明确手术指征，还是建议回国手术。要颈托良好保护，最好躺着飞，否则遇到气流颠簸，比较危险。在加纳，看诊了5个骨科病人，4个病人都建议回国治疗，另1个是老郝女儿，膝关节损伤保守治疗后治愈。外科，不但需要手术能力，还需要良好的配套工具，否则，"巧妇难为无米之炊"。

20点40分，和志红线上聊了1个小时。反正她现在也睡不好觉，有点兴奋，也感染了我。志红说："朱志刚拿来了茶叶和月饼。"我说："代我谢谢他。茶叶就不用带来，月饼可带过来，让这里的朋友们尝尝"，

2012年8月17日，周五，阿克拉

今日没去医院。右小腿肌肉酸痛明显，不适合长久站立，需要休息。

12点给志红电话。今日台风"启德"在广东湛江登陆，但对广州影响不大。志红今早去体检，发现血压偏高。我想问题不大。这几天兴奋、紧张、焦急，半夜总醒，睡眠不佳，血压自然波动。

14点给志红电话，其正在白云机场办理值机手续。

14点30分，女儿来短信：

"咋办？我开始担心老妈了，她要飞多久到迪拜啊？出去手机也不能发个短信，真让人纠结！"

我回拨女儿电话，告诉她两段行程均需7个半小时，中途转机4个小时，大概明日加纳时间12点到达阿克拉。现在问题是没休息好，就怕到时精力不济。15点给志红短信，询问是否办理完边检出境，收到短信回复：

"别担心，该吃吃，该睡睡，没什么大不了的。"

所以，我就给女儿留言：

"同志们啊，这从小不锻炼，到老了还让人操心啊。"

志红独自踏上国际旅程，却弄得我和女儿两头都担心。

15点30分再打志红电话，已经在等候登机，只是现在有点困了。那飞行中好好休息吧。祝一路平安！

2012年8月18日，周六，阿克拉

10点，请老彭一起出车去接机。今日阴天，晨起有点小雨，云层较厚，见不到太阳。路上车辆不多，很快就到了丰收超市。先买点蔬菜，有空心菜、小白菜等。让志红晚上有点新鲜蔬菜吃，加纳第一印象就不会那么差。买菜很顺，路上也很顺。10点45分到达科托卡机场，就在候机厅坐着等候。等候时，收到女儿短信问："还有多长时间航班到达？"我回复，接到志红后，立刻电话告知。

航班准时到达。刚过12点，志红就从国际到达口出来。出关比较顺利，志红仅有随身小旅行箱，海关人员例行询问后就放行。

一见面，志红就提及迪拜转机感受，说各类指示牌很清楚，根本没有那么复杂，所以不费什么周折，一切都很顺利。我则接连拨打几个国际长途电话，给亲人

报平安，免着大家担心。

林队几人在玫瑰酒楼就餐。因志红长途旅行比较累，我们就不过去了。到甘肃大厦吃碗牛肉面，每人18塞地，风味地道，只是汤有点咸。然后返回驻地。

行驶途中，志红一直望着窗外的景色，对一切都感到新鲜，兴趣盎然。老彭说："去买玉米棒子时，1塞地买10个。一想便宜，就想买20个、30个，最后说买50根。但那加纳人就不干，说不卖了。可能算不过来吧。"我说："或许人家只是想让多一些人享用。"这点不像国内，哪有生意不做的。老彭还说："非洲的小鸡很有意思，会在大街上走，但都在一侧人行道行走，不会横穿过道路，连那些山羊也是如此，在中国就不一样，在农村，鸡也上路，但都是乱闯。"我说："这是车有车道，人有人道，鸡有鸡道。"

14点10分回到驻地。收拾一下，让志红去休息。但她没休息，我却午睡去了。等我16点多醒来，她要去倒时差。晚上再一起聊天吧。

2012年8月19日，周日，阿克拉

志红昨晚睡睡醒醒，受时差影响明显，生物钟要调节。

早上起来，仍是阴天，几块饼干应付一下早餐。两人一起坐着聊天。9点多，给女儿打了一个电话。还一起上了屋顶天台，看看驻地周围的情形，大概辨个方位，哪儿是大西洋，哪儿是克里布医院，哪儿是贫民窟。

11点30分，太阳出来了。我们一起出门，在太阳下溜达一圈，走到了克里布医院洗车站，再折返。回来后，在厨房煮鸡蛋青菜面条，作为午餐。这是我第一次在厨房煮食。

志红说，房间小一些，但小也有小的温馨。房门一关，也是一个安静的小世界。

午休后，就是聊天。什么都聊，两人都成了话痨，毕竟分别已8个月。

2012年8月20日，周一，阿克拉

凌晨两点多志红就起来了，弄得我3点多也醒来，一起聊天。

7点30分下楼吃早点。今日林大厨做蛋糕，就吃了两块。昨日是伊斯兰开斋节，今日补休。

8点，困劲上来，就去睡觉。两小时后醒来，志红去洗衣服，把晾衣的地方整

理一下，看上去舒服好多。12点30分，吃午饭。13点多又休息，两人在一起，睡觉都睡得更熟了，可能更有安全感。我睡到16点多起来，志红竟睡到18点，看来又得晚睡。不过，对于我们这样的老夫老妻，共同话题很多。这几天就在附近活动，准备周四、周六再一起出去，主业买菜，顺便游览阿克拉。下周去阿达游玩。

晚上聊天时，说到志红明年续签一事。志红更年期将至，心情烦躁，脾气不好，总惹人生气，自己郁闷，何必呢？到非洲来散散心，应该比什么都好吧？志红也同意。

2012年8月21日，周二，阿克拉

6点多醒来，见志红端坐在沙发上看电视，还是按北京时间作息。7点30分，下楼帮她端份炒米粉，我还是牛奶加饼干当早餐。8点30分，我就上班去了。

今日手术安排是1台垂体肿瘤，1台腰椎管狭窄并不稳，还有1台颈椎后路翻修。Mawuli一见到我，就说："不是说你太太来加纳吗？你去陪你太太吧。有需要手术，再电话通知你。"我说："以为这个星期是Yankey当班，所以就过来看看。"Mawuli坚持让我先回去，我把志红带来的陶瓷、筷子和花生糖作为小礼物送给他，另外一份送给护士长。Mawuli问我那个花生糖叫什么名字，英文我还真不知道。回来后查一下词典，原来是"peanut candy"。我走路返回，路上晒晒太阳，出点汗，回来后就冲个热水澡。正想喘口气，那边电话就来了。一看是Dr Dakurah来电，还是让我回去手术。

我知道不需要着急，就悠哉地吃了个苹果。9点40分再出门，让Oxward开车送我。Dr Wepeba和Dr Dakurah一起上垂体肿瘤手术，我就和Mawuli一起上腰椎管狭窄手术。Mawuli还惊讶着："你怎么又回来了？"我说："是Dr Dakurah打电话叫我来参加手术。"

这个病人是女性50多岁，腰5/骶1不稳并节段狭窄。手术固定腰4-骶1，置钉过程很顺利。只是Mawuli在骶1预制钉道时，定位偏下，有点困难。我多咬除一点骨皮质，让他将入钉点往上挪一点，就成功了。减压还是全椎板，因为腰3/4正常，所以我建议仅切除腰5全椎板，腰4部分椎板切除就可以，这样有助于保持腰3/4节段稳定性。横突间植骨还是那样，还是很经典，可能这是我在加纳工作的一个大收获。手术从13点10分开始，16点10分结束。这是我援非的第25台手术。

我又走回驻地。从厨房端了剩饭上楼，见到志红已午睡起来，正在洗漱。我就问志红："午睡了几个小时？"志红回答："可能有两小时多。"我就戏言道："看来

已经适应这援非生活了。"

志红把床上枕套、被套全洗了，物品整理归位，顿感清爽许多。在这方面，她的专业素质比我强。

2012年8月22日，周三，阿克拉

今日没去医院，就待在驻地。如有来电，再去不迟。到了10点，仍无电话通知，就和志红、老彭一起到Osu。

先到丰收超市，运菜车没到，就转Lara超市。买了牛肉、鸡翅和鸡胸肉，花了233塞地。多吃几次鸡胗，有点嫌腻，就暂时不买。志红买了洗发水，还买了个大芒果，有点生，等几天才能吃。再转回丰收超市，买了潺菜、菜心、茄子和豇豆等，共56塞地。青菜一次不宜买多，反正周六还要出来。志红来了，要勤一点买青菜。她顿顿要青菜，那我这个膳食负责人尽力安排。

志红过来几天，没女儿电话，也没女儿短信，好像老妈到了非洲，已经有人接收，就放下心来。12点20分看到女儿网上的动态，说今日是最黑暗的日子。想想就知道肯定是作业或者作品遇到困难了，所以就问了一下。女儿回答道：

作品没黄，一个3D作业黄了。通宵做的，结果不及格，小心脏没承受好，下午崩溃了，就灰溜溜地回来。

知道女儿回到住处，就开启了视频聊天。视频图像清晰，就是那边电风扇转动的噪声较大，影响声音质量。看志红在和女儿聊天，我就到厨房把午饭端上来，在志红旁边先吃了。还向女儿展示柚子、芒果，以及中午的饭菜，最后和志红一起吃青苹果。女儿直咽口水，强烈抗议这是对她的视觉虐待。我们已多次提醒她，要多买点水果吃，不要节省这点钱。自己不去买来吃，那只有羡慕别人的份儿。

我说："在新加坡定存那些钱，到期时，要把利息取出来，自己享受一下。"当初我们家很艰难，但每次帮志红写论文发表，科室奖励50元钱，肯定全用来买排骨，全家享用一番，心里有说不出的快乐。穷时有穷时的生活方式，最主要是心情愉悦。而不是等积攒了一笔钱，才去旅游慰劳自己。那样时间太长，自己就会很辛苦。

下周五，女儿就回广州，更要照顾好自己，那才是正事。现在一个问题是，那么大的房子里，她一个人睡，敢不敢？女儿说，得回去看看，如果不行，就晚上做作业，白天睡觉。这有点令人操心！

聊了1个多小时，我们有点困了，就挂了电话午休。我醒来已经16点30分，睡

了两个多小时。志红醒来是17点20分，睡了3个多小时。

这几天阴天，有时有小雨，天气凉快又舒适。没有更多生活负担，能吃又能睡，似乎志红很适合这种生活。这一趟非洲之行，至少这种生活方式会给志红留下一个好印象！

2012年8月23日，周四，阿克拉

今日我休息。8点30分，陪志红下楼，吃早餐后，一起出去溜达。

驻地前面的主干道为西环路，绕着克里布泻湖西侧。这个泻湖据说被规划为湿地保护区，周边是阿克拉最大的贫民窟。泻湖内漂浮着垃圾，有几处焚烧垃圾升腾起黑色浓烟。垃圾是这个城市的烦恼。一些小鸟悠闲自在，或在草地上觅食，或腾空飞翔。

我们往大西洋方向走去。路上车辆很多，充斥着汽车尾气，但难得陪志红走一趟，所以要忍着。我们边走边聊。志红说："看到你写的文章，觉得阿克拉很美丽，但站在这里，好像也不是那么回事，可能这就是文字的魅力。"的确，不同的眼睛和视角观察世界，同样的世界会有不同的印象与认识。假如自己不亲自去，从别人那里得到的知识，显然不会很全面，尤其遇到带有偏见的认识。文字的魅力自然通过细致的描写来反映，比如我描写一朵路边的小黄花，当多费些笔墨，再添一点个人情感时，则很容易打动别人。我不觉得自己的文章有什么特别之处，但是志红的话鼓励了我，以后应更加努力。

在路边的一块空地上，一群孩子在练习跳舞，我们驻足观看。那些孩子更加来劲，前滚翻、后滚翻、腾空滚翻、十字劈腿等，都是一些熟悉的街舞动作，颇有准专业的素质。有个孩子一气呵成地完成了一整套动作，引来了阵阵掌声和尖叫。我向志红介绍说，这个Azonto舞蹈就是由附近克里布中学的学生推向世界。看他们无忧无虑的生活，我有点羡慕。其实小时候我在农村生活，漫山遍野，还有海边的海滩上，同样也留下不少童年笑声。但如今，国内孩子的童年被那些所谓"不要输在起跑线"的教育剥夺了，这是很悲哀的事。

我们来到泻湖出口的沙滩。今日阴天，海浪较大，一个接一个拍打在护堤上，冲上松软的沙滩。海浪过处，一些小鸟专注地寻找那些小鱼或小虾觅食。沙滩上有一个20多岁的小伙子在跑步。在松软沙滩上跑步不容易，能在这里跑出名堂，那到了平地，应该会健步如飞，难怪加纳足球那么厉害。我们站了一会儿就返回了，因为泻湖出来的水，有浓烈的异味，让人恶心。

回来的路上，看到几个警察抓了两个骑摩托车的男青年。刚抓住就猛扇几个耳光，两个青年也不敢还手，吓得路边几个小孩在哭叫。志红一看，忙把我拽住，不让我靠近。我说不用怕，我们没有犯事，他们不会限制我们的自由。出门的时候，我专门带上加纳驾驶证，作为身份证明，所以不会有事。

从克里布医院正门进入，带着志红参观克里布医院。还接到中水电公司的一个咨询电话。那个颈椎骨折病人今日回国，问我要住院多长时间？大概两周左右。问术后要不要取出钛板？当然要了，术后一年左右可以取出钢板，费用就一万多人民币。我的文章中已经介绍了很多克里布医院的情况，志红都一一对上号。这是行政楼，不是很高啊！这是外科楼，那应该在出太阳时候照的！这是加纳大学医学院，和克里布医院在一起，就像我们大学与南方医院在一起……

逛到平时上班常走的土路，从北门出去。走在树荫下，十分凉爽。我告诉志红，每天我就这么走来走去，有什么好的选题或者想法，都是在这条路上想出来的。只是不知道那些树是什么树，那些花是什么花，否则会写得更精彩。

太阳出来了。志红徒步运动后，再晒晒太阳，脸上红扑扑的。我想，就是徒步走走，再晒晒太阳，也是一种很好的锻炼方式。我们走走停停，优哉游哉地走回驻地。这一圈走下来，整整花了两个半小时。已经超过了我一天的活动量，所以肚子饿了，人也累了。

在房间里，请志红为我剃头。那电动推子是她带来的。只是志红以前当护士时帮病人备皮，理发的事儿从来没有做过。但不用担心，在非洲不讲究什么发型。志红做事很仔细、认真，完成后感觉不错。短发就是舒服，人亦显得清爽。我笑道，回国以后就她帮我理发，每月可节省几十元钱啦。看志红也比较得意。

我午睡到14点醒来，志红16点才去午睡，步调与我不太一致啊！

2012年8月24日，周五，阿克拉

今天又没去医院。早上6点多醒来，就见到志红在大张旗鼓地打扫卫生，还把外面晾衣服的阳台都冲洗了，忙得一头汗。

这让我有点紧张。援非生活就是随兴，不能整天生活在压迫症中，何况一早做这些事，会影响别人的休息。再说，阳台是公共区域，有雇请的保洁员。在国外生活要注意照顾到一些打工者的工作。在国内，父母会从小培养我们热爱劳动、相互帮助的素质。但在国外很多地方，有人负责卫生保洁的，你就不要去做，这是分工。如果你代劳这部分工作，那些人就没活可干，房东就会认为没有必要雇佣人

手，那他们就失业了。因此你认为是举手之劳的事，可能剥夺了他人工作的权利。这也是文化的差异。

给志红讲了这个问题，她有些不理解。我又说了市场买菜这件事。中国人习惯哪里东西便宜，就去哪里买。能省一点钱，就省一点钱。这是中国人的观念。但是，在加纳，相比于节俭，人们更讲究体面。比如你是医生或者政府公务员、公司高级员工，属于社会高收入群体，就应该到体面的地方去购物，如超市supermarket。当然，这些地方的东西要贵很多，因为要缴纳消费税，但是购物环境好，上档次。价格便宜的free market农产品市场，拥挤、卫生差、环境不佳，购物就不是享受，只是满足生存。

更关键的是，像free market的农贸市场，是为了满足普通市民或者生活困难的人而存在的，那里面有很多食品有政府优惠，包括免税，所以价格上才低。但在supermarket超市，商品含有应缴纳的消费税10%。购物付费时，收费单上就清楚地列明了。因此在购物时，就是向政府交税，也是为社会做贡献。如果有钱的加纳人全部跑去农贸市场购物，那么必然会冲击农贸市场的供给，造成平民的生活物资短缺或物价上涨，税费流失。可以说，就成了有钱人挤占穷人的福利。所以，当那些加纳人断然拒绝我们大量采购便宜农产品时，可能是认为你没有必要一次买那么多，你买了那么多，别人想吃就没有，那可不行。所以宁可不赚钱，也要保护更多人的利益。记得去美国旧金山时，听说唐人街上每天也有几个小时摆摊农贸时间，价格便宜多了，因为不要市场管理费和税费，但大多是华人及外裔人去，美国人少有光顾。

今天还是14点多午睡起来，我起来后志红就接着睡，从不和我同步。好像轮流值班似的。

16点30分，特马的小马送来了一箱带鱼，带了个员工过来看病。那名员工是神经根型颈椎病，并不严重。暂时不用吃药，嘱咐注意颈部姿势，可以颈椎牵引等，应可以改善。那员工说，中国诊所说要给他输液。我说："那没有必要！"

2012年8月25日，周六，阿克拉

9点10分，招呼林大厨、邵医生一起出去买菜。先到Shoprite购物中心。志红说："买次菜，要来回跑30公里，确实有点远。"的确如此，但要生存，再远也要跑。生存是硬道理嘛！志红到加纳刚好一周，除了周三去了趟Lara超市，这是第二次出来，所以有点兴奋。

到购物中心时还比较早，人不多。有一家布店，专卖加纳生产的棉布。布料颜色鲜艳，算是加纳的特产，标的单位是yard，1 yard不到8塞地，不是很贵。作为礼物送人是不错的，在家里作为沙发布也挺好的。另一加纳特产是Golden Tree金树牌巧克力，但没有看到超市里有售。从网上了解这种巧克力味道浓郁，比较有名气，还要仔细找找，可买一些让志红带回去。在购物中心超市，买了水果，有橙子、苹果、橘子、柠檬、香蕉等，再买15包饼干。后来到了酒屋，又买了瓶金快活龙舌兰酒，41塞地。给队里买了猪肉以及面包。志红喜欢法棍面包，还拿了一个大面包。我说那是牛粪包，具体名称不清楚。然后我们要转去丰收超市，买些蔬菜，还买了1箱12瓶的花雕酒。因为念叨着羊肉，所以又去了Lara，买了18塞地的羊排。见到了羊脖子，但不认识，所以就没有买。老彭说起羊脖子加工后真美味，那就下次再买吧。跑这一趟，12点多回到驻地。

中午就吃面包。志红吃了半根法棍，给我倒杯龙舌兰酒加冰。第一次喝这种龙舌兰酒，有一种植物本草的芳香。毕竟空腹喝的，很快有些晕乎，下午舒服地睡了一大觉。还是我睡着，志红在看电视。我起来了，她又去睡觉，大概她还生活在北京时间里。

2012年8月26日，周日，阿克拉

9点到老彭处，拿了帕杰罗车钥匙，准备带志红出去游玩。老彭说："终于想到要带老婆出去玩了。"我也觉得挺不好意思，但阿克拉确实没有什么好玩的地方。志红说："那就去看看墙上那幅地图上的景观。"所以就带她去了独立广场。

站在海边，看看海浪，听听涛声，志红觉得景色不错。沙滩上有不少人在运动，只是没有蓝天和白云，有点灰蒙蒙的感觉。志红怕晒，就撑把太阳伞。我无意中发现，那些非洲人把她作为背景在那里拍摄。因为在非洲，打伞遮阳是比较少见的。有点另类，自然成为别人取景的对象。

我们在独立广场走走，走到了独立门，留个非洲的影像。我问志红："附近有加纳工艺品市场，还有恩克鲁玛陵园，要去逛逛吗？"志红说："不去那些地方。"计划下周去阿达，再找个时间逛逛加纳大学。我们习惯一天就转一个地方，别累坏自己。志红说："那就到机场那边再转一下。"所以就开车去了科托卡机场，又从解放大道转回来。

给老彭去电话，邀其中午一起喝啤酒。回驻地接上老彭后，开车到James Town礁石酒吧。

礁石酒吧面向大西洋。周围的环境对志红来说，比较新鲜。已经涨潮了，浪也比较高，浪拍礁石激起千堆雪。海面上停泊有一些小木船，随波起伏，好像没有人在上面。老彭最近在创作油画，对色彩感觉比较好，绘声绘色地介绍从远而近的大西洋海面上那些色彩的变化。吹着海风，听着涛声，喝点啤酒，悠哉惬意。

志红点了烤鱼饭，饭里的青菜色拉不错，但烤非洲鲫鱼有点腥味，所以没吃几口。她很想体验非洲地道的饮食文化，我却不是很感兴趣，因为胃肠不好，没有必要什么都去尝试。

到了14点30分，我们又跑到阿克拉东郊加纳军营那里的粮食商店。没有金树巧克力卖，但看到不少米面食油等，价格上可以接受，以后有需要可到此购买。今天就逛到这里，15点30分回到驻地。

又累又困，美美地睡到17点30分。志红比我还能睡，竟然睡到了18点50分。等我把饭菜端进房间，才把她叫醒。志红说，左臂很疼。一看红了半截。哈哈，热情的阿克拉阳光留了一缕印记——非洲的收获啊！

2012年8月27日，周一，阿克拉

早上起床后，决定去医院，9点10分到医院。

走进病区，看了几个病人。那例颈2椎弓根骨折病人已行Halo-Vest架外固定，但X片复查见骨折仅部分复位。查阅了近期几份死亡病例，其中1例35岁女性颈脊髓炎伴有瘫痪，突然死亡，尸检报告为双侧肺栓塞。其间遇到Dr Dakurah，寒暄了几句，便去手术室。

刚好接到烟建公司一个电话，有两名员工过来看病，就让他们到外科楼下见面。有个员工背痛，胸8/9棘间明显压痛，局部无叩击痛，结合该员工贴瓷砖工作，诊断为棘突间韧带劳损，吩咐自行购买扶他林软膏外用，注意工作姿势。另一个51岁员工，晚间有胸闷，打个饱嗝就好一点，考虑心肌缺血，让他去做个心电图检查，先吃点复方丹参滴丸。因不太熟悉处方或非处方药物的英文名称，只能让他们去中国诊所或者外面药店买。

今天安排3台手术，已有两例病人在手术室等候。第1台为腰4/5滑脱，椎间隙已经消失，动力位亦未见局部活动，看来复位可能有点困难，拟行减压复位内固定及横突间融合术。Mawuli和Dr Wepeba一起上台手术，那就没我什么事。等了半天，未见开放第2手术间，那第2台手术只能接台。第2台手术系44岁男性，脊髓型颈椎病，影像学表明多节段间盘突出并OPLL，脊髓受压，拟后路全椎板切除减压术。

此类病人如行椎管扩大椎板成形术则更好一点。对于单纯椎板切除手术，Mawuli 操作已相当熟练，带个轮转医生就可完成。11点45分，我离开手术室，先回驻地吃饭，有事则请他们电话通知。

12点40分，收到女儿邮件说玩滑板时摔了一跤。就发起线上聊天，看来问题不大。我们把昨日阿克拉游的感受向女儿汇报一下，似乎城市景观并没有激起女儿的兴趣。聊了1个多小时，到14点，就下线午睡去。

17点收到国家基金委资助的书面通知，资助额为70万元。晚上专门喝杯龙舌兰，晕乎间自有一番感慨。本来到非洲是想修炼自己，荣辱不惊。看来还做不到，收获一点成绩就兴奋不已，自我陶醉一番。7月份，《加纳脊柱外科发展见闻》在《中国脊柱脊髓杂志》发表；8月份，《不对称临床现象及诊断思维》在《医学与哲学》发表，另一篇医学哲学论文亦将于9月录用；而《颈椎矢向螺钉固定的解剖学研究》10月份要在《中国临床解剖学杂志》发表。今年工作已可圈可点。上帝关上一扇门，就会打开另一扇窗，我对打开的这扇窗充满着无限遐想。

睡前又喝龙舌兰，柔绵顺口，感觉真好。

2012年8月28日，周二，阿克拉

6点多醒来。差不多9点离开驻地。到了医院已经9点27分。

进了手术室，麻醉医生已到位，但手术医生没来。今日第1台是垂体肿瘤手术，第2台是颈椎病手术。这是65岁男性病人，MRI显示颈4/5、5/6椎间盘突出并骨赘增生，脊髓受压。Mawuli告诉我说，今日安排Dr Wepeba 和Mawuli上垂体肿瘤手术，我和Dr Dakurah施行颈椎前路手术。

10点多垂体肿瘤手术开始麻醉，11点多耳鼻喉科医生上台。第2台手术在第2手术间进行，于13点多开始麻醉。我专门给Dr Dakurah打电话，通知其来手术室参加手术。可等到他进了手术室，麻醉机竟然不工作了。麻醉医生和麻醉护士轮流捏气囊，要等那边垂体肿瘤手术结束才能开始。15点多垂体手术结束，他们不挪麻醉机，而把病人推到第1手术间进行手术。16点多真正开始颈椎前路手术。幸好中午吃了4块饼干，喝了自带的茶水，否则顶不住。

手术由我和Mawuli进行。他整体素质比较好，将于10月份就完成培训，成为神经外科专科医师。由于需进行2个节段减压，而仅备有一块44mm前路钛板，这有点悬。如钛板不够长，岂不成笑话？手术减压主要用刮匙和枪钳，并没有高速磨钻，因此费力费时。有意思的是，减压时台上几把枪钳都不好用，后来重新换了把独立

包装的金色枪钳，金光闪闪的，确实好用。我椎间盘减压后，取2块髂骨块植骨，但置入钢板螺钉时，因为存在骨赘，钛板不伏贴。不知道怎么说"伏贴"这个英语单词，我就告诉Mawuli说，钛板与椎体之间有空隙，需要切除椎体前缘骨赘，或者加大预弯钛板，但可能钛板会过短。我这一提醒，Mawuli就心领神会。他选择切除骨赘，并将植骨块打入一点，这样钛板就比较伏贴。最后，我对Mawuli说："如可在颈5椎体拧入一枚螺钉，则可分担载荷，局部力学稳定性更好。"不过这钛板中央未设计螺钉锁定装置，也就作罢。手术于18点50分结束。这是我援非的第26台手术，也是最晚1次结束手术。

走出手术间，正在洗手。有个护士过来告诉我，中国医疗队车辆在外面等候。急忙更衣后，跑了出来。真不好意思，把同志们都惊动了。再看看手机，有22个未接电话。原来志红等得焦急，大家也焦急，只是我在手术台上，所以一直联系不上。

今日手术下台晚，让志红担惊受怕，真过意不去。在国内，也常有晚回家，志红也是在家里等待，不过没有这次在非洲这样焦虑。只是我这一回来，不久她就呼呼入睡了。

2012年8月29日，周三，阿克拉

9点10分到医院，进手术室。已在等候手术的病人是67岁男性，颈椎病，拟颈椎前路手术。我感兴趣的是那个骶尾部脊膜膨出并感染的3月龄病儿，不知道是否安排今日手术。从手术室出来，到了病房，看护士正为这例脊膜膨出婴儿做术前准备。还有1例胸脊髓损伤病例，拟行单纯椎板切除减压。在医生办公室，见到1例颈椎屈曲牵张损伤病例的影像资料，就翻拍采集。本想就这么转一圈回去，没想到遇到Dr Dakurah，说要我上手术，故又回到手术室。

手术医生有Yankey和我。后来Dr Wepeba也上台。Yankey基本操作比Mawuli稍差一点，可能训练尚差火候。这例病人系颈4/5椎间盘突出并骨赘增生，间隙明显变窄。由于没有高速磨钻，只能用刮匙和枪钳慢慢减压。视野不是很好，因此后纵韧带等不敢贸然切除，只是觉得前方已经变软，就结束减压。取髂骨时，非洲人髂骨很宽厚，我建议仅切取部分髂骨。Dr Wepeba在台上，他明白我的意思，就比划着让Yankey如此这般操作。但Yankey还是取下大块髂骨，Dr Wepeba用咬骨钳修整骨块费了不少时间。Dr Dakurah将于11月份去中国，我想可以建议他从中国引进PEEK材料的椎间融合器，可减少髂骨取骨的二次损伤。完成植骨及钛板固定后，

透视下观察，钛板及螺钉位置良好。由于近来手术定位失误较多，现在大家都很自觉，术前和术后都用C臂X线机透视定位。14点手术结束。这是我援非的第27台手术。

不知后面是否接台，相信Yankey可以独立完成，我就走回来。路上遇到尼桑车，就坐车回来。

15点多，烟建公司候彬带个员工来驻地。那人50多岁男性，湖南人，刚到加纳4天，出现右踝关节肿痛，没有外伤史。检查踝关节肿胀压痛，皮温增高。询问在飞机上喝罐啤酒，在这里又吃了泡辣椒等。X片未见踝关节骨质异常。故系痛风发作。从自己备用药品中，拿了依托考昔和苯溴马隆，让其先行服用。并嘱咐去药店买药，注意饮食，多喝水。其掏出钱包，要付钱。我说："是我自己的备用药，不要你的钱，友情赠送。"能帮一点是一点，出门到国外都不容易。

2012年8月30日，周四，阿克拉（Ada）

昨晚与老彭商量一下，并请示林队，准备今日8点30分前往阿达游览。

老彭开着帕杰罗，载着我和志红，准时出发。从沿海公路走，可以看看大西洋边的风光。中途停车下来，在防浪堤上照几张相片。今日天气很好，蓝天一尘不染，天际边朵朵白云。在沙滩上照相，因为沙子也是白的，光线太足，对比倒不是很好；而站在防浪堤的石头上，由于海水浸染，石头已呈深色，与蓝色海水对比鲜明，拍摄效果更好一点。

没注意看路标，就误入歧途。在特马，拐到了去渔港那条路，要折返。在大转盘那里，又误拐到去Ho霍城（北行）的路。跑了20多公里，看到远处有几座山，而且路上车辆较多，就觉得不对劲。便到加油站询问，才知道路线错误，又得折返。选择从一条土路抄近路转去阿达。未想这条土路上的景色非洲元素却十足。看到了一种简易的加油站，两只大油瓶高高地吊在那里，不知道是否对外服务。看到了不是很伟岸的猴面包树，还有孤独的大树、分散的蚂蚁山、枯黄的玉米株……

跑了一截歧路，耽误一点时间，却似深度加纳游。到阿达时已13点许。

这是第二次去阿达。不像春节时第一次去，那时对非洲草原有无比的新鲜感。这次有点漠然，觉得还是那个样，也总是那个样。我不知道志红的感觉如何，可能像我初次游阿达一样，有无比的新鲜感。

路过的一个个乡村，与中国的乡村也没什么两样。路边有兜售西瓜的，还有卖红皮蒜头的，也有一些小羊群在自由散步，一派田园风光。我们在东美医院停会儿，那里很靠近阿达，是中国援建的，有60张床位规模建设，是一所农村医院。水塔高高地矗立着，很是醒目。医疗用房建筑都是单层的，门诊有一些人在候诊，看过去有些冷清。加纳的医疗资源集中在大城市，这些农村医院基本上看不了什么病。

到了阿达，还是找上次去的那家休闲农庄。这家农庄位于上游，拍摄效果更佳。到了湖边，顿时觉得清爽无比，满目青翠，湖水清澈，波光粼粼……只是肚子饿了，就先解决温饱问题。志红选择鸡块饭，我和老彭要了面条，味道不错。

15点多，上船游览。到了出海口边的那个岛上，岛上正在进行防浪堤的建设，所以就登岛游玩。想过去看看工地，但被制止，只能远远看着大西洋海浪拍堤激起的雪白浪花，传来不小的涛声。在防浪堤工程尚未覆盖的区域，海水不停冲刷，有的棕榈树已经摇摇欲坠。如果不加紧防浪堤建设，有朝一日这个出海口会越来越大，美丽的风光会被无情淹没。

志红相当兴奋，毕竟首次与大西洋近距离接触。碧蓝的海水，雪白的浪花，涛声不断，海风阵阵，让人心旷神怡。她光脚踩在沙滩上，沙子不是很烫，在大西洋边留下一行浅浅的脚印。这时也不怕太阳晒，镜头下露出了会心的笑容。

游船靠泊椰子岛。看小孩儿熟练地爬到椰树上摘椰子。等到他砍切椰子，这时志红才恍然大悟，原来新鲜椰子汁是无色清亮的，而且有植物的清香。喝完了椰汁，让人把椰子劈开，就地取材，用小块椰壳刮下薄薄的椰蓉，松松软软的，放进嘴里，让它慢慢地化，顺着喉咙，滑到肚里。一种椰树的香甜让我明白什么叫享受大自然。

沃尔特湖上游人不多，反正这里人们也不依靠游人光顾来生存。有人来，不胜欢迎，可以赚点外快；没人来，一样生活。我仅喝了一个椰子汁，志红毫不客气，一连喝了两个椰子汁。看她满足的神情，一定觉得不虚此行。我支付了7塞地，并给了小孩儿几枚硬币，就告别岛上人家。

返程中，船速有点快，激起水花四溅，偶有海鸟逐浪而行。老彭让我拍摄逆光剪影，可惜技术不高，出不了大片。

靠岸了，要付款，才被告知每船每小时费用为60塞地。我们以为租船费用只计船行时间，因此费了很长时间在沙滩上漫步；如果知道上岸步行也计入租船时间，那么我们更愿意有更多时间在河上慢慢游荡，毕竟沃尔特河两岸风光才是绝美的。因此老彭说："你们事先应该告诉我们，在岸上行走也是计算在内，这样我们才好安排时间啊，所以我们不能全额支付这1个半小时的游览费用。"讨价还价半天，最后我给了80塞地现钞，没索取收据。

16点10分，我们结束了阿达的游览，返回阿克拉。全程还是老彭开车，18点到达Shoprite购物中心。临到购物中心时，正好太阳西下，天际边霞光万状，美丽至极。

女儿于新加坡时间31日早上8点航班回广州。因此，我们即使很疲惫、很困乏，也要坚持到晚上8点（新加坡时间次日凌晨4点），与女儿电话联系上。她正准备乘坐出租车去樟宜机场。女儿随身带了两台笔记本电脑，已事前办理好的登机卡，只要托运一下行李就行。祝一路平安！

2012年8月31日，周五，阿克拉

凌晨3点多醒来，打开电视。等到5点（北京时间13点），拨通了女儿的广州手机。女儿已安全到达广州白云机场，将乘坐出租车回南方医院家里。交代女儿，回家后开窗通风，检查水电以及煤气开关，等等。这是女儿第一次独立在家，真有点操心啦！

然后我又去睡会儿，志红在上网看剧。8点我起床，让志红暂时别看剧，我要用电脑完成日志了。9点30分又给女儿一个电话，问问怎么解决吃饭问题。希望她利用这个机会，锻炼一下自己。但总有点牵挂，可能为人父母者均如此。

10点带志红一起去买菜，冰箱空了。没有联系上邵医生，帕杰罗车已出去，就让Oxward开尼桑车跑一趟。到了丰收超市，今天的运菜车还没来，我们也不等候，买了萝卜、黄瓜、圆椒、白菜、芥菜就返回，不然中午下班医生没车接。11点10分返回驻地。回来后给老母亲电话，没什么事。老母亲挂念着志红在非洲习惯不习惯，我说："当然很习惯啦！"

中午志红和女儿线上聊天。从在银行那里拿钥匙说起，在冬香家里生活，再到南洋理工学院的作品展示，还讲如何煲绿豆，等等。她们聊了起劲，我睡午觉去。

睡了两个多小时，16点30分醒来，觉得有点闷热，原来又停电了。

时间过得飞快啊！援非已经八个多月，最艰难的日子已经过去。这艰难并不是指生活上的，而是精神上的适应。现在每一天都在享受非洲的生活。

2012年9月

2012年9月1日，周六，阿克拉

又是一月新开始。

5点20分醒来，因挂念女儿一人在广州，就打了个电话。女儿说，睡得挺好，凌晨两点开着空调入睡，4点多冻醒，裹着毛毯又睡到10点多。然后到邮局帮我汇论文版面费，但周六及周日不收现金，故没办成，那就周一再办。中午在饭堂吃饭，吃西红柿炒蛋，都是她自己喜欢吃的。准备煲些绿豆汤，我就叮嘱了高压锅使用事项，她现学现用。

9点30分，与林大厨、邵医生等一起出去买菜。先去加油站给车辆加油，然后到Shoprite购物中心，也没有金树牌巧克力卖。为队里买猪肉和面包之类，开张发票。自己买了橘子、青苹果，志红喜欢法棍及牛粪包，多买几个。然后又去买了瓶金快活龙舌兰酒，41塞地，够奢侈了。这种金龙舌兰酒口味比较适合我，1瓶可享用一周。如此进度，经济就紧张喽。不过每种酒类就买两瓶，喝完就换酒，争取两年内多品尝一些洋酒。

又逛到丰收超市，买了面粉、鸡蛋、蔬菜以及一些佐料，还买了10排鸡蛋（每排10塞地），花了366塞地。与昨日99塞地一起，共465塞地。

返回时，在驻地前面那条西环路上，见到路边有卖巧克力的。停车一问，还真是金树牌巧克力，3塞地1块。等车回驻地后，我又走到西环路边，把那个卖巧克力的小伙子招呼过来，买块黑色巧克力，准备让志红先尝尝。如果口味不错，就到路边兜售的小贩那里买了。巧克力外包装较简陋，巧克力很硬，适合非洲气候，不会日晒下融化，表面盖有一黑星，但可可味道比较浓郁。志红说，入口较粗硬，没有那么柔滑。加纳产可可，金树牌巧克力是加纳的特产，可以带一些回国，让大家品尝。

13点多，志红吃根法棍，我煮了两包即食面，然后上网和女儿视频聊天。她说："一个人，大电脑，大床大房，开着冷气，看着电视，哈嘻嘻，美好的人生啊！"她晚上就喝了绿豆汤，并请教志红如何蒸蛋，准备亲自尝试蒸蛋。

2012年9月2日，周日，阿克拉

6点多起床，收到女儿的邮件，并附有一张简笔画：

早上一起床，脸也没洗，牙也没刷，连眼屎都没抹的情况下，我花了宝贵的30分钟，即1800秒，诞生了如此完美的巨作！姑且先画了你而已，等明个再把老妈加进去……有没觉得超可爱……哈哈……

和志红一起欣赏。画中人有模有样，卧在椰树下，甚是悠哉，真不错，令人高兴，即回复：

一早起来，没洗脸，没刷牙，就看到你的来信。总结如下，女儿是个歪才，做了一些我们以前都没有想过的事情，而且已经有模有样了，以后必有出息。本画作将作为本人签名使用，不支付使用费了，谢谢。

16点多，太阳没那么浓烈，与志红出去，在驻地附近别墅区转转，后来又转到医院。

17点接到老郝太太的电话，约晚上一起聚聚，下周其女儿要到英国读书了。上次聚会大概是半年前。本来约定18点，但老彭出车未回。让老郝开车来驻地，接上我、志红和队友杨璐，老彭等下自己过去。我捎上1盒铁观音作为礼物，另备200美元给老郝女儿作为利是。

晚上喝低度洋河，喝得急，后又来点啤酒，整得自己晕乎乎的。老郝也在晕乎间，讲起自己来加纳创业的故事。中国人在海外创业多不容易，成功者更是寥寥无几。但在国内的宣传中，从来没有说失败者的悲惨，只有成功者的万丈光芒，这些不客观的片面报道，让人以为到了海外就是黄金铺满地。老郝算是闯出一片天地的人，但在加纳数万中国人中，这样的又能有几个？其中的艰难和酸楚，老郝只是摇摇头，并没有说更多。

2012年9月3日，周一，阿克拉

5点多醒来，志红和女儿已在视频聊天。我觉得宿醉难受，起不来床。志红说："满嘴酒气，就别去上班。"接着睡到11点才起床。

下午收到林队通知，本周五到葛洲坝公司义诊，顺便游览沃尔特水库，在湖边酒店留宿一晚。葛洲坝公司承接一个供水工程，从沃尔特水库向阿克拉市供水。项目部中方员工有三四十人，要给他们讲些科普知识。亦分配我一个讲课题目，时长半小时。我想讲的内容是骨科创伤的急救。

昨晚与老郝一起喝酒时，老郝讲起沃尔特水库值得一游。那是全世界最大的人工淡水湖，风景十分美丽，志红已经开始向往。今日一向志红提起，她就特别高兴。这样本周安排也就落实了。

2012年9月4日，周二，阿克拉

9点15分到医院。在医生办公室，看到1例MRI影像资料，还有那位加拿大老太太出示的影像报告，对照学习英文。这是1例颈胸交界部肿瘤，病人男性25岁，有多个椎体转移，椎旁软组织包块巨大，而椎体破坏不重，考虑系淋巴瘤。报告描述很详细，包括建议组织活检、最佳穿刺部位等，值得学习。

到了手术室，查看手术登记簿。昨日有1台脑室引流，1台胸腰椎管内硬膜下肿瘤切除.而这台肿瘤手术由Dr Akoto完成，其已回科上班了。今日第1台手术是垂体肿瘤切除，第2台为腰1爆裂性骨折手术。等到10点，未见动用第2手术间，而且接台病人亦未接来，可能不会同时开台。Yankey在手术室里，还有几名年轻医生也在，不缺人手，所以没必要再待下去。在医院仅待1小时就走回来，途中遇到尼桑车，顺便拉我回来。

中午和女儿联系，询问这一天的安排。女儿独自在家，还是觉得寂寞。没人说话，家里空荡荡的，晚上还隐约觉得有敲门声，提心吊胆的。这下全体会了，自觉已长大，不需要别人操心照顾，但还有些不习惯吧！

16点多，不让志红看剧，拉着她下楼，一起出去走走，又散步到医院。红彤彤的夕阳温柔照在身上，出点微汗，很舒坦。感慨今年收获不少，并没有虚度时光。

我们聊起在非洲的感受。还是那句话，不到非洲，真不了解非洲。以后有机会，要把真实的非洲介绍给大家。以前在柏林时，记住了一句很流行的柏林广告词是"Once in Berlin"。现在可以这么说，Once in Africa，一生必到非洲一次，否则人生总有一点缺憾。所以，我想还是要写好非洲这部散文，写作时要考虑添加一些历史内容，让文章更丰满。

17点12分，肚子饿了，出现了低血糖症状，赶忙回驻地。真不好意思，要让志红将桶装水扛上楼。回房后，喝了两杯可乐，吃两块饼干，再加1个橙子，才慢慢缓过劲来。低血糖真是个问题，饿不得啊！

2012年9月5日，周三，阿克拉

今天没去医院。

在网上见到《脊柱内固定学》已在各书城上架，表明该书正式出版发行。这是令人激动、心潮澎湃的时刻，心情久久不能平静。往日编写的艰辛，一年多的操心，一下子涌上心头。今日终成正果，确实不容易！

本想准备几张周五讲课幻灯，因获知专著发行消息，高兴得不想做更多事。除手术器械图片收集外，要把主要精力放在散文随笔写作上，争取出版1部援非散文集。这样两年时间完成两部著作出版，不枉非洲此行！近期要完成5篇游记散文写作，呈现加纳美丽的自然和人文景观。

2012年9月6日，周四，阿克拉

因为明后天外出旅游，就问了林大厨，可应付今日供给，则待返回后再买菜。

上午完成讲课幻灯片。简单编写"骨科损伤的急救处理"，主要讲包扎、固定、搬运和后送，比较适合在工程项目部员工学习。

下午和老彭一起出去，给车辆加油，并购买发电机柴油。今日老彭查验发现尼桑车已过年审期，准备明日让Oxward去办理年审。我将200塞地预付给Oxward。16点多，和志红一起出去，步行50分钟，晒晒太阳，感觉舒服多了。

下午还接到了江西国际杨经理电话，告知回国的员工小廖已下地行走，恢复良好。按照我的意见，小廖回国后没有接受手术治疗，而是采用保守治疗，一样获得良好的效果。下一步进行康复训练，伤后半年应可恢复正常工作。

2012年9月7日，周五，阿科松博

今日中国医疗队前往位于阿科松博的葛洲坝公司项目部开展志愿活动。7点30分出发，11点到达位于Kpong的项目部营地。

刚出门时，就开始下雨。走特马高速时，雨还是很大，后来渐小。从特马往霍城路上，天空逐渐放晴。雨后的天空特别的蓝，朵朵白云洁白多姿。奔驰在非洲大地上，心旷神怡。一路前行，一路风景。

在路上遇到一群狒狒在路边玩耍。据说很懂事，也不怕人。项目部徐总因此讲

起一事。说有次路过，车辆无意中让一只小狒狒受惊吓尖叫起来，那老狒狒就奔跑过来，使劲用手掌拍打车门，并在那里愤怒地咆哮。之后每当路过此路段，都小心翼翼，缓慢行驶。

项目部驻地偏僻，从柏油工路下去后，要走一截土路才到达。驻地就几栋板房，相当简陋。项目部在此承接引水工程，从沃尔特水库引水到阿克拉，有80公里长，分4个标段同时施工，计划2014年底完成。这些工程项目多为野外施工，条件极为艰苦。项目部中方人员约有100人，来自全国各地，很多人来加纳已两年。多数员工认为，生活上艰苦尚可忍受，但心理上的孤寂难以排遣。有时难受了，就会冲着加纳同事用中文乱吼一通。人家莫名其妙，自己连忙赔礼道歉，当然多数加纳同事也不会往心里去。

在项目部学习室为员工举行健康讲座。有几个专题，如"预防霍乱和伤寒""心肺复苏技术"，我通俗易懂地讲了"骨科损伤的急救处理"。讲完课，我就出来看看志红在干什么，并陪她聊天。志红在附近工地走了一圈，也不怕太阳晒，对非洲农村的一切，包括树上的鸟窝都很感兴趣，拍了一组照片。

13点，在项目部驻地食堂就餐。食材都是国内运来的，如腊肉、花生、海带等，还喝点稻花香酒。由于时间有限，与中方员工在加纳生活方面的交流少了一点。

14点多，我们继续赶往下一目的地，位于阿科松博沃尔特湖边的Afrikiko休闲度假山庄。这个山庄就在阿科松博大坝和彩虹桥之间，是个很幽静的地方。车辆拐向路边一个下坡地，黄土和小石子的路面，坑洼不平，周围是大树和低矮的平房。

进了度假山庄，顿时满目青翠，扑面而来。山庄就在沃尔特河边，不大但设计雅致，有几幢小型别墅、两幢双层和单层的小楼，客房仅20间。按照志红说法，像是欧式的设计，再加上几个小草屋，又掺进一些非洲元素。因为上午有阵大雨，所以空气尤为清新，夹杂着淡淡的花香，沁人心脾。

我和志红入住双层楼的2楼小间，是双人间，房间很小，设施简单。还有一种房型是复式结构，再加上那些小别墅，可以满足不同人群的需要，比较适合家庭式的休闲度假。次日结算时，才知道这种双人间含早餐的房价是每晚85美元。

放下行李，我和志红就在山庄内游览。这里有阿克拉少见的绿水青山，还见到路上自由漫步的小蜥蜴。一切都是那么新鲜，口里啧啧感叹，谁能想到这里是非洲啊！

我们登上泊在木栈桥边的小木船。随着马达欢快的轰鸣，我们一行10人开始游览沃尔特河。太阳耀眼，平静的河面波光粼粼，两岸青青如绿色的彩带，恍如在漓江上游览。船往上游走，一会儿就来到阿科松博大坝下。听年轻船工介绍说，这个大坝拦截了沃尔特河，沃尔特水库便成为世界上最大的淡水人工湖，而发电厂电力供应4个西非国家。船工谈起大坝和沃尔特湖，脸上难掩一种自豪。我们跟他谈起中国三峡大坝，那人却一脸茫然。大坝此时平静地卧在那里，几道泄洪的闸门紧闭着，而大坝发电厂外四个大排水管斜插河底，看不到河面任何水花，只是船工熄灭马达后，看到船在河面荡漾、缓慢的转动，才感觉到水下有股动力在涌动。

观赏完大坝，就向下游驶去。看到有处淡水养殖的网箱，有几个工人在投放饵料。船工说那是渔场。还看到有人划着独木舟，在靠近岸边的地方垂钓撒网，见到我们高兴地挥手示意。看到跨越沃尔特河的彩虹桥时，游船便折返，岸边的树木忽地出现一道门，游船进了一条小水道，顿时河面少几分宽阔，却多一点雅致。游兴未尽，游船就抵达山庄的木栈桥码头。这一趟游览花了一个多小时，每小时每人费用60塞地。

上岸后已近17点，就点餐吃饭。志红对烤鱼不感兴趣，就点了烤鸡。餐厅现点现做，所以点餐后，要等约1个小时才有吃的。像我这样不耐饿的，应注意这点，若饥不可耐再点餐，那会急死人了。

黄昏时光，沃尔特河面上又是另外一番景象。落日的余晖照在岸边的树上，投在静静的湖面上，天际间不同色彩的光影变幻，与这山峦、树木、湖水，组成一幅令人惊叹的美丽图画。是美丽和谐的世界啊！

我们在享受这些加纳美食时，葛洲坝公司项目部徐总还在兴致勃勃地钓鱼。还真的有鱼上钩，鱼还很大。许多人都放下手中刀叉，拿起相机去拍摄。一名加纳员工拿来网兜捞鱼上来，足有两公斤多重，活蹦乱跳的。大家在叽叽喳喳地谈论着是炖鱼汤啊，还是香煎送小酒时，项目部小孙姑娘却在那里一直念叨着："还是放生吧，放生啊！"鱼刚上来，小孙就把鱼抓在手上，不让大家碰，等大家观赏后，便把鱼放归到了沃尔特河里。旁边两个非洲小伙子见到此景，瞠目结舌，这辛苦钓到的鱼，怎么又白白把它放到河里？

天黑了，湖边蚊子也多起来。我和志红回房间享受空调，休息一下。房间里确实简陋，也没有拖鞋、烧水壶，洗手间也小。电视机是模拟信号，只有体育台和加纳台。点上电子驱蚊器，自己没带拖鞋，看来晚上也不用洗澡。志红还没带衣服，也要将就一下。

这时志红感到胳膊有点奇痒，一看已经起了搔痕风团，知道这是太阳暴晒后引起的"日光性皮炎"。志红刚来加纳第二天就出现过。今日在工地时晒得厉害，也就难免了。没有更好办法，只能局部降温，用冰水湿敷，几个小时后可消退。

20点，叫上老彭，一起到酒吧喝啤酒。还遇到邵医生在楼下散步，便邀请一起聊天。

邵医生说："一看有好吃的，就会想起女儿在家里没有人照顾，也不知道都是怎么过的？"我们劝解一番，用逗乐的方式说出来。我说："我就不是这种感觉，我会觉得，这个地方有好吃的、有好玩的，下一次肯定还要带老婆、孩子一起过来享受。我这次就是探路。"我还逗乐说，我计划12月下旬回国休假，因为考虑到加纳12月7日举行总统选举，害怕出现社会动荡。预案就是大部分人员要12月回国，邵医生你计划明年1月回国过春节，如果真的出现社会动荡，那可能就回不去了，最好在能回去时，就安排回国，何况等1月再回去，天天都是应酬，连陪老公的时间也不多，人家不是很有意见？我尽在瞎说，纯属逗乐，但邵医生好像听得很认真。21点多邵医生回去休息，我和老彭继续聊天，索性多喝了一些啤酒，啤酒稍微喝多点也利尿，不易引起痛风。买了4支Club啤酒，我大概喝了3支。

老彭谈起今日讲课之事。讲课就是要让大家听得懂，那才是本事。而不是听者云里雾里，而说者自以为是。今日在工地讲传染病预防时，我就补充几点，即传染病流行有3个因素：传染源、传播途径、易感人群。对于我们这些外来者而言，我们不清楚传染源在哪里，所以这方面就难以控制，要做的工作就是要切断传播途径、保护好易感人群。就这些方面，我结合自己的认识讲了方法。如疟疾，蚊子叮咬是传播途径，我们不让蚊子叮咬就行了；房前屋后积水要清除，消除蚊子滋生；天黑之时，蚊子最活跃，我们就躲在蚊帐里，或者把空调温度开到16°，非洲蚊子最怕冷。这不是我的专业，但是毕竟以前学习的军队卫勤理论知识还是够用的。老彭对此有较高评价：不是自己的专业还能讲得头头是道，这就是水平。

我们俩聊得很开心，时间也过得很快，酒保已经躺在椅子上休息了。看了手表，已23点30分，要回房休息了。在这寂静的夜晚，喝点小酒，再聊点开心的事，也是一大乐事。走在山庄中，蛙鸣声不断，夜真的很深了。

2012年9月8日，周六，阿科松博

6点醒来，脑袋很清醒，四肢关节没有酸胀感，看来昨晚喝得很好。志红去洗澡，我就算了。然后我们一起下楼到河边散步。

早晨空气清新湿润，河面上没有微澜，就像一面镜子，河对岸的山凹中雾气腾腾，周围一片静霭，忙碌的人们还在休息，只有一些小鱼在浅水中追逐游戏。

我和志红在岸边坐下，静静享受着大自然的恩赐。我们结婚这么多年，从没有

闲情逸致起个大早，坐在湖边，赏美景，叹人生，没想到却在非洲实现了。生活就是这样，我有意无意地踏上这块加纳土地，亲近非洲，感受到非洲的美丽和富饶，这是我没来非洲之前，从来没有想到的。我想志红也有这样的感受。

林队、邵医生、老彭等亦早起，都差不多岁数，睡眠时间差不多。大家一起吃个早餐，趁着太阳没出来，再登船游览沃尔特河风光。

清晨游览沃尔特河又是另一番风情。船在河上走，人在画中游，如游览漓江的十里画廊，已忘记身在何方。倘若不是那些孤立在岸边的猴面包树，我想不起身在非洲。岸边一些小村庄渐渐苏醒，有渔夫划舟河面，一个小孩儿在河边光着身子洗澡，晨曦下健壮的身子泛着一些水光。

游览的路线和昨日一致。老彭坐在船头，我则到船尾，坐在船工旁，看船后风光。船后螺旋桨转动搅起的波浪，在平静河面上划开一道轨迹，很快就又消失，恢复平静。人生皆过客啊。

在大坝下，游船骤然摇晃起来，起伏大了起来。大家的心随着荡漾，欢笑声传向了静谧的山间。等太阳出来，我们才回到岸上。

10点多，我们收拾行装下楼，在山庄的小草屋下静坐。太阳很大了，河上刮过来的风却很凉爽。两对非洲男女青年在散步，不时留影，看起来十分甜蜜，着实让人羡慕。

11点20分退房，驱车到半山顶的Volta Hotel。从另一个角度欣赏大坝和沃尔特河，好一派田园风光。准备进到大坝游览，被告知要缴费，且要到银行缴费，也就作罢。12点多，来到阿科松博酒店就餐，这个酒店位于彩虹桥附近，海拔比那山庄要低，前面有山，视野不开阔，且感闷热。14点就餐完毕，返回阿克拉。

路上那群狒狒不知到哪儿休息了。我亦困乏，但不敢睡着，路上安全第一。要不时提醒司机控制车速，非洲原野和乡村景致也无心欣赏。16点30分，到达Shoprite购物中心，和志红一起去买了6块Wooding花布，共337塞地。准备带回国送人。

回到驻地，收到《中国临床解剖学杂志》寄来的校样稿。

2012年9月9日，周日，阿克拉

6点多醒来。补写日志，写作效率低下。一过两日，有些印象不那么清晰，感受亦不那么深刻，思考也容易出现断层，看来日志这个活偷惰不得。

8点多，与女儿线上聊天。女儿说："看老妈的胳膊被晒得就像那巧克力蛋筒一样，黑黑的，上面有一圈白。"逗得我和志红开怀大笑，女儿真幽默。

10点，和老彭、林大厨一起到丰收超市买蔬菜。买菜人较多，只买了芥菜、豇豆、冬瓜、韭菜，花了87塞地，就匆匆返回。接着，和志红一起到厨房煮青菜鸡蛋面。志红说，原来这里鸡蛋的蛋黄是浅白色的，有点新奇。我加点花雕到面条里，吃完后美美睡了一觉。

15点起来，审阅校样稿，提出个别修改处，让编辑帮助修订。同时吩咐女儿到编辑部交纳1000元论文版面费，也让她出门活动活动。志红在试吃金树牌巧克力，觉得还可以，不那么差。那就带些回国，与同事分享。真不好意思，在加纳确实没有什么礼物可送给女儿的，到时只能折现。志红说，在迪拜再买两瓶洋酒带回去。

2012年9月10日，周一，阿克拉

8点30分，出门走去医院。

在外科楼下，遇到手术室护士长，"It is long not see you"。哈哈，确实有段时间没照面了。上周就到手术室一次。我说："最近太太来加纳团聚，要多一点时间陪陪太太。"护士长说："那是应该的。"她问我："现在进手术室吗？"我说："今天不去了，现在去病区，看看有什么特殊的病例。"还有两周，志红回国，本周去Cape Coast，就不费劲总跑医院了，多点时间陪陪志红。

到了神经外科病区，在医生办公室见到Dr Akoto。我告诉他说，最近我不进手术室了。他已回来上班，人手不会太短缺。看本周手术安排，共9台手术，除两台脑科手术外，其余都是脊柱手术，包括颈椎后路减压、腰椎融合手术以及脊柱骨折内固定术等。好几台手术是从上周推迟下来的，看来上周我不在，人手有些短缺。

又遇到Dr Dakurah。我表示歉意，因为要陪太太参观游览加纳，所以我不能参加更多手术，不能帮什么忙。他表示理解，还说这周安排宴请我们夫妇。我也告诉他，本周三要去Cape Coast，那是加纳卫生部安排的活动，具体行程尚不知道，可能周末才能回来。

在病房里，看了两例病人。1例是15岁男性，从椰子树上跌落，臀部着地，已经1个月余，腰部有明显后凸畸形，X片显示多椎体压缩骨折。如果在伤后就采用腰部垫枕复位等，可能有助于骨折复位，但现已伤后个把月，只能手术矫形。在加纳，脊柱创伤拖延治疗问题很突出，没钱、没条件、没医生等都制约了早期治疗，当然也有观念问题。另1例是32岁男性，腰痛及双下肢放射痛4个月，影响行走。我追问他否有外伤史。他说没有，但他是一个司机。从MRI看腰4/5纤维环破裂，髓

核突出，属于典型的椎间盘突出症，这在加纳青壮年中并不多见。该病人准备本周手术。我安慰他，手术效果一般很好，可以放心。

不到11点就返回驻地。老彭来电，要求这两周不要安排手术。我说："早有此打算，刚才已知会Dr Dakurah。"他又问我骨科一些外伤用药的情况，因为要到基层包括矿山等地医疗服务。我推荐一些中国红花油、风湿膏之类，这里没有，只能带一些口服止痛药。

2012年9月11日，周二，阿克拉

13点15分，我带车出发去年检。路途很远，往库玛西方向要跑1小时，在地面卫星接收站那边，中间还有段乡间土路。这条路第一次跑，觉得这边居民区比较密集，也有一些别墅区，从高处看，有种独特的美丽。出发时，送给Oxward 三块饼干作为点心。在途中，他自己吃了一块，说另外两块带回家给两个孩子分享。我有点触动，家人互相关心，互相分享，有不少快乐。

在年检所那里，看到了一张Notice（告示），特录如下（请自行翻译）：

Dear Valued Client,

We would like to bring to your attention it is forbidden that any employee or out sourced staff accept tips or gifts. We value code of ethic's and hope not to offend in that you also respect and comply with our values.

Thank you for your cooperation.

我想，类似告示应该在国内医院各角落设立，履行告知义务。

年检业务仅1小时就办理完毕，支出53.26塞地。然后赶忙往回跑，担心志红在驻地太孤单。在驻地见到林队、老彭，获知明日9点出发，前往Cape Coast（海岸角市）。

17点30分，见女儿还没睡，就上网聊了1小时。

2012年9月12日，周三，海岸角

说上午9点出发到海岸角市，但要等加纳卫生部官员一起去，所以就在驻地等啊等。从9点等到10点，从10点等到12点。早午两餐都是以饼干对付，志红也和我一样将就着。静静待在房间里，边等边看电视，边看电视边等。我还和老彭一起开车出去加了50塞地的汽油。

12点30分，Ashin大司长终于开车来到驻地。我们两部车一起出发，奔Cape Coast而去。我和志红上老彭开的帕杰罗车，林队则坐上Ashin大司长的车。

从阿克拉到海岸角的道路状况良好，路上车辆不多。沿途映入眼帘的是非洲原野的美丽风光，路边村庄是相对原始的土屋、草房及黄土路。我们兴致不减，心情愉悦。

大概3小时车程，我们到达了位于大西洋边的中部省卫生局。没有见到局长，就来到下榻的Elmina Beach Resort酒店。酒店大厅设计典雅，面积并不大，采用螺旋上升的楼道。单人房每晚100美元，双人房就贵多了。其实单人房是单床，也是张双人床，而双人房是双床。酒店房间挺大的，与国内星级酒店一样，设施齐全，非常洁净。出发时带了齐全的灭蚊工具根本用不上。也有烧水的电热水壶，很方便。不管是瓶装水或者桶装水，我都要将水烧开以后才敢喝，在驻地也一样。

这家酒店与阿克拉的La Palm Royal Beach Hotel系同一家酒店公司。既名为Beach Resort，即海（沙）滩酒店，自然拥有私家海（沙）滩。稍事休息后，我和志红就来到酒店后面的海边。这里的海滩并不是沙滩，而是一些黝黑的礁石。礁石的棱角已经被海浪磨得很光滑，上面长着些藻类，有不少小螃蟹爬行，吹来的海风有明显的海腥味。就像在老家，牡蛎收获季节，海风中的腥味比较浓烈。海边长大的人应该都知道，如果是纯净的沙滩，海风中是咸味多一些。

酒店后面有一排高高的椰树林，岸边有木质栏杆。17点多，大概属于退潮期，所以涛声并不大，浪花也不高，海风也不大。天上云层稍厚一点，就像个大锅盖。加纳的天气就是如此，一会儿阳光明媚，一会儿云层低垂，一会儿下点雨。

这是一个海湾。不远处向海里延伸的一块海岬，上面就是赫赫有名的Elmina Castle（埃尔米纳城堡）。夕阳余晖把这座白色的城堡涂上了一层金黄色，显得肃穆、平静，又多了一点柔情。加纳奴隶堡是世界文化遗产，也是加纳最具特色的人文景观。不见奴隶堡，枉来加纳。

在酒店晚餐。点的是西餐，一个吕宋汤，一块黑椒牛扒。给志红加个冰激凌及水果沙拉。我又要了两小支啤酒。

晚上睡了会儿，但志红很快醒来，就陪着聊天，然后再接着睡。好像岁数大了，都要分段睡眠。

2012年9月13日，周四，贝因（Beyin）

7点多起来，吃了早餐，然后到海边转转。8点30分，太阳已经老大，不远处的城堡在炫目的阳光下熠熠生辉，其孤身入海，仿佛一艘要远行的航船，数百年前的故事还在耳边回响。

9点30分退房，先到中部省卫生局，与局长协调有关志愿活动。尽管有加纳卫生部官员陪同，也要等上半天，双方才见面。卫生局有一栋三层小楼，面向大西洋，前面有条临海公路，公路下是椰树林和美丽的沙滩。小楼两侧外墙上有两颗黑星标志，说明其为政府机构。因为接待室中座位不够，我就没参加此类会见，下楼和志红一起观赏海边的美景。

我们走到椰树林中阴凉处，看到正在拉网捕鱼的情景。从海上的浮标看出，那网有好几个足球场那么大，两拨人相距近200米，一边八九人，奋力地拉着绳子，要收网了！但愿有好的渔获收成！

11点30分，林队会谈结束。确定在卫生局附近的一所初中学校开展学生健康体检，大概有两三百人，时间定在10月1日。我们9月30日就要过来，那中秋之夜可能就是在大西洋边，赏着月亮，吹着海风，浪漫啊！

在学校志愿活动半天，然后去一所社区医院，也在附近，不过医院相当简陋。因为临近加纳大选，只能做事，不能宣传，凡事低调。一名卫生局官员领着我们找住宿的地方，初步定在海岸角大学商务学院招待所。海岸角大学很美丽，就像一个植物园。去过加纳大学，和海岸角大学一样美，加纳最美丽的地方是大学，很佩服这个国家领导者的胸襟。

12点多，我们又转到中部省立医院。该医院建于1998年，按照海岸角大学医学院教学医院的标准建设的。有20幢房子，仅有三幢是两层楼的，其余单层病房一排两列对称展开，有遮阳的走廊相连，布局整齐。分内科、外科病房，男女病房分开，病房设施不错，比克里布医院强。有骨科，但没有神经外科。独立影像楼已建好，正在装修，MRI设备尚未安装调试，相信不久能投入使用。医院方面要求中国医疗队来个神经内科、泌尿外科医生一起交流、查房。我们在院长室坐了会儿，便出来转一圈。如果医疗队来此，肯定会比克里布医院更能派上用场。

13点30分，完成工作任务，与Ashin大司长告别，我们从Cape Coast一路向西。过Takoradi(一座有200多年历史的城市)，转Agona，经Axim，到了Akodara，南行至海边公路，直奔西部省的一个叫Beyin的海边小村庄。

沿途热带风光，再加上非洲大草原，真是美不胜收，让人心旷神怡。梦里寻她千百度,蓦然回首，美景就在前方不远处。老彭："在非洲，睁开眼就是景，闭上眼都是梦。"精辟啊！

17点30分，到达Beyin Beach Resort。这地方网上名气很大，但找起来有点费劲。入口是泥路，若不是见到路上有明显的车辙，我们真的不敢贸然前行。真佩服老彭，怎么会找到这么不起眼的地方！老彭却一本正经地说："这休闲度假酒店很有特色，是草屋，而且在网上很有名气，网友们一致推荐为加纳旅游必到的地方。"经过一小截泥路，看到灌木组成的篱笆墙，还有一个敞开着的木门，迎接远方的来客。进去后曲径通幽，紧接着看到了沙滩旁的草屋，听到了熟悉的涛声，还有女主人热情的"Akwaaba"(欢迎)。好一个世外桃源！

因是周四，游客并不多，虽然没有预定，但还有空房。就在大西洋边的椰林中，坐落了几栋屋顶盖着草垛的木屋。木屋单层，其中两栋为独立别墅，一栋为联排，共9个房间。在加纳，到过一些休闲酒店，都是小巧玲珑、雅致幽静，设计独特的，很有个性。住房不贵，每晚50美元。我们来的时候，见到了一位白人老头，大概80岁了，花白头发，平静的脸上已经看不出岁月的侵扰。他是和一位非洲嬷嬷一起来的，从外面停泊的汽车知道，他们是从库玛西的眼科中心过来的。还有一位白人老太太，腰杆已直不起来了，从专业角度看，肯定腰椎不稳，大概也有70岁，陪同她的是两名非洲男女青年，一样有说有笑。另外就是我们这一拨人了。

院子不是很大，我和志红放下行李，就扑向海边。已近黄昏，美景当前。金色的太阳悬在天边，从淡淡的云彩中投向大地一片金光，那海面、椰林、沙滩，还有走在沙滩上的小伙子的身上，都镀上了一层金黄色的光彩。静静欣赏着落日余晖，耳边传来阵阵海涛声。今日与志红一起看大西洋边的夕阳，心里有一丝甜蜜。这甜蜜并非是自己有人陪伴，而是没有错过和志红共赏黄昏落日的机会。

晚餐也是在一个草屋里。中午没有进餐，欣赏了黄昏美景后，饥饿感更加明显。等候半小时，开始进餐，有烤小龙虾、炸鸡翅、炸鱼以及土豆泥、青菜沙拉等，还喝了几大支Club啤酒。夜幕低垂，只看到不远处那永不停歇的白浪，还有茫茫大海上孤零零的一盏渔火。椰风阵阵，海风吹拂，几人一起谈笑风生，感怀抒情。

草屋的木板有些年限，窗和门都关不严。志红用把椅子顶在门后，我说那有什么用？这里民风淳朴，不必害怕。后来才知道，这里离科特迪瓦的边境线不远，一群科特迪瓦的反政府武装分子就躲在加纳，经常干些打家劫舍的事。幸亏我们当时不知晓，不然也难有那么好心情。尽管没有那种星级酒店的奢华，但房间很温馨，大床放在房间的中央，蛮有情调。这里没有电视，没有网络，没有收音机，仿佛与尘世隔离，静静地享受着大自然。

凌晨两点多起床，想看看这大西洋边的夜晚是什么样的。我推开门，站在房间前的小阳台上。没有月光，只有漆黑的树影，还有不远处毫不疲倦的海浪，在夜色中泛着青白的光。涛声不绝于耳，椰树在风中沙沙作响，还有清晰的虫鸣和蛙叫，恰似美妙的协奏曲。

3点30分，进屋躺在床上，开始手记日志，害怕这美好的东西太多，记不过来。志红一直没有睡着，到了4点多，已困得眼皮打架。或许我起来站岗了，她就有安全感，很快我的身边就响起了轻轻的鼾声。

2012年9月14日，周五，布苏阿（Busua）

6点手机闹钟响起，好像还没睡够一个钟头。这么美好的地方，不能太恋床，否则是写不出美丽的句子的。起来一看，天色已亮，云层尚厚，没有太阳，附近渔民已经在沙滩上收网。独自在院子里散步，仔细看看这酒店的建筑及布局，然后来到海边沙滩，逗几只小螃蟹玩，就像小时候一样。

8点30分，在草屋餐厅吃英式早餐，包括烤面包、煎蛋、黄豆、培根、香肠等。其他味道还可以，就是那香肠有点异味不习惯，只能硬吞下去。

吃完早点，和志红又去沙滩上玩。志红4点多才睡，早餐时叫醒，还怪我怎么没有在6点就叫醒她。我说："看你睡得那么香，哪忍心叫醒呢？"何况出来玩，睡得香，本来就是一个享受，别得不偿失！我们赤足走在沙滩上，享受细沙温柔的抚摸。

11点30分，依依不舍地告别这具有古朴风情的大西洋边小草屋。当时有一个想法，就是将在这里游玩的经历写下来，题目不妨为《草屋之夜》。

我们继续前往Ankasa国家公园，也是位于与科特迪瓦交界的西部省。道路路面损坏比较严重，且路上没有明显指示牌，我们找Elubo加油站，差点开到了边境检查站，赶紧折返，见到有保护区字样的指示牌，就拐进了一条简易的山路。路面起伏，不见有人影，真怕熊出没。幸好是四驱越野车，否则进得去，未必能出来。行车15分钟，路已到尽头，才见到山坡上有几栋小楼。下车一问，这里是保护区的管委会，走错了。

我们又开到大道，过了Ankasa村庄，见到一块毫不起眼的路牌，上面写着：保护区前行6公里。我们又走上一条简易公路，比刚才那条山路稍宽敞点，路边遇着了一些路人，稍放下心来。我告诉志红："路边那些树木是可可树。"志红读过我写的《可可树下》，也看过我在Aburi植物园拍的可可树照片，所以很专注地看着车窗外掠过的可可树。这片可可树林挺大，可可果有的是青绿的，有的是金黄的，而那些熟透的，更红一点。路边还有一些人家正在晾晒可可豆。

　　14点到达保护区门口。有两名男工人坐在那里，大砍刀就放在身边，一看就像山里人。他们向我们介绍了有关保护区的情况，有行车区、步行区和探险区等。整个保护区太大，一两天玩不下来。屋前有几块巨大的动物骨头摆在地上，尤其那块头骨，够吓人了。

　　在一名工人引导下，我们开车前进，在茂密的热带雨林中穿行，植物种类繁杂。森林中湿气很大，也见不到什么野生动物。据工人说，野生动物主要在保护区的北部，这里看不到。折返途中，同伴和几位工人下车钻进了路边的树林，后来告诉我说看到了乌木。我一人待在车中，看加纳旅游的介绍。这些森林公园，比较适合野外探险。

　　15点，我们去往下一站——Busua（布苏阿）。老彭深情地说："那里有世界上最美的沙滩。"17点，就到了这个海边城镇。有个三星级酒店叫Busua Beach Resort，有100多间房，因为会议接待，没有空房。我们就在附近找到一家Busua Inn。进去后发现这是一家法国夫妇开的家庭旅馆，面向美丽的Ezile海湾，仅有4间客房，只能提供我们两间，其余两间已有客人入住。也行，我们男女各占一间。院子里有几棵树，树下搭了个竹棚，放上几张木桌和几把木椅，虽然简陋，却有情调。女主人告诉我们，树上有猴子，要注意关门关窗，不然物品会被顺走。

　　这个Ezile海湾是Cape Three Point海湾中一个小海湾。坐在竹棚下，可以见到海面上停泊着几艘渔船，在海浪中起伏，船上有加纳国旗和一个政党的旗帜飘扬，很是醒目。在海湾的不远处，有一个小岛，上面两棵椰子树为寂寞的小岛增添了几分生机。有不少年轻人在沙滩上踢足球，也有在冲浪，滑板，欢乐的笑声充满着小小的海湾。

　　等到晚上19点，我们就步行去那个所谓星级酒店吃自助餐，38塞地，没有更多品种。回来后，又坐在院子里聊天。等到21点，就去睡觉。很累很乏，所以睡得很香，不知身在他乡。

2012年9月15日，周六，海岸角

　　6点45分起床，到海边沙滩上行走。志红和林队住在一个房间，一早就起来散步去。

　　独自赤足踩在细软的沙上，仔细观察这里的沙滩，确实很平缓，沙子细腻得就像踩在一层厚厚的羊绒上。云层很厚，看不到日出，只见到天边云缝中射下光芒万丈。一名当地人过来，推销鲜活的龙虾，每公斤20塞地，不是很贵，今天肯定有口

福了。

8点30分早餐，还是英式早餐。老彭已从当地人那里买了两公斤小龙虾，有6只，让房东厨师帮助加工一下。

我和志红一起到沙滩上走。海湾不远处有一座小岛，海浪缓慢涌来。粗看，海浪有点浑浊，但走近一看，那是在海浪中翻滚的细沙，而海水清澈见底。站在海水中，面向沙滩，随着回浪，细沙会形成一股股沙流，快速移动，让人看得目眩。我惊讶地发现，当回浪退去的一霎间，海水使平滑的沙滩恰似一面光滑的镜子。天空上所有的东西全部倒映在这面镜子上，我忽然觉得我是在星球外，看着脚下倒映的蓝天，仿佛遨游在太空俯瞰这美丽的地球。真是太美了！

9点30分，烤龙虾端了上来，满满一盘。开边现烤的，香味扑鼻，唾液腺早就不停分泌。看到白虾肉上大蒜被烤得焦黄，真是迫不及待。那只胆大的猕猴也在附近端详着这盘龙虾。先吃块美味龙虾肉，再端起一杯法国白葡萄酒，一缕清香入鼻。天上白云游荡，沙滩上游人逍遥。哦，神仙的生活啊！

早餐时，我用心观察了一下Busua Inn的两位主人。这是一对法国夫妇，大概有50岁了，男主人一脸络腮胡子，女主人穿宽松的连衣裙，脸上总漾着微笑。他们也在庭院的树下用餐，吃的和我们没有什么两样，三只黄狗绕膝下。他们俩对坐着，各吃各的，没有交谈，最后用那点面包渣子把盘子刮干净，再喂给三只黄狗。吃完了，那太太坐在电脑前忙碌，而男主人在一旁抽烟踱步，偶尔也踱到太太后面，一起看电脑，两人很少说话交流。我想，这就是夫妻间的默契，一个无言的微笑，一个温馨的眼神，或许就足够了。

老彭提起一个话题说，这对法国夫妇就租住在面海的这个院子，楼上4间房子用来做家庭客栈，一楼他们自己住，包括卧室、厨房以及卫生间等都有。他们并没有想赚更多的钱而扩大规模，他们觉得足够维持生计就行了，因为他们还想有自己的生活。

享受完烤龙虾，我们接着为午餐预约了比萨。担心法国夫妇忙不过来，所以就提前告知了。还真是，到了12点多，我们才享受到法国风味的比萨。吃完比萨，那猴哥胆敢来骚扰两位女性。我告诉她们，猴子比人危险，因为携带HIV可能性更大，吓得她们不敢轻举妄动。

我们继续前往下一站Elmina Castle附近的Coconut Grove Hotel，据说那是一家四星级酒店。驱车不到一百公里，15点多就到埃尔米纳城堡附近的这家酒店，周围还有个18洞的高尔夫球场。酒店也是在海边，环境优美，除了一栋双层楼外，都是小别墅，有四五十间。

入住后，我和志红就到酒店的海边走走。这里的海边都是礁石，沙滩很小，沙子粗大，浪也大很多。逛到16点多，有点累，就回房休息。房里烧的自来水就像海水一样浑浊，没法喝。电视小巧玲珑的，连字幕都看不清楚。这号称四星，有些汗颜。

18点30分到餐厅，就餐人员比较多。有一些明显是机构组织的团体活动，所以分几拨就餐。就餐时，志红发现有个非洲舞蹈表演，很是惊奇和兴奋，因为她就想看看真正的非洲舞蹈。原来一个叫Free Spirit Foundation基金会在举办活动，多数是儿童舞蹈表演。我一看志红那么激动，便赶紧跑回房间，拿来数码相机，递给志红。在急促欢快的鼓点下，一群六七岁的非洲小孩光着脚，跳得欢快又充满活力，博得掌声阵阵。可惜光线不足，照片效果不好，但足以让志红印象深刻，回味长久。

2012年9月16日，周日，海岸角

凌晨3点多醒来，补记昨日日志。我醒来了，志红自然就放心入睡。到5点30分，又上床睡会儿，8点才醒来。

用完早餐，已经10点。办理退房后，就去Elmina Castle。参观了奴隶堡的建筑，了解那段远去的历史，大部分内容要到网上查阅后才能确认。那个男解说员动情地解说几百年前那个苦难的年代，我和志红一起，冒着炎炎烈日，走遍城堡各个角落，拍了不少照片。

游览一个多小时，就往阿克拉走。16点10分，回到驻地。一连几天都在路上跑，尽管住得还不错，景色令人流连，但疲乏、劳累是并发症。已缺乏连续"作战"的体力啦。

2012年9月17日，周一，阿克拉

9点15分到医院。本周拟安排10台手术，除明天1台星状细胞瘤外，都是脊柱手术，其中多例为上周推迟下来的。据说上周没麻醉药，停了好几台手术。进了手术室，一见面寒暄都是"long not see you"，哈哈。我告诉他们，我去了Cape Coast，还有Busua、Beyin。令人惊讶的是，除了Dr Akoto熟悉外，许多人并不知道这些地方，甚至连护士长都没有去过西部省。

今日有两台手术。第1台是腰椎间盘突出，行单纯性全椎板切除髓核摘除；第

2台是腰1骨折脱位，行后路内固定术。我看人员已够，Yankey做一台，Dr Akoto做一台，助手亦有人，那就没有我什么事。

我在休息室给克城表弟发短信，让他买两本《脊柱内固定学》送给老母亲。表弟回短信表示祝贺，送我一句：流芳千古。这怎么不像是送给活人的？看到我的异议后，表弟忙表示歉意，并更正：名扬天下。那有点浮夸了！

11点30分离开手术室，走路返回。路上给老母亲打了一个电话，告知近况。克城表弟会送本书到家里留存，以后慢慢欣赏。

13点，和王泽一起出去买菜。先到丰收超市，买蔬菜，54塞地。再转Lara超市，买牛肉、鸡翅、鸡胗以及3只整鸡。有菜有肉，可以应付数日。15点返回驻地。

下午志红把房间收拾了一下，反正闲不下来，且满足她吧。17点45分，与女儿线上聊天。好几天没联系，甚为想念。看来女儿也适应了孤单的生活，不管怎么样，锻炼一下，就是成长。草拟了一篇《脊柱内固定学》出版发行的通讯稿发给姚玲，让她以通讯员名义提交医院及校园网。

2012年9月18日，周二，阿克拉

昨晚开着空调，有点凉爽，从21点多入睡，到凌晨4点多醒来，睡了几个小时，但还是觉得有点乏。5点30分，上网与女儿聊天，到7点又去眯会儿。

志红这几天都在拆洗被套、床单、枕巾。要回国了，心里可能有点舍不得，只是女儿在家里等待，想想又会好受一点。聚散离合对我们这个家庭来说，只是寻常事。

9点20分到医院，本日手术安排，第1台为脑肿瘤切除，第2台为胸6肿瘤减压活检。进了手术室，过了会儿，Dr Dakurah进来，问我太太什么时候回国？我说，本周六。他就和Dr Wepeba商量明日安排宴请我们夫妇，我客随主便，随他们安排。Dr Dakurah于11月份到中国开会，并顺访广州南方医院，可能下月办理签证。届时要陪同前往中国大使馆。

等到12点30分，第1台手术还在进行中。尚无迹象要接第2台手术，看来没有必要继续等待。肚子有点饿了，就走回驻地。

13点多，到王泽处预支500塞地，带了Oxward一起出去更换尼桑车后视镜。下周要去Cape Coast，涉及车辆安全的事情不能马虎。被Oxward带到附近的汽配市场，那里十分拥挤！一个铺位接着一个档口，人气很旺。Oxward说："在这里可以买到任何汽车配件。"原来准备去4S店，没想到被带到这个地方来。更令人哭笑不

得的是，报价竟是旧塞地。当我听到是几百万数字时，被吓了一跳。先去弄清楚新旧塞地到底是怎么回事，再去砍价，最后以260加纳塞地成交。最后让摊主写个收据，哭笑不得。摊主根本不知道怎么写数字，不是写成3000，就是写成30，写了几张，才把数字写清楚。昨日林队去银行取钱，也遇到这样的情况。取1万美元，兑换成18,700塞地，但工作人员硬写成是187,00塞地，还说现在没有那么多塞地现钞。Oxward说："摊主可以帮助更换后视镜。"我一看尼桑车停的不是个地方，容易被人剐蹭，自己又实在困，就对Oxward说："你另找一个地方去换，现在回驻地。"并给他10塞地交代他把后面事情办好。

14点20分，回到房间，睡午觉。17点起床，和志红一起聊天。

2012年9月19日，周三，阿克拉

8点30分出门上班，走到半路，才想起忘带手机，只好返回。过几天志红回国，我有点心神不宁。下楼时，被老彭叫到房间里，观赏其创作的油画，是沃尔特河黄昏的景色，挺不错的，但就是缺少非洲风情。老彭准备送给志红作为加纳旅行纪念，表示感谢。

9点20分到医院。今日手术两台。第1台是15岁男性，从椰子树下坠落导致多椎体压缩骨折，并有明显后凸畸形，Yankey等上台手术。第2台临时变动为59岁男性，系腰L3/4椎间盘髓核游离脱出，疼痛剧烈，不能站立，病史已1个多月，入院亦有两周。此类病例因疼痛剧烈，多数应尽早手术。因仅展开第1手术间，只能接台手术。有两名年轻医生在场，我就不要挤占他们位置。

在路上时，中地公司小董来电话。说中地公司一项目部员工被小偷打伤，造成前臂骨折，今天要让我看看。后来小董带着病人一起到克里布医院。检查局部肿胀，可见皮下瘀斑，但手指感觉以及活动正常，不存在筋膜间隙综合征及神经损伤问题。X片显示前臂尺桡骨上段横行双骨折，属于不稳定骨折，需要手术内固定。因此建议到37军医院打个石膏托，尽快回国内手术治疗。

12点多，到了午餐时间。Dr Dakurah让我在驻地等候，到时他会开车接我。Dr Dakurah要宴请我们夫妇，盛情难却。

15点30分，Dr Dakurah和Dr Wepeba一起开车到驻地接我们。Dr Dakurah一见面就夸奖说，志红的英语比我好。让志红高兴了好一阵子。

我和志红坐上Dr Dakurah的车。到了Osu那里的一个叫Buka的竹楼，那是典型加纳建筑，环境不错，是加纳本地餐厅。志红想要Fufu之类加纳食物，可惜已经

卖完，只能点加纳那种酸辣汤，还要个加纳炒饭。我则点几个鸡块。然后我和Dr Dakurah、Dr Wepeba先喝一支Bellingham红葡萄酒，再要了些本地椰子酒和Club啤酒。

大家一起聊天，但我的英语听力较差，不能达到游刃有余的水平。我热情邀请他们去广州玩，还谈到了加纳的美景、城市生活、医生培养、双向交流等。加纳教育不是完全免费，每个学期要交几十塞地。如在国际学校就读，费用会很高。Dr Wepeba说，他有位朋友的3个孩子都在国际学校读书，每年学费就是6万美元。这对一般加纳人是一个天文数字。

志红把炒饭吃完了，但那碗酸辣汤没吃完。这在他们看来，是极大的浪费。我注意到Dr Dakurah把鸡块骨头的骨髓都吸干了。他们盘子里食物都吃得干净彻底，我也不敢浪费食物。

到了19点，我们就离开餐厅返回驻地。Dr Wepeba住在Shoprite购物中心附近的Eastern Lagoon，每天开车上班要一个多小时。而Dr Dakurah住在医院内套间公产房。

路过医院，Dr Dakurah又盛情邀请我们到他家坐坐。那是位于医院的一栋四层楼，他家住一楼。停电了，小孩正趁着蜡烛、应急灯的昏暗光线读书。Dr Dakurah有三个女儿，最小才4岁。很不好意思，空手到访，只能以后再买礼物相送。Dr Dakurah家内摆设比较简单，客厅墙上挂着去年在中国获赠的国画长轴，显得有点不伦不类。酒水喝多，膀胱膨胀，坐了会儿便告辞。Dr Dakurah考虑晚上不是很安全，执意开车送我们到驻地。非常感谢！

和志红谈到，加纳神经外科主任主动宴请，说明是对我工作的认可。而志红品尝了正宗加纳食物，又去了加纳外科医生家里造访，此次加纳之行更圆满了。

2012年9月20日，周四，阿克拉

周四买菜日，不去医院。上午睡了一会儿，志红沉迷于看剧。

13点多，下楼见尼桑车空闲，就让司机Oxward开车，志红陪同，出去买些蔬菜。在丰收超市，买了38塞地的蔬菜。到Lara超市，买了两盒金树牌巧克力。然后急忙往回赶，16点中国卫生部有个访问团要来。

16点30分，访问团来到驻地。访问团由卫生部对外交流中心马副主任带队。访问团中包括财务、人事以及预算等部门，下一站去利比里亚。他们参观了队里的基本建设后，在会议室里座谈。马副主任特别提到驻外津贴汇率1:8的问题。出国前，

就听说卫生部领导高度重视这个问题。现驻外津贴补助按美元计发，而标准制订时美元与人民币汇率是1:8。现在人民币升值，按人民币计算则实际津贴收入明显减少。还谈到，援外会有意外情况出现，如苏丹医疗队、坦桑尼亚医疗队出现车祸，造成人员伤亡，这一下警醒了我，在非洲工作，要时刻注意人身安全，把所有人安全带回去，这是大事！

最后卫生部给每位队员赠送了平板电脑，还有两块月饼、两包茶叶、一点香菇。回赠礼物是加纳木版画和加纳Wooding花布。

19点多，卫生部访问团离开。他们入住Labadi酒店，明日拜访大使，晚上在中餐厅就餐。因志红就要回国，我就不参加陪同了。

在网上买了一本《脊柱内固定学》，大概明日可送达女儿手上。到时先通过视频看个究竟。这个月最开心的事有二：一是身边有志红陪伴，二是见到主编专著上架。不时难以掩饰内心的喜悦！

2012年9月21日，周五，阿克拉

Founder's Day，国父纪念日，法定节假日。早上起来兴致颇高，上网查邮件。姚玲通知9月27日卫生厅举行援外队员家属座谈会，志红回国后会参加。

上网看到女儿留言："收到你的书了"。我打电话给女儿，让女儿展示新书，这是看到自己作品的第一眼。虽然远程，画面不是很清晰，但依然激动。女儿说，她也感到有点意外，原认为只是一本小薄书，没想到却如此厚重。我问女儿："有没有翻翻看？"女儿说："看了几页，但专业性太强，刚翻开都是一些脊柱外科史、中国脊柱外科发展史，有些枯燥。"我对女儿说，看看书中的手术操作过程图，能不能构建3D模型将这个过程呈现，便于学习培训，那一定有市场前景。女儿说，看来她要重修3D课程了。这个学期没通过，明年重修。

下午没事。志红一直在看剧，陪着剧情掉眼泪，面巾纸擦了一张又一张。她沉浸在剧中，我也不好意思打断。回国后，大部分时间还是她一个人独自生活，不找点宣泄途径，那也不行。

明日志红要回国。今日特意安排她再为自己剃个头，和刚来的时候一样照张光头像，算作援非的纪念。

22点，老彭送来其油画大作《沃尔特河风光》，赠送给志红。感谢！

2012年9月22日，周六，阿克拉

半夜醒来一次，心里空落落的。起来坐了一会儿，又接着睡。早上检查了志红的行李，9点自驾帕杰罗车离开驻地，带着志红再逛逛阿克拉市。

路上顺畅，半小时就到Shoprite购物中心。先以100美元兑换194塞地。到一个商店，买两盒巧克力和椰肉饼干，花41塞地。又去超市买了青苹果、橘子、橙子、可乐、法棍和两盒50g的金树牌巧克力，还有一瓶Arandas龙舌兰酒，花141塞地。花光那100美元，或许心里好受一些。

随手将这些食物放在后排座位上。一看才10点30分，就开车带志红去加纳大学参观。大阳出来了，比较晒，就不再逛了。志红说，对加纳大学有一个初步印象，下次再来好好玩玩。

好像没有其他地方好去了，我们就到甘肃大厦吃了碗牛肉面。志红刚到加纳时我们就是在这里吃的牛肉面。因为没吃早点，志红的旅程长达20小时，所以中午吃点热的，胃会舒服一点。刚过12点，一碗红烧牛肉面已下肚。

肚里有货，身上有劲，我们又一起跑到Koala超市逛了一会儿，买两盒小巧克力，每盒20小块，共14塞地。志红说不要买，但是幸亏买了，否则回国后连巧克力都不够给大家分享。看航班时间还早，我又和志红去Labadi酒店参观，也可以在大堂稍事休息。志红见我比较困乏，一直催促我早点送她到机场，然后回驻地休息。就依她吧！我送她到科托卡机场国际出发厅，再去泊车。然后一起办理登机手续，准备出境安检时，海关却叫我们返回，要开箱检查，海关检查员态度相对温和。我们开箱后给她查看物品，我介绍自己是中国医疗队医生，在克里布医院神经外科工作，太太来加纳团聚后现返回中国，箱内物品只有加纳巧克力、糖果以及加纳花布。行李检查完毕，志红就上扶梯，到二楼过安检并办理出境。我目送她离开，就此挥手告别。离开机场时，我看下时间，才14点15分，志红还要在机场里候机3小时。

15点，我开车返回驻地。给女儿发了邮件，航班将于北京时间22点10分抵达广州白云机场，让女儿明晚接机。独自坐在房间里，又觉得心里空落落的。身边少个说话的人，可能需要几天再适应。躺到床上，想午睡会儿，翻来覆去睡不着。16点15分起来，记当日日志。

现在17点了，志红应该已经登机，祝一路平安！这一趟加纳之行，对志红来说，体验肯定深刻，游览加纳海岸线，享受当地正宗美食。下周27日省卫生厅举行

援非家属座谈会，我希望志红能介绍此行的所见所闻，让大家心里放心。

17点30分，应是志红航班起飞的时间。我跑上屋顶天台，注视着科托卡机场方向。虽然没有看到飞机飞上蓝天，我仍在心里默默祝福志红一路平安。人生总有聚合离散，颇为无奈。

晚上喝点酒，不然睡不着。

2012年9月23日，周日，阿克拉

昨晚喝两杯花雕酒，看会儿电视，开着空调，早早躺在床上休息，不到21点就睡着了。醒来已凌晨1点25分，可能志红已到达迪拜机场。上网查一下，EK788航班于迪拜时间5点21分到达。志红要在迪拜机场转机等候5个小时，辛苦啦！醒来就再难入睡，把上周与志红一起去海岸角等处旅游的日志内容补齐。

凌晨3点55分，与女儿聊了一小时。志红在天上飞，我和女儿在地上牵挂。如同一场国际接力赛，志红没移交到女儿手上，我也放心不下。5点困了，就睡到8点10分，起来吃完昨日留下的面包。10点多又跟女儿一起线上聊天。之后与邵医生、林大厨一起去了Shoprite购物中心、Koala超市、丰收超市，买了400多塞地的食材，近15点返回驻地。

14点25分，即北京时间22点25分，全球通手机收到女儿短信：

老妈刚电话我，在等行李，我到家后再短信你。

拨通志红电话时，志红已和女儿碰面，正从到达厅往外走呢。志红说，旅途中发生了一个故事，很有意思，待回家后再给我讲。泡包即食面，就在线上等候着。

16点10分，给家里打电话，问志红究竟遇到了什么事？志红说，出境时加纳人员把她带到一个小屋，告诉她允许逗留时间仅30天，其已经逾期居留。她没有听明白，也不知道到底怎么回事，就告诉人家："我丈夫是中国医疗队医生，在克里布教学医院工作，这里有他的电话，如果有什么问题，请打电话叫他回来解决。"据她说，可能是中国医疗队的名头，或者克里布教学医院的名气，所以只在小屋里待了5分钟，就告诉她可以离境了。哈哈，因为有故事，所以才精彩！

19点30分，全体队里开会，交代中国国庆节去Cape Coast志愿活动安排。另外表扬了葛洲坝公司项目部志愿活动积极分子，能服从安排，积极参与，精心准备，效果明显，获得赞赏，予以有关人员500塞地的奖励。最后党员和入党积极分子留下来开个短会。

2012年9月24日，周一，阿克拉

8点20分出门，8点50分到达外科楼。

进手术室后，见有两例病人已在手术室。1例是62岁女性病人，腰5/骶1椎间盘游离型髓核脱出，属巨大型椎间盘突出，如此类型系我在加纳首次看到。本周由专培医生Seth负责手术值班。他似乎更关注腰4/5节段不稳。我对他说："病人没有腰部不稳的症状，而且椎间盘高度正常，退变不明显，后方结构完整，关节突没有明显增生，即使图像有轻度椎体滑移表现，也不需特殊处理。"后来由Dr Akoto主刀这台手术。可能是费用问题，并没有进行内固定，仅行半椎板切除、髓核摘除。Seth还带一名轮转女医生上台手术，另一名大高个轮转男医生在台下悠闲着，看来最近医院人员挺多的。另1例是53岁女性病人，以下肢无力、行走障碍为主，初步诊断是胸6肿瘤。Seth将该病人MRI资料拿给我看。我说："这不是肿瘤，而是典型黄韧带肥厚、钙化或者骨化，造成胸椎管狭窄，单纯减压手术即可。"

在手术室外走廊遇见两名中国女性，像母女俩，那肯定有中国人住进神经外科。进ICU病房一看，果然有个中国人躺在病床上，还处在昏迷期，由呼吸机辅助呼吸。Dr Wepeba随后进来，并向我介绍详情。上周三Dr Dakurah和Dr Wepeba共同宴请我和志红时，他曾接到个求救电话。接病人到克里布医院，当晚就进行了开颅手术。现在病人有自主呼吸，对刺激有些反应，但还处在昏迷期，拟行气管切开，便于吸痰等呼吸道管理。后来知道，这个病人是中地公司前员工的家属。12点离开手术室时，我向病人女儿询问情况。

病人姓郑，58岁，夫妇俩从河南来加纳探望女儿。老郑不小心从屋顶跌落，头部受伤。受伤当时清醒，逐渐出现头痛、呕吐等，然后就神志不清。从病史看，应是颅脑损伤致硬膜外血肿。那晚很凑巧！幸好病人女儿认识Dr Wepeba，且她的住所就在Dr Dakurah和Dr Wepeba宴请我们夫妇俩的Osu附近，所以Dr Wepeba第一时间赶到了她的住所。Dr Wepeba陪同他们到Sunshine影像中心检查，却遇到停电，又转至克里布医院。Dr Wepeba亲自呼叫CT室技师回来，进行急诊CT扫描，并进行急诊手术。如果那晚Dr Wepeba不是在Osu，即使他有心帮忙，但需跨越大半个阿克拉市，肯定耽误更多时间，那后果不堪设想。现在病人看上去比较稳定，之后就是控制感染，等待苏醒。以后功能损害情况如何，要等苏醒后才能知道。目前想送回国，病情尚不允许，要先在这里治疗观察后再决定。出国探亲遇到这档事，也是难以料到。不幸中的万幸！幸亏有Dr Wepeba帮了大忙。

在手术室里开始草拟《梦里寻她——加纳散记》一文，今日写了2000字左右。

13点回到驻地，收到志红短信说：

本月27日卫生厅在东方酒店举行援非队员家属座谈会，已专门来电话，请我作为家属代表发言，讲讲访问加纳的所见所闻及感想，特来短信求援。

哈哈，这等好处落到头上，岂能错过？！

既操这份闲心，那午睡就免了。这份发言稿要怎么写？要讲几层意思？怎么讲中国医疗队？躺下又坐起，走来又走去，下楼又上楼，绞尽脑汁，想了数小时。17点落座动笔，20点30分写完。发言稿共3100字，拟发给志红审改。

2012年9月25日，周二，阿克拉

今天仅安排两台脑科手术，且上午要去办理车辆保养，所以没去医院。

12点多，将发言稿最后改定，请志红再看看。这几天志红在倒时差，整日都有些迷糊。志红看后，基本同意所写内容。

9点多，和老彭一起送尼桑车去保养维护。回来时，在Osu那儿买了12排鸡蛋，共96塞地。

今日中国首艘航母交付海军，令人振奋。多年军旅生活，感情依然维系。以前在国内，对海洋认识并没有那么深刻。现在生活在大西洋边，就知道航母对于维护海洋权益以及中国海外利益的重要性。有专家说，航母还比不上一枚导弹，那是胡说！导弹基地能建到非洲吗？能靠导弹来撤离万里之外的华人华侨吗？这些专家鼠目寸光。

在网上买了两本《脊柱内固定学》，把使馆下发的600元购书卡花了仅剩零头。

2012年9月26日，周三，阿克拉

今天第1台手术是颈椎翻修术。对这位女性病人，我还有印象。几个月前因颈椎骨折在克里布医院接受前路手术，其颈椎骨赘增生明显，大部分骨赘都出现了骨折征。Dr Akoto行前路椎体次全切除减压、钛网重建并钛板内固定术。术式选择是正确的，遗憾的是没有合适长度的钛板，结果固定螺钉均在骨折椎体部，那术后螺钉松动和钛板滑移是必然的。因为仍然缺乏足够长的钛板，没有办法从前路翻修，Dr Akoto准备从后路进行手术固定。我没有具体和他交流如何翻修，因为翻修手术不是制式手术，怎么做都有一些道理，依据现实条件吧。

由于仅开放第1手术间，所以没我什么事。等到11点多我离开时，才接进第2台

手术病人。Dr Dakurah也进了手术室，就宴请我们夫妇一事我向他表示感谢，并提前告假。下周是中国的国庆节假期，加纳卫生部组织中国医疗队去Cape Coast参观学校和医院，了解加纳国情。

Dr Wepeba进手术室后，我向他询问那位中国人老郑情况。Dr Wepeba说："昨日出现鼻腔出血，考虑有颅底骨折，准备今日行气管切开，已经与耳鼻喉科医生联系。"

我进监护室看了病人，依然呼吸机辅助呼吸，主要生命体征平稳。脑损伤病人病情变化快，很难说现在已经脱离危险，只能走一步看一步。临走时，我也向那对母女解释这一点，目前主要预防控制感染，然后等着苏醒。我曾在昆明二炮医院工作，经治过一些颅脑损伤的病人，有些相关知识。为她们做一些解释、说明，可让她们宽心一点。母女连声道谢。

晚上中地公司在玫瑰酒店宴请中国医疗队。担心路上堵车，16点30分就出发，大概17点40分到达酒店。因自己不耐饿，又是吃西餐，所以先行开吃，这是我的"德行"。丰总19点才到，我们已吃了差不多。他来后，大家就是喝酒。中地集团最近有病人找我看病，还有前员工的家人受伤住院，所以丰总过来向我敬酒。吃大餐确实花费太多时间，回到驻地已22点多。

2012年9月27日，周四，阿克拉

晨起后，给连江家里打了电话，是老父亲接听。老母亲明日要回村，嘱咐走路慢点。老父亲不陪着一起回去，他不习惯住村里，无法入睡。祝两位老人中秋节快乐。

13点，与志红和女儿线上联系，主要想了解今日卫生厅座谈会情况。我问女儿："老妈讲起非洲来，是不是有点兴奋啊？"女儿回答："是的，那是慷慨激昂啊！"志红说："今日乘坐李文源院长专车去东方宾馆，省卫生厅党组亓玉台副书记出席。"会上，张铁强主任介绍了队员在加纳的有关情况，都是上周收集过去的资料。志红作为援非家属代表，按稿讲了这个月访问加纳的所见所闻。由于是第一手资料，大家都反映志红发言很不错。就餐时，与其他队员家属私下介绍了一些情况。今年只有志红一人来加纳探亲，其他人以为援非一年后才有一次探亲假期，所以压根儿就没想到今年可以去探亲。故其他队员家属很羡慕志红，并称赞南方医院真是好！就餐期间，每个家属被叫到外面，对着镜头给驻外家人说几句，说是年底带给非洲的亲人们。有点滑稽！天天可以视频聊天，已经不是消息闭塞、资讯落后

的年代了！我逗乐说："不会到时候省卫生厅来人，就给我们每个人送一张光碟吧？那里面全都是领导的关怀和家人的关心？！"这次去省卫生厅开会，每家慰问金有500元。

16点30分，中国医疗队一行5人参加大使馆举办的国庆63周年招待会，招待会在甘肃大厦举行。我们先到Shoprite购物中心闲逛一通，18点15分到达甘肃大厦。招待会在室外露天举行，龚大使及夫人在迎候加纳嘉宾。19点15分正式开始，可能是音响有问题，什么都听不清楚。倒是第一次听到加纳国歌，觉得旋律优美，令人振奋，以后上网好好再熟悉。站时间长了，腿受不了，我就在游泳池边坐下休息。原以为参加中秋晚会，没想到是国庆招待会，所以没有正装出席，只好躲在外围。各方讲话等进行有20多分钟，就开始自助餐。天公不作美啊，竟然刮风下雨。风很大，雨也很大，不光要站着吃，还要躲雨，场面有点惨。还好我们占了张桌子，可以慢条斯理地就餐。等到雨势稍弱一点，我们就及时撤离。21点20分回到驻地。

2012年9月28日，周五，阿克拉

昨晚那场雨可真大，持续时间也长，可能已进入雨季。10月份还有一个月的雨，到了11月份就会是灰蒙蒙的旱季。那时来自撒哈拉沙漠的沙尘会过来，笼罩着整个加纳大地，快要将加纳一年的季节体会一遍了。

8点30分下楼，准备去医院，遇到林队。林队给我看省卫生厅邮件，是关于12月份卫生厅亓玉台党组副书记等人访问加纳的行程安排。其中有拍摄诊治病人等的安排，这让人哭笑不得。拍摄病人在民主国家是万万不可的，因为涉及隐私。在加纳，除非是完全赞助医疗费用的，才可以拍摄赞助病人的情况，否则病人隐私权大于一切。还有，援非工作形式是合作和交流，而不是所谓的技术帮扶，这是驻加纳中国医疗队不同于其他医疗队的地方。

9点10分，到了外科楼。病区大查房还没有开始，我就到西区病房看一下，有两例颈椎屈曲牵张损伤病人，均已经接受手术。还看了一例病人，是36岁男性教师。没有外伤史，发病很突然，出现腰痛以及双下肢疼痛，右侧为重，而且不能下地行走，足不能背伸。MRI见腰3/4节段椎管内占位，位于右侧，周边不光滑，形态不规则，周围有强化，考虑为大块髓核组织游离至椎管内，造成神经压迫。Dr Akoto也看过病人，认为要急诊手术。

又到东区大病房，参加大查房。Dr Dakurah和Dr Akoto都在。那个病房都是女性病人。有一例腰1爆裂性骨折脱位的女性病人，一侧椎弓根有骨折，伤椎固定有

困难。另一例为颈2椎体肿瘤，呈膨胀性破坏，考虑巨细胞瘤，已行手术活检。如此病例治疗是脊柱外科中难度最大的，常作为一个技术水平的象征。Dr Akoto问我的意见："你看，这个病例该如何处理呢？"我说："手术的话，先后路椎弓根固定，然后再前路经口腔或者劈开下颌，切除肿瘤，再重建颈1-颈3。"在国内，这样的手术也要准备很长时间，用血量很大，并发症很多，手术风险很大。我相信他们没有这么大的胆子。所以，这就涉及医生的取舍问题，更多的是精神、文化层面的问题。

还看了Mawuli的模拟查房答辩。下月他将结束专科医生培训，所以需接受严格的理论及实践考核。在一例垂体肿瘤女病人的床旁，Mawuli介绍了完整的病史资料，然后报告查体等结果，并提出初步临床诊断。Dr Akoto提问诊断和鉴别诊断的有关问题，涉及很多脑部解剖、肿瘤病理以及垂体激素作用机理等。Mawuli有时答不上来，我听了也是云里雾里的。我想，通过这样一次模拟查房过程，可以促进Mawuli将理论与临床实例相结合。按中国一句话，叫作"融会贯通"。这样的临床实践考核对于研究生培养是很有必要的，这是一个收获。

才查一些病人，已经11点30分。静态站立个把小时，右侧小腿肌肉已经难以承受，所以就到病房外面转转。等查房完毕，那非到13点不可了。

给邹琳发短信：

明日请送一本《脊柱内固定学》给钟世镇院士；再寄本《脊柱内固定学》给《中国脊柱脊髓杂志》的主编张光铂教授。

两位老教授都是有恩于我的老师，先把赠书奉上，争取以后有机会再聆听他们的教诲。

12点回到驻地，带着Oxward出去买两桶柴油，以防晚上停电。我看尼桑车仅剩一格油，问Oxward是否也把油箱加满？他反问我："难道今天还要用车吗？不然就等着后天出发前加油就行了。"非洲人思维方式确实不一样。我是觉得，反正事情总要做，那提前做完了不好吗，假如晚上临时要用车呢？

22点，坐在沙发上，观看中央娱乐台的《千里共婵娟晚会》节目，是在云南举办的。那些熟悉的云南民歌，又让我想起在云南的岁月。真有点想念云南那山、那水，还有那些战友和兄弟姐妹！

2012年9月29日，周六，阿克拉

10点30分，天空乌云密布，狂风大作。然后便是一阵大雨，仅半小时，雨就停

歇。看来雨季真是到了。

明天去海岸角义诊。中秋节、国庆节都在那里度过。回想一下，这个月过得出奇快，应是到加纳之后最快乐的一段时光。身边有志红陪伴，生活少了份孤独，多了份甜蜜。还有主编的《脊柱内固定学》得以出版发行，内心喜悦难以言表。沿着大西洋，游览加纳最美的海岸线，为散文创作积累优秀素材。

2012年9月30日，周日，海岸角

9点出发前往Cape Coast。我和林队、邵医生及老彭4人，一台帕杰罗车，由老彭驾驶；其余人在尼桑车，由Oxward开车。路上比较顺利，我们车速较快，先到海岸角大学，游览了一下美丽校园。12点15分到达Coconut Grove Hotel。因房间到14点才准备完毕，我们就先去就餐。还是在草屋餐厅，点了牛排和薯条，还喝了几支大Club啤酒。

14点50分到16点50分，在房间睡觉。住的房间是28号。上次与志红一起住的07号房间已有人入住，为免睹物思人，索性找了个离07房较远的房间。还是别墅房（姑且这么称呼，其实就是平房），房间很大，还是双人床。房里的水不像上次那样浑浊，而是很清澈。房间里有无线网覆盖。没带电脑，但手机可以上网。电视机16寸，图像比较清晰，比上次好多了。有几台电视节目，但多看CNN。睡醒起来后去沙滩，看夕阳西下，已难见到Beyin的美景。

17点50分回房，用手机上网。见到中学同学王军发来两首小诗。王军是一个通才，干的是放射技师的活，兼职家居设计，还能填词赋诗等。其中一首《赏月》中，有一句"我自孤芳不思凡"，让我印象深刻。

19点，全队11人一起用自助餐。月亮已经挂在东边的树梢上，对这个大西洋边的中秋夜没有什么感觉。那月亮没有那么大，没那么亮，没有什么皎洁，而且显得有点昏暗。周围的云层也厚了一些，洒下的月光有点惨淡，可能羞见我们这些异乡人。

菜肴就是牛肉、鸡肉、鱼肉以及土豆、香蕉等，都是凉的。海风吹拂下，那几盏用来加热的蜡灯起伏不定，或明或暗，这海边显得有点阴森。啤酒也是冻的。即使大家都在一起，那心中的拔凉感也消除不了。如果在大西洋边上，吹着海风，能围坐在火锅旁，一边吃喝，一边赏月，那一定是个美事！

喝了会儿，并提不起劲来。周围静悄悄的，只有我们这拨人。大伙在一起聊天，也没有什么兴奋劲。从来中秋夜是静思夜。而这个中秋是在大西洋边过了，我

只想静静体会，找到一点灵感，为以后留一个回忆。

21点，从草屋餐厅走到下面的海滩上。端详着月亮，云层不时过来掩藏它一下，大地还是一样灰蒙蒙的。回到房间，趁着酒劲，很快入睡，但很快就醒来。

凌晨1点30分醒来。无聊之时，就数这个房间的瓷砖。长宽分别有40cm×40cm瓷砖12块、11.5块，这房间面积刚好22平方米。加上洗手间及冲凉房，大概有28平方米。一栋小别墅就这样两套房间，挺标致的。只是房间确实大了一些，一个人独处，有点空荡荡的。夜深人静时，推门出来，在院子里站了会儿。月亮已经当空照，尽管天空没有什么厚云层，但是月光并不十分明亮。椰树影子婆娑，唧唧虫鸣，偶尔传来一声乌鸦的叫声，划破夜空。

这时我才明白，中国的八月十五中秋夜里，月亮是最好看的。遥远非洲的中秋，根本不是那么一回事。

因两周前和志红在这里小住一晚，所以就想构思了一篇故地重游以及中秋夜思的散文，拟题目为《大西洋边中秋夜》。

4点30分又小睡了一会儿，尽是乱梦。

2012年10月

2012年10月1日，周一，海岸角

今日是中国国庆节。身在非洲，才真正理解"普天同庆"之意。

早餐后，我们乘车前往中部省卫生局，然后要到一所初级中学为学生做健康体检。中国国庆之日，为加纳人民服务，深感这次服务的意义巨大。

8点30分到达学校。由于卫生局安排方面的问题，将明日社区医疗服务也提前到今日进行，所以就兵分三路。林队、两名医生、林大厨以及老彭负责学校师生体检，另有两名医生到Central Region Hospital交流，而我和王泽、杨璐等4人则去30公里外的农村，在Efufu Clinic，进行社区医疗服务。

该地区位于中部省的北部。到达社区时候，已有几十人闻讯赶来等候。我们从10点30分到15点，为当地农民服务，诊治疾病，提供咨询，并派发常用药物，包括抗疟药、降压药、抗生素、非甾体消炎镇痛药等。因为来的人很多，仅在一个大房间内进行，外面排队很长，有人乱插队，所以不时传来吵架声。13点，林队等人赶来支援。这样三个诊室同时进行，诊治速度明显加快，才能在15点结束。这次农村志愿活动反响热烈，大家都觉得收获很大。

令我感受最深刻的是农村缺医少药，这个问题在国内偏远乡村同样存在。多数病情已十分严重，骨科方面主要有骨性关节炎、腰椎管狭窄、颈椎病等，得不到相应救治。因此农村人口就医问题是发展中国家面临的普遍问题。

认识了卫生局总务科的Hardley，是一名25岁小伙子，刚从海岸角大学毕业不久。当听我说起今日是中国国庆日，所以我们来到加纳农村服务，以此纪念国庆。小伙子听了有点激动，祝贺中国国庆，还极为赞赏、钦佩我们的活动。

此次义诊，我自己接诊了32个病人。有妇科病、斜疝等，告知上医院检查治疗，其余就发放一些药品等。说句心里话，这样的志愿活动无法从根本上解决问题，但能尽自己的一份力还是很愿意的。

16点返回酒店，午餐免了。17点30分去海滩，追着夕阳拍照。18点整就餐，晚上点的是烤龙虾，味道美极了。大家边吃边聊，颇有兴致。

2012年10月2日，周二，海岸角

9点10分，我们到了Central Region Hospital医院。与院长先生见面后，先安排到各科室参观，再与美国医疗队等一起座谈。

我去的是外科科室。今日外科教学查房，有17名学生。在外科女病区，见到一例烧伤病人，一例左小腿糖尿病坏疽病人。查房教授有60岁了，身患小儿麻痹后遗症。但其查房条理清楚，层次分明，看来基础相当扎实，而且很注意启发学生，互动也不错。尽管建筑从外面看上去不错，但病房条件较差，通风不是很好。病房里都是学生和年轻医生，而且空床比较多。之后又转到外科男病区，看了几个病人，重点查一例腹股沟斜疝病人。带教老师指导学生查体，如何鉴别直疝和斜疝，并亲自示教。病人很配合，有3名学生动手触诊检查。有3例剖腹探查术后病人，包括腹膜炎以及肠梗阻等。

病人中更多的是糖尿病并发症，手足坏死等。见到两例六七十岁阴囊坏死的病人，阴囊皮肤缺损，睾丸裸露在外面，表面都是分泌物。糖尿病出现这种并发症确实让我百思不得其解。后来，我想起这里可能局部卫生较差，或者阴虱等，常出现阴囊瘙痒，局部抓搔则易引起阴囊损伤。我想，这里糖尿病发病率高，并发症明显且严重，因此要启动糖尿病筛普以及早期干预，政府卫生部门应从这个角度去寻求国际合作。因为缺乏专科医生，治疗拖延。那些阴囊坏死病例，在国内早就进行清创修复了，但在这里要等待整形外科医生过来手术。

12点，我们返回到行政楼会议室，等待与院方人员见面。会议室桌上摆满了聚酯塑料人体局部模型及整体模型，用于教学及心肺复苏训练，可能系赠送院方。有名美国女医生正在准备电脑课件，其余美国医生在开展手术。在外科男病区，见到一例斜疝病人病历上就贴着标记：American Team。他们都是人员（医生和护士）、设备、药物等自己全部带齐，来了就开展手术。

在病房时，有名护士问我们能在医院待多长时间，知道我是脊柱外科医生后，她就告诉我，她母亲有严重腰椎病，腰痛都直不起来，问我什么时候再过来的话，就入院手术。

在会议室里，大家互相交流。从大家反映情况看，这个医院的主要问题是技术人才短缺，尤其专科医生不足。手术室里设备齐全，有不少麻醉护士，但缺乏麻醉医生，制约了外科手术开展。

在会议室等了40多分钟，我就独自下楼散步。后得到消息，医院方要继续推迟座谈时间。我感觉小腿肌肉酸胀明显，就先回酒店休息了。

17时15分，我来到海边，站在礁石上观海。没想到一个大浪过来，激起了齐人高的浪花，浇了个湿透。幸好没有带相机，否则损失惨重。今日浪大风大，西边的云层稍厚一点，只留了一条缝隙，露出一抹阳光，看来那绚丽的夕阳西下是没有机会观赏了。

在沙滩上漫步，反正时间也多，就一直往西边的沙滩前行。不知道沙滩的尽头是什么样，走着走着，我突然发现，西边有霞光出现，那一定是晚霞余晖！我不假思索地拔腿向西狂奔而去，终于来到小海湾的尽头，看见了太阳逐渐从白光变成红光，天际上一轮金色的红日，绚烂、鲜艳，色彩简直有点妖冶，把周围的晚霞全部染成红色，那鲜艳的色彩从椰林间投射下来，映照在海面上……啊，如此美丽的大西洋落日！我一眼不眨地注视着落日……等到太阳躲到云层后面去了，世界仿佛才平静下来。

18点30分来到餐厅，点了支Tall Horse红葡萄酒。夕阳美景依然在心中荡漾，难以平静。后来老彭、王泽、林大厨等也来了，大家一边品酒，一边闲聊。邵医生过来说，有队员很想家，好像一天也不能再坚持下去，下个月还是让他早点回国。出来快一年了，对每个人都是个考验。当然，流泪亦非不英雄。

明天大家要去森林公园游览。我想留在酒店写一篇散文。赏了美景之后要有时间去消化。静下心来，写点东西才是正事。

2012年10月3日，周三，海岸角

8点30分，进早餐。大部分队员都去Kakum国家公园游览了，难得这么清闲、幽静，我就想写那篇说了很多次的《大西洋边中秋夜》。

9点30分给志红和女儿打电话，说了一小时，就跳闸断线。10点30分，拿着纸笔，坐在海边草屋的椅子上，继续写作。

今天大阴天，海风也大，浊浪比往日凶猛多了。老彭是个高人！昨晚我指着月亮说："好像月亮不怎么圆，有点变形似的。"老彭说："月亮长毛，明日不是刮风就是下雨。"我不信，没想到今天还真是大阴天。

写作1小时，胳膊有点酸，就停下休息。给老母亲打电话，聊半个多小时。老母亲说："不知不觉，时间过得真快，都到中秋了。由于有电话联系，经常可以聊一聊，所以没觉得非洲那么遥远。"我说："那是。即使在广州，我也只能一年回去一两趟看望你们，多数时间还是靠电话。"老母亲还说，现在农村变化很大，沿海高速就从村里的亭溪经过，也有了温福铁路。中秋前回村一趟，人老了，都想到

小时候成长的地方看看坐坐，因此更应保重身体，多活几年，多看看这个世上的变化。

其间接到Dr Dakurah来电。我告诉他我还在Cape Coast，明日才返回阿克拉，并感谢他的来电。他没有多说，就挂了电话。我想，可能这位仁兄想找我上台了。毕竟好几天没有见面，哈哈，惦记我了！

12点30分，和林队、老彭一起就餐、聊天。外面下起雨来，有点像广州的绵绵阴雨，可能一时半会儿难停歇。中午吃的是烤鸡肉和薯条，还点了两小杯英国Gin酒。14点多，就回房睡觉。15点50分醒来，继续散文写作。

17点40分出门一看，已经云开雾散，又见蓝天白云。见到西边有一抹晚霞，所以还想看看能否再赶上夕阳美景，就拿着相机冲上海滩，往西边疾行。这次夕阳一点也不给面子，慢慢地躲藏到云层下面，完成其一天的使命。但我没有失望，因为大西洋边，皆为美景。

18点30分就餐，不是很饿，但还要吃点。后来王泽、林大厨也来了。大家还是点烤龙虾和炒饭，一起喝Club啤酒。老彭来时已经19点30分，最后只剩我们俩一起饮酒聊天，一直坐到23点多。有两位餐厅服务员在岗，也没有过来催促我们。我们喝着啤酒，谈兴很浓。谈人生，谈医疗队工作，谈此次巡回医疗等。我说，我们当医生的，在哪里都是为病人服务。人生中有一段非洲的经历，已经很知足了。这一点，似乎与老彭找到了共同语言。老彭上山下乡过，上过大学，当过老师，下过海，经过商，出过书，到了非洲莱索托，又到非洲加纳。作为一位1978级大学生，其经历确实够丰富的。和老彭坐在一起，听他说话，确实有种"听君一席言，胜读十年书"的感觉。老彭一直是那种为生活走南闯北的人，令人敬佩。与老彭交谈了近4个小时也没有腻烦，真是相见恨晚。

2012年10月4日，周四，阿克拉

7点10分起床，冲凉。7点30分，吃早点。在房间里继续写散文稿，但未完成全文，只能留到回去后再续。收拾行李，放2塞地在床头作为小费，于10点准时离开酒店，踏上回程的路。路上很顺利，于12点50分回到驻地。给志红打了电话，报告一下。

开着空调，13点30分去睡，15点30分起床。补记近几日的日志。21点终于完成。

后面三天要完成《大西洋边中秋夜》的写作，任务不轻啊。

2012年10月5日，周五，阿克拉

9点出去买菜。先到Shoprite购物中心买猪肉。再到丰收超市买青菜。这几天去海岸角，没吃到什么青菜，就多买了一些。再到Lara超市,买了几颗包菜，以及加纳辣椒，还有牛肉、里脊肉等。当然还记得帮老彭买只羊腿。最近这几天巡回志愿医疗服务，老彭开车很辛苦，吃腿补腿。花了约380塞地，12点回到驻地。

继续写作，终于在凌晨1点完成初稿。先发给志红和女儿，看看有什么需要修改的。从自己写作角度看，全文分四节，各节都有重点，内容衔接不错，且以情贯之，很有特色。

记得刚到加纳时，写了篇《家中的水仙花》也是抒情的，当时志红说，有点感人。不知此文效果如何。

2012年10月6日，周六，阿克拉

昨晚写完散文，再审稿论文，凌晨两点多才上床睡觉。本来准备3天完成散文，没想到一日完工。值得高兴，睡前喝杯龙舌兰。睡到6点多起床。

9点，给女儿打电话，催她读读散文，提出修改意见。她下周返回新加坡。这次回国休假，哪儿都没去，整日憋在家里，委屈她了。志红今日上班，已经回家，有点疲乏，躺在沙发上休息。听到电话，也过来讲了几句。一聊就是半个多小时。

12点老彭来电话，叫我到他那儿吃烤羊腿。老彭手艺不错，羊肉入味，火候恰当。我还喝支古越龙山，晕乎着回房。放下窗帘，房间里漆黑一片，好入睡，补觉。

15点多被叫醒，中铁五局何福带来一名中国小孩，外伤后肘部疼痛，考虑桡骨小头半脱位，予以手法复位。那小孩父母在加纳种菜，还带来几个苦瓜、莴苣、茼蒿等送给我们。

然后回房接着睡觉。这一觉睡到天昏地暗，21点多才醒来。看来这古越龙山，还是蛮有劲的。

收到志红的短信：

现在回头再看图片超酷！这次去住别墅呢？心情不一样，月亮无光？文中散发着淡淡忧伤。

2012年10月7日，周日，阿克拉

整天猫在房间里，写《梦里寻她》游记散文。前面已写了第一节，今日写"再访阿达"。写得有点费力，到了晚上，仅完成一半。先停停，明天再续。

10点多，给志红打个电话。11点多，给老母亲打个电话。她正和老父亲在温麻公园散步呢。

17点，看到窗外夕阳西下，投进房内金黄色光芒。便拿着相机，上屋顶天台，拍摄几张照片，效果不错。

明天要上班了。回国前这两个多月，看还能干点什么。Mawuli即将完成专培，我们可以合作开展一些手术。这个月主要协助Dr Dakurah办理中国签证。

2012年10月8日，周一，阿克拉

8点40分到外科楼下。到神经外科病区，病房在装修。正在铺地砖，尽是灰尘。进了手术室，见今日安排三台手术。第1台是脑室分流术；第2台是颈椎病，椎体前缘骨赘完全融合呈骨桥，拟行后路减压术；第3台是腰椎后路手术，可能做，也可能不做。仅开放1个手术间，且Dr Akoto在手术室里，自然不会有我更多事。

Dr Dakurah也进来找我，准备下周去中国大使馆办签证。Mawuli下周参加专科医生结业考核，所以正在紧张、辛苦的考前准备。Dr Dakurah提醒Mawuli，要注意几个方面问题，如Shunting（脑室分流）的指征、并发症及处理等。而Mawuli则问我有关ALIF、XILF、AXIALIF等脊柱融合术进展。我说自己没有更多临床经验，但了解这些技术，可以帮忙查找一些文献。主编的《脊柱内固定学》一书，至少在知识全面性方面有些优势。

在休息室里，思考游记散文几部分的内容，并简要记录。而最后部分"Once in Africa"，已经找到写作切入点，且与前文呼应起来，这样整篇散文结构就完整了。

12点接到经参处王大忠秘书的电话，说高参腰闪了，已活动受限好几天。我随即联系老彭叫上王泽，吃了午饭，就一起到经参处。为高参检查，就是急性腰扭伤，由王泽针灸治疗。然后一起去加纳卫生部，将这次中国医疗队员回国休假的行程安排交给Ashin大司长。

早上见到邵医生时，见其球结膜出血，多半压力大引起。我颇有感慨地说一声："能平平安安地回去就是好。"林大厨也附和说："平平安安出来，顺顺利利回去，就是最好。"看来成年人的想法都一样。

16点多回到驻地，将有关参考文献发给Mawuli。去年写作《脊柱内固定学》时收集了众多经典的文献资料。

2012年10月9日，周二，阿克拉

7点45分去上班。途中偶遇Dr Akoto驾车路过，还载了我一程。Dr Akoto告诉我，本周末要去中国。我问："是否参加广交会呢？"他给我肯定的回答。8点40分到达医院。

周二是Dr Wepeba手术日。第1台是垂体肿瘤，第2台是腰椎管狭窄。Dr Dakurah进来后，我告诉他可从中国大使馆网站下载鉴证申请表，按要求准备材料，下周我们约个时间一起去大使馆递交材料。我问Dr Dakurah："是否可以从北京入境，从广州出境？"他说："可以。"并问我："你是否回国一起参会呢？"我说："那个时间我还不允许回国，只能在12月份回国，但请放心，我会将行程安排妥当。"并请Dr Dakurah将在广州逗留时间和计划告诉我，我来安排详细的行程。Dr Dakurah希望11月28日再返回加纳，要在广州待十天！

Dr Dakurah让我先等等，一起上腰椎手术。一想到Dr Dakurah下月访问中国半个月，我也可趁机休息啦，心里暗自高兴。已定12月20日回国，那时间过得更快了。回国后事情有点多，明年1月24日返回，就接着过年，2月份一晃也没了。明年3—4月女儿放假回家陪志红，5月份让志红再到加纳来，能待上半年最好，12月份撤离回国。

等到13点才开始手术。病人为55岁男性，体重至少150公斤，为腰4/5椎管狭窄并退行性腰椎滑脱。上台有两名培训医生，加上我和Dr Dakurah，共四人参加手术，于16点结束手术。我负责指导，动手机会留给Dr Dakurah和培训医生。定位时显露骶骨，确定后告诉他们，腰4/5关节突明显肥大，符合退行性滑脱改变。置钉过程顺利，仍为全椎板减压。我希望Dr Dakurah到访中国后，能考虑引进椎间融合器，这样对于退变性滑脱或者肥胖病人显然比横突间融合好。Dr Dakurah点头称是。尽管手术时间稍长，但要让他们看得清楚、看得明白，才算达到指导目的。只是在手术开始前，右手食指不小心被注射器针头扎了一下，手指出血要换手套。不过幸好没沾病人的血。以后一定要小心谨慎！这是我援非的第28台手术。

手术结束后，和Dr Wepeba一起进ICU监护室，看望那位中国病人老郑。老郑的情况比较稳定，对刺激有反应，但右上肢活动稍差一点，不急，慢慢恢复。出来后，又跟他女儿聊了会儿。Dr Wepeba也出来，说预后应该不错。我们都向Dr

Wepeba表达了诚挚谢意。衷心感谢Dr Wepeba，他救了一位中国人的生命。所以，不能说都是中国在帮助加纳，加纳医生一样也在拯救中国人的性命。

17点回到驻地，午餐和晚餐一起吃吧。

2012年10月10日，周三，阿克拉

昨晚喝了点花雕酒，只吃菜，没吃主食，22点入睡。凌晨3点多醒来，肚子有点饿。吃了点饼干和苹果，5点多，又躺下休息。8点起床，冲个凉，走路上班。

进了手术室，刚好9点。今日安排一台颈椎前路手术，另一台原计划为颈椎后路手术，但已更换，因为在手术室等候的是一例腰椎管狭窄病人。Dr Akoto已在手术室，麻醉医生Dr Wulff也来了。他们相互配合比较好，所以不用我帮忙。

在休息室，初拟路上构思的《路边一簇芦苇花》一文。本来想写非洲的风景，后来觉得可以写自己对生活或援非意义的理解。是否妥当，以后再琢磨。一名手术室护士让我教她几句中文，就是把拼音写出来，让她自己去发音，比如"ní hǎo"，也像有那么回事。

11点30分，觉得肚子饿了，也没什么事，就回撤。12点30分吃饭，餐后更困，开着空调，一觉睡到15点多。起床后，完成了《路边一簇芦苇花》一文。

2012年10月11日，周四，阿克拉

9点30分，约老彭一起出去买菜。车至恩克鲁玛转盘后往北直行，在北工业区内，找到一个冷冻库，不知老彭怎么知道这里的。想省些钱，又能吃上肉，还真不容易啊！我们买了整鸡60塞地1箱（10公斤）共3箱，鸡翅70塞地2箱，鸡腿55塞地1箱，够吃一阵子。产地有巴西、波兰等。现在吃上了全球的食物呢！

再去Lara超市，买牛腱子肉。那非洲兄弟习惯问道"How many kilos？"我也反问一句："How many kilos you have？"他笑笑，把所有牛腱子肉全切出来，花152塞地。再买些其他食品，共花了202.95塞地。

最后去丰收超市买蔬菜。遇见江西国际肖副主任，以及高参夫人王老师等。肖副主任见到我们来晚了，没剩下什么蔬菜，就把自己买的苦瓜，转送给我们。真不好意思，没为这些中国企业做更多的事情，但他们一直给我们支持和帮助，非常感谢他们！回来路上有点堵车，12点30分才回到驻地。看到买的食材不少，林大厨乐呵呵地说："一定要好好发挥一下水平。"

路上堵车时，收听到BBC广播，中国作家莫言获得本年度诺贝尔文学奖，值得恭贺！艺术的生命力在于反映人性。记得《丰乳肥臀》一书中，就刻画了一位不能吃饭只能喝奶的怪人，扭曲人性反映时代的变迁，很有艺术感染力。

2012年10月12日，周五，阿克拉

9点10分到病区。先去西区大病房看了一下，没有什么特殊病例。收到克城表弟的短信：

书已买三本，一本送三表伯，一本改天送姑丈，一本我留存学习。

回复短信内容：

哈，辛苦啦！你先把书送给你老爸看，那是从盛头角出来的外甥写的，让他高兴一下，我年底回国后再去看他们。

《脊柱内固定学》出版后，我一直沉浸在喜悦中。别人体会不到，自己偷着乐。

11点开溜，路上看到杜果树已经结果，就拍了几张照；看到树根和奇异树杈，也拍了照，到了11点45才回到驻地。

午睡后，做外科器械图片收集的事情。

2012年10月13日，周六，阿克拉

6点30分给女儿打个电话。聊到7点10分。等志红下班，就送女儿去机场。8点10分给志红电话，女儿已到白云机场。

9点，我开车带着林大厨、邵医生一起出去买菜。先到加纳军营那边的粮油批发店，买3桶葵花油等，105塞地。再到长城超市，买一些佐料、配料，204.9塞地。到Koala超市，买包菜和面包等，49塞地。到丰收超市，买蔬菜及配料等，149塞地。中餐配料较昂贵，而大厨水平要靠这些配料才能发挥。转了一大圈，12点10分回到驻地。

13点多，接到老彭电话通知，大使馆要求中国医疗队紧急派人去探望被加纳移民局逮捕的中国公民。我们立即驱车前往中国大使馆。

在大使办公室，龚大使介绍了情况。15点多，我们和使馆的车到达移民局拘留所。在拘留室旁的一个小房间内，我们对所有被拘押人员进行体检。我们共检查了62名中国人。其中有3人患疟疾正在治疗，其余人员健康状况尚可。这次被抓人数众多，被抓人员中，许多是农民，都是为了能到国外赚点钱，才远赴加纳。

18点多，我们才回到驻地。

2012年10月14日，周日，阿克拉

8点，见到外面太阳挺大的，就戴上墨镜，拿着《鲁迅选集》，提着凳子，上屋顶天台。暴晒40分钟，后背晒得暖和，前胸晒得略少。最后出汗了，就回撤。暴晒过后，上午在收集图片时，感到特别困乏，坚持到11点30分，就上床睡了1小时。

醒来看到志红在网上，就聊了1小时。有数人看到志红发言稿，都夸她写得很好，很有文采。该发言稿由宁习源作了个别修改，说不能太口语化。

下午继续收集外科器械图片资料，进展顺利。工作量很大，但有意义。

2012年10月15日，周一，阿克拉

9点10分到达外科楼。本周系Yankey手术周。今日手术3台。第1台是脑积水及脑脊膜膨出，5月龄婴儿，予以修补。第2台是腰椎管狭窄，女性57岁。第3台系女性，腰椎术后切口感染，予以清创。另有一例脑脊膜膨出的婴儿在等候手术，局部皮肤透亮，好像脑组织都出来一样，但还能趴在母亲身上吸奶。

我和Dr Wepeba一起上腰椎管狭窄手术。从影像学资料看，没有明显腰椎不稳，椎间盘突出不重，椎间隙亦无狭窄，术前虽计划融合固定，但我和Dr Wepeba一致认为单纯椎管减压即可。11点30分开始手术，13点30分开始缝合切口，我先下台。在减压时，硬膜撕裂一小口，Dr Wepebas切一小块皮下脂肪组织缝合固定在小裂口周围。裂口较小且偏于侧方，直接缝合比较困难，因此耽误了一点时间。我不小心，又被脊膜缝合针扎了一下。这是我援非的第29台手术。在我下台时，Dr Dakurah和Yankey在另一手术间进行术后切口感染病人的扩创手术，亦到收尾阶段。

在手术室时，Dr Wepeba告诉我，上周Dr Akoto没有拿到签证，故推迟两天去中国。其潜台词是，可能这两周我们一起合作会多一些。Dr Dakurah进来后，说其本周四或周五可以去递交签证材料，还准备提前一天致电大使馆预约，免得排队耽误太长时间。

2012年10月16日，周二，阿克拉

周二是Dr Wepeba手术日。其一般安排一台垂体肿瘤手术和一台腰椎手术，所

以不用那么着急上班。早上起来后，观看了国庆大阅兵的视频。

9点30分才到手术室，应是上班最晚的一次。Dr Dakurah已经在了，有位教授因腰椎管狭窄而接受椎管内硬膜外注射以及关节突封闭。因属重要病人，Dr Wepeba也在。治疗结束后，我们在一起交谈，确定其去中国要做的几件事：一是到北京参加会议以及参观器械展览；二是北京城市游览；三是与我们主任讨论有关年轻医生培训问题；四是参观南方医院以及观摩手术；五是会见加纳留学生；六是与首批队员董医生会面；七是购买商品，要买一台电动缝纫机；八是与中国医疗器械公司国际部经理见面，可以在北京会议期间。这样我就心里有数了，Dr Dakurah在广州要待上一周多时间。要将Dr Dakurah接待之事办好，这点我们有经验。我先做一个初步方案，报陈建庭主任定夺。当然，我也给Dr Dakurah一个特别任务，就是举行一个讲座，讲讲加纳专科医生的培养。这对我们专科医生培训有借鉴意义。

12点30分，我和Dr Dakurah一起上第2手术间的手术。系1例42岁女性，也是肥胖症，可能有150公斤。要六人齐心协力，才能翻身摆体位。该病人系右下肢症状，有腰4/5椎间盘膨出，但以黄韧带肥厚为主，导致椎管狭窄。Dr Dakurah认为腰3/4也有黄韧带肥厚，所以就一起做。本来我希望单纯切除黄韧带，类似国内多孔开窗减压，尽量保留骨性结构稳定。但Dr Dakurah担心几个月后症状又出来，X片又看不出减压的表现，那就看他的意思了。减压过程很顺利，台下有几名学生，Dr Dakurah几次把他们叫过来，观摩腰椎及椎管内结构关系等，这耽误一点时间。后方减压完，Dr Dakurah问我："是否肯定不要摘除椎间盘？"我说："这个椎间盘纤维环很完整，尽管有轻度膨出，但我们没有进行融合或者固定，应尽量保留椎间盘，这样对腰椎节段稳定性更好一点。"手术于14点30分结束。这是我援非的第30台手术。

拖着疲惫的身躯，徒步回驻地。已是15点，不想吃剩饭。房间里饮用水又喝光了，就到老彭那里拿帕杰罗车钥匙，开车到医院买水，每桶5.5塞地。

2012年10月17日，周三，阿克拉

9点10分到医院。今日手术两台。第1台是76岁男性，脊髓型颈椎病，颈3/4、4/5节段受压，前方为OPLL，后方为黄韧带肥厚突入，脊髓受压较重。较合适的手术方案是分期前后路手术。依我的意见，先行后路手术减压。但他们计划先前路手术，而且经椎间盘减压，这样减压不会很彻底，而且后方凸入椎管的黄韧带亦无法解决。既已如此，我也不好多说什么。由Dr Wepeba和Yankey施行这台手术。

另一台手术是54岁男性，有间歇性跛行，仅左侧症状，左拇趾肌力减弱。该病人有退行性脊柱侧凸，多个椎间盘均为轻度膨出，但腰4/5黄韧带肥厚明显，因此定位比较肯定。但Dr Dakurah认为同时行腰4、5椎板切除，可以探查上至腰3，下至骶1。切除2节椎板。神经外科医生喜欢全椎板减压，脊柱外科医生更倾向局限减压，主要因为观念不同。

术前留置尿管时，那个台下护士没有插进去，专门跑出来叫我过去帮忙。最后由我独立完成。无意中在非洲完成第一例留置尿管术。

这台手术11点30分开始，13点30分就结束。手术过程很顺利，也习惯了Dr Dakurah的问句："Are you sure?"减压完成，探查减压彻底，神经根无压迫，即可结束。哈哈，这是我援非的第31台手术。想下台后就回驻地，Dr Dakurah以为还有接台，让我再等会儿。等到14点30分，看来没有接台手术的迹象，就步行返回。

21点，接到电话通知，我和老彭下周一随使馆人员去库玛西，参加被加纳军警枪杀的16岁中国公民的司法鉴定。

2012年10月18日，周四，阿克拉

周四买菜日。9点30分，与老彭一起出去买菜。先去加纳军营那里的粮糖店，买两瓶龙舌兰酒，每瓶22塞地。然后转到丰收超市买蔬菜，花111塞地，就返回驻地。

下午就是睡觉。晚上喝点龙舌兰。

2012年10月19日，周五，阿克拉

8点30分出门，9点到病区。先去西区大病房看一下。到周三手术的那位55岁男性病人床边，询问术后情况，引流管尚未拔，引流量不多。病人术后感觉很好，还下床走了一圈给我看，左足活动较术前改善很多。该病人系腰椎管狭窄，由我和Dr Dakurah完成手术治疗。

本周还完成了两例女性病人手术。周一与Dr Wepeba上台手术的是1例55岁病人。术中减压时出现硬膜撕裂，没有修补，仅切除小块脂肪放置局部，术后有明显脑脊液漏，可能下周要手术修补。另1例手术是我和Dr Dakurah完成的，效果还好。Dr Dakurah术中扒拉神经根的操作比较粗暴，总让人有点提心吊胆。

在医生办公室，收集两例病人影像学资料。1例为颈7椎体前后劈裂的骨折类

型，很少见，合并有颈6椎弓部骨折，考虑颈椎垂直轴向暴力所致，因为在额顶部有头皮裂伤愈合疤痕。他已接受前路椎体切除，钛网重建以及钛板固定术。另1例为腰椎管狭窄并滑脱术后，椎弓根螺钉位置良好，但滑脱没有复位，因此腰椎曲度得不到良好恢复。此例可说明，相当一部分病人需要接受椎间融合手术。已向Dr Dakurah建议引进一些Peek材料的椎间融合器。

9点30分开始查房。东区女性大病房里有8张床，现在挤进了12例大大小小的病人，其中有3个婴幼儿为头部脑脊膜膨出或者腰骶部脊膜膨出的，可能下周要手术。

我告诉Dr Dakurah说："下周一到周三需要陪同中国使馆人员到库玛西公干，因此请假。"Dr Dakurah的签证事情要等我回来办理。他说定在下周五一起去使馆签证，届时再帮助联系一下。

到了11点50分，双小腿久站后酸胀明显，且更多是脑科病人，我就先回了，回来路上，遇到Oxward的尼桑车，就坐上顺风车。

午饭后，坐在沙发看电视。看着坐着就睡着了，挪到床上躺下，又睡不着了。睁眼一看，才14点10分。窗外天色黑压压的，变天了！刚把晾晒衣服收回屋雨就下来，下得可真大！

2012年10月20日，周六，阿克拉

7点30分，提着小凳子上天台晒太阳。晒了40分钟，阅读《鲁迅选集》。前胸后背都晒晒，感觉身暖体热刚好。

9点30分，和邵医生、林大厨一起出去买菜。先到Shoprite购物中心，买猪肉和面包。自己买了青苹果及Gordon Gin酒，花近50塞地。再到Osu，买鸡蛋。后到丰收超市买蔬菜。本周支出504.72塞地，本月支出达2000塞地，远已超支。12点回到驻地。

没吃午饭，饿得有点晕乎乎的，但好睡觉。睡了个把小时，15点40分起床。写《攀啥子洋亲戚》杂文，共2000字。请老彭帮我剃头，要精神一点，明天录段为金大地教授贺寿视频。

2012年10月21日，周日，阿克拉

7点起床后，洗衣服。那篇《颈椎前路轴向螺钉固定的临床解剖》的论文已见刊第5期，告诉志红可去医院报销论文版面费。

在网上见到有位北京买家对《脊柱内固定学》的书评："偏重基础，手术内容偏少，图片较小。"这个评价是中肯的，说明他真的看了这本书。本书原名叫《脊柱内固定术的临床解剖和生物力学》，偏于基础就是本书特色，何况基础内容在写作上难度更大。而基于基础科学的创新才最具革命性。故本书内容概要中提出"让人有所思、有所悟"，这也是本书写作目的。有关手术技术的专著很多，没必要用更大篇幅做这个文章。图片确实小了，因为多引自别人的资料。如有再版机会，一定重新绘图。

8点30分，上天台晒太阳半小时。先把自己晒晕点，再去完成今日任务。在屋顶天台上，自拍一段小视频，说了一段祝寿语。非得有点文采不可，尽量博大家一乐。祝寿语如下：

云山苍苍，珠水泱泱，先生之风，山高水长。在遥远的非洲，我谨代表中华人民共和国驻加纳大使馆、中资机构、华侨、华人，并以我个人名义，祝金教授龙马精神、福如东海、寿比南山！祝于教授幸福安康、青春永驻！祝我们伟大的祖国蒸蒸日上！我们12月再见！

不会编辑视频，就这么传回去吧，费时2.5小时，于14点多完成传输视频文件。

完成一事，顿感轻松，然后美美一觉睡到16点多。

2012年10月22日，周一，库马西

今日前往库玛西市。

4点50分起床，5点30分出门。老彭开帕杰罗到机场，20分钟后到达科托卡机场。车辆停放在机场停车场，每天8塞地泊车费。约等20分钟，经参处小刘和大使馆小苏抵达机场。我们办理了登机手续，就在外面大帐篷下候机。

乘坐7点10分的AWA102航班，起飞时间是7点45分，不到8点15分就降落在库玛西机场。这是我有生以来乘坐的最短一次航程。飞机为喷气式，18排，50座，都坐满了乘客，单程费用是85塞地。整个飞行过程很平稳，天气良好，在空中可以俯瞰阿克拉的城市景色，阿克拉市尽是密密麻麻的建筑群。地面景色清晰可见。出了阿克拉，地下如一块绿毯，那是非洲草原。当再一次看到村庄、居民区时，就到库玛西了。

中地公司小孙以及金矿主申总在机场接机。一看时间较早，我们就驱车前往阿散帝省警察总部，拜会调查科主管和警察局长。其承诺会公平地开展调查，调查结果会及时上报加纳外交部。然后在警察局联络官员陪同下，我们前往教学医院，与

病理科医生接触。中方使馆人员表示明日中国医生要全程参加尸检。加纳病理医生表示，中国医生只能看，不能动手，也不能拍照。完成尸检后，可以一起讨论死因等。中方如需要图片等资料，将由警方负责提供。最后，确定明日9点接警察局联络官，9点30分到教学医院，10点30分正式开始尸检。

11点30分，我们到Golden Tulip酒店办理入住，再到白乐中餐厅就餐。白乐中餐厅老板来自中国台湾，在加纳已有40年。由金矿主申总做东，其是邵阳隆回人。

席间，向死者父亲老陈（来自黑龙江）表示哀悼之情，并了解具体事发经过。枪伤入口在腰部，死者面朝下趴在地上，出口在肚脐部。枪响没几分钟，老陈抱起儿子时，其喘几口气，就死了。从描述过程看，可能伤及腹主动脉等大血管，引起大出血致死。

14点回到酒店，给志红打了一个电话。然后睡到18点10分。冲个凉，和老彭等一起用晚餐。晚餐为西餐自助，餐后到酒店Casino逛一下，没什么人气，或许还不到时候。

20点回房，看会儿电视。21点30分，又和老彭一起到大堂酒吧。喝小杯龙舌兰，要两大支Club啤酒，就着炸薯条，喝酒聊天。21点酒吧打烊，我们回房睡觉。

2012年10月23日，周二，库玛西

换张陌生床，睡觉不会熟。7点20分去享用西式早餐。

8点20分退房。然后到警察局，接上联络官等警察，不到9点30分就到教学医院太平间及尸检楼。约定时间未到，我们就站在路边晒着。担心昨日酒店受寒，正好晒太阳驱寒，出点汗，感觉舒坦。只是皮肤晒得更红，但不觉得疼，已习惯非洲太阳。等到11点30分，才通知我和老彭进去参加尸检。

尸体为男性，中国人特征，外观正常，发育完全，似已大于16岁。死者父亲辨认尸体后，即离开尸检房。11点45分开始尸检，警方先取指模，并对整个过程录像。死者口腔上唇黏膜可见几处黑点，右颧部有瘀斑，右额顶见不整齐皮肤小裂伤。在腹部脐下约5cm，偏中线右侧1cm处见约3mm小裂口，腹部无明显膨隆。尸体背部可见红色尸斑，背部无肿胀，于左侧髂嵴上方，约腰4椎体层面，距后正中线10cm处可见约8mm的圆形伤口。

12点病理医生开始切皮，腹部大T型切口。于腹壁正中线脐下处皮下组织内可见3处不连续瘀血斑，并于皮下组织内获取不规则金色金属物1枚。脐下约10cm腹壁白线处可见一食指粗的伤口，与腹腔相通，腹腔内为陈旧血液。因尸体冷冻保

存，肺部及腹腔脏器均冰冻固定，无法进行后续伤因确定，故中止尸检，待明日解冻后继续进行。

12点30分从尸检房出来，向使馆人员汇报。根据目前尸检所见，可以判断子弹从左腰部射入。根据子弹出入口，因存在一定角度，射击人员位置应略高于死者。子弹进入体内后，可能遇到腰椎，故弹头形状已不规则，且腹部伤口很小，考虑为弹头小片所穿。从弹道分析，可能直接损伤腹主动脉。小苏向龚大使汇报后，认为尸检目的就是判断子弹射击的部位及方向。通过观察，可以明确子弹是从背后射击的，有这个结论就可以。加纳病理医生仅解剖和描述损伤情况，对于子弹入口、出口等属于法医鉴定内容，他们不去分析。他们在腹壁发现弹片时，用海绵擦拭干净后让警察照相。从尸检过程看，他们颇有专业素质，操作规范。

从医院出来，我们再到警察总部。使馆人员向调查科主管表明，认为可以肯定子弹是从背后射入的，至于伤及腹主动脉还是肝脏等死因调查意义不是很大，所以我们不参加明日尸检，希望加方能公平调查，出示公正的结论。

13点30分又到那家百乐中餐馆就餐，喝了两瓶古越龙山。14点20分离开餐厅，15点20分到达库玛西机场。

16点55分起飞，抵达科托卡机场后，即往大使馆。小苏已经汇报过了。龚大使对我们讲三层意思：一是感谢中国医疗队协助；二是目前调查没有完成，我们不讲结论；三是我们参与尸检过程见证，是应家属要求，而非使馆授命。如警方要我们医生配合调查，不能去警署，要到医疗队驻地并通知使馆人员到场。

19点30分回到驻地。微波炉加热剩饭，查阅邮件。陈建庭主任回信说有关Dr Dakurah来访接待会安排妥当。一日奔波，相当疲惫，早早睡下。

2012年10月24日，周三，阿克拉

昨晚21点睡的，睡得很好。外面雨下不停，屋里空调开着。凌晨4点多醒来，见到女儿留言，就聊了会儿。5点多又去睡觉，7点多起床，又接着聊，女儿很高兴，终于买下了一款心仪的数码相机。

14点50分，午睡后醒来。准备修改文章，却静不下心来。上屋顶天台晒太阳后，喝了几口浓茶，诱发了低血糖！出虚汗，手抖，四肢发软，乏不可支。赶快吃个苹果，先躺下休息会儿，再起来吃块饼干，1小时后才缓过来。

晚上想改稿，眼前浮现的都是尸检房里赤裸裸尸体的场景。无法集中注意力，大概要休息调整几天。

2012年10月25日，周四，阿克拉

8点多出门，本不想去医院，但觉得与Dr Dakurah见个面较好，签证事情要沟通一下。明日是伊斯兰节日宰牲节，法定节假日。与大使馆郭秘联系一下，使馆也放假，让我们周一上午过去。到了医院，没见到Dr Dakurah。

在手术室里，护士长告诉我那个中国病人老郑已经转到神经外科病房，看来情况明显好转。遇到Dr Wepeba，再次向他表示感谢。Mawuli已通过结业考核，胜利完成专科医生培训，谨表示祝贺。

今日第1台手术是6月龄婴儿，鼻根部脑脊膜膨出，好似放大的鼻子。各类儿童畸形病变较多，注意留存影像资料。第2台是颈椎前路手术。本来想帮忙上台，但接到老彭来电询问是否需要买菜。我看Dr Wepeba等都在，可以放心去买菜。10点10分返回驻地，和老彭一起出去买菜。到Lara超市，买羊排（明日过节）以及牛肉末。再到丰收超市，买完蔬菜就回了。

自库马西返回后，一直比较困乏。睡个午觉，14点40分起床。读《鲁迅选集》，鲁迅那些杂文至今仍有意义。然后收集外科器械图片。

晚上看电视时，接到Dr Dakurah电话，告知下周一早上去签证。他想让我先看看签证申请表，但信号不好，听不清楚，也就罢了。

2012年10月26日，周五，阿克拉

9点多出去，买张20塞地充值卡。先跟老父亲打个电话。老父亲说："看到那么厚的《脊柱内固定学》，写书一定很不容易，钟院士的序言写得很好。"11点多，给志红也打了个电话，聊了会儿。没什么事，想听她夸几句，真是难呐！

下午完成《梦里寻她》的最后一节"Once in Africa"。现在各节独立成章，先写哪部分无所谓。之后就收集部分外科手术器械图片。并把落地扇、抽湿机及对讲机等公产交还队里。

晚上Dr Dakurah来到驻地，把鉴证申请表填写完毕。其行程单提示返程是26日，则安排上要顺延一天。我们约好周一上午8点，Dr Dakurah开车到驻地接我，一起去中国大使馆办理鉴证事宜。

2012年10月27日，周六，阿克拉

6点起床。先收集外科手术器械图片，感到肩部有点疲劳，单调工作不能干多。8点，看到女儿留言"唉哟，我的老腰"，知道其肯定腰扭了！就和其聊了近两小时。叮嘱她一定不要过劳，赶紧去买点止痛药片吃上，休息两天，就没事了。

11点多，江西国际肖副主任和杨春华经理过来，送来墨鱼、大红鲷鱼、法国红酒和苹果等。并请我帮看看一名员工。那员工脸部长个较大脓痈，但未局限。嘱咐他吃一周抗生素，局限后过来，用注射器抽一下即可。中午老彭就把鲷鱼加工成水煮鱼，说吃鱼趁新鲜。我拿瓶哥顿金，就下到老彭房间。聊起劲了，想想国内金大地教授祝寿宴正红火进行中，不觉间又多喝了一点。

回房一觉睡到22点。半夜起来，泡包即食面。

2012年10月28日，周日，阿克拉

起床后，与女儿聊天：

我：老腰没事啦？

女儿：老腰好些了，没有更痛了。

我：坐个把小时，就起身活动一下，保护好自己的腰，千万记住。你有没有看到那段贺寿视频，大家都说很精彩。

女儿：看了哈，眼神有点飘，剩下都不错啊。坐个把小时后就想躺平了。

我：不能躺，要走走哈！我现在有点佩服电台播音主持，对着镜头还能流畅讲话。

女儿：这有啥好佩服的，人家付出了努力，不淡定自若就喝西北风了。

我：我也要训练一下，不然万一成了名人，对着镜头不会说话了。

女儿：那是……主要是脸皮厚得赛城墙就可以了。

我：你老爹是那样人的吗？

女儿：可以说"是"吗？

我：一边儿去。话说那新相机还没拿出去用？

女儿：相机还没出去晒过太阳。我连续两天都在家做绘图作业，明天出门买素描本，刚好可以出去照照看！

我：是在电脑上绘图吗？

女儿：是，用数位板绘图。

我：很先进，我还以为手绘呢。

女儿：手绘是写生。有一款数字笔，允许你直接在普通纸张上绘图，笔里面有记忆芯片，只要链接蓝牙，画就可以从笔里导入电脑。

我：啊，现在科技发展的速度我都要跟不上了。

女儿：哈哈，作业终于画完了！从早上起床一直到现在，真是痛苦！

我：原来我是在陪你做作业啊！那你赶快去走动一下，爱护老腰啊。

女儿：什么叫陪我做作业？明明在做作业的，就我一个人。

我：陪你聊天，那还不是陪你做作业了？好了，你去活动，我去躺会儿，好像还没睡醒。

女儿：嗯嗯，睡去吧。我也打算歇会儿了。

中午在科室群里，与国内同事聊天，然后与志红视频交谈。晚上收集外科手术器械图片，慢慢来。

2012年10月29日，周一，阿克拉

8点20分，Dr Dakurah开车过来，一起去中国大使馆。路上有点拥堵。

说起购买缝纫机一事，我还以为是家庭用的。Dr Dakurah说要工业用的，即那种家庭作坊式，要办制衣厂生产衣服。说了两个缝纫机品牌，Brother和Singer。

9点到中国大使馆，联系不上郭秘书。打电话问老彭，说可能是周一早上开会，屏蔽了所有对外联络。只好联系经参处小刘。后来小刘让我们享受了一次VIP待遇。签证资料准备齐全，签证办理过程顺利。下周三下午可以拿到鉴证，签证费是50美元。我们到附近渣打银行缴纳鉴证费，却遇银行系统故障，今日交不上。以后由Dr Dakurah自己去办吧。

在路上，Dr Dakurah还讲到他在库马西附近有一家农场，养了300头猪，所以需要一些深加工设备。看来这位仁兄的兴趣还是相当广泛的。毕竟人家是加纳本地人，熟悉加纳市场，了解加纳需要什么，Dr Dakurah还说，以后他每年都会去中国，考察一些合适的项目。

2012年10月30日，周二，阿克拉

9点到医院。在神经外科病区看望住院治疗的中国人老郑。一般情况还好，可以睁眼看人，但右侧肢体自主活动没有恢复，尚维持气管插管。房内另一张床位也

包下来，看来要花费不少钱。然后看了几例病人的影像学资料，有1例颈7/胸1骨折病例，影像资料很全，明日收集。

进了手术室，本周有几台脊柱手术。今日是Dr Wepeba手术日，第1台为垂体肿瘤，接台为颈椎骨折前路手术，因为肺部有感染，要停止手术。所以今日就1台手术，11点回到驻地。路上有一名当地的士司机问我："Why are you walking？"是的，因为我享受非洲的太阳！

下午停电。15点电脑电量耗完，要等到17点发电。尽管驻地有发电机供电，但没有网络，什么都干不成。

晚上发伙食费结余款，100美元，另167塞地。没什么心思，文章写不成，论文改不成，稿件审不成，大概需要休息一阵子。

闲下来时，脑子里尽想年底回国的事。

2012年10月31日，周三，阿克拉

9点10分到外科楼病房。在医生办公室，见到Dr Dakurah在诊察1例男性老年病人。有眩晕症状，颈椎制动后改善，比较符合颈椎不稳典型表现。从X片看，椎体前方骨赘形成严重，个别形成骨桥，可造成未融合部位活动度增大，而且寰椎轻度前移，有寰枢椎不稳。在加纳看到数例颈椎严重骨赘增生，其中有食管型颈椎病而出现吞咽困难，这在国内较为少见。后来Dr Dakurah让其检查颈椎动力位X片及MRI。今日仅3台脑科手术，所以于10点30分走回驻地。

和老彭一起出去买菜。途中讲起Dr Dakurah访问接待的事情。老彭说，不要费太大心思，帮非洲人做生意，你付出很多精力，他却只买一两件，若遇到商品质量问题等也是麻烦。而引进医疗器械方面，用量都不大，耗的精力却很多，所以很多国内企业不是很感兴趣。Dr Dakurah对这方面的态度，也只是做生意，并不是为了专业发展上。老彭一席话，让我若有所思。或许我关心的双方合作和交流只是我的一厢情愿，Dr Dakurah不会有更多兴趣。

到丰收超市，买130塞地的青菜。这些青菜够吃几天，可等到周六再买。回到驻地，正好午餐。

下午收集外科手术器械图片。并就有关Dr Dakurah接待安排写封长信，提醒接待工作的一些注意事项，发给姚玲。

2012年11月

2012年11月1日，周四，阿克拉

7点起床，上网看看。9点30分上天台晒太阳。给老父亲打了个电话，问问近况。让东征弟弟把志红讲话稿打印后，送给老父亲看，看完直夸写得好。晒了半小时，出身汗，皮肤有点热烫，见好就收。

上午审稿《中国临床解剖学杂志》稿件。接着看电视剧《我是特种兵2》，吴京主演，刘猛作品，一口气看了6集，打发时间。

这两天见到国家留学基金委启动明年出国人员的选拔，拨动了我心里的一根弦。人生要活得精彩，就要不断变换身份，经历不同的生活，享受不同的风景。我虽有丰富经历，却独缺留学一项。曾短期在德国、日本学习，但时间过短，并无更多体验。所以，援非结束后出国作访问学者倒是很好的选择。就这么一想，眼前顿觉出现一道光，无聊情绪一扫而光。哈哈，人生就是不断醒悟的过程。

2012年11月2日，周五，阿克拉

Farmer's day（加纳农民节）在12月7日。因遇到全国大选投票，有消息说调整至今日。后来又听说节假日并没有调整。忙上网查询，原来10月29日时有一则新闻消息，加纳内务部部长专门发表声明表示，节假日调整消息不实，依然是12月7日为农民节，11月2日非国家公共假期，大家还要上班。算了，既然决定今日不去上班，就安心待在驻地。

全天都在看电视剧《我是特种兵2》。

2012年11月3日，周六，阿克拉

9点和林大厨、邵医生一起出去买菜。先去加纳军营那里的粮糖批发店，没有小包面粉。就转到Shoprite购物中心。公家买了猪肉、炒菜油（每人1瓶）和面包。我自己买得比较多，牛奶、果汁、橘子以及饼干，花100塞地。林大厨下周回国休

假，要做些食品储备。

又去丰收超市。迟了一点，没有什么蔬菜剩下。随便买一些，能应付这几天就行。本月7日林大厨和另一队员作为第一批人员回国休假。林大厨不在，集体开伙就算了。反正都不怎么上班，坚持个把月时间，自己搞定自己吧。我准备吃面条和面包，牛奶加水果，当然不能少了小酒。

下午把电视剧《我的特种兵2》看完。还是那句话，刘猛拍电视剧，大场面不行，小打小闹还可以。而且有些场景逻辑上不通，如用蓝色贝雷帽作为敌我识别，就是笑话。不说一阵风可把贝雷帽刮跑，真枪实弹下贝雷帽能顶什么用？

2012年11月4日，周日，阿克拉

8点上天台晒太阳，给志红打电话。谈起最近冒出来的想法，说援非回国后去欧美作访问学者怎么样？志红一听，呵呵笑不停："这么老了，还留学啊？"我说："人家规定50岁以下都可以，我不是才48岁嘛。刚好现在援外津贴以美元发放，有必要的经济基础啊。"总有新想法，说说也开心。

9点与女儿聊天，聊了1小时。天南海北，瞎聊一通。

下午改稿《加纳专科医师的培养及思考》一文。

2012年11月5日，周一，阿克拉

8点20出门，走去医院。太阳有些热烈，出了一身汗。进手术室，更换洗手衣，躲在手术间里享受空调。

今日第1台手术是11周龄婴儿，为骶尾部脊膜膨出，皮肤已破溃。第2台手术是29岁男性，教师职业，骑摩托车与汽车相撞，伤后并出现双下肢无力、自主活动差，不能站立，大小便不能自主控制。在手术室里，我仔细询问病史，并检查了病人。从症状和体征看，属于马尾神经综合征。但MRI影像学并无腰椎骨折表现，在腰2-腰3层面椎管内可见较为紊乱的信号，似有出血表现，应考虑外伤性椎间盘突出。拟行手术是全椎板切除椎管减压。

从手术安排表看，明日有台颈椎病前路手术要提前至今日进行。Dr Akoto已从中国广州回来，与Dr Akoto寒暄几句，没有更深入了解其到广州的情况。在手术室等候到11点，没见到分台手术的迹象，就走了回来。

午饭后，去买了两桶饮用水。Tier和Oxward帮助扛上楼来。送每人一个大苹

果，表示谢意。有人说，不要对非洲人太好，因为不会领情。我觉得，只要帮助我的，理当要表示一点谢意，互相友好一点，没什么吃亏的。

15点多午睡起来。按照以前的习惯，先完成当天日志。

晚上静听张暴默的《鼓浪屿之波》。在优美音乐中，让头脑休息一下。

2012年11月6日，周二，阿克拉

早上起来查邮件，有一封来自《中华医学教育杂志》的修改稿。一看才知道退修已一个月。拖延太久了。

8点30分出门。太阳确实热烈，走一会儿，后背就湿透了，中途躲到杧果树下乘凉。进了手术室，更衣后，赶快钻进第2手术间，一抬头，看到墙上挂钟指向9点45分。

今日有两台脊柱手术。其中第1台是76岁老教授，也就是上次我提出先行后路手术，却接受前路手术那例，此次进行颈椎后路手术。接台是颈椎前路手术，颈3/4节段，昨日没有做。Dr Wepeba说，颈3/4前路显露有难度。非洲人的OPLL并不少见，但他们缺乏高速磨钻等工具，光靠枪钳或者刮匙，要完成OPLL前路切除还是比较困难的。前述那例老教授病例就是典型的OPLL，术后复查MRI提示前路减压并不彻底。总结一下脊柱外科手术要求，就是Good exposure, Good vision, Good equipment, Good instrument, and Good skill（显露好、视野好、设备好、工具好和技巧好），亦即"5G"（"五好"）要求。

Dr Wepeba拿了两件手术辅助设备到手术室。一件是老郑女儿送他的手术头灯，中国产的，盒上没有商标和厂家，看上去有点粗糙。说是电池可用6—8小时，用于术中辅助照明，且亮度可调。另一件为手术放大眼镜，可放大4倍，对于脊髓以及神经减压等精细操作用处较大。我想以后脊柱减压手术，有这两件辅助工具，可如虎添翼。

18点多，Dr Dakurah来电话，问起要其在广州讲课的题目。我说："Neurosurgery resident training in West Africa（《西非神经外科住院医师培训》）."他问："是否讲脊柱外科？"我说："还是讲神经外科吧。"如在中国讲脊柱外科，那有点班门弄斧。我还说，会发给他一份广州活动安排的计划表，让他有所准备。

今日到医院以后，琢磨如何改稿的事情。《加纳实习医师制度》被退稿，主要原因在于没有更多的提炼总结，缺乏很好的对比研究，难有借鉴意义。因此《加纳专科医师培养制度》一文，既要突出加纳特色，还要与中国情况相比较，这样才有

意义。故在讨论中，提炼出3点思考。这就是一个上午在手术室里的收获。

下午动笔修改《加纳专科医师培养制度》。21点完成，并传回编辑部。

2012年11月7日，周三，阿克拉

今日林大厨一行人乘坐埃塞俄比亚航空公司航班回国，途经埃塞俄比亚首都亚的斯亚贝巴。

9点15分到神经外科病区。这几天比较热，走在路上，前胸后背都出汗，衬衣都湿透。幸好医生办公室空调有劲，就待在其中，翻看几例影像学资料。见到1例非骨折脱位的颈脊髓损伤，很明显颈3/4前纵韧带已经断裂，尽管没有椎间盘突出等，但不稳定肯定存在。在国内一般主张前路手术稳定，这是我们骨科医生要干的活——局部稳定。但他们是神经外科医生，看到脊髓损伤出血，认为即使手术也无法改变脊髓损伤现状，还不主张内固定，省些医疗费用。这既是观念上的差异，也是经济条件所决定的。

Dr Dakurah进来，我提醒他下午要去拿护照。他还问我："怎么没有收到你的邮件？"昨日电话里随便说一下，没想到他记得这么清楚。只能回去查查。当然今日回去后，要赶快给他写一份行程安排。

在病区走廊的桌子上，见到接台手术的病历。系颈椎病，拟行前路手术。第1台手术是脑部肿瘤，所以不用进手术室。Dr Dakurah与Yankey在查房，我进病房看望老郑，整体情况还不错。过后介绍王泽去看一下，进行针灸康复治疗。

10点30分走回驻地。林大厨回国了，食物只能自行解决了，所以和老彭一起出去。到了Lara超市，买了黎巴嫩面包、饼干、罐头（牛肉及鱼），都是按9人份来买的，花了299塞地。再到丰收超市，买了即食面和面条，没有蔬菜了。先买这些食品将就一下。反正我有吃一个月面条的打算。早上牛奶麦片，中午即食面和水果，晚上青菜鸡蛋面，周五或周六吃大餐，改善伙食。

晚上用英文写作Dr Dakurah访问广州的日程安排，并发给Dr Dakurah和陈建庭主任。英文写作不在行，表达之类也不地道，不过他们一定看得懂。

明天国内党的第十八次全国代表大会开幕。准备在驻地收看新闻。身在非洲，心系祖国！

2012年11月8日，周四，阿克拉

凌晨2点（北京时间上午10点），准时打开电视机看报告。

8点给医院人事处张英杰发邮件，请他将申报教授职称的各式表格寄过来。这个月要初步完成填写，回国后准备原件。本月要完成两件事，写作英文论文《颈椎前路轴向螺钉固定》和中文散文《梦里寻她》。尽管说回国心情没有那么迫切，但随着回国日期临近，难以集中精神做事。

11点给志红电话，聊了1小时，一查才花费6塞地国际长途电信费。我告诉志红，林大厨乘坐的是埃塞俄比亚航空，我以后回国也是这条航线，于北京时间13点抵达白云机场。我会提前知会医院，让医院派车接机，晚上安排吃个饭。从网上了解亚的斯亚贝巴机场比迪拜小好多，没什么好买的。

下午开始写英文论文，到了21点还不成形。学了几十年英语，说也说不好，写也写不好。哎！

2012年11月9日，周五，阿克拉

9点10分到达神经外科病区。Yankey和Seth在查房。没有什么特殊脊柱病例，更多是脑科病人。去找Dr Dakurah，没有见到。就闲逛去买张电话卡，手机充值20塞地。10点30分回到驻地。

肚子有点滑肠，12点就躺到床上睡觉。刚眯糊一会儿，Dr Dakurah来电，说还没有收到邮件，我又发了一次。

16点30分，收到冯岚短信。张永刚主任到广州参加南方脊柱论坛，大家还在一起吃夜宵。我赶紧拨打国际电话。张永刚说，在北京有一些活动会邀请Dr Dakurah参加，今年会议来的外国人比较多，现在COA影响越来越大，肯定会给Dr Dakurah留下深刻印象。大家都在忙碌，援非岂止在非洲！然后跟陈建庭主任、王吉兴教授打个招呼、问个好，下月回国再聊。

2012年11月10日，周六，阿克拉

8点30分给老母亲打电话，我这边还没回国，她那边就想着我回国后还要出国，把我的好心情都整没了，虽然我知道她是想让我多休息，多在家里待，但是孩子们

也有自己的人生和追求。昨天给志红谈起，至少我们这辈子用不着太操心女儿。一是女儿社会生存能力很强；二是女儿知道自己能干什么、要干什么、想干什么，将来也有生存的能力，即使身体苦、累，但心里也会比较甜；三是女儿知道怎么管钱，不会沦落到身无分文。具备这三种能力，我们就知足了。至于孝顺、陪伴都是次要的。

9点30分，与王泽一起出去买菜。先到Shoprite购物中心，买9人份的牛粪包、条面包、胡萝卜、烤鸡以及土豆等，共205塞地。自己买了橘子、青苹果、即食面以及金树巧克力，花80多塞地。在酒屋买瓶尊尼获加的蓝方威士忌，400塞地。又转到Osu，买10排鸡蛋，80塞地。Oxward认为经常光顾这家鸡蛋摊店，顺手拿走了几个鸡蛋，我对这种行为很鄙视。然后到丰收超市，按9人份各买了两个圆椒、茄子、云南小瓜还有两袋西红柿，还买了一堆洋葱，共118塞地。开了发票，12点多回到驻地。这些食物按人头均分，大家各拿一份。

14点多午睡，15点50分醒来。关空调，开窗通风，热浪从窗外涌进，房内温度骤升。坐在电脑前，敲几行日志就到了17点。

白天时光就这么打发了。

2012年11月11日，周日，阿克拉

9点上天台晒太阳，晒一个小时。9点30分给冯岚打电话，询问这两天会议承办情况。冯岚说，来人不少，按部就班。目前看承办大型会议意义不大，但要经常举办一些小型会议。学术搭台，迎来送往，人之常情。学科发展要折腾，且要善于折腾。

10点30分给志红电话。写不了什么东西，就四处打电话联系感情，反正国际长途话费不昂贵。志红加纳国际旅费已报销。陈旭坚将费用送给志红，由于没有零钱，多付了40元。因此提醒志红及时归还。

中午到老彭那里吃了烤羊腿，喝了小酒。

2012年11月12日，周一，阿克拉

由于昨天喝了酒，今日太难受，没有去医院。11点30分Dr Dakurah来电话，询问北京行程安排。我说，明天去见他，具体见面谈。

随即向姚玲询问Dr Dakurah到北京后有关安排。姚玲说，国内医疗器械公司国

际部人员已与Dr Dakurah联系，在北京酒店住宿由公司安排。但北京一日游由科室负责，研究生李威和丁寅陪同。在广州食宿及旅游接待由科室负责，购物自行负责。真是破费，但愿Dr Dakurah会领情！

晚上发回国旅途补助费用。每日90美元，4日共360美元！

2012年11月13日，周二，阿克拉

9点刚到病区，接到Dr Dakurah电话，就在病区等他过来。过一会儿，Dr Dakurah来病区说，广州行程安排挺好的，有足够时间逛市场以及购物，但他就是不放心北京行程安排。我明确地告诉他，北京到广州的机票和在北京酒店住宿费用由何总公司负责。他乐得嘴巴合不拢。我建议北京城市游览去天安门和故宫，那是中国的代表，我们有两位医生将陪同他游览。Dr Dakurah急着去医院开会，说开完会我们再见面。

在手术室等到12点，肚子有点饿了，我就走回驻地。正准备煮青菜面，Dr Dakurah电话又来了。我吃了点食物，13点又到医院。

在Dr Dakurah办公室，看他准备的讲课幻灯内容，比我以前了解的那些专科医生培养内容要翔实一些。在他准备的内容里，有一些值得我们学习的。当然，我也告诉他，中国目前的专科医生培养上主要采用研究生培养方式，尚有明显欠缺，要向他们学习取经。我希望Dr Dakurah参观南方医院之后，可以和我们院领导探讨互相合作的途径。当然，合作自然是政府或者校际层面，那才会有影响，才有真正的益处。同时我也向Dr Dakurah说明，下月广东省卫生厅领导过来，可以进一步交流合作意向，争取落实一些具体项目。

Dr Dakurah的课件题目是 "Neurosurgery Residency Training in West Africa"。我用手机拍了张Dr Dakurah大头照，回来后发给姚玲，让她制作宣传海报，扩大影响。

14点回来，与志红在网上聊了会儿。上午接到大使馆郭晓宇领事的电话，有个病人让我帮看看。14点多，就有一名男性中国人来到医疗队驻地，该男子40岁，姓毛，在Osu开寿司店，已腹痛3周。第一天发作时，痛得在地上打滚。现在仍感腹部胀痛，总觉得不下气，而且发热，出虚汗，没有放屁，小便正常。也看过医生，B超检查没看出什么问题。我先看看巩膜，没有明显贫血，就让他躺在沙发上，检查腹部。腹部软，没有触及包块，但右下腹有明显压痛及反跳痛。实验室检查白细胞总数明显升高，血沉58mm/H。因此可明确诊断阑尾炎。嘱咐他到诊所打一周吊针，

用抗生素治疗，一般可以压得住。毛老板的愁容早已顿消，对我连声道谢。还热情邀请到他店里坐坐，享受日本料理。

16点多，把云南小瓜、圆椒、竹笋等拿到楼下厨房洗净、切片，还准备了3个洋葱。弄好以后端到楼上，用电磁炉炒个小瓜，放点蒜蓉豆瓣酱，味道不错。就着牛粪包，权当一顿晚餐。剩下一点汤汁，明天煮面条。竹笋还没炒，还有一颗包菜和一包红萝卜，这几天蔬菜已够。

下午和志红聊天时，志红提起医院不予报销《中国临床解剖学杂志》论文版面费，这有点闹笑话了！现在规定有变化？但不管怎么样，自己大学承办的杂志，自己都不承认，那确实有点开玩笑！

2012年11月14日，周三，阿克拉

今日Dr Dakurah启程赴中国。9点10分到科室，在医生办公室看了几份医学影像资料，有1例4岁胸椎管内脊髓动静脉瘘。对着影像描述报告，详细看了影像图片，Seth在一旁问："怎么治疗？"我说："不能开放手术，最好血管内介入治疗。"可惜这里尚不具备条件，只能空留遗憾。

老郑女儿过来找我，讲她父亲已拔除气管插管，但喝水时会呛咳。复查术后CT，有明显改善，大脑沟回清晰，密度均匀。准备本周五出院，回国康复治疗。

到了10点，没有什么事，就走路返回。路上，给邹琳打了个电话。邹琳说，她已到北京，住在青年旅馆。陈建庭主任已安排好，由她和丁寅、李威研究生负责接待Dr Dakurah。我特别交代，北京游不要去长城，就去天安门、故宫，让Dr Dakurah感受中国的历史久远和博大文化就行。回房后，打开电视，收看中央四套节目，党的十八大正在进行中。

收到姚玲的来信，知道了论文版面费报销的新规定。亦收到科研处处长回信，认为院里有规定，科研处人员这么处理也没过错，但许诺给我特例特办，已行处理。鼓励发表SCI论文是对的，但是那么多学科专业，按照所谓统计源排名刊物选择论文版面费报销，既武断又不科学。

14点，和志红聊天1小时。信号不好，时断时续。不过，据说女儿有意圣诞节回国休假，这倒是一个好消息，那我们全家可以团聚了。

2012年11月15日，周四，阿克拉

5点醒来，心念党中央新集体的产生。身在国外，心系国内。相信习近平总书记领导全党全国开辟更美好的未来。

9点，和老彭一起开帕杰罗车出去。先去买了个尼桑车的新轮胎，305塞地。送回驻地后，我们又一起出去。到Lara超市，买了羊排，晚上让老彭烤，补充营养。还买了1颗包菜及黎巴嫩面包。又去丰收超市，买了两颗白菜及黄瓜。最后去Koala超市，买了4小盒金树巧克力，准备带回国。还买了1根法棍。今日花了100塞地。

午餐为水煮白菜，加上那根法棍，饱了。上床晕乎睡了一个多小时。

16点多，老彭叫我下去吃羊肉。就拿着碗筷到老彭房里，吃了三块羊排，还喝了一点羊汤。食材新鲜，味道鲜美。今日还好，能控制自己，没有喝酒。晚上没有吃饭，那几块羊肉比较耐饿。

2012年11月16日，周五，阿克拉

7点起来。喝点牛奶麦片，吃个小苹果，算是早点。7点开始不断有电话进来，都是有关伤者的事。

8点10分出门，到了医院，先去创伤急诊中心看中石油伤者。系21岁安徽人，男性。在铲车上，有根钢管砸到驾驶楼，造成双侧小腿骨折。从昨日14点受伤，到现在已经19个小时。伤因明确，没有其他部位受伤，双下肢用厚纸箱的纸板临时固定。检查足背动脉搏动良好，双足趾活动好，局部肿胀不重。X片提示双侧胫腓骨中下段骨折，其中左侧较重，为粉碎性骨折。

我向几位陪同员工讲了几点意见：一是需要手术复位内固定；二是这里的骨科内固定器械不是很齐全，而且涉及康复等，治疗周期较长，一年后还要取出内固定。建议后送回国手术；三是目前状态可以后送，纸板更换成石膏固定，担架登机回国。入境在北京、广州和上海，哪个地方离单位或家里较近，就选择哪个地方。他们最后决定落地上海。

我还向江西国际杨经理打了电话，询问后送回国事宜。杨经理说，可直接到阿联酋航空办理，告诉要担架送伤者回国，航空公司就会给出一个客运加货运的报价。

忙乎到10点，才到病区。Dr Akoto正带着年轻医生查房。多数是脑科病人，我

就走路回来。天气闷热，太阳直晒，出身大汗，有点虚脱，赶紧走回驻地。先喝杯冰镇可乐，才慢慢缓过劲来。

在房间，把洗净、凉干一晚的黄瓜切丝。就用那把小刀，在大瓷盘上切丝，还挺利索的。3根黄瓜，盛了两大碗。再把大蒜切成蒜末，然后下到厨房，香油、盐、味精、生抽、白醋等，一起凉拌。嘿，味道真不错。中午煮包即食面，再吃碗凉拌黄瓜，午餐就打发了。

11点多给志红电话，说已经让女儿订了圣诞节回国机票。接着，午睡1小时。14点醒来，就和女儿聊天，聊了一个半小时。想着圣诞节全家团聚，聊天尤其快乐。

2012年11月17日，周六，阿克拉

8点醒来。和女儿线上聊天1小时。女儿说："已定12月15号回广州，1月1号返回新加坡。"

10点30分，上天台晒太阳。给志红一个电话，谈起下月全家团聚，真令人高兴啊！这样，我回国时就由志红和女儿一起接机了，别人选择回国过春节，我却挑选圣诞节回国休假，在女儿返回新加坡之前，属于全家团聚期，不参加其他社会活动。

11点20分回到房间，把日志记一下。一天没干其他什么事。

2012年11月18日，周日，阿克拉

10点，上天台晒太阳。长时间在空调房里，浑身寒意不适。晒半小时，寒意尽消。感谢阳光！回房后，与女儿聊天，继续租房的话题。女儿说，租单间每月550新币。我支持女儿的决定，留学生活不能太清苦，并吩咐女儿下月回国时，记得在樟宜机场买两条熊猫香烟带回国。

10点37分（北京时间18点37分），收到姚玲短信告知，Dr Dakurah已到达南方医院，等会儿一起共进晚餐。姚玲问，Dr Dakurah饮食有什么注意的不？我答：

没啥，吃中餐对他们来说很奢侈，也会吃辣。但是他们都很节约，千万不要浪费。所以少点一些，不够再添。上一次和他一起吃饭，连鸡骨头的骨髓都咬出来，可见一斑。

18点许，收到女儿的信息：

额……告诉您两件极其悲惨的事情……一是2014年2月毕不了业，二是大专文凭在新加坡没工作。

那就随遇而安吧，天塌不下来！女儿正处在思想塑形的关键期，回国后好好谈谈。人生路上不可能没有挫折，处理好了，就是宝贵的财富。

2012年11月19日，周一，阿克拉

中午给志红电话，说了昨日与女儿谈话的内容，关于租房和延期毕业的问题。然后煮包即食面，加上白菜心，味道不错。一吃面，就感受到了食物的热效应。所以开着空调，吃完了，就睡觉。

14点30分醒来，坐在电脑前，写散文。20点，终于把《再访阿达》一文完成。这篇《梦里寻她》加纳游记篇幅可能超出计划字数，变成长篇游记散文。在写作难度方面是个新挑战。

2012年11月20日，周二，阿克拉

6点40分醒来，浏览新闻，查查邮箱，已成例行公事。早餐是一杯牛奶麦片，没去上班，营养足够。然后动笔写作杂文随笔《屁股决定脑袋》。9点，上天台晒太阳，前胸后背裸晒半小时，真是享受。回房后，继续完成此文，仅1700字。中断杂文随笔写作有一段时间，今日能完成一篇，说明头脑里还有库存。

10点05分，接到Dr Dakurah从广州来的电话，对南方医院的接待、参观安排等表示很满意，大加赞赏，南方医院给他留下了深刻的印象。亦会见了在南方医科大学求学的4名加纳国际留学生，这也打通了将来进一步沟通的渠道。我期望，Dr Dakurah此行能为今后在专科人才培养上更深入的交流和合作打下基础，也期望将来有一些中资企业参与这方面的工作。Dr Dakurah下周回国，若能促成南方医院专家访问加纳，将建立起良好互动关系。但我也不了解此君是否有心于此。

晚上开始修改《阿科松博之行》。一个月后就是回家的日子。

2012年11月21日，周三，阿克拉

7点30分醒来，早餐依然是牛奶麦片。8点30分上天台，晒了半个多小时。浑身暖洋洋后，就回房凉快。在非洲晒太阳已上瘾，晒后觉得通体舒坦。当然，也希望

自己晒黑一些，回国后给大家看看我在非洲的模样。

9点30分，和老彭一起出去购物。路上两人一起聊天，互相交流观点，很有意思。先去Shoprite购物中心，买了50塞地的水果，有布丁、橘子、青苹果，可享用两周；买了猪肉和红鱼，光吃面条，没油水，有时饿得发慌。顺便买瓶龙舌兰，口感不错，比杜松子酒好入口。然后去丰收超市，买些黄瓜和白菜、蒲瓜，够一周食用。12点回到驻地，花费150塞地。

午睡1小时.不到15点起来，改写几段《阿科松博之行》。16点，在房间里把两根黄瓜先切薄片，再切成丝，放入碗里，加入蒜蓉，到厨房凉拌一下，就差几滴香油，就这凉拌黄瓜丝。然后猪肉蒸鸡蛋，并香煎红鱼。那个不粘锅不好用，油溅出来，手指还烫伤了，厨艺有点荒疏啊。

晚上吃根法棍，吃碗凉拌黄瓜丝。睡前再喝点小酒，小日子也不错啊。不知道猪肉蒸鸡蛋熟否，没敢吃，明天再加工一下。

2012年11月22日，周四，阿克拉

上午终于完成《阿科松博之游》，共4600字，很高兴。

14点午睡，仅半小时就醒来。15点上天台晒太阳，太阳已没有那种热乎劲，但出点汗，肚子觉得饿了一些。晒太阳时，草拟《厨师回国的日子》。

16点动手切黄瓜丝凉拌，再到厨房，把猪肉馅蒸蛋煎成肉饼。忙乎一阵，16点40分开饭。先吃法棍填肚，再倒杯龙舌兰，下酒菜是剩下两块半红鱼、凉拌黄瓜、肉饼，觉得吃得肚子有点撑。一人独自吃喝，竟能到18点。

喝点小酒，晕乎间，日子就走得快一些。

2012年11月23日，周五，阿克拉

7点40分起床。写作《大厨回国的日子》。

9点上天台，晒太阳半小时。回房接着写作。10点多给志红电话，说邹琳曾联系她参加与Dr Dakurah的晚餐会，但晚上她要加班，就不参加了。

11点多，肚子饿了，煮碗即食面，吃完就犯困。午睡个把小时，14点醒来，继续写作。

和姚玲聊天，说Dr Dakurah已按原计划完成采购，周六自由活动，周日科室将举办欢送酒会。衷心感谢我的同事们！他们在国内为我的援非助了一臂之力。

下午来了位伤者，是华陇公司的员工，男性，37岁，11月1日摔伤导致左腕关节骨折，为Smith骨折，在37军医院手法复位以及石膏固定，对位对线不良，建议回国手术治疗。陪同那位想让我出具一份诊断证明，被我断然拒绝。我现在的加纳执业范围系脊柱外科，而非骨科。写骨科诊断证明是超范围执业。因此，一个创伤骨科专家到非洲，可能会比我这个脊柱外科专家更实用一些。

19点，完成《大厨回国的日子》一文，共3500字。现已完成随笔写作55篇，还要继续努力啊。今天晒太阳时，晕乎间，在笔记本上拟稿，思路顺畅，这种写作方法不错。

2012年11月24日，周六，阿克拉

上午上天台，晒太阳1小时。像煎鱼一样，煎了这面，又煎那面。对自己要够狠，否则没效果。还给志红去了个电话。

中午在老彭那里喝酒，又喝高了。

2012年11月25日，周日，阿克拉

加纳时间11点。此刻北京时间19点，科室正在南方医院内举行Dr Dakurah欢送宴会。我给王吉兴教授去了个电话，表示感谢。希望Dr Dakurah感受到了中国朋友的深情厚谊，这也是民间外交。还想在Dr Dakurah回来以后，与他交流一下。

下午续写《在非洲晒太阳》，共3100字。接下来要写《梦里寻她》的其他章节，在回国之前完成。老彭列个清单，回国后要帮他买一些油画的用品，包括画布、颜料、画笔等，这位在非洲也要钻研西洋油画。

今日首艘航空母舰"辽宁舰"上歼15战机成功着舰起飞，令人兴奋不已。

2012年11月26日，周一，阿克拉

上午叫司机Oxward一起出去买了两桶水。没去上班，水喝更多。回来后，又是Tier和Oxward帮忙把水送上来，各送一个苹果和橘子，表示谢意。

13点30分，上天台晒会儿太阳。回房后，见到女儿在网上，便聊了一个多小时。女儿在学习中难免迷茫，聊一聊，舒缓情绪，解开心结，树立信心。生活中没有大不了的事，没有迈不过去的坎。

姚玲来短信说，Dr Dakurah已到白云机场，将乘机返回加纳，结束为期12天的中国之行。

17点30分一起到中餐馆。长城超市老总谭宏做东，让我们一群人聚一聚，肖医生全家也来了。上次谭总被打劫了5万美元，还被打伤，送到了克里布医院。他们都是在加纳发展不错的创业人士，饭局中，谭总讲述了他在加纳的一些创业经历，是有故事的人。

21点结束晚餐，拖的时间有点长。

2012年11月27日，周二，阿克拉

6点多醒来，已经停电。起床后，准备写作《埃尔米纳城堡》游记。翻阅那一张张照片素材，回忆在奴隶堡旅游时的所见、所思、所感，琢磨着哪些场景用叙述、哪些场景用夹叙夹议等。

8点30分，上天台晒太阳。晒了1小时，晒得晕乎间，捋一捋写作思路，想一想写作内容，一个个画面便浮现在脑海中，然后便转变为一行行文字。不是说非要在晕乎间埋头写作，而是晒太阳，真有助于写作啊！

午餐一包即食面，午睡1小时。14点多起来，继续写作。17点多，见女儿没睡，又和她聊近1小时。

2012年11月28日，周三，阿克拉

8点40分出门，9点10分到医院。太阳很大，出了一身汗。到了医生办公室，见到Dr Akoto和Mawuli在里面聊天。就到病房转了一，没几个脊柱病人。回到医生办公室，拿起背包，正想去手术室。Dr Akoto说："没有麻醉医生，手术都停了。"而到Dr Dakurah办公室，看到房门紧闭，可能在家倒时差。10点30分，又走回来。挺好，花个把小时行走活动，顺便晒晒太阳。

在路上，给老父亲打了个电话。说如果女儿愿意回连江一趟，那我们就一起回去，否则我在元旦后再回去看望他们。又给志红电话，问问家里有没有事。她说晚上还要加班。国际长途飞跃大洋，满满的挂念在两头。

继续写作《埃尔米纳城堡》。下午，又上天台晒太阳。晒后，写作思路清晰流畅。

2012年11月29日，周四，阿克拉

上午上天台，晒太阳40分钟，然后继续写作。13点30分，终于完成《埃尔米纳城堡》的游记散文，共9000字。争取近期把另外两篇沙滩游记写完，尽快完成这篇《梦里寻她》。另外，要完成晋升教授职称的表格填写，回国后再整理材料。回国之前要做这些事。

晚上将《最美的海滩》和《草屋之夜》内容归纳了一下，写作重点要突出。每一篇游记都有侧重点，合在一起，即可包括对人生、家庭、感情、幸福、自然等各方面的思考，形成自己游记散文的写作特色。周末这几天完成初稿，下周选择配图，这篇3.5万字的散文游记就大功告成。

2012年11月30日，周五，阿克拉

6点30分醒来，基本习惯这个生物钟。姚玲来信说，陈建庭主任父亲去世。大家要送花圈，我请她代办。中午回来路上，给陈建庭主任打电话，表示慰问。陈建庭主任说，吃完晚饭后，老爷子要休息一下，就突然不行了，一点痛苦都没有。食管癌术后生存十多年，80多岁老人，那是有福之人啊！以前大家在一起说笑，命要长、病要少、钱要多、死要快，这就是有福的人。

8点55分到达医院。见到回国后的Dr Dakurah，寒暄几句。他给我提起几位医生名字，包括邹琳、李威等，表示感谢。他说，北京太冷，会议太大，他还是比较喜欢广州。

9点30分开始查房，11点30分结束。Dr Dakurah说："你们那里很少有创伤的病人。"我说："在中国，脊柱创伤病人一般在下级医院手术治疗，只有比较严重的病例才后送。我们比较多的病例是退变、畸形、结核和肿瘤等。这也是收治病种上的差异。"我想，年终总结时，促成Dr Dakurah此次中国之行应算是一项重要成果。

来到加纳11个月了。总的来说，气候好，事情少；休息好，钱没少；身体好，写作进步不少。人生有得有失，损有余而补不足，此乃天道。

2012年12月

2012年12月1日，周六，阿克拉

上午去Shoprite购物中心，为自己做几件事：一是兑换1000美元，共花1960塞地；二是买了第2支蓝方威士忌，花400塞地；三是买青苹果2袋，布丁1公斤多，苏打饼干6包，脱脂牛奶4盒，金龙舌兰酒1瓶，即食面10包，法棍3条（中），玉米麦片375g包装1盒，鲷鱼4块，共132塞地。后来又去丰收超市，人太多，什么也没买，过几天再说。

准备20日回国，现在要打算带什么礼物回去，毕竟难得来非洲一趟。回国前到Wooding店再买几件加纳布，其他没什么好买的。在亚的斯亚贝巴机场时，再买几条烟。另携3000美元，作为女儿的生活费。

午餐为一包即食面，加一条法棍，两个青苹果。午睡两小时，晕乎乎中起床，写作《最美的海滩》一文。15点多，上天台晒半小时太阳。17点多，将竹笋和红萝卜一起烩炒，下酒龙舌兰，再啃半条面包，又算一顿。酒啊，少喝一点，确实享受；喝过了，确实难受。看来要控制饮酒，不然心肝肾全糟蹋完了。

晚上收看凤飞飞最后演唱会。那是经典，总让人怀念！

2012年12月2日，周日，阿克拉

晨起天阴，等到8点30分才出太阳，赶忙上天台晒了半小时太阳。然后给连江老家电话，老父亲接的。11点10分，独自开车去买青菜，不然没配菜煮面条。

16点30分，到厨房煎了昨日买的鲷鱼，随便炒个青菜。喝杯龙舌兰酒，主食为中午剩下的半拉面包。最近走动少，胃有点不舒服。

20点30分，终于把《最美的海滩》写完，8600字，有点超额完成。尽管写作进度上稍迟缓，但下周完成最后部分，还是有信心的。现在散文写作越来越有感觉了。或许这是援非一年最大的收获。

2012年12月3日，周一，阿克拉

8点50分到了医院，直接进手术室。汗流浃背，在更衣室换了洗手衣，就到第2手术间里，开着冷气快速降温。

今日手术两台。第1台为小儿脑积水，行脑室引流。第2台是胸12骨折脱位，拟行后路固定。本周二安排两台脑科手术；周三有两台脊柱手术，分别颈椎前路手术、腰椎后路手术；周四有1台脑室引流。周五全国大选，恰为假期。

10点，Dr Wepeba陪同一名年轻中国女性来了，系国内某医疗器械公司国际部张女士。这次Dr Dakurah到北京参加COA会议，其会议注册、酒店住宿、机票均由该公司负责。克里布医院引进中国脊柱植入物亦为该公司产品。她昨日到达加纳，要待5天，住在FOCOS医院那边。张女士此番来加纳，就是洽谈一些新产品，包括颈、腰椎椎间融合器、横连接等，这样植入物种类齐全一些。张女士在FOCOS医院还有合作，准备推销一些创伤骨科植入物，可能Dr Dakurah会帮忙牵线。非洲市场前景较好，但需要开拓。

11点30分，我就走回驻地。张女士要观摩Dr Akoto的胸腰椎后路手术，我就不奉陪了。

下午接着写作《草屋之夜》，后改名《最浪漫的事》。23点，终于完成全文第一稿。这样，《梦里寻她》的全文就有3.8万字了。过几天，再修改润色，同时确定配图，准备带回国去。

晚上看了回国行程单。12月20号回国，返程是1月23日凌晨1点35分，当天就可到加纳。整个假期34天，提前两天结束。反正在哪里都是休息，回到非洲还省心一点。

2012年12月4日，周二，阿克拉

9点10分到医院，进了手术室。今日仅安排两台手术，完成1台脑室引流后，第2台垂体肿瘤复发没有做，替换为颈椎前路手术。我在手术室里待了1小时，没什么事，想着要为《梦里寻她》散文配图片，就回到驻地。

15点多老郝过来驻地。他有个华陇公司朋友心脏不好，要请林队看一下。我们先坐在一起聊天，到了17点多那名王姓朋友才到。老王1965年生人，看上去脸色不是很好。有胸痛病史数月，在中国诊所拿些中成药，效果不是很好。我觉得这个年龄段多是冠脉缺血，遂从自己口袋掏出随身的硝酸甘油瓶子，倒出一片让老王舌下

含服。过了半小时，老王就缓过劲儿来。老郝一点也不客气，一把将我的药瓶抢过去说："这瓶药就送给老王，你自己再去备药。"可能休息几天后，老王会准备回国。

晚上老郝邀请林队、老彭、王泽和我一起到城市花园聚聚。喝了几瓶啤酒后，就开始海聊。

老郝说起在加纳大学卖快餐的经历。有一名学生在他那里买了一张2塞地的电话充值卡，过后却拿充值卡回来说："无法充值，要求退款。"老郝给学生退款后，到MTN机一查，发现2塞地早已充到学生的电话账号。于是，老郝在快餐店的告示牌上写道："手机号码XXXX，请把话费2塞地送回来。"结果，一些学生聚集起来把他的快餐店围了，要讨说法。我想可能是私自把个人手机号码公开，侵犯了名誉。出这个事以后，他的生意就不好做了，后来就将快餐店转手他人。

也聊了加纳大选的事情。老郝说，一般不会出现动荡。第一次民选总统时，在特马港都，都会准备好中国船只，一旦出现动乱，大使馆就会将人员疏散到特马港上船撤离。这次大选，我们事先准备储备一些物资，后天需要出去买点菜、米、面等。

23点回驻地后，给志红打电话。问她为什么最近没给我发邮件，也没有发短信，也不找我聊天，怎么回事嘛？志红哈哈一笑，没事没事！看来我和女儿即将回国，一家人可以团聚，她不用操心，睡觉也香，自然不用再理睬我了。

2012年12月5日，周三，阿克拉

9点10分到医院。到病房看了一下，好几张空床。医生办公桌上，放了几本死亡病例。其中有个脑血管畸形的，23岁时曾在美国进行GAMMA刀治疗（2004年）。我注意到美国医生写的出院小结，非常全面详细，尤其在功能查体等方面。治疗经过包括剂量等全部齐全，术后反应也有提及。随访交代也全面，最后甚至还捎上一句："I would appreciate it if she can bring all MRI scan films to see me for further follow-up."（今后随访时，请携带所有MRI影像资料。）

9点30分进手术室，见病人已麻醉完毕。Mawuli和Seth在第1手术间行脑室引流术。Dr Akoto见到我说："你到了，太好了！我们一起做这台腰椎手术。"

在第2手术间，1例63岁女性病人正准备手术。多年前接受了腰椎减压手术，这次主要是腰3/4狭窄，并有4/5不稳。太胖了，手术置钉时才知道骨头还太硬，幸好拿来了磨钻来协助钉道预制。手术从10点30分持续到14点。由于术中硬膜有撕裂，修补耽误一点时间，其他均顺利。术式仍为后路减压、横突间植骨，并经椎弓根螺

钉固定，没有变化，所以没有更多内容记录。手术结束，就步行回驻地。这是我援非的第32台手术。

14点40分回到驻地，听到柴油发电机在轰鸣，就告诉门卫Tier："过半个小时再停机，我刚下班回来，要煮些吃的。"赶紧煮碗泡面，慰劳自己的胃。并将Dr Dakurah访问南方医院的通讯稿转发林队，可能对年底援非总结有点用处。

19点老郝来电话。说今天华陇老王感觉好多了，表示感谢。并问了几个问题。我说："主要先检查清楚，然后拿出一个完整的治疗方案，休息一段时间就可以。"当然检查项目很多，最好住院检查，把项目查全，诊断搞清楚，医生会交代清楚治疗及生活注意事项。一二周时间检查完，在家里休息个把月，把身体调理一下，再回来。老郝表示清楚了，就结束谈话。

2012年12月6日，周四，阿克拉

今日没去医院。9点30分，打电话叫上老彭，一起出去买食品。先去丰收超市买了小白菜。再到Koala超市，买了面包、多哥产的咖啡豆。然后到一家酒庄，看到蓝牌威士忌仅380塞地，比Shoprite购物中心那里便宜20塞地。在那里，我买支龙舌兰，24塞地。12点多就回驻地。

明日加纳大选。今日街上虽较拥堵，但那些助选的喧闹、嘈杂声音已停止。明日看电视转播，有幸亲历加纳大选，也凑个热闹。

今年即将过去，新一年的工作在积极酝酿中。毕竟这么好的援非时光，如不干一些令人赏心悦目的事，怎么也说不过去。

2012年12月7日，周五，阿克拉

加纳大选日。

8点上天台晒太阳半小时。在屋顶天台眺望，外面世界很安静，还有一群年轻人悠然地踢足球，路上的车辆也不多。电视上正在直播大选投票。很多人早早就在有序排队，看来加纳人投票的热情很高。镜头摇过James Town，有名70多岁老太太来到投票点，排队的人们主动让道，让其先行投票。我很想到现场感受一下气氛，但一名外国人出现在投票站，容易引起不必要的麻烦，只能远而观之，收看电视新闻了。

上午把《梦里寻她》的配图确定下来，并将图片插入文中，且算初稿完成。

收到《中华医学教育杂志》论文采用通知书，《加纳专科医师培训制度与启示》已获录用，准备刊于明年第4期，需要交纳1800元版面费。这样《加纳医学教育考察报告》已有3篇论文获采用。明年初充实修改《加纳实习医生制度》，争取发表。

2012年12月8日，周六，阿克拉

上午审阅《中华创伤杂志》3篇稿件。然后填写申报教授职称的表格，自我评价专业论文质量不是很高，但有关医学教学论文不少。有些内容需回国后补充，但是承担教学时数的统计可能有疑问，回国后咨询人事处。其他关键条件均已达标。这几天要将有关表格内容尽量填写完毕，回国后进一步完善。

11点多给志红电话，想问一下家里有什么事，却占线。午睡了一个多小时，又上天台晒太阳半小时。没干其他什么事。

2012年12月9日，周日，阿克拉

没心思做事，表格填写几段就搁置一旁。倒是上午和下午都上天台晒了会儿太阳，让人觉得通体舒坦。

9点30分给志红打电话。昨日打电话回去时，家里座机占线，可能是女儿来电话。今日一问，果然是女儿来电话，说对未来有点迷茫。回国以后，要多听听女儿的想法，信心要树立，工作要努力。看来女儿时间较紧张，如果她不回福建，那我元旦后就一人回去。

上天台晒太阳时，想着散文集的书名《心儿向着远方》。由于散文内容都是自己亲历的故事，是自己的观察和思考，所以用"心儿"还是比较贴切的。回国以后，要把写的内容打印出来修改，这样思路更清晰。结集中包括观感、对人生和生活的思考、非洲生活、非洲游记、对家人的想念等，主要内容已完成。下一步是内容修改和语言润色，出版计划回国后斟酌。

刚到非洲时，只想援非两年后完成一部散文集，没想到这计划可以提前完成。人家到非洲怎么过，我不知道；但我自己怎么过，我还是想得很多。我相信再经过明年一年的修炼，肯定还会有更大的进步。这种进步是追求人生的觉悟。

晚上看电视，继续关注加纳大选。21点多给老彭电话，相互交流亲历加纳大选的感受，也担心出现社会动乱。现在大部分点票结果显示，现总统马哈马领先。21点50分选举委员会宣布，现总统马哈马赢得加纳大选。

夜色中，走上屋顶天台，并没有见到阿克拉的上空升腾起庆祝的焰火，一切如旧。

2012年12月10日，周一，阿克拉

早上出门时，向门卫Tier表示对加纳大选的祝贺，他也很高兴。出门见一名工人骑自行车路过，握拳举臂示意，表达胜利的喜悦。他就在附近一所房屋里打工。

刚好9点到医院。医院没有什么特别，一切如常。也没有看到大家聚集谈论大选的事。我问Dr Akoto："你回老家投票了吗？"他说："我在医院投票站投票。"

今日安排3台手术。第1台是脑室引流术，第2台是胸12骨折切开复位内固定，第3台是颈椎后路减压术，同时也列为明天接台手术。进了手术室，见到Dr Akoto，Mawuli和Yankey都在，那应该没我什么事。想写点加纳大选的事，就找个凉快的地方坐下，胡乱涂写几段。11点20分，第2手术间尚无开放迹象，看来真没我什么事了。

回到驻地，在煮面时，没想到Mawuli来了电话。只是手机放在背包里，没有听到铃声，所以是未接来电。想一想，肯定是让我一起上台手术，由于未接电话已过半个多钟，我再回去已无必要。

给志红打电话，问我回国时是否去接机。得到其肯定回答，那我就不需要科室接机。但科室安排23号晚上吃饭，就不好再拒绝，争取动员女儿一起出席。如果科室安排元月5日总结会，我大概要元旦回福建老家，5日再返回广州参会。

22点30分，完成《加纳的大选》初稿，共4500字。不停写作，不断学习，在不断学习中进步。

2012年12月11日，周二，阿克拉

早上出门时，交代司机Oxward，上午10点到医院外科楼接我，要去买个汽车电瓶。这几天早上尼桑车老打不着火，老彭一早来电话，让我去买一个新电瓶。Oxward还想下午去买。我说下午是我休息时间，争取上午搞定。

9点到医院，今日手术两台。1台为垂体肿瘤，经鼻腔手术，Dr Wepeba专项。另1台是腰椎后路内固定，Mawuli请我一起上台手术。我告诉他，10点要出去办点事，1小时后返回参加手术。

过一会儿，Dr Dakurah进来，扯着我和Dr Wepeba一起，眉飞色舞地讲述其在

南方医院的见闻，赞誉声不绝于耳。什么医疗设备、电子病历系统、医学图像传输等，真是太先进、太好用了，很值得学习。也向我念叨起许多人，朱青安教授甚至与他还在加拿大同一家医院待过。Dr Dakurah说："这世界是不是很小啊？"还提到邹琳、姚玲等一大串名字，就算致谢。我说回国后会代为转达。同时，我也告诉他："下周广东省卫生厅来人，要拍录像，能否请你讲几句话？"他答应很爽快。我问："可能要进手术室拍个工作画面，可以吗？"回答照样爽快："没问题。"后来Dr Dakurah问道："在你们医院，看到很多年轻医生可以上台开刀，要获得哪里准许呢？"我介绍说，中国医生分四个等级，手术也分四个等级，哪一级医生可开展哪些手术，都需要获得医院的批准，否则属于违规。他似懂非懂，制度相差比较大，也不一定能够理解。Mawuli插话问道："什么时候可以邀请我访问中国呢？"我说："正在和Dr Dakurah商讨这些事。"

10点，Oxward准时到医院接我，一起去买新电瓶，开支270塞地。并让Oxward帮忙买桶装饮用水。回到手术室坐下，随便写了几段Dr Wepeba救治中国人的经过。后来想个主线，就叫《这世界真巧》。将几个很凑巧的片段联系起来，反映加纳医生救治中国人的过程，这样立意就比较巧妙。

13点10分开始手术，病人是56岁男性，腰腿痛3年，卧床休息还行，下地活动等症状较重，有腰椎不稳表现，需要服止痛药。X片见脊柱退行性变严重，连胸椎均有骨赘形成，肋椎关节增生，在国内可能要排除强直性脊柱炎。MRI显示腰4/5椎间盘终板炎改变，多节段腰椎狭窄，拟行后路减压、椎弓根螺钉内固定及横突间植骨术。置钉等过程比较顺利，我在腰3/4左侧方减压时，不慎撕破硬膜一小口，因为在侧方，无法缝合修补，只能用人工脊膜局部覆盖。这是在加纳手术第一次操作出现硬膜撕裂。上周与Dr Akoto上台手术时，亦发生此并发症，要引起重视，操作上要更谨慎点。手术历经3小时完成。这是我援非的第33台手术。

16点30分，走路返回驻地，感觉劳累。晚上开始写作散文《这世界真巧》，争取近几日完成，算是今年的收官之作。

2012年12月12日，周三，阿克拉

昨晚22点多就睡觉，连灯都懒得关。凌晨3点30分醒来，见到志红转发的邮件，是《中国脊柱脊髓杂志》主编张光铂教授来信：

东滨：知你援非任务尚未完成，收到你第一本著作，非常高兴，诚挚祝贺！另，我介绍了你感人事迹，推荐你为2012年《中国脊柱脊髓杂志》优秀编委，请关

注明年第一期杂志！代我发短信感谢你的学生邹琳！盼望你早日胜利归来！

张光铂

这是一位受人敬重的脊柱外科界前辈的来信！我一兴奋，就爬了起来，可惜不能上网。自己并没有做多大的事，但各位老师都给予了极大鼓励，让我非常感动。也让我明白了一个粗浅的道理：不要怕吃亏，为国家服务，国家也会看在眼里、想在心里，因为这个社会总有一种向上的精神力量。十分庆幸，我进步的道路上有各位老师的帮助和提携，对此永远不能忘却。禾苗成长，种子固然重要，但土壤和环境更是了不得啊！另外，散文集这本书要争取明年下半年正式出版，让文学追求和专业追求的溪流汇聚在一起。我相信，自己的人生因此更加精彩！

以上是凌晨4点30分写成。后来躺在床上，又自我陶醉一番，就是睡不着。

9点到达医院，哈欠连天。到了病房，看望昨日手术病人，切口引流量不多，均为陈旧性血，双侧足踝及膝关节活动正常，自我感觉无明显不适。看来没有发生神经损伤及脑脊液漏，悬着的心才落地。进手术室后，与Mawuli等谈起这个病例，大家都为好结果而高兴。其实，不管在国内，还是在加纳，每一个外科医生都渴望病人获得最好的疗效。

病房里有1例25岁男性病人，被车撞后颈椎骨折脱位，属于颈4/5屈曲牵张损伤并旋转半脱位，但出现高位截瘫。在医生办公室里，遇见Dr Dakurah。Dr Dakurah询问我的假期安排，并请我帮忙将他滞留在广州的iPad和笔记本电脑带回来。

9点30分进手术室。今日在第1手术间进行脑肿瘤手术，由Mawuli和Yankey进行。第2手术间是临时安排的手术，为1例26岁女性，车祸伤后6周,胸5/6骨折并后凸畸形，侧方轻度移位，幸运的是没有严重神经损害。这台手术由我和Dr Akoto一起上台。手术于10点50分开始，行后路手术。显露后经胸4、胸5、胸6、胸7椎弓根螺钉固定。Dr Akoto系直接盲法开路，我采用漏斗技术置钉，也让Dr Akoto见识一下，进展均比较顺利。我们两人配合挺好，不到俩小时，亦即12点30分就结束手术。这是我援非的第34台手术。

林大厨今日返回加纳，那明天要出去买蔬菜，中午队里要开伙。我也要准备回国休假。时间似流水，这一年就这么要过去了。一年有一个梦想，人生"应似飞鸿踏雪泥"。我不单如此教导学生，也是如此要求自己。每年不创造一点新的东西，似乎对不起自己！

晚上听歌。嘿，听了最美女中音歌手降央卓玛唱《父亲的草原母亲的河》《天边》……那真是一种美好的享受！此生有缘，竟在非洲遇见！

－ 243 －

2012年12月13日，周四，阿克拉

8点上天台晒太阳。9点30分与老彭一起出去买菜。

阿克拉街上很平静。下周，省卫生厅要来人，要见加纳卫生部长、大使、参赞、克里布医院CEO等。就那么一天时间，非洲的路上也会堵车，即使能安排上，也见不过来吧？估计这次拜访，充其量寒暄几句，没有什么实质性的内容。省卫生厅几人住Labadi酒店，有两名记者要住在我们驻地。在驻地就餐，要提供一些新鲜蔬菜和肉类，那是我的事。

我们先到加纳卫生部。老彭进去跟Ashin大司长联系，要宴请卫生部人员。后来我见老彭手上拿着一封信，即中国医疗队宴请加纳卫生部的安排，定在中餐馆，部级领导会出席，规模不小。老彭说，要宴请20多人，得3桌才够。

再到Lara超市，买了牛肉、整鸡、鸡翅、鸡胗及白糖、面包等，还买了两公斤羊脖。又去丰收超市，买了25公斤面粉以及叶菜、瓜类等，还有一箱花雕。见我们买那么多蔬菜，连老板娘都晓得我们要添加人员开伙啦。就这些东西，花了675塞地。昨晚预支500塞地，现已超支。12点30分回到驻地。

13点午睡，14点起床。上天台晒太阳，驱除身上寒气。出了身汗，顿觉得清爽。回房后，上网与女儿聊天。得知女儿早我一周回广州。一家三口将要团聚！

晚上从厨房拿了饭菜，到老彭房间，吃羊脖，喝龙舌兰，聊天。援非一年，想想看，似乎就是换了一个地方睡觉。老彭说："太精辟了！人生就是换不同的地方睡觉，最后殊途同归。"

2012年12月14日，周五，阿克拉

9点30分给老父亲、老母亲打电话。最近老母亲血压有点高，催促到医院检查一下，老年病注意控制就行。老母亲还在唠叨说，门诊看病很贵，昨天看一次就花了两三百元。唉，整日尽念叨着钱的事，还有多长寿命能花钱呢？人没了，钱只能当纸烧，怎么越老越活不明白呢？另吩咐克泉表弟，元旦回去要租用他的车辆，要带司机的。

没去医院，要处理一些自己的事情。上午写作《这世界真巧》。到13点30分，终于完成，共2900字。那么，今年写作计划基本完成。

等到22点，也就是新加坡时间早6点，给女儿打电话。没想到女儿早到了机场，将乘坐8点的航班飞广州。没想到女儿困乏，过安检时，竟将买的熊猫香烟落在了

候机楼的座位上。女儿劝我别太纠结。我答道："到了非洲，已不知道'纠结'两字是怎么写的了。"确实，一切皆随缘。该是你的就是你的，不是你的别强求。弄丢了，那就说明不该是你的。

2012年12月15日，周六，阿克拉

6点30分醒来，等到7点打通志红电话，才知道母女俩已在家里做饭了。

9点多和王泽、邵医生以及林大厨一起出去买菜。先到Shoprite购物中心，在Wooding店自购4块加纳布，均为6 yards（大概5米多），共240塞地。又买了这几天要吃的青苹果。然后转去长城超市，买了各类配料，花了270塞地。再到Koala超市买面包。我买了5盒加纳巧克力，2包咖啡豆，仅准备这些东西不够送人。由于女儿在樟宜机场买的烟忘在候机楼了，那就要在亚的斯亚贝巴机场转机时，再买些小礼物。接着去附近鸡蛋摊买鸡蛋。那个非洲兄弟说，摊上那12排鸡蛋已卖给别人，现在没有鸡蛋了，要等会儿Madame送过来。我就说："既然等下Madame会送过来，那么这些鸡蛋先给我们，然后再补上，不就行吗？"他不干，可能想不通这个理。最后Oxward打了个电话，说了一通，最终让我们先买下。鸡蛋稍大，一排8.5塞地，共102塞地。最后去丰收超市，买了西红柿、青菜、冬瓜等。买菜就这些地方，每次出来都走一趟。下周我回国，顺便交代买菜事项。

13点回到驻地。泡包即食面，吃块黎巴嫩饼，再加个青苹果，糊弄一顿充饥。午睡1小时，15点起来。上天台晒太阳半小时，然后用电动推子给自己剃了头，再冲个热水澡，顿时有了精气神。

16点多，老郝和太太一起过来，送瓶洋酒给我，并坐了一会儿。因晚上有应酬，他们就先走了，约定回加纳后再聚。华陇公司老王送了两瓶香水，还带来11只海马，有几只很大，而且公母都有，还有红色的，非常漂亮。老王下周一回国，到兰州查体。我吩咐老郝说："老王检查结果出来后，可以联系我。"

19点，全队集中开会。下周工作安排是：周一，省卫生厅来人，下午到大使馆及经参处，晚上在队里就餐，有两名记者住在队里。周二，到克里布医院拍摄镜头，拜访CEO。而周二上午9点有5名队员要到经参处，参加加纳红十字会活动。周三，卫生厅人员离开。周四，我启程回国。

2012年12月16日，周日，阿克拉

昨晚22点躺在床上，一会儿就睡着了。蚊帐没有下，灯也没有关，不知怎么那么累，困劲儿上来就顶不住。凌晨2点30分醒来，烧水，喝水，看电视，然后再眯会儿。难道先来个倒时差，回国好适应？看了电视剧《枪神》，快5点了，听一曲降央卓玛的《天边》，慢慢睡着了。

8点30分醒来，9点上天台晒太阳。10点给女儿打个电话。然后把行李箱包取出来，拭去表面的灰尘，在太阳下晾晒。

14点多，午睡1小时。又上天台晒太阳半小时。回房后，继续看电视剧，顺便收拾行李。

小行李箱就放2支蓝牌威士忌以及4块加纳布。大箱放咖啡豆、金树巧克力以及1瓶拿破仑XO。另将几只海马和香水放在茶叶盒里，防止挤压。大箱好像比小箱还轻一些。

有意思的是，去年带来的好几件长袖衬衣，根本就用不上。没想到在加纳生活就这么简单，几件短袖衬衣和T恤就行了。旅行背包尚空着，还是要带回去。如果在亚的斯亚贝巴转机时间稍长一些，还要买些烟酒带回国。

19点医疗队开会，年终总结并评选优秀队员。经大家无记名投票后，最后说我和林大厨被评选为优秀队员。这两天要完成年终自我总结，包括在加纳医院工作、队里工作、为使馆华人华侨服务等方面。

2012年12月17日，周一，阿克拉

凌晨3点30分醒来，索性起来，完成个人年终总结，分四个方面：医疗援加工作、队务工作、服务驻加机构及华人工作、国内工作等。刚好把今年做的事情捋了一遍，算是交差，回国后可向医院汇报。

9点30分到医院，在病区看一下，没见到本周手术安排表，就进了手术室。今日手术安排3台，脑室引流1台，颈椎后路减压1台，腰椎滑脱手术1台。Dr Dakurah眼部有疾，可能是红眼病之类，没来上班。仅Dr Wepeba进来手术室。

那台颈椎手术涉3个节段椎间盘突出，并伴有OPLL。Dr Wepeba问我的意见："前路或者后路？"我看前路压迫重，且多节段病变，后方黄韧带皱褶明显突入椎管，还是同意采用后路手术。如一段时间观察，效果不明显，则再进行前路手术，

这样手术安全性大。Mawuli完成第1台脑室引流术后，过来问我："能否参加下一台手术？"我回答："乐于听从你的召唤，很乐意协助你。"他谦逊地说："你是老医生，我还是年轻医生，哪能叫你去当助手？是我们合作完成手术。"

12点10分开始腰骶部滑脱的后路手术。病人47岁，女性，有肥胖症。Mawuli说："准备采用腰4-腰5-骶1固定。"我说："腰4/5椎间盘很好，节段亦无狭窄。而腰5骶1间隙变窄，可能难以复位。减压后，单纯腰5-骶1固定融合，应该可以了。"Mawuli说："那就听你的。"由于缺乏直径6.0mm、6.5mm螺钉，Mawuli问我："那我们用直径5.5mm螺钉行不行？"我说："对于腰5/骶1节段，直径5.5mm螺钉过细，应用直径7.0mm螺钉。"完成置钉后，还是全椎板切除减压、横突间植骨融合。减压时，我还是坚持自己少动点手，多动嘴指导，尽量让Mawuli多动手。帮助Mawuli成长，或许是我重要的援非工作。整个手术过程顺利，于14点30分结束手术。这是我援非的第35台手术。

19点45分，终于等到了国内的亲人们。在一楼餐厅集合开会，由亓玉台党组副书记传达党的十八大精神。内容在网上都学习过，现在复习一下，加深印象。只是肚子饿瘪了。20点15分，亓书记结束发言，并给各医疗队员发放慰问金200欧元，还赠送中秋节家属座谈会的录像光盘。我们天天可以视频通话，还要看录像啊？忍住不笑！

林大厨做了6道菜，我们喝了葡萄酒，亓书记胃部手术过，所以没有劝酒。22点欢送亓书记等回Labadi酒店。广东电视台曹记者和徐记者住在驻地，一直陪着喝酒、聊天。

后来了解到，今日慰问团抵达加纳后，先去了克里布医院，见到医院CEO，然后又去经参处。行程匆忙，估计他们几人都很累。明日又要去克里布医院拍摄镜头，然后面见加纳卫生部部长。

2012年12月18日，周二，阿克拉

昨晚喝得太多，今日起来觉得疲惫。9点30分到医院，准备上午的拍摄事宜。

10点，老彭带着曹记者、徐记者过来，进了手术室，拍了几个我的镜头，包括洗手、看病人、与Dr Dakurah交谈等，顺便采访了Dr Dakurah。想拍摄我参加手术的镜头，但不知何时开始接台手术，所以就算了。他们走后，我被Dr Dakurah叫住，让我和Dr Wepeba一起上腰椎手术，只好在手术室继续等待。

该病人系55岁男性，腰4/5椎间盘突出并狭窄，采用加纳常规术式。骨头真硬

啊，半天才钻进去。Dr Wepeba在节段判断时有误，我耐心向他说明节段判断及椎弓根置钉点选择。Dr Wepeba个子高我一大截，听我解说时，他频频点头，脑袋差点就撞上我了。整个置钉及减压过程均顺利，手术于13点结束。Dr Wepeba缝合切口，让我先下台休息。

这是我援非的第36台手术，也是本年度最后一台手术。共9个月完成手术36台，平均每月4台，每周仅1台手术。很不好意思，说出来会笑死人！但这是在非洲手术，而且是援非工作，在一个教学医院参加这么多手术，已经证明有能力了。跟几位护士和医生打了招呼，"See you next year and Merry Christmas"，就离开手术室，走回驻地。

半路上接到电话，华陇公司有名员工受伤，已送到医院创伤急诊中心。就中途返回医院。原来一名男性员工被铲车撞断左小腿，导致开放性胫腓骨下段骨折。华陇那个副总也在，希望能回国治疗。我说："这是开放性骨折，最大问题是破伤风以及感染，耽误不得，应在这里处理。如果后送，风险很大。"所以我立刻返回手术室，请Dr Wepeba帮忙联系创伤骨科医生协助处理。Dr Wepeba二话没说，给Yankey打电话，让Yankey先去创伤急诊中心看一下，再帮助联系创伤骨科医生处理。我在创伤急诊中心等候一段时间，见Yankey疾步来到，便上前接洽，并感谢他的帮助。

接上头后，交代了华陇员工，就先回驻地休息，因为确实感到劳累。都说在中国看病难，那是没有去过国外，特别是非洲。

15点回到驻地，喝了两杯果汁，吃个青苹果。两小腿肌肉酸痛严重，好像已不是自己的。和女儿打电话，聊了会儿，就上床休息。

小腿酸痛，怎么摆放都不是，根本无法入睡。17点王泽来电话，叫我一起去宴请卫生厅那些人。我说："去不了啊，小腿酸痛严重，还是留下来休息吧。"然后到厨房将中午剩饭热了一下，吃了几口。晚上饿了，再吃水果充饥。

晚上约了老郝过来，作为华人代表接受记者的采访。他很乐意帮我们这个忙。真谢谢各位朋友！包括采访加纳医生Dr Dakurah等，太感谢了。

近21点，老郝和太太来到驻地。待了1小时，配合完成录像和采访。我说："好歹你们还录了正面像，我是戴着口罩，也不让我正眼看镜头，谁会知道那人是我啊？"曹记者采访时，老郝见过世面，很从容，话说得很到位，收放自如。

两名记者来加纳一趟，没到处逛过，大家感到有点惋惜。他们明日12点飞往赤道几内亚，在那个弹丸之地要待上8天。曹记者提起过，她与陈建庭主任曾在汶川一起抗震救灾。那是难得的经历和交情。

2012年12月19日，周三，阿克拉

收拾物品，准备回国。洗洗衣服，休息一下。晚上中地公司丰总邀请我过去，吃过桥米线，酒就不喝了。

下午4点多，与Dr Dakurah见面。他给我看了在广州的一些合影照片，很兴奋地讲述广州此行的收获和感受，尤其感谢南方医院周到的安排。说了好几遍，特别嘱咐我一定带话回去，要感谢一直陪同他的那个女医生。最后提到，广州之行尚余400元人民币，让我帮忙兑换。

17点30分，和老彭、王泽一起到中地公司，没想到高参也在。中地公司刚从国内聘来一名厨师，从云南来的，姓刀。丰总说，中地公司基本上半年换个主厨，这样可以吃到不同风味的国内美食。刀大厨加工云南过桥米线很地道。我曾在云南生活多年，如今在加纳品尝云南味道，确实不凡。

一起聊会儿，主要交流接待国内人员的事。我说："省卫生厅这拨人行程太紧张、太辛苦。坐了20个小时飞机，在加纳仅天时间。见了加方人员，又见中方人员，既有官方拜访，又有民间外交，连加纳奴隶堡或阿达都没去。到访加纳一趟，大概什么印象都没留下。"到了非洲，就要深入了解非洲，最后自然明白在非洲做事情并不容易。今日中午这拨人飞赤几，要在那里坚守8天。祝他们在赤几行程顺利！

明天回国，要早点休息，所以20点30分就回到驻地。到药房领取两盒抗疟药，携带回国，这是必备药。

2012年12月20日，周四，阿克拉

援非一年整，今日回国休假。一年前的今天，离开广州，踏上援非之旅。今日离开阿克拉，返回广州，颇有些感慨。准备带上纸笔，在飞机上以及亚的斯亚贝巴转机时写点感受。

8点30分，老彭送我去阿克拉科托卡机场。乘坐埃塞俄比亚航空ET920航班，起飞时间12点15分，到达亚的斯亚贝巴为当地时间20点50分。转埃航ET606航班，当地时间21日0时15分起飞，北京时间21日15点到达广州白云机场。

回国休假啦！故事未完，明年2月再续援非日志。

下编

援非日志（2013年2月—2013年12月）

2013年2月

2013年2月1日，周五，阿克拉

又开始我的援非日志。没有更多想法，只是留下岁月的痕迹。

先补记一些内容。2012年12月20日—2013年1月22日，回国休假。其间故事，已不属援非生活部分，不予赘述。有意思的是，朋友见面时第一句话是："怎么没有晒黑，也没有变瘦？"嘿嘿，我很努力地在非洲晒太阳，希望带回浓郁的色彩，但只留下了健康的肤色；我很努力地控制饮食，但只降5公斤体重，根本无法达到"骨瘦如柴"的体型。而第二句话则是："看来你很享受非洲的生活啊！"那诸君可愿随我一起去援非？

2013年1月23日，周三。当地时间15点，我乘坐埃塞俄比亚航空ET921航班抵达加纳首都阿克拉科托卡国际机场。走下舷梯，加纳依然以热烈的阳光迎接我。入境及海关检查顺利。队友老彭翻译在到达厅接机，感谢老兄！晚上一起喝酒，又回到无拘无束的非洲生活，又可以毫无顾忌地聊天，真好！2013年在非洲的第一夜，睡得很香！

返回加纳的次日，出现左前足外侧麻木，似乎不像是腰椎间盘突出症，难道因为在非洲熟睡时发生左足外侧皮神经卡压？既有左足麻木，又有右足静脉曲张，不觉担忧起来，姑且每日温水泡足，自我按摩，希望能有恢复。

上周，中国驻加纳大使馆经参处高文志参赞到驻地慰问中国医疗队。有6名队员踏上回国休假路程，5名队员留守在加纳过中国春节，驻地顿时清静不少。将Dr Dakurah到访中国时落在广州的笔记本电脑及兑换的64美元送到医院，但未见其人，让秘书Regina女士转交。收看电视剧《一年又一年》，从1978年到1998年共21集。那个时代恍如昨日，剧情和场景看上去很亲切，很感人。

与志红通话时，志红说："支行有几人没拿到网点奖励金，抱怨极大，想向上级反映。"我说："支持！可以协助修改一下反映信。"

2013年2月2日，周六，阿克拉

9点30分，与林大厨一起出去买菜。到Shoprite购物中心，买牛奶和水果；再到Koala超市，买冷藏保鲜的蔬菜；然后到丰收超市买新鲜蔬菜。在丰收超市，遇见了老郑女儿，询问她父亲的康复情况。老郑女儿说："现在恢复不错，已能自己上网，只是一侧肢体偏瘫恢复慢，而且出现足下垂及褥疮。以后慢慢康复吧，至少人活着就好！"祝老郑早日康复！

回来路上，脑中不停琢磨着志红这封"告状"信怎么写。12点回到驻地，开始动笔，个把小时完成，并转给志红。

我们系××网点支行的基层党员和员工，现就××支行网点年终奖励金分配上的不公平待遇问题联名向上级领导、工会及纪检部门反映意见。

2012年，在上级行的正确领导下，××网点支行全体员工团结进取，努力工作，任劳任怨，较好完成上级交付的各项任务，取得不俗成绩。为此，上级支行去年底曾奖励××网点支行近10万元。据我们了解，上级支行下属一些网点支行均能按照上级精神，将该款项及时发放，考评合格员工均有数额不等奖励金。但是，××网点支行是如此分配该笔款项：网点行长拿5万，主任3万，2名二级主管各2千，对公窗口柜员1千，而其余3名柜员、2名理财经理和1名大堂经理共6人所得皆为0。对网点支行考核的奖励成了对少部分人的奖励，尤其变成了对个别人的重点奖励，这是对多数人权益和利益的侵占行为，是很不公平、很不公正的。

我们当中年轻员工个人生活、家庭负担重，但都是忘我地投入一线工作，总希望年终能够有一点点回报，以此回报家人，却没有想到最后的回报只是一肚子的怨气。试问，一个网点支行的工作难道只是个别人的功劳吗？考评合格，难道不是说明既有苦劳，也有功劳吗？现在功劳仅个别人享受，大家只有苦劳的份，能不抱怨吗？我们所遭受的这种不公平待遇已经极大影响到员工的工作热情。我行一直要树立自己的企业文化，难道就是要树立这种少部分人享受多数人苦劳的文化吗？

今天我们向上级反映的虽然只是一个在年终分配上遭受的不公平待遇问题，但更深一步也可以认为，目前分配制度上存在缺陷。上级行允许下级行二次分配，但下级网站支行缺乏相应民主和监督制度，个人可以钻制度的空子，为所欲为，甚至以权谋私，中饱私囊。××网点支行将上述款项分配后，行长还再三叮嘱那些拿到钱的，不要声张。俗话说"身正不怕影子斜"，如果公平、公正分配，那都可以拿到阳光下的，相信大多数员工还是有这个觉悟的。现在可怕的是，个别人只有自己拿钱、捞钱的"觉悟"，却害怕群众有监督的觉悟。

今天，我们作为基层党员群众，依照国法党纪赋予权利，履行监督义务，据实向上级行反映上述情况，并对此真实性承担责任。我们要求上级支行能及时对上述问题进行调查，从建设和谐社会、树立良好企业文化出发，保护基层一线工作员工的合法权益和合法利益，根据多数网点支行的合理分配办法，敦促××网点支行改正错误行为。我们将保留向上级有关部门以及社会机构反映上述问题的权利。

16点30分收到志红的短信：

好让人振奋，字里行间透着一股力量！本来想早点休息，但是按捺不住！递上去，大概会有轰动效应。大家都是敢怒不敢言。

哈哈！此文一写，我大概所有写作体裁都尝试了。对我来说，这才是真正收获。

2013年2月3日，周日，阿克拉

昨日看视频看得太晚，今日9点多才起床。上天台晒太阳时，觉得还是应该随心所想，写点散文、杂文、随笔等，可能更实在一些。到了非洲，要知道，想做什么，就去做。想法不能太多，更没必要强迫自己。

2013年2月4日，周一，阿克拉

2月4日至8日，因有麻醉学术会议，择期手术全部停止，所以不用去医院。不过，要找Dr Dakurah说明一下，现在是中国新年，这个月可能上不了几天班，希望能理解。

上午上天台晒太阳，下来后冲个凉，然后拟写散文《最大的幸福》。

晚上有个华人女士来电话说，从利比里亚中国维和部队过来的一位政委在加纳37军医院手术。我已获通报，该军官系闭合性跟骨骨折。她问我要注意什么事项，很担心加纳人消毒不谨慎的问题。我说，人家比我们接受的训练更加严格，这点可以放心，完全可以信赖。虽然非洲朋友皮肤黑，但是他们的血和我们一样红。

2013年2月5日，周二，阿克拉

上午和老彭一起出去买帕杰罗车的轮胎，花费550塞地。一天只干了这一件事。

今天开始写作《最大的幸福》，这是献给女儿的一篇散文。写起来有点絮叨，先写初稿，以后再修改。

下午驻地来了一名中铁五局的男性员工，系右足第3趾近节趾骨骨折，对位尚好。嘱咐外固定后，可以用足跟负重行走。

晚上到Labadi酒店吃自助餐。

2013年2月6日，周三，阿克拉

上午到丰收超市购买蔬菜，包括芹菜、萝卜等，准备过节的饺子馅儿配菜。回来后，上天台晒太阳。继续写作《最大的幸福》。

晚上大家一起喝酒，Glen威士忌，1000ml才20塞地，味道挺纯正的。准备喝完龙舌兰后，再喝威士忌，毕竟比较习惯威士忌的口味。

2013年2月7日，周四，阿克拉

写作仅写一段，心静不下来。上天台，晒太阳，根本没有什么心思。临近春节，尽管身在国外，国人生物钟像有定时器似的，脑中想的尽是些吃喝玩乐的事。

中午Dr Dakurah来电话，问我最近怎么样，并感谢我帮忙带回笔记本电脑。我告诉他，这个月是中国新年，有一个长假，假期结束后再见他们。我知道，他们希望我能在那里带教几个年轻医生完成手术，当然我也想进手术室，下个月再说吧。

中午陈锋来电话告知，高中同学在连江聚会。我随即拨打回去，和陈经忠、王军等同学聊会儿。同学们关心我，让我回连江时一定知会同学。这要等明年才可以做到。回国休假时曾回连江看望父母，但没有通知高中同学，因为吃喝很累人，只想多陪陪父母。

晚上大使馆举行春节招待会。我请假未去，主要自己不耐饿，也不能久站。

2013年2月8日，周五，阿克拉

凌晨4点多醒来，上网，看电视。收到志红邮件：

重新分配了，每人3000元。扣税600元后，每人2400元。今早支行就为此事下来两个领导。处理还算迅速，两人说的话也算中肯。

无论如何，初战告捷，可喜可贺。一个新时代开启，应是人们思想的觉醒和觉悟，并自觉参与到国家各层面的社会治理中去。

在携程网帮志红下订单，预定14日从福州返回广州机票。世界日新月异，网络时代便捷，在加纳可办国内事。

《最大的幸福》一文已完成6000字，还有两大段写作任务，春节期间慢慢完成。

2013年2月9日，周六，阿克拉

除夕，今日志红回连江老家过年。一早起来就给家里打电话，老父亲接的。老父亲说："志红准时到达福州长乐机场。东征和克泉去接机。现在倡廉，克城公车不能私用。"哈哈，新气象，有进步！

9点多，中国驻加纳大使龚建忠偕夫人亲临驻地慰问中国医疗队。此次是大使首次莅临医疗队，说明对医疗队工作认识有一定转变。龚大使为我们带来1瓶低度五粮液、1瓶贵州习酒及几瓶葡萄酒，并与医疗队员进行座谈。龚大使讲了公共外交的重要性，希望我们利用直接为加纳人民服务的机会，展现中国服务和文化，树立良好的中国形象，并对下一步到加纳北部服务等工作安排表示大力支持。龚大使认为，最好就到塔玛利，不要再往北走，须注意人身安全及预防传染病等，必要时大使馆会予以协助。同时，开展这些活动，可以联系新华社邵记者和加纳方媒体，予以宣传报道，有助于加强中加之间友谊，向世界展示中国在非洲的工作。10点30分，龚大使一行离开驻地。

龚大使走后，我自己开车出去买两桶饮用水和电话充值卡。回来仅两周，就自饮两桶水，该不会真的多饮多尿吧？

我们几人一起在厨房包饺子，芹菜猪肉馅儿饺子。包完饺子，刚好12点。国内中央电视台春晚节目开始，我们边吃饺子，边看电视。

今年春晚舞美设计比节目本身好看，新人节目比老人节目好看。反正大家坐在一起，如果没有春晚陪伴，那除夕时间将难以打发。这就是春晚有也烦，没有也恼的原因。

13点多，给志红打电话，聊了告状信以及后续的处理。在这件事上，上级支行处理及时，可能不想拖到节后，希望大家过年都有一个好心情。

中午就着饺子，喝一杯威士忌。晕乎间，坚持看完春晚，16点回房睡觉。19点30分醒来，到厨房下面条。大家一起聊天到21点多，就各回各房。看电视，等到23点30分，给家里打个电话，向老母亲拜年，并聊了半小时。这两天没跟她通话，要听她唠叨几句，不然像个小孩一样，心里有意见呢！

过了零时，接着睡觉。已停电，打开窗户，还比较凉快。今年拜年短信没有像去年那样铺天盖地，大概大家都觉得没什么实际意义吧。

2013年2月10日，周日，阿克拉

正月初一。昨晚下了一阵雨，只是酣睡之中，根本不知晓外面清凉。6点30分起床，体感凉爽。

10点30分，和老彭一起出去买柴油。最近电网经常停电，发电机油耗增大。回来后，煮包即食面，外加一个苹果，刚好半饱。然后把《最大的幸福》初稿完成，计9800字。写作断断续续，文笔没那么流畅，等一段时间再修改。

午睡到14点多起来。上天台晒太阳。16点与女儿线上聊天，聊了近两小时。

18点，一起去中餐厅聚餐。我喝龙舌兰，他们喝习酒，反正有点喝多。

2013年2月11日，周一，阿克拉

宿醉，脑袋清醒，但浑身乏力，一上午都躺在床上"挺尸"。中午起来，煮碗即食面，吃点榨菜，才好一点。对于酒这个东西，喝时挺好，过后太难受。以后自己想喝，就少喝一点，场面上的应酬一律免了，免着自找罪受。

世界华人脊柱外科学会来通知，4月份在杭州有会，9月份在高雄有会。都是没去过的地方，可惜都去不成。

上网查阅银行员工内退资料，见到2000年有个文件，说是工龄达到30年可以办理。23点，给志红电话讲了这事儿，准备这几天写份报告。今年9月志红工龄（含军龄）满30年，则可以申请办理。银行工作一线都是年轻人，志红这个岁数不太适合窗口服务。

2013年2月12日，周二，阿克拉

9点30分，开车去丰收超市，买青菜和鸡蛋。回来路上堵车，接到老彭电话，通知明早7点出发，到中地公司项目部健康科普授课，顺便到访多哥首都洛美，准备在洛美住两晚，让我准备明日早餐。算了，不折返买面包了，明日煮几个鸡蛋对付一下。11点30分回到驻地，赶上林大厨在做饭，正好把买的那些青菜做了。

中午上网时，接到黄志平、赵亮等来信，说在广东卫视新闻上见到驻加纳中国

医疗队了。这是《广东医生在非洲》的宣传报道，有点煽情。宣传是个软实力。

今日朝鲜核爆。这世界从来不会太安静！

2013年2月13日，周三，德鲁（Denu）

7点10分，我们一行5人乘坐医疗队的尼桑车出发，由加纳司机Oxward驾驶。上特马高速，一路东行，直往加纳东部阿夫劳（Aflao）。11点刚过，到达中地公司在德鲁的项目部，项目经理李川接待我们。但不凑巧，加方工程监理来检查工程，中地公司邀请一名南非工程师来工地指导。因此寒暄几句后，李经理就赶往工地去，嘱咐3名中国小伙子陪同我们。

这个项目部负责接驳加纳与多哥边境的一段8公里道路改扩建工程。因为加纳方面拆迁任务没有全部完成，所以工程进度受到些影响。要是在国内，这么短的一截道路，早就完成了；但在加纳，着急没有用，只能慢慢地做。政府拆迁完毕，移交一段，就施工一段。没事的时候，就在驻地那里预制排水沟的水泥件。

项目部有中方管理人员10人，工人都是当地加纳人。我们见到4人（含李川经理），也向他们了解了一些情况。中方员工虽仅10人，但来自宁夏、四川、江苏、安徽、江西、广东的都有，可谓五湖四海，多数都是80后、90后，大学刚毕业就出来闯。王斌来自江苏泰州，瘦瘦的，背还有点驼，20岁一毕业就出来了。他说："国内工作也不好找，遇到有劳务派遣机会，就到了非洲。"他们在加纳工作期间，仅发放一点生活费及加班费，完成合同回国后才一次性发放所有工资。若休假离开加纳，则不享受薪金。

王斌说："到了这里，基本上大家都得过打摆子（疟疾），在附近小镇一家医院打针治疗，问题不是很大。"他还说起一事。上次一名员工晚上抓小偷，被敲了一木棍，用前臂一挡，造成骨折。他们用自制硬质夹板固定后，送到小镇医院。那医生好像不太知道怎么处理，根本不会打石膏（打石膏在加纳是骨科医生的工作，整个加纳仅13名骨科专科医生，有很多全科医生并不熟悉这项基本技术）。所以，马上后送去阿克拉。我说："很凑巧啊！我在阿克拉诊治过这个病人。"该伤者为前臂双骨折，当时建议回国手术治疗，次日便上飞机回国。没想到伤者是这个项目部的。之后我给这些员工讲"穷寇莫追"的道理。在国外，自己保命要紧，财产是次要的。

在非洲加纳工作，主要的伤病威胁来自两个方面。一是交通伤多。去年接诊那些创伤病例中，除了1例枪伤、2例运动伤、1例斗殴致伤，其余10余例都是车辆交通伤。而今年中国医疗队援非刚好50年，牺牲医疗队员超过50人，其中一半多与车辆交通伤有关。所以这点要引起重视。二是当地传染病很危险。由于出国之前都进行了比较详尽的体检，多数都是年轻力壮的（像我这样多种慢性疾病缠身的，一般中资企业比较少），因此主要危险是传染病。比如蚊虫叮咬的疾病，疟疾、脑膜炎之类，还有水污染引起的霍乱、伤寒等。项目部驻地环境建设不错，定期杀虫、清除积水、太阳暴晒等灭蚊防虫措施还到位。而防止水污染只能采用清洁水，他们从较远一点的沃尔特河水厂买水，而不用当地的水源，这点做得不错。

在餐厅墙上见到一些员工留言，其中有一条写着："又添一个儿子啦！"哈哈，我都可以感受到员工的喜悦之情。

由于大家很忙，不能组织起来讲授医学知识课，只能将一些常用的药品赠送给他们："有什么事及时联系，我们医疗队就是为中资企业机构服务的，所以不必客气。"

13点30分，李川经理从工地赶回来，陪我们一起吃顿便饭。李经理说："今日确实忙，招待不周别见怪！等下派一个多哥籍员工陪同你们到多哥，他会法语，就当你们导游，会方便许多。"后来才知道，这个安排太周到了，充分保障了我们行程安全及游览。真是太感谢了！

用餐后，我们和中地公司几名中方员工都往多哥驶去。我们是去多哥游览考察，他们是到工地，都是为了理想而奔波！

15点，到达多哥边境。多哥籍员工联系人员协助我们办理入境手续。只要有管理的地方，都会有服务。当然这种服务是一些有偿服务。

多哥属于西非，是非洲最小的国家之一，国土面积不到5.7万平方公里，全国最大的城市是首都洛美。世界上离边境最近的首都当属多哥首都洛美。沿着海岸线是滨海湾大道，是洛美的景观大道，直通多哥的洛美港。洛美道路上，摩托车明显增多，显然在西非各国亦有较大差异。

17点入住位于景观大道的棕榈沙滩酒店。酒店设施不错。入住时收到一张纸条，上面写的是无线网的用户名和密码。进了客房，放下行包，提起相机就去沙滩，大西洋边的风光总是那么令人向往。门卫善意地提醒我们夜间不要去外面沙滩，因为不是很安全，抢劫事件时有发生。

19点，在酒店餐厅就餐，法式西餐。我点了份黑椒牛排，一份蔬菜汤，还要两小支洛美当地的Flag啤酒。后来一结账，共14500西非法郎（450西非法郎=1美元）。正餐等候时间较长，在非洲可能都这样，所以要点喝的。黑椒牛扒的风味不错，法国人生活过的地方，有一些法式菜肴的遗风。酒足饭饱后，21点去睡觉。

房间比较大，LG液晶电视机有30多寸。节目多为法语，英语节目是CNN、EURONEWS及电影台。躺在床上，听会儿电视，很快睡着了。

2013年2月14日，周四，洛美

凌晨5点20分起来，外面一片漆黑。记得日出时间6点10分，现在还早，就提笔记昨日日志。6点天刚蒙蒙亮，我穿着沙滩裤和蓝色衬衫，趿着拖鞋，拿着相机，到海边看日出。

在非洲从来没有见到过太阳喷薄而出的情形。今日在多哥洛美的海边，真正欣赏到了。今日恰是情人节，望着初升的太阳，我默默地祈愿天下有情人幸福快乐，犹如太阳的热烈，犹如太阳的深沉，犹如太阳的坚守。

在沙滩上玩了1小时，回到酒店，休息会儿，冲洗身上的咸水味。8点去酒店小餐厅吃早餐，西式自助餐，不是很丰盛，也不含在房费中，每人要6500西非法郎。而住房每晚211美元，是前台公示价格，童叟无欺。只是价格有点昂贵，准备今日退房，找便宜一些的家庭旅馆住宿。

在那名多哥籍员工的帮助下，我们来到洛美东湖边一家叫"拿破仑旅馆"的小酒店。环境不错，价格实惠，在棕榈沙滩酒店一人一晚费用，在这里可供4人消费。尽管设施简陋许多，但28间客房亦仅剩余4间空房，其余都有旅客入住，看来生意蛮不错的。空调机简直就是柴油发电机，震耳欲聋，电视机是迷你型的，就像电脑显示屏。无线网可以连上，但速度不敢恭维。

稍事安顿后，我们便开车去逛市区，看看洛美的市容市貌。拿破仑旅馆位于洛美机场附近，出门向东没走几十步，就见到一段废弃的窄轨铁路，已看不到枕木，只见到两根铁轨在地面上延伸。据说，就是这条铁路把洛美分为两个区，西区是政府、商业等所在区域，东区是居民区。昨日住的棕榈沙滩酒店就在西区，街道整洁干净，一些殖民时期留下的建筑掩映在楝树、棕榈树和椰树丛中，颇有些情调。但到了东区，就是平房、土路和灰尘，只是街道两旁有不少商店，商品琳琅满目。一看很熟悉，都是来自中国的商品。多哥摩托车多，有不少卖摩托车的商店，卖的也是中国产的摩托车。

多哥朋友带我们去了一家非洲传统文化市场。我没有下车，只望了望。耀眼的阳光下，简易的摊位上，堆放的羊角、牛角，还有白花花的兽头骨和四肢骨，像是牛头或者海马头之类，还有一些兽皮、兽毛的制品。在一块空地上，还晾晒着几十只带毛的死鸟，一个孩子正在翻晒着的不知名标本，摊位前还摆放了一些小石雕，有的像兽，有的像人，让人毛骨悚然。

离开这家传统品市场，我们转到洛美港。这个港口相当繁忙，港口外面的道路上停了不少大卡车，正在轮候进场。港口不让参观，我们又回到了那条滨海湾大道，海边沙滩上有一家酒吧，就在椰树林下，比较阴凉，索性到那里喝点啤酒。

离开沙滩后，到了多哥独立广场，那里有多哥独立纪念碑。独立广场一侧是西非最高的建筑——"二月二"酒店，另一侧是议会大厦。

在洛美转了一圈，14点多，回到拿破仑旅馆。冲个凉，洗去带海盐的汗水，在庭院里休闲地坐着。庭院是酒吧，也是餐厅。俯瞰着海风吹皱的湖面，耐心等候着法式美食。点了烤鱼，风味不错，并要杯"黑方"威士忌。后来一结账，那小口杯"黑方"需要3000西非法郎（7美元）。

夜色下，庭院餐厅的几张桌子全坐了满人，吹着凉爽的海风，享受着炸鸡和法国梅洛葡萄酒。对于我们这些人来说，即便过了浪漫岁月，也要款款举起酒杯，轻轻说声"情人节快乐"！

2013年2月15日，周五，洛美

昨晚住宿条件不那么舒适，有虫咬、蚊子叮，空调又吵闹，所以半夜醒了睡不着。起来有点语无伦次地写了几段《为自己鼓一次掌》。凌晨1点多才入睡。早上在一片鸟儿叽喳声中醒来，一看已经6点30分，天早亮了。起来到东湖边漫步，湖边空气清新。多哥人很友善，见面微笑问声"Bonjour（你好）"。

7点多回到庭院，光着膀子，晒了会儿太阳。8点，回房冲个凉，就吃早餐。喝杯浓咖啡，就着两片烤面包和一块牛油、一片腌肉，几小块菠萝和香蕉。没有牛奶，也没有煎蛋，比美式早点简单许多。预定10点退房，在9点多就将行李包放到车上，然后自己到湖边溜达，看看湖上打鱼人的劳动生活。还遇到几名女孩在编假发，是对美好生活的向往啊。

在市区转悠时，由于没有带车辆文书，被当地警察拦下，最后好说歹说才放行。如无那名多哥籍员工帮忙，肯定要耽误很长时间。然后又去当地一家较大的商场，也有木雕买，位置就在棕榈沙滩酒店的后面。我没有下去，就待在车里，给司机Oxward上课。这家伙有些高傲，开车跑起来较猛，根本不知道多哥摩托车多，而且自己又对道路口不熟悉，变道仓促，这容易摊上大事儿。再说，这车属于中国政府的，出了事就影响到中国形象。Oxward听得一愣一愣的，应该之后开车会稳当！

11点，那名多哥籍员工带我们过境。还是那几个人过来接头。入境后，我们又在中地公司项目部稍事停留，然后一路西行。回到加纳境内，觉得有种安全感。到了特马，整个悬着的心才放了下来。老彭坐在副驾驶位置，一直在提醒司机开车限速，注意路面，比我们更紧张。到了特马，老彭才松开紧握的手把。17点回到驻地。

2013年2月16日，周六，阿克拉

6点收到女儿短信说，她买了3月2日回广州的机票，4月13日返回新加坡，往返票价1000新币。由于机票超过30天往返，当然贵一些，买单程回去可能更省钱。

9点，给老母亲打电话。10点，给志红电话。志红运气不错，14日乘机从福州回广州。15日福州机场因大雾关闭，多次航班取消。告诉志红，建行信用卡已还款。志红说，已收到短信通知了。我在加纳操作，她在国内收短信通知，配合不错。

中午就一盘凉拌黄瓜，姑且对付。好像肚皮大了一圈，需要控制饮食，不然惨不忍睹啊！

电脑录入前两天写的日志，内容挺丰富的，可能要两天时间写完。在写作时，觉得中地公司项目部那段故事还不错，可以独立成篇，表现中国人在国外的生活情况。而多哥洛美之行亦可成为一篇游记散文。我的援非之旅，也是我的旅非之路。

2013年2月17日，周日，阿克拉

7点30分醒来，打开窗户，凉风送爽。坐在电脑前，继续把多哥游的日志完成。终于在11点完成日志。中午还是准备一盘凉拌黄瓜，两根黄瓜加几瓣大蒜，既杀菌，又补充维生素和粗纤维。

下午审稿《中国脊柱脊髓杂志》论文1篇，下周要完成《中华创伤杂志》论文的两篇审稿。过了元宵，开始去医院上班。

午睡醒来后，收到志红短信。其已将内退申请报告呈交，正等待回复。毕竟工作30年了，做退休决定很牵动思绪。

2013年2月18日，周一，阿克拉

一早醒来，收到志红短信："支行综合部已来电话，女员工要到50岁才能办理退休，已经没有内退一说。"她好像松了一口气，接着说："反正两年时间也很快。"那行啊，了却一桩心事，就继续工作吧。本来想今年如果能内退，明年就可以自驾去转悠几个月，然后一起到国外生活半年。现在看来那是痴心梦想，还是自己一人孤独走天涯吧！

下午确定散文题目《家在远方》，引用电视剧《火蓝刀锋》主题曲，主要想写写中地公司项目部那些年轻人的事，表示一种对年轻人出国闯荡的钦佩。有了思路后就轻松愉快地上天台晒太阳了。

2013年2月19日，周二，阿克拉

11点给克城表弟打电话，请他帮忙联系一名文字编辑，协助修改散文稿。毕竟中文写作还在高中水平，人要有自知之明。

回到加纳将近一个月，心还收不拢，难以静心。虽有点想干些什么，但坐在电脑前，脑里却空空如也。在非洲，想散散心都没有好去处，只能再熬熬。

2013年2月20日，周三，阿克拉

昨晚断断续续来电、停电，到了凌晨3点才入睡。7点醒来，收到志红的一则短信：

《广东医生在非洲》宣讲团改稿通知已发到你邮箱。真的被选中去参加，有点紧张。人啊，就是这么怪。

我打开邮件内容，系转发援外中心的。通知要求文稿2200字，时间控制在12分钟以内，本月28日前交稿。此类写作对我来说，没有大问题。上午晒太阳时，考虑了这篇文章。但是，没有马上动笔，而是把那篇《最大的幸福》散文稍加修改，先发给志红和女儿看看。能感动她们，才能感动别人。

9点多，带Oxward外出买几桶柴油。前两天柴油提价到每升2.068塞地，比国内便宜些。11点，慢条斯理地切3根黄瓜，凉拌一下，中午可少吃点主食，否则体重控制不住。

15点午睡起来，上天台晒太阳20分钟，继续写作《家在远方》。准备这几天把初稿完成，不能再拖了。真做不到成竹在胸后动笔写作，而是想到哪里，就写到哪里。先把主要故事完成，后面再琢磨修改，突出主题，增添文采。

晚上吃羊排，又喝了点白马威威士忌。高参邀请周六晚上观看加纳中华商会举办的慰问演出。在丰收超市见到演出海报，系来自南京的演出团体。

2013年2月21日，周四，阿克拉

下午收到郑兆聪学弟的短信。他已购买25册《脊柱内固定学》，询问我需要留几本。拟赠送《脊柱内固定学》给连江第一中学、尚德中学及连江县图书馆，回答他至少8本。

晚上观看电视剧《利箭行动》。

2013年2月22日，周五，阿克拉

中午与郑明辉医生聊天，他现在想创办一家医疗器械公司。对此，我们聊了两个多小时，我毫无保留地与其交换了看法。博士毕业后，我跟金大地教授一起搞过脊柱植入物研发。当初国产器械刚起步，获得注册相对容易一些。现在国产器械管理日趋严格规范，单枪匹马，从零起步，何其难也。"初生牛犊不怕虎"，不能打击年轻人的热情。

14点打开邮箱，收到女儿的来信。她已读了《最大的幸福》那篇散文：

哎哟！我老人家打开邮箱才看到啊！

看得我泪流满面，痛哭流涕，悲痛欲绝，哭倒长城再哭垮三峡啊！

瞿大神，您老把我写的真叫个伟大！人家都在歌颂北漂的时候，我这个南漂的也在你笔下激情了一把哈！

但是作为一个读者，还是有一些小提议：

人物对话显得平淡了些，没有很好的体现咱家"臭屁、幽默、嘚瑟"的氛围；过度侧重于情感的渲染，看久了就让人觉得不客观了。

剩下的嘛……都是伟大的！

小女子很高兴在你华丽笔杆的描绘下，人品得到了质的提升！显得我是那么的有个性，那么的温柔善良！哈哈哈，仰天长笑出门去！

最后当然还是"Thank you very much！I love you！"

落幕曲：世上还是爹爹好！

女儿提出的问题确实很客观，在我的散文中，对话比较苍白，没有体现人物的性格。这一点在以后写作中要进一步学习、斟酌、提高。回信如下：

谢啦！要写出北京或者北方人那种幽默，虽然市井，但不世俗，难度太大。我自己都觉得写对白比较苍白，所以香港电影剧本专门有项分工就是"对白"。慢慢来吧。另外，你说得太夸张了，以前不是这个样儿啊？

晚上看电视剧。23点30分，上床睡觉。

2013年2月23日，周六，阿克拉

7点10分醒来，起床后将《中华创伤杂志》的两篇论文审毕。昨日收到《中华医学教育杂志》论文的校样，近两日要完成校对修订。

林队发来邮件，关于第3批援加纳医疗队队员选派一事，让我根据科室情况修改选派条件。由于创伤骨科病人多，尤其在四肢骨折内固定技术方面需要引进一些中国骨科植入物，故建议选派创伤骨科医生为好，所以回信：

骨科：以创伤骨科为主。要求：

（1）能独立完成四肢复杂骨折内固定手术；

（2）熟练开展髋、膝人工关节置换；

（3）能开展外周神经、血管探查及修复等显微外科手术；

（4）具备关节镜手术经验；

（5）熟悉了解当今创伤救治最近技术及进展；

（6）具有丰富临床经验及教学带教能力；

（7）副主任医师以上。

中午在老彭房间里吃手抓羊肉饭，还喝了点龙舌兰。睡了一会儿，晚上一起去看南京艺术团元宵节慰问演出。中国文化部派出演出团体，由加纳中华商会承办，加纳副总统出席观看。演出有唱歌、跳舞、杂技、口技、魔术、芭蕾、变脸等节目。看尽兴后，23点返回驻地。

2013年2月24日，周日，阿克拉

今日元宵节。8点给志红打电话，还收到了志红邮件，告知了联名申诉信的后续进展：

老公，超有趣。今天同事又在谈论上次给支行的那封信。有个理财经理的老公在省行工作，对我说，为什么不直接把信递交到省行。我说，这件事支行已经解决了，就不再提这件事了。

确实应该如此，一个网点的事情捅到省行去，那是唯恐天下不乱！

当然电话还有一个内容，就是关于《广东医生在非洲》宣讲稿一事。由于第2批援加纳医疗队其他稿件并未获得采纳，那么志红的稿件分量就比较重。要好好改改，可能需要多晒几次太阳才行。

上午将《加纳专科医生培养制度及思考》的初校稿按编辑要求进行修改、补充，并传回编辑部。

晚上，春节留守队员一起吃饭。几人喝了大半瓶黑方威士忌，口感不错。

2013年2月25日，周一，阿克拉

早上收到《中华医学教育杂志》编辑的修改意见。要求重新核对有关资料，主要是加纳专科医师培训制度与国内有较大差异，要从国内可理解的角度，在概念上需要进一步明晰，故重新修改论文。

完成论文修改后，一鼓作气将志红的演讲稿完成。拟题目为《让理想光芒闪耀在非洲大地上》，共2259字。并发给志红审阅。

昨日给姚玲发了会诊单。关于我左足外侧麻木一事，科室专门组织会诊，会诊意见：左足外侧皮神经卡压，建议泡足。

15点午睡醒来，收到志红的短信：

的确上升到了一定高度。可我就觉得假得要命。一点都不真实，还没有原先的好。念着念着我都觉得烦。

我说，以前属于讲话稿，现在属于演讲稿，自然情绪要激昂一些、饱满一些。但是志红认为，还是朴素一点好，大家对吹捧都不感兴趣，结果可能适得其反。仔细想想，也对。

晚上再动笔修改演讲稿。顺了一下，结构没有变动，又发给志红。

22点32分收到志红短信：

我阅读了改后稿，亲切感油然而生，朴素一点就是好！

2013年2月26日，周二，阿克拉

7点上网，收到志红的邮件，告知医院宣传处谭琳玲要联系我改稿。志红邮件写道：

排比句很有说服力！既上升到一定高度，又不失原文原貌，我认为是一篇很好的演讲稿。没有戴高帽，交代事情做了很多。别人的赞美更能叫人心悦诚服。如果能选上，去参加宣讲，我倒要看一看谁的稿件更能给人留下印象。"独乐乐不如众乐乐"，为了迎合领导，却倒了大家的胃口。我也作了一点点改动，你看如何？

我略加改动后将稿件传回志红：

医院那篇稿件我也在修改，今日要协助宣传处谭琳玲做这事。你改后那篇稿件，我看了一下，添加了一些字眼，其余没有动。全文不错，肯定入选。

恭喜啦！南方医院首次选派援非干部，就有两篇稿件入选。

志红看完稿件后回复：

真不赖！就这么定了。明天我就把稿件发给卫生厅。我越看越喜欢。

从早上7点36分起，主要工作就是在线上接受谭琳玲的采访。谭琳玲很敬业，修改稿件认真，对细节、遣词表达等力求准确，值得我学习。到17点59分，结束线上采访。此时，北京时间已是零时。哈哈，看到谭琳玲的签名栏已经改为"码字工人"！

21点收到林勇彬发来1份会诊病例，图片太小，看不很清楚。应考虑骨质疏松压缩骨折，建议详细检查，确认是否有新鲜椎体骨折。

2013年2月27日，周三，阿克拉

早上收到谭琳玲的留言：

我已请宁书记和黄处再把关稿件，今天就交到卫生厅，但我估计还要反复修改，到时候再跟您联系。对了，有什么好的心得、体会、手记，可以随时跟我沟通。我今年负责院刊工作，同时也是国家健康报的记者，有很好的平台。希望能更好地展示我们援非的广东医生、我们南方医院，以及我们瞿大教授的风采。

感谢谭琳玲！9点，完成《中国脊柱脊髓杂志》的1篇论文审稿。然后，上天台晒太阳，再出去买菜。只去丰收超市，买大白菜、小白菜、韭菜、蒲瓜、南瓜、豆皮、新鲜菇等，花89塞地。11点回到驻地。

晚上完成《家在远方》一文。先冷却几天，还要进一步修改。要想将其作为散文集出版，可能还需要完成几篇随笔或游记，才能凑够20万字。

本周继续休息，泡足，治疗左足外侧皮神经卡压。下周开始恢复正常医院工作。

2013年2月28日，周四，阿克拉

老彭今日回国休假。9点下楼，车已经走了，给他打了个电话，恭祝一路平安！

收到志红短信：

王岩教授发来2013年北京国际脊柱外科高峰论坛嘉宾邀请函。

解放军总医院3月份又召开脊柱外科高峰论坛，已经坚持十余年，成为一个响亮的品牌，是解放军总医院脊柱外科发展历程的缩影。春节时世界华人脊柱学会也发来一个邀请函，还没有会议请假。故回复两封邀请函并表示感谢，又审稿《中国脊柱脊髓杂志》1篇。援非这两年，与国内脊柱界联系虽没有中断，但毕竟疏远一些，如何巩固关系、维持往来，还要动动脑筋。

下午写作《兼职一回法医》，写去库马西参加法医尸检的事。越写越长，21点完成，共7200字。后面要写《为自己鼓一次掌》，主要写《脊柱内固定学》编著及出版一事，再附上钟世镇院士的序言，这样可以把两件事扯到一起——文学和医学。陡然间，我感到文学和医学靠得这么近，这不正是我尝试散文写作的目的吗？

做一些自己想做的事，继续努力吧！

2013年3月

2013年3月1日，周五，阿克拉

9点出去买几桶柴油，支出180塞地。

女儿明天回国，给她打电话聊会儿。并给广告公司符总打电话，想介绍女儿到公司见习几天，学习观摩怎么做事，或许对她以后的职业取向有一定帮助。老符很热情，满口答应，愿意提供最好的帮助。

23点30分，《为自己鼓一次掌》写作完成，共5400字。当日动笔，当日成文，此乃首次。

2013年3月2日，周六，阿克拉

女儿今日回国到家。9点和志红通电话，女儿正在补觉。

今日着手修改《我要去加纳》，拟作为散文集的开篇，主要写自己为什么来加纳援非。初稿近2万字，很多内容涉及单位内部事务，不合时宜。所以要下大气力修改。

老彭已回国，只能自己一人开车去买菜。10点出门，到Lara超市，买整鸡、食用油、白糖、食盐、牛肉末等。其中食盐是加纳产的，一样是碘盐，看来全世界都在吃加碘食盐。然后到丰收超市买青菜，买菜人较多，没剩下多少，就拿了芥菜、小白菜、西红柿和土豆等。今日有回国休假队员返回加纳，不买些青菜不行。一人做事干脆利索，仅1小时就回驻地。

下午看官场文学《二号首长》。本来只想利用其来催眠，看起来后却难以释手。小说故事情节吸引人，展现了波诡云谲的官场生态。看来以后少沾一点为好！怎么都是做事，做自己的事可能最心安。

晚上发放2月份伙食结余。我们5人留守加纳，免费过个年。

2013年3月3日，周日，阿克拉

10点结算我经手的费用支出。从2月份到昨日为止，共支出3533.82塞地。其中买轮胎及柴油支出1370塞地，买菜及配料等支出2163.82塞地。

10点30分，中国水利电力公司小白带老总孩子来驻地看病。8岁男孩，圣诞节后发现左肩活动时有弹响。这孩子半岁就来加纳，一直在加纳生活，现在在美国办的国际学校读书。阿克拉有两所有名国际学校，一所是英国人办的，另一所是美国人办的，分别跟英国和美国教育对接。这孩子没有明确的外伤史，平时喜欢游泳或者举哑铃，也是无意中发现这个现象。不痛不痒，平时活动不受影响，体育运动等一切正常，精神很好。但家人比较紧张，带去这里看看，又到那里看看，还做了左肩MRI检查。加纳医生说肩关节有积液，考虑关节炎。我详细检查了一下，看上去左侧肩胛稍高一点，局部未触及包块，活动度良好，确实可感到弹响，尤其是关节伸展活动加大时，较为明显。左肩MRI没有明显异常，小孩的软骨含水量大一点，所以信号有点高，这是正常的。左肩关节不红、不肿、不痛、活动好，怎么会有关节炎呢？这就是很简单的关节弹响，原因是肩带关节活动度增大。不需要什么特殊治疗，可以减少一点活动，等到肩带肌肉等平衡后就可恢复。

孩子母亲听后如释重负。她说："在国外就是看病难，那时孩子小，一发烧，就怕疟疾，看个病非常费劲啊！"我说："更主要问题是语言沟通上有困难，因为疾病描述较为复杂，如英语非母语，则难以准确描述。"我就问小孩："你给我说说，这个关节活动时有嘎叽嘎叽的响声，英语要怎么说呢？"孩子笑着摇摇头。语言上不能沟通，病史都无法描述，那看病能不难吗？所以多数中国人先到中国诊所那里看，病情较重一些才去医院就医。小孩母亲说："现在有你们医疗队在这里，就放心多了。"小白给我带来两瓶法国梅洛葡萄酒。送他们走后，一瓶赠送给门卫Tier，另一瓶送给林大厨。

下午和晚上继续看小说《二号首长》。

2013年3月4日，周一，阿克拉

8点40分出门，走路去医院。有一段时间没走这条熟悉的小道，现在走起来依然让人感到亲切。

到神经外科病区医生办公室，与Dr Dakurah会面。我转达了南方医院几位教授

的口信，期望他再次到访广州。同时将我主编的《脊柱内固定学》赠送给他。尽管是中文版，但其中插图较多，印刷精美，不会很寒碜。Dr Dakurah让我写上英文书名，并签名相赠。顺便奉上一袋中国花生糖，相信他的孩子会喜欢。Dr Dakurah告诉我："Dr Akoto医生要离开一个月，刚好你回来了，可以帮忙开展工作，这很好！"

10点进手术室。有两个月没见面了，大家都很热情地向我打招呼。Dr Dakurah也在手术室，邀请我本周到他郊区的那个家里聚聚。我问道："Your villa（你家别墅吗）？"他笑着说："访问广州时，你们中国教授也问我家是不是别墅呢！"

今日有3台手术。第1台是头部脑脊膜膨出，由Yankey主刀。第2台是腰椎后路手术，由我和Dr Wepeba上台。第3台是脊髓中空症分流术，由Mawuli主刀。

假期后第一天上班，没有准备参加手术，但Dr Dakurah叫我上台，就责无旁贷。44岁女性病人，肥胖，曾经接受过一次腰椎后路减压手术，这次属于翻修手术，主要是腰4/5不稳，并有退行性腰椎侧弯。手术显露后，我发现腰3/4左侧关节突增生，且有游离骨块，提拉腰3棘突，感到局部明显不稳，这表明腰3/4同样不稳。再看X片正位，腰椎有侧弯，腰3/4椎间隙不对称。该病人原来仅准备固定融合腰4/5节段，因此我向Dr Wepeba建议要延长固定节段。如果仅固定腰4/5节段，邻近节段不稳会加重，术后势必加重侧弯。Dr Wepeba也同意："Up to you(你来决定)。"只是在腰5椎弓根置钉固定时，骨质坚硬，很费力，出身大汗，洗手衣的裤子不停往下滑，要跨立而站，真是丢人！减压时，硬脊膜菲薄，与椎板粘连较紧，剥离时硬脊膜小撕裂，有脑积液溢出，取一点脂肪片覆盖压迫。我问Dr Wepeba："这病人有腿部症状吗？"他让Mawuli查看病历记录后说，主要以腰部症状为重，腿部症状较轻。还是以腰椎不稳为主，而腰4/5虽然有滑脱，但局部较为稳定，因此症状产生以腰3/4为主。15点40分开始缝合切口，Dr Wepeba让我先下台回去休息。这是2013年度我参加的第1台手术，也是我援非的第37台手术。

16点回到驻地，喝两杯果汁充饥。躺在床上跷脚，不然明日小腿肌肉又酸胀。17点接到通知，说明日8点到使馆经参处集合，然后去中国援建的加中友好医院。

晚上看小说到24点。半夜暴风骤雨，好久没有见过下这么痛快的雨，铁皮屋顶又是炒豆样响声，却不影响自己入睡。

2013年3月5日，周二，阿克拉

早上准时到达使馆经参处，赠送高参一本《脊柱内固定学》。待国药公司张总、中地公司丰总到来后，一起到中国援建的加中友好医院。医院位于阿克拉市东北郊。医院移交加方后，出现了一些问题并反映到中国大使馆，我们一行去现场考察处理。

这家医院完全由中国政府援建。加方提供土地，中方设计及施工，建设投资3800万元。2008年5月动工，2009年12月完成建设，再安装调试仪器设备等。医疗设备投资有1700万元，故项目总投资5500万元。2010年12月移交给加纳使用。当时出席移交仪式的加纳领导人是副总统Mahama，其为现任总统。

在医院接洽后，我们随高参查勘医院所有建筑及设备情况。建筑墙体出现裂缝较多，还有一处考虑是雨水冲刷导致地基下沉。设备方面，CT机是上海产，X线机是东软生产。问题是透视X机和摄片X机安装在一室内，使用不便。安装的制氧机没有用上，成了摆设。其实设备安装调试都很好，但没用多久，就不行了。主要是放射技师、设备技师等经常跳槽，教会一个，可能明天又另谋高就。而中方提供的国产设备，说明书和操作面板上都是中文，甚至连消防栓都是中文字大，英文字小。

病房里住院病人不多。据介绍，每天门诊接诊达200～300人次，这数字在这里算比较可观。在加纳城市郊区及乡村医院，一般留不住人，主要是缺少医生。城市有人去，农村无人来；市中心吸引人，郊区少有问津。

收集完问题后，又回院长办公室。高参主要询问国药公司张总及中地公司丰总的意见，一个是设备供应商，一个是承建商。张总说，其涉及的问题是人员培训以及一些零配件供应，准备今年6月份之前办妥。而丰总那里，就是墙体裂缝及地基下沉。丰总很利索，打了个电话，将这些问题反馈给公司技术人员，那边就有人帮助其准备汇报内容。所以，丰总汇报起来，条理清楚，头头是道。比如排水沟要搞，防止漏水继续冲刷；一些墙体裂缝要修补，必要的话灌砂浆和树脂；那条大裂缝需要安装测量条，持续观察1～3个月，判断是否因结构性缺陷引起。高参从援外高度讲述要正确认识这些问题，引起重视，不要给非洲人一个"中国东西便宜，但档次低、质量差"的印象，我们自己要争气。有些设备使用需要国内协助培训等，可以通过援外司途径协调解决。

对于加方提出的一些问题，高参耐心表达自己的看法。由于这家医院的运营资金是上级拨款，没有多余经费用于房屋与设备的维修保养，所以希望中方予以提供。比如空调不制冷、漏水等；比如经常断电，要求提供UPS，以保存电子信息资料；还有一些设备电池已过使用期，需要更换，也找中方。所以高参就说："我们做任何事情都有一定时限，我们向加方移交后，自然会负责维护一段时间。过了这段时间，中方和加方会再次进行检查验收。如果符合设计要求，就应该由加方负责后面的维护工作。没有说仪器设备过了保修期，都不会坏，不需要更换零部件，也没有哪个公司答应终身包用。就像孩子养到18岁，他自己就要独立生活，有什么事他自己想办法去解决，而不是再去找父母。这道理也是一样的。"高参一席话，说得几位院方管理人员频频点头。

原来这家医院准备聘任一位中方院长，由中国医疗队长来担任。经参处亦希望将中国医疗队放在这家医院。

12点到玫瑰餐厅就餐。15点回到驻地。

2013年3月6日，周三，阿克拉

今日为加纳独立日，公共假期。

10点30分，自己一人开车出去买菜。叶子蔬菜没了，就剩几个瓜菜。行驶到黑星广场，遇到封路，要绕道。幸好买菜次数多，方向感强，兜一大圈，就到丰收超市。没有更多蔬菜，仅买了苦芥菜、菜心和洋葱等，花了71塞地，就返回驻地。

修改《我要去加纳》，作为散文集的开篇。到了晚上，该文主要内容确定，暂放一段时间，再润色。查看适合入编散文集的文章，发现文章篇幅长短不一、写作风格不一、内容层次不同。可能要分章、归类等统筹处理，这有点费脑筋！

2013年3月7日，周四，阿克拉

凌晨3点被手机短信铃声吵醒，收到志红短信：

谭琳玲今早打电话给我说，我那篇讲稿已通过。卫生厅来电，叫我明天上午去市红会医院，与国家一级作家商量改稿事宜。

顿时睡意全消，令人无比开心！让专业作家修改润色，可以知自己之不足，这也是学习过程。好事啊！

下午动笔写作《心儿向着远方》一文，作为散文集代序。20点30分完成初稿，计1900字。到目前为止，散文集初稿内容基本完成，后面工作就是修改、定稿，以20～25万字为宜。有些随笔只是人生感悟，是否入选散文集，则需考虑一下。

2013年3月8日，周五，阿克拉

8点30分出门，走路去医院。骄阳似火，出了一身热汗。找个树荫处短暂乘凉，演讲稿入选的喜悦荡漾在心头。

走进病区。病区重新装修后，变得漂亮了许多。为了保护病人隐私，床位之间原来只用屏风，现都安装上布帘，这也是一个进步。遇见Mawuli，将两双陶瓷柄的筷子作为礼物相赠。去年曾赠送Mawuli一双此款筷子，他非常喜欢。此次回国前，他专门向我提起此事，而且念念不忘。

病房新入3例颈椎骨折病人。1例32岁男性，坐在出租车后座，被后面车辆追尾，类似挥鞭样损伤机制，致颈6/7脱位并双侧关节突交锁，并颈6棘突骨折，造成全瘫。1例27岁男性，被撞后仰摔在地，后脑着地，造成颈5、6椎体的屈曲骨折损伤，并脊髓完全损伤。1例中年女性，车祸致颈2椎弓根骨折，一般前路手术可以解决。但他们担心钛板太宽，前路手术不好固定，所以最终术式选择未定。还有1例老年病人，考虑颈脊髓压迫症，拟下周行后路手术。Yankey正带人在病区查房。我对下周脊柱手术病人有个基本印象后，就回驻地。

下午修改《心儿向着远方》。以候鸟角度来写自己心中的乡愁，并提出一个观点：所谓海洋文化，其实就是候鸟文化。候鸟永不停歇地飞向远方，但从来不会忘记家在何方。在修改时，不知触动自己心中哪根弦，竟然老泪纵横。

散文集目录编写好了，后续工作就好进行。争取本月内完成部分文字修订。另需补一篇后记，字数千字以内。

2013年3月9日，周六，阿克拉

9点多，与邵医生、林大厨等一起出去买菜，跑了4处地方。在Shoprite购物中心买猪肉。自己买牛奶、苹果、橘子、果汁等，还买瓶750ml黑方威士忌。去年尝试多种酒类，还是威士忌口感好，尤其价位高的威士忌。一分钱一分货，此话不假。在Osu买鸡蛋，再到Lara超市买牛肉、羊肉、鸡肉等。最后去丰收超市，买蔬菜和面粉。不过没有叶菜，下周四再说。去地方多，办事多，花钱多，费时多，12点多才回到驻地。

没有午睡，下午修改散文稿。发现几个问题：一是个别文章口气太大，有点义愤填膺之感，类似愤青；二是几篇文章内容有重复，比如《阿克拉的天》与《路过一块玉米地》；三是有些内容以前作为向单位汇报材料，专业性强，专业词汇多，要转换成一般读者可以理解的语言，这倒是一份艰巨的工作；四是几篇文章有说家史的感觉，易激起读者反感；五是有些文章题目未拟好，缺乏文艺美。从这些问题看，不能操之过急，要花点时间，将文章改得更好。原先认为本月完成文字修订，时间上可能过于仓促。还是按原来计划，在5月份定稿为宜。

一直坐在电脑前，改稿到21点多。累了，就看电视。

2013年3月10日，周日，阿克拉

坐在电脑前整整一天，修改散文。修改的篇目有《一方水土》《为自己鼓一次掌》《享受寂寞》《来自加纳的第一封信》《与蚊子的战争》《家中的水仙花》《我要去加纳》，共完成3.8万字。

2013年3月11日，周一，阿克拉

8点40分出门，9点20分到医院。进手术室，发现今日没有安排手术。在手术室待了半小时，将一袋德芙巧克力送给护士，并写了笔记，10点走回驻地。

修改散文《人在非洲》《'烂尾'的工程》《小蚂蚁》《小花猫》《一年有一个梦想》《仰望星空》《路过一块玉米地》《路边一簇芦苇花》《国内来个慰问团》《越洋电话》《悠悠茶香悠悠情》《大西洋边中秋夜》《祝福加纳》《这世界真巧》《大厨回国的日子》《在非洲晒太阳》《手术室护士》《靠谱的慈善》《捐赠这件事》等。完成近6万字。有几篇文章是否收录尚待斟酌，如《屁股定律》《学习恭维》《说话的技巧》等。

按时间顺序给单篇散文排序，这样更能反映自己援非的心路。目前拟收录散文76篇，尚余10万字待修订。如加上插图，则总字数达25万字。

2013年3月12日，周二，阿克拉

早上起床第一件事，确定不收录《屁股的定律》等3篇文章。这3篇文章风格不一致，且内容空洞，对表现援非生活的主题帮助不大。后面更繁重的任务应是修改长篇散文游记。在修改中，可以把握一个原则：叙述多一点，议论少一些；写景细一点，抒情少一些；历史加一点，思考深一些。有的写作太慷慨激昂，语气生硬，

牢骚满腹，等到再次修改时，要重点关注。依此进度，本月先完成第一次修改稿。

9点30分到医院。进手术室更衣时，Dr Wepeba说："术后ICU监护床位已占满，只能等到这台手术病人完全苏醒，送回病房，才能开始接下一台手术。"他又神情凝重地说："现在ICU里住进一名本院医生。前面一名女医生脑出血，刚送到南非，这个又来了。我们医生是高风险行业啊！"我回答说："是的。我们都要照顾好自己。"看来非洲医生的负担也不轻松。

我走进ICU监护病房。躺在病床上的那名本院医生已有白发，仍处在昏迷中，气管插管，呼吸机辅助呼吸。有两名男士站在床边，口里念念有词，似在祷告。这样看来，遇到这种棘手事，祈祷似乎是不同文化的共同选择。Dr Wepeba后来也进来，告诉我那位医生年龄仅54岁。上帝保佑！

第1台手术是颈椎后路手术，例行全椎板切除，由Yankey主刀。我和Dr Wepeba都没什么事。在休息室里，我主要写作《有关看病哲学》的一些杂文，坐在手术室里写杂文，想到哪里，写到哪里；有很多想法，先记下来再说。虽说有点凌乱，但还能写一些东西。12点15分，返回驻地。哦，还把背包里的几盒小包装巧克力豆和德芙巧克力，作为小礼物，送给了护士长。

下午继续修改《在阿克拉过春节》《叙事克里布》，共2万多字。现在看有些内容可能并不适宜，特别刚到加纳时一些想法，空想居多，至今也没做到，但也是援非生活的留痕和记忆，就维持原状，不想大动干戈。

电脑前忙碌时间长，脖子有些酸疼。喝了最后一点Gin酒，凌晨两点入梦乡。

2013年3月13日，周三，阿克拉

9点出门，半小时后进手术室。几名护士一见面，都热情向我道谢，原来护士长已将巧克力豆分发给她们。遇见Dr Akoto，他为1例病人做硬膜外封闭后，准备接台腰椎翻修手术。我问他："你不是休假吗？"护士长轻声告诉我："那病人可能是他的朋友。"在手术室里坐半小时，拟写杂文《谁将医生置于危险境地》。

10点30分回到驻地，拿了车钥匙，开车出去买菜。就去丰收超市，买几颗大白菜、南瓜、黄瓜等，花86塞地（黄瓜比较贵），11点45分回到驻地。

下午上网查看《广东医生在非洲》的入选文章。1篇是李杰医生的《中国医生very good》，他是第1批援加纳中国医疗队队员；1篇是王泽医生的《小小银针传友谊》，他是我的队友；还有两篇来自原援赤道几内亚中国医疗队员，汕头大学一附院麻醉医生和佛山二院叶星院长。

修改定稿《兼职一回法医》《最大的幸福》，约1.5万字。明天是周四，不去上班，可以完成第一次通稿修订。目前有20.5万字，后记要注明有4篇文章系给医院的汇报材料，故叙事啰唆，涉及专业词汇多，表示歉意。加上插图，则有23万字，基本可以结集。胜利在向我招手，曙光在前头！

晚上完成《中国脊柱脊髓杂志》的1篇论文审稿。

2013年3月14日，周四，阿克拉

一早就停电，笔记本电脑也没电。哈哈，省心，什么都干不成。给女儿去电话，问一下近况。她也很忙，作业永远做不完。

9点30分来电。修改定稿《家在远方》《梦里寻她》，共4.5万字。到晚上9点30分，完成第一次通稿修订。

2013年3月15日，周五，阿克拉

晨起后，修改几篇散文题目，因为怎么看都觉得太没有意境。故将《街头偶感》改为《同一片天》;《人在非洲》中的《追寻足迹》改为《歌声伴我走天涯》;《公立医院的效率》改为《念天地之悠悠》;《梦里寻她》中的《阿科松博》改为《寂静的峡谷》;《草屋之夜》改为《最浪漫的事》;《埃尔米纳城堡抒怀》改为《奴隶堡抒怀》。修改后，至少从目录看，像散文那么一回事。

9点30分，到外科楼病区。有1例31岁男性病人引起了我的注意。去年1月首诊时，该病人已有腰痛史10个月，影像学提示腰2/3结核并椎旁脓肿形成，血沉（ESR）41mm/H，腰椎结核诊断明确。当时亦建议手术，但不知道为何没有手术，仅予以抗结核药物保守治疗，口服抗结核药物9个月。去年11月复查，见周围脓肿均吸收，椎管内无压迫，仅残留局部后凸畸形。目前病人偶感腰部酸痛，症状较轻。病人睡眠好，什么活动都正常，可以正常工作。我详细询问其目前的功能状况，获得明确回答："所有功能都很好。"我问病人："那现在需要医生帮助你解决什么问题呢？腰椎后凸，不美观？还是腿痛难忍？"病人均否认这些需求。因此，从目前情况看，没有需要手术的必要性，或者说立即手术的需要。目前症状可能是因为局部有些不稳造成的。这个病例给我一个很好的提示，那就是要注重抗结核化疗，而且化疗时间在9个月是可以接受的。在加纳，抗结核化疗一般是6～9个月，持续时间超一年的病例很少。而且化疗药物方面，以前我们强调使用链霉素，但在

加纳，并不建议使用这药物，也有很好的效果。

我在医生办公室翻拍这例病人影像资料时，发生了一起丢人的事。我弯腰捡东西时，听到嘶啦一声响，裤子竟裂开了！直接撕开一个大口，只好用背包遮掩臀部，赶快溜回去。

11点30分，给老母亲打电话。浩浩过生日，家人在一起吃饭。然后给女儿打电话，说了说那丢人的事，惹得女儿哈哈大笑。再说散文集一稿完成后，先寄给女儿看看，请提意见。

下午初拟后记。散文集以压缩文件发给志红和女儿。散文写作暂告一段落，以后写杂文。

2013年3月16日，周六，阿克拉

今日起床后，一直琢磨修改后记。写作讲究"凤头豹尾"，更要重视散文集收尾：

写罢脊柱专著，远赴非洲大陆，难得如此经历，自当真实记忆。援非生活，虽是枯燥，内心体验却并不苍白；所见所闻，所思所悟，情之所至，皆成文章。《第一封信》《在阿克拉过春节》《叙事克里布》《人在非洲》等，均系援非报告，如此俏皮形式，令人耳目一新，颇受各方欢迎，亦得大家鼓励，遂笔耕不辍，持之以恒，日积月累，几分收成；择其数篇，结集出版，大千世界，以此展现。唯生活点滴，体裁不一，有长有短，亦叙亦议；实感真情，滋味迥异，个人修行，恕难一致。援非二年，得得失失，为国效力，岂能计较，如有珍视，唯有此书；人生几何，忙忙碌碌，成就高低，均有定数，借此感谢，远近亲疏。

上午9点多，与邵医生、林大厨一起出去买菜。先去Koala超市，购买包菜、青豆、火腿等，花111塞地。又去丰收超市，人员聚集，简直密不透风。蔬菜刚从车上卸下，便一拥而上，一抢而光。怎么有这么多中国人生活在阿克拉啊！佩服丰收超市李老板，生意能做成这个样子，确实令人羡慕。买了芥菜、菜心、豆腐等，花165塞地。

2013年3月17日，周日，阿克拉

凌晨1点多，醒来收看习近平总书记重要讲话。"中国梦"很感人！还收看了李克强总理记者会。快到5点，又去睡会儿。不了解政治是不行的；沉迷其中，不能

自拔，也是不行的。

又找一些援非照片上传网盘，供谭琳玲选择使用。

2013年3月18日，周一，阿克拉

8点30分，中国医疗队队员到达加纳外交部，参加外交部大楼的交接仪式。该大楼由中国援建，烟建公司承建。10点，交接仪式开始。首先由一名神职人员祷告，然后女子唱诗班唱颂歌。接着介绍出席人员，中方有大使、参赞以及烟建老总，还有下面坐着一班人；加方有女外长、总司长等；还有其他国家的外交人员。烟建老总、中国大使及加纳外长都讲了话。然后他们去剪彩，我们就回来。

中午上床眯一会儿，就起来写杂文。到晚上19点30分，完成两篇杂文，一些观点其实是在上周手术室里写的，今天不过整理一下。这种写作方式不错，在手术室胡写，过几天再录入整理，以1500字为宜。

2013年3月19日，周二，阿克拉

8点40分出门，9点30分到手术室。

由于ICU床位仅有一张空床，手术就不能满负荷进行。今日停掉1台颈椎手术，仅保留1台颈椎前路手术和1台脑室分流手术。我在休息室里写杂文。其间Dr Dakurah也进来手术室，相互寒暄几句。12点，肚子饥饿，就跟Yankey和Mawuli道别。将两张漂亮的中国剪纸送给护士长和一位老护士，不时让她们开心一下。

下午继续写杂文。

2013年3月20日，周三，阿克拉

9点到达手术室。今日有3台脑科手术。在手术室凉快会儿，写篇杂文。10点步行回驻地。本想出去买菜，后来林大厨说，还可以坚持几天。那就算了，周六再说。

12点多给女儿、志红打了个电话。都在忙，懒得搭理我。之后又接受谭琳玲的线上采访。

21点，与志红线上聊会儿。那篇《家中的水仙花》有三稿，但不知道最终采用哪一稿。

23点许，给理愤堂弟打电话，询问左膝关节疼痛的情况。他在建筑工地务工，出现左膝肿痛，有一明显诱因，曾从1楼爬到30楼。现在返乡休息后，症状有明显好转。嘱咐他多休息，避免关节负重增加。

2013年3月21日，周四，阿克拉

8点，姚玲来短信告知："好消息！你被评为2012年度《中国脊柱脊髓杂志》优秀编委及审稿人。"那我可以写篇通讯稿，报宣传处、院刊及卫生厅援外简讯。

今日没去上班，上午写杂文。8点多，给冯岚打了个电话，又跟陈建庭主任聊了会儿，他们在国内工作都很辛苦。后来，又分别给老母亲、女儿打电话，聊聊天。

13点多，正要午睡，女儿打来电话，说家里电视机坏了，要买新电视机。两人你来我往，聊了半天，不但确定了买什么电视机品牌，连货款都支付了。还是用我的建行卡支付。哈哈，明天志红见到家里送来一台大彩电，不会以为中大奖吧？后来觉得聊天记录中有银行卡信息，可被人盗取，赶紧在女儿的指导下，及时删除记录。

2013年3月22日，周五，阿克拉

10点到医院，参加查房。Dr Dakurah今日有教学任务，带一批女学生参加查房。Dr Wepeba也参加了查房。

女病房里有1例颈2椎弓根骨折病人，不敢从前路手术，可能要等Dr Akoto回来决定。另有1例腰椎管狭窄症病人，合并腰4/5椎间盘突出。后方减压后，可能要同时摘除椎间盘。Mawuli问我："这例是否需要内固定？"我反问道："为什么不呢？"已有椎间隙变窄，椎体向前移位，自然要融合固定。

在男病房，脊柱病人比较多。那例颈6/7骨折并截瘫病人已出现肺部感染，可能凶多吉少。新入3例颈椎骨折病人，其中2例已截瘫，1例屈曲牵张骨折，幸运没有脊髓损伤。新入1例颈椎病，1例胸椎管狭窄，另有1例40岁腰椎间盘游离性髓核脱出。在这里已遇到数例颈椎矢状骨折，伤因是高处坠落伤或车祸交通伤，此类骨折多半导致严重颈脊髓损伤。之前在国内亦遇到3例，值得开展相关临床研究。

11点50分，久站后觉得双小腿明显酸胀。其实站立不到两小时，看来外科医生使命要结束了。12点30分结束查房，我就走回来。

下午躺床休息一会儿。起来后写杂文。

2013年3月23日，周六，阿克拉

8点起床。9点30分，与邵医生、王泽、林大厨一起出去买菜。先到Shoprite购物中心，再到Lara超市，后到丰收超市。忙到12点30分才回来。人多嘴杂，林大厨都发脾气了。下周开始轮流出去买菜。

完成杂文1篇。

2013年3月24日，周日，阿克拉

今日完成杂文1篇。

上网检索"如何看病"这个主题。有名台湾医生写了一本书叫《医生从未告诉你的秘密》，讲述看病的方法。从摘要及目录看，更侧重于讲小故事，而不是整体上把握，更不是从认识论或者方法论来讲。因此觉得从生活哲学角度来写《关于看病的哲学》，可能有一定特色。

下午完成杂文写作提纲的编写，共100篇目。现已写完20篇，以后继续努力，目标20万字，之后结集出版《关于看病的哲学》。

中午给志红电话。志红明日10点赴从化参加演讲培训，住逸星酒店，周五下午返回广州。听得出来，志红相当兴奋！

2013年3月25日，周一，阿克拉

9点到手术室。今日安排三台手术，第1台脑室引流，第2台是那例腰椎结核，第3台是腰椎间盘突出。

我坐在休息室里写杂文。今日写有关诊断思维问题，这亦属于医学哲学内容。从20多篇写作看，我觉得《有关看病的哲学》起得比较贴切，就是要写给病人、医学生、年轻医生都能看的书，而不能局限于病人看。写作要覆盖整个医疗过程以及全生命周期，侧重医学哲学的认识。后来一想，原本计划写的《脊柱外科的临床思维》，可能做起来专业性太强，受众局限，倒不如写《关于看病的哲学》杂文，把一些临床思维内容也写入其中。从医学哲学角度，阐述有关健康及疾病的科普知识。万法归宗，既然想好了，那就坚持下去吧。要一件事、一件事去做，并乐此

不疲。

Dr Wepeba让我和Yankey上那台腰2椎体结核手术。手术于11点多开始，开始前我们几人一起讨论病例。他们要固定到胸12-腰4，希望能够矫正后凸畸形。我认为，病人仅有轻度腰痛，没有神经症状。如不行截骨手术，后凸畸形甚难矫正。即使长节段固定可以矫正后凸，那么依靠什么来前路支撑呢？如从后路进行椎体间植骨，不仅破坏后方结构，而且要进入椎管，有可能出现神经并发症。所以我建议，就是固定腰1到腰4，将腰2/3局部融合，另外2个节段可不融合，过1～2年后再取出内固定。手术过程顺利。但Yankey还是进行广泛的横突显露，习惯依靠横突定位进行椎弓根钉固定。如此广泛腰肌剥离，创伤较大，我都觉得心疼。类似这个病人进行关节突植骨已足够，比横突间植骨会好多。但改变观念是很难的，以后再慢慢想办法吧。完成固定后，我进行腰1-3关节突植骨融合，Yankey进行腰2/3横突间植骨融合。Yankey继续缝合切口，我先下台。这是我援非的第38台手术。

14点到病区，花半小时，收集3例颈椎骨折影像学资料，都是很宝贵的临床资料。不管在哪里，只要用心，都会有收获。然后冒着烈日步行返回，确实感到很疲惫，咬着牙走回来，当作耐力的锻炼。

晚上写作杂文，主要是把手术室里的写作内容边录入边修改。

2013年3月26日，周二，阿克拉

8点40分出门，直接进手术室。今日计划手术三台，第1台为垂体肿瘤，第2台为腰骶部脊膜膨出（8岁），第3台为腰椎管狭窄。

开台比较迟，我就在休息室里写杂文。和Mawuli一起讨论昨日手术情况，昨天那台腰椎间盘手术是他做的。他说未见髓核游离，仅有纤维环破裂。我有点怀疑，这两天到病房再看一下病人。我建议类似这样的病例，可以采用半椎板或者就是椎板开窗手术来做，借助他们的手术眼镜，术野可以很清楚，而不必全椎板切除。另外也讲到昨日结核病例，可以采用关节突关节植骨融合，比横突间植骨融合更有优势，而且不需要剥离广泛的椎旁肌肉。Mawuli同意我的看法，不过想转变他们观念有待时日。Dr Dakurah也一起坐坐，并说："Dr Qu，你能写出那么厚的《脊柱内固定学》著作，一定是中国有名的脊柱外科医生！"Dr Wepeba听了Dr Dakurah介绍，向我竖起大拇指。我以微笑作答。

12点，才开始第2台手术，我就不在此等候，走路返回。路上，想到杂文最后一定要写篇《生命之树常青》，要写上从小拉扯我长大的外公外婆。他们虽已离世，

但他们已经融进了我的灵魂。生命的传承更是灵魂的传承，借以纪念他们。想着想着，不禁流下泪水。

回来后给女儿打电话。女儿说，身体不舒服，又吐又拉，可能吃坏东西了。志红去从化培训，女儿就拉稀腹泻，怎么回事？

下午没怎么睡，挂念女儿的身体。等到23点30分，联系上冯岚，请冯岚去家里探视，如需要则帮忙带女儿就医。

不知道女儿现在怎么样。

2013年3月27日，周三，阿克拉

6点起床。看到张雪梅留言说，女儿没有发热，考虑是胃肠型感冒，问题不大。另一留言来自谭琳玲。志红担心我会发脾气，也来短信说明，要按卫生厅要求严格落实。这也是我的事，当然要积极配合。

按照谭琳玲的要求：工作和生活的视频各一段；简陋生活条件照片，包括冲凉房等；下厨烧菜的照片；近期军装照。因为相机还在王泽那里，所以就用手机拍了几张照片，再找一些以前的照片，一起打包传回去。

8点多，下楼去，让门卫Tier协助录制几段视频：我走在路上、我走进驻地大门、我走出驻地大门……然后去医院，录制一段我在手术室写作视频，又录一段Mawuli术中的视频。当然又完成1篇杂文初稿。11点30分，走路回来，准备将视频资料传回去。

从中午始，一直在传视频，到晚上6点才完成。中午给女儿打电话，让她买即食面，不要油料包，要清淡养胃，然后再吃粒感冒药。女儿说，中午出门倒垃圾时，门关上了，把她关在门外。后来志红赶回来开家门，真够折腾人了！

下午继续写作杂文。晚上临睡前，又给女儿短信，询问现在身体状况。女儿说还有点头痛。

2013年3月28日，周四，阿克拉

6点醒来。见到谭琳玲的留言，需要一张在非洲炒菜的照片。就下楼到厨房里补拍几张掌勺的照片，立即传回去。9点多视频连接，提出要补充照片：要展现简陋的生活条件，要全队队员合照，再拍几张上下班的黄土路，拍摄队员和家里小孩视频联系等。就拿着相机从三楼到一楼走一遍，看什么角度选景拍摄。

10点30分，开车出去买菜，过了克里布十字路口就掉头回来。前面堵车，沿海边道路上排成一溜。考虑明天是受难节（Good Friday），大家都在准备过节，那就别去凑热闹。11点王泽回来，在他那里拍几张与家人视频联系的照片。中午发回去。

中午给女儿打电话。女儿现已没有呕吐，但还有点头痛。叫她吃点药，再去睡觉休息，监测一下血压。并提起另一件事，要提醒志红买外衣。志红要参加巡回演讲，没有一两套正装不行，过两天到市内像样一点的商店买几件像样的衣服。

继续写作《有关看病的哲学》杂文。仅完成2000多字，难以集中精力，可能琢磨拍照事情过了头。那就不要强迫自己。

2013年3月29日，周五，阿克拉

今日受难节，也是假日。6点多醒来，看到手机上有志红一则短信：

广东援非医疗队培训班已经进入最后冲刺阶段。明天厅领导和援外办领导将来验收，试讲时间改为9:30开始。试讲顺序：李杰、宁静、叶星、蔡梦红、叶志佳、姚建春、朱志红。请在9:10前把PPT拷到会务电脑，候场人员及时等候，不要空场，中途不打断，最后才点评（省卫生厅党委办）。

系转发通知的短信。现在肯定已经结束演讲，故发短信询问：结果如何啊？志红回：超好！

上网见到谭琳玲的留言：

瞿教授，嫂子今天讲得特别好、特别好、特别好！

10点给志红打电话，了解这周在从化的培训情况。志红已经回到家里。除了3篇加纳题材外，有3篇赤几题材，还有1篇冈比亚题材。加纳题材演讲3人的普通话不错，而其他几人地方口音比较浓。我之前已经预计到这点，另外冈比亚由于现在处断交状态，可能不占优。下周是清明节，过完节后卫生厅再汇总决定。5月是医疗援非50周年纪念期，要有动作只能在4月后半月。由于各省都在做这方面宣传，不知道有几个省份采用巡回演讲这个形式。如果广东太早启动，人家也会蜂拥而上，最后影响力就差。现在习近平总书记访问了3个非洲国家，还会见了东非多国国家元首。WHO总干事盛赞中国派遣援非医疗队以及援建医院，对非洲发展起着重要作用。因此，省卫生厅这项工作如果时机把握良好，则社会影响很大。

10点50分，开车带王泽出去买菜。在丰收超市，买了蔬菜以及5排鸡蛋，就返回驻地。途中，王泽说，省中医院书记亲自去了从化。这说明人家对这项工作很重

视，态度决定高度。

中午给女儿打电话，询问身体情况。女儿今日已缓过劲。

晚上Dr Dakurah来到驻地。手机处于振动状态，没注意；座机也没响声。等到门卫Tier上来叫我时，才下楼去迎接，真失礼！Dr Dakurah此次亲自上门来，专程邀请我明日到他家别墅做客，约定明日中午12点到驻地接我。我说："我自己开车去吧。能否带两名同事一同前往呢？"Dr Dakurah欣然同意。后与林队提起此事。她明日去机场办完事后回来，可以参加。然后又邀请王泽一同出席。明日让Oxward开车，不然如果我喝一点酒，就不好开车回来。

晚上准备为索尼摄像机充电，发现机子不识别刻录光盘，而且还找不到充电器。原准备拍一些视频带回国，看来此事要黄了。

2013年3月30日，周六，阿克拉

上午打了两个电话。一个给理愤堂弟，他不在，弟媳妇儿接的，主要把王卫民教授的会诊意见告诉他们。膝关节有个良性病变，现在不急手术。等下半年再做一次检查，对比一下。如果需要手术治疗，则等我回去后安排。另一个给老父亲、老母亲的，把理愤堂弟事情说一下。老母亲肠胃不好，大便不太正常，要去医院化验大便。

按照昨日与Dr Dakurah的约定，12点准时下楼等候。足足等了1小时，Dr Dakurah才姗姗来迟。准备的上门礼物是木盒装的法国葡萄酒2瓶，1包花生糖，1双中国陶瓷柄筷子。叫上林队、王泽，坐进帕杰罗车，由Oxward开车。幸好找他开车，否则按我的驾驶水平，肯定跟不上Dr Dakurah。

往海岸角方向公路上行驶约半小时。便从公路拐进坑洼黄土路，像到了农村，一路颠簸。Dr Dakurah的别墅在靠海边的小山上，进去后才发现规模很大，别有洞天。加纳房屋土地买卖以Block（块）计，每Block占地1亩。Dr Dakurah家占地2 Blocks，有近1400平方米，真的好大呀！一共有两栋房屋建筑，利用斜坡修建，大的一栋是前部带车库的2层建筑，为小孩房间、厨房、客厅及客房、书房等。小的一栋为Dr Dakurah夫妇的卧室、起居室等。后面还修建了私家后花园，还有一座亭子。我们一进门，便被引到那亭子来。

Dr Dakurah的几位高中同学也参加今天聚会。都是在阿克拉发展很好的成功人士，一般每月聚会一次。其中一位系巴克莱银行高管，有4个孩子，住在Eastern Lagoon区。他说，作为父母要支持孩子接受教育，以后成家立业则是孩子自己的

事。而他几乎每个月都会回上北省老家看望父母。加纳似乎富人都住在半山，而平民多半住在海边或者平地上。

食物都是从烤箱出来的，有烤鸡、烤猪肉、烤羊肉串，都是带皮的，挺香。就是羊肉串有些筋，咬嚼不动，又不好意思吐掉，只好硬吞下。喝完一支Club啤酒，我觉得不带劲，就自己倒上威士忌，连干三杯。Dr Dakurah教我用可乐混着威士忌喝，说这样比较好入口。对于我这个会喝酒的人而言，这样掺着喝，根本不对劲。17点餐会结束后，Dr Dakurah小女儿带着我们参观室内。哈哈，清一色中式实木家具，柜子、桌子、椅子没有一样不是！与Dr Dakurah及朋友道别，感谢Dr Dakurah的邀请，我会记得与他们一起度过的美妙时光。

18点多，回到驻地。酒劲上来，连晚饭都没有吃，倒头就睡，也忘了和Dr Dakurah一声。19点多，Dr Dakurah来个电话，也没有接上。睡到22点醒来，吃个苹果，又吃包即食面，接着看电视，熬到凌晨1点又睡觉。

2013年3月31日，周日，阿克拉

老彭今日返回加纳。5点12分，老彭从亚的斯亚贝巴来短信，通知接机。

10点30分，我开车拉着林队和王泽出去。在机场附近，新开的Marina Mall购物中心，便进去参观一下，还买几包即食面等。这家购物中心商品琳琅满目，购物环境不比Accra Mall或者Shoprite购物中心差，以后可以不跑那么远了。

11点30分，开车到科托卡机场。林队去VIP通道接机，我和王泽在西边停车场一棵杧果树下乘凉。12点5分飞机降落，我给老彭发个短信："欢迎回到加纳！"等到老彭出来，问他有没有收到短信。老彭说没有，又是咫尺天涯。

驱车到Labadi酒店就餐。那里早已顾客盈门，根本就没有座位。吃自助餐的人都到酒店大堂就餐，还有在游泳池旁设临时桌椅落座。复活节和圣诞节同属基督徒最盛大的节日，所以酒店里的人很多。当地人可能刚参加完礼拜活动，女子都穿白衣装，成群结队到酒店享用自助餐。而游泳池里也有很多欧洲人嬉戏游玩，看来是来度假的。

我们在外面走廊找一处沙发和茶几。拿着自助餐，各顾各地享用起来。食物很丰盛，不过人多，拿什么都要排会儿队。我不敢多吃，贪吃惹的祸记忆犹新。盘里就2块鸡肉、2块烤肉和1块排骨，加些米饭和蔬菜，外有2个小面包。有烤全羊，但确实不敢多吃。看到老彭吃了一盘又来一盘，后面还吃了水果和冰激凌。回国一个月，竟成一饥汉，不禁感慨问道："到底谁生活在水深火热当中？"现在自助餐每

人70塞地，加上2支Club啤酒，最后结算300塞地。回到驻地已15点。

在Labadi酒店时，坐在外面吃饭，有热浪而来，身上出汗，就开始思考《有关看病的哲学》杂文集的事。从目前进度看，可以涉及的领域比较多，包括医患关系、诊断、治疗、随访、康复、教育、预防、人格等众多内容。其中最关键的应是思维学的内容。因此，如将这些内容完成，则可以在临床本科生以及研究生中开设一门"临床思维学"课程。思考的高度不断提升，这就是进步啊！路是走出来的。先上路，走起来；要检验，还是要上路。边走，边思考，边修正，等到确定目标时，行程已经走了一半。这也是写作杂文的最大收获。

老彭在飞机上买1瓶黑方威士忌送给我，那是我现在固定饮用的品牌。感谢老哥！上午在院子里，和门卫Tier聊会儿。他说："你们两年时间已经过去许多，以后还会换一个队过来吧？"我回答说："那是政府的决定，肯定有新队来加纳。"不过时间确实过得很快，像我们这样年纪大一点的，更觉得时光飞逝啊！看来他跟我们这一批队员还是有点感情的，而且这也让他有了份好工作。

2013年4月

2013年4月1日，周一，阿克拉

今日复活节假日。想起去年复活节，与林队、老彭一起去克里布沙滩喝啤酒，看跳舞，恍如昨日。不想一年已过去，真是岁月如梭啊！今日再无如此兴致，待在房间里。

中午给家里打个电话。女儿不准备去符总广告公司见习，有些想法与我不一样。我希望去看看人家公司如何运作，而不是具体文案设计。动漫这个活，天天趴在电脑前，这碗饭不太好吃。自己干着急没有用，还是做自己的事吧。过两天给符总电话，解释一下，表示感谢。

写杂文两篇。写作这事也能上瘾，如同自言自语，适合非洲的生活。思想没有停止，写作就不会停止，身在何方已无妨。《关于看病的哲学》是个相当有趣的写作选题。做有趣的事情，即便时光流逝，亦留有流星的光芒。

晚上审稿《中国脊柱脊髓杂志》论文1篇和《中国临床解剖学杂志》论文1篇。

2013年4月2日，周二，阿克拉

晨起后，见天空又昏暗了下来，不一会儿刮起风，再一会儿下起雨。昨日下雨，今日也下雨。到了4月，阿克拉进入雨季。

写作"荣获《中国脊柱脊髓杂志》优秀编委"的通讯稿，分寄姚玲以及援外中心，争取在医院内网、援非简讯上刊登。前行路上，不能没有一点儿声音。然后处理邮件，院长基金项目进展汇报转邹琳协助完成。忙完这些，就到8点40分，看到外面雨已停歇，就步行去上班。

走在路上，感有丝丝凉意。在医院的那截黄土路上，雨后空中密集小飞虫，地上那些树叶沤了挺长时间，散发出一种酸楚的气味。树上鸟儿叫得没那么起劲，懒洋洋地飞来又飞去。天气不热也不燥，自然不用着急，走走停停，9点25分才到外科楼。

进手术室，见今日安排3台手术。小儿脑室引流1台，腰椎管狭窄1台，还有1

台垂体肿瘤。Dr Dakurah已经到了手术室，麻醉医生决定先做第1台脑室引流，由Mawuli主刀。第2手术间施行腰椎后路手术，这样我就要参加这台手术。

在休息室里等待，写杂文1篇。与手术室女护士Gifty闲聊，称赞她一头假发辫子真漂亮。她面带笑容地说："这假发花了200塞地，将近1/3的月薪。"又说："可以保持3个月，还可以取下来洗。保护好的话，可以用上半年，那每月仅需30塞地；如能用上1年，则每月仅需15塞地。所以还是用好一点的，而30塞地价位的假发只能维持一个月。"爱美之心人皆有之，假发生意在加纳比较红火，而这些假发产地主要是中国河南。

12点多开始手术。病人女性，1954年出生，腰4/5椎管狭窄，以黄韧带增生肥厚为明显，并椎间隙变窄，但无明显节段不稳，后路减压、节段稳定就可以满足要求。Dr Wepeba致电Yankey，让其跟我一同上台。显露到骶骨来协助确定手术间隙，过程比较顺利。不过术中血压控制不是很好，易出血。14点30分减压固定及植骨均完成，我就下台，他们继续缝合切口。这是我援非的第39台手术。录制一段术中小视频，以备将来之需。

14点45分走路返回，15点20分到房间。没有吃剩饭，喝杯果汁，吃个苹果，将就一下。跷着脚，观看电影《泰囧》。

2013年4月3日，周三，阿克拉

晨起查邮件。李忠华老师等筹划钟世镇院士老师明年90大寿《夕花朝拾》文集的事，时间定在明年9月份，明年4月截稿，那还有一段时间。在院网上见到一项来华留学教育研究课题申请，比较切合目前工作。如果以"共育模式"培养非洲医学留学生，可能尚有新意。该项目在6月初申报，也不用那么着急。

7点多下楼到厨房，见林大厨准备了汤面，就吃了一碗。没想到肚子一饱，困劲就上来，躺在床上眯糊会儿。8点30分，赶紧起床去医院。

今日手术安排四台。1例1月龄婴儿，行脑室引流；1例颈椎骨折行前路手术；1例胸10-12椎管狭窄行后路减压手术；还有1例脑肿瘤切除手术。不过，我怀疑是否能按计划完成。在休息室里，拟写几篇杂文初稿。

与Yankey一起讨论加纳有关脊柱结核化疗方案。他说，联合应用异烟肼、利福平、吡嗪酰胺，头两个月为强化期，后几个月为维持期，减掉吡嗪酰胺，总时间为15个月。后来我又问了Dr Dakurah。Dr Dakurah说，肺结核化疗周期6个月，脊柱结核化疗周期相应延长，头3个月为强化期，一般用药周期12个月。但我见到上周手术那例病人化疗仅9个月，就问他停药标准是什么？Dr Dakurah一时也说不清楚，说会给我一个方案看看。

本来想上胸椎管狭窄那台手术，但等到13点30分才开始。只是此时饥饿难耐，觉得自己无法再坚持下去，手术室里人手富余，我就回来了。回到驻地刚好14点。吃个剩饭，洗了衣服。然后躺会儿，16点起床。上天台晒太阳，觉得浑身舒坦。

17点多，谭琳玲来短信说，需要补拍一张照片，前面那张照片桌上物品比较凌乱。仔细一看，桌上确实摆放杂物较多。就认真整理一下，顺便把自己那本《脊柱内固定学》作为背景，补拍一张照片。

2013年4月4日，周四，阿克拉

今日是清明节。6点多起床。今日上网查找一些文献。去年有近4万来华学习临床医学的留学生，而教育部下达2012—2013学年英语教学招生指标为50所院校共5030人，可以认为医学留学生是相当大的群体。这并不是中国医学教育水平有多高，而是门槛低、费用少，所以受青睐。在教学方面，最大的问题不是基础医学，这方面全球教育差不多，主要还是临床课程教学。今年1月在国内时，曾与几位加纳留学生座谈。他们提起，在外科学教学时，尤其手术学教学，上课只能观看录像，教师并不擅长以英语来教学，因此无法更深入地探讨。在临床教学上，中国医生喜欢讲个人经验和体会，而国外教学注重有关指南或者方案等。

10点30分，由司机Oxward开车，到丰收超市买菜。在丰收超市，等候了15分钟。运菜车一到，等候的人们一哄而上。想吃新鲜蔬菜，大家都不会那么斯文矜持。买了空心菜、小白菜、芥菜、黄瓜以及南瓜，花73塞地，11点30分就回驻地。这可以将就两天，周六再出去买菜。

晚上没有网络，省心。

2013年4月5日，周五，阿克拉

今日周五，大查房时间。病房新入1例颈椎脱位合并单侧关节突交锁，无明显脊髓功能损害。另有1例老年陈旧齿突骨折并寰枢椎脱位、脊髓受压，可后路手术寰枢或寰枕融合固定。

在加纳一年多，有一个基本印象，脊柱外伤以男性居多，而脊柱退变性疾患手术以女性占多。脊柱外伤主因是车祸以及高处坠落伤。上月看到一则新闻，说加纳

交通事故伤损失占GDP总额的1.6%，每年死于交通伤为2000人，有1.4万人受伤。这个数据很客观，与WHO提供的数据相近。

13点，给女儿打电话，讲了明年毕业后的问题。最好继续再读两年，完成学士学位，在国外找工作稍容易些。新加坡理工学院月薪大概1900新币，这收入差强人意。实在不行，就回国服务，自己发展。无论如何，今后的路不是公务员、事业单位，而是自己创业。我相信，只要想干事，没有走不出的路。

今日完成两篇杂文。写作有乐趣，我乐在其中。

2013年4月6日，周六，阿克拉

晨起感觉左颈部乳突下部位疼痛，明显压痛。不知是否与头皮长几个疖子有关。岁数大了，什么事都会来，但不能牺牲在非洲。

9点40分，与林大厨一起出去买菜。去的是机场附近新开的Marina购物中心，购物环境不错，驻加纳使馆外交人员都去那里购物。多一处购物选择，买菜工作至少不会那么单调。今日买整鸡，还买2只剥皮的兔子，共60塞地。让林大厨晚上红烧兔子，解嘴馋。还买包菜、洋葱等，共花费163塞地。自己买牛奶、水果和咸饼干，属于小冰箱存储食物。然后到Osu，买10排鸡蛋，共90塞地。又到丰收超市，买些配料、西红柿等，花164塞地。12点15分回到驻地。午餐为一包即食面，半条法棍，一个青苹果。

下午写杂文。全天没有网络，好像少了点什么，只能看看电视。

2013年4月7日，周日，阿克拉

凌晨4点醒来，索性起来写杂文。6点多，又躺下睡觉，到8点多起床。今天左侧头皮肿起来，肯定被什么虫爬过，而且下颌部淋巴结肿大压痛，炎症无疑，但没有发烧，就先别服药。右眼角有点痛，有点扎眼的感觉，千万别越来越严重啊。

9点多，给老母亲电话，询问近况。老母亲说，胃肠功能不好，两天一次大便。这对于70岁老人，也没有什么大碍。还说胆固醇高，要服用降胆固醇药物。这就是死脑筋了。个子那么瘦小，又没高血压、糖尿病等，饮食调节即可，吃什么降胆固醇药呢？

中午煮碗面条，再加青苹果和橘子，食量足够。下午又凉拌两根黄瓜，需要多补充一点维生素，否则这头皮上的感染不会那么快消停。

13点45分，丰收超市李老板带个人过来看病。系女性43岁，在室内小腿扭一下，就嘎巴断了。已经在克里布医院拍X片，显示胫腓骨旋转骨折，打了石膏，建议手术内固定。他们想让我负责手术。我说，虽然我是骨科医生，但我在加纳行医执照是脊柱外科医生，不能开展四肢骨折固定手术。况且这里骨科有什么内固定器械，我也不知道。他们最后决定乘飞机回国手术。在上报第三批医疗队派遣专业时，我推荐创伤骨科，确实这些外伤病人还是不少。如果有专科医生在这里，可以更好地为这些华侨华人服务。

今日完成3篇杂文。

2013年4月8日，周一，阿克拉

今天一起床，更觉得不对劲。颔下淋巴结肿大更明显，更疼。而左侧头皮及面部片状隆起，已有全层浸润，似乎是虫咬性皮炎，合并感染了！

8点多，到医疗队药房领取头孢克洛服用。下午又加用氯雷他定、美卓乐。另外补充水果等维生素，大量饮水。不去上班，在驻地休养。

上午老彭来说，有一名25岁中国小伙子在华人诊所诊治，挂了吊针，拖了3天后出现神经症状，烦躁不安，几个人都按不住，才明白是恶性脑疟。随之送到克里布医院，但已经晚了。加纳一些华人诊所根本不认识恶性脑疟，最后耽误了病情！

12点给家里电话，询问女儿本周返回新加坡的事情。但没提自己患病的事，以免更多人为我担心。

晚上林勇彬医生发来1例颈7骨折会诊病例，他有意采用保守治疗。虽无椎管阻塞占位及脊髓压迫，但应关注后部韧带复合体损伤情况。如MRI检查明确有韧带复合体损伤，可考虑局部稳定。

2013年4月9日，周二，阿克拉

昨晚上床休息时，浏览一则新闻。4月8号起，加纳医学会和药剂师协会发起罢工运动，要求发放医生去年的津贴。本周为预警期，停止门诊工作，入院病人治疗照常进行。周三将与政府展开对话，如本周无法达成一致，则罢工将愈演愈烈。加纳卫生部已要求37军医院及警察医院做好准备，以应付紧急状况。加纳卫生部发出信函认为，根据劳动法，尚在谈判进行中，医生罢工是不合法的，除非谈判已经破裂。当然谁也不希望看到这种情况。

8点起床，继续关注加纳医生罢工的消息。目前尚无解决迹象，因为医学会要求政府要有具体行动，而不是停留口头的解决方案。

14点30分，午睡起来，似要变天，但最后雨下不来，有点闷热感。上线与女儿聊天。最近女儿用电脑多了，出现颈部酸痛。家里还有支法斯通凝胶，可局部涂抹后，自行按摩一下。同时调整电脑屏幕高度，稍高于眼部，避免老低头，不然以后颈椎比非洲妇女（她们习惯头顶物品）还差。

今日完成杂文两篇。

2013年4月10日，周三，阿克拉

今日头面部皮炎稍好一点，但眼角干涩又难受，准备找支眼药水滴一下。继续在驻地休息。

10点30分，与老彭一起出去。先到丰收超市买青菜，又到Lara超市买羊排及羊脖。花费274塞地。中午就返回驻地。

下午收到林勇彬发来1例胸腰椎骨折病例会诊。看完以后，予以回复：

要加上X片来确认最下面一个椎体是腰椎骶化还是骶椎腰化。说个原则，首先这个病例一定要手术复位内固定，重建稳定性，便于截瘫后护理，提高生存质量。其次，属于三柱极不稳定型骨折，需要后路椎弓根螺钉长节段内固定。再次，骨折部上下端选择两个正常椎体固定，并力争经伤椎固定，可获得更佳的稳定性。即使脊髓功能不能恢复，后方压迫骨质也要切除，所以骨折部一定要减压，可能减少术后脊髓伤后顽固性疼痛。

可参看我主编的《脊柱内固定学》，P556，"后路内固定节段的选择"。

今日完成杂文1篇。晚上收集有关医学史资料，包括白求恩大夫故事等。

2013年4月11日，周四，阿克拉

收到姚玲发来的全国援外工作先进个人推荐表，说广东省有两个申报名额。我考虑了一下，援非任务尚未结束，实在不宜去做这些事情。尽管说援非1年以上即可申报，但人家吃苦多，我去凑热闹干啥呢？所以就与医院组织人事处陈旭坚联系，明确表态不参加推荐。陈旭坚说，全国给广东省的指标确实比较少，只有两个人，而从卫生厅了解到，可能一个名额给援加纳的队员，一个名额给援赤道几内亚的队员。医院和大学的意见是既然符合推荐条件，建议予以推荐。我说，人家已经

圆满完成任务，荣誉应该属于他们。我还在执行援外任务，理当继续努力。陈旭坚说，已经向医院及大学医管处领导汇报，领导表示尊重个人意愿。

今日写作杂文1篇。

2013年4月12日，周五，阿克拉

8点给女儿打电话，询问其是否准备好返回新加坡的物品。让她买支法斯通凝胶带去，因为经常在电脑前伏案工作，容易出现颈腰部肌肉慢性劳损，可用这类外用药物舒缓肌肉紧张。

11点30分，又给女儿打电话。嘱咐女儿，什么东西不尝试一下就退却，那生活没劲；但冲不上去，也不要等头破血流了才下撤，那也傻愣。反正任何时候老爸我都会支持她的。

加纳医学会发起的罢工活动尚无解决迹象，活动有可能升级。加纳医学会威胁下周将扩大至停止急诊工作。而护士团体表示支持医生的罢工。NPP等政治团体也介入。而另外一方却威胁要开除这些公立医院医生。如此大规模罢工，怎么能以开除医生来解决问题呢？

因为头面部皮炎，本周没有去医院，罢工波及情况不清。今天皮炎情况有明显好转，淋巴结疼痛消失，但脸部还有一点肿胀，皮肤有些已结痂。继续服用几天抗生素。

2013年4月13日，周六，阿克拉

7点多起床，修改杂文1篇。女儿今日返回新加坡，可能当地时间18点左右到达新加坡。女儿在天上飞，我和志红在地上牵挂着，一个在非洲，一个在广州。

10点，与邵医生、林大厨一起出去买菜。先到Marina购物中心。邵医生没去过那里，就算认识一下。和林大厨一起看Tefal法国不粘锅，质量不错，有点心动。如果产地确实为法国，那价格肯定比国内便宜。今后美好生活要靠自己，这些东西很实用。在购物中心购买食品等，支出98塞地。又到丰收超市买蔬菜，支出花费160塞地。12点多，回到驻地。

收到女儿短信及留言。女儿于18点40分安全抵达新加坡，牵挂之心终于落下。女儿刚一抵达新加坡，就收到银行短信通知利息收入407新币。这着实令她高兴一阵子。女儿说，那是意外收获啊！

16点，林队来说，晚上到华陇甘肃大厦就餐。我没法去，头脸部皮炎刚愈合，不敢大吃大喝。自己解决晚餐，煮面条，还是西红柿蛋面呢！

晚上看电视，顺便想想今后写作的事。

2013年4月14日，周日，阿克拉

8点多，收到志红邮件：

今天开车与冯岚一起去天河新大新百货，进到8楼折扣店，虽已是过气服装，但试穿一下，感觉还不错。最后，一口气买下了六套半！打折后共计6350元。肯花血本吧！从来没有这么大方买过衣服。为了完成这次的政治任务，又做头发又买衣服，共计7450元！初衷只是想不上班，出去玩一玩。没想到，真玩大了。

9点，给志红打个电话，聊了40分钟。行头要置买，这是应该的。对于明日卫生厅演讲事情，要有一颗红心两种准备，有收获最大的准备，并为之努力。不要有心理负担，有一次经历或者体验，就已经不错了。当然，劲可鼓，不可泄。原先仅想到省内的，现在有机会冲国家队，就是天大的进步。应该说，目标已经达到。最后结果拭目以待。

又给老母亲打电话，询问近况。老母亲说，没有什么事情，他们能照顾好自己。

今日完成杂文两篇。

2013年4月15日，周一，阿克拉

电视没关，一曲《天边》把我从睡梦中唤醒，一看已早上5点。网络中断，上不了网。6点上天台，呼吸新鲜空气，问声："早安阿克拉！"

8点30分出门，走到医院已9点20分。在外科楼下，明显感觉没有那么多人来人往。在一楼新开外科门诊候诊走廊里，就三四个病人在那里坐着。到了病房，见到Dr Dakurah，表示歉意，上周因病没有过来。

看本周手术安排计划。每天手术安排与前相仿，看来住院手术未受罢工影响。今日手术3台。第1台是5月龄婴儿腰骶部脊膜膨出；第2台是颈椎病；第3台是陈旧性寰枢椎脱位。

Dr Dakurah叫我一起看了这例陈旧性寰枢椎脱位病人。CT重建结果已回来，影像效果很好。没有明显齿突骨折征象，动力位没有见到寰枢椎脱位有变化。因此Dr

Dakurah认为单纯后弓切除减压就可以，不需要枕颈固定融合。这例病人已经60多岁，确实枕颈固定意义并不大。

在病房里，见到那例35岁颈椎脱位并单侧关节突交锁的病人。阅读术后X片，原来关节突交锁已经复位，不过已经过牵，所以关节突呈半脱位表现。Dr Dakurah说："这个病人目前有颈5神经根病表现，考虑还是过度牵拉引起。拟本周再行颈后路神经根孔扩大术。"我则提出我的看法："既然考虑系过牵原因，如要翻修，可将前路植骨缩小即可。后路神经根孔扩大可能无法解决神经根牵拉性损伤问题。"Dr Dakurah说："我再与Mawuli讨论一下。"

进了手术室，见到Dr Bankah。他到美国学习一年小儿外科后，如期回国服务。第1台是腰骶部脊膜膨出，刚好是他专长。见到Dr Akoto也在手术室里,可能已休假结束。那边Dr Bankah带Yankey已开始手术，这边Dr Akoto和Mawuli还在等待上台，大概没我什么事了。今日到医院，一是观察医生罢工的影响，二是让大家知道自己头面部有疾。10点30分走路返回。

志红今日去卫生厅，一位卫生部国际司官员听取援非事迹演讲汇报。13点20分，给志红打电话，了解今日的表现。可能广东在纪念50周年援非中，如此巡回演讲动作系走在全国前列。我亦上网查各地新闻。一些省市如广西、江西等都是以编撰纪念册为主。国家要表彰一批援非队员及单位，大概在5月份可确定下来，因此北京纪念大会可能在6月份举行。如果广东此举能够让北京卫生部赏识，则有可能进京汇报。因此，我跟志红说，可能这事情慢慢就搞大了。

志红说，本周五演讲团去湛江，在那里继续训练两天。然后进行巡回演讲，包括湛江、江门、茂名、云浮、肇庆和佛山等。一周时间，跑这么多地方，基本上属于连轴转，很辛苦！这次跑广东西部片，下次就是东部片。原来如此计划，现在果真如此进行。不管怎么样，能让志红出去转转就是好事，一个人待在家里也无聊。

打完电话，一看余额，仅剩余0.50塞地。真有水平，容我说声："再见！"16点出去买桶装水，并买张20塞地手机充值卡。回来驻地，请Tier帮忙送水上来，送个苹果表示感谢。

今日完成杂文两篇。

2013年4月16日，周二，阿克拉

7点起来，写一点杂文。8点多网络已通畅，浏览新闻，关注波士顿爆炸事件。8点40分走去医院。在病区，见到Dr Dakurah、Dr Bankah和Dr Akoto。今日手

术取消，不知何故。Dr Dakurah、Dr Bankah与我一起去看那个35岁颈椎前路术后颈5神经损伤病人。病人右肩关节不能外展，屈肘力量尚可，C5神经瘫确诊无疑。昨日我建议Dr Dakurah前路翻修，可能他有顾忌，因为再行前路手术则表明这是手术技术造成的。后来我翻拍术后X片时，就思考着，如果能从数学模型上计算这种情况可造成颈5神经根牵拉长度变化，则很有临床意义。

10点30分，离开医院返回。回来后给赵亮医生打电话，他又从医院拿一项出国留学基金，准备明年去美国，谨表示祝贺。顺便询问今年广东省骨科联合会议事宜。他说："昨天刚开会，可能定在9月13日在白云国际会议中心召开，由史占军主任负责承办。"是否考虑届时邀请Dr Dakurah和Dr Wepeba去广州参会呢？到时候再说吧！最近操心事情比较多。

晚上江西国际杨经理来电告知，他们在北部省项目部有个员工受伤，系爆破时哑炮，人走过去时爆炸，小腿受伤，明日将后送至克里布医院。

今日完成杂文两篇。

2013年4月17日，周三，阿克拉

8点40分走去医院。原以为江西国际的伤者已经送到，到创伤急救中心看一下，未见人影。就打电话与他们联系，告知要等到晚上才能送到。克里布医院门诊依旧停诊，罢工尚未解决。到病区转一圈，看到Mawuli在那里，没有什么事，就走回来。回到驻地才10点。

13点多，给志红电话。请志红尽快帮忙审阅我的散文稿。志红总是说，我以前写的内容尽是发牢骚。没错，那是刚来加纳时，思考问题比较多。思考与牢骚有时只有语气之分！以后写着写着，就心平气和，语气平顺许多。做什么事情都有一个过程。写那些东西干什么？记录自己的心路嘛！

晚上19点30分，江西国际杨经理来电话，伤者已送至克里布医院。遂叫上老彭一起过去，林队也一同前往。刚好下一步要到北部省，江西国际有项目在那边，可以先联络一下感情。那个伤者为40多岁男性。询问一下，其呼吸顺畅，无腹痛，可以自行小便。刚好认识的那个大个子骨科医生在那里，就打开石膏绷带，查看一下伤口。伤口位于左小腿上段后内侧，肌肉外翻，但足趾可活动，足背动脉搏动有力。大个子骨科医生说，今晚拍摄X线片等，明日进手术室清创。看来可以保下来左小腿，但皮瓣情况怎么样有待观察。20点40分返回驻地。

今日完成杂文两篇。

2013年4月18日，周四，阿克拉

昨晚23点很困乏，想入睡，不知道怎么又睡不着。对于杂文写作内容，想到可将钟世镇院士的学术创新思想、颈2椎弓根骨折（Hangman骨折）机制发现等内容一并拿来应用，就开始兴奋，折腾到凌晨2点才入睡。

早上收到志红短信，告知明天出发参加巡回演讲。上网见谭琳玲的留言：

还要麻烦你帮忙拍些照片，PPT要补充几张照片。现在只有炒菜做饭的照片，希望能多两张表现医疗队日常生活的照片，如搬运煤气罐、帮厨等，尽快给我。

赶忙到楼下，请林大厨、王泽当"群众演员"，搬挪大煤气罐等。不同角度拍了几张照片，给谭琳玲传过去。都是工作上的完美主义者，值得赞赏。

如此一忙，8点50分才出门。本来周四买菜日，只是江西国际那个伤员住在克里布医院，要到医院看一下。

9点30分到外科楼，放下背包，匆忙到创伤急诊中心。没见到江西国际联系人员，打电话去问，还在来医院路上。

伤者现住在创伤急诊中心的日间病房。我进去后，了解一下详情。一些检查刚完成，但血液等实验室检查还未进行。伤者腿上绷带已重新包扎。伤者姓黄，1968年出生，湖南张家界人。江西国际在北部省有一段公路建设工程，需要土石方。承包石场是老吴，江西南昌人，50多岁，已到加纳两年多时间。他也陪同伤者到克里布医院，但不会说英语。黄姓伤者系为其打工。另有一名陪同人员，小伙子姓巨，很少见的姓氏，就是他负责与我联系。

小巨后来将X片拿过来给我看。伤者系左侧胫骨中上段粉碎性开放性骨折，外侧为旋转骨折断端，内侧部分骨缺损比较大，腓骨小头也断了，骨折线未进入膝关节。故采用外固定治疗可能较好。但这里有什么骨科器械，我也不清楚，只能视情况，有什么就用什么。我让伤者耐心等候结果以及治疗安排。

陪同的老吴昨晚出现发热、寒战。发抖一晚上，今日烧退，感觉才好一点。他知道自己是疟疾。我问他："有没有吃药？"他回答说："没有。不知道去哪里买药。"我说："那不行，这里的疟疾有时很凶险。"我想起我的背包里还有两板抗疟药，就领他到外科楼去拿。途中也询问了一下他的工程。他承包的那个石场，石头坚硬，所以要先行爆破。前日18点，黄姓员工在雷管放入炸孔时，引爆了，所以就把腿炸了。他嘴里不停嘀咕说，这些医疗费用都是由他来负责。那是，谁当老板谁负责，现在他手下有15名中国员工，为公路灌注沥青路面之前，提供加工粉碎石

子。上次去多哥时，在中地工地亦见过那样碎石场。我将抗疟药给他，交代他赶紧服用，每日2次，共有3日剂量。这是我给自己备用的抗疟药，关键时刻贡献给中国同胞。

回到驻地，已经10点53分。老彭已开车出去，就打电话给他，请他顺便带一些青菜回来。回复说："我和林队都没带钱啊！"我说："那就去丰收超市赊账，那个地方肯定会给面子。"

24点收到志红短信。她已到省卫生厅路口，待宣讲团所有成员集结后，一起前往湛江，开始她的"援非先进事迹"巡回演讲报告。

2013年4月19日，周五，阿克拉

8点30分出门到医院。见到外科门诊候诊走廊人员多一些，不知医生罢工是否已经结束。后来回到驻地上网查证一下，说现在门诊仍"荒废着"。

9点30分，去看望江西国际黄姓伤者。其已于昨日下午接受手术，采用外固定架固定，距受伤已整整过去两日。小巨在医院照顾病人，据小巨说，术中输血了。整个手术费不贵，才几百塞地。但外固定架要自己掏钱，可能要两千塞地。今日老黄自我感觉不错。目前主要治疗是控制感染。等感染控制好了，就可以回国继续后续治疗。嘱咐老黄要活动足趾等，过几天可扶拐下床锻炼。老吴不在病房里，到华人诊所打吊针去了。到了10点，返回病区，参加大查房。

今日几名医生都在。病房里主要是一些术后病人。女病房中，那例颈2椎弓根骨折病例已采用Halo架外固定。尽管医生罢工、门诊停诊，可能对入院病人有影响，但这些加纳医生依然坚守自己岗位和职责。这让我钦佩！

从8点多出门，连续站立两个多小时，又感觉小腿肌肉明显酸胀，就不想坚持下去。他们继续，我回到房间是11点23分。

15点20分，中铁五局何福医生带个病人过来。左手食指外伤后30多天，现在还有点肿。我看了一下，局部愈合伤口稍有点肿胀，但没有明显压痛，皮温正常。疤痕软化需要一段时间，可以局部热敷。

23点上床，没睡着。收到志红短信，其已入住湛江海滨宾馆。我曾在那个酒店住过，酒店设施及周边环境均佳。回个短信说：湛江的海鲜真不错！

刚过零时，新闻报道四川雅安发生7.0级地震！揪心！关注！

2013年4月20日，周六，阿克拉

6点20分被志红短信声唤醒。志红短信告知，其将于（北京时间）下午到广东医学院附属医院试讲。并说下站到阳江。有两位大学同学在阳江工作，如有遇见，务必带个好。

电视调到央视4套节目，持续关注四川地震情况。天佑我中华！

9点，几人一起出去买菜购物。先去买米，买了1袋50公斤美国大米，115塞地；又转到Shoprite购物中心买猪肉，85塞地；自己买牛奶和苹果，花了51塞地。接着去Koala超市，买包菜以及面包等，亦花51塞地。为车辆加100塞地柴油后，去丰收超市买182塞地青菜及配料等。

12点20分回到驻地。煮碗青菜面，吃完满身汗。看电视，关注雅安地震救援进展。

13点多收到志红短信。其今日在广东医学院附属医院试讲，场面大，影响因素多，记得东西可能也忘了，自己感觉效果不是很好，有点失望。40好几岁数的人，不像年轻人，哪有那么好的记性！回个短信，安慰一下，然后倒床午睡，一觉睡到15点40分。

起来看电视，满屏雅安地震新闻。见到女儿签名亦改为"四川fighting"。想起5年前四川汶川大地震时，女儿也在家里。那时女儿对地震灾难并没有多大感觉。现在会关心社会了，说明人在慢慢长大。

晚上查阅文献，无意中见到1993年深圳清水河"八五大爆炸"资料。20年前在那场大灾难中幸存的消防局副局长因多脏器功能衰竭在南方医院救治成功，社会影响巨大。那时我就读骨科硕士研究生，成为救治小组一员，工作是天天上特护，观察病情、报告病情、处理病情、记录病情。数月时间，夜以继日，与老专家、老教授一起工作，耳濡目染，内外兼修，精进不少。

回头望一望，人生路上，也有不少故事。

2013年4月21日，周日，阿克拉

早上起床后，完成4篇杂志稿件的审稿。

9点40分，给老父亲打电话，询问近况，顺便转告志红参加巡回演讲的事。

12点多，给志红打电话。其尚在湛江，我就说几点演讲之事。不能像小学生一样靠背诵，而是要记住段落主题以及转折用词；上台演讲时，要带上讲稿，用不用

都有个心理安慰，否则就会越来越乱，那叫忙乱！所以不能尽听从人家之道，要看怎么适合自己。找到最适合自己的，就是好方法。而不是人云亦云，好像人家能做到的，自己也能做到，那是死心眼！

13点多，志红转发一条短信。卫生厅党委办通知：

明日下午湛江市领导接见他们，然后在湛江影剧院演讲。

我回短信：

养精蓄锐，沉着应战，尽情发挥，潇洒自如，人家没来非洲，所以要充满自信。

劲可鼓不可泄，祝他们明天旗开得胜！

15点，上网与女儿聊天。晚上没干什么事。在网易注册启用了新邮箱。22点多，上床睡觉。特别疲惫，蚊帐没放，灯也没关，电视开着，就那么睡着了。

2013年4月22日，周一，阿克拉

今日加纳医学会罢工进入第15天，没有解决迹象。加纳医学会已启动第二阶段罢工，就是停止急诊工作。

9点20分到医院，先去创伤急诊中心看看。创伤急诊中心铁门已经关上，但还有几个外伤病人。老黄还住在创伤急诊中心的病房里，没有更多特殊变化。就向吴老板交代说："控制感染后，要回国治疗，现在医生罢工，在这里治疗也不方便。"

到病区看了一下。那个陈旧性寰枢椎脱位已于上周四接受手术，减压、植骨融合并枕颈固定。从术后X片看，植骨块取得小一些，但固定比较到位。没有新入病人。医生罢工了，门诊和急诊停了，住院病人只出不进。这对于神经外科这些医生来说，可能损失更大，真是有苦难言！

进了手术室，了解今日手术安排。第1台手术是颈5/6骨折，29岁男性病人；第2台和第3台手术都是腰椎管狭窄。由于第2手术间无影灯坏了，正在修理中，只能开放第1手术间。Yankey请我一同上台。我正准备洗手上台，Dr Akoto进来了，那就让他上吧。

明日安排4台手术，其中脑科手术两台，颈椎前路手术1台，另有1例腰椎硬膜外封闭。而那台颈椎手术亦安排到周四，说明属于机动安排。现在人手比较宽裕，Dr Bankah回来了，Dr Akoto已结束休假，Mawuli也在，我就属于富余人员。

待到11点30分，走路回来。太阳很大，热出一身大汗。顶着烈日，徒步行走并非那么好受，但要坚持，就为锻炼身体。走去、走回，一身大汗，全身舒坦。

　　回到房间，见到加纳时间8点52分的志红短信：成功了，领导很满意！那就很好，既然做了，当然希望事情能做好一点；否则白费时间，吃力不讨好，总觉得不好意思。尽管说可将目标定得低一些，但事做起来后，就希望能获得最好的结果。这也是人的本性吧！

　　见到校园网一则新闻，大学组建抗震医疗队，金大地院长为队长。那边卫生厅领导亓玉台到南方医院检查医疗队工作，见到杨运平同学也在其中。昨日给成都工作的林炎水同学发条短信，代表驻加纳中国医疗队向他表示慰问和敬意，并收到其回复。目前抗震救灾是大事，所以"广东医生在非洲"巡回演讲活动的声音就小好多。古人云，时也、命也、运也。凡做什么事，都有一个运气问题。如今遇到雅安地震，抗震救灾是大事，其他都要让位。

2013年4月23日，周二，阿克拉

　　8点30分走去医院，直接进手术室。几名美女护士都说好几天没见到我了。

　　今日手术是1月龄婴儿脑脊膜膨出，要行修补术及脑室引流，由Dr Bankah主刀。后来Dr Dakurah进来，我告诉他9月份广东省骨科联会在广州市举办。不过他听说在广州举办，似乎不那么感兴趣。

　　过了会儿，Dr Wepeba进来手术室，我亦邀请他去广州参会。这位兄弟比较实在，也真诚帮助过中国人。不过，Dr Wepeba不置可否。谈起这两日高等法院审理去年总统选举诉讼案，他认为那是花钱不务正业的事。我也问起医生罢工，政府拖欠医生津贴的事情。我问："这笔钱有多少呢？"他估算一下，以他为例，政府拖欠就有32000塞地。这是一笔不小数目，难怪大家罢工。

　　到了11点30分，那边小儿手术还没有结束。这边Dr Wepeba在等待开展那台垂体肿瘤手术，后面接台颈椎手术可能没戏了，反正也排到周四第1台手术。我告别他们，走路回来。

　　中午驻地柴油发电机工作3小时，14点多停机。下午完成杂文写作1篇。我还是觉得，在手术室里写作，思维比较清晰；而在房间里写作，好像灵感就不那么活跃。

　　22点30分，收到志红的短信。知道其已起床，就打去电话，了解这几天的安排。志红说，今天她要去茂名巡回演讲。刚好高州医院医生收取回扣之事处理完毕，并公布处理结果。高州作为卫生系统先进典型，一下子轰然倒地，这对省卫生厅是个打击。为扭转此局面，省卫生厅集中力量搞"广东医生"宣传。去年底宣传

一批，效果就很不错。

2013年4月24日，周三，阿克拉

8点30分，步行去医院。到病区看几个病人。Dr Wepeba也在病区，告诉我那例颈2椎弓根骨折女病人已于昨日接受手术。我原以为该例手术安排今天，咋又临时提前到昨日做呢？这例病人先进行Halo架外固定，再经前路手术进行颈2/3椎体间植骨融合，基本思路是正确的。Dr Akoto回来了，上颈椎后路、枕颈固定术等均可开展，现在颈2椎弓根骨折手术也完成了，所以加纳脊柱外科整体水平是有的。不过，在最基本的胸腰椎骨折后路内固定方面，却存在一些问题，比如均采用万向螺钉固定，则复位效果就没有单向螺钉好，而且节段固定选择随意、不规范等。

今日安排后颅凹肿瘤切除手术。Yankey和Dr Bankah都在手术室里。Dr Akoto刚完成1例70岁老太太的腰椎硬膜外封闭，等候后面手术。我也在休息室里等候，到11点，完成《育秧说》初稿，就懒得继续等候下去，步行返回驻地。

下午修改《育秧说》。17点30分收看凤凰卫视播放连续剧《知青》。那个时代离自己比较近，而且都是熟悉的农村生活，恍如昨日，令人感动。

晚上翻译加纳医生和牙医事务局颁布的有关实习医生手册外科部分，以便以后写作参考。国内外教育体系差异较大，值得互相比较、相互借鉴。

22点30分，收到志红的短信。今日跑地方比较多，先去肇庆，讲完再赶到佛山，周四晚上住佛山迎宾馆。没有回复，以免影响她的情绪。待其回广州后，再电话联系。

2013年4月25日，周四，阿克拉

周四买菜日。厨房冰箱中已没有蔬菜了，10点与老彭一起出去买菜。到高等法院的路段有些拥堵，这几天进行去年总统选举诉讼案的法庭聆讯。在我们眼里，这都是既费时间又白花钱的事。但加纳人却津津乐道。因为关系到国家的长治久安，因此值得花钱、花时间去关注。这是加纳给我的教育。老彭说："准备5月1日飞往北部省塔马累市，和大司长Ashin一起去，考察一些地方，两天后回来。"林队尚未与我谈起此事。不过，今年外出考察或旅游的兴趣不大，因为散文集基本完成，现在主要写杂文。是否写加纳生活的小说？至少目前没有这个打算。

路上谈起《知青》这部电视剧，比较感人。一个时代有一个时代的故事，无所

谓对与错。那个时代知识青年确实艰难困苦，尤其在返城之后，又遇上改革开放、企业改制、下岗等，一直在折腾。等到消停一点，就年届60岁。历史就是这样写就一代人。我这一代人，虽不用上山下乡，也赶上了改革开放，但大学毕业后出来一看，1977级、1978级大学毕业生已填补关键岗位，所以也没有赶上趟儿。尽管生活没有那么艰辛，但风光不了。今年大学同学聚会，当官的，也没有多高位置；搞学问的，也没有更大成就；做生意的，只能糊弄自己的生活。尽管都过得下去，但没有多少值得骄傲和自豪的事。这就是1983级大学生后来的故事。

到了丰收超市，新鲜蔬菜已经送来。买了一些蔬菜，有空心菜、小白菜、茄子、黄瓜、萝卜、辣椒等，支出123塞地。仅买蔬菜，真不需要多少钱。但买林大厨需要的那些佐料和配料，比较费钱。然后又转到Lara超市，买整鸡、牛肉末、羊排和面粉等，花272塞地，都是货真价实的。

12点30分，回到驻地，收到志红的短信。说今日在肇庆演讲，表现不错，台下反映也好，受到肇庆市政府领导表扬，然后又转战佛山。明日上午佛山演讲，下午返回广州。吴子刚主任给报告团成员的短信中，称呼已经是"优秀队友们"。

2013年4月26日，周五，阿克拉

7点起床。今日有点变天，后来就下起雨来，所以没去医院参加查房。反正医生罢工进行中，新入院病人甚少。在医院，医生间不太讨论罢工这事，只有护士以及勤杂人员对此颇有微词。站的利益角度不同，自然对问题认识和看法不同。

重新梳理杂文写作思路。总体而言，写作任务繁重。不过，只要思想仍活跃，做起事来就不费劲；就怕思想空了，那什么事都成不了。医学杂文的写作难度在于寻找合适的临床实例。否则，写起来会内容空洞，就失去阅读的趣味性。因此，找到什么合适的实例，就写这部分的杂文，这样写作起来亦饶有兴致。

志红于北京时间16点回到家中。10点多，给志红打电话，请她谈谈这一趟出去的体验。总体感觉，通过苦练，进步很大，尤其在湛江、肇庆的演讲表现比较出色。其余几处演讲时，台下说话声、走动等干扰较大，对台上演讲有影响。这是很正常的，不是每一个人对援非这些事都那么感兴趣嘛。我对志红说："现在课堂上讲课，不像以前军校上课，学生不吵不闹就不错了，但自己一定卖力讲。"吴子刚主任很负责，也在不断鼓励他们。五一节后再集结，去卫生厅、深圳、东莞、惠州及汕头等地巡回演讲一周，算是第二次省内巡回演讲活动。

我说："人家援非，只有一人上阵；我们援非，全家出动。一人在非洲援非，

另一人在国内宣讲援非事迹，这多有意义啊！"志红听后，也乐呵笑起来。

从志红参与演讲活动来说，客观上起的效果可能比我自己参与要好许多，因为人家更愿意探究其背后的人物。据志红说，张铁强主任在介绍我的《脊柱内固定学》时说这是以前援非医疗队员从来没有过的事。现在准备出版援非散文集，那当然也是以前从来没有过的事。其实生活过得都一样，但做的事要与众不同。

11点30分，座机响起，有人到驻地来访。遂下楼，见到国药集团张总陪同两人来到驻地。一人是四川南格尔生物医学有限公司董会，他卖血液分离仪器，主要用于成分输血的，这在非洲应该有市场，因为加纳现在还是输全血；另一人是昆明制药集团周科，卖抗疟药。来访目的主要是想了解一下加纳或者非洲市场情况。我很认真地将自己了解到的一些情况与他们分享。一是非洲一定有市场，但是这个市场尚处培育期，不会立竿见影，可能一代人付出都不一定能见成效。因为非洲人做事不着急，现在他们每天用得很顺手，就不会想着马上去改变，除非他们也想尽快见到效益。当然，他们所需要的东西，包括设备、技术、药品、耗材，不是我们在这里介绍说如何如何好，而是欧美等国已经那么做、那么用了，假如他们还不这么做，那就是落后。要这样去引导他们改变观念，不过他们不一定会跟随。另外，在中国，仪器设备很便宜，主要靠卖高值耗材。但是在这里，千万不能靠卖高值耗材，而要把仪器设备卖得很贵，把耗材价格压得很低，这样他们才容易接受。最好不要靠馈赠去扩展市场，可以采用联合开展的方式，一起分享收益。不过，具体怎么合作，确实是个问题，我没有经验。我建议他们与国药集团合作，利用国药公司长期扎根加纳的良机，去开辟非洲的市场。交谈半个多小时，知无不言、言无不尽。12点10分，张总他们离开驻地。

15点，在驻地举行全体队员会议。第一项内容，集体学习习近平总书记对刚果（布）中国医疗队的讲话。习近平总书记提出了中国援外医疗队精神，"不畏艰苦、甘于奉献、救死扶伤、大爱无疆"。这是对中国援外医疗队的最高褒奖，深受鼓舞。在我心里，已暗自决定，在援非散文集的扉页一定写上这句话。第二项内容，统计队员家属来访加纳一事。可以一起来，那有十二三人之多，整个医疗队人数会增加1倍，会极其热闹。第三项内容，通报第3批援加纳中国医疗队下月开始组建。按照往年习惯，在6月份组建完毕。林队说，下批医疗队由深圳市负责组建。第四项内容，晚上一起到Labadi酒店吃自助餐。我以头面部还长包为由，推辞前行，自己留在队里煮面条吃。没有叶菜，就切了冬瓜条，加上鸡蛋，煮碗面条。

众人于晚上9点30分回到驻地。一说起下批医疗队即将组建，大家觉得日子有盼头了，所以很兴奋，喝了鸡尾酒。还早呢！还有整整八个月。

2013年4月27日，周六，阿克拉

9点30分，几人一起出去。去机场路的Marina购物中心，随便买些物品。这商场有较多奢侈品，如一些瑞士机械表，也有肯德基等。然后转到Osu，买鸡蛋；又去丰收超市，买青菜。林大厨每周仅出来一次，我给他拿包香烟。他还客气地说："怕上瘾。"每周仅一包香烟，还会抽上瘾？昨日下雨，今日青菜都拖泥带水，容易霉烂，买回来后要摊开晾晒。

中午煮碗青菜鸡蛋面，对付一下，省事就好。中午眯会儿，大概就半个多小时。15点起床，完成杂文写作1篇。

20点30分，收到女儿邮件。女儿就援非散文集插图来信，提出自己的看法，很有道理。女儿的邮件写得比较长，最后结论是不需添加什么插图。且录最后一段：

字里行间的描写已经很清楚了，读者脑中会自行想象画面，这就像小说里完全不需要插图是一个道理，也是消费者的一种心态。硬加插图反而给人一种强迫的感觉，会剥夺读者想象的快感。

我阅后深为欣赏。作为一名教师，我亦有一番见解。一名好的老师，不一定非要教会学生什么高深的知识，而是促进学生去思考、改变思维。我也相信，只要学生有自己的思维，有自己的想法，才会真正有所作为。如今，女儿能结合要求以及散文的具体情况，提出自己的想法。我想，这就是我的目的。

另外，林勇彬发来2例会诊病例。1例78岁老人胸背痛严重，但胸椎骨质是正常的，需要考虑其他原因，尤其出现主动脉夹层的问题。另1例25岁女性，脊柱侧弯，胸弯大于40°，需要手术矫形。20点20分给林勇彬发条短信，告知我的基本看法。

收到国家基金委评审通知，有11项青年基金项目要评审，在5月25日前完成。

2013年4月28日，周日，阿克拉

7点收到志红发来的短信。去中国银行打卡，4月26日入账56640人民币。我计算一下，刚好每月2360美元，以1：8汇率兑换成人民币发放，即今年来以人民币发放援非津贴。不管怎么发，有一点算一点。如此计算，今年援非津贴部分有22万多的收入，想想也不赖。

9点，给老父亲打个电话。老父亲说："身体不舒服已有3日，准备去医院看病。"这老头啊，确实让人不省心！早已告诉他，人老了，有病千万不能扛着。如有不舒

服，即便是普通感冒，也要尽快吃药，否则难缓过劲来。所以，以后要写篇杂文。一定要写上，老年人首先要服老，别自以为身体杠杠的；其次治病要积极，有病不能硬扛。

给志红打电话，占线！不知道是否让女儿霸占了？13点30分打通电话，原来志红是与老丈人通电话。巡回演讲的事，只能走一步看一步。五一后去深圳、东莞、惠州、汕头等演讲。是否有另外一条线路？什么时候举行北京纪念医疗援非50周年大会？是否有全国巡回演讲一说？一切均不确定。这样一来，志红休假来加纳的时间一时就难以确定。由于8月份要申报教授职称，需要准备材料，所以我希望志红在此之前来加纳。我的看法是，要做的事尽量往前赶，谁能说得清楚后面会发生什么事呢？

2013年4月29日，周一，阿克拉

太阳初升，上屋顶天台，呼吸晨间清新空气。自从脸上中招皮炎之后，很少上天台晒太阳。现在脸上还留有两块初愈的疤，还不时长个疖子、鼓个包之类。按照中医理论，就是体内毒素多了，机体不协调。

9点05分到达医院外科楼，看来罢工还在继续。外科楼外及一楼门诊病人很少，但员工专用停车场停满了车辆。到了病区，病房里住满了病人，有几例新入院病人，包括脑科疾患和颈椎病。看来尽管罢工停止门诊及急诊工作，但还是一如既往地为人民服务啊！

进手术室，见到今天手术安排。除1例腰椎硬膜外封闭外，有3台手术，其中两台脑科手术，1台腰椎管狭窄手术。Dr Bankah和Dr Akoto都在手术室里，我就没有必要在手术室里转悠，还是安分地坐下，写点东西。走在路上时，就考虑申报一个来华外国留学生的高教课题，要求6月13日交稿，申请金额仅两万元。且去凑个热闹。拟个题目《基于共育体系的来华临床医学生教育模式探讨》，主要内容是结合国外医学教育内容、模式等开展医学生教育，帮助留学生与本国医生建立联系，尽早找到归属感。

电视转播依旧是总统选举诉讼的聆听会。法庭审理已进入第8日，双方交换证据审查。为了民主与法制，这些人很有耐心，简直不厌其烦。电视屏幕上，滚动一则新闻，加纳公立医院药剂师协会宣布从即日起停止急诊药房工作，看来要与加纳医学会相互呼应。所以，写完教育课题，就考虑写医生罢工之事，准备今日完成。到了11点30分，腰椎手术尚无启动迹象。我已饥肠辘辘，那也别等候啦，赶快回去

吃午餐！

从手术室出来时，看下手机，有数个未接电话，还有一则短信。原来江西国际塔马累项目部康标经理于9点多到克里布医院，处理伤者老黄住院事宜。这两日我休息，没有到医院看望老黄，想必没有特殊问题。我给康经理回复一则短信。他来电说："我已经离开医院，已与伤者谈妥，本周四出院，准备回国接受下一步治疗，有关治疗费用补偿等也已谈好。"当然，老黄并非公司劳务派遣人员，多半仅予以一次性补偿。康经理还提及："听林队说，过两周要到塔马累巡诊，欢迎到我们项目部来。"哈哈，事情没做，名堂在外。

回到驻地，开始动笔写《医生的罢工》，就写加纳医生罢工的事。不管怎么看，医生是个职业，医生也是人，也有自己的"利"。写到14点多，然后休息1小时。起来继续完成，写了3200字。长了一些，先写再说。

19点多，队里通知，大概5月6日一起去塔马累联系巡诊事情，最后要看Ashin大司长的时间而定。如果没有头上长包之类，那就责无旁贷！刚来加纳时脸面部过敏一次，这个月又被虫子爬一次，心里有点恐惧。原来以为晒晒太阳有助于皮肤功能改善，现在看来，中国人皮肤还是中国人的，达不到非洲人那么好的条件。

20点多，到王泽房间，领到一笔款项，顺便坐下闲聊。没想到，一聊起来就收不住。

从这次援非医疗队员先进事迹报告团说起。我和王泽援非个人先进事迹均入选报告团，而且从第一轮巡回演讲看，效果是不错的。所以，我提醒王泽说："要注意收集一些资料，这叫作社会效益或者社会影响。"同样援非，王泽先进事迹已作为巡回演讲内容广泛传诵，这就有所得。我追踪演讲团走过的几个地方，王泽内容和志红演讲都是放在后面。这没有所谓，能上台就是无限荣光。

我坦率地说了我的看法："援非可以从两方面来认识。一方面是我来援非，为非洲人做了什么，增进多少友谊；另一方面是我从援非这个过程中获得什么。其实，第一方面内容大家都差不多，谁都没有更突出的表现。但第二方面不同，每人的收获差异悬殊。"

援非两年，宝贵经历，岂能虚度？我们来医疗援非，不要以为自己是什么大厨（师）。人家把食材都准备好了，放在那里，请你净手，再穿上工作服，戴上高帽，在灶台上展露一手。那是高估自己，甭说要问自己达到那种水平没有，就是有那种水平，也得要人家买账才行。真正成熟的人、有智慧的人，不管在什么环境、什么条件下，都能做出一些力所能及的事情来。就像一名真正的大厨，他会根据当地条件、当地的口味、当地的食材，做出一道道可口的菜肴，这才是真正的本事。

没有喝水，也没有喝酒，聊到咽干舌燥、困不可支，才回房睡觉。一看钟表，已经凌晨1点20分。央视《百家讲坛》在讲什么明代"东林书院"的事。

2013年4月30日，周二，阿克拉

8点50分起床，外面太阳高照。算了，今日别去医院了。今日安排1台垂体肿瘤手术，还有1台腰椎手术。现在人多，有我无我关系不大。

9点多，坐在电脑前，补记昨日日志，写近两小时。内容很丰富，想法也很多，思想有火花，下笔也有神。后来一琢磨，这个援非啊，与大厨烹饪比较，是一个很好的比喻。援非医生的工作，如同一名大厨掌勺。真正的大厨是不会埋怨缺这个、缺那个的，而会立足实际，要端出一锅好饭菜。哎呀，这是悟道在非洲！这么看来，聊天还是有收获的。

收到《中华医学教育杂志》修回的意见稿，要求明确几个问题，如"医助"的英文单词、加纳卫生部要求等。编辑看稿、审稿非常细致，值得学习。

晚上林大厨做了道清汤羊排，说是过节，给大家加个菜。加纳羊排味道鲜美，所以喝杯黑方威士忌。脑袋有点小晕。

2013年5月

2013年5月1日，周三，阿克拉

五一劳动节，也是加纳公共假期，今日我休息。人到中年，每月开始第一天，都不禁让人感慨。一个月结束了，新的一月又开始，岁月如梭啊！

7点醒来一下，接着又睡着了。迷糊之中，听到清晰的铁皮屋顶滴答雨点声，知道下起大雨了。睁眼一看，已经8点20分。见饮用水已喝光，就到楼下公共储备用水先借用一桶，对付几日。

喝杯牛奶，泡壶单枞。饮茶时，想着上午要完成一件事，就是写商务部储备项目的建议案。卫生部援外中心于4月17日下发通知，让各省援外中心申报一些由商务部资助的备选项目。省援外中心通知，加纳中国医疗队申报一项人员培训计划、一项驻地建设计划。

9点，动笔写项目建议案，名称为《资助加纳年青外科医生（脊柱外科）来华短期培训项目》，内容包括项目背景和实施意义、项目实施的初步方案、中外分工初步考虑、投资规模和经费估算。现在正准备申报来华留学生教育项目，如二者能结合起来，那就是真正的"共育体系"了。能做些什么事就做吧。

登录国家基金委网站，下载申报项目标书。评审的标书是关于骨感染的研究，可能与我目前主持的项目有关。按照要求，青年基金项目主要在于培养人才。因此如有一定研究基础，创新性强、研究思路清晰，就可以予以资助。资助强度要求在40%，这个比例是比较高的。要求5月25日前完成评审。下周要去北部省，回来后集中几日时间，将此任务完成。

仅二楼会议室区域有网络，我就用笔记本电脑在那里工作。门卫Tier进来，见到竟有如此轻巧的小型笔记本电脑，觉得诧异。Tier说："去年见到你夫人时，就看出你是属于富人阶层。"我说："你当真看到我太太，就知道她是富人？"那志红不是很有富态相啊？哈哈，虽然不富，但确实有些旺夫相。什么时候得转告志红，让她也乐一下。

15点午睡起来。完成国家基金的标书下载。并收到志红的邮件：

所有散文稿已全部拜读完毕。开始几章看得叫人有些郁闷，因为中外对比太多，牢骚也多。到后面越看越精彩，似乎是越写笔越顺。给你的评语：good! 文中涂黄的部分代表要删除，红字是我加上的或更改的，下面画有黑线的是我不太明白的地方。现全部发给你，自己再瞧瞧吧。

如此看来，至少在志红和女儿这一关可以通过。不过，毕竟她俩熟悉，比较容易有同感，其他人看后感觉如何，只能拭目以待。不管怎样，援非一年半，就能拿出25万字的散文集，也够人感叹一回。

今年系援非50周年，所以在扉页上一定要写上这句话：

谨献给五十年来在非洲大地上"不畏艰苦、甘于奉献、救死扶伤，大爱无疆"的中国医疗队全体成员！

等收到志红的修改稿，则可以先修订，女儿那边插图暂放一边。这样，要把这项工作提前，即本月完成定稿，并联系出版事宜。

晚上开始修订散文集的封面、扉页题词、内容介绍、作者介绍及后记等。看到自己写下的那句话"请不要嘲笑他，即使脚走不动了，心儿还向着远方"，不禁潸然泪下。为自己感动！

2013年5月2日，周四，阿克拉

昨晚思绪万千，内心激动难平，夜不能寐。起来倒杯威士忌，慢慢品味自己的散文。后来，脑海竟冒出一个创意。假如散文集出版后，效果还不错，则可以举办一个"援非散文欣赏会"。通过朗读散文片段，结合非洲实景图片，全景展现在加纳的援非生活。其情其景，相信一定会动人心扉。

想多了，就睡不好。人就是这样，想法多了，则贪性太强，就会剥夺其他的心力。仅睡3小时，凌晨3点就醒来。起来泡壶茶，边饮茶，边看电视。耗到5点多，又躺在床上睡会儿。饿醒了，就起床，泡杯麦片吃了。

7点到二楼会议室上网，查邮件，登录医院OA系统，了解医院动态。志红还没有将散文集发回来。今日周四买菜日，但冰箱中还有一些瓜菜，所以也不用出去买菜。不过没睡好，脑里有点发蒙。上午又去眯糊一下，到了9点多起来，觉得脑袋清醒不少。

10点，收到志红短信。卫生厅党办下发《关于下周第2次援非医疗队先进事迹演讲活动的安排》的通知。下周一开始，到周六返回广州，行程很紧凑。我这边要加快散文集出版进度，与援非纪念活动相结合，以获得更好的效果。

2013年5月3日，周五，阿克拉

8点30分走去医院。看来仍未结束罢工，有点冷清。到病区，遇见Dr Dakurah，打声招呼。然后进病房查看，没有什么新入病人。真不巧，从片袋取出X片时，手指头被胶片划开一小口，鲜血流出。那就无法继续参加查房，要回去及时处理伤口。

回到驻地，处理完伤口，就到会议室上网。杂文的写作可能要暂停一段时间，先集中精力修订散文稿。

午睡起床后，开始散文集第二轮修订。自己读一读，还是有些感悟。只是标点符号等应用尚不十分精确，只能慢慢提高，毕竟中文写作还是高中水平啊！另外，确实多篇散文中都出现了"小时候"的字眼，虽只是为了表明跟过去告别，就像鲁迅写鲁镇一样，但也是无聊的重复。后记部分，仍不满意。写作就是不停修改的过程，直到让自己满意。

17点30分，准时收看电视剧《知青》。并思考散文集修订应把握的原则。不能为了突显自己而说别人的不是，尤其对同事和领导，不能讽刺挖苦。自己的人生经历造就了自己，该是怎么样就是怎么样。

晚上，坐在电脑前，从头开始审读散文集。20点志红来短信：已经看完了，这就发回去。现在有个问题，女儿那边学习负担比较大，如无法提供插图，则精选摄影照片作为插页。

21点，接收志红邮件。志红修改得很仔细，如将"小时候"删掉，后面改以"童年"，这样就不会重复"小时候"，读起来亦上口。另外志红回信写道：

看完目录，我觉得很有吸引力。现在CCTV9声势浩大地介绍非洲。你写的文章内容更真实，更鲜活，更具体，更有吸引力。我好有信心！好期待！

感谢志红的鼓励。呵呵，长风破浪会有时！

2013年5月4日，周六，阿克拉

因尼桑车已行驶3万多公里，今天要去维护保养。让司机Oxward开尼桑车去维修厂保养汽车，我自己开帕杰罗车去买菜，然后再到工厂交纳车辆保养费用。因此，到王泽处预支2000塞地。

9点，我开车，与邵医生、王泽和林大厨出去买菜。在Shoprite购物中心，先进货币兑换店，看今日货币兑换牌价，美元买入价1.94，卖出价是2.0。还是志红去年来加纳时的价位，看来近期塞地汇率已止跌回稳。我用400美元兑换800塞地。花150塞地，为自己买一堆食品，包括1L黑方威士忌、6支橙汁、4支脱脂牛奶（均为1L）、1盒麦片、10包苏打饼干等。

10点，又转到机场路Marina购物中心，买包菜，面包、三明治等。我看青苹果不错，买3公斤多，又花22塞地。

这时老彭来电话说："尼桑车那边要到13点才能取车，到时过去结账。"时间还很长呢！我们就到三楼肯德基餐厅吃工作餐，每人一样套餐，包括1个汉堡包、1包小薯条、1块鸡胸、1杯沙拉、1支可乐，共19塞地。这是第一次在加纳享受美式快餐，国际味道，货真价实。只是套餐量多，感觉有点撑。11点30分，来店里光顾的人一下子多了起来。

又到丰收超市，买些蔬菜，花99塞地。当然也为林大厨买了一包红河牌香烟，新包装盒上印刷着翠竹，看上去清爽淡雅。林大厨很客气，推脱着不要。我就"擅自"做主将香烟塞到他手里。他平时很辛苦，要体谅他，这是为人做事的基本道理。

然后驱车到维修工厂，结算保养费用。费用是591.29塞地，就给司机刚好这个数。大家一起议论，说对这位司机兄弟不能太照顾。因为上次周六出去，我顺便给司机拿了个面包或者饮料，后来他老跟在我后面叫我，似乎在提醒我给他食物。

13点30分，回到驻地。午睡一会儿，14点40分被叫醒，有一华为员工受伤来到驻地。小周，刚从国内回加纳一周多，踢足球时撞人摔倒，导致左侧锁骨骨折。检查一下，手指活动都好，没有臂丛损伤问题。先让他去克里布医院拍X线片，顺便买副锁骨固定带。需要行手术内固定，故建议回国治疗。当然，已建议下一批医疗队派遣创伤骨科医生过来，应该可以很好地帮助这些人员。

18点，华为员工小周又过来驻地。X片显示左侧锁骨骨折，还有一截游离骨块，刚好在肺尖部，那一定要手术治疗。有队友介绍其去中山一院手术，小周也同意。我帮小周用8字绷带临时固定。并告诉小周，我可以协助联系中山一院显微创伤骨科主任顾立强教授，请他关照。

晚上看志红修改散文集的意见。志红比较用心，将哪些发牢骚的话，都一一标注出来。确实如志红所言，前面几篇散文比较压抑、沉闷，但到了后面就好了，轻松又阳光。援非工作生活，总有一个心理历程。心情不一样，自然写出来的散文格调相差也很大。

感谢志红，这部散文集亦凝聚其心血。

2013年5月5日，周日，阿克拉

8点30分，通知明日去北部省塔马利市，联系下次医疗队巡回医疗的事情，周五返回。要求带上课件，准备去江西国际项目部健康授课。

9点20分，给连江老家一个电话。老父亲接听，老母亲在旁边插话。昨天二姨、三舅到连江来，一起去了贵安游玩。出去游玩散心，见见世界新变化，有利于老年人的身心健康。志红也向他们提起我在修订散文集一事，他们没想到我又能出版一部散文集，自然为我高兴。

上午给顾立强主任电话，转到秘书台，就发条短信。后来收到顾主任的回复。遂转告华为公司吴经理。刚好小周乘坐今天阿联酋航空的航班，周一晚22点到达广州，次日即可找顾主任。

明日去塔马利市。晚上收拾行李，就想背个旅行包。最烦人的事是，手机、电脑和相机的充电端口不一，一个个充电配件都要带上。什么时候中国工信部能统一充电端口标准，那绝对是利民之举！

志红今日提醒说："明天去北部省，那不是可以写篇加纳北部游记散文？"本来散文集结集完毕，无意再添加内容。志红这一提醒，又勾起心中的创作冲动。毕竟那些散文，尤其是游记散文，都集中在加纳沿海线路，缺乏加纳内陆省份的游记。此次北部省之行，风光一定不同，若有新的思想感悟，那么这种写作冲动是可以实现的。

2013年5月6日，周一，塔马利

6点20分起床。收到科学出版社戚东桂编辑的来信，要求确认银行账号，提供作者身份证号码，以支付《脊柱内固定学》的稿费。每人稿费800元以下，可以合理避税。我回信表示感谢。

7点30分，上天台晒太阳，整理写作思路。志红的提醒很对，散文集有必要再添加一文。这最后一篇，不妨拟题《行走在加纳大地》，写加纳北部的风光和风情。这样散文集可涵盖加纳沿海与北部的游记，内容能丰富不少，字数可达30万字。思想不停止，想法总会有，成果自然不会少。

今日去北部省。在加纳一年多，除了住在大阿克拉省外，还去过中部省、西部省、沃尔特省和东部省。去年受大使馆委派，到阿散帝省参加法医工作。这次医疗队一行四人在加纳卫生部Ashin大司长陪同下，前往北部省，主要联系中国医疗队来北部省巡回医疗安排，并考察当地社会治疗状况以及交通安全情况等，以更好地作出评估。当然，对我来说，这是一次走进北部省的机会，可以加深对加纳的了解。

9点40从驻地出发到阿克拉机场，欲乘坐12点05分航班。因海南航空在加纳联合成立一家航空公司，当然就选择了海航控股的Fly African World。北部省首府为塔马利市，为加纳第三大城市，北部地区最大城市。购买AW602航班的机票，小飞机没有舱位之分，票价却不一样，2张150塞地，3张140塞地。Ashin司长姗姗来迟，连证件都没带。不过国内旅行没有那么严格，一律放行。我们一行的行程单上没有一个人的姓名完全正确，让航空公司改动一下。那职员很亲切地告诉我们："不用更改。"

过安检后，一名海航中方员工陪同我们登上飞机。在阿克拉机场，大部分地勤服务由本公司雇员负责。这名中方小伙子来加纳已经8个月。登机后，安排我们就坐前两排。这种飞机可容纳20多人，飞行较平稳。

12点10分起飞。飞至Labadi酒店上空，飞机就左转。记得上次去库玛西，飞机是右转。从舷窗往下望，地面的铁皮屋顶在阳光照耀下闪闪发光，恰如大地上铺满闪亮的钻石，约10分钟，飞机就到了沃尔特河的上空，沃尔特河宛如大地上的一串珍珠。

飞机上提供小支矿泉水、小支凤梨生姜饮品和小包饼干。那凤梨饮品已冻成冰碴，摇晃半天，还是冰碴。略尝一口，味道独特，但手感黏糊，看来糖分较多，也就作罢。加纳糖尿病人多，因为大多喜欢吃甜品。

经过45分钟飞行，就见到了辽阔的非洲稀树大草原。原来以为北部省是山区，没想到却是大平原。

一下飞机，一股热浪扑面而来。这是内陆城市，比起阿克拉的海边城市，明显炎热不少。江西国际的几名小伙子在机场接我们，有小康经理、小巨和小鲍。小康到加纳7年多，已婚3年，还没有孩子。小巨很能干，上月有位伤员送到克里布医院，就是他过去处理的，一直忙前忙后。小鲍是宁夏人，晒得要黑一点，来加纳快一年了。

等待行李时，我们一起聊会儿。小巨和小鲍分别是1987年、1988年出生，大学一毕业就到非洲来。工资收入比国内工作的同学高一些。到非洲工作的小伙子都有这想法，辛苦几年，完成一些人生经验和原始资本的积累。

出了机场，奔驰在辽阔的非洲大平原上，路边晃过的小村庄，有许多是土坯圆柱状草屋。老彭说："非洲城市基本上都是一个样，看不出有什么城市特色，而且城市和村庄基本上也是一个样。人多一些，有个市场，就是城市；人少一点，就是村庄。"如果说塔马利与阿克拉有什么不一样的话，就是骑摩托车和单车的人多，这也是一个国家发展的多样性。

我们下榻Mariam Hotel酒店，算是城区地方。酒店不大，有40间客房，但很整洁。门口有荷枪的警察守卫，可能也是警察的执勤点。次日一早走进酒店的院子，一看停了数辆警车，几个警察官员腰佩短枪。看那阵势，应是来护卫在此酒店下榻的国宾或高级官员。嘿，我们还有幸与国宾下榻同一栋楼。

房间宽敞，有20多平方米，摆张两米长宽的大床。洗漱间是跃式的，稍不留意，一脚会踩空，还有一个1/4圆的浴缸。电视机有5个频道。两个频道为加纳本地新闻台，1个为尼日利亚台，1个为体育台，1个为电影台。电影台播放007电影。可以听听英语，欣赏非洲舞蹈。房间里有一张玻璃圆桌，红色底座，加上两把红色椅子，为这个单调的室内增添了几分活泼。对于我来说，有个干净整洁的落脚之处，有空调，没有蚊子，就该知足。

把行李放下，就去餐厅就餐。可能接待中国人较多，酒店有中餐服务，如铁板牛肉等。听到牛肉吱吱的声音，看着铁板上升腾的热气，倍感亲切。北部省是穆斯林聚居区，远离沿海，所以菜肴的食材多半是鸡和牛肉。有一道珍珠鸡的菜很招人喜欢，珍珠鸡肉质鲜美，弹性好，有筋道，烤着吃，更是香味四溢。肚子饿了，就点一个蘑菇汤，一个珍珠鸡饭。味道不错，一扫而光，一点没浪费。

与江西国际几名员工坐在一起，边吃边聊。话题首先转到非洲工人的劳资纠纷问题。江西国际在塔马利有一个公路建设项目，100多公里，属于世行贷款项目，去年7月正式开始铺设路面，计划今年内完工。中方人员有25人，非洲工人有200多人。非洲员工中不少人很出色，但也混进了一些"捣蛋分子"。这些人不干事，尽挑拨离间，寻找借口，煽动罢工。以前想尽快平息事端，满足他们的要求，后来他们越来越离谱，欲壑难填。现在项目部处理此类事情已有经验，一是尽早让警方介入，保障我方人员的人身安全；二是通过当地大酋长从中斡旋，沟通容易，解决起来就顺畅。目前劳资双方合作平静。

15点多，林队、老彭与Ashin大司长一起去当地卫生局联系工作。16点，我与江西国际几人相互告别。他们回项目部有40公里路程，我也累了，要休息一下。

17点，林队和老彭返回酒店。我们在林队房间喝茶，讨论是否安排全队来北部省巡回医疗的事情。最担心的还是安全问题。人多，又不是那种有组织有纪律的群体，安全确实是头等大事啊！

19点到餐厅就餐。要预留1小时上菜时间，所以就慢慢地等待。这一点到过非洲的人都知道，等待美食着实需要有耐心。我因为中午吃了珍珠鸡饭，所以晚上一点不见饿，就没点主食。晚上就要点薯条，再喝点小酒。这是穆斯林地区，外面不卖酒，但餐馆里有。问了黑方威士忌的价格，说是1"pour"，要10塞地。先要2 pour，悠悠地品着。

中午Ashin大司长吃的是加纳本地主食Fufu。刚开始他不好意思用手抓，而用叉子吃，显然不是很利索。老彭说："不要顾忌我们。"加纳习惯用手抓，因为Fufu有点黏，要在手上揉成一团，然后再蘸汁，放到口里，一滑溜，就进了肚里。如果用叉，就那全沾在叉上，吃起来就十分别扭，不但吃起来别扭，还吃不了多少。

可能Ashin大司长中午也吃多了，还没消化好。到了19点30分，还没见到他来就餐。老彭给他打过电话后，才姗姗来迟。Ashin大司长就点薯条和炸鱼，一定是Fufu还在肚子里撑着。

老彭和Ashin大司长讨论关于医生罢工的事情。Ashin大司长说："医生津贴是应该给的。但你活干得并没有那么多，就不能拿那么多的钱，因为津贴毕竟是市场津贴。你不能没干那么多的事，却要求那么多的补贴，那也是不合理的。另外医生的要求不能水涨船高，那政府也无法满足，因为国家有很多服务部门，都很重要，都是这个社会运作不可缺少的，一样不可忽视。"按我们的说法，这就是人民不断增长的物质文化需要与落后的社会生产之间的矛盾。经过4周的博弈，现在几方之间已经达成协议，可能近期就可以结束医生的罢工活动。

2013年5月7日，周二，塔马利

8点进早餐。早点比较简单，烤片面包，吃个煎蛋，喝杯咖啡，再加几杯果汁。回到房间后，就想睡会儿。

醒来已经9点30分。给老彭打个电话，知道他和林队去卫生局联系工作。后来老彭讲，卫生局希望我们根据专科不同，分散到各个医院专科对口交流。我们当然不想这样"撒胡椒面"的做法，不利于宣传以及安全保障，具体安排有待进一步协调。

我独自走到酒店对面的一块荒地溜达。荒地上杂草丛生，有四只羊在专注地吃草，一只老羊和三只小羊。尽管长相差不多，但那只老羊是黑毛的，而小羊却是黄毛的，看来不是一家子。反正也无聊，就走近前去，想拍几张羊吃草的照片。那几只小羊见有人靠近，头也不抬，只是敏捷地跑到远一些的地方。而那只老黑羊，却站在那里警惕地抬头望着我，连那一双耷拉的耳朵也向外展开，紧紧盯着我这个不速之客……

太阳有些大，热晒了十多分钟，身上有些出汗，就向这几只羊道声再见，回房歇息。

11点30分，林队和老彭回到酒店后，我们四人一起出去。江西国际帮我们租了辆车，还配有司机，相对就安全一点。我们先去木雕市场，或者说文化艺术品市场，比较简陋，而且人气不旺。其中还有个志愿者协会的办公地，主要卖衣服、木雕、油画等。我跟老彭走进一间油画室，站在一幅油画前，怎么看，我也看不出什么名堂。老彭说："这画的是贫民窟，那是一排排屋顶，这是拥挤的人群……"我说："我看上去，怎么觉得像梯田啊？"老彭就在那里卖弄艺术修养，说我是具象派的，确实看不懂这些抽象艺术。林队后来买了幅河边取水的画，那是老彭先看中的，她也喜欢上了，花了60塞地。邵医生也花了30塞地买了幅小画。我呢，对这些艺术品不感冒，只对外面一辆基本报废的拖车情有独钟。那是一辆油漆斑驳、锈色斑斑的车，连车头那个MAN的商标都快要倾斜脱落。我觉得这像一个历尽沧桑的老男人，默默地矗立在场地边上，没有人瞩目，以自己的沧桑含笑地注视过往的人群。我对着这辆破旧车拍了几张照片，准备发给女儿，让她帮助画幅插画，收录到散文集中。

逛完工艺品市场，我提议到发展研究大学（University of Developtal Studies）去看看。这所大学在塔马利有两个校区，我们就选择较近的校区。车辆往南行有10多公里，就见到一片非洲原野。原野上，有几种簇新的建筑，那就是新校区，像是"田野上的大学"，一片原野上只有那几栋房子。除了一横一竖的主干道为水泥路外，其余都是黄土路。在考察加纳医学教育制度时，得知这所大学是加纳四所有医学院的大学之一。我在大学图书馆前留影，又转到大学行政中心大楼照个相，这才是塔马利的标志建筑。尽管校区有些空旷，也没有见到更多学生，但是加纳几所大学还是给我留下了深刻的印象，据说在西部省和东部省又再建两所大学，不知何时落成。不过，确实没有什么好参观的，本来想到学校招待所吃顿午餐，没想到进去一看，空荡荡的，偌大的餐厅只有两三人伏在桌上休息。

林队说："机场附近有一家比较有名的'非洲之梦'酒店，我们就去那里吃午餐吧。"可能又是网络搜索出来的有名打卡地，就算慕名前往吧。尽管肚子饿得咕噜咕噜地叫，但我们还是饶有兴致地奔向那里。路上，司机开车有些快，林队说："Too fast!"那司机听成了"Do fast"，于是猛踩油门。吓得我们马上惊呼："No! Not too fast!"

13点50分，我们到了位于公路边的这家酒店。说是酒店，不如说是庄园，或者是农场，像是我们中国的农家乐。偌大一片地，仅在一角建了栋单层的房子，那就是酒店，也就四五间客房。有两栋仿土草屋的水泥建筑才盖好了框架，里面堆着一些建筑材料和杂物，看来没有两三年完不成。另一侧，就是一些搭的棚子，养了羊、鸡、鹅。

园里有许多杧果树。酒店主人说："一年四季都在结果，哪个熟了，才能摘下来。昨日刚摘了6个，今日没有成熟的。"看来我们没有口福。其余都是农地和田野，有块已开垦的，主人说是种了山药。

这家酒店的男主人是加纳人，女主人是瑞典人，都有50多岁。这种异国异种族的组合通常有很多美妙的故事，不过，男主人说，他会讲十余种语言，对于像我这样语言能力比较弱的人来说，心里十分佩服。女主人是个胖太太，走几步都会喘大气，但很和蔼、友善，脸上总是少不了微笑。因为没有预约，我们算是不速之客，贸然造访，而且还是饿着肚子前来。一坐下来，还没来得及赞美这个美丽的地方，就迫不及待地问能不能给我们做些吃的。

他们满口答应。我们知道，他们的食物都是现准备的，但愿冰箱中还有一些储备的食物。后来我们看到，男主人出来时腰上已经系上围裙了。哈哈，原来下厨的是男主人啊。

坐在树荫下，女主人先给我们端上冰镇矿泉水和啤酒。在太阳下喝饮品，甚为解渴。这个庄园的名字起得很有意思——非洲梦，我们在讲中国梦，他们也在说非洲梦。对于这对夫妻来说，他们的梦想是什么呢？从他们洋溢着微笑和幸福的脸上，我看到了他们在这块土地上，用双手建设家园的快乐。我相信，他们会把这里当作画布，像作画一样，将每一个角落填上色彩。我相信，完成之后一定是一幅精美的作品。

请男主人烤只珍珠鸡，炸薯条，弄些米饭。等了1小时，终于端了上来。本来肚子已饿，美食当前，先填肚子再说。这珍珠鸡啊，就是好吃，肉质鲜嫩，北部省给我最大的感受就是珍珠鸡特别好吃。

15点30分，告别两位主人。16点回到酒店，一觉睡到18点30分。今日看加纳新闻，加纳医学会终于宣布了结束罢工。

20点到餐厅。就餐的人众多，我们只能躲在一个角落里。有十余人是从香港来的，占据了一长条桌子，很是热闹。不知道他们光顾加纳北部省所为何事。中午吃了珍珠鸡和炸薯条等，还喝了两支啤酒，所以根本不觉得饿，就点了蘑菇汤，然后一起聊会儿。

22点，回房休息。躺在床上，思考此次北部行游记的写作，已拟定题目《大地飞歌》。

2013年5月8日，周三，塔马利

半夜醒来。电视里正播放007电影，就一边欣赏，一边构思《大地飞歌》散文。心想要写这次罢工我发现的一个反差，就是加纳的本国医生在罢工，古巴医生却在北部省志愿工作，然后结合志红参加援非医疗队巡回报告一事，引出第三批援加医疗队正在组队，援非的故事在这块大地上不断传唱。虽然俗一点，但是与前面《我要去加纳》等内容可以很好地呼应。想得挺多，凌晨4点又睡过去。醒来已是8点30分。

吃完早点，回到房间，又坐下构思这篇散文。如采用《大地飞歌》这样的题目，那么文中各节副标题可以采用歌曲名，或者采用熟悉的歌词，整体意境就有了。然后在小笔记本上敲写日志内容，键盘太小，写作很慢，仅写2700字。

12点到餐厅就餐。江西国际项目部杨医生带了个病人过来，是他们项目部的，从赣粤高速工程公司过来，属于提供施工技术支持的项目合作方。小伙子27岁，5月3日开始出现阵发性右腹痛，无诱因，在当地查血白细胞增高，考虑慢性阑尾炎，打了两日吊针。有好转两天，今日又疼一回。现在坐车过来一颠簸，又不觉得腹痛，但总觉得右中腹那里闷胀。无发热，大小便均正常。查腹部软，无明显压痛和反跳痛。不太像阑尾炎，却像输尿管结石一样，因为可自行缓解，呈间歇期发作。建议复查血常规和尿常规，继续服用抗生素，最好加片解痉药物。

13点38分给志红电话。她晚上住惠州，明日到汕头，深圳那一场活动没有安排她演讲。在深圳时，卫生厅亓玉台书记、冯绍民处长、张铁强主任和张爱华副主任等都到场，算是给深圳医生一个动员。下一批援加纳医疗队将由深圳派遣，听说几个专业已有人报名，但还需要鼓动一下。

15点出发到江西国际项目部。一路向南行，经过昨日去的大学校区，又奔驰在非洲的原野上。一望无际，偶尔见到一些牛羊群在悠闲地享受着青草。不时见到一些村庄，几堆土草房，路上还跑着拖拉机。

路上，我问了一个问题："这是叫非洲大草原，还是叫非洲大平原呢？"老彭说："平原应该是相对于高原而言，属于地形概念；草原则属于生态方面的概念，得有草啊。"我总觉得平原上人类活动的痕迹会多一些，而我们脚下的这块土地应该是草原吧。接着我又问："我昨日想写一篇《田野上的大学》，我们能把这块土地称作'田野'吗？"老彭说："似乎不妥吧。田野田野，要有田吧，有人在上面耕

耘劳作。我们昨日去的那所大学，周围没有见到什么田，充其量只是一块土地。"我说："总不能写成《土地上的大学》吧，难道还有空中大学和天上大学不成？"哈哈，一路欢笑。

16点我们到达项目部生活营区。营区设施还可以，屋后还有一块菜地，种了一些空心菜。就是阳光太烈了，青菜叶都是耷拉着的，没有什么生气。还种了一些辣椒、丝瓜，平时可以应急。太阳太大了，在室外走会儿，就出身大汗。

17点多，康经理从工地回来，带我们去施工营地看看。施工营地在10公里之外，都是石堆场、沥青水泥搅拌场、停车场等，在那里也住着10名员工。开车穿过，尘土飞扬。营地有一个篮球架，闲时可以打篮球。有个储备水箱，每4天要从塔马利拉水过来，因此施工营地要比生活营区更艰苦。这个营地汽车修理点的几名非洲小伙子见到我们过来，还不忘说几句中文"你好""吃了吗"，发音还地道。有两名加纳员工穿着满是油污的工作服跑过来，跟我们一起合影。

我询问有关工人招聘的事情。康经理介绍说，有一些技术固定工，也有一些临时工。技术工平时就要养着，即使没有道路施工。而那些临时工则是需要时让工头去雇，都是附近农民。基本上，每个月工人有400多塞地收入，这在北部省算不错了。在阿克拉，克里布医院护士每月才700塞地收入。

在施工营地半小时，18点又回到生活营区，夜幕已降临。小康说："刚来这里时，没电没水，水要从白沃尔特河拉过来，明矾消毒后，用来洗澡，也用来做饭。现在有外线的供电，但水还要靠车拉，毕竟远离城区。"

在会议室里，为项目部中方员工举行健康知识讲座。先由我花15分钟讲一些有关创伤急救的知识，如包扎，固定、搬运及后送等。结合4月底江西国际发生的采石场工人受伤事件和车祸，讲一些简单的急救知识。对于员工来说，讲太复杂的内容，如心肺复苏等，对他们并不实用。而他们能够做到的，就是及时控制出血，尽快将伤者送到医院。同时，我特别强调，一定要避免车辆交通事故。在非洲，保证生命安全永远是第一位。接着由林队讲疟疾的防治，她讲了半小时。19点，就在会议室里，正式开饭，

两名厨师一起上阵，为我们准备丰盛、可口的中国菜肴。鱿鱼瘦肉汤，蒜蓉空心菜，素炒冬瓜，辣椒炒四季豆，肉丝黑木耳，还有一道鱼和辣子鸡。味道甚好，就是有点咸。这倒可以理解！他们在工地上汗流浃背，需要盐分就多一些。生活营区靠近塔马利市，所以主要从塔马利采购蔬菜，这点比较方便。也养几只鸡，种些菜，不过并没有专门的农场。好几日没见到新鲜蔬菜的影子，所以我也不等人来齐，就先吃一碟蔬菜，满足一下胃。今日喝的是南非葡萄酒。酒喝得高兴，菜吃得

舒服。老彭不禁感慨："真正又吃上一回大食堂饭菜了！"

来自扬州的老林，40岁左右，发表一通颇有感慨的话。他说："这是第一次有中国医疗队到北部省来，不但给我们讲课，讲了很适用的内容，还给我们送来了常用药品，我们特别感动，你们真正代表着国家来关心我们。"我扪心自问，我们只是为远离家乡的中资企业员工做一点事情，尽了自己的本分。

康经理向我们介绍了江西国际在北部省的工程项目情况。小康大学毕业后就来加纳，已经是第7个年头，因此算是一名老加纳。他毕业于江西财政大学，是外语系的，没想到现在却干上筑路工程。连他自己都说，在大学时根本就没想过这样的人生轨迹。他到加纳参加的第一个项目是更北部的上东省建桥工程。那时候那地方条件更加艰苦，没自来水，没电，还经常没吃的。刚开始时，5个人睡3张床，要两个人合睡一张床。有一次车辆坏了，没有办法出去买菜，15天就一道西红柿鸡蛋烧饭。吃到最后，一看到西红柿就想吐。村里农民看到他们生活这么艰苦，还给他们送来几只鸡改善生活。前两年，小康他们专门开车回到那个地方。由于路通了，当地农民生活有了明显改善，道路两边都修了新房子，所以内心不由自主地涌出一种自豪感。他很真挚地说了一句："至少没有白吃他们那几只鸡。"

这个工程是小康的第三个项目，也是作为项目经理的第一个项目。我钦佩地说："真不容易啊！这么年轻就成为项目经理了。"小康说："在非洲，项目经理都很年轻，因为岁数大了，根本吃不消。"他们这段工程是布塔路面改造工程的区间段，在原先道路上进行改扩建，共100多公里，标的是5200万美元，由世行贷款。我说："那是不是相对容易一些？毕竟没有涉及更多的拆迁问题。"小康说："那也不是。我们最大的困难在于塔马利这里是非洲大原野，没有修路用的石子，需要到200多公里外的上东省拉石子。"上次采石场工人受伤，他从这里的营地赶到采石场，花了3个小时。而他们修路100多公里用的石子要一车一车从那里拉过来。他们从去年7月开始路面铺设，再过几个月，如没有变故，就可以全线完成。

"来加纳7年，患疟疾将近有30次。以前不知道怎么预防，后来才知道主要是场地要干燥，不能有积水。现在项目部有随队医生，环境治理更好了，"小康说，"白天蚊子咬不会得疟疾，只有晚上的蚊子咬了才会得疟疾。"我说："你这说法不对。只要被蚊子咬，都有可能得疟疾。但蚊子是天黑的时候才出来的，白天蚊子也要休息嘛。"他们听了都乐开怀。

21点，我们告别他们，返回塔马利。祝他们在这里生活平安、工作快乐！

2013年5月9日，周四，阿克拉

7点30分起床，收拾行李，冲凉，然后吃早餐。9点补记日志内容。电视上，总统选举的聆讯还在进行，已进入第14天。他们确实不累，而且全程直播。这么有耐心，让人敬佩！

10点30分退房，共支付3000多塞地。然后到机场，现购13点35分AWA公司航班机票4张，2张160塞地，2张130塞地。就像到汽车站坐班车一样，很方便。买机票，办理登机手续后，等候半小时，12点才开放候机区，在候机区找个凳子坐下，在小笔记本上敲几段日志。13点10分见到小飞机到达，下来旅客20多人。AWA公司目前每天开放3个航班来往库玛西，1个航班来往塔马利，塔科拉迪还没有开通。登机时发现，卖票的职员在检票，而办理登机的几位职员，也负责搞地勤服务，如搬运行李等。真是一专多能。对于小机场、小飞机、航班少来说，这样可以节约成本。

飞机于14点正起飞。空中云朵较密，无法俯瞰地面。中午未进餐，机上喝1支矿泉水，吃小包饼干。饿着肚子，正好睡觉。等到睁眼时，飞机已经在阿克拉机场跑道滑行了。看看时间，刚好14点45分。

从机场出来，一路堵车。记得第一天到达阿克拉时，路上也是这么堵。去玫瑰餐厅吃顿饭，竟然在路上跑了3个小时。邵医生说："那时坐在车上，因为时差，睡着了，又醒来，反复三四次，还没到吃饭的地方，真是印象深刻啊！"16点，才回到驻地。

22点30分，收到志红短信：

昨晚大饱口福了，有龙虾、海螺、鲍鱼、三文鱼……潮汕人炖的汤、海鲜粥等超好吃！本来都吃饱了，可还有蔬菜羹等源源不断递上来……

馋啊！如此为我报菜名，真吊我胃口！没办法，只能就着半包苏打饼干，又喝一杯威士忌，赶快上床睡觉。到睡梦中解馋吧！

2013年5月10日，周五，阿克拉

太阳穿过窗户照进来，我才醒来。在驻地睡觉就是踏实，有种家的感觉。

9点30分，叫上老彭一起去买菜。到Lara超市，买牛肉，又买羊排，再买一桶食用油、一袋面粉等，花277塞地。老彭问那位高大威猛的超市老板，是否从黎巴嫩来的？回答是从饱受战乱的叙利亚来的。那老板说："现在搞不清为什么国内总有战事。"确实，遭受战争苦难的是普通老百姓。老百姓只求安居乐业，享受阳光

和空气，何必非要鲜血淋漓呢？

逛到丰收超市。门口车辆已停一排，运菜车还没有来。见有经参处的车，想必是高参夫人王老师也在里面等着买菜。时间才10点30分，哪知道等到何时？刚才已买几颗包菜，足以对付今日，明日周六，再出来买菜，先走了。

老彭说："不知不觉这五月过了一旬。下月新的援加纳中国医疗队正式组建。7月份他们开始培训，我们这边有大批家属来队探亲。8月有官方来访。9月以后就要做撤离计划，包括回国路线选择，时间过得相当快啊！"

从昨天深圳新闻获知，新组建医疗队中，包括心内科、妇外科、针灸、麻醉、骨科、生殖泌尿科、儿内科、放疗科、神经内科等。有变化的专业是妇外科、骨科。骨科选派医生从脊柱外科变为创伤骨科，与我提出的意见相吻合。

对我而言，原来准备6月份写完《有关看病的哲学》杂文，现在看来这活儿要往后延了。一则写作很苦很累，这么下去自己做不到。去年怎么能写好那些散文，自己都觉得不可思议；二则无法静心，日子越往后，归期临近，想法骤然多起来，有时莫名其妙地分神；三则手头事情增多，如国家基金评审等。当前要务应是散文集修订，其他事情暂搁一旁。

北部行游记《大地飞歌》几节内容已有轮廓，包括《有一个美丽的地方》《心若在，梦就在》《在希望的田野上》《从此路不再漫长》《阳光路上》。写作内容缩减为五节，字数2万左右。

晚上窗外刮风下雨，下得很大。饮杯酒，躺在床上，可以睡个好觉。

2013年5月11日，周六，阿克拉

9点30分，与王泽、林大厨、邵医生等一起出去买菜。先到Marina购物中心，随便买一些虾饺、炸鸡翅、面包、蛋糕等。再到丰收超市，昨日下雨，小白菜如水洗过。由于几日没吃叶菜，就买两袋，两日内吃掉，不要浪费。又到Lara超市买几袋西红柿。共支出350塞地。

午餐自制青菜鸡蛋面。吃完，满身大汗。开着空调，躲在房里。有电话告知，华为员工小周可能今日出院。小周于周一晚抵达广州，周二上午见顾主任并入院，周三就接受手术，由顾主任亲自上台手术，整个过程非常顺利。准备返江西老家休息一段时间，再回加纳。

12点40分，给志红打电话。听她讲述这一次演讲经历，自我感觉良好。此次巡回演讲，后面如何安排，要看北京决定。如果北京方面没有更多要求，则演讲活动

就此结束。

15点多上床睡觉。睡前吃了面包，睡得香甜。真正进入雨季了，下午又下一阵雨，很凉爽，根本不需要开空调。待到18点10分醒来，外面已经漆黑一片。

晚上，收看凤凰卫视纪念邓丽君节目《何日君再来》，不禁触动心弦，感慨万分。邓丽君的"靡靡之音"在那个年代给我们吹来一股精神的清新，难以忘怀。在散文集的代序《心儿向着远方》中，专门引用一曲《原乡人》，表达自己追寻的梦乡。

2013年5月12日，周日，阿克拉

9点30分，给东征弟弟打电话；然后又给老母亲打电话，聊了20多分钟。看来老母亲心情不错，还提醒我今日是母亲节。10点给冯岚打电话。今日是护士节，晚上陈建庭主任宴请护理组。所以凑个热闹，向大家问个好。

陈建庭主任提起，下周要去西安罗卓荆教授处开会。说到想翻译出版一本书，已与出版社谈妥。不过编写专著，即便是译著，可能也不是那么容易，对此我深有体会。除了具备相应专业知识之外，还需要有相当功力的中文写作水平。现在国内自行编写的专著较少，而翻译国外专著多。

14点多上床睡觉，迷迷糊糊地睡到16点。起来后继续补记北部行日志，到了晚上8点30分终于完成。顺便将其中内容抽选出来，准备完成游记《大地飞歌》。

2013年5月13日，周一，阿克拉

走去医院，到外科楼正好9点。医生罢工确实已结束，门诊候诊厅里人头攒动。

在医生办公室，看了本周手术安排。每日安排两台，除周二垂体肿瘤1台和周三胸椎管肿瘤1台，其余都是胸腰椎手术。到病房查看，见到那例35岁颈椎脱位行前路手术后出现颈5神经根瘫病人。于上周三接受后路神经根孔扩大、侧块螺钉固定术。手术后疼痛症状消失，而且右臂可以外展及上举，较术前明显改善，只有三角肌部还有一点牵扯感。不过此次后路手术，减压部位是颈5/6，应属于颈6神经根减压，怎么能缓解颈5神经根症状呢？这有点疑问。在病房，遇见Dr Dakurah、Dr Bankah和Mawuli，相互打个招呼。接到江西国际小康经理来电，他带了个病人到医疗队驻地，请我看看。那我就不进手术室了，走路返回。

小康经理带来的员工姓王，49岁，原籍浙江，1969年迁居江西，来加纳已5个月。

其诉右前臂有麻沉感，自己在肘上内侧部摸到一个小包块，没有其他不适。其母亲患何杰金淋巴瘤，所以特别担心。我检查一下，就是皮下一个黄豆大的小包块，两端有蒂连着，质地稍韧，可能是纤维瘤之类，没有什么大碍。右前臂麻沉感，主要还是颈椎问题。叮嘱其少低头，经常活动颈部。给老王特别解释一下，那地方不是表浅淋巴结，不用太担心。10点45分，小康一行离开驻地。

2013年5月14日，周二，阿克拉

8点20分起来。准备走路去医院，顺便晒晒太阳。空调房里待长了，身上有些寒意。但到厨房一看，竟然没有青菜了。不食肉糜可以，没有青菜则不行。

10点30分，叫上老彭一起出去，到丰收超市买青菜。周二，在丰收超市买菜的人没有那么多。买了菜心、空心菜、白萝卜、洋葱等，99塞地。仅10分钟，就解决青菜问题。返回时，转到加纳卫生部，老彭将购买抗疟药的申请递交过去。我提醒老彭，将来回国时要备一些抗疟药带在身上，安全第一。老彭说，那肯定会办的。路上堵车严重，回到驻地已12点15分。

2013年5月15日，周三，阿克拉

过了零点，还没睡着。肚子饿了，起来吃包即食面，凌晨2点方入睡。最近睡眠有些乱，主要是心有点荡漾，随着归国日子一天天临近，开始心绪难平。

睡前看到一篇写广西上林人到加纳淘金的通讯报道。尽是胡说！不知道想误导读者什么？看来那篇《兼职一回法医》要重新修改一遍。

9点30分出门，走去医院。10点10分到达外科楼。到病区看一下，如今医生多了起来，Yankey、Dr Bankah都在，但没有新入病人。今日手术停1台，仅剩1台胸腰椎骨折行后路椎弓根螺钉内固定术。

下楼时，遇到Dr Dakurah，就在楼梯口聊了几句。我告诉他，将于12月结束任务回国，下一批来的是骨科医生。我已经递交一份报告，建议资助一些年轻医生到中国短期访问。我希望，在已建立良好友谊的基础上，双方可以更好地合作。还有一事，两年后，即2015年，世界SICOT大会将在广州举行，希望他能带队参加会议。Dr Dakurah说，他对此表示非常欣赏。

回来路上，看到路边那块地又开垦了，想想那篇散文《路边一块玉米地》，又忍不住感慨道："真是一年一度啊！"太阳如此炙热，热得全身湿透，但通体舒坦。

下午评审国自然项目。对存在明显不足的标书先行淘汰，最后留下6份。按照要求，40%通过，则我把关通过4份，需斟酌再淘汰2份。

2013年5月16日，周四，阿克拉

早上起床后，登录医院内网，见到谭琳玲的报道，所附两张照片效果也好。

我院瞿东滨教授事迹在全省宣讲获好评

5月12日，广东省援非医疗队先进事迹报告团顺利完成全省第二轮巡讲任务，我院脊柱骨科瞿东滨教授的妻子朱志红作为家属代表在全省成功宣讲了瞿东滨教授的先进事迹。

今年是我国开展援非医疗工作50周年，广东省卫生厅专门组建了援非医疗队先进事迹报告团。报告团从全省援非医疗队员中选拔了7名优秀代表，其中既有90年代参加援非工作的老援非队员，也有医院的院领导、专家教授，我院瞿东滨教授的事迹材料也光荣入选。在院领导的高度重视和大力支持下，宣传处积极协调，扎实做好各项工作，瞿东滨教授的报告材料事迹生动感人、演讲者情真意切，深获大家好评。

报告团自4月份以来分别到深圳、东莞、湛江、茂名、江门、佛山等10余个城市进行了巡回宣讲，所到之处都受到了热烈欢迎。各地的市领导亲切接见了报告团的成员，医务人员及社会各界代表约7000余人听取了事迹报告，社会反响良好。在宣传"广东医生"光辉形象的同时，本次先进事迹宣讲活动也是对我院品牌形象一个很好的宣传和推广。

（宣传处 谭琳玲）

上午终于完成国家自然科学基金青年项目评审。11份标书，通过4份，其中优先资助2份。

10点30分，见到大学校园网亦已转载《南方医院瞿东滨教授事迹在全省宣讲受好评》一文。不禁喜从心来！将签名改为："干完一件是一件，坚持就是胜利。"

2013年5月17日，周五，阿克拉

下午4点，广东省委常委、省纪委书记黄先耀在龚大使的陪同下来到驻地，看

望中国医疗队员。黄书记是参加中国共产党代表团访问利比里亚和加纳。在一楼会客室，黄书记与医疗队员座谈。还给我们带来了DVD光盘，什么《甄嬛传》等，让我们丰富文化生活。想笑不敢笑，因为如果我们要看这些电视剧，上网下载即可，用不着光盘。当然，还送来了几袋米、几桶食用油，还有几个菠萝和木瓜。

黄书记想给我们发张个人名片，有事随时联系。我说："哪敢给省纪委书记打电话，那领导不是要紧张死了？"大概座谈半小时，最后在楼前合影。黄书记一行于明日回国，晚上由华为等中资机构宴请。

酒喝完了，明日再买一瓶。下周写散文，没有酒兴，文思哪能如泉涌啊！

2013年5月18日，周六，阿克拉

9点30分，与王泽、林大厨一起出去买菜。到了Shoprite购物中心，看看兑换店的挂牌价格，美元卖出价为2.02塞地。上月通货膨胀率为10.7%。

在超市，我买了小青苹果，一袋11塞地，大概有13个，很脆，不酸，皮薄，弱甜分，我比较喜欢，一下子买了3袋，可应付两周。现在轮流光顾Shoprite购物中心和Marina购物中心，Marina没有这种小青苹果，只有那种较大的青苹果，皮厚，且没那么脆。另外，买支黑方威士忌，1L，95塞地。总共花费107塞地。公家没买菜，上周中铁五局给我们送来一些猪肉，足可对付数日。离开Shoprite购物中心，就去Osu的长城超市，在那里要买些林大厨需要的调料、粘米粉等。

在长城超市，买了小米、面条、木耳等，花161塞地。接着又去买鸡蛋。稍大些、好一点的鸡蛋，一排10塞地。那就10塞地吧！买上10排，够半个月消耗。鸡蛋从一排6塞地吃起，到现在10塞地，可能走的时候会达到12塞地。那这两年的物价就翻了一番！

最后去丰收超市。买袋50公斤的高筋面粉、1箱12支古越龙山，以及包菜、云南小瓜、小白菜、西红柿、新鲜蘑菇等，花350塞地。现在买菜相当利索，流程熟悉，动作娴熟，该拿的就拿，该买的就买，不必迟疑，一气呵成，俨然一个"买菜专业户"。回到驻地才12点。

中午煮碗鸡蛋青菜面，边吃边将最后两集《知青》看完。买菜路上，问王泽："看过《知青》电视剧吗？"他说："没看啊，主要是看不懂，觉得以前的思维方式有点不可思议。"确实如此，每个时代都有每个时代的生活方式与追求。没有经历过的人，很难有切身的体会。

午睡起床后，喝杯水，上天台晒太阳20分钟。回到房间后，将日志完成。此时

已是18点02分。

22点，将一包榨菜用开水泡洗后捞起，再把晚餐留下一枚卤鸡蛋切片，作为下酒菜。酒是今日买的黑方威士忌。喝点小酒，让脑子晕乎些，就是最好的休息养神。

2013年5月19日，周日，阿克拉

9点给连江家里打电话，与父母聊几句。9点30分，给志红电话。她今日去金港城打扫卫生。志红说："6月23日开始，农行将组织40岁以上员工轮训，到中山大学学习一周。"

两个电话加起来有半小时。接着完成留学生来华学习教育项目申请书。等网络正常后，发给姚玲。仅算完成一项任务，资助与否，没有在意。

这两日大学同学在讨论30年聚会之事。今日看到有条建议，说可以将聚会地点安排到新疆喀纳斯。我觉得这建议很不靠谱。要是去旅游，同学聚会的意义就体现不出来，就没有必要将这些同学凑在一起，何况并不是全部同学都有这份闲心、闲时和闲钱。事情想复杂了，掺杂因素多了，就可能办不成。

2013年5月20日，周一，阿克拉

8点35分出门，走去医院，直接进手术室。本周每天安排1台脊柱手术，有3台腰椎手术、1台颈椎骨折手术，但不知道能完成几台。Mawuli已在手术室，Dr Bankah正给1例病人进行腰椎封闭。

麻醉医生10点才到手术室，连Mawuli都在摇头。Mawuli说："上周才做了两台手术，时间都在等待中流逝。"我问Mawuli："是否会被聘为顾问医生？"他说："没那么早。顾问医生要医学院聘任，现在只有Dr Dakurah一人，其他几位都是专科医生。如果要承担教学任务，就要先提出申请，获得医学院批准之后，才可以担任教学工作。"看来加纳大学医学院的教学管理比较规范，值得我们学习。Mawuli问我："你是否喜欢加纳食物？"我说："我比较喜欢烤珍珠鸡，而Fufu、Banku等食物没有尝试。"他建议我要去体验一下。不过，我的原则是有所为、有所不为，体验生活也是如此。

10点40分，开始5日龄婴儿脑脊膜膨出修补术，由Dr Bankah和Mawuli上台手术。等这台手术完毕，再接第2台小儿手术。由于小儿手术结束后，要等到小儿完

全清醒，才能开始接台手术，所以第3台腰椎后路手术不知要何时开始，所以我就先走了。到了楼下，遇到Dr Dakurah从车上下来。寒暄几句，先行离开。骄阳似火，晒得人头昏眼花，权当耐力锻炼。

13点30分，坐在电脑前，写作散文《在希望的田野上》。写了一段，就上天台晒太阳。确切地说，是晒思维。这篇散文的基本结构和写作思路已比较清晰，可专注完成初稿。

2013年5月21日，周二，阿克拉

走到外科楼下，已经9点20分。到病区，看今日手术安排。第1台是垂体肿瘤，第2台是脑室炎，第3台颈6/7骨折脱位。到病房看那例颈椎骨折病例，颈5/6似乎融合一起，颈6椎体有压缩，但信号正常，主要颈6/7脱位并有椎板、关节突骨折。第1台手术病人已接进手术室，今日如能完成两台手术，就算快了。还是回去吧。在楼下停车场又遇到Dr Dakurah，他今日有教学任务。我告诉他今日手术安排，估计颈椎手术是做不上了。走路回去，每天就这么一点体能锻炼，还是坚持吧。回到驻地才10点。

厨房冰箱里就剩下云南小瓜和几颗包菜。看天气似要下雨，就约老彭一起出去买菜。10点40分下楼，叫上老彭，直接去丰收超市。买了芥菜、白菜和黄瓜，花了68塞地。老彭说："昨日中水电公司送来一些小螃蟹，中午要做香辣蟹。"故又转到Lara超市，买些姜、葱、蒜及洋葱。看到羊排挺新鲜的，也买几斤。羊肉大家吃，骨头慰劳小黑狗Harry。在Lara超市花了102塞地，就返回驻地。

13点，老彭做好香辣蟹，我就提酒下去，尝尝特色风味蟹。边吃、边喝、边聊，聊到16点，最后把那瓶酒也干了。

2013年5月22日，周三，阿克拉

昨日喝酒过量，身体有点受凉。8点上天台晒太阳，以驱除身上寒气。

脑中依旧空空如也，写作没思路，何来妙笔生花？真不知道去年怎么写那么多东西。老彭说，他也是如此，就没想拿起画笔，静不下心来。看来大家都没有什么心思了。其他人要迎接家人来探亲，更是没有太多心思。曙光在前头，想法就多起来，都不安分守己了。

不管怎么样，本周要完成《大地飞歌》的初稿。

2013年5月23日，周四，阿克拉

凌晨3点醒来，琢磨后记。原来就写300多字，仅交代散文写作和结集的过程。现在觉得有点单薄，何不更加厚实一点？所以，就打算扩展到900多字，把感谢之情表达得更加充分。且以《一分快慰》为题，前后两段相互呼应，内容和结构上更加完善。作为后记，与代序内容也有呼应。

7点多，又睡回笼觉。再醒来已10点，不去医院了。上午把《阳光路上》初稿草拟。中午看电视，看电视不太用脑，是最好的休息。16点，上天台晒太阳。半小时后下来，冲凉，再看会儿电视，又到了晚饭时间。

21点多，志红说："有同事在9月份休产假，可能后半年休假比较难安排，不如我尽快安排早去加纳。"想想也是，越往后面事情越多，得往前赶才行。

计划赶不上变化，要抓紧时间，完成《大地飞歌》游记初稿。

2013年5月24日，周五，阿克拉

8点30分出门到医院。到了病区，Mawuli正带人查房，其他人都没见着。在医生办公室，收集那例38岁男性颈椎骨折导致截瘫病例的图像资料。该病人于3月27日从2楼坠落，导致颈6/7骨折脱位，出现截瘫，骶尾部褥疮，准备行前路手术。但本周手术停了，推迟到下周进行。

下午继续写散文。晚上请林队在家属来访邀请函上签名盖章，并在她那里直接扫描后，发给援外中心。

2013年5月25日，周六，阿克拉

非洲日，法定假期。6点上天台，见到旭日初升，迎接第一缕阳光，心情十分愉悦。远处那几栋房子以及贫民窟有晨雾弥漫，当然也有燃烧垃圾的白雾漫漫。相机虽拍不出那些效果，但可以记录一些景色。围墙外面的路上，门卫Tier在追打Harry。大清晨，路上只有几个看房子的非洲人。Tier打了Harry两次，Harry才悻然地跑回围墙内。

9点，膳食小组4人同去买菜。猪肉没了，要买；整鸡，要买；牛肉，好一段时间没买了，要买。我估算一下，大概要支出500塞地。先到Shoprite购物中心，没有猪肉，只有肉排，锯得很整齐，可惜不实在，就算了。路过货币兑换店，看到塞地

买入价已是2.03，贬值是大方向啊！我们又到Marina购物中心，买了6只整鸡和猪腿肉4块，再加10个猪蹄。然后到Lara超市，买12.7公斤牛筋肉，用来卤水。最后到丰收超市买青菜。共支出474塞地，预算之内。大概近期家人要到加纳探亲，我看大伙心情都很轻松，办事尤为利索。11点40分回到驻地。

中午煮碗西红柿鸡蛋面，浇些花雕上去，再吃根法棍面包，够饱了。给志红打电话，可以启动来加纳探亲事宜。志红说："卫生厅专门给支行发来一封感谢信，感谢支行的支持。并说朱志红同志表现很好，非常出色，为巡回演讲工作胜利完成作出很大贡献，希望支行予以表彰。"我说："毕竟属于借用人员，去函表示感谢，符合程序和情理。不过，表扬一下即可。"

15点刚睡醒，就接到电话。中水电公司小阎已到驻地楼下，找我看病。这小阎感到喉咙部不适一周多，说有淋巴结长大，有时按着痛，有时又没事。在华人诊所那里打了一周吊针，没有效果。我检查了一下，根本就没有什么淋巴结肿大，而是在推舌骨时，说有时会痛，那是咽喉炎症状。不过，小阎比较紧张，还去检验血常规以及HIV抗体，心里顾虑较大。我向小阎解释，多吃些水果，也不要打针，过几天就会好。心理负担没了，小阎自然高兴地离开了驻地。

晚上审阅《中国脊柱脊髓杂志》两篇稿件。

2013年5月26日，周日，阿克拉

9点多，给连江老家打了个电话，老父亲接的。聊了几句，关心老人家身体状况。10点多，肚子饿。将两条黄瓜切丝，加上大蒜，凉拌一碗，此为菜，主食是昨日买的面包。11点多，停电，没有网络。

下午把几节游记的尾巴给圆了，这样整篇结构和内容基本圈定。就这一万多字的散文，花了两星期，还没有搞定。不能静心，也就无法尽力。

黄昏时，夕阳西下，煞是好看。就拿着相机上天台拍摄。乌鸦在空中飞来飞去，想抓进镜头，却没有得到满意的构图。等到下半年，要置个三脚架，上天台专门拍些周围的景致与飞鸟，留作纪念。

晚上看会儿电视，不到22点就上床躺着，后来就眯糊过去。

2013年5月27日，周一，阿克拉

半夜雨下得很大。凌晨1点多醒来，看了时间，又接着睡觉。5点又醒来，没有

网络，电视无信号，就读电子书《水浒传》前两章。原来第一章是写龙虎山的，这以前没有留意。而读第二章时，才知道高俅是多才多艺之人。即使到现在，也绝对是个人才。但德品不行，且小人得势，故只会为害国家，这对现在的人才理论也是一个启发。

今日是周六非洲日的补休。7点40分，坐着看电视，就睡着了。真是岁数大了，坐着就睡着了；躺在床上，却又睡不着。

14点多起来。修改《有一个美丽的地方》，到了19点，终于改定此节散文，共4000字。本周每天要改定一节，则可将这五节散文改完，儿童节前完成任务。

17点多，获知会议室有网络，就抱着小笔记本过去。将《中国脊柱脊髓杂志》两篇审稿意见发过去。在同学群里见到杨文东同学留言说："同学相聚在母校，那叫聚会，到其他地方，只是休闲。"说得很在理！

2013年5月28日，周二，阿克拉

8点多走去医院，9点15分到外科楼，直接进手术室里凉快。

今日安排三台手术，脑科手术和腰椎间盘突出，没有什么特殊的。Mawuli、Dr Bankah与Dr Wepeba都来了。现在人多，没我什么事。11点麻醉好，才开始第1台手术。我将《心若在梦就在》的内容梳理了一下，记在小本上。看到大家都去忙了，就回驻地。到房间11点45分。

15点午睡起来，开始改稿。但进展不是那么顺利，前面介绍塔马利与后面"非洲梦"如何结合？有点伤脑。上天台晒太阳半小时，也没想好如何处理。《有一个美丽的地方》《阳光路上》两节，均为4000字，其他几节也要保持这个篇幅。如单纯写"非洲梦农庄"，就无法达到这个篇幅。不过，今天在手术室里想到这篇散文的结尾，那就是将生活比喻为"欧洲之星"列车和自驾旅行两种模式，享受生活的同时去追梦，而不是为了追梦忽视生活。这样处理，使文章富有哲理。

晚上仅改定《心若在梦就在》前半部分。

2013年5月29日，周三，阿克拉

7点多到厨房。见林大厨炒米粉，便吃了一碗。早上一饱腹，困劲就上来，坐在沙发上，眯糊一阵子。醒来8点20分，出门到医院去。

走在路上，便开始琢磨散文修改之事。太阳下晒一晒，思路反而清晰。到病房

里转一圈，没有新入病人。近来医生富余，大概不必用我，故未进手术室，又走回驻地。走去又走回，回到房间，一看才10点。这一趟步行锻炼达一个半小时，有点运动过量。

10点45分收到志红的短信：

不得不推迟休假。17点30分接到谭琳玲电话，并与吴主任确认，要准备六月底、七月初上北京！

这是天大的好消息！13点，给志红打电话，居聊了1小时50分钟。15点，上天台晒太阳，抓拍一些飞鸟，打发时间。计划赶不上变化，志红准备来加纳，我的工作就相应调整，现在一时又不来，那我的计划又得改变。

17点前，将《心如在梦就在》修改完毕，共4400字。

2013年5月30日，周四，阿克拉

上午一场大雨，空气清新凉爽，适合修改《在希望的田野上》。

12点30分，与王泽一起出去，到丰收超市买蔬菜。买了豇豆、黄瓜、小白菜及蒲瓜等，花了97塞地，不到14点就回到驻地。汇总本月买菜的账目，共支出3077.81塞地（含591.29塞地车辆保养费）。

15点，从特马来了个中国人，说是搞贸易的，带个华人金矿主光头韦，还有一名加纳小伙子来看病。这名加纳小伙子于3个多月前受外伤，现在有背痛，右手小指不能伸直，并胸骨上部疼痛，颈椎活动好，双下肢肌力正常。在库玛西曾行MRI检查，但图像看不清，所以让他先到Sunshine影像诊断中心复查，待结果出来后，再来复诊。后来又来电话，这些人没记住检查部位，直接让技师跟我通话。我确认需行胸椎MRI检查，然后又加胸部CT。

晚上进行月度结算，并预支下月初买菜及车辆年审等费用2000塞地。个人也发钱，扣除水费10塞地，发了700塞地，另200美元伙食费返还。还领了个硬盘回来，据说价格290塞地。现在手头相对宽裕，拟收藏500塞地崭新现钞作为援非纪念品。

2013年5月31日，周五，阿克拉

8点30分出门，在路口见到许多鸟类，白鹭和白颈乌鸦等，就驻足拍摄。9点15分到外科楼病区，收集影像学资料。见到来自放射科主任的一份通知。根据加纳国家医学设备更新计划，新进3台C臂X线机，系日本产SHIZIMO（岛津）品牌，将放

置于神经外科手术室、二楼外科手术室、骨科手术室各1台，要由放射科派员使用，以保证正确操作，延长使用寿命。这想法是很好，但手术时怎么有时间等待放射科技师过来呢？

没什么事，就别在医院耗着，又走回来。走在路上，想着修改散文的问题。《在希望田野上》有一段关于塔马利体育场建设的内容尚待充实，如加入有关政治家与经济家差异的议论，这样散文就有深度。文学不仅供人欣赏，更要引人思考，这才是文学的要义。回到房间刚过10点，开始着手修改该段落。

11点，昨日华人金矿主光头韦带着那个加纳小伙子又来到驻地。Sunshine影像诊断中心的图像效果很好，非常清晰。那加纳小伙子是个酋长的儿子。两个月前，该小伙子坐的车翻了，他受了伤。MRI和CT清晰显示胸4、5椎体压缩骨折，颈7及胸4椎板棘突等骨折，椎管无占位，脊髓无受压。已经非常幸运了！胸骨上段骨折有移位，尚未完全愈合。目前可进行物理治疗等。骨折完全愈合后，疼痛自然会缓解。加纳小伙子连声感谢，高兴地走了。

11点30分改完《在希望的田野上》，字数4200字。下午修改《从此路不再漫长》。到晚上9点，还有两段没改完。本月工作就此完成。

2013年6月

2013年6月1日，周六，阿克拉

6点30分起床，坐在电脑前修改《从此路不再漫长》。9点出去买菜，12点36分返回驻地。没有午睡，接着修改散文。16点，终于完成《从此路不再漫长》和《阳光路上》的修改。并合为《大地飞歌》一文，共2.1万字，胜利完成预期目标。从《我要去加纳》的低声吟唱到《大地飞歌》的引吭高歌，散文集《心儿向着远方》记录了这一年半的援非历程。顿时有如释重负之感，以后重点工作将转到二稿修订。

9点，与林大厨一起出去买菜。到Shoprite购物中心，看塞地汇率，看加纳布匹，逛酒庄，然后进超市。我买了小青苹果，一袋12.99塞地，买2袋；买橘子；买3盒牛奶、2盒果汁及1盒麦片；最后买一瓶爱尔兰布什米尔威士忌，55.99塞地。总共141.78塞地。

又到Marina购物中心，买鸡翅、猪肉、鸡胗、冻虾饺及牛油、食盐等。给自己拿点午餐面包。我买了条1塞地的面包给黑人司机Oxward。此处购物支出287.12塞地。

又转到Osu，买10排鸡蛋，花100塞地。到丰收超市，买芥菜、萝卜、葱、洋葱、土豆、咸蛋、豆干、西红柿、豆腐、大蒜等，花183塞地。

此行公家支出共570塞地，自己支出150塞地（含2桶饮用水）。回到驻地后，Oxward帮忙将饮用水搬到房间。遂馈赠两个苹果慰劳，并郑重告诉他："这是你帮助我的，所以我要感谢你。你本职的工作，是你应该干的，我们已支付你工资，所以不要想别的。"

16点30分，到会议室上网，将散文稿发给志红。女儿留言，不能按时完成插画。女儿学习负担太重，不能因此影响学业。

晚上要喝点小酒，庆祝散文集第一稿完成。17点到厨房，取几个鸡胗，洗切，腌制。然后在电磁炉上爆炒，加上洋葱粒，一碟洋葱鸡胗即成。炒菜水平下降，火候没掌握好，鸡胗肉质有点硬，将就吃吧。再端上林大厨准备的肉菜，下酒菜已有。10年份的威士忌口感没有那么浓郁，将就喝吧。

2013年6月2日，周日，阿克拉

早上起床后，就做一件事。鉴于女儿不能完成插画，就决定以摄影照片代替。在散文集中增加图片资料，如加纳标志性建筑、自然景色等，可丰富内容，增强可读性，加深读者对加纳的认识，同时也反映自己在加纳援非的真实生活。故从大量摄影照片中认真筛选，拟收录散文集中。

2013年6月3日，周一，阿克拉

7点上网，收到志红《大地飞歌》审改稿。

8点多出门，天空中飘下一点雨丝，并不妨碍我步行去医院。直接进手术室，与大家打个照面。今日安排1台脑室引流术，1台腰椎翻修手术。第3台也是腰椎手术，不过可能会排到周四进行，估计今天完不成。Mawuli对我说："第2台腰椎手术病人已经接受过两次手术，这是第3次手术。"我上前询问病人情况。系61岁男性，右下肢放射痛至足部，而MRI似乎以左侧明显，因此术中要探查右侧腰5/骶1神经根。Mawuli请我到时一起上台手术，我说没问题。等到11点30分，病人还没开始麻醉。现在人多啊，Dr Akoto和Dr Bankah都在，我就没必要继续等候。

天空中仍飘着细细的雨丝。虽然路面不湿滑，但雨后排水沟散发着难闻的气味，所以打电话给司机，开车接我返回驻地。

在手术室里等候时，就想着散文集出版事宜。是否联系广东出版集团出版呢？是否在散文题目下面加个副标题，类似"一名广东医生在非洲"？是否请哪位领导写序呢？是否请卫生厅出面协助出版呢？有众多细节，仍需斟酌。

晚上又想到，散文集中如何插入图片？如游记，可用图片较多；而一些随笔，难寻合适图片，怎么办呢？图片用在各篇散文的文前，文中，还是文末？还是图片集中展示？如何既有利于阅读，又能添彩，确实是个问题。

唉，身边就少一个可一起商讨的人。

2013年6月4日，周二，阿克拉

6点30分起床，继续查找合适的照片。自己摄影水平尽管不怎么样，但也拍摄了不少照片，选取一些出来，问题不大。

9点，与老彭一起出去，办理帕杰罗车年检。车辆年检站在往库玛西方向，开车近1小时才到。整个过程比较顺利，回来时才11点30分。准备周四办理尼桑车年检，故9点到12点该车不在驻地，通知大家调整上下班时间。

15点，上天台晒太阳。20分钟后下来，冲个凉，坐下来记日志。在志红审改基础上，改定《大地飞歌》。并拟就《心儿向着远方》散文集目录。在散文集书名下方，添加副标题"一名广东医生的援非生活"。草拟一封给援外中心信件，请援外中心协助联系出版社。

2013年6月5日，周三，阿克拉

6点20分醒来，将给援外中心的信件稍加修改，连同附件目录及《大地飞歌》，一同发给援外中心。路是自己走出来的，一定要自己去尝试。能走通，最好；走不通，再换条道。条条大路通罗马嘛！

9点30分到外科楼。进手术室一看，走廊没有病人等候手术。问护士长，脑科手术已经开始。后面计划有1台颈椎前路手术，不知是否进行。如按平常习惯，接台手术一般已接到手术室里等候。到神经外科病区，病房里尽是空床，不知道怎么回事。遇到Dr Dakurah，打个招呼，就走回驻地。回到驻地10点25分。

13点给志红电话，聊了近1小时。卫生厅来通知，要做好进京演讲的准备。小小的梦想竟能成真，自然值得高兴，喜悦从电话那头传递过来！

与志红通话时说，感谢志红，每一篇散文亦凝聚着志红的劳动。在文章修改方面，志红做了很多很细致的工作。志红改稿能力还是不错的，以后可以当一名编辑，当然，只能当我的编辑。

今日走在路上时，悟到了生活哲理。那就是脑子要灵光，手上要灵巧，身上要有货，口袋里有料。其实一个人要有一些自己的资本，才有更多的选择。这部散文集，书名叫《心儿向着远方》。加个什么副标题好呢？

2013年6月6日，周四，阿克拉

9点，由司机Oxward开车，一起出去办理尼桑车年检。11点40分返回驻地。今年车辆年审工作如期完成，下一次年审就是下一批兄弟们的事情了。车辆保险由老彭负责联系，支票支付，我就经手一下。

下午拟就一段散文集内容介绍，约200字：

这是一个骨科主任在加纳援非经历的真实记录。没有波澜壮阔的画面，没有振奋人心的时刻，只是援非生活的点滴，文化差异、人生感悟和现实思考，多角度反映加纳历史、政治、经济及风土人情、自然风光；字里行间无不充满着豪情、温情、柔情和对援非事业的热情，以及对非洲大地的深情；内容有广度，空间有跨度，思想有深度，文笔优美，行文流畅，单调生活演绎出精彩的篇章。透过这扇窗，会看到一个不一样的非洲、认识一个真正的加纳。

有位毕业研究生来信，说出自己心中的苦闷和迷茫。我很清楚，这种苦闷和迷茫来自现实和理想的反差。年轻人要心怀理想，这是毋庸置疑的！但问题是，许多人并不明白理想究竟是什么？似乎理想就是同一个标杆，大家都要往那里去。其实，我更觉得，年轻人要有自己的主见，然后积极去尝试。行了就往下走，不行了再换个想法。人走向成熟的标志，就是实实在在去实现自己的想法，一步一步向前进。这就是"既要仰望星空，更要脚踏实地"。时不时回头望一望，确信自己依然在理想的路上。

一篇美文又出来了。这就是思想的火花。

2013年6月7日，周五，阿克拉

8点去医院。到病区，见到Dr Dakurah、Mawuli带着年轻医生在教学查房。在病房看到1例车祸导致颈2椎体骨折的病人，以Halo架外固定。只是位置不是很正，需要调整一下。其余没有什么特殊病例。心里挂念着散文集修改一事，10点20分就走路回来。

给连江老家父母打个电话。最近网络上沸沸扬扬中国采金者的事情，老人肯定会听到，要报一声平安。老父亲接听，还真的关注了此事。我告诉他们，那只是局部的、个别的事件，不要担心，这里很安全。

然后就开始散文集修改工作。后来，沉浸在改稿之中，一天都没消停，进展比较顺利。由于写作是断断续续完成的，合集时就发现不少内容有重复，但现在已没有办法处理了。这就像回顾性研究，已经是什么样子了，那就保持原样吧，也算是记录自己思想变化的过程。作家写作多属于前瞻性工作，目的性强，"谋定而后动"，主题和写作提纲确定后，才开始动笔。所以作家与业余写手之间有明显的差异。对此，自己有相当清醒的认识。

今日完成部分改稿工作。整个改稿流程已确定，相信后面的工作会比较顺利。当然，在没有交付出版社之前，都处在不停地修改中。

23点，感到视力有些模糊，得去休息了。

2013年6月9日，周六，阿克拉

昨晚又下雨，因为凉快，所以睡得香甜。7点30分醒来，收到邹琳来信，系译著稿件审校事宜。仅看了一篇译稿，就看不下去。赶紧回信，婉拒这项工作。目前专注于修改自己的散文稿。

9点，与王泽、邵医生和林大厨一起出去买菜。先去机场附近的Marina购物中心。我买了1瓶1L黑方威士忌，78塞地。上次买那种爱尔兰威士忌口味较淡，一加冰，什么味道都没了。为队里买了猪脚、猪肉、虾饺、土豆、洋葱等，花322塞地。又到丰收超市买蔬菜。有什么就买什么，空心菜、茄子、圆椒、四季豆、包菜等，花171塞地。今日买菜过程亦利索，11点30分回到驻地。

中午吃碗西红柿鸡蛋面。然后开着空调，继续静心改稿。改稿空隙，审阅《中国临床解剖学杂志》两篇稿件。

到23点，仅余《叙事克里布》《梦里寻她》两篇待定稿，真累啊！明日还要继续，完成全书的二次审稿工作。整个出书过程就是精益工程啊！

2013年6月9日，周日，阿克拉

7点30分起来，援外中心小陈回信说，已报告张铁强主任，他很支持，正联系有关出版社。不管怎么出，这部散文集一定可以出版，对此我深信不疑。

8点开始，坐在电脑前，屁股就没有怎么挪过。一个上午时间，将《梦里寻她》修改完成。中午大家去Labadi酒店享用自助餐，系华为公司宴请，我在驻地自行解决。

13点给志红打电话。志红说："卫生厅通知下周四、周五去卫生厅试讲。"卫生部要求每个人演讲时间为8分钟。原来演讲稿是以10分钟准备的，所以需要压缩内容。因此先试讲一下，看看效果。

聊了会儿，外面狂风骤雨，信号不是很好，我也有些困乏，就结束通话。躺在床上，却睡不着。在网上，竟然见到了《脊柱内固定学》图书促销活动，每册144元，索性定了2册，送到家里，货到付款。明日给志红短信，让她准备288元收书。

15点，开始修改《叙事克里布》。其中涉及牢骚部分，一律删去。另有一些内容重复，如上下班、晒太阳，亦需整理。

到18点，结束第二次审稿工作。初步统计，文字23万字，照片50幅（含个人头像）。今天志红在电话里说，可将书中照片集中一起，更利于阅读。

工作到22点15分，主要确认入选照片。力争尽早结束这项工作，6月底完成全部书稿工作。然后继续写作，否则明年没有可折腾的了。要想着法子折腾自己！

2013年6月10日，周一，阿克拉

从今日到12日为国内端午节连休。本月11日北京时间下午5点38分（加纳时间上午9点38分）发射神舟十号飞船，要准备收看。

晨起后，思考《叙事克里布》中《烈日下思考》一节，决定将文中那些议论重新修改。8点30分，冲个凉，到医院去。

9点30分到外科楼。来到病区，见到Dr Dakurah，问声好。看一下本周手术安排，其中周三安排脑科手术两台，其他工作日均安排有脊柱手术。在病房转一圈，就进手术室。今日有1台脑室引流，1台腰椎管狭窄手术，还有1台腰椎间盘突出手术。到11点20分，才完成第1台手术。还有两台腰椎手术，其中1台需要内固定。现在不缺医生，所以我就回去。路上遇到Dr Wepeba开车经过，挥手致意。回到房间11点50分。

今日在手术室里想到书名副标题一定要突出"加纳"，肯定有很多人想了解加纳，在"内容简介"也应体现。所以，副标题就定为"在加纳的援非经历"。

午睡起来后，进行书稿图片最后选定。到21点，图片基本确定。除序言外，全文22.8万，43幅图（含头像）。

2013年6月11日，周二，阿克拉

一边整理图片，一边收看CCTV4直播的神十发射。火箭起飞姿态平稳，悬心落地。每次观看火箭发射，总有一种激动在心头。第二炮兵出来的人对火箭有一种特殊情感。假如没有二炮那段经历，我不可能有这么一种感情。明年回国后，要去趟云南，走一走曾经战斗过的地方。神十乘组将上天飞行15日，我的心里也会始终怀着一份牵挂。

走路去医院。走一走，锻炼身体；晒一晒，有益健康。当然，对我来说，还可以边走边思考。可以说，那些文章都是在行走中打下腹稿的。

10点40分，到达外科楼。到病房转一圈，看到空床不少，没有脊柱方面特殊的

远在加纳的足迹：我的援非日志

病例。在医生办公室，见到一张腰椎CT片，腰5椎体镂空样破坏，终板有骨折，周围骨质硬化，没有软组织影，属于一种良性破坏。因缺乏病历资料及MRI影像，无法鉴别，只能翻拍图片收集一下。

今日安排两台脑科手术，第3台是腰椎管狭窄手术。腰椎病人还躺在病房里，尚不确定能否正常接台手术，所以我没进手术室。明日3台均是脑科手术，恰逢中国端午节，就不用到医院去了。

11点45分回到驻地。门卫Tier见到我，索要关节风湿膏。在背包里翻找出一包风湿膏，就送给他。

今日行走在路上，想到在书名副标题中加一个"我"字，那副标题就是"我在加纳的援非经历"，更突出了我的故事。而"援非经历"似乎比"援非生活"更合适，因为"生活"给人印象尽是琐碎之事，而"经历"大小事件都有。这就是走路的收获啊！

15点30分，上天台晒太阳。在热烈的阳光下，思考后面工作安排。这部散文集完成后，则7月、8月、9月写《关于看病的哲学》杂文，10月、11月、12月收集外科手术器械图片。

17点，全体队员集中开会。通报几项内容：

（1）张铁强主任来电告知，下一批援加纳中国医疗队员已经面试完毕，即将正式组队。这拨人在援外培训中心受训，授课老师还是来自广东外语外贸大学。

（2）最近加纳政府取缔非法采金者事件，闹得沸沸扬扬。现在终于平息下来。今日加纳移民局宣布，202名中国人要求自愿遣返中国。移民局完成问询后将予以允许出境，不走法院程序。

（3）本月底家属来探亲。一定要注意安全，出去要带上胸牌，以防警察检查。上班还要照常，不能翘班。由于来人多，队里不负责组织活动，每人发1000塞地，作为自行活动费用。

另外，为了改善室内环境，迎接亲属来访，每人发毛毯1件、床上用品1套。后来领取毛毯时，老彭悄悄告诉我："这些毛毯是上次在Labadi酒店展销的巴基斯坦毛毯。"哦，那质量不错啊！

22点30分，完成书稿照片的初步处理。副标题最终确定为"我在加纳的援非经历"。这样，散文集可进入收尾阶段。

- 342 -

2013年6月12日，周三，阿克拉

8点，坐在电脑前，开始合集统稿。分彩图合集、单色图合集以及无插图合集。最终，散文集字数22.8万字，照片41幅（不含作者头像）。这是今日一个上午的工作。我的援非散文集《心儿向着远方》呼之欲出！

12点40分，给志红打电话。告诉志红，已完成全文，网络通畅时将发回文件。请志红收件后，去图文店打印，其中41张照片要彩色打印，将来送审出版社。散文集事情暂告一段落，尚有序言未落实。

亦向志红提起，昨日与中学同学陈友锋通电话。陈友锋同学关心我回国后的打算。近50岁的人了，回国估计都要准备退休了。生活就是心态，心态放平，生活就自在。

17点来通知，说每人发一个行李箱。中午刚跟志红说，要去买个大一点行李箱过来，下午队里就发一个。真是神了！林大厨分发受赠的粽子，我没要，只要了两包咸水花生，作为下酒菜。中午剩下一枚卤蛋，晚上林大厨又提供炸鸡翅、牛肉干巴、排骨等，也算过个端午节，更要庆祝散文集完成。

2013年6月13日，周四，阿克拉

9点，老彭来说，今日要去北部省送药。原想组织全队人员赴北部省巡回，考虑到安全问题，只好作罢。

10点20分，我独自一人开车到丰收超市买蔬菜。路上不拥堵，反正一人做事更简单利索。到了丰收超市，买芹菜、蒲瓜、小棠菜、豇豆及芥菜，几分钟便完成，共93塞地。11点20分回到驻地。

志红于今日下午（北京时间）到卫生厅试讲。13点30分，给志红电话。志红说："明天一早要去卫生厅，在卫生厅9楼练习一下，然后正式演讲，实况录像送北京审查。"我鼓励志红说："要有信心！从全国范围讲，很少有省份会想到让一个家属来讲援非，这就是创新，也有优势。援非工作缺了家人的支持，那是不可能有如此成绩的。所以不用着急，好好演讲。我期待着你的表现！"

16点30分，到会议室，继续传输散文集文件，要让志红尽快收到，同时在女儿处备份。终于18点将邮件发出。

2013年6月14日，周五，阿克拉

8点20分，接到援外中心张铁强主任的电话。张主任说："已与花城出版社联系，出版社同意做这事，当然还是要付费的。"非常感谢援外中心张主任。如此，出版一事基本落定。文学之路竟从非洲出发，让人万分高兴，万分感慨。

8点30分出门，步行去医院。走在路上，想着散文集序言的事。请钟世镇院士作序，这点没问题。另请一位领导作序，这有点费脑筋。

9点30分开始大查房。没有特殊病人，我跟在后面看。到了11点，双腿站不住了，小腿肌肉酸胀明显，就先行离开。回到驻地11点50分。

13点，给志红打电话，询问今日演讲情况。志红说："吴主任说，可能是放了一段时间假，也可能是听众少，没什么掌声，演讲的感情没有表现出来。"我说："这可以理解，但卫生部审查仅针对内容，是政治把关，具体表现应该影响不大。"聊了半小时，感觉很困，赶忙休息。

15点30分，上天台晒会儿太阳，思考钟院士序言的事。16点下来，就写两段，觉得小腿酸胀，特别难受。

19点30分，收到志红短信。知道她又半夜醒来，就打电话回去。陪她聊了20多分钟，我来援非，她一个人生活，都挺不容易的，我们算是惺惺相惜，只能靠电话慰藉。

2013年6月15日，周六，阿克拉

凌晨3点50分，被外面的雨声吵醒。不知道什么时候下起了雨，只是这雨太大了，敲打着铁皮屋顶轰然作响，如耳边有个非洲鼓在敲打，想睡也没有办法。

今日周六。在非洲遇到周六、周日，有一点令人心烦。因为似乎国内声音都消失了，如同被人遗忘在非洲一样。

9点多，几人一起出去买菜。去Marina购物中心，买鸡翅、整鸡、猪脚、猪肉等，共322塞地。王泽拿着两次购物小票，去顾客服务处开发票。那位服务员只是把两张小票数额加起来，还计算错了，算术能力堪忧啊。又逛Lara超市，买牛肉等，花277多塞地。今日没去丰收超市，因为昨晚大雨，淋雨蔬菜不能久放，就少买一些。前几日买了一些蒲瓜、包菜等，可以对付一阵子。11点30分回到驻地。

中午用半条蒲瓜，煮碗面条。吃着猛出汗，外面蛮凉快的，屋里还得开空调。CCTV4播放了1小时《献给父亲的歌》。明日是父亲节，听着歌曲，不知不觉眼泪

又盈眶。

15点，上天台晒太阳，多云，太阳不大。15点50分回房，准备写文章。但见到网络恢复了，就进行图片收集。

2013年6月16日，周日，阿克拉

晨起后，琢磨钟院士序言初拟稿的写作。

8点多，收到女儿发来短信：父亲大人啊，节日快乐。今日是父亲节，谢谢女儿的问候。9点多，给连江老家打个电话，也祝老父亲快乐、健康、长寿。同时告知，那部散文集已经完成，现正联系出版事情，可望年底出版。

心收不起来，也静不下来。无聊时，将茶叶外包装盒全拆了，把一个一个铁罐拿出来，一个一个地摞起来，一个一个点一遍。铁观音还有12盒，每盒8小包可供一周。这么说，这些铁观音可以对付3个月，其余时光该喝散装茶了。兄弟姐妹们不远万里寄来的茶叶，刚好一年半时间喝完。这后面的援非日子，多亏这些茶叶。因为要写作，又不能久坐，只能喝茶；茶喝多了，多上几趟厕所，似乎也消耗一些时光。悠悠茶香悠悠情！

下午在天台晒太阳时，想到今年提前完成了出版散文集的任务。给老父亲打电话时，老父亲也说："援非一年半，完成任务很出色！"下半年主要为以后著书立说打基础。25年医生职业生涯，今年又开辟了写作的领域！

2013年6月17日，周一，阿克拉

8点30分出门，到医院去，9点05分到外科楼，直接进手术室。今日安排3台手术，1台小儿脑室引流，1台腰椎退变性滑脱手术，还有1台颈椎后路手术。

Mawuli跟我开玩笑说："期待跟你上台手术。"我说："好啊，我随时恭候着。不过现在医生多，你们不太需要我了。"他提出想去中国看看。我告诉他，年底我回国后，就可以安排此事；作为朋友，我十分乐意邀请他访问中国。我问："什么时间比较合适呢？"Mawuli答道："什么时候都可以。"

等到11点25分，两间手术室均开放手术。一间是Seth和Dr Bankah上台，另一间是Dr Akoto和Mawuli上台。那我就可以回去了。明日安排3台脑科手术。

坐在休息室里，确实思路不错。才思如泉涌啊！很快写完钟院士序言初拟稿的大部分内容。真有点怪啊，手术室成了我写作胜地。

下午动笔重写这篇初拟稿，进展顺利，即将完成。送饭盒到厨房时，见到林大厨在煎鱼，那么晚上就可以准备喝些花雕了。

喝点小酒后，仔细修改这篇初拟稿。20点，全文完成，共2400字。21点多，将初拟稿发给钟院士，并抄送志红。心情不错，不由哼唱一曲《鸿雁》。

2013年6月18日，周二，阿克拉

昨晚又是一场大暴雨。密集的雨点敲击着铁皮屋顶，似清晰可数的鼓点，想睡觉已不可能。4点多醒来，幸好可以上网，浏览世界新闻。5点50分起床，阅读几篇文献。8点又躺在床上眯糊去。今日仅有3台脑科手术，不用去医院。

10点20分醒来，收到钟院士回复邮件：

太高兴了！知道散文集要出版了，为盛夏烦闷的天空，洒下一丝丝清凉的细雨。序言初稿也拟得很好，过两天校订后再发回。

钟院士文学功底深厚，从富有诗意的回信可见一斑。广州已入夏，加纳却异常清凉，给志红打个电话，请她看看我的初拟稿，待钟院士修回后，再相互比较，就是很好的学习过程。

2013年6月19日，周三，阿克拉

昨晚又是夜雨，很是凉快，比广州烦闷的热浪肯定舒服不少。7点20分醒来，就收到钟院士回信。

东滨：

草稿拟得很好！考虑到要"入乡随俗"，序言不宜字数过长，更不能"喧宾夺主"，字数上做了较大的调整。保留了介绍散文为主的资料，删除了与我个人见解有关的内容。

现将修订稿发回，请修改后定稿！

钟世镇 6月19日

读钟院士的序言，犹如春风拂面。站的角度不同，写的文章就不一样。我将钟院士序言转发志红，也请志红好好学习。看完钟院士的序言，欣喜若狂。8点40分出门，在微雨中走去医院。微雨和凉风，让我的头脑特别清醒、特别冷静。

在路上，回味钟院士这篇序言修改，尤令我体会深刻的是钟院士谦逊的人格。初拟稿中，我用词有些华丽、豪放，华而不实，或者"为赋新词强说愁"。而钟院

士修改后，语言变得朴实无华。其实，朴实无华的文风才是真正谦逊的体现。作为一位睿智的长者，钟院士充分展现了其谦逊的人格在。我想，如将这两篇文章放在一起，那就是一篇很好的新文章！

来到手术室。今日第1台是脑瘤手术，第2台是腰椎后路手术。女护士Rita逗趣说："那边腰椎手术已经麻醉，Dr Qu上台手术吗？"我说："现在好几个医生都在手术室，你们已经不需要我了。"

12点30分，第2台腰椎手术开始，Dr Akoto和Seth一起上台。那就不需要我这个候补医生上场，我就向Dr Dakurah告辞。

15点20分，午睡起床。泡壶茶，悠悠茶香中，我依然沉浸在钟院士序言中。现在钟院士的序言已经确定，下一步是否需要请领导作序呢？上天台，踱来踱去，也没有想出什么名堂。

2013年6月20日，周四，阿克拉

7点20分醒来，观看神舟十号航天员太空授课。

9点，给连江老家打个电话，老父亲接电话。老父亲跟我说："老母亲背上痛得厉害，要不要打针吃药？"我莫名之火又上来了。人老了，有病就去看，该吃药就吃药，吃药效果不好，就去打针。跟我说这些事，无形中不是增加我的心里牵挂吗？我在万里之外能帮上什么忙呢？

这样不行！最近一段时间总是心神不宁，总觉得要出什么事。不能再牵扯更多心思，否则很容易出事。

9点30分，与老彭一起出去买菜。在Shoprite购物中心，我买了苹果、牛奶、饼干、果汁，还有1瓶1L黑方威士忌，花162塞地。然后到丰收超市，没菜了。又转Lara超市，买牛肉、包菜等，花152塞地。这几日拼命下雨，叶菜比较少，姑且这么将就一下。11点50分回到驻地。

晚上没有什么心思。收集一些图片资料，干不下去。21点，倒杯酒，无菜送小酒。22点30分，拨通志红电话。电话里，讲了两件事。一是进京演讲，要坚持住。二是女儿的事情。女儿做作业时，经常冒出一些新颖的想法，虽说有创新，但容易出错。最后学业考核的是作品，而不是想法或者方案。如果最后没有完成作品上交，再好的想法都是一句空话。

跟志红打完电话，又跟东征弟弟打个电话。吩咐东征多回家看看老父母，有病就带到医院看看。

过了零点就不太好入睡。耗到凌晨2点才睡着。

2013年6月21日，周五，阿克拉

8点多，与女儿聊天3小时。女儿现在课题压力挺大，聊一聊，舒缓一下情绪。与女儿交谈，女儿常常妙语连珠，让我不禁捧腹大笑。女儿说："成功人士都是辛苦的，而享福的都是旁边那个。"哈哈！尽管女儿有许多烦恼和苦闷，但她比较清醒，还有自己的想法。我和志红要做的就是在后面默默支持她。

下线后，在同学群上见到留言：

昨天看了一段瞿东滨老婆写的报告，题目是什么水仙花，太感人了！瞿夫人四处作报告讲述援非医生家属的，太感人了！咱瞿东滨同学真是好样的！好样的！

晚上到王泽处预支1000塞地，准备明日出去买菜。王泽说，明日他们还要去买房间用品，家属来时要用，中午在外面吃顿饭。我说，"那我就不去了，你们顺便到丰收超市买些蔬菜回来，鸡肉、牛肉等都不用买，下周我再去买。"我每周都出去两趟买菜，不能再耗上一整日时间逛商店，那就太累了。

在广东省卫生厅网站"广东医生"专题网页，见到志红的演讲稿，题目是《亲人，我愿做守候你的水仙花——瞿东滨同志先进事迹报告》。这是今年的一大亮点！谢谢志红！

2013年6月22日，周六，阿克拉

6点20分醒来。不知道什么时候停电，窗户留个缝，没有觉得闷，还是挺凉快的。相对于此时国内城市的高温天气，加纳简直是天堂。

收到志红的邮件：

我已拜读钟老爷子的"序"。开头尽引语，抒怀其后；干净利落，不拖泥带水；有高度有深度，老人家有很深的文学造诣。不愧一代名师！

7点40分，上天台晒太阳，驱除身上的寒气。当然，脑子里想的还是写作的事。写作要耐得住孤独和寂寞，其中苦闷、劳累已有体会。

13点30分，收到志红短信：我回来了，来电吧。我就打电话回家，志红说："卫生厅通知，周一要带上所有随身物品，到仓边路援外培训中心报到。所以今日出去又买了5件套装，可下血本了，从来没有这样过。"我说："那是应该的！这么多年也没有买过什么像样衣服，应该大力赞助。要充满信心，不要有更多负担，主要享

受这个过程。"

23点13分，又给志红打电话。请她将卫生厅通知转发过来，顺便聊聊演讲的感觉。志红有些激动和兴奋，半夜就起床。聊了1小时，电话断线。再打过去，听到电话中警告余额仅有一分钟。过了会儿，就全断了。一查账户余额，哈哈，归零。这是第一次手机账户余额归零。

躺在床上，收到志红转发卫生厅邮件。此趟进京属于卫生厅汇报审查，以确定下一步中国纪念援非50周年的活动。不管怎样，能走到卫生部这一步，已属不易，向志红表示敬意。

2013年6月23日，周日，阿克拉

上午收集一些图片。12点30分到老彭房间吃炒牛肉，又把剩下的黑方喝完。15点回到房间，睡到20点20分。起来吃包即食面和苹果，观看电视。23点多，又躺下睡觉。

凌晨2点38分收到志红短信，提醒接收一封邮件，说是一件有趣的事情。我打开邮件，原来是一份推荐"2008—2013广州市企业最美员工"的表格，那就将平时工作表现以及支持丈夫援非、参加省内巡回演讲等事情写一下，上报即可。回个邮件，继续睡觉。睡的时间有点长，腰部明显酸痛，只好将枕头垫在腰部。

2013年6月24日，周一，阿克拉

7点醒来，志红又来短信，要写一份事迹材料，她现在已经到卫生厅了。我回复说，那我上午来整理一下这份材料，然后再发回去。

9点30分，完成朱志红同志先进事迹材料，并填写推荐表，发回去：

我将表格填好了，事迹内容也写上了。另外讲稿是从卫生厅网站下载的，我就补充三张照片，属于证明材料。推荐归推荐，没什么不好意思的。心态放平，该怎么生活还是怎么生活。

志红夸我是她的坚强后盾。

下午给自己理发，上天台晒会儿太阳，再收集一些图片。本周有一拨家属来加纳探亲，过两周再来一拨，扰动了大家工作的心思啊。

2013年6月25日，周二，阿克拉

今日阴天，走去医院，看看本周手术安排。9点10分到到病区，未见到手术安排表，与Seth打个招呼，就进手术室。昨日安排3台手术，最后仅完成1台脑室引流。今日安排3台手术，其中第1台是鼻根部脑脊膜膨出，系3月龄婴儿。那就够今日折腾了，因为婴儿麻醉较慎重，一般少有同时开台手术。第2台是颈椎后路全椎板切除术。第3台是胸腰段结核后路手术，肯定来不及做。

在手术室待到11点10分，又去病区医生办公室，收集两例颈椎骨折和颈椎创伤性滑脱病例的影像资料。11点45分，离开病区，走路返回。今日Dr Dakurah在病房里带教学生。

在手术室里，就考虑是否请领导写序言问题。最近两周，一直纠结这个问题，总没有找出头绪，所谓快刀斩乱麻，也是一种解决问题的方式，放弃更省事、更省心。所以领导作序就免了。如此就如释重负了。

13点20分，给志红打电话。获知上北京汇报仅2人，志红不去，吴子刚主任不去，张铁强主任不去，援外中心也不去。那没什么！我们现在可以全心完成最重要的事情——散文集出版。担心志红心里有失落感，我就安慰她，不管卫生厅怎么说，巡回演讲事情到此画上了一个句号。下一步尽早安排休假访问加纳。

16点30分，上天台晒太阳。今日各种心理负担骤然消失。志红不去北京了，那可以启动出版一事。

聂海胜等神舟十号乘组将于今晚零时返回，要收看电视转播节目。

2013年6月26日，周三，阿克拉

昨晚23点开始收看央视实况转播。看到聂海胜出仓，听完张高丽宣读贺电，不禁独自鼓掌祝贺。凌晨2点多人睡，这觉睡得香啊！

9点30分，和老彭一起出去买菜，路上有些拥堵。谈起家属来加纳探亲，原来仅11人就餐，一下子要满足20人吃饭，确实是一个很大的负担。而且家属来队时间错开，可能从7月到9月大把时间都得花在买菜上。老彭说："援非两年，我们俩大半时间的活，就是买菜，这可能是最大的收获。"

先到丰收超市，蔬菜尚未送达。去Osu，买100塞地的鸡蛋。再去长城超市买面粉，没有中国面粉，就买几包韩国面粉应急。最近中国面粉比较紧俏，都缺货。还买了紫菜、麻油、蚝油、生粉等，装满一个纸箱，花了274塞地。接着去Lara超市，

买羊排、2桶豆油、包菜等，花了205塞地。再到丰收超市，买绿豆（每公斤14塞地）、小白菜、干酵母、鸡粉等，我也买了5包酸菜即食面，花了229塞地。林大厨让买一些猪肉，但没有时间去Marina购物中心，周五再说吧。今日买菜支出808塞地。12点30分回到驻地，都交给林大厨去收拾。

午睡会儿，14点20分起床。上天台晒太阳。下来后，做图片收集工作，先办不太动脑的事情。

2013年6月27日，周四，阿克拉

昨晚关了空调，开窗睡觉，真冷。凌晨1点多，志红来短信。说于北京时间8点30分到援外中心，准备11点与张铁强主任一起到花城出版社。志红将书稿先放在张主任办公室，让他先翻阅。我想，张铁强主任肯定会有所震撼。因为很困，没有回复志红短信。先睡会儿，在睡梦中，总梦到有关散文集出版的事，看来太痴迷了。

7点10分醒来，收到一封邮件，是广州中医药大学发来的，要编撰《老科学家成长故事》，希望我能协助提供一些与钟世镇院士交往的事件回忆、有纪念意义的物品等。这事情要进一步联系，看自己能做些什么。

9点15分到达外科楼。进手术室，才想起背包中没有带写作笔记本。最近总丢三落四的。今日就安排两台手术，1台腰椎管狭窄手术，另1台颈椎前路手术。但可能完不成两台手术，因为周四下午是门诊时间。Mawuli和Yankey在准备腰椎手术，我就没事干。坐到11点，就到病区。

在医生办公室中，注意到一份外科系主任的信件。其提醒各科室要对周四学术晨会的质量和水平引起重视，认为目前仅是病例个案报告以及文献综述，没有自己的观点和学说，也没有临床研究和大宗病例观察，因此学术水平较低。我基本上没有参加过这种学术活动，因为水平确实一般。

11点45分回到驻地。上网收到志红的来信，我详细了解志红到出版社咨询的情况后，就给花城出版社殷编辑写了信，讲了自己出版散文集的初衷和想法，希望能得到出版社的支持。

不知何故，又是莫名的心神不宁，连午睡的心思都没有。坐下又站起，走来又走去，精力难集中，什么事都干不了。晚上也是如此。想不动脑子进行图片收集，也没有心思。现在散文集出版之事就要尘埃落定，怎么还会如此心神不宁呢？

2013年6月28日，周五，阿克拉

昨晚够冷的。这几晚风大，睡到凌晨，感觉凉飕飕的，懒得起来合上窗子，冷得缩到了床角。7点20分醒来，看看新闻，查查邮件。

没到加纳之前，很是纠结，考虑方方面面，害怕不适应，毕竟对非洲不熟悉、不了解。在加纳生活一年半后，觉得这里气候好，空气好，阳光充裕，食物也不缺。也许生活太安逸了，

9点20分，与老彭一起出去买菜。先去Marina购物中心，一路通畅。还以为这么早没开门营业，没料到已门庭如市。按照林大厨的吩咐，进超市购买猪肉、鸡翅、冷冻蔬菜、意大利面、面包以及土豆、葱蒜等，花了241塞地；我自己买了1瓶黑方，78塞地。又转到丰收超市，运菜车还没到来，但店里等着人比较多。大家都想周五买些菜，周六日改善伙食。我们懒得继续等待下去，一看还有丝瓜、白萝卜、四季豆、西红柿等，就拿了一些，再加上鸡粉、孜然粉等，花了166塞地。林大厨没来，顺便给他带一包蓝白沙烟，慰劳一下。我和老彭办事比较利索，不想把太多时间耗在那里。

11点30分回到驻地，向林大厨移交食材。两个冰箱已加锁，里面食材不少，足够对付这几天。明日有一拨家属来访，车辆用来接机。结算一下，本月从我处共支出3496.4塞地，除300塞地系油费及车辆年审外，均系购买食物支出，主要为迎接家属来访储备一些食物，故略有超支。

14点，上天台晒太阳。天台上有两个储水罐。我无所事事，就去敲了一下储水罐，发现两个储水罐都是空的。就喊门卫Tier赶紧启动抽水泵抽水，不然家属来队，第一印象是缺水，那就不好了。Tier启动抽水泵后，也上楼到天台来。他搬来一把竹椅，爬上去打开储水罐顶盖，要看罐内水位在哪里，我乐了，就对Tier说："根本不需要爬上去看，像我这么敲，用耳朵听，有水与没水地方的响声不同，你就可以判断出罐里水到哪里了。"Tier一脸茫然，一时半会儿也没明白怎么回事。

22点30分，给志红打电话，建议志红于7月中旬到加纳来。七八月份国内气候炎热，放暑假，适合休息。不如先抓紧时间休假，能办的事就往前赶。拟安排志红7月15日前后到加纳。家属凑在一起来访，到时候一定热闹。

2013年6月29日，周六，阿克拉

7点20分醒来。邮件无留言。周六、周日，这世界显得有些寂寥。

想想有关世界观、人生观、价值观的问题。所谓世界观，就是如何看"我"之外的世界，包括自然、社会与人，亦即我看外面世界。所谓人生观，就是如何看"我"自己，也就是如何看自己的"小世界"，解决自己要走什么样路，要怎么活的问题。所谓价值观，就是如何看"我"与"外面世界"相处的问题，这种关系是在不断变化的，即价值观不是恒定的。

9点多，到老彭处，请他拟份来访邀请函。扫描后，发给援外中心，并转发志红。11点30分，给志红打电话，让她尽快提交加纳签证材料，再订国际机票。

林大厨今日兴致颇高，中午炒了一道精致的米粉。家属来队，家人团聚，乃天下最美之事。吃完米粉，开着空调，看《全家福》。14点30分上天台晒会儿太阳，然后收集图片资料。不过，还是看电视剧有意思。

2013年6月30日，周日，阿克拉

晨起就看《全家福》，满嘴京腔，蛮有意思。剧中家庭温情刻画得淋漓尽致，所以看得很乐呵、很入神。

11点30分，王泽过来叫我，一起去吃韩国料理。先到Shoprite购物中心。我买了2袋青苹果，14塞地。后来又转到Game超市，队里也买了几支黑方威士忌，每支仅69.95塞地。然后驱车前往目的地。在加纳大学对面的路口拐进去，来到一个别墅区。那里有间帝苑餐厅，专门做中餐和韩国料理。餐厅刚开张没几个月，我们到了楼上房间，内部全为中式装修，环境不错。女老板姓胡，60多岁老太太，上海人，到非洲已经24个年头。胡女士原来是上海第一纺织医院的医生，先去利比里亚，后到尼日利亚，主要做石油生意。后来在加纳发现石油后，觉得加纳社会比较稳定，也就过来加纳。这三年基本居住在加纳。因为生意上的合作，就与韩国人、中国台湾人一起开餐馆，也方便自己公司接待。胡女士儿子在美国，但她很适应非洲的生活，过得也挺乐呵的，这一点令人佩服。韩国料理就是泡菜、烤五花肉、石锅饭、粉条等，没什么好吃的。所以我就喝酒，最后喝高了。

回来后，睡到凌晨1点才醒。后来就醒了睡，睡了醒。

2013年7月

2013年7月1日，周一，阿克拉

加纳共和国日，法定假期。

醒来接着看《全家福》，中午也懒得下楼吃饭。就泡包即食面，吃块压缩饼干，再加几个青苹果，一口气把连续剧看完，痛快！

看完电视剧，也想通了，亲情是这世界最宝贵、最深厚的感情。以前尽埋怨老父亲、老母亲不明事理，尽是在电话那端唉声叹气，不说病了，就说疼了，无形中给我巨大的精神负担。现在明白了，如果老父亲、老母亲不跟我这个儿子说这些，那他们又能向谁去唠叨呢？过两天不去上班时，要给他们打个电话，免得为我着急。哈哈，没想到看电视还能解开心中的郁结。

这就开始我的下半年生活。

2013年7月2日，周二，阿克拉

6点30分醒来，收到志红来信：

今天上午8点30分，我已将签证材料递交援外中心，碰到陈科，并告知他于7月15日休假至8月19日结束。似乎办理签证时间太紧了点，接收资料的办事员还特意打电话来确认休假时间，表示将尽快办理。

从张铁强处长那里得知，深圳援非人员培训班于昨日开班了，吃住在援外中心基地，请广东外语外贸大学的老师来上课，培训4个月。张处说，下批队员会按时去接你们的班，请安心工作。是否大家个个都表现出归心似箭的样子？

没有归心似箭，已经心不在焉！

9点到达外科楼。先到病房看一下，遇见Dr Dakurah。病区里有教学任务，学生较多，所以就进了手术室。

今日手术安排3台。其中第2台是74岁男性，颈6/7脱位伴颈7骨折，后方结构也有骨折，幸运的是没有明显脊髓损伤。这个病例原计划是颈7椎体次全切除，植骨融合，固定颈6-胸1。我就与Mawuli讨论手术方案选择问题。我认为颈7椎体骨折仅为外侧1/3骨折，整个椎体的支撑力学性能尚保持，且并没有导致该层面的压迫，则可以不去切除颈7椎体。脊髓压迫主要在颈6/7椎间盘位置，那么只要进行该椎间盘切除减压就行了。由于颈7有骨折，且后部结构有骨折，则单纯固定颈6-7节段显然不够，需要延伸到胸1固定，则在颈7/胸1进行小块自体骨植骨融合即可（不需要减压到后纵韧带），而在颈7完好椎体上采用一枚螺钉固定，则可以很好地满足局部稳定性要求，且手术更简单。对于没有脊髓损伤的骨折处理，一个基本原则是能简单就尽量简单。否则因操作问题而导致功能损害，则得不偿失。Mawuli频频点头，同意我的意见，那手术就由他去做。

等到12点10分，根本就没有开始接台手术的意思，我就告辞了。下楼后又遇见Dr Dakurah，我说："还在等待手术开始，我先回去吃午餐。"

Dr Dakurah看到我天天到医院，却没有手术上，觉得有点过意不去。他怪麻醉医生不展开第2手术间。其实，坐在手术室里，我的写作效率出奇高，并没觉得什么。今天就草拟了一篇稿件，准备年终总结之用。

12点45分回到驻地，给志红拨个电话，占线；13点15分，再拨，还占线，给志红发个短信，可能也没看到。午睡醒来已14点20分，又拨电话回去，这个通了，刚才煲电话粥的果真是女儿。女儿那边没有什么事，志红已经决定7月15日开始休假，8月19日结束。今日送签证材料，签证费涨到710元，可能是加急吧。也好，志红来可以陪我散散心，聊聊天。

新援非队员开始集训了。他们现在应该在考虑如何在非洲生活，而我们想得更多的是回国后干什么。对我来说，专业发展不敢有太多奢望，因为双腿不能久站，很难坚持临床一线的工作。人生走到现在，已经觉悟一点，肉体是要消失的，但是精神和作品可以流传下来。因此，最主要的还是坚持写作。写专著、写散文、写杂文、编图集……大概今后生活就是乐在写作中。

15点上天台晒太阳。在非洲晒太阳，乐此不疲。晒半小时，回房后记录日志，并完成6月份小结。没有小结，思路就像一团乱麻。

2013年7月3日，周三，阿克拉

8点30分出门。天上厚厚的云层，没有阳光，凉风送爽，体感舒适。

今日安排手术4台，其中1台为颈5/6脱位并关节突交锁，为接台手术。另有1台69岁女性病人手术。该例系退变性腰椎侧弯，去年8月份做后路手术，从胸12固定到腰5，现需行翻修手术。为什么呢？邻近节段出问题了！胸11/胸12出现交界性后凸畸形，并腰5螺钉松动。类似这样的病例，手术不是往小的做，就是往大的做，不大不小手术最容易出现问题。同时，这病例也说明横突间植骨确实不可靠。术后早期X线片可见局部植骨量挺多的，最近CT扫描却见植骨融合很差，骨块间较多缝隙，而关节突关节亦没有融合，关节面仍清晰，这说明如不进行椎间植骨融合，则关节突融合则极为关键。

在医生办公室，见到一份MRI资料。2008年出生的男孩（5岁），胸12-腰1脊柱结核，明显后凸畸形（90°），伴有广泛的椎旁脓肿。如此严重病例，头一回见到！

走进病房，那例74岁老人的颈椎手术昨日并没有做，幸好当时没有干等下去。病房里又入院1例56岁男性病人，也是车祸伤，颈4/5骨折脱位，符合自己收集病例的要求。

准备进手术室，见到Dr Bankah也来了。今天难得几员大将都在，我还是步行回去吧。11点20分回到驻地。

网络上说有一名网络写手死于出租屋内。其一年更新167万字，那也太努力和勤奋吧。假如写作不是一种乐趣，而是一种谋生和赚钱的工具，那是相当可怕的事。

不过，今天写作成效不错。14点，把《贵在自知之明》写完。下午忙乎到晚上19点，又完成《冬眠说》。

2013年7月4日，周四，阿克拉

6点20分醒来。停电了，也没有网络。7点起床，准备今日买菜，所以不用着急。拿起笔草拟《理想是一颗棒棒糖》，后改为《理想只是儿时的一块棒棒糖》。

9点与老彭一起出去买菜。现在厨房仅剩包菜、蒲瓜与红萝卜，面粉也没了。问一下林大厨需要补充哪些食材后，就去机场路。路上有点堵车，天空有厚厚的云层，有点担心雨后没有叶菜。在Marina购物中心超市买了猪肉、沙丁鱼、面粉、泰国米、洋葱、大白菜、切块冰冻菜、蘑菇等，我自己买了几包即食面，支出315塞地。

10点40分，来到丰收超市。今日人不多，菜却不少。超市李老板说，现在库玛西很多中国人回国了，那里农场的蔬菜都卖不掉，就运到阿克拉来，所以这几天青菜多。我们买了六七种青菜，还买了海天生抽、萝卜干等，花了201塞地。交代李老板，帮我们弄一袋中国面粉。林大厨不掌握外国面粉的发酵，面发不起来。今天买菜收获不少，可不用去其他地方。这些菜足够几天食用，周六不用买菜。

11点30分返回，12点10分到驻地。向林大厨移交，让他自行调配菜品。近期吃饭人多，难为他了。

15点许，躺在床上。正准备休息会儿，电话响起，中地公司丰总过来了。丰总现还兼中国加纳企业商会工作。我只好哈欠连天地来到楼下。以前向他许诺过，要送一本我主编的《脊柱内固定学》给他留作纪念，这次正好友情赠送。丰总这次主要是颈部酸痛不适，自己也说经常靠在床上看手机等，姿势相对固定，劳损造成的。王泽帮他按摩一下。

丰总的翻译是个26岁小伙子，有10余年强直性脊柱炎病史，曾服用过柳氮磺胺吡啶、甲氨蝶呤等，每年都复查CT，这几年没有服药了。我检查一下，腰部活动还好。小伙子现在右膝有点肿痛，可能是因为在跑步机反复锻炼，嘱咐注意休息，另外吃几天止痛药，不会有大问题的。

丰总比较健谈，和丰总在一起聊天，丰总说，塞舌尔几个小岛，非常漂亮，适合度假，有很多鸟类，而且很清静，没有网络，没有电视节目。另外就是马达加斯加，也非常好，值得游玩。加纳就不行，除了工作之外，好像没有什么休闲生活，给人死气沉沉的感觉。

谈起加纳政府拖欠了很多公司的钱。丰总说，他公司也被拖欠了不少。今年加纳经济形势不容乐观，货币贬值厉害。前段时间中铁五局快揭不开锅。而塔科拉迪的中石油项目，就是去Beyin的油气项目，也爆出停工，因为投资资金不到位，工程方垫不起资，报纸上也闹着沸沸扬扬。而华为等公司也在缩减人员，因为没有更多的机会。所以，更多中资机构已经在寻找其他西非国家的机会。

最近已经回国了近4千人，还有4千人正在准备回国。这一下子就走了8千人，对于一个幅员并不辽阔的国家，对当地经济影响不可忽视。我说："今日买菜就是从库玛西过来的菜，因为当地很多中国人离开了，蔬菜销售不了，只好转到阿克拉来。"丰总就说，就是这8千人，每天要吃多少头猪啊。他还说起一事，原来他打高尔夫时的一个球童，关系不错，后来那球童嫌工资收入低，就去了一家中国饭店，但是最近中国人走了很多，花钱的主没有了，所以小费收入也少了。这让我想起在网站上看到的一则消息，在中国采金人被遣送回国后，当地社会工作者抱怨收入明显下降，已影响到生计。

聊到16点30分，丰总他们才走。

2013年7月5日，周五，阿克拉

上午落点雨，所以没去医院。坐在沙发上，继续写《理想只是儿时的一块棒棒糖》。写完之后，意犹未尽。

13点给志红打电话，志红提起一件事。当初女儿也太会念书，我的一句话刺激了她："以后考不上，就跟小舅到汉正街，摆个摊，卖东西。"所以她就发愤图强了。我不记得说过这样的话，因为我一直认为，人好活歹活都是一个"活"字，是哪块料，就干哪样事，每个人都有自己的位置。

午睡半个多小时，起来后做一些手术器械图片收集工作。这事情比较费时间，不知什么时候能整理完。不过现在又恢复写作了。做事情有时用脑，有时用劳，张弛有度。

晚上喝点小酒，看会儿电视。今天下雨，比较凉快，空气湿润清新，适合早点睡觉。

2013年7月6日，周六，阿克拉

昨晚这觉睡得有点意思。20点多上床，睡了一觉；醒来一看，刚到22点，上网看新闻，埃及穆尔西被撵下台、新疆反恐、中俄军演……世界如此之大，总是纷纷扰扰。耗到23点多，肚子有点饿，泡包即食面，再看会儿电视，又转移到床上。胡思乱想到凌晨2点多，真想爬起来写文章，最后还是抵挡不了困意，睡觉吧。

6点20分醒来，赖到8点起床。今日队员及家属共11人去阿达和阿科松博游玩，由司机Oxward开车，要在外住一晚。不过天公不作美，大阴天，云层很低，感觉要下雨。阴天虽凉快，但没有蓝天和白云，景色会逊色不少。

9点30分准备开车出去买菜。嘿，留守的几个人来劲了，都要一起去。已答应老彭买牛肉，中午吃水煮牛肉。这些人都去，那就得抓紧时间。先去酒庄，王泽在那里买了1箱法国歪脖子葡萄酒，每瓶75塞地，挺实惠的，带回国内送礼不错。再到Koala超市，买些菜、面粉以及火腿肠等，花了171塞地。又到Lara超市，买羊排、整鸡及牛肉，花了235塞地。后到丰收超市，买了水煮鱼配料以及冬瓜、芥菜等，又花了147塞地。没有四处乱逛，赶紧往回走。幸好路上不拥堵，在克里布医院买了两瓶桶装水，就接到老彭来电。听到我们已经到医院，他说那就开始做菜了，今天他是大厨。

中午老彭下厨，一个酿辣椒，一个炒丝瓜，一个牛肉土豆，一个手撕包菜，再

来一锅水煮牛肉……忙到13点，开始享用大餐。林队让王泽拿两瓶歪脖子葡萄酒下来，我喝上周剩下的黑方。

菜很丰盛，也很可口，边喝边聊。老彭厨艺不错，上山下乡过，确有老底子。尤其麻辣味道很久没有尝了，让人感到很亲切。水煮牛肉吃完了，又吃起火锅来。将楼上的电磁炉拿下来，菜品可多了，有莴笋叶、水芹菜、大葱、土豆、黄瓜、蘑菇、生菜等，大家觉得比玫瑰园的火锅还好吃。邵医生说："那是纯牛肉汤啊，味道要多美有多美。"难得一顿，一直持续到晚上。

几时回房睡觉记不得了。这一觉睡得很香。

2013年7月7日，周日，阿克拉

6点醒来，一看手机有两个短信。一个华人来短信，有个急病人。那是昨天的，喝酒了，没有留意。另一个全球通的短信，东征弟弟来的。有关老父亲的事，体检发现肝脏多发病灶。

赶紧上网，收到志红的邮件：

昨晚妈妈打电话给我说：上月底，四中老师身体普查，发现爸爸肝脏B超不正常，肝上有数个大小不等的"肿瘤"，已于昨天住进县医院，并做了MRI检查。他们已和福州协和医院介入科杨主任联系，因其目前不在福州，下周一再联系，准备到福州进一步检查、治疗。我问了一下爸爸目前的感觉，其2～3个月没有饥饿感，饭量减少，体重未下降，其他没什么特别不正常。

嘴上说不急，心理负担应该还是很大吧，我稍做安慰。看下周什么时候你再与杨主任联系，具体了解一下到底是怎么一回事，因为我问他们检查的报告结果，他们也说不清楚。

出于目前情况，我是否应该缩短去你那里的假期？

出事了！本来宿酒，还有些晕乎，这下子不得不打起精神来。先给志红打电话，了解情况，看来一定要缩短假期了。然后给东征打电话，听说要去协和医院肿瘤科，那是没找对地方看病。接着给老母亲打电话，知道MRI报告已经复印回来了，赶紧让他们把结果读给我听。老父亲一个字一个字地念给我听，我静静地听着，不禁鼻子发酸，眼泪夺眶而出。这几周心神不宁，总觉得哪里要出事，没想到竟然是老父亲出事了！MRI结果明确肝脏有多发性病灶，凶多吉少。问老父亲道："有其他什么不适吗？"老父亲说："十几天来大便有点不正常，老觉得想拉，又拉不出来，没有肝区疼痛。"听完我就告诉他们，暂不去协和医院肿瘤科和介入科，先去福州总医院消化科住院检查，等到结果出来，再决定下一步方案。

然后我就跟福州总医院郑兆聪打个电话，请他明天务必帮忙把事情安顿好。再给消化科王雯同学打个电话，她明日上午在病房，下午在胃镜室，老父亲的事情要拜托老同学了。全部联系完毕，又给东征打电话，明日上午去福总住院。然后又给老母亲打电话，交代一下事情。

后来中国人小韦来电话说，那个库玛西的中国人是从广东来的，开超市，得了疟疾。在华人诊所打个四天针，后来出现消化道出血，住进了库玛西那家教学医院，给予输血等治疗。目前出血仍未止住，疟疾也没有很好控制，想转到阿克拉来。我说："我对内科情况不是很了解，先去给林队汇报后再联系。"因此就到林队那里，将这名中国人的事以及我父亲得病的事报告。林队认为，疟疾治疗以及消化道出血疗在这两所教学医院都差不多，与其冒风险空运过来，不如就近加强治疗，不然到了阿克拉，连血源可能都难保证。于是，我就将此意见回复小韦。

我给女儿打了电话，将老父亲的情况说了一下。她在图书馆，听了我的电话，心里有些乱，想问清楚一下，我们就约个时间。接着给志红打电话，报告有关安排事宜。志红可先到非洲，提前一周回国，安排转院治疗事宜。并让志红问一下老母亲，是否需要寄些钱回家。另外，下周要联系出版社，落实散文集出版的事。这件事现在变得急了，因为得让老父亲看到书样啊！我说："最近这几周总是心神不宁，总感觉哪儿要出事，没想到真的灵验了，难道父子真有感应？"志红也说："前两周给老父亲、老母亲打电话，从来没有说的话也向他们说了，'该吃的吃，该玩的玩'，真是一语成谶啊！"

老父亲在电话那头说："已经76岁了，对此事看得很通。"话虽如此，心理负担肯定大，大部分人都是被癌症吓死的。先到福总住院，家里人可以去看看他，有什么事，也可以给大家交代一下，对舒缓心情有好处。所以，目前这么安排比较稳妥一点。等到转去广州前，再回村前老家一趟。接着，又给东征打电话。刚好他已放暑假，可以过去陪护。特别叮嘱找个招待所住下，要休息好，要看住老母亲，千万别摔跤。以前以为老父亲身体不错，怎么着可以活到我祖父那个岁数，我倒是很担心老母亲羸弱的身体。没想到却是老父亲先躺下了。唉，我的老父亲啊！

14点与女儿通话，通报老父亲病情及现在安排。志红如期到加纳来，但要提前返回，我可能一同回国，处理老父亲的治疗事宜。然后，又问一下女儿课题的进展。目前还比较顺利，完成了四分之三，预期8月初可以结束。大概9月份实习，一边还要重修3D，够辛苦了！现在她没有假期，明年3月毕业后，4月有作品展，学生要坐在自己作品旁，要人单位就在展厅里转来转去，看中谁了，就签约。聊了一个多小时，我有点困，她还要熬夜做作业，就下线了。

此次我专门问了女儿一事："老妈说我以前对你说过，如果考不上，就跟小舅到汉正街卖东西，有这么回事吗？"女儿说，确实有那么回事，当时我说这番话时特别淡定，但是在她心里却掀起了一股波浪，她不心甘，所以开始发愤。女儿的路都是她自己走出来的，不管怎么样，我们为其感到高兴。

17点给援外中心张铁强主任发封邮件，报告老父亲患病一事，并提出请假回国申请。志红最好订7月13日机票，12日晚上登机，与林大厨家属一起过来。在加纳23天时间，8月6日回国，我争取一同回国。8月9日回连江，11日接老父亲到广州，12日住进南方医院。如能手术，则过一周后进行。我在中秋前返回加纳。

22点45分，打电话到连江家里，没人接，可能一早都上福州了。就给志红电话，将我和女儿聊天的内容告诉她，包括这个学期的学习安排以及课题进展等。毕竟孩子有想法、有目标、会奋斗，都是值得鼓励的事。23点45分，给克城表弟电话，让他转告老母亲。我已呈递请假报告，老父亲在福总住20天左右，把情况搞清楚，然后回家休息两周，该见的人、该走的地方都完成了。我力争在8月初回国，将他们接出来。以后他们就住在广州，别再回去了。

2013年7月8日，周一，阿克拉

6点25分醒来，审稿《中国脊柱脊髓杂志》两篇稿件。

8点东征来短信要我打电话回去。已经办住院的，床位尚未腾出来，医生开了两张检查单，一张心电图，一张PET。老父亲说："医生都没来看一眼，就做这个检查那个检查。"老头发起脾气来，不想查了。我一听火冒三丈。不禁对东征吼了一通："告诉老父亲，好好地配合检查，有检查就去做，检查完了就去自己逛街。别什么不都放心。"

9点步行去医院。路上，给老母亲电话，再交代一遍。如今看来，原计划明年出国作高级访问学者的事，也就泡汤喽。我只能守在老父亲身边，陪他最后一程。

9点40分到外科楼。见到本周手术安排，主要是脊柱手术，但绝对不会如数完成。今日第1台是腰椎退变性侧凸合并狭窄术后翻修手术。第2台是74岁颈椎屈曲骨折脱位，无明显脊髓损伤的病例。第3台是2岁脑积水病人，行脑室引流。

我不准备进手术室，现在人手够多，所以就去收集几份病例资料。有1例男性56岁，颈椎屈曲牵张骨折，伴有椎板骨折，脊髓伤了。另1例是颈椎管狭窄，在7月4日行颈3-7后方减压并侧块螺钉固定。看这例MRI，却是颈3/4椎体后方骨赘明显，严重压迫脊髓，出现脊髓高信号改变，而并无明显来自后方的压迫，因此更适合前路手术减压。当然，Dr Akoto的后路侧块螺钉固定还比较正规，水平不错。不过，其认为是PSF（椎弓根螺钉固定），这概念有误。

Dr Dakurah见我在那里翻拍影像图片，问我："为什么要收集此病例？"我说："这个病例适合讨论前路或后路手术的选择，何者更为合适一点。"他问我的意见，我说更倾向于前路减压。Dr Dakurah也表示认同。在加纳克里布医院，存在一个问题是，开展术前讨论比较少，更多的是依专科医生个人判断而定，这样难免会有一定偏差。我们国内在重大手术前，必须进行术前讨论，这个制度就比较好，可以相互交流一些意见和看法，拓宽思路，获得共识。

中午眯了会儿，13点40分醒来。上天台晒会儿太阳。检查储水罐没水了，就叫Tier赶紧启动抽水泵。

说起老父亲的病，一些时候人会有一种莫名的预感，尽管不是很清晰，但总觉得有什么不妥。最近这段日子提心吊胆的，就是这种感觉，真是奇怪啊！

2013年7月9日，周二，阿克拉

6点20分醒来，起床后到楼下清洗饭碗。刚回到房间，援外中心张铁强主任就打来了电话，问我的想法和打算。我说："老父亲现已入住福州总医院，先完成所有项目检查，我准备8月初回国，接其到广州南方医院治疗。"张主任说："按照规定，如果请假回国时间在15天之内，则不扣发国外津贴；超过时间，则国外津贴停发。"我问："有无可能提前结束任务呢？"张主任说："那样就视为未完成援非任务，不划算。已经坚持了四分之三，尽量坚持到底。"我说："那我把事情安顿后返回加纳，继续完成援非任务。但两周时间可能不够，因为手术治疗签字等没人敢签，只能我来，所以我想请假一个月。"张主任说："那就赶紧写个请假报告，由队长签署意见，发回援外中心，要明确请假事由和时间、往返路费自理、假期结束后回来继续完成后续援非任务。"他收件签署意见后，要送呈厅长审批同意，再报卫生部。我向张主任表示了感谢，非常感谢他的支持。因此决定于8月6日飞离加纳回国，9月7日从国内返回，并将此事报南方医院及科室。

8点30分步行去医院。出门时给东征打电话，让老父亲一定要配合把检查做全了，回去以后才能够做出最合适的判断和决定。我已获得请假许可，现在开始走程序，准备8月6日回国，再从广州回连江。

到了医院外科楼才9点。今日手术安排3台。第1台是颈椎屈曲牵张损伤，关节突交锁，神经症状比较轻，已入院数周。第2台是胸8-9结核并后凸畸形的15岁病人，椎旁脓肿比较明显，但已包裹，拟行后路减压内固定。第3台是脑室引流。

昨天有1台腰椎翻修手术，是Dr Akoto做的。我问Mawuli："最后怎么翻修？"Mawuli回答："我们将固定节段继续延长，上到胸10，下到骶1。"这是腰椎长节段固定的标准术式。还有一点，我不好意思向Mawuli提问，那就是融合的问题。他们能把固定节段搞清楚，已经进了一大步。在手术室，我们等到11点30分，麻醉医生还没来，我便起身返回驻地。

在手术室时，初拟一篇《外科手术的本质》，写一些关于医学哲学的思考。手写了整整两页面，意犹未尽。一看还有时间，又拟一篇《外科手术的一个怪现象》，说明手术绝对适应证、相对适应证等概念，一般无手术适应证或者顺手牵羊类手术的，常常会出事，也手写了整整两页。在手术室中初拟一些短文草稿，回驻地后再整理，如此甚好。

走在路上，遇到尼桑车，就乘车回来。12点给志红电话，告知假期安排，让她将返程机票定在8月6日，可在加纳生活3周。虽然时间较短，但此次如不来加纳，以后故地重游机会渺茫。

将早上已拟的请假报告修改如下。

广东省卫生厅：

本人系援加纳中国第2批医疗队队员瞿东滨，为南方医科大学南方医院脊柱骨科主任医师，2011年12月始赴加纳执行援非任务。

我父亲现年76岁，为退休中学教师，住老家福建省福州市连江县。今年7月4日在例行体检时发现肝脏转移瘤，已于7月8日转入南京军区福州总医院消化内科检查。待近几周内完善检查、明确原发灶及全身状况后，需接转至广州南方医院接受手术及综合治疗。因我系家中长子，家人迫切要求我尽快回国处理今后治疗事宜，故在此向省厅提出请假回国申请。请假时间自8月6日（离开加纳）至9月8日（回到加纳），含路途共33天，国际往返旅行费用自理，并保证按期回到加纳继续完成后续援非任务。

以上申请，恳请批准。谨致谢忱！

援加纳中国医疗队队员 瞿东滨

2013年7月9日于加纳

到老彭处打印，再送到林队那里签字、扫描后，由林队发往援外中心。援非津贴按照天数停发，那就停发吧，无功不受禄。给志红电话亦交代，从本月开始，一律不转存定期，要预留备用。计划赶不上变化快，生活就是这样，能做的就是"顺势而为"。

13点多，躺在床上看《火线三兄弟》，慢慢睡着了。15点醒来，上天台晒会儿太阳。海风吹过来，觉得有点凉意。现在很像国内11月份的天气。

2013年7月10日，周三，阿克拉

8点30分出门到医院。直接进了手术室。查看手术登记本，昨日计划两台脊柱手术，一台都没做，看来麻醉医生一直都没来，具体事由不清。今日手术安排两台，1台陈旧性胸腰椎骨折，Dr Akoto拟行后路骨折椎体截骨矫形内固定；另1台是腰椎管狭窄。Mawuli和Yankey都在，Dr Akoto和Dr Bankah也在，那我就是多余的。在手术室里，顺便拟有关《加纳手术同意书》的草稿，10点30分回撤。

15点上天台晒太阳，脑袋中已经不能思考问题了。志红的签证没有下来，出来时间最后没有确定；老父亲在福总的检查结果还在等待；自己的请假申请已提交，需要医院协助解决。一切悬而未决的感觉。

2013年7月11日，周四，阿克拉

晚上凉快，真好睡。早上5点40分醒来，上网看新闻，天下无大事，也没有新邮件。6点到8点30分，继续图片收集工作。

9点，老彭开车，我们一起去买菜。先到Marina购物中心，买了土豆、大蒜、蘑菇及冻红鱼、冻虾仁（来自越南）、食用油等，花270塞地。又转到Osu，买鸡蛋，120塞地。再到Lara超市，买牛肉末及黑狗Harry吃的肉罐头，花140塞地；最后到丰收超市，有不少青菜，买了西红柿、花菜、黄瓜、芹菜、木耳菜、芥菜、小白菜及挂面、酱油、豆瓣酱及辣椒酱等，还给林大厨带一包红河烟，花371塞地。现在出去买菜，就是把口袋里的钱花光了才罢休，今日支出900塞地。返回路上，老彭说要加油，我说："下次吧，口袋里余款已不足50塞地。"12点回到驻地。

林大厨见到买了这么多食材，顿时满面笑容，至少这些日子不用发愁每天菜样重复单调。队里来了这么多家属，原计划每周至少要买菜3次。由于目前市场上蔬菜供应比较充足。每次多买一些，有叶菜，有瓜菜，可轻松对付一周。

12点40分，给老母亲打电话。经PET-CT检查，老父亲已确诊患乙状结肠癌，已转移至肝脏。今日王雯同学亲自给老父亲做肠镜，并取病理活检。我也和老父亲

说了几句话，请他心里要平静，情绪别波动，癌症都是自己吓死自己的。我那些同学都是相关领域专家，会一起讨论最合适的治疗方案。等我回国后，接到南方医院接受手术，毕竟护理照顾起来方便很多。最后，我明确表示，我和东征弟弟会积极努力为老父亲治疗。老人最终一程最伤心的莫过于儿女为了钱而放弃最后的努力。当医生的，我太熟悉这种情况。

后来，又给东征打电话。东征把主要检查结果说了一遍。主要是肝门部有两个比较大的转移灶，乙状结肠癌已波及直肠交界部，肺部还好，病理检查要下周回报。

13点多，给志红打电话。志红正等待签证下来。志红说："都没有心情出国了。"我说："这趟不来，以后再也没有机会了。"我上网查了一下，加纳大使馆仅每周二和周四上午办理签证手续，故要到明日才知道结果。

14点躺在床上，就眯糊过去。醒来一看，还没到15点。上天台晒会儿太阳，就下来记日志。

21点上床看《火线三兄弟》，看着看着就睡着了。凌晨1点40分醒来，又看两集电视剧，吃块黎巴嫩饼，到4点，又睡着了。

睡眠又乱了。

2013年7月12日，周五，阿克拉

8点25分，收到志红短信：我已拿到今晚的机票，最后一张！现在去中行取美元。哈哈，终于在最后一刻收到签证，如期成行，值得祝贺！

9点30分，给普外科余江教授发短信，通报老父亲的病情，准备下月接到南方医院治疗，询问其与李国新主任是否出国。余江很快就回复，8月份李主任在家，一定会安排好。然后我给福州总医院王瑜同学电话，让他有空去消化内科看一下老父亲，并给出一个治疗意见。

10点40分，给志红打电话。现在的加纳很凉爽，比起广州，阿克拉是"春城"。盼咐志红，不要带太多东西，携带小件行李直接登机，护照和黄皮本、机票要带，记得把家里总电源拉闸。告诉志红，通过安检后来个短信，再和她通话。

14点10分，拨打志红电话。已经通过安检，那就放心了。志红说："今日很紧张，跑了一天，害怕路上把小拉杆箱弄丢了。"上午她接到通知说签证已下来，就没去上班，跑去卫生厅拿护照。下午去阿联酋航空天河办事处买机票，原想买明天的，听人家说还有一张当日的，就立马买下。然后又去银行取美元，再到农行信用

卡还款，还买了糖果，那是够紧张的。所以我没多聊，让她好好休息一下。在飞机上好好睡觉，别那么激动。给她留言：欢迎到非洲来避暑。

下午，一边从网上下载关于手术器械及外科手术学的文献，一边搞房间卫生。先收集素材，怎么用以后再说。当一个人站立在山巅，环顾四周皆风景！这是今日下午的收获。

2013年7月13日，周六，阿克拉

凌晨2点醒来，查看迪拜机场航班时间，志红乘坐的EK363航班预期到达时间没有变。

6点58分，听到手机振动声后醒来。来电告知，大连渔业有人被打伤，颅底骨折，送到37军医院，想转至克里布医院。我说，颅底骨折主要预防感染等处理，而且颅脑损伤早期不宜过多转诊。已经住进37军医院，就在那里好好治疗，水平都差不多。克里布医院神经外科不收治颅底骨折这类保守治疗病人，可能还是神经内科治疗。所以，还是在37军医院治疗，先稳定下来再说。

9点下楼，等Oxward来到驻地，就让他开车，一起出去接机。先到Shoprite购物中心，属于个人采购。我买了牛奶、果汁及水果，水果品种有青苹果、橘子、橙子、柚子，花140塞地。一看时间尚早，才10点20分，又转到Marina购物中心。又买了葡萄及梨子，以及一个法棍面包，花57塞地。志红来了，别的都无所谓，水果要多吃一点。

差不多11点，走进机场到达厅，飞机已经安全到达。志红最先出来，大概是11点45分。林大厨家人、邵医生家人同机到达。中国加纳商会会刊印刷资料也由他们一起带过来。

志红就带了一个小拉杆箱，很潇洒。到了驻地，一进来门，第一句话就是："这里已经很熟悉了。"冲个凉，志红盛赞加纳气候既凉快又舒适。林大厨在厨房准备了面条，我说我们自己随便吃点。我给志红泡包即食面，两人分食些水果和法棍，一起聊天。14点多，我将黄瓜切丝，准备凉拌黄瓜。15点女儿来短信，就上网聊天，聊了1小时。志红困了，中途就上床睡觉。

18点10分下楼拿饭。中午就吃半条法棍面包，还有一些水果，有点顶不住。林大厨在炒菜，他妻子在分菜。后来林队进来，我笑着说："应算林大厨两个援非名额。"

将饭菜端上房来，叫醒志红。晚餐是牛肉和青菜，还有人均一条油煎鲷鱼，挺

丰盛的。志红觉得饭菜可口，吃完饭后，就着那两条油煎鲷鱼，喝点黑方。志红在身边，一起聊天，我是乐在其中！

有志红陪伴在身边，日子好过一天天。

2013年7月14日，周日，阿克拉

9点20分，到老彭处取帕杰罗车钥匙，开车到丰收超市。买4袋20公斤中国面粉，那是专门让超市李老板预留的。还买小白菜、空心菜、葱，以及海天酱和李锦记酱各1瓶，调料4包及白沙烟1包，共花172塞地。运菜车还没来，我也不等了。转到Lara超市，买10条黎巴嫩饼，还有果酱等，花69塞地。买完食物，不多逗留，10点30分回到驻地。

老彭在厨房加工羊肉，我说中午煮面条吃。将面粉、面包等放在厨房，自己就上楼回房。切个蒲瓜，加上小白菜，煮锅面条，咸淡合适。11点30分开吃，开着空调，还是吃的满身大汗。

13点，今日去Aburi植物园游览的人都回来了。我下楼将购买的食品移交林大厨，没想到有人手脚蛮快，已经提走一袋面粉。林大厨说："要把食品锁起来，否则都被拿光了。"确实应该如此。

下午眯了一会儿，就和志红聊天，一边享用水果。床上物品拆了、洗了，马上就干了。一切如新，觉得清爽。晚饭后，19点多就犯困。志红在看剧，我倒头就睡。

2013年7月15日，周一，阿克拉

凌晨2点多醒来，见志红还在看剧，就催促赶紧休息。我自己起来吃个黎巴嫩饼，又继续睡觉。

6点20分醒来。志红睡得太死，床垫属于软垫，所以直呼腰酸背痛，把我吵醒。起来帮她捶腰推拿。7点上天台呼吸早晨新鲜空气，大家尚在酣睡，就我们俩睡不着。今日大阴天，不时下点小雨。8点给志红拿份早点，我依旧吃麦片与牛奶，外加一个青苹果。

9点出门，9点30分到外科楼。到病区，看一下本周手术安排，主要是脑科手术。今日两台脑室引流，还有1台腰椎管狭窄手术。明日还是两台脑科，有1台颈椎前路手术。本月开始安排培训医生读书报告，看有关题目，还是以脑科为主。在病房里转了一圈，大病房中以脑科病人为主，小儿居多。有1例27岁男性，颈5/6骨折脱位

并截瘫，比较感兴趣，予以收集图像资料。遇见Dr Dakurah在查看1例垂体肿瘤病例。看来没什么事，10点15分就返回。

下午和晚上都没做什么事，与志红坐在房里，泡茶、喝茶、聊天。16点志红开始睡觉。18点30分，端饭上来，叫醒志红，起来吃饭，到23点再睡。

2013年7月16日，周二，阿克拉

7点收到东征短信：病理分析已出来，今日开始上化疗。赶紧拨打东征电话。东征说："病理检查与原先诊断相符，从今日开始上化疗，持续5天，然后休息15天，进行第2个疗程。老父亲的意思，能否再提早几天回来。"我问："王瑜过来看了没有？"东征说："还没有。"我说："我会联系王瑜和王雯两位同学，听取他们的意见。另外我已定8月6日回国，没法提前了。"

今日安排脑科手术，所以不用去医院。等到9点，拨通王瑜同学电话。王瑜说："已看检查结果，建议切除肠癌，可以考虑在腹腔镜下手术，如需要可安排邀请李国新主任过来协助手术。"我说："手术一事要等我回国再决定，我定8月初回国。"王瑜说："最好能早就早一点，否则出现肠梗阻就麻烦。"我说："确实如此，但是许多事情要协调。"随后又给王雯同学打电话。王雯说："已按病理检查结果上新辅助化疗方案，先观察两个疗程。如果肿瘤可以控制，手术才有意义，否则手术切除后没有化疗控制，则肿瘤生长得更快，那么解决肠癌梗阻就要用支架。本周化疗5日后，可以回家休息，然后再进行第二次化疗，最后评估对全身化疗的反应。"

作为医生，我很清楚转移癌治疗是综合治疗，而不是只通过手术手段就能解决的。对于肠癌，手术可以切除癌肿，预防肠梗阻，但目前有肠道支架可以治疗肠梗阻，故不妨观察两个疗程时间。无论如何，在我没有回国情况下，不做大手术。王雯的治疗安排与我的计划比较吻合，先照此办。然后我给东征打电话，讲了目前情况及治疗选择，先按王雯主任安排进行。

老父母生活已经如此辛苦，如今还要受病魔的折磨。和志红坐在一起，谈起生死的话题。我说，不管怎么样，我们夫妻一场，永远相伴走到底。但总有一人会走在前面，不管谁先走，另一个都要坚强地活着。不是为了自己，而是为了孩子能够有一个亲人关心着她、陪伴着她、看望着她。如果真到那么一天，另一个一定要施以援手，让先走那个走得无痛、安详、快乐。我和志红如此约定。

上午10点，与志红一起出去走走。在驻地附近，买两张40塞地充值卡。近来事多，国际长途不断，通信费增多，不能用光再买。

11点多，给老母亲打电话。我告诉她，不要一切都瞒着老父亲，而要让他知道，有什么事要安排，有什么人要见面，赶快去办。虽然说要尽力延长生命，但现在依然是有一天少一天。告诉老父亲真相，都会觉得于心不忍，但命该如此，无力回天。随后志红接过电话，向老母亲解释一下。这不是残忍，而是对老父亲生命的尊重。让他心里准备好，有什么话就交代，有谁要见就见，想吃什么就吃什么，最后没有心结地面对死亡以及后续治疗。这样才最人道的，也是对老父亲最大的敬重。我想老母亲心智已乱，无心听这些现实却又残酷的话，她不可能会跟老父亲讲。

后来我与志红谈起，我的老父不爱表达、习惯隐忍，老母亲多愁善感、谨小慎微。我不喜欢他们的性格，尽管我也深深地爱着他们。

2013年7月17日，周三，阿克拉

凌晨2点多醒来，耗到4点多，泡杯即食面，吃完又睡一觉。7点醒来，没有新邮件。现在是暑期，似乎全民放假，世界显得安静又寂寥。

8点，志红到楼下拿早点，我还是冲麦片牛奶，外加一个青苹果。然后出门，步行去医院。

9点20分到外科楼，直接进手术室。今日安排1台垂体肿瘤手术，另1台是颈椎前路手术。Dr Dakurah也来手术室，Dr Wwpeba也在，Dr Akoto和Dr Bankah也在，Muwali与Seth也在，算是"群贤毕至"。后来Dr Wepeba向我提出，帮助联系一下，有无后颅凹肿瘤手术以及颈椎后路手术那些封闭切口的材料，就是人工脑脊膜或者耳脑胶等。他和Dr Dakurah都讲了，希望从中国买进一些。有些硬膜缺口大，脑脊液漏时间长，容易感染。我说，可以帮忙咨询，过后再告诉他们。等到11点30分，垂体手术还在准备中，颈前路手术病人还在走廊里等待，我就告诉Mawuli先行离开，回去写作。回到房间刚好12点。

上网查证新闻报道，克里布医院关闭外科楼主手术室进行装修更新，就是二楼手术室，工期持续到10月底。那么，神经外科手术室等就要承担许多急诊手术任务，势必影响平时手术安排，大家可能都无事可干。另一事查找耳脑胶的消息，国内公司有生产。明日请郑明辉到手术室看一下正在使用的那些产品。

13点午睡，睡了1小时多，志红也午睡。15点醒来，就拽着志红起床。午睡时间过长，晚上睡眠就又乱了。不能晒着非洲的太阳，吃着非洲的饭菜，却过着中国时间。

2013年7月18日，周四，阿克拉

6点30分醒来。给郑明辉留言后，很快收到回复，明确了耳脑胶和人工脊膜的生产厂家、规格及零售价。明日可回复Dr Wepeba。

9点多，与老彭一起出去买菜。志红、林大厨妻女、王泽妻子小梅随行，她们4人挤在后排。先去Shoprite购物中心，在GAME店买一瓶黑方，70塞地。又去WOODIN店，志红买了7块带金属丝的加纳花布，每块6 yards，花441塞地。请店员包装一下后档次就上去了。

再到Marina购物中心，要给队里买菜，包括洋葱、猪肉、整鸡、鸡翅、杂菜丁、蘑菇等，共计310.8塞地。进香水店看看，100ml香奈儿或迪奥香水价格均在人民币600～700元左右，相对比较便宜。准备下次消费1000塞地，回国送给女士。然后又到丰收超市，主要买蔬菜，品种众多，花334塞地。最后去Lara超市，买牛腱子肉16公斤以及葱等，花253.10塞地。此行买菜支出898塞地。13点才回到驻地，也是今年买菜用时最长的一次，主要带家属团体验援非"买菜"工作。

华为公司小吴经理带一人来驻地看病，系到加纳出差的中方员工。男性，30多岁。昨日在上西省发生车祸，车辆侧翻，因为没有系安全带，故仅其一人受伤。今日乘坐飞机回阿克拉。检查右侧肩胛骨部有肿胀压痛，肩关节无肿胀，各向活动可，脊柱无明显叩击痛，腰部软组织压痛。X片提示肩胛骨下部骨折，肩关节正常，腰椎骨质正常，胸片示双肺正常。诊断为右侧肩胛骨下部骨折并腰部软组织损伤。嘱咐三角巾悬吊固定即可，不影响乘机回国治疗。小吴经理说："非常感谢！哪天有空？我想单独宴请你。"上次华为员工小周锁骨骨折也是我协助处理，并联系顾立强主任主刀手术。这些都是举手之劳，以后再说吧。

与志红商量，此次回国需要携带礼物稍多，准备买两箱法国歪脖子葡萄酒，7块加纳布，一些香水，还有咖啡、巧克力、雪茄等。不过，即使两人行李可托运60公斤，亦有可能超重，那么手提登机物品尽量多点。给女儿的礼物，到迪拜再看。

晚上喝点黑方，反正我睡得挺香。志红半夜起来，照样看剧，还是北京时间作息。

2013年7月19日，周五，阿克拉

7点起床。8点收到东征短信，告知老父亲出院。王瑜也去看望老父亲了。我的

意见是老父亲先回家休息两周，把有些事情安排一下，调理一下身体。如果需要第二个疗程化疗，那就在8月初进行。后来我给王雯同学打个电话，表示感谢，后续治疗待我回国后商定。

9点出门，徒步去医院。在路上，我仔细考虑。如果等自己回国，再接老父亲到广州，则会耽误一周时间。在福州总医院接受第二个疗程化疗，再转南方医院，也耽误时间。何不7月底或8月初直接转到南方医院？这样我都不用回福建，可以直接去广州。毕竟入住南方医院有较多便利，照顾护理方便，我也不用接连飞行，故是比较合适的选择。所以我就拨打东征电话，告知我的想法，东征说："会跟老父亲、老母亲商量一下，看他们的意见。"

9点40分到外科楼。见到Dr Wepeba，将了解的耳脑胶以及人工脑膜等信息转告他。Dr Wepeba很感谢我提供这些信息，说他们目前工作很需要这些药品耗材，否则脑脊液漏容易引起感染，最后导致死亡。只要他们有迫切需要，我能为此提供信息帮助他们，也是我来援非的目的。但我还要了解有关的联系方式，几天后再告诉他，由他自行联系购买事宜。

今日大查房，由Mawuli带着年轻医生查房。病房中小儿脑积水病人有近10人。Dr Dakurah站了一会儿，走了。我跟随一会儿，到10点30分，也离开了。

11点，志红和女儿聊天。我给老母亲打电话，建议他们提早一周到广州，入住南方医院，治疗及护理相对都方便许多。老母亲说，已经商量过，也觉得这个安排比较好，我也不需要急忙赶回福建。既然他们同意了，我下周就安排此事。随后给冯岚电话。我向冯岚说："我回国前一周，老父亲转到南方医院住院治疗，需要大家的大力协助。"冯岚说："需要做什么事，发个邮件告知，会尽力做到。"

13点已困不可支，但没有熟睡，只是眯糊一下。15点20分起床，志红去睡觉。我登陆阿联酋航空官网，购买阿克拉与广州的往返国际机票。8月6日回国，9月7日返回加纳，不等国内正式批复，先订机票再说。但无法完成网上支付。两张机票总金额为1973.60美金，下周一去银行支付。

18点多，到林队处申请预借1000美元购买回国机票。林队说："明日一起去沃尔特入海口的对面，中水电公司在那里有个地盘，可以吃鱼虾蟹等。"我才想起，周四与老彭一起出去时，老彭曾提起"出去"。原来是这个意思，我还以为又去Labadi酒店吃自助餐呢。明日大批人马去海岸角游览，我们也找个清闲之处。

2013年7月20日，周六，凯塔（Keta）

大批人马于7点30分从驻地出发，前往海岸角，游览奴隶堡及国家植物园。留下林队、老彭和我，还有志红。

我们8点驱车出发，去沃尔特省的Keta。我以前没听说这个地方，是林队和老彭找的，说在Ada出海口的另一边，靠近多哥边境，是个风光旖旎的地方。

13点到Keta，确实是个好地方！海岸线上一边是浩瀚的大西洋，另一边是烟波浩渺的泻湖。此地有一座破落的城堡Fort Prinzenstein，建于1784年。这是加纳海岸线上最东边的一座城堡，荷兰人修的。而最西边城堡是在Beyin的那座城堡，虽没光顾，但至少去过Beyin海滩。这些殖民者在加纳修筑的城堡，叫法上有所差异，有的叫城堡，系殖民者头头脑脑的驻地；有的叫要塞，系殖民者武装人员住的。最后这些城堡都进行贩卖黑奴的勾当，所以统称奴隶堡。奴隶堡建筑结构都差不多，高大围墙内，上面住着欧洲殖民者，下层关着黑奴。

住宿在Lorneh Beach Resort酒店，就在沙滩边，风景怡人，看到大海就让人心情舒畅。住房设施可以。我们登上木搭的塔台，喝着Club啤酒，点了炒饭。想点个炸薯条，没有。那炸鸡块呢？这个可以有。吃完饭，我和志红就去休息。老彭和林队继续辛苦，去市场买鱼货，后来真的买回小螃蟹和非洲小鲫鱼。18点，就在老彭那个房间，用电磁炉水煮鱼蟹。整个房间弥漫着诱人的香辣风味。我不敢吃蟹，就喝着黑方，吃点鱼。

21点，夜色下，我和志红在沙滩上散步，海风吹拂，说不尽那份惬意。回房后，喝点茶水，清清咽喉，23点睡觉。

2013年7月21日，周日，凯塔（Keta）

5点40分，把志红从床上拉起来，去看大西洋日出。外面云层很厚，看来不会有什么日出。不过，到了Keta海边，不能赖床睡觉，否则志红又埋怨我没有叫醒她。

我们来到沙滩，赤足走在沙滩上。志红站在沙滩上，听涛声，观海浪，让海浪冲刷自己的双足，也不怕海水的冰冷。一站就是1小时，真过足瘾了！去年也是到非洲，享受这沙滩与海浪。一晃就是一年，颇令人感慨！

7点多，老彭才到沙滩来。云层渐渐散去，到了8点，才云散见阳光。早点是烤面包和炒蛋。9点50分，就退房返回。路过Ada时，买了两堆西红柿，20塞地，比超市便宜；还买西瓜和芒果，自己享受一下。

12点，到Shoprite购物中心。林大厨特别交代，现在人多，米吃得快，要记得买米。上次黄先耀书记看望我们时送的那米不错，在Shoprite超市就有，所以让我记得要去那里买米。看到这种泰国香米，10公斤，50塞地，价格较昂贵。但人要吃饭，而且家属来队，印象不能太差，那就别想省钱。

13点到华陇甘肃大厦，准备吃碗兰州拉面。现在一碗拉面价已涨到22塞地。我抓紧时间给东征电话，请他明日要确定出来广州的时间。并叮嘱东征，要问老父亲有什么事要办、要交代，要在到广州之前办完。另外，要去医保中心办理异地就医手续。东征明日去福总，复印病历并借病理切片到南方医院就诊。这段时间弟弟很辛苦！

19点30分在阿联酋航空官网预订机票，采用Ecobank银行缴款支付方式。收到预订确认函后，跑到老彭那里打印。刚好老彭将昨日途中买的鲜花生煮熟了，就拿些回来。吃花生，喝小酒。22点，睡大觉。

没有心思写散文，写作负担暂时卸下。

2013年7月22日，周一，阿克拉

5点多醒来。上网查邮件。收到卫生厅援外中心复函，请假报告已批准，并要求按期返回加纳完成援非任务。6点23分张铁强主任来电话，叮嘱我回国期间给他打电话，他尽量安排前去探望我父亲。对于各位领导的关心，深表感谢之情！

7点30分，与志红一起开车出去，到Osu的Ecobank泛非经济银行营业部，支付阿联酋航空机票费1973.60美元。在James Town那里有点拥堵，其余都顺畅，8点10分到达银行营业部。幸亏早到，在银行门口有车位停泊。否则过会儿，这里就是闹市。泊车后，锁好车门，准备在附近转转。银行保安就过来，以为我们将此当做临时停车场。我解释说，要到银行办事，因为还有一段时间开门，所以先到附近走走。保安小伙子一下子就明白。不过，我看到后面也来几台车，司机都坐在车上候着。

到了8点30分，银行准时开门营业。那个保安指引我们到楼上办理，属于大客户。在楼上，我们填写了存单，就是将机票费存入阿联酋航空的账户。等了会儿，工作人员又引导我们到一楼现金柜台办理。这时，银行职员告诉我，无法找零，故1973.60美元，要支付1974美元，所以要重新填写存单。幸好志红多拿一份，就递

给我重新填写。我将2004美元交给柜员，其询问我是否要找回30美元。我一时没领会，以为她要购买美金，支付我塞地。后来，她又重复一遍，我才知道要核实金额数字。最后，她又说指引我填上航空公司，并确认签名。很快，银行柜员收回确认信，复核预定号后，就完成了支付手续。这是我第一次到加纳银行办事，也与志红一同体验加纳的银行服务。总体感受不错，服务良好，但是角分没得找。

然后到Koala附近的酒庄，买两箱法国歪脖子葡萄酒，每瓶75塞地。即使多买几瓶也没有打折优惠。老父亲到广州住院，麻烦人较多，要多准备一些礼物，表示一点心意。9点30分，办完两件事，就开车返回驻地。

10点多，给余江教授打电话。老父亲到南方医院住院时，请他予以大力协助。11点，给李瑛副处长打电话，告诉卫生厅已经批复同意我回国处理父亲治疗事宜，老父亲将于8月1日到南方医院，请李瑛在绿色通道等予以协助。然后又给连江家里电话，老父亲出来时间定于8月1日，因为要评估是否继续化疗。我对老母亲说："现在一定要问老父亲有什么事要交代，而不是怀着美好愿望数着倒计时活着，等到广州再想起什么事要办，就没有那么方便了。"老母亲可能感到忌讳，以为瞒着就是对老父亲最大的宽慰。现在老父亲还感冒了，昨日发烧到38°多。随后我又给东征电话，确定来广州时间，让他赶紧叫老父亲服药，早一点把感冒或者气管炎控制住。

下午分别给郑明辉、冯岚和姚玲写短信、邮件，请他们务必协助安排老父亲接机以及住院事情。

18点30分，到王泽处再预支菜金2000塞地。人多，食物消耗量大。

2013年7月23日，周二，阿克拉

晨起后填写援加纳中国医疗队交接班表，主要针对克里布医院的具体情况。我在神经外科工作，故只能介绍脊柱外科情况，而以后骨科接班，参考意义不大。这交接班表按照国内思维设计，与加纳实际有些脱节，如科室护士人数、值班、专科门诊等罗列出来。我最后建议一点，不要以国内的方式和眼光看问题，否则无所适从。

10点，与老彭一起出去买菜。先去Osu，买12排鸡蛋，花120塞地。又到Lara超市，买两桶食用油、几条面包、几颗包菜，花212塞地；再到丰收超市，买黄瓜、空心菜、芥菜、芹菜、粉丝等，花180塞地。我和老彭办事一贯利索，目的性强，买菜就是买菜，买完即返回。

在丰收超市时，李老板说，他儿子昨日左肘部疼痛不能活动，到印度人开的医院就医。那医生就给拍个X线片，只说X片看上去怪怪的，却看不出什么名堂，嘱咐李老板回家给小孩局部冰敷。我入屋一看，那孩子躺在床上，左肘屈曲，活动受限。我说那是桡骨小头半脱位，就予以手法复位。那孩子胳膊顿时就不痛了，活动也好了，哭了一下，就笑了。李老板感激不尽，老彭朝我竖起大拇指。

下午有中国人小韦来电，预约16点带个华人来看病。后来又来电，因时间安排不开，以后再约。

2013年7月24日，周三，阿克拉

凌晨5点醒来，没有什么事。9点去医院，在病区见到本周手术安排，基本都是脑科手术。今日手术3台，仅最后1台为腰椎手术。在病房转一圈，没有新入脊柱病人。没进手术室，又走回来。10点30分回到驻地。

今天阴天，下了一阵雨，体感凉快、清爽。今日为前总统Mills去世一周年祭日，加纳政府举行纪念活动。

12点40分收到女儿短信，就上网聊天。今日是女儿学校课题的答辩，过程中，女儿与老师有一阵话语交锋，所以比较激动，要与我们分享一下。我上线后，志红与女儿聊天，我在一旁偶尔插话，聊到14点许。

志红提议出去散步。但天气有点冷，没有阳光，就没有散步的热情，待在房间闲聊吧。今天没有午睡，晚上吃完饭就犯困。聊了会儿，20点多睡觉。

2013年7月25日，周四，阿克拉

凌晨2点多醒来，志红也起来。泡壶新茶，一起闲聊，一起上网看新闻。4点多，吃片面包，继续上床睡觉。7点起床，没有新邮件。

这几日志红9点就到厨房帮助择菜。我到厨房查看食材情况。今日可供豇豆和空心菜，但冰箱里仅剩包菜，其余就是土豆、西红柿、洋葱等。因此，今日还要出去买菜。

9点30分，与老彭一起出去，带上林大厨的女儿体验援非生活。先到Marina购物中心，买土豆、鸡翅、红萝卜、蘑菇等，花98塞地。我自己买瓶杰克丹尼，获赠1支大可乐，60塞地。这时我记起，上次去Dr Dakurah别墅参加家宴时，Dr Dakurah特别推荐威士忌和可乐掺和喝，口感更好。看来商店销售套路比较适合加纳人的口

感要求。又到香水店狂购一番。放血啊，共花1699塞地！

离开Marina购物中心，就去Lara超市。买羊排、牛肉末以及1公斤羊脖子，加上几块黎巴嫩饼，花277塞地。最后到丰收超市，询问李老板儿子的情况，李老板妻子回答说："儿子前臂活动正常，不痛了。"她再次表示谢意。在丰收超市，绿叶蔬菜有一些，就买了芥菜、花菜、木耳菜、菜心、辣椒等，还买了豆皮、豆干、粉丝、花生米、生抽、花雕等，花410塞地。并给林大厨带两包香烟。林大厨女儿说："老妈会骂他抽烟的。"我逗乐问她："你爸喜欢抽烟不？"她回答："喜欢。"我说："那你给他带烟，他肯定很高兴，你不让你妈知道不就行了。"后来回到驻地，林大厨妻子迎上来，那女儿一溜烟就跑进厨房，将香烟偷偷塞进林大厨口袋里。林大厨心领神会，眉开眼笑，喜不自禁。确实，一些温馨并不需要很大的手笔，难得是心情的舒畅。

回到驻地才12点30分。志红看到买回来的香水，也挺喜乐的。我让她挑一些自用，其余回国后作为礼物送人。

15点，在志红的催促下，带上花布，到附近一家裁缝店做一款加纳服饰。志红准备了一堆英语名词，到那里也用不上。最后挑了一款看起来比较丰满的加纳款式，膝上为摆裙，走路步子可以迈大一点。最近队里好几人在这家裁缝店做衣服，女老板叫Arin。我们定了下周去拿，加工费是30塞地，加上衬里，共35塞地。因为是长裙，下面为摆裙，所以女老板说6 yards加纳布不会剩下多少。我们点头表示知晓。反正志红说了，就是留一个加纳纪念.

然后与志红一起，到医院转一圈。在医院拐角处的路边摊，买块炭烤大蕉。志红想吃，我不感兴趣。8角塞地，我给了1塞地，不要小贩找钱，算是小费。我们走进医院，围着护理学院转一圈。出点汗，腿也酸，人也乏，回到驻地已经16点48分。对我来说，如此行走属超量活动。看来今日买酒是对的，晚上不喝一点不行。

志红说："今年是到农行以后最为开心的一年。巡回演讲去的地方不少，虽然最后北京没去成，但也到了非洲。虽然在非洲不如去年时间长，但3周多时间也足以享受了。"我说："确实应该感到幸福。有吃有喝，不用干活。"

小酒自斟酌。心情好可以喝，心情不好也可以喝。酒这东西，就是如此妙用。20点多去睡觉，夜里醒了很多次。

2013年7月26日，周五，阿克拉

今日周五。9点，与志红一起到厨房。她帮忙择菜，我和林大厨在胡侃。林大

厨说了一句，给我印象很深刻。他说："我们男人跑到国外赚钱受苦，不就是希望老婆、孩子能够生活得好一些吗？"话语朴实，言真意切。林大厨在加纳很少花钱，但女儿这次出来，林大厨大方地给女儿花钱，让她出去想买什么就买什么。所以志红说："虽然穷一点、钱少一点，但一样可以生活得幸福，那是家人间的温情。"

10点30分，给连江老家打电话。老母亲、老父亲和东征在一起吃饭。我主要询问老父亲的近况，也跟老父亲聊了几句。不过通信线路有问题，中断好几次。老母亲说："在福州总医院住院期间，几名大学同学以同学会名义一起去看望老父亲，要记得感谢他们。"衷心感谢这些福总的同学！于是在同学群中留言："衷心感谢福总同学对家人的照顾，待到班师归国时，定专程前往致谢。"

11点40分，门卫Tier上楼告诉我说："房东Susan的哥哥关节肿痛，到了驻地，想请你帮忙看病。"我更衣后下楼，见到病人。病人近50岁，以前喜欢踢足球运动。3年来经常出现左膝及左踝关节的肿痛，间歇性发作，基本上一周时间后就好了。这次已经发作3周，左膝肿痛，不能屈膝，行走跛行。我仔细检查，左膝肿胀比较重，股四头肌有萎缩，膝后侧以及髌韧带外侧均有明显压痛，皮温正常，左踝后方也有肿胀，但活动良好。考虑为关节炎，可能为创伤性或痛风性。故建议病人先到医院抽血化验，查血常规、血沉、C反应蛋白、血尿酸等，并左膝关节X线摄片及MRI检查。待结果出来后，再来找我看看。加纳足球运动兴盛，但运动医学等方面专门人才比较缺乏。

12点25分，给女儿留言，请她将答辩作品发过来欣赏一下。13点48分午睡起来，收到女儿关于"生物多样性保护"的资料。一时半会儿没领会女儿要表达的主题，就和女儿聊会儿，才明白她的意思。原来要做插画，想参加一个以环境为主题的插画比赛。

我琢磨资料内容，都是有关污染、过度开发等的内容。这仅仅是保护生物多样性的一个方面。因此，我向女儿提出我的看法。保护生物多样性的立题很好，有意义，有高度。但是生物多样性保护的内容很多，不可能面面俱到。需要把主题局限，将关注焦点提出来，并予以充分体现，这样主题才鲜明。从女儿插画的内容看，我觉得应该是"控制人类活动"这样的主题比较合适。不妨在此方面更加深入一点，调整文字内容，在标题内容上就体现出来，可能给人的印象更加深刻。女儿对此看法比较赞赏。

另外，女儿创作的内容都是表现一些人类的破坏性活动，整个画面气氛比较沉闷，看不到人类的改变。所以我建议最后加上一张插画，表现人类和自然界和谐相处的景象，表达保护生物多样性的意义，这样更呼应了主题。女儿说："如果绿叶、鲜花等都是黑白的，很像是躺在殡仪馆里的死人。"我说："单纯那样自然不行。可以画蝴蝶、蜻蜓、鸟儿以及小孩嬉戏等内容，使整个画面更加和谐，内容更加完整。"女儿惊呼道："老爸真是天才，确实如此修改，就更加完善。"

那日去Keta，途中买了几个芒果。放置几日，有一个已熟透，就与志红分享。加纳这季节的芒果肉厚、香甜、汁多，确实不错。志红吃一口，就叫一声好。只是甜分大，我不敢多吃。还有几个芒果，大概回国前可以吃完。吃好吃水果时，不禁想起女儿，孩子一人在外面吃了不少苦啊！

22点，集装箱送到驻地。4月初从广州港启运，到特马港也有一段时间了，拖了这么长时间才到驻地。大家一起卸货，主要是颈椎牵张床、婴儿床、心脏多普勒等，还有一些食物配料。只是那些散装食物配料多已发霉变质，浪费啊！

2013年7月27日，周六，阿克拉

凌晨4点多醒来，肚子饿了，起床吃块黎巴嫩饼。今日邵医生、王泽、林大厨三家一起去阿达，故没有准备早餐。志红的早餐是面包和即食面。

昨日林大厨告诉我，要买食盐和猪肉。10点，到老彭处，拿了帕杰罗车钥匙，叫醒志红，一起出去买菜。到Marina购物中心，买了猪肉、食盐、白糖等，花100塞地。自己买几个青苹果和4包咖啡粉。遇到华为公司小周，他与家人也在超市采购。上次小周外伤致锁骨骨折，回国手术，我曾予以协助。这次遇见，小周很客气邀请共进午餐，并叫上了吴经理。我不好意思再次谢绝，也就同意了。

又到丰收超市，买芹菜、蒲瓜、芥菜和葱，花104塞地。等办完事，我开车跟在小周车后面，不小心跟丢了。以前没有到过华为公司驻地，所以费了点周折。到了华为公司驻地，中方员工均住的是别墅，条件自然比我们好很多。我和志红一起参观生活区，并了解华为公司驻外员工的待遇，华为对驻外员工的关心让人印象深刻。比如，"家属随军"到加纳而没有正式工作，公司将予以每月1万元生活补助。

中午，我们与吴经理一家、小周一家以及另一家人，一起到翠竹园中餐厅就餐，其中有3个小孩，所以比较热闹。在餐厅，小孩与非洲服务员比较熟络，都跳到人家身上玩闹了，看来友谊的种子已经种下了。只是自己胃肠不是很舒服，而且开车不喝酒，自然提不起劲来。这是第一次到翠竹园中餐厅吃饭，风味还可以，店老板还是福建老乡。14点30分结束，开车回来。

16点50分，去阿达游览的人员返回驻地。我下楼与林大厨交接今日购买的食材。

上网收到广东省科技厅奖励项目评审邀请函，要求在8月5日前完成评审。在加纳援非，国内工作也不能落下。

2013年7月28日，周日，阿克拉

晨起后就是与志红聊天。

11点准备午餐，煮面条。用电磁炉炒蛋，可能油少，最后炒成蛋泥。煮一锅面，放了生菜和葱花，鸡精调味，味道还行。生菜是昨日在Marina购物中心超市买的，整整一棵，有点奢侈。志红说："生菜这么嫩，很干净，洗完就能吃。"我说："本来就是做沙拉用的，不过还是煮一煮，加纳曾暴发霍乱，我们谨慎一点。"志红喜欢吃叶菜，所以猛捞生菜，边吃边说好。我呢，就是吃面条，也挺好吃的。吃饱了，就躺床上挺一挺身。

14点多醒来，坐在沙发上回神。志红告诉我："吃了生菜，效果真好。"我说："你是会享受。而我现在一打嗝，都是葱花味。你吃叶菜时，怎么也不关心我一下呢？我也想吃几口，但不忍心与你抢。"哈哈，夫妻间逗乐！看着志红吃得高兴，心里本来就很高兴。

15点30分，老郝来电话。老郝知道志红来加纳，想今日宴请我们。因身体有些不适，我只好推辞，另约时间。

晚餐时，有3家人外出就餐，在队里就餐有16人。林大厨准备了辣椒炒墨鱼及烤鸡翅。这在非洲，应属大餐，所以自己喝点小酒。

2013年7月29日，周一，阿克拉

本年度首批来队家属今日回国。

9点，我让Oxward开尼桑车，带着王泽夫妇、林大厨妻女俩一起去机场路的Marina购物中心。9点20分到商场，超市已开张，但香水店还关着。我进超市，购买多哥咖啡粉4包，美禄400g的6包、80g的24包，比利时牛奶粉400g袋装3袋、听装3罐。美禄为老父亲买的，肠子手术后补充能量；奶粉给东征带的，给侄子浩浩。没有别的东西好买，大伙如此采购，我也随个大流。最后花费180塞地。

逛完超市，就进香水专卖店。那几名店员见到我，喜上眉梢，乐不可支。大主顾又来了！王泽他们看香水去，我跟店员聊天，教她们几句中文。她们可能已发现，在加纳的中国人喜欢买香水。上一次曾带林大厨女儿在迪奥品牌前试闻一下，

印象深刻。这次她又到那里，熟练地拿起样品，往腕部一喷，就是这种香型，很快确定了下来。林大厨妻子说，那买两种回去，可以轮换着用，每人就有两种香水用。这是在分享幸福。最后王泽妻子买了2瓶香水；林大厨妻子也买了2瓶。然后要了一些赠品，就结束购物。11点40分回到驻地。

本月家属来队探亲，属于比较热闹和繁忙的一个月。从今日开始，又渐归平静。本周有7位家属回国，下周我和志红、邵医生家属、林大厨妻女等回国。待到我事假返回加纳，就是9月8日，时间过得就是快。不是说，只有幸福的时光才是如此飞快吗？

看来确实如此！加纳气候这么好，吃得也不错，烦心事也少，收获却不少。从国内出来，大家似乎都没有带什么；而从非洲回去，却要给这个带礼物，给那个买东西！

有所得，必有所失。如说援非没有作出个人牺牲，那是自欺欺人。谈起援非的个人损失，姑且不论家庭离散、被朋友淡忘，我觉得最大的牺牲应是专业上的损失。主要是援非两年，援非前培训及回国后休整近1年，专业3年全废，工作职位也没了。当然，也有意外收获，尤其今年志红参加巡回演讲，那是"瞿东滨先进事迹"在省内巡回报告，无疑让我有点惊喜。这是昨日下午与志红在一起聊天时总结的，今日在此补记一下。

晚上登陆阿联酋航空官网，确认回国航班的座位选择。

2013年7月30日，周二，阿克拉

9点，走去医院。Dr Dakurah有事不在，就将志红带来的糖果点心交给科秘书小姐Regina，请她转交。然后进手术室，将3袋花生糖等送给护士长，并告诉她，我要请假回国1个月，9月份回到加纳。未见到Dr Dakurah，准备给他发邮件说明我回国事由。Dr Wepeba需要的耳脑胶以及人工脑脊膜厂家地址亦转交Regina。如周五有时间，再去医院一趟，当面说明。

回到驻地后，与老彭一起出去买菜，并带上林大厨女儿。到丰收超市，买蒲瓜、小白菜、空心菜、芥菜、豆腐、木耳菜、冬瓜等，随便给林大厨带包香烟。林大厨女儿说："不给抽了。"我说："不行啊，以后回国再戒吧，不然日子难熬。"总共花了166塞地。令人高兴的事是这次买了好几个蒲瓜和两个大冬瓜，平时可以应急，至少不容易断顿。林大厨曾提起，没有面包了。所以又去Lara超市，见到有红薯卖，就买一些红薯，再买了面包。花了55塞地。这是本月最后一次买菜。下月

要回国，买菜工作就交给王泽。今晚可以结算伙食费了。

上午从医院回到驻地时，门卫Tier告诉我，房东Susan的哥哥已经完成所有检查，问我："什么时候可安排时间看一下？"我说："上午要出去买蔬菜，可16点来见我。"很准时，16点，Tier就上楼来叫我。由于集装箱来后，会客室中堆放了很多箱子，所以就坐在台阶上看。首先看到账单是593塞地，其中膝关节MRI为500塞地，关节X片是30塞地，其余就是C反应蛋白、血沉、全血常规费用。检查结果显示，血沉为63mm/H，C反应蛋白为6.1mol/L（正常值小于0.6 mol/L），血尿酸正常。左膝骨质无明显异常，MRI显示关节腔内积液，内侧副韧带撕裂，股外侧肌撕裂。因此诊断为左膝创伤性关节炎、膝多发损伤，我建议去看骨科医生或运动医学医生，并需要手术治疗。同时嘱咐病人要加强下肢功能锻炼，因为很容易引起深静脉栓塞（DVT）。这个病人只有48岁，从小就爱踢足球，足球是其喜欢的运动，受伤后一直没有好好检查治疗，也没有看过骨科医生。但是，我只能给个建议，什么都干不成。

17点多，见到女儿留言，询问我和志红回国航班。予以回复，8月6日航班从阿克拉至迪拜，7日抵达广州。

19点40分，到王泽处，结算本月食品采购费用。人多啊，共支出5288.4塞地。同时也向王泽交班。下周要回国，今天已经买菜，可以支撑一段时间，尤其是已买了蒲瓜和冬瓜。从周六开始，买菜工作由王泽负责，要和林大厨一起把伙食供应做妥当了。现在丰收超市青菜较充裕，就是要花时间出去买。近几个月来，每次出去买菜，如果林大厨不一起去，我都会记得给他带包香烟。如一起出去，则询问他一下，他不要，我也不勉强。在援非收尾阶段，除了交通安全，最重要的是饮食安全以及厨房安全，因为那里油、电、汽以及地面湿滑等，最容易出事。所以安抚林大厨的情绪很重要。希望我回国这段时间，一切如常。

2013年7月31日，周三，阿克拉

晨起6点，给女儿发封邮件：

那天和你谈了插画内容，有关文字部分我觉得是否如此处理：

@不单我们是地球的主人，他们也是；地球不单是我们的家园，也是他们的家园；鸟儿，鱼儿，猴子，企鹅，大象等，这就是生物多样性。

@为什么我们要给他们制造那么多污染？

@为什么我们要侵占他们那么多领地？

@为什么我们要挤占他们那么多空间？

@为什么我们要把他们变为宠物？

@为什么我们要大肆捕杀他们？

@为什么我们要折断他们飞翔的翅膀？

@为什么他们不能和我们一样幸福生活？

@控制人类活动，生物多样性让地球更美丽！

我想，采用问句方式，每张仅配一张插画，则更能引起读者的思考和共鸣，很好地突出主题。你原先文字内容比较呆板，不生动，故建议如此修改。原来插画调整一下就可以了，不用推倒重来。

一早起来，就给你说这些。你自己琢磨一下。祝好！

然后与女儿探讨。女儿得寸进尺，让我送佛送到西，帮忙给她英文文本。

7点30分，上床休息1小时。起床后，和志红一起收拾行李。主要将两件歪脖子葡萄酒加点外包装泡沫，防止撞击，同时把购买的物品和要带回去的物品先归位，估计一下行李重量。最后，需要带两个大行李箱，满60公斤，而那6件6 yards的加纳布就是超重部分，只能随身携行。过两日再买一些巧克力，也是够重的。幸好两人一起回国，不然带不了这些东西。志红说："这样一收拾，房间里基本搬空了。"我说："是啊，东西也搬空了，钱也花光了，省事。年底撤离时，就不会有什么物品了。"

11点，给老母亲电话，询问出发到广州的准备情况。明日东征陪同老父亲、老母亲到广州，东征已与姚玲联系，那就全部委托姚玲协助办理。我告诉老母亲，住院费用等由我来负责，身上带点零花钱就行。明日克城、克泉俩兄弟送他们到长乐机场。后来给姚玲留言：医疗费由我来负责，一直不在身边孝敬父母，这时候不表现，枉为人子啊。

天气凉爽，像秋天一样，很舒适。下午志红在洗衣服。从家里带出来的中褛已经发霉，需拆洗，衬里棉拿到天台暴晒灭菌。今年1月份休假结束，返回加纳时，就将这些衣服带出来，准备应付年底撤离后的欧洲之游。

2013年8月至9月

2013年8月1日，周四，阿克拉

今日建军节。

6点起床，浏览留言。一见张鸿文同学留言，向他表示节日祝贺，并请他代向福州总医院同学问好，表示衷心感谢。二见郑明辉留言，老父亲已安排入住普外科，并已开通绿色通道。对此，我亦感激各级领导关心。

我参与的科技奖励评审项目有16项，其中技术发明1项、技术开发2项、社会公益13项。社会公益项目中，刘小林院长有关周围神经修复材料的研究，时间跨度长，成果丰硕，已实现成果转化，那是绝对有气魄的科研成果，予以推荐一等奖。

东征携带老父亲的肿瘤病理切片到南方医院病理科会诊时，被要求提供福州总医院的病理报告。所以我就给郑兆聪打电话，请他协助打印报告。后来又给东征打电话，询问在南方医院安排好没有？东征回答："挺好的！"余江主任来短信说，李国新主任已经去看了老父亲，安排邓海军主任负责。特向他们表示感谢。老父亲这趟到南方医院治疗，得到各方大力帮助。

11点多，收到花城出版社殷慧编辑的来信，花城出版社同意出版！这让我长吁一口气，一切尘埃落定。在我心目中，花城出版社比较看重作品的文学价值。首部散文集能在花城出版社出版，文学之路从这里启程，自然让我兴奋不已。从南方医院申请3万出版费用，可望获得支持。按照志红的意见，那就是一定加上彩色照片，放在书前部分。这样就需要多一点加纳本地风情的照片。老父亲病重，希望散文集尽快出版，让这位中文系毕业的中学老师能读到儿子的作品！

晚上喝点小酒。评审任务已完成，又收到出版社来信，心里有说不出的高兴。中午专门留下几块煎带鱼晚上吃。黑方仅剩一杯，花雕来凑。总之高兴时要有酒兴。

志红说："好日子就苦短啊！"志红这次来加纳前，张铁强主任问她："还去加纳啊？"言下之意，似乎加纳并没有那么令人流连之处。志红说："甭说夫妻团聚，能去却不去，那才是傻啊！"现在加纳，感觉确实不错。15点许，我们一起在驻地外围走走，感受加纳的温情。

2013年8月2日，周五，阿克拉

凌晨2点40分，肚子饿了，就起床。起来吃块面包，再喝两杯果汁，顿感舒服。

志红也醒来。到加纳这段时间，志红一直是国内的作息，半夜这时候就醒了。上网见到女儿发来的3D作品。志红说一句："木偶就旋转两圈，怎么手脚不动啊？"我说："能转身子就不错了，以后再动手脚，还会露出表情呢。"

4点多，给李国新主任发个邮件，老父亲入住他科，承蒙关照，表示感谢。5点多，给花城出版社殷慧编辑回信，确定在花城出版社出版散文集。

9点多，到老彭处，询问其是否用车外出，老彭不外出。于是，我带着志红开车出去，沿海边兜一大圈。拟去GAME超市，却在岔路口转错了道。反正没事，就与志红自驾游阿克拉平民区，最后一次近距离参观阿克拉市。然后绕到展览馆路，机场附近道路扩建，路上堵车，花1个多小时才到GAME超市。后又到Shoprite购物中心。没有见到加纳产的金树巧克力，就买了雀巢巧克力糖，要带回国去。12点30分才回到驻地。

13点多，加纳女裁缝来电话，可以去拿衣服。我和志红就步行过去，也不在那里试衣，直接取件回来，花35塞地。剩下2 yards的加纳布，可供我做件衬衣。回房后，志红试穿一下，略为紧身，腋下部分处理不好。拍几张照片，作为访问加纳的纪念。

2013年8月3日，周六，阿克拉

上午，上天台晒太阳。想一想现在要办的事，再将一将回国后要办的事。想多了，觉得身心疲惫。

中午吃蒲瓜煮面条，与志红一起。广东省科技奖励评审来了通知，延期至8月7日，因为网络出现故障。已经提前完成此任务，可无视此通知。现在看来，不管什么事，都要抓紧时间完成，不要等到最后那一刻，谁知道后面会出现什么事呢？真为自己去年的写作活动感到骄傲！如放到现在，可能什么都做不了了。后面还有《外科手术器械学》专著和《有关看病的哲学》杂文集写作，不知能写到什么程度？前行路上，我现在只有方向，走到哪里算哪里，做到什么算什么。

行李已经收拾完毕，足足两大旅行箱。晚上给姚玲发个短信，请其派车接机，车辆不能太小。

2013年8月4日，周日，阿克拉

5点多听到短信提醒，是冯岚发来的，要我接收邮件。邮件中，冯岚提到金大地院长交代几件事，除了对我父亲病情关心外，要约我回国后面谈，重点是第五附属医院院长推选之事。

我回复短信：此次回国，本来是家事，无意卷入漩涡。冯岚回复：国事院事家事，要事事关心。

志红说："没做过的事，想做就去做吧。"回国后，见过金院长，再面见钟院士。

下午将散文集插页照片重新整理，多是湖景、海景，还需要添加一些人文景观。

今日省人民医院三位领导来访加纳。晚上林大厨要去陪同，我们自己做饭。午餐、晚餐皆为煮面条，不过中午加白菜，晚上加蒲瓜。11点多下楼拿蔬菜时，林大厨说有队员要拿对虾做菜。我说："想吃就吃吧！本来就是给大家吃的。"

2013年8月5日，周一，阿克拉

不知何故，本日记录缺如。

2013年8月6日，周二，阿克拉

今日回国。

早上在厨房见到一则通知：晚上到皇上皇中餐馆与省人民医院领导一起聚聚。

此事已与我无关。

昨日下午，省人民医院领导游览阿达返回Labadi酒店后，尼桑车出现故障。今日上午尼桑车去维修，不能确定能否及时赶回来。所以我给华为公司吴经理电话，请他帮忙派车过来，送我们夫妇到科托卡国际机场。因为有两大行李箱，出租车不方便，也不安全。

中午12点尼桑车维修返回，欲推辞华为公司车辆。吴经理说："车辆已经过去医疗队驻地了，你就用吧！"那就当一番心意，真感谢这些朋友！没一会儿，车辆已到驻地楼下。不好意思让司机等候太久，13点我就匆匆招呼志红出发。

1小时后，我们到达阿克拉科托卡机场。行李托运时，航空公司小姐看着我们

直乐，因为两个大行李箱，一个是30.1公斤，另一个是30公斤，似乎我们俩都不是省油的灯，把托运政策应用到极致。只是在候机室时，我又被招呼下去，说有件行李要开箱检查。我觉得有点奇怪啊，不过，不辩解，反正口袋中已准备好塞地现钞，就掏出40塞地给了招呼我的那位员工。后来志红就笑我："每次出入境都要审查你，在国内行李也要过一下安检机，在加纳还要掏一点塞地，似乎全世界都看你不像是个好人啊！"

此程回国旅途顺利，身边有伴。志红一路上似乎都在放心睡大觉，遇到送吃送喝的，都是我帮她要的。有依赖，不操心，自然可以安稳入睡。

8月7日22点航班到达广州白云机场。郑明辉、邹琳、姚玲在机场接我们。

又回国一趟！我的援非，算三进三出非洲。

2013年8月6日（周二）至2013年9月7日（周六），广州

临时请假回国。

医疗援非历史上，并不多见的一件事发生在我身上——老父亲得了癌症，不得不请假回国处理有关事宜。在广州一个月期间，高效办理不少事情。当然，得到多方关照，否则许多事情办起来也相当复杂。

一、老父亲治疗事宜。

为了治疗衔接顺畅，8月1日在老母亲及东征陪同下，老父亲到广州，入住南方医院。医院组织人事处、脊柱骨科及普外科等给予大力支持，冯岚、郑明辉、姚玲、邹琳等鞍前马后地效力。东征安排入住南方大酒店，而老父亲当日即入住普外科，并开辟绿色通道，老母亲在病房里照顾。冯岚将充值500元饭卡交给老母亲使用。东征住宿费用也由科室开支，真不好意思。

8月7日晚回到南方医院后，与东征一起到粥城吃夜宵，郑明辉、姚玲及邹琳陪同。东征向我说了全院会诊意见，有两种意见：一种主张保守治疗，局部放置肠道内支架；另一种主张姑息性手术切除后，辅助化疗。没有回国前，我已经考虑好，手术一定要做的，因为老父亲接受过教育，身上长肿瘤且有肠梗阻，不给他首先切除，那他肯定无法接受。东征亦提起，老父亲自己也提出，要手术治疗。所以我们兄弟俩一起商定，不管怎么样，先手术切除原发肿瘤，然后进行化疗；治疗就在南方医院进行，不准备再来回折腾。要争取最好结果，也要做好最坏打算。

8月8日上午我到普外科，见到黄祥诚老主任，询问其意见。黄主任认为，肝脏转移灶多，倾向于保守一点治疗，但最后意见还是应该由我来定夺。也跟邓海军主

任见面，海军主任倾向于先手术后化疗。将我和东征的意见告海军主任后，确定手术治疗方案，并安排在8月12日进行。

8月12日上午，老父亲接受了腹腔镜下乙状结肠癌姑息性切除手术。手术由李国新主任亲自主刀，邓海军主任当助手。秦再生主任负责麻醉。冯岚也进手术室内，一直观看手术进行。而我主要在手术间外坐着，叫我进去看一眼，我才进去看看。尽管也是外科主任，有很好的心理素质，但刀切在老父亲身上，宛如剐自己肉一样。刚好举办腹腔镜学习班，室内观摩医生很多。手术很顺利，除了肝外有两个转移瘤外，腹腔内无粘连，切除了肿瘤，并顺利吻合。术后恢复肠道蠕动慢一些，排气比较晚，主要老父亲怕疼不敢运动，其他人也惯着他。8月22日肛门排气后就出院。老母亲一直在医院床旁伺候老父亲，不离开一步，非常辛苦。回到家里住着，做一些吃的喝的比较方便，老母亲还能躺下休息一下，可减轻一点劳累。

8月11日克城表弟和弟媳赛花、侄子浩浩也到广州。一周后，和东征等一起回福建老家。治病，人多，乱哄哄的。大表哥等跑来看望几次。我说："别来了，帮不上什么忙，跑来跑去自己也累，我们要陪着说话也累。"有一日，心里实在烦躁，就对老母亲吼起来："能不能少跟别人说什么病情呢？我们当医生的，最忌讳的就是过多谈论病情，因为情况都在变化中，只能走一步看一步，而且经常会'事与愿违'。要战胜病魔，还是要靠自己。何况谈论病情多了，自己心理也有负担。"老父亲是那种极易受暗示的人，问他没有不舒服吧？他就会用手在身上这里按按、那里按按，看哪里有没有压痛。对于老父亲这种人，最好的办法是一心静养。只要能吃能喝，老父亲自己就会找报纸看，听电视新闻，反而淡化其心理负担。这一招比较见效，在我回加纳前两周，老父亲的心情就比较放松。

9月2日入住肿瘤科进行化疗，采用较为缓和的方案。静脉给药一次，口服2周，总疗程6个月。因此每3周要入院一次，住院仅一天，其余就在家里口服药物。第一次住院费用7万元，最后医保报销5.2万。化疗一次花费需7千元。整个治疗费用上，已经挪20万元在账上。如无意外情况，今年还是够的。没有回国前，就和志红商定，所有医疗费用由我来负责。从上军校起，就没有在父母身边尽孝，现在应该让我上了。老母亲说："带了6万元出来，一起凑起来用。"我说："那是你们老人的老本，先留着那钱，现在不需要，我可以承担。"

老父亲病了，老母亲最辛苦。老母亲这个人，大家都没事时，她总说不是这里疼，就是那里不舒服。现在老父亲病了，她却坚强起来一声苦也没说过，可能感到相互陪伴的时间不多了。大家来看望老父亲，送了一些慰问礼金。我说："这些钱就留给老人当作伙食费，想吃什么，就去买来做着吃，两个老人互相照顾。"其实，老两口互相支撑着，就是活下去的动力。

返回加纳前，专门交代老母亲说，要调节饮食，鸡蛋、鸡、排骨、猪肚等换着吃，绿叶蔬菜一定要吃，还要吃水果。早上吃小米粥，每日两个苹果，不时买个猪肚炖着吃。在老家，猪肚一直是比较宝贵的食物，老父亲喜欢吃，那就吃吧。现在能吃了，胃口不错，把身体撑起来，能够承受化疗，预期结果可能还会好一些。我一直给老父亲灌输癌症治疗的理念。既然得了癌症，那么就不是"你死我活"的关系。那种抗癌理念并不正确，而是要把这个癌症看成共生的关系，没有必要"不择手段"地去杀死癌细胞。如果杀敌一千，自损八百，那么这样的治疗对于老年人是吃不消的。手术后化疗，杀死一些癌细胞，其余让它休眠，养起来。吃一口饭，也分它一点，作为好兄弟一样相处，这叫"带瘤生存"。如果其又蠢蠢欲动，再温柔一点化疗一下，遏制其冲动，而不是要赶紧杀绝。这就是老年人抗癌的正确理念。只有这样，才可以达到延长生命、减轻痛苦、提高生活质量的目的。和老父亲谈了几次，他似乎也慢慢接受了这种理念。

老父亲一直是胃口比较好的人，很能吃饭。自从得病后，饿了一段时间，现在手术做完，肠子通了，胃口又来了。每天吃得还不错，老母亲和我看在眼里，高兴在心里。这也说明手术治疗的决定是正确的。

老父亲到南方医院治病，受到机关和各级领导的关心、关怀和帮助。很多人前往慰问，其中包括学校领导、李文源院长、金大地院长、卫生厅援外中心张铁强主任、组织人事处曹瑞处长、党总支宁习源书记等，以及脊柱骨科、关节骨病外科等众多兄弟姐妹，心存感激。

二、散文集出版事宜

回国前已经给花城出版社殷慧编辑去邮件，同意在该出版社出版散文集。回国后，在父亲手术安排妥当后，于8月9日到花城出版社，与殷慧编辑见面，并签订了出版合同，有关书籍的设计、部分内容修改（如用词、牢骚等）委托出版社负责。反正快刀斩乱麻，已经到了这个份上，我只希望尽早出版，好歹让老父亲可以看到散文集。在院内图文店打印三本散文集样书，先给老父亲一本翻阅，安抚一下情绪。

8月12日，老父亲手术结束，下午我就去见宣传处宁习源处长和组织人事处曹瑞处长，同时将样书带给他们看，并希望医院能支持出版费用3万元。曹处说，问题不大，由他解决。过几日，我写份请求援非散文集出版费用支持的呈批件，并附上出版社出版合同复印件，从OA呈报曹瑞处长。该事要在开学后9月4日党委会上提交批准，由组织人事处列支。曹瑞处长专门给我电话，他将按照合同地址及账号直接转账出版经费。衷心感谢！我给花城出版社殷慧编辑邮件，告知出版费用已落实。

援非散文集出版工作告一段落。

三、援非医疗50年纪念活动

8月12日，父亲做完手术，刚从手术室回到病房。卫生厅援非中心就来电话，要我和志红一同参加南方网举办的《援非50周年》访谈节目。我说："我父亲手术刚结束，还在监护中，我走不了，只能志红一人过去。"中午志红就开车赶到援外中心。8月13日晚，在南方日报社里面的南方网进行访谈直播。参加访谈的人员有廖新波副厅长、张绍民处长、张铁强主任以及报告团成员叶星、蔡梦红、朱志红，还有韦建瑞院长、在任赤几中国医疗队队长妻子等。对于我们夫妻俩，志红是主角，我是配角。志红说了很多，我就说这么一些话：

今天出席这场网络直播活动的只有我一个人是在任的援非医疗队员，所以要代表在加纳的中国医疗队员说几句话。我们医疗队在外面，最主要支撑我们过来的是我们在后方的家人，还有社会各界的关心和支持。没有他们的支持，没有他们的那一份爱，我们也无法在非洲奉献我们这种大爱，所以我想代表我们援非医疗队说一句，谢谢大家！

该访谈仅文字实况转播，视频是录像的。南方医院在OA系统也发了通知，引起了较多人关注。后来在南方网发了访谈录，一些网站予以转载。

8月29日受邀到培训中心，给第3批援加纳医疗队队员介绍加纳情况以及开展的一些工作，并回答他们关注的问题。我尽说加纳很好、生活很舒适，可能他们心里更发虚。

回国期间，接受了新华社福建分社孟记者的书面采访，采访内容如下。

这次正在做一个关于"志愿服务"的调研，其中一篇专门采访援外志愿者，听到您的事迹挺感动，特采访您。

（1）您个人背景的简单介绍，为什么想到援外，有想过其危险性吗？

（2）在援外的过程中，您在服务当地中的感人故事。

（3）结合您个人的亲身体验，觉得援外志愿者在树立国家形象等方面发挥了哪些作用？

（4）是否碰到了什么困难？需要怎样来完善援外志愿者的保障机制？

（5）更好发挥援外志愿者作用的一些建设性意见。

依此采访稿，专门写了一些材料，主要内容来自援非散文集，供孟记者参考。

以上是临时回国一个月所做的事。匆忙间，事都办了，不容易！

2013年9月8日，周日，阿克拉

乘坐阿联酋航空EK787航班，我于当地时间11点抵达阿克拉市科托卡国际机场。

在入境大厅，见到50多人的中国民工团队在填写入境资料。加纳最高法院对2012总统选举结果诉讼判决生效后，大概加纳的心思还是想回到经济建设上来，少了这些中国人还不行。全世界只有中国人最能吃苦耐劳。

入境办理顺利，等候行李时间较长。真担心又发生上次埃塞俄比亚航空那样行李遗失的事情。虽然这次行李中也没什么贵重东西，但遇到遗失事情，总会令人闹心。返回加纳前，与志红到超市买了250元人民币的食品，包括糖果、花生米、牛肉干、鱿鱼丝、葡萄干以及旺旺雪饼等，要送给加纳朋友。在迪拜机场买几包巧克力，送给Dr Dakurah和手术室护士。科室在渔来福酒楼宴请我时，送了3盒广式月饼，一起带回。然后把去年为老彭买的另外一块画布也装进行李箱，再带一册《脊柱内固定学》，准备撤离前送给Dr Wepeba医生作为纪念。另外，郑明辉从手术室拿了一支耳脑胶也带到加纳，作为样品给DR Wepeba看看。这也是援非的一种方式嘛！整个箱子里物品价值可能不到1000元。

临走时，我对志红说："从非洲回来，两大箱子装得满满的，都是30公斤；回到非洲时，仅1个小箱子胡乱塞点东西，才19公斤。过海关时，再开箱检查一遍。海关女官员说：'都是吃的啊！'我顺手拿一包花生糖送给她。人家高兴，咱也快乐，不是吗？"

老彭已在到达厅等候，非常感谢这位仁兄！上车后就到Marina购物中心，接上林队后，一起到翠竹园中餐厅吃顿便餐，名曰为我接风洗尘。这时林队告诉我："有一名中国人因车祸受伤，已住进克里布医院好几天了，现在着急等待我回来，作出最终治疗决定。"这件事成为回加纳第一周的主要工作。

14点多回到熟悉的驻地。稍打扫房间，擦拭桌上灰尘，烧壶热水（饮用水是提前让老彭帮忙买的），泡壶茶，开着空调，躺下就睡着了。长途飞行，确实很累！

19点，被叫醒，是那个受伤住院的中国人的事。人家很着急，我也不顾劳累，赶紧起床。

19点30分，由老彭开车，我们一起到克里布医院创伤急诊中心，见到了伤者。先询问一下受伤经过，再检查一下身体，并仔细阅读了MRI、CT、X线片。该伤者男性，36岁，广西南宁人。9月4日在库马西出差公干时，发生车祸，的士车侧滚，他坐在后排，未系安全带。车祸后，被人从车中拖出来，在当地医院拍片示腰椎和肱骨骨折。9月5日由救护车送到克里布医院。比较幸运的是，没有脊髓和外周神经损伤，桡神经功能良好，大小便功能好，双下肢活动好，这是非常幸运的。住进医院后卧硬板床，左侧肱骨骨折予以手法复位及石膏托固定。这名伤者不太信任非洲医生，就一直等我返回加纳后拿意见。

在翠竹园中餐厅时，仅听林队说是腰椎骨折，那么就可以在克里布医院完成手术固定，问题不大。但是，我看了伤者的影像资料，腰椎椎体压缩1/2，椎管形态尚正常，后部结构完整。看了腰部软组织情况，没有局部血肿形成，说明韧带结构正常，因此稳定性尚可。但是，椎体压缩严重，手术治疗有必要。而肱骨骨折就相当严重，肱骨中段有一大块旋转骨折骨块游离，肱骨上段还出现纵向劈裂至肱骨头部。这样肱骨骨折更需要手术内固定。

在加纳，骨科内固定器械不全。在这里做手术，内固定器械需要先预定，等国外快递进来。目前伤者神经功能现在尚好，如手术处理不好，导致桡神经损伤什么，那就得不偿失。考虑到腰椎稳定性尚可，为更好治疗，建议回国手术。

伤者及其工友小林均表示感激。听我解释说明后，他们如释重负，也希望能回国治疗。由于伤者为广西人，那么就从广州入境，我建议就在广州接受手术治疗，再回广西家中疗养康复一段时间。如愿意，我可以协助联系南方医院，安排治疗有关事项，后送过程亦可无缝对接。伤者很感激地说："真是遇到贵人啦，有贵人相助啊！"这几日没白等，见到我之后，这些问题可以解决。

在国外最难的是什么？就是看病和治病！可是谁又能保证什么病没有、什么伤不受呢？或许，我们中国医疗队在这里，真正吃上一颗定心丸的就是这些海外中国人和华人。航空公司方面要提前联系，故我让其工友小林先联系航空公司确定航班后，我再协调南方医院的事情。

21点多，回到驻地。在一楼饭厅里，林大厨做个手撕包菜，我拿盒月饼及花生米等，大家坐在一起，喝着葡萄酒，聊一些轻松的话题。我说："与正在培训的深圳医疗队接触时，我介绍非洲的气候、风光、风情和生活，那是一个'好'字了得！没有到过非洲的人，根本不了解非洲的好。一句话，非洲不是你想象的那样！这些人肯定认为我在忽悠他们。所以我介绍越多，他们心里越发虚。这是肯定的！"

确实很累。提起精神看了病人，兴奋一下。一松弛下来，再喝点小酒，更是觉得云里雾里的。坐了个把小时，赶紧回房睡觉。

2013年9月9日，周一，阿克拉

昨晚那一觉睡得真舒服。

在国内时，看了几集电视剧《正阳门下》，朱亚文主演的，说的是北京人的事，弘扬的是北京精神。和志红、老母亲等一起观看，觉得不错。

回到加纳，可以继续收看，网络信号流畅。醒来就看电视，困了就继续睡，这种倒时差方式很好啊，不管白天，还是黑夜，似乎都不觉得疲惫。

两日时间看完30多集。

2013年9月10日，周二，阿克拉

今日接到小林工友的电话，已联系航空公司。

晚19点38分，小林来短信告知，回国航班预定在9月16日，阿联酋航空。医疗报告和转院文件已交给航空公司。航空公司要求提供接收医院的全称、地址和联系电话。我说，明日一早予以回复。

其余时间看电视剧。

2013年9月11日，周三，阿克拉

7点多，接到小林工友的短信。告知其南方医院的英文全名、地址及联系电话，以便与航空公司协调，安排后送工作。

下午给姚玲发邮件，就伤员后送事情，请报告建庭主任：

早上已让姚玲就一伤者回国治疗一事向你初步汇报，现将有关情况报告。该伤者姓杨，中国籍，广西人，男性，36岁，系中国加纳合资公司的中方员工。公司从事机械服务、物流及房地产，总部在加纳的塔科拉迪，小杨为机械维修工程师。9月4日，因车祸致伤，并后送至阿克拉的克里布医院。我于9月8日回到加纳后，就前往医院亲自检查伤者，为腰1椎体骨折（压缩1/2，后部结构完整）、左侧肱骨粉碎性骨折，均无神经损伤，全身状况良好。因肱骨复杂骨折，在这里难以完成手术，故决定后送回国治疗。经与伤者及该公司人员商量，决定到我院接受手术治疗。现已决定于下周一下午由阿联酋航空公司负责空运回国，阿航将派医务人员随机负责，将于下周二晚上到达广州白云机场。我已通过李瑛处长联系医院医疗值班，请医院予以协助，在与航空公司协调后，如需要医院派车前往机场接伤员，则

再报告。

　　该伤者腰椎及左肱骨均需手术治疗，故希望收治我科，并联系创伤骨折共同实施手术治疗。另外，拟报请宁书记处，斟酌一下有否新闻点。我认为，随着中国对外交流增多，国内外派劳务人员或海外务工人员日益增多，在类似非洲这样医疗条件相对落后的地方，多数人员患病或者致伤均需要回国治疗，如果以此病例为线，将我院为外派或者海外劳务人员服务的事例进行相应报道，相信会有一定新闻价值。

　　与航空公司联系后相关安排，将及时报告。

　　收到姚玲回复：

　　医务处、人事处都已协调，周二晚上医院派救护车接机，我们科室程勇泉医生也前去，主任说再派几个研究生身穿白大褂一同前往。这是一个很好的宣传热点，宁书记说要大力宣传，他想了解下转院及伤者的故事，以及与您的关系等。请指示。

2013年9月12日，周四，阿克拉

　　10点到医院，参加中国医疗队向克里布医院赠送医疗用品仪式。主要有婴儿床、保温箱、按摩床等，大概价值15万塞地。使馆经参处高参等出席仪式。

　　去年捐赠活动后，我曾写一篇《捐赠这件事》的随笔，说了对于此类捐赠的看法。这些设备不是人家去拿的，而是我们这些医生凭自己的想法去送的，合不合人家胃口，就看人家怎么看。不过，医院方提出，以前赠送的那些设备、仪器，他们都不会使用，希望我们医生能去教他们如何使用。

　　11点多，叫上司机Oxward，开车去Shoprite购物中心。房间冰箱里已空空如也，难以坚守到周六再采购，所以中午就出去购物。买了一堆东西，有牛奶、水果、果汁、饼干、麦片等，都是以前那几样。习惯了这些食品，就不用去改变。另买两支黑方威士忌。总共花250塞地。

2013年9月13日，周五，阿克拉

　　中午与志红通电话，又与女儿线上语音聊天一个多小时。我向女儿汇报回国这一趟办的事，然后问她后面这段时间的安排。

　　今日从化中心医院移交南方医科大学，成立南方医科大学第五附属医院（南医

五院），并举行挂牌仪式。仅关注，不操心，仅此而已。

2013年9月14日，周六，阿克拉

9点30分，与林大厨、邵医生等一起出去买菜。在非洲援非两年，做得最多的工作是买菜，也属于为援非的付出。先去Marina购物中心，购买猪肉、包菜、萝卜等。再转到Osu，买10排鸡蛋，已涨价到每排11塞地。又到丰收超市，今日运菜车还没到。因为司机患重感冒，所以就不等候，随便拿一些蔬菜，且对付这两日。下周一再抽空出去，买些青菜。

16点，自己开车到克里布医院创伤急诊中心，看望要回国的伤者，并沟通了后送国内治疗的想法。然后，就后送安排向南方医院及脊柱骨科详尽报告，请予以大力协助和支持。

此事安排稳妥。晚上喝点小酒，慰劳自己，助人为乐。

2013年9月15日，周日，阿克拉

8点20分起床。9点10分，给家里打电话，老母亲接的，询问了广州天气和老父亲的饮食情况。又跟老父亲交代一下，一定要吃蔬菜，要保持大便通畅。

10点多，有两名华为员工过来看病。一名员工为椎间盘源性疼痛，与长时间坐位工作有关；另一名员工考虑轻型强直性脊柱炎，而不是腰椎间盘突出。嘱咐他们，要加强腰背肌锻炼，增加户外运动，尽量利用日光浴等手段，避免在空调房待太长时间，一般问题不大。

15点，午睡起来，冲个凉，上天台晒太阳。回到房间后，补记本月日志。回加纳已休息一周。

2013年9月16日，周一，阿克拉

想今日到医院看看，不料7点下起大雨，只好作罢。

10点30分，与老彭一起出去买蔬菜。到丰收超市，购买丝瓜、芹菜、小白菜、黄瓜、南瓜、香瓜、豆腐皮、面条等，花217塞地。返回时，又到加纳卫生部。老彭将下月义诊需要购买的药品费用交给卫生部，现金支付。从国内返回时，林队讲了，最后撤离前要开展一次义诊活动，地点选择在大阿克拉省，时间定在10月8日。

大使馆和经参处非常重视，希望能借助这次机会扩大宣传。我和老彭外出办事的目的性很明确，路上也不耽搁，故11点30分就返回驻地。

昨日关闭笔记本电脑时，见到window程序提示系统故障。今日已完全打不开，经过几次反复重新启动，仍无法自行修复。连放置备份系统文件的硬盘分区都不显示，亦查不到备份程序，令人着急。

16点40分，给华为公司吴经理电话，请求他帮忙修电脑。吴经理一口答应，准备中秋后（周五）请中国医疗队一起聚餐，到时将电脑送过来就行。我说："朋友啊，那不行啊！现在没有电脑，什么事都干不成。有好几篇稿件要审稿，我的写作也受影响，非常耽误事情啊。"吴经理急我所急，说那明日派人来取电脑，顺便上次找我看病的那位肩胛骨骨折病人也需要我出示一份诊断证明。

收到志红邮件：

我去你那里探亲的机票今天报销。

爸爸身体状况还可以，食欲不错，就是夜尿较频，每晚3～4次，早上起来得稍晚一点。午饭后，两个老人家也会去休息休息。所以，你不必太担心，妈妈照顾得挺细心、周到，每天陪爸爸出去散步两次，9点出去散步一个多小时，16点再出去散步一个多小时，就是天太热，不过我想，老人家出出汗也是好事。其他也没什么事，你尽可放心。

没有电脑，也省心。晚上躺在床上，用平板电脑看几集电视剧，开心乐呵一下，就进入梦乡。

2013年9月17日，周二，阿克拉

9点，乘坐尼桑车到医院，将带回来的微薄礼物（旺旺雪饼、巧克力、阿尔卑斯糖等）送到医院分发一下。在Dr Dakurah办公室，没有见到Dr Dakurah，就请秘书Regina小姐转交。另将1包软糖和2袋棒棒糖送给这位姑娘。Regina收到礼物，蛮高兴的。

进手术室，遇到Dr Wepeba，将一支耳脑胶样品送给他。回国前，Dr Wepeba想从中国购买一些脑脊膜封闭胶，我在网上给他查了公司联系，但这些公司还没有回复。从国内带来的耳脑胶说明书为中文，故我介绍其使用方法，英文表达还是比较费劲。我建议Dr Wepeba先尝试一下，如果觉得可用，那么明年可以到中国引进，或者让加纳中国国药公司进口一些。援非就应该是这样的交流和合作，他们需要什么，就提出来，我们积极提供帮助。这就是雪中送炭！此举自然让Dr Wepeba和Dr

Bankah非常高兴，我也同样开心。他们觉得我能把他们的事当作自己的事来办，一直放在心上，这是真正的、诚挚的中非友谊。

同样带一袋礼物送给手术室护士长，请Mawuli转交。东西不多，略表心意，大家分享一下。后来欣喜的护士长竟跑进男更衣室，给我一个熊抱，表达谢意。哈哈，小小礼物寄深情！自己回国休假或者志红出来探亲，给Dr Dakurah带礼物同时，也会给手术室护士带一份。礼物虽不贵重，但也是一番心意，至少让她们感受到我很珍惜彼此间的友谊。其实，在这一点上，中国和非洲是相通的。被非洲女士拥抱的感觉真不错！

我对Dr Wepeba说："本周恰遇中国的传统节日中秋节，我在享受假期，所以下周再来医院。"Dr Wepeba说："那你就好好享受中国节日吧。"Dr Wepeba随后介绍说，现在二楼普外科手术室在装修，普外科手术都分流到其他手术室进行，在神经外科手术室也占用一个手术间。故目前仅有第1手术间供神经外科安排手术，手术较少，而且医生较多，更多时候大家都在休闲。也是，今日我就遇见4名专科医生在手术室里，真是人手富裕啊。看来这普外科手术室装修在一两月内是完不成的。

9点30分，华为吴经理提到的那位中国人来到医院找我，要写一张诊断证明，准备近期回国。我到神经外科病区后，就帮他写一份证明材料。这名病人姓肖，1985年出生，2013年7月17日在上西省遇到车祸，右肩受伤。7月18日过来阿克拉，摄片提示右侧肩胛骨下角骨折，予以三角巾悬吊等处理。今日过来一看，情况不错，恢复良好。随即给他出具一份英文证明。这是在克里布医院写的第一份诊断证明。然后请他帮忙将东芝笔记本电脑带过去，交给吴经理。

10点16分，从医院步行回驻地。中午给志红打电话，询问老父亲的血液化验结果。志红说，血小板、白细胞及肝肾功能均正常。那就好，老父亲可以耐受化疗，则是最好消息。

14点30分，午睡起来，一样无所事事。15点，上天台晒太阳。15点35分，上网询问姚玲是否已接到后送伤者小杨。姚玲告知，已于北京时间22点接到医院，很顺利。从国内回加纳后这几日，一直在联系这件跨洋后送的事，现在终于比较圆满地完成了。在海外生活工作的国人特别害怕生病、受伤不能得到及时救治，我们能为他们解决这些忧虑，让他们感受到祖国的温暖，那我们同样会觉得开心、自豪。这样一件事办好了，很有意义。

姚玲说："小杨及其家人一直在赞美你、感激你，说多亏遇上你。"我说："这也不是我一人的力量，是整个前后方团队的共同努力，个人总归是渺小的。"整个过程涉及好几个部门和人。姚玲说："通过这件事，我也知道了航空转运的事情处理方法，对自己也是锻炼。"我说："那是。只有直接参与做一些事，才会积累一些经验，知识不用就是一堆废物。假如需要我们施以援手，我们绝不会袖手旁观。"

18点35分，收到小杨妻子的短信：

瞿教授您好，我是小杨的爱人。这边得到你们的帮助，已经都安排好住院了。对您的感激无法用语言表达。当知道有你这位医生到加纳时，我们每个人就好像抓住了救命的手，万幸能碰上您这位贵人。谢谢您的帮助。谢谢您仁慈的爱心！祝福您，好人一生平安。

同时也接到小杨工友小杜的电话，其已回到塔科拉迪。他向我转告小杨已安全到达南方医院，并不停向我表示感谢。

半夜，短信声又让我睁开眼睛，一看是志红来的：祝生日快乐。原来今日是自己的生日。人生从今日起迈入47岁。此时能收到家人和病人的祝福，心中有说不出的喜悦。

2013年9月18日，周三，阿克拉

7点起床后，给小杨妻子回短信：

你客气了！这是我们应该做的。在海外工作都不容易，能提供一点帮助，那是必须的，都是自己的同胞兄弟，不必太客气。祝早日康复，并祝中秋快乐！

11点多，杨妻又来短信：

腰椎手术定于晚20点进行。谢谢您的帮助。谢谢大家的帮助。

到了14点46分，又接到杨妻短信：

腰椎手术已经成功做完。心存感恩，感激你们的帮助。以后我去加纳会亲自当面感谢您的无私帮助。谢谢您！

我可能等不到你回加纳了，我们快要结束任务回国了！科室这班兄弟确实给我面子，辛苦了。昨日半夜入院，连夜实施手术，确实为病人着想。因为过一日就中秋放假，如等中秋后手术，又延迟数日。早一点做手术，病人就可早一天下地活动，有利于康复。这就是"为人民服务"啊，这就是"想病人之所想"啊。可以很自豪地说，这班兄弟为科室争光，为我这个远在非洲的党支部书记争光、长脸！

待在房间里，把最近这些日子的日志捋了一下。只能记一些主要的事情，而且也不全面，好记忆确实不如烂笔头。这些天最重要的事情是伤者后送，到今日手术完成，算是画上了圆满的句号。伤者及家属都满意，一声感激就是对这些日工作的最好总结。

2013年9月19日，周四，阿克拉

今日中秋节。《大西洋边没有中秋夜》一文已是去年写的，一晃又一年。

昨天22点30分，倒杯黑方，正睡前享受，收到志红短信：

中秋节快乐！现在广州的天气和我去加纳时候的有些相似，早晨起来有阵阵的凉风吹来，让人感到舒爽。

当时是国内6点30分。我在家时，志红较少这时间就起床。所以拨个电话回去，问是否过节想我了？因此没有休息好？志红也不客气，回答道：确实因为过节想你了，昨天就没有睡好。我们聊了半小时，她今日要上班，国庆也要值班，以期春节休假。

7点到厨房，林大厨在准备早点。我拿了两条黄瓜和两瓣大蒜，准备凉拌黄瓜。这几日牙龈有点些上火，要嚼吃大蒜，清洁口腔。

8点开始观看王宝强17岁时主演的电影《盲井》，李扬执导。该剧改编自小说《神木》，讲的是利用煤矿井下杀人以骗取矿主赔偿金的事。那两个图谋杀人的罪犯物色到王宝强，骗其到煤矿干活，企图杀死他，骗取赔偿金。最后结局是两个罪犯互相残杀，最终赔偿金落到了王宝强手上，带点喜剧色彩。

9点30分，给老母亲打电话，祝老父亲、老母亲中秋节快乐。其实，我和女儿才是真正的游子啊，身处异国他乡，体验到了诗中说的"每逢佳节倍思亲"，这痛楚与思念只有经历过的人才懂吧！

11点30分，也给女儿打一个电话。她今日没有假期，这时间她已放学，正在房间里悠闲呢。最近她正在减肥，只吃一个拳头大的米饭团。本来女儿那粉拳小之又小，那一拳头米饭团只够塞胃部一个角落。我对女儿说，主食可以少吃，但水果等要保证充足，否则身体吃不消。最后这半年很辛苦，更应注意营养调节。如果时间允许，我们打算明年元月到新加坡一趟，给她鼓劲；如不能成行，则明年4月去参加毕业典礼，见证孩子几年留学新加坡的成果。女儿亦提起，今年课程成绩单已经出来，仅个人设计一项（环保题材）获得A，其余都是B+。她亦与老师交流。老师说，如上大学，GRA成绩需要3.5以上，仅是针对那些商务、法律专业而言，属于有标准答案的统考成绩；对于其他专业，更注重的是学习经历、文凭及个人作品，只要能够毕业，对报考则无影响。女儿希望自己的学业成绩好一点。我们希望女儿能继续大学学业，这样以后的发展空间会大一些。

15点30分，上天台晒太阳。晒半小时太阳，想半小时心事。现在很难静下心来

写作，脑子里想的尽是回国后究竟要干些什么。说实在话，因为下肢静脉瓣功能不全，坚持站立两小时都很困难，很难坚持外科临床一线工作。但总要有所作为，毕竟身上承载着家族的期望和重任。晒着太阳，思维活跃，浮想联翩。

18点医疗队中秋外出聚餐。吃的是西餐自助餐，喝一点小酒，消一丝思乡愁吧。21点许，回到驻地。几人又在一起聊天。我喝着黑方，胡侃一通。尽是言之无物、不着边际的事。

2013年9月20日，周五，阿克拉

8点收到小杨妻子的短信：

瞿教授，医生说明天可以起床走路了，这是我们想都没想到的，这么快就可以下床了。如果没有您的帮助，真的是无法想象后果会是怎样。感谢遇上您这个贵人，感谢大家给予的帮助。谢谢您，瞿教授。

如此频繁道谢，太客气了。

17点30分，从驻地出发往玫瑰园中餐厅，参加华为公司的中秋聚会。记得两年前初到加纳的那个夜晚，也是华为公司宴请中国医疗队，也是在玫瑰园中餐厅。为了那一顿聚餐，路上整整耗了3个小时。往事依稀，历历在目。今日尚好，虽有几截路段有点拥堵，但仅一个半小时就到了。

华为公司在玫瑰园中餐厅席开18围，出席人员为本公司中方员工和家属，友情邀请中国医疗队和国家开发银行。席间，华为公司王英杰代表等走动敬酒。我与华为吴经理、小周等谈起，华为这种文化真是好，集体和谐，大家都是手足兄弟。

华为员工队伍很年轻，其主要采取项目管理形式。谁负责项目，谁就负责组队，其他人都得听他的，以保证项目实施。而且为了鼓励员工安心工作，鼓励家属随队，除了安排住房外，还提供伙食补助，而也有家属在驻地做些临时工，这是非常人性化的管理。援非医生现在还没有家属随队的制度，真希望以后可以有，因为家属两地分居确实是太辛苦了。

推杯换盏、觥筹交错，百感交集。两年时间一晃而逝。

22点回到驻地。天色已晚，月亮不知道躲到哪里去了。有点凉意，趁着酒意，赶紧进入梦乡。

2013年9月21日，周六，阿克拉

昨晚睡得可香啦！睡前观看《梅州月·中华情》中秋晚会实况录像。实景演出，并无月亮高照，只有阵阵中雨，别有一种韵味。其实，普天之下中秋的月亮还都不一样。就像在加纳，中秋的月亮只是一块小饼，而不是高悬的银盘。

9点，给家里打电话，志红接的。老父亲和老母亲下楼去散步。我将肿瘤内科廖主任的电话发给志红。9月24日老父亲要去住院，接受第二次化疗，需要提前联系，预约床位。

9点30分，与林大厨、邵医生、王泽一起出去买菜。今日不买肉菜，仅买青菜即可。到主干道后，才知道今日是国父纪念日（Founder's Day），阿克拉市举行马拉松长跑纪念活动。一些路段封闭一个车道，故造成严重拥堵。

在詹姆斯小镇，更是堵成车辆长龙。正在发愁之时，听到救护车警报声，见到前面车辆渐往两侧靠，道路中间留出一条狭窄通道，刚好容救护车通过。加纳交通文明确实不错，值得我们学习。我说了声："Follow this car（跟上这辆车）！"司机Oxward随即紧随救护车前行。过一会儿，救护车停了下来，司机下车过来，但一看我们尼桑车有加纳卫生部的标示，即予放行并允许跟随通行。而紧跟我们后面的两台车辆被责令不准紧随。到了High Street的交通路口，遇到穿有Milo标志绿色背心的长跑队伍，交通警察想拦住我们的车辆，司机Oxward手指前面通过的救护车，警察亦给予放行。这让我感受到了加纳对于医生的重视，只是我们这次只是买菜，并不是救死扶伤，令我有些羞愧，以后这样的便宜绝对不占，做人、做事要讲厚道。

今日是恩克鲁玛的诞生纪念日，加纳政府举行了一系列纪念活动，长跑就是其中一项，还有在黑星广场的活动。只是没有事先公告，等堵在路上了才知道。

到了Shopritr购物中心，先看外汇交易牌价。今日美元卖出价是2.19塞地，塞地持续贬值中。从Shoprite购物中心到Marina购物中心，我主要逛数码店和服饰店。手头这些塞地，并不想兑换美元，准备在加纳能花则花。

11点多，接到华为吴经理的电话。他知道我们在Marina购物中心，就邀请我们到华为驻地食堂吃顿午餐。由于没有事先约定，不能贸然前往就餐，否则我们吃了，他们就有人吃不上。吴经理已帮我修理好笔记本电脑，当然要急着过去拿。我们开车到日本大使馆附近的华为驻地，吴经理已提着电脑，在门口等我们。非常感谢华为吴经理！这世道没有电脑和手机，没有网络，真让人无所适从。

拿到电脑后，王泽建议去翠竹园中餐厅吃顿午餐。邵医生和林大厨没有去过那里。已跑几个地方，又到中午饭点，肚子饿得咕噜叫，那就一起去呗。在翠竹园中餐厅，点了乳鸽、水煮鱼（味道不怎么样）、手撕包菜、酿豆腐、蚝油生菜及饺子等，消费178塞地。

临走时，司机告诉说，尼桑车离合器有故障，踩后不能自行弹起复位。后来将就开动，到丰收超市，买丝瓜、黄瓜、豆腐等菜，花108塞地，然后回撤。到克里布医院，我打电话叫老彭开帕杰罗车过来，接我们回驻地。之后找个修理工来修车。待修好后，让Oxward开车到驻地，找我拿修理费。我们几人就先坐帕杰罗车回驻地。

16点，Oxward回到驻地，告诉车辆已经修好，并递给我223.5塞地的账单。我下楼查看尼桑车，液压油已加满，离合器有一定张力，可自行复位。我支付了修车费用。能保证安全地度过最后这几个月，贵与不贵，不值得考虑。

16点30分，华为员工带合作者沃达丰一名加纳员工过来看病。昨日已经约好，我就下楼去。这是个小个子加纳青年，胸背部疼痛，属于间歇性，时间比较长，检查在胸5棘突部压痛，局限，无叩击痛，考虑为棘上韧带炎，属于慢性损伤。故向其解释，问题不大，为慢性损伤，可能与工作姿势有关系，要避免长时间伏案工作。然后局部应用扶他林软膏，并外敷风湿膏，即可见效。

在加纳，找专科医生看病不容易。我尽量仔细检查和耐心解释，让加纳伙伴感受到中国专家的和蔼可亲、平易近人。我还亲自示范如何按摩和使用软膏，首先要找到痛点，按摩几分钟，再涂抹软膏，然后继续按摩，总共约10分钟，用纸吸去多余软膏，即可完成。对于按摩治疗等，不能光用语言交代一句，而是要示范给他们看。按摩后，那位加纳青年满脸欣喜，连说感激。最后友情赠送两支南非葡萄酒，属于限量版，与队友一起分享。

晚餐是烤羊排、麻婆豆腐和炒丝瓜，吃了饭，肚子有货，心里踏实。困劲上来，19点就上床睡觉。22点20分醒来，起来记日志。困了，又接着睡。

2013年9月22日，周日，阿克拉

昨晚完成日志后，便躺在床上看电影，找到一部韩国电影《空房子》，挺不错的。整剧中男女主人公未发一言，但是人物形象很饱满。男主人公是个孤儿，流浪街头，总是骑着摩托车，在城乡间转悠，经常光顾那些主人外出后的空房子，并俨然房子的主人。有一日进入一家豪华别墅，遇到了遭受家庭暴力的女主人公，两人

相识后，男孩便带着这位年轻美丽太太过上了这种无拘无束的生活，以别人的家为自己家。某日误打误撞进到一家房子，发现一个孤单的老人死在家中，便帮着装殓尸体，埋于院内。老人儿子回来后，遇到他们私闯民宅，且老人失踪，就报警，他们入了警局。经审查，老人是死于肺癌，但由于他们私闯民宅，男孩被判入狱。出来后去找这位太太，一起过上了幸福的生活。这部电影令人印象最深刻，是男女主人公没有一句台词，全靠动作、眼神、一瞥一笑等来表现两个孤独人之间的相互依赖、心生情愫、相互抚慰。这部电影让我改变了对韩国电影的看法，原来以前引进的那些韩国电影并不能代表什么，类似这部《空房子》的创作手法、思维深度及现实思考等均有众多可借鉴之处。

看完此剧，已是凌晨4点30分。仅睡3小时，7点40就醒了。

昨日给志红打电话时，志红说中秋之夜的月亮又圆又大又亮，思绪联翩，问我加纳的如何。我说："加纳的月亮像一块小月饼，又远又暗淡。"志红那天晚上睡不着，半夜出门到楼下散步。老母亲担心出什么事，还下楼去找她。这不就是思念情重？！可想而知，在这些传统节日中，有多少异乡生活的人们在忍受着这无边的思念。

11点30分，接到一个电话说，在塔科拉迪的中石油苏州石油项目部有名员工前日因车辆颠簸造成腰痛，在当地拍片考虑腰椎压缩性骨折。病人在床上可自主翻身，大小便正常，双下肢运动良好，因不放心，想请我看一下。我说，需要进行腰椎MRI和CT检查，先送到阿克拉那家Sunshine影像诊断中心做检查，再来找我看。但路途中一定要平卧，防止损伤加重，毕竟从塔科拉迪到阿克拉需要3个多小时。

晚饭后，倒一杯黑方，放松一下自己。看会儿电视，就躺到床上。想想以后是不是可以写罗源湾的事？或者写云南大山里的事情？是写散文呢，还是写小说？就是没怎么想以后的医学之路。不知什么时候睡着了。

2013年9月23日，周一，阿克拉

因为上周六恰逢恩克鲁玛诞辰日，所以今日补假。

7点30分起床，坐在电脑前，完成《中华外科杂志》《中华创伤杂志》《中国脊柱脊髓杂志》等4篇稿件审稿。

今日开始申报职称工作。12点收到姚玲来信：

今年教学课时数及SCI论文要求是硬性指标。

重新翻阅今年申报职称的文件，原来9月6日学校新通过了关于职称申报的文

件，在SCI论文部分有重大调整。如此关系到全校科技人员切身利益的政策，不说与省里政策要求不一致，且唯SCI论，而且一公布即生效，连一个引导期和缓冲期都没有。无奈，只能将自己的意见向组织人事处反映：

今年职称申报工作已启动，但是对照今年与往年的申报条件，在有效申报论文要求上有重大变化。如此重大改变并无事先征求意见，允许一个缓冲期，以引导教师及科技人员的适时调整，而是仓促间冒出来，让人无所适从。故向各位领导反映我的意见，政策应该有延续性，即使改革，也应允许有缓冲期。

先申报再说吧。如果援非两年，什么好处都轮不到我，那反而成就了我的无私奉献之心。况且任何政策都要讲究公平、公正。援外两年，总得给我一点补偿吧，否则今后有谁愿意为国效力呢？

午睡1小时，于18点前完成职称申报表格的修改，并发回姚玲处，请她打印提交申报。给志红电话，将学历及学位证书原件交给姚玲，请姚玲转交审核。

收到小杨的短信，说其转到了创伤骨科，但不知道什么时候安排手术，担心伤后时间长影响骨折复位。故给余斌主任发条短信，请他予以关照。

今日下雨，晚上气温比较低，觉得有点冷。或许还有一种冷意跨洋而来。喝点小酒吧，要靠酒气来暖身。

2013年9月24日，周二，阿克拉

昨晚下雨，很凉快，裹着被子，甜甜睡了一觉。早上6点20分醒来，看窗外还在下雨。是那种阴雨绵绵的雨，这有点像广州的梅雨季节，好像在阿克拉还是第一次遇到。

7点多，下楼到厨房洗碗，发现冰箱中仅剩下黄瓜和南瓜。上午需要跑一趟丰收超市，买些青菜。不过，这两天下雨，可能不会有什么像样的青菜，蔬菜若被雨淋过，就不容易保存，容易烂叶。

在院内网见到有关职称申报的通知，上交材料延迟到本月27日。不在医院，就拜托姚玲帮忙办此事。

人啊！什么时候能够抛开世俗和现实的问题去思考人生呢？或许只有现实的问题不再困扰自己的时候，我才可以很潇洒地说，我要走自己的路。人生有限啊，能做几件事，就做几件事吧！

10点30分，叫上老彭一起去买蔬菜。路上不堵，10点50分到丰收超市。送菜车还没到，没事就在那里等候着。没办法，今日不买青菜，就只能吃南瓜了。这些

瓜类蔬菜，偶尔吃几顿，很香且可口，若连续几顿吃南瓜，肯定要叫苦连天。为了这些大医生的生活，冒雨也要出去买菜。到了11点30分，运菜车才到。一看也没有什么像样蔬菜。下雨天，李老板他们也不敢采摘太多蔬菜，如卖不出去，就要等着腐烂。我和老彭两人配合不错，每人拿个大塑料袋，看到搬进来什么菜，就装什么菜，而且老买菜的人，手脚也很麻利。不管怎么样，首先要买到菜，其次要多样一些。这一趟买了豆腐、大葱、辣椒、空心菜（叶子都是虫子先吃过的）、芥菜、黄瓜、豇豆、莴苣（纯叶子）等，还拿了几个香瓜，共花183塞地。完成任务，打道回府，12点回到驻地。当生存是问题时，就不要那么讲究了！

14点，门卫Tier上楼叫醒我，说有中国人来看病。我看看手机，有数个未接电话。我更衣下楼，见到从塔科拉迪过来的中石油苏州石油项目部一行人。由杨利华带队，其近日均与我保持联系。今日他们带病人到Sunshine影像诊断中心进行了CT和MRI检查，但片子及报告均未拿到，故先带病人过来看一下。我看了在当地拍的X线片，为腰1椎体压缩性骨折，压缩约1/3，椎体后缘高度正常，局部有轻度后凸，但在正位片可见有侧方压缩，故有轻度侧突。

我走出驻地大门，他们的救护车就在外面，看来在加纳花钱雇车挺方便的。伤者姓邓，男性，48岁，扬州人，为中石油苏州公司的一个修理工。本月20日在车上因颠簸导致腰背痛。受伤当日疼痛还不严重，晚上被工友扶去上厕所后，感觉疼痛加重。伤后双下肢活动好，可以自行小便，在床上也可以自行慢慢地翻身。我上救护车，为病人查体。见腰1棘突部稍有后凸，局部压痛，但局部皮下无血肿。病人一般情况好，精神不错，双下肢活动正常。我就跟他解释目前的病情，为腰1压缩性骨折，目前看椎体压缩不是太严重，有保守机会，但是要等到明日检查结果出来后决定。如果椎管内没有变形，则采用保守治疗。继续卧床（硬板床）1个月，其中前2周腰部垫枕，后2周开始腰背肌锻炼。1个月后可以起床，需要腰围保护。3个月后可恢复正常工作。

老邓比较焦虑，害怕需要手术治疗，听我一番讲解，顿时觉得云开雾散，脸上露出笑容。他说："只有不需要手术能治好，我就是再躺久一点都不怕。"他在当地予以输液、消炎等处理。我说不用这么复杂，如果有云南白药就吃一点，没有就算了。已经伤后4日，止痛药也不用吃，就是躺在床上好好休息，大小便都要在床上。辛苦点，没有办法，已经是不幸中的万幸了。他们来到阿克拉后，已经买了尿壶和便盆，这样护理好一点。加纳这么凉快，养养身子，相信很快就可以康复。他们几位一直说："在加纳能够找到专家诊治，真是很幸运，否则只有干着急。"

上一次，苏州公司也有一名工友因为钢管滑落砸伤，导致双胫腓骨骨折，也送到克里布医院来。我看后决定，石膏外固定后回国手术治疗。但老邓可以通过保守治疗来治愈，就不用那么折腾。因为后送一趟，费用高昂不说，还要两人陪同回国，那耽误事情会很多。与杨利华等寒暄几句，说等明日拿到影像片子后，再过来找我看看。

16点，开始整理外科手术器械图片内容，准备先从熟悉的骨科手术器械入手。事情只有边做边思考，思路才会越来越清晰。很多想法是在实践过程中涌现的，而不是什么都想好了，才去动手实践。

2013年9月25日，周三，阿克拉

6点30分醒来，习惯查全球通手机，见到姚玲短信：

申报表中基层单位考核意见和医院考核意见需要手写，请提供内容。

赶紧起床，洗漱完毕，端坐电脑前，将这些考核意见写毕，并发给姚玲。申报工作烦琐，全部拜托姚玲来办理，由衷感谢她！

8点15分，给家里打电话。与老母亲、老父亲都讲几句，主要询问化疗后反应。还好，就是有点打嗝，没有其他明显不适。老母亲厨艺不佳，现在还是我走时那些花样，委屈老父亲了。我特别交代，每顿要吃一小碗青菜，否则无法保持胃肠通畅。另外，我还给老父亲布置一项工作，精神不错时，帮助我写写老家农村土改时的有关情况，为以后创造积累资料。

8点45分，窗外阳光明媚。准备去医院转转，一则晒晒太阳，出出汗，二则看看有什么脊柱病例。

9点15分到达外科楼。在楼下遇见Dr Dakurah，寒暄几句。这是回加纳后第一次见面，Dr Dakurah感谢我赠送的礼物，并说他女儿很喜欢旺旺雪饼。我说："那只是小小的礼物，不足挂齿。"他也询问我父亲的情况。我说："在腹腔镜下切除的结肠肿瘤，现在接受化疗，一般情况还不错，谢谢你的关心。"刚好，Yankey过来，他们又聊起来。我就到病房看一下。没有什么病人，脑科病人居多。

在医生办公室，见到本周手术安排。每日安排两台手术，1台脑科肿瘤手术，1台脊柱手术。今日那1台脊柱手术是颈椎前路术后钢板松动，拟取出内固定物。后来，我就进了手术室。Dr Akoto、Dr Bankah、Seth等医生都在手术室内。我在手术室里坐了会儿，没有什么事，就步行返回。

回到房间是11点50分。上网见到加纳议会通过一项议程，责令克里布医院停止非法收费，恢复到原有收费标准。加纳塞地贬值厉害，原先收费标准偏低，显然无

法应付目前的开支。但克里布医院代理CEO也很强硬，其表示医院仅执行来自财政部和卫生部的指示，而不会听从议会的决议。

尽管没干什么事，但是在加纳、在克里布医院还是学习到不少东西。对我来说，这次援非，是双方的合作与交流，而不是单向的援助。援非两年，收获颇丰。

12点30分，中石油苏州石油的杨利华拿了昨日那个伤者的CT和MRI过来。我看了一下，比较幸运。椎体后上角骨块虽有些形变，但是没有明显骨折突出，椎体压缩在中央为重，终板出现骨折。此类骨折即使手术复位，效果也不会很好，而且很快也会出现高度丢失。从目前情况看，后部结构完整，椎管无明显变形和占位，椎体高度保持2/3，可以采用保守治疗。因此，严格卧床一个月，进行腰背肌力量锻炼。我还示范着如何进行腰背肌锻炼。一个月后腰围保护，可以下床，但还要继续腰背肌锻炼。三个月后可以恢复工作。当然，我也向杨利华他们交代，要注意交通安全以及施工安全，中资企业员工受伤都是这些原因，所以安全太关键。这个邓姓员工算是不幸中的万幸，如进行严格的保守治疗，一般不会留下后遗症，而且可以恢复原有工作。杨利华邀请我去塔科拉迪给他们讲讲这些医学预防知识。我说："那要等到下一批医疗队来，我们现在已经进入收尾工作了。"

2013年9月26日，周四，阿克拉

昨晚21点入睡，半夜零点被冻醒了，见到谭琳玲的留言，她将《亲人，我愿做守候你的水仙花》那篇稿子投到了《健康报》，于今日第6版刊载。嘿，真没想到啊，志红的"水仙花"香飘到全国了！

13点，给志红打电话，分享心中的喜悦。志红觉得这是令人高兴的事。这篇文章凝聚着很多人的心血，如今可以刊登在《健康报》，当然又是值得兴奋的事情。我说："这世界值得高兴的事情不多，如自己的事都不高兴起来，还能高兴什么呢？"我们所做的事应该在自己的人生轨迹中留下一点痕迹！与志红聊起这事，电话两头笑声不断。静心想一想，这件事确实有值得总结和学习的地方，有实力、有付出、有真情、有支持、有收获，也是对自己援非工作的一个慰藉。

聊了20分钟，才收到志红的邮件，题目是"好消息"。随之，我回复邮件，感激志红的辛勤付出。然后，又给援外中心和宁习源处发邮件，表示衷心感谢各级领导的支持和厚爱。

18点，听到林大厨喊："开饭喽！"下楼一看，林大厨仅准备4人份的菜，水煮牛肉及炸鸡翅。我觉得有点奇怪。林大厨说，晚上就剩下4人就餐，其余人外出

参加聚会。水煮牛肉麻辣够劲，吃得鼻涕眼泪一起流，还可以喝点小酒，感觉挺爽的。

2013年9月27日，周五，阿克拉

16点40分，高文志参赞来到驻地慰问中国医疗队，带来两箱冷冻鱼及茅台酒等，并与大家一起座谈。

高参首先讲了国庆放假安排，从10月1日到4日，5日为周六、6日为周日，7日周一正式上班。然后，高参通报最近到下面考察的情况。高参去库马西考察3日，在那里有个浙江企业办得不错，该公司原来是做农药的，做得比较大，现在投资1亿美元与加纳合作采金，完全具备合法手续。还去库马西大桥建设项目部，由中地公司承建，计划3年工期，可能要拖到8年完成，主要是拆迁问题。另外，高参还去了塔科拉迪，国开行在那里投资，有一个港口项目，还有一个中石化输气管道项目。我问："加纳政府会不会将这笔贷款先拿去发工资了？"高参说："那不用担心，大家都精明啦，都是分进度拨款，工程验收，然后那边石油支付，然后再拨款。而30亿美金分前期和后期，都是按照可核查、分阶段到位资金，并不是给你钱，你自己花去。"高参也说，中国政府计划投资帮助修建西非沿大西洋的沿海高速，那对西非经济共同体发展确实有很大意义。现在中国人在非洲有一百万人，其中20万属于三无人员，指无合法手续居留或务工人员等。

高参也讲到医疗援非。使馆现正与加纳卫生部协商下一批医疗队派遣事宜，加纳方面希望派来5名麻醉医生，但做了工作以后，同意仍保持目前这些专业人员。从下一批开始，驻地租金就由中方负责，但加纳卫生部欠房东的租金还没有支付，我们不能帮助支付这笔钱。可能以后每批医疗队仅服务1年，中间没有假期。但有关协议仍在商谈中，不知道下一批医疗队能否赶上。如果每年派遣一批医疗队，那么很大可能性是由各大医院来包干，而且目前培训方式也要改良，这倒是一个新问题。高参说，不要以为派遣医疗队，又出人，又出钱，似乎尽是付出，但这是很有必要的。非洲最近恐怖活动较多，要注意安全。尽管说加纳这个地方比较稳定，但是突发事件难以预料，尽量少去人多的地方。

高参最后说："援非两年是一个很好的经历，可以更全面地了解这个世界，尤其对于年轻人的成长，更是难得的体验。"大概谈了半个多小时，高参就离开驻地。援非第二年，大使和参赞等对医疗队关心有加，非常感谢！

2013年9月28日，周六，阿克拉

9点给家里打电话，老父亲接的。我主要关心第二次化疗后的反应。老父亲说："刚打针那两日，觉得有点难受和疲惫，频繁打饱嗝，这几日已好多。大便有点干结，但还通畅，就是夜尿多，后半夜要起来4次，影响睡眠。"我说："大便干结，就是蔬菜和水果量不足，需要多补充一点，另一点可能与前两日打化疗针后活动少有关。夜尿多，那就没有办法了。老年性前列腺肥大，就是晚上尿多，只能晚上少睡一点，白天多补一点。这个习惯只能适应，将以前习惯长时间睡觉、一觉睡个够，改成分时段睡觉，有空就眯会儿，这样累加起来，每天也有几小时睡眠。天气凉了，老母亲身体会差许多，少洗冷水，要用温水，否则她又病了，就无法互相照顾。"现在就靠俩老人相依为命。说实在话，让两个70多岁老人互相照顾，这有点残忍。但是，这是延长老父亲生命的最好办法。如果伺候到什么都不操心的地步，老父亲可能连下楼散步都会懒得去。老父亲说："志红那篇演讲稿发表了，志红很高兴啊，我们也高兴！"隔几日打个电话，关心一下，就是对父母的最大安慰。

10点，由老彭开尼桑车，我们一起出去。路上没有拥堵，所以很快就到达Shoprite购物中心。我买牛奶和麦片，林队买葡萄酒及饮料等，王泽和林大厨去兑换塞地。现在又涨到2.20，再不兑换，还要上涨。到年终、圣诞节，购买美元的人更多，塞地贬值是肯定的。再到Marina购物中心，给队里买萝卜、包菜、牛肉末、白糖等，花148塞地。然后逛香水店、钟表店、数码店、服饰店等，不是我愿意逛这些店，而是陪着女士瞎逛。又到丰收超市，买大米和蔬菜，为国庆出游准备的即食面等，花260塞地。又去Koala超市，买可可粉，花18塞地。

在Osu时，准备慰劳自己的胃。刚开始还说吃肯德基，后来我问林大厨："你的意见呢？"林大厨嘀咕一声："去翠竹园中餐厅吃，可以看看有什么新菜式。"我说："就是嘛，要敢于把自己想法说出来，每周你就出来一趟，自然应该尊重你的意见喽。"在翠竹园中餐厅，我说："这么好一桌菜，不喝点酒，那是糟蹋。"林队以为我要喝黑方，就说不准喝了。林大厨说："就喝点啤酒也好。"过了会儿，我说："还是喝葡萄酒吧。"车上就放着林队刚买的长颈鹿葡萄酒。林大厨又嘀咕一声："喝葡萄酒也好。"我一看就乐了："谁喝不是喝，喝完再去买吧，又不是很贵。"后来，老彭去车上拿来一瓶葡萄酒，一下子就喝完。酒足饭饱，快慰平生啊！等到14点30分回来，想睡觉。

美美睡了一个多小时，起来简要记录今日日志。晚上到王泽处，结算本月买菜的支出，从我这里共支出2021.63塞地，其中包括223.50塞地的汽车修理费。

2013年9月29日，周日，阿克拉

7点40分，登录医院网，收到OA上李瑛的回信：

职称条件更改一事确实突然，目前学校可能也就相应政策重新考虑执行办法，并向省人社厅进一步请示；你暂时别着急，如果万一有松动，我会立即通知你；顺祝国庆节快乐。

每日早上醒来后，最重要的事是了解外界的情况。一是了解国内和国际的新闻；二是查收邮件；三是查看同学、科室群里都聊些什么；四是关注医院的工作动向。倘若遇上长假，此四种途径基本处于停滞状态。就有点与世隔绝之感，心里颇感失落。

12点，给志红打电话，交代一下。天气凉了，老母亲身体会差好多，要注意别洗冷水，注意防寒。另外问志红："手头有点钱，要买什么东西吗？"志红说："你自己看着办吧。"反正我没想带那点钱回去。

下午将外科手术器械图片重新分类整理，便于后面查看及编排。14点收到小杨的短信。说他今日从南方医院出院，正返回广西，并再次表示感谢。

晚上发放上月伙食结余500塞地。现在接近年底，我们也要为加纳经济做点贡献。

2013年9月30日，周一，阿克拉

9点出门，路上遇到王泽，一起走去医院。9点30分进手术室，转了一圈出来。又到病区，病房里亦无特殊病例，还是脑科病人居多。床位周转慢，都是一些老病号。Seth带着实习生在查房，我就到医生办公室，看本周手术安排。

今日安排3台手术。第1台是颈椎前路钛板内固定术后松动，那是前两周就已安排，却拖到现在。我看过该例影像资料，为颈4-6前路固定，颈4/5有植骨融合，但颈5/6没有融合，所以就松动了。第2台是腰4/5全椎板减压术后再狭窄的，要翻修，并进行内固定。第3台是腰椎间盘突出手术。37岁男性，腰5/骶1椎间盘纤维环破裂、髓核突出，这是见到为数不多的几例真正的椎间盘突出。当然，这第3台手术同时也安排到本周四进行，这表明假如今日做不上，就拖到周四做。

在医院就待了半个多小时，又走回来。没有遇到Dr Dakurah，否则给他说一声，本周中国国庆长假；下周要外出义诊，也不到医院去了。

13点，给志红打电话。明日国庆节，东征到广州来看望老父亲、老母亲。原来志红准备开车带老父亲、老母亲去金港城，顺便去机场接东征。我想一想，还是不要这样安排，因为老母亲有骨质疏松，坐车稍长点时间，就背痛；老父亲有老年性前列腺肥大，不憋尿。俩老人别太累了，还是在学校里散散步，买点菜。想休息了，就休息一下，可能对他们更合适。

今晚大使馆举行国庆招待会。我就不去参加了，手头事情正忙着。17点30分，上天台站会儿。环顾四周，发现天际边是灰蒙蒙的，只有当空的蓝天依然透彻纯净。看来旱季要来了，等到这天际边灰蒙蒙大沙层笼罩着整个天空，那差不多就是我们撤离的日子。两年援非就剩下最后这三个月。日子一天一天算起来挺漫长，但过起来也就一晃而过。人生啊，如果觉得煎熬，那是度日如年；如果学会享受，那是岁月如梭。

颈痛发作，到晚20点30分就不写了，早点躺在床上休息吧。

2013年10月

2013年10月1日，周二，阿克拉

中国国庆节，部分人员去凯塔（Keta）旅游，我、老彭、王泽，还有2名女队员留守。

6点醒来就闹心。那边女儿告诉我，今日患感冒并有扁桃体发炎。那边志红说，洗车时用力泼水，扭伤了老腰。我自己颈部酸痛不适也没缓解。全家就这样来迎接国庆节。

志红要开车去白云机场接东征，我专门发短信，提醒要慢点开，控制车速，否则疼痛发作，车辆操作会出现失误。后来觉得不保险，又给志红打了个电话。东征弟弟大概北京时间15点多到达广州。我让志红回家后，赶紧吃止痛药，并躺着休息，可能明日才是最难受的。如果我在家里，可以帮助手法推拿治疗，当日就可以缓过劲来，现在只能靠自己休息调养了，唉！

9点，和老彭、王泽一起出去买菜。我们先去了Marina购物中心，在停车场就见到军警手持AK47在站岗和巡逻。最近风声有点紧张，肯尼亚西门商场发生恐怖袭击后，因加纳派军队参加马里行动，也可能成为袭击目标。英国驻加纳大使馆已发出警告。我们在超市买了青菜、水果、酒及沙丁鱼等，国庆节准备做火锅吃，慰劳一下自己。然后我们又到丰收超市，买豆腐，先记账，过几天买菜时一起结算。最后到Lara超市，买新鲜牛肉。

12点多回到驻地，就准备火锅。老彭当然是大厨，我负责洗菜和切菜，王泽负责洗鱿鱼和小墨鱼。13点多开吃，麻辣油锅，放在不锈钢菜盆中煮，主菜是牛肉和鱿鱼，配菜是土豆、萝卜、蘑菇、豆腐、白菜等。我和老彭喝芝华士，王泽他们喝饮料。加纳牛肉就是好吃，在国内很难买到这样的牛肉，这是大家一致的看法。我们边吃，边喝，边侃大山，很尽兴。上一次老彭做火锅时，王泽妻子小梅还在加纳，一晃两个月过去了。快到16点，才散席。

晕乎乎地回到房间，一觉睡到17点30分。然后又到楼下，继续晚上的火锅日子。老彭还油煎了沙丁鱼，又做了一道豆腐，风味独特可口。这晚上一聊起来，就没谱了。聊到凌晨3点多，才回房睡觉。就这么在加纳海吃海喝中度过了中国国

庆节。

2013年10月2日，周三，阿克拉

7点30分醒来，身上软趴趴的。虽然脑袋不疼，但是提不起劲来。整个上午就躺在床上，似睡非睡的。到了14点才缓过劲来，泡包即食面填肚。然后坐在电脑前，记录这两日的生活。

18点到厨房，老彭已经在掌勺，王泽也在洗鱿鱼。今晚老彭的菜单是煎猪扒、爆炒小龙虾、蒜爆鱿鱼，还炒了个黄瓜和生菜，加上昨日剩菜——油煎沙丁鱼，很丰盛的晚餐。我从房间里拿来一瓶限量版南非葡萄酒。我们几人一边喝着红酒，一边享受着老彭的厨艺，聊一些鸡毛蒜皮之事。

余下一个季度时间，心情自然轻松。如此悠哉的日子以后再也没有，想想就觉得有点留念。当然只能在心里留念，想再待下去，那也不行啊，因为前方的路还要不停跋涉。10月8日准备下乡义诊，这是本年度最后一次公益活动。此事办完之后，援非任务基本完成。在克里布医院工作于11月底截止，后面的事情就是援非总结及迎接新队员的到来。

2013年10月3日，周四，阿克拉

凌晨4点30分醒来，关了空调，就听到蚊子的嗡嗡叫声。大概天气渐渐暖和起来，蚊子又多了起来。在解放大道上，成群蝙蝠遮天蔽日，追逐着蚊子，那是加纳一道独特的风景。现在不会去做什么"我与蚊子的战争"，咱惹不起，躲得起。一到18点，夜色刚降，我就开启空调。温度一下来，蚊子就不会为非作歹了。这是最灵的一招，比那些灭蚊设备实用多了。

9点叫上王泽，和老彭一起出去。到Marina购物中心，好几家商店门没开，等到10点才陆续开张。先去买了2件羽绒背心，只有大号和中号的，老彭推荐的，准备带回国给老人穿，一共花了100塞地。买后才知道，"Down"是鸭绒的意思；但这羽绒背心是越南生产的。回来后查了一下，其是西班牙的一个品牌，鸭绒含量才40%，似乎不符合中国标准。从这里可以了解到，中国的一些服装加工产业可能已转移到越南等一些劳动力成本较低的国家。

而后我们又到一个意大利品牌的店里买了2件很素的衬衣，准备搭配西装，打折后2件350塞地。说是意大利品牌，产地却是印度。买时仅知道脖子合适，回来

一穿，我的妈呀，袖子整整长了一截。后来与其他几件衬衣一比较，袖子长了约10cm。咳，原来外国人的手臂都很长啊！看来以后买衣服，还要多长个心眼才行。不然，就应了老彭的那句话："你就是长得不太正常。"通俗一点，就是长得比较畸形，横向发展及向心性发展，个子不高，却需要那么大号的衣服。

最后又去了一家法国品牌服装店，是科特迪瓦人开的。买了2件条纹衬衣，手感不错，一共926塞地。回来穿了一下，比较合适，连袖子也合适，但是衣服纸牌上注明：法国设计，产地罗马尼亚。

今日买衣服，明白了一点，类似服装生产这个附加值不高的产业，基本上都转移到劳动力成本较低的地方，这就是产业转移。老彭说："在Marina购物中心，好几家商店都不是加纳人开的，卖香水那家是科特迪瓦人开的，有家眼镜店是菲律宾人开的，来自黎巴嫩、印度的人开店也不少，而中国人基本不去这些超市开店，不知道为什么。"西非共同体在人员流动上没有限制，加纳比较稳定，所以很多人愿意过来。有资金投入，还可以扩大就业，增加税收，加纳也欢迎。

最后我们到长城超市，买了面条，就返回了驻地。今日没买蔬菜，还有一些储备，可等到周六再去买菜。

2013年10月4日，周五，阿克拉

9点30分，给志红打电话，询问家里的情况，得知东征于今日回连江老家，老父亲、老母亲身体还可以，志红腰也好了。

仅聊了十多分钟，就挂了电话，继续收集图片。通用手术器械相对规范，前面已经收集得差不多了。但专科手术器械发展迅速，而很多内容并不为自己所熟悉，尤其各大器械公司都有自己的花样，收集起来难度较大。看来关注点应落在通用手术器械方面，先简单，后复杂，而不能花费太多时间在专科手术器械方面。

2013年10月5日，周六，阿克拉

8点醒来。头皮发痒，觉得头发又长了，赶忙给自己剃个短头，再冲个凉，顿感舒适不少。9点，叫上王泽等一起出去。今日先到了Marina购物中心，后又到丰收超市，买了一些鸡蛋，11点45分回到驻地。

午餐是西红柿鸡蛋面，浇点陈醋，连面汤都喝光了。午睡后起来，洗了几件衣服，便坐在电脑前，琢磨如何将图片归类，并进行目录编写。

晚上观看电视剧的同时，做了一些图片截图的工作。不用动脑，也不用动情，只是机械而重复的动作。做了近1小时图片截图，突感心里烦闷。猛砸一下鼠标，不能干了，还是看电视剧去！

2013年10月6日，周日，阿克拉

9点多醒来，给家里打电话，志红接的。然后跟老母亲聊了一会儿，主要问老父亲的情况。交代其下周四是廖主任的门诊时间，直接门诊就诊、抽血检查以及预约入院化疗即可。如果父亲出现疲惫、乏力、手脚无力、精神差、食欲显著下降等情况，就及时抽血复查。老父亲75岁，要接受8次化疗，并不容易。全靠老母亲照顾，志红只能打下手。

打完电话，审稿《中国脊柱脊髓杂志》稿件1篇。下午抽空整理手术器械图片。初试一下，就感工程浩大、内容众多，自己知识面尚局限，故不能搞百科全书式"大而全"的专著，而只能从"小而精"入手，注重通用的、基础性的、实用性的外科手术器械内容。因此，类似编写"外科手术器械图集"的想法是不现实的，可能应集中精力编写《外科手术器械学》。想法很多，能力和精力均有限，很多时候要自己去说服自己。

2013年10月7日，周一，阿克拉

醒来已7点30分，磨叽一下，8点30分出门到医院。昨日磅下体重，86公斤。看来活动确实少了，光靠上天台晒太阳来减重是不行的。每天需要往返医院一趟，才能保证有1小时的日晒和活动。

去医院路上，接到一个华人女性电话，说有一名中国工人肘关节脱臼，已经去克里布医院了。我说："我在去克里布医院的路上，让他先去拍摄X线片，然后再找我看。"

9点05分到神经外科病区。遇见了Dr Dakurah，寒暄了几句。我告诉他，我仅剩下3个月时间，12月要返回中国了，具体撤离时间不清楚。

到病房看了一下，正在换装新病床。原来很土、很旧、很笨拙的钢架床全部更新为可调节的新病床，虽然做工称不上精细，但比原来好用得多。这些新病床是土耳其生产的。我试着摇了几下调节摇把，有的顺畅，有的却很涩。在病房里见到1例33岁男性病人，为车祸伤，颈椎骨折脱位并四肢不全瘫。9月1日受伤，9月底从

37军医院转诊，现已伤后1个月余，依然在等待手术。

遇见Dr Akoto，他问我："什么时候从中国回来？"看我有点疑惑的样子，他说是一名中国医生告诉他我回国的事。Dr Akoto还说，"我准备去美国新奥尔良参加脊柱外科会议，要去两周时间。"我才恍然大悟，原来他要外出，需要我在这里顶着。而后我又遇到Dr Wepeba，问其那支耳脑胶使用后有什么体会。他说："还没用呐，准备明日试用后再告诉你。假如合适，明年就去中国买进一些。"

我在科室忙完后，就去创伤急诊科找肘关节脱臼的那位伤者，但没遇到。回到外科楼下时，遇到一名胳膊悬吊着的中国男人，猜想这就是！经交流得知，该伤者姓余，49岁，来自山东，右手小指缺失，晨起锻炼时，不幸掉进一个坑中，造成右肘关节损伤畸形疼痛。摄片显示右肘关节后脱位，未见明显骨折。可以手法复位，但不能在神经外科病区进行，毕竟在加纳我的行医执照为脊柱外科医生。所以，我告诉他去中国医疗队驻地，等我办完事情回去后帮他复位。

10点25分，我回到驻地，却没见到老余过来，不知跑到哪儿去了，待到11点30分，才接到电话，说老余在克里布医院等候其老乡到来后一起过来。我说："我早就回到驻地等他们了，医疗队驻地很好找。赶紧来吧。"

12点30分，老余在其他几名山东老乡的陪同下来到驻地。我让其在治疗床上躺下，并告诉老余要忍一下。因为属于大关节，即使关节内注射麻醉，效果也不好，而且肿胀重了，不好用手触摸。我叫一名年轻工友帮忙反向牵引，但那个哥们不敢。后来换了个年长工友进行前臂牵引，我持上臂反向牵引及复位。复位后检查右肘屈伸活动可，触摸肘后三角关系恢复正常。再吩咐老余自己活动肘关节，可以自主屈伸，手指活动正常。但肘关节内侧肿胀明显，考虑内侧关节囊及韧带损伤，故拿个绷带及纸板，进行悬吊固定。最后我嘱其口服云南白药等，外固定3周，再进行功能锻炼。

老余很感动，连道几声谢谢，说："如果没有中国医疗队在这里，我都不知道该怎么办。"老余是个体力劳动者，胳膊粗壮。因此牵引很费力，何况很长时间没有干过体力活，所以十几分钟坚持下来，我有些气喘吁吁。不过，能为这些国外务工的中国人提供一些帮助，心里觉得有一丝成就感。

19点多，来电话通知，明日7点外出义诊，先到Labadi酒店吃早餐，下午2点结束返回。看来时间略长一点，需要备点干粮。此次义诊是两年援非的最后一次活动。

2013年10月8日，周二，阿克拉

今日外出义诊，故5点多起床。国庆长假过后，这世界似乎"苏醒"过来：网上有人留言，有人点关注，还有一些邮件，还可见到新通知，心中的孤寂自然会少一些。

7点集体出发，先到Labadi酒店吃早餐。8点10分由酒店前往义诊地点——阿克拉市Nungua小镇的一个社区。加纳农村都差不多，看不出有什么特色。可能没有特色就是特色。

农村社区，最宽敞的场所是一所低矮的小学，大概有7~8间小教室，每间教室能容纳20~30人。木课桌有点破旧，但墙上黑板比较新，上面书写着整齐的英文单词和句子，那种书写体英文至少比医院里的医生要写得好很多。教室门口的那面墙上画着袋鼠、熊及香蕉、梨等，还标着英文单词，就像识图画本。

到了那里，我们在仅有一层水泥框架柱子及屋顶的场地摆开几张桌子和椅子，扯上横幅，为当地群众和师生进行义诊。加纳卫生部及当地卫生部门官员也到了现场，他们和老师有一项很光荣的工作——翻译。当地居民多属于本地人，讲当地语言，不翻译就听不懂。

从9点到13点，整整4小时，我们一直坐在那里，顾不上喝水，连续作战，一共看了44名当地居民。整个过程并不是单纯的医学咨询或健康查体，而是诊查疾病。多数人都是慢性腰痛以及胃痛等，而且高血压人群不少。高血压和糖尿病是加纳的两种富贵病。上次去海岸角那个农村义诊，糖尿病人多，而这里的女性高血压病居多。还有1例儿童夜盲症、1例癫痫、1例月经不调和痛经。几例小孩出现较重的虫咬性皮炎，我们对于这些疾病并没有办法，只能建议其到医院看病。由于女性老年多，故有较多腰椎管狭窄病例，还有几例膝关节骨性关节炎，我们建议其最好能手术治疗。

到中午时分，来了一名老太太，说有90岁，面目慈祥，口里前面几颗牙齿全掉光，但笑容可掬。她闻讯中国医疗队来义诊，就从家里过来。刚一落座，我还想问她几句，她就先说开了："先让我休息一下。"老太太说，她走了比较远的路，并不是路难走，而是每走几步，就要休息一下。因此挂着拐棍，一步一步地慢慢走过来。落座时有点气喘吁吁，满面都是汗珠。我赶紧说："我们不着急，你先坐着休息一下。"同时将那瓶来不及喝的矿泉水打开，递给老太太，请她先喝点水。老太太乐呵地笑着，好像喝到什么琼浆玉液，笑容堆在那张布满沧桑的脸上。其实，不用更多检查，我就知道这是一例老年性腰椎管狭窄病人。我给老太太包上一些布诺

芬和维生素B6、B12等药品，并告诉她："这是老年病，只能吃点药，希望对缓解症状有一些帮助。"老太太一样乐呵呵地笑着，继续向我叨唠几句，陪同义诊的老师没有翻译，我就不知道她说了什么。过了会儿，老太太颤悠悠地站起来，没忘说声"谢谢"，又一步一步地缓慢离开，腰椎几乎弯成90°，只能靠那根拐棍支撑着前行。走了几步，要休息一下，不忘回头朝我微笑致意。

随着人口老龄化，老年人群中类似这样腰椎不稳、腰椎管狭窄等症并不少见。有的腰椎已难支撑着直立前行，只有坐下来后，才能看到前面的一切。如此人群，是否需要积极的外科治疗？即便在中国，也有很大的分歧。有些医生认为，只要病人有需要、有要求，为了提高他们生存质量，手术完全可以是一个选项。另一些医生则认为，如此腰椎矫形大手术，病人能否承受、风险如何控制等是必须考虑的。因此需要找到一个平衡点，这是我们这些脊柱外科医生要做的。

义诊结束时，林队向小学赠送了一些礼物，包括几个足球。

结束后，我们到了附近一家自助餐厅进餐。因为预定就餐时间为14点，我只好先喝一支矿泉水，再要2支啤酒，补充水分，同时充饥。自助餐没有更多菜式，我就吃了个炒饭，反正要减肥。

20点，抱着山东老乡送的大西瓜到老彭房间。老彭说："在非洲有这待遇不错啊。哎呀，还是砂仁西瓜！"我说："四分之三留给你们分享，我拿走四分之一。"回房后，一下子吃光了西瓜，吃得肚子发胀，等下利尿了。

睡前收到邮件：

新队定于12月14日到达加纳，请于本周五前完成以下工作：

（1）骨科概况、队员主要工作、科主任态度和特点，准备何日交接？

（2）膳食工作安排、购物频率，安排哪天交接？

（3）车辆保险与车辆状况。比如车辆概况、使用时间、行驶公里数，一般会出现什么问题、又会去哪里维修。

2013年10月9日，周三，阿克拉

今日是Korle Bu Day（克里布日），是克里布医院成立90周年纪念日。全院放假，举行系列纪念活动。

11点，给家里打电话，老母亲接的，并跟老父亲聊了一会儿。最近老父亲病情尚稳定，这些天大便比较通畅，明日要去门诊复查血常规和肝肾功能，下周二（15日）入院接受第3次化疗。老父亲问："肝上两个比较大的转移灶要怎么处理？"我

说："肝内和肝外都有转移灶，属于多发性，有2个大一点。就像田地里虫多了，光打死几个大的没有用，要全部撒上六六粉，要一起杀。肿瘤治疗的道理也一样，现在要全身化疗，肝内、肝外肿瘤一起杀。等到化疗结束后，再跟踪复查一下。如还有局限性病灶，就采用射频等治疗。"老父亲听后，表示理解治疗决定。当然，我也告诉老父亲，现在他全靠老母亲一人照顾，老母亲的身体也不怎么样，所以，要经常提醒她注意休息。做吃的很难，尽量用电子瓦罐等煲食物，再炒个青菜就行了，不要花太多时间，千万别劳累着。然后我又给志红说了几句，通报昨日国内已来正式通知，第3批医疗队于12月14日出发，因此我们较原先提前一周时间撤离，大概元旦前后能回到广州。如果学校没有召唤，老父亲身体还可以，我就按照计划随队撤离，走欧洲路线。志红说："出来一趟不容易，还是尽量去欧洲转一圈。"

11点50分，给女儿打电话，很长时间没有与她联系了。但国际线路有问题，打了几次才接通。女儿到了最后一学期，学习任务重，因此要关心一下，要鼓鼓劲。女儿说："在学校体检发现血胆固醇等增高，现正节食减轻体重。"

我跟女儿报告撤离回国的时间，向她咨询一款三星手机。女儿说："这款手机功能比较实用，尤其对于白领办公人士，可以进行图像处理以及加工、幻灯制作等。"我说："这些功能都不是我需要的，我只想问你是否喜欢？我能不能就买这款手机送给你？"女儿："那当然好啊。"我说："我正发愁如何消费塞地呢。"如果女儿中意这款手机，那就可以下手了。

女儿羡慕我回国时可以去趟欧洲。我说："你明年结束学业后，也可以去欧洲自由行，反正语言不成问题。"女儿："要看雅思成绩，考完2周后出成绩，如果参加两次雅思考试，过不了，就再也不考了。"我说："考归考，玩归玩，生活还是要享受的。去欧洲转一圈，至少对今后道路选择会有启发吧。"

说起天气，女儿说："现在新加坡很闷热，要躲在空调房里，懒得去下面活动。"我说："现在我也懒得去活动，坐在房里，双脚翘在书桌上，窗外凉爽的风儿吹拂，很是享受，好日子就是过得快啊。"

午睡个把小时，15点40分醒来。16点多，上天台吹了半小时的风。这时节海风吹过来，已感到凉意。

晚上不自觉得过了一遍要收拾的行李：最后一条休闲裤也破了，裆部已磨白，似要穿孔，赶紧撕烂，否则穿在身上出门，再发生上次那样的意外，那是丢死人了。以后就穿藏青色西裤。这样，从网上买来的三条休闲裤终于完成其援非使命，特此表示敬意，感谢这两年的相依相伴！皮鞋已经扔掉一双，现在穿的也是网上买的骆驼牌透气休闲鞋，质量不错，已穿一年多，就是内底磨破了一些。这次回广州时，添加一个鞋垫进去，又可以陪同我继续战斗。几件衬衣轮换着穿，有三件基本每周都穿，洗得有点变薄了，大概再穿两个月也破了。而另外比较厚的三件蓝色和三件白色短袖衬衣，穿得少一些，将来可以送给非洲兄弟。旧手机使用年限够长，离开阿克拉时就处理掉。茶叶再喝两个多月，也就喝完了，不会浪费，那是兄弟姐妹们的一片心意，自然倍加珍惜。索尼数码摄像机激光头坏了，不好意思送人，也不能扔，可能要让非洲朋友去处理。回国就带尼康相机、一个平板电脑和一部手机，还有这台东芝笔记本电脑，一个背包就可完全容纳。自己带出来的那个掉把不锈钢碗、大汤匙及塑料饭盒一定要带回，敝帚自珍。这不是什么价值问题，而是其见证了一段历史，有感情了。

真有些归心似箭啊！

2013年10月10日，周四，阿克拉

6点30分醒来。躺在床上浏览新闻，赖到7点起床。动笔写中国医疗队交接班报告，没有什么特殊内容。8点下楼到厨房，看到冰箱已空，需要出去买菜。9点到老彭那里，约他一起出去买菜。

到了Marina购物中心，买了那款三星手机，白色的，价格1799塞地，没有优惠，店家赠送了一个皮夹套。

而后我们又到了Koala超市，买了几包冷冻沙丁鱼，还有12盒加纳金树巧克力，系林队为下月卫生厅来访人员准备的。还买了包菜、面包等，总共花了422塞地。然后去丰收超市买蔬菜，花了96塞地。最后到Lara超市，买牛肉末、山药、葱等，花了152塞地。12点20分回到驻地。

15点，上天台晒会儿太阳，然后手洗了几件衣服。接着写交接班工作内容，有临床工作、膳食工作、车辆工作等几项。老彭继续留队服务，担任第3批援加纳中国医疗队翻译。我那些膳食工作、车辆工作等内容，都是老彭和我一起做的。临床工作上，我在神经外科工作，没在骨科干过，自然没有什么好交接的。

2013年10月11日，周五，阿克拉

6点醒来，打开窗户，晨风凉爽，令人舒坦。国内外都没什么重大新闻。请姚玲将已发表《加纳医学教育制度介绍》《加纳专科医师培训制度与启示》《加纳脊柱外科发展见闻》等三篇论文下载并转发过来。

将上述三篇见刊论文转发外中心，希望对第3批援加纳医疗队员熟悉情况有一些帮助。能想到的，就尽力去提供一些方便，而不是藏着、掖着，那是我的风格。

午睡1小时，14点多起床。上天台晒半小时太阳。回房后，进行外科手术器械图片归类、整理。下一步拟选择有代表性的手术器械作为编写内容。

2013年10月12日，周六，阿克拉

昨晚22点上床，没一会儿就入睡了，连灯也没关，蚊帐也没下。反正开着空调，冷气够劲，蚊虫也奈何不了我。

9点，给家里打电话。志红已去上班，老父亲接的电话。老父亲说："复查血常规及肝肾功能都正常，有医生看后，建议做肝脏B超检查。"我说："看病不要找太多医生，就固定一个医生看，现在找廖主任，那就以廖主任的意见为准。他建议要检查什么，就去检查什么，什么时候检查就什么时候检查。没有必要今天听这个医生，明天又听那个医生的，自己没有判断知识，最后无所适从。"

打完电话，我就和老彭、林队一起出去。今日买菜的事交给王泽和林大厨，我们要去为尼桑车更换新轮胎。Max商场旁边的一家汽修店正在搞促销，买4个邓禄普轮胎，免费赠送一个，很诱人！到店后我们才知道，要买4个同型号的邓禄普轮胎，才赠送一个同型号轮胎，而不是随便搭配不同型号邓禄普轮胎。看来加纳人做这样的广告，也会讲究技巧或噱头。当然，这些店老板都不是加纳人，是一些中东国家的人。老彭说："那这个广告就是误导顾客嘛。"接待小姐不再与我们争论，答应赠送一个轮胎，但又说现在没有尼桑车的邓禄普轮胎，所以我们只能以后再来。我们一想，这样不就将赠送这档事敷衍过去了嘛！

我们既然要更换轮胎，那还能等候吗？耗不起这个时间，也耗不起车辆安全！最后还是买了2个尼桑车的轮胎，花了752塞地。老彭在那里忙碌着，我坐在沙发上，看到一份顾客反馈单，觉得还不错。以后医院里不妨也设计这样的就医反馈单，可以及时收集病人的意见，不仅有利于提高服务质量，也有利于缓和医患关系，不失为一个好措施。

而后我们驱车到Marina购物中心。我到手机店拿了个手机套。另去超市买了4盒脱脂奶，还有一袋青苹果，自备下周食物。顺便去看了看太阳镜，可够贵的，价位在600~900塞地区间，算起来两千多人民币。

林队要去Labadi（拉巴迪酒店）附近做衣服。所以我们又驱车到那里，但裁缝

师傅不在，我们只好转到酒店吃午餐。我不太喜欢Labadi酒店的自助午餐，因为更多食物是一些红肉，海产品甚少，所以就随便吃了一点。

14点，我们到Labadi酒店私家海滩晒太阳。由于事先没有准备，我只能穿着西裤，光着膀子晒太阳，这与人家穿着沙滩裤相比，显得不伦不类。躺在太阳底下，喝着冰镇啤酒，自在享受一番。

我想起了一个现象。林队说："省人民医院人员到访加纳，除了出去游玩，其余时间就待在酒店房间里。万里迢迢到非洲，把时间都耗在了室内。"这点与外国人差异很大。外国人喜欢与大自然接触，休闲活动基本在户外。我们恰恰相反，喜欢在室内耗着。

今日第一次穿上那双在网上买的皮鞋，谁知在沙滩上一走，鞋面竟然起了泡，最后像墙皮一样开裂、脱皮。不能耐非洲高温啊！怎么没提前告诉我一声呢？

2013年10月13日，周日，阿克拉

5点醒来，睡眠时间够长了，再不起床，会腰酸背痛。6点，洗几件衣服，然后补记昨日的日志。

今日没干什么事，主要是没有心思做事。上午，上天台晒太阳；下午，又上天台晒太阳。整日琢磨着要带回国的商品。最后决定还是不带数码相机了，在国内买，可能更靠谱。太阳镜也不买了，都从非洲回去了，在国内也少用。还是先想想自己能用的吧，那就是机械手表。昨日看到雷蒙威机械表后，就有了新的想法。这品牌在国内不为人所熟悉，因此不会那么醒目，所以有点动心。而带给女士的礼物，大概就是一些皮包、皮夹之类的，不占地方，且价格不那么昂贵。男士呢？只好在机场时买点烟酒之类，聊表心意。

2013年10月14日，周一，阿克拉

昨晚折腾到凌晨3点30分才入睡。无聊时就是这样，想干事，又无法静心；想睡觉，又难以入眠。真是折磨人！可能日期已到10月14日，距离下一批中国医疗队出发，刚好2个月倒计时。好像生物钟已被调整了，定期提醒自己何时是归期。心里尽想着这个，自然无法安抚自己的情绪。

7点30分起床，先去冲个凉，让自己清爽一点。近期不去医院了，下月再走动走动，联络一下感情。后面两周时间要把外科手术器械图片归类整理，暂无意启动

编写。需要留些时间出来，写作《有关看病的哲学》的杂文，至少在非洲时还能思考一番，先留些草稿下来。

9点30分，给家里打电话，老父亲接的。明日老父亲要去住院，接受第3次化疗。静脉给药后，前三天有明显反应，如打嗝等，能坚持就坚持下去。现在主要是把身体调养好，那就要靠吃。老父亲胃口还可以，且吃东西不会挑三拣四的。把身体调养好了，化疗才能坚持，免疫力才能增强，才能够真正抗癌。老父亲喜欢吃小米粥等，每日早上就熬点小米粥，加上红枣、桂圆等，鸡肉、猪肚、鸡蛋、猪肉等轮换吃，每日还要吃2个苹果。治病，很大部分要靠调养，身体好了，命就长。同时，每日到楼下散步，晒晒太阳。

11点许，收到小杨的短信：

瞿教授您好，现在在家里休养，身体恢复得很好，非常感谢您的帮助，让我能顺利地回国治疗！在这里也祝您工作顺利，身体健康！

回复短信：

很高兴听到您的消息，我将于12月底结束任务回国，祝您早日康复，全家幸福安康！

2013年10月15日，周二，阿克拉

古尔邦节，加纳国家假日。

凌晨4点多醒来，是被全球通手机铃声吵醒的。一看并不熟悉的国内手机号码，就没有回拨电话。

今日继续图片工作，枯燥无味，而且鼠标也没有那么灵光，故比较耽误时间。每次写书，都是自找苦吃、自找罪受，但不做也不行啊！总要留下一点东西吧，这是自己小小的愿望。

13点，给家里打了个电话，老母亲接的。我主要询问一下老父亲今日住院打针后的反应。同时叮嘱老母亲要注意身体，经常躺下休息一下，尽量用炖、煲等做吃的，把老父亲身体调养好，就能坚持到底。老母亲已70岁，要经常鼓励一下，希望能坚持下去，这样俩老人可以互相支持，奇迹可能就这么产生。否则，有依靠，不操心，不用心，不费心，就坐在那等着吃喝，可能身体更不行。这是"瞿氏理论"啊！越老越不能偷懒，这也是返老还童的绝招。

再有两个月，一切都将回到从前。或许人生就是如此不断的取舍。得到了一些，也会失去一些；失去了，也会有一些补偿。所以，干自己的事，再佐以一点胡

思乱想，生活就相当美妙。

2013年10月16日，周三，阿克拉

10点30分，给家里打了一个电话。老父亲今日办理出院手续，询问一下具体情况。志红还没下班。老母亲说："后来也是请冯岚帮助办理出院手续。"我告诉老母亲说："我已有交代过，有需要就找她们帮忙，不然俩老人怎么跑得动呢？不要怕麻烦人家。这是关键时候，人家也不会往心里去，人情账以后由我来还。"志红上班时间紧，无法依赖，还是找科室同事帮忙比较好。也跟老父亲讲了几句，听声音尚有力，看来精神不错。老父亲的血白细胞为4600，可能给了一些升白药物。休息一下，慢慢调理，目前问题还不大。

下午突感到胸前区绞痛，位于胸骨柄水平左侧3cm下方，没有其他什么不适。就发作了一阵子，但绞痛感觉很清晰。赶紧舌下含服一片硝酸甘油，症状很快消失。已近一年时间没有含服硝酸甘油，但药片一直随身携带。

2013年10月17日，周四，阿克拉

10点30分，和老彭一起到丰收超市买蔬菜，买了些小白菜、芥菜、菜心、苦瓜、豇豆、大葱等，花费170塞地。然后就返回驻地，费时1小时10分钟。

今日还是进行手术器械图片归集。读到一些手术器械发明医生的传记，如"肋骨剪"就是大名鼎鼎的白求恩大夫发明的。故突来一想法，将来编写专著时，可以充实其中。这样书就有一些文化气息，也具有个性和特色。

今日还好，没有发生胸痛现象。

2013年10月18日，周五，阿克拉

昨天23点30分，收到志红的短信：腰又动不了了。本来已睡意蒙眬，这下可好，赶紧拨打电话回国，电话中得知她虽然没有外伤，但一起床就动不了，且没有腿痛、臀部疼痛，我初步判断属于典型的腰肌扭伤。看来前次腰扭伤没有好利索，再加上她最近要准备考试，一直坐着，这老腰啊，哪经得起如此折腾！一个好医生不在身边，暂时只能卧床休息，再吃点药物。等我回国后，要安排志红住院检查治疗。如此一惊一乍，睡意全消。耗到凌晨2点，才迷糊过去。

7点30分醒来，8点起床。10点，上天台晒太阳。此时阳光热烈，没一会儿，晒得皮肤发烫，渐有点疼痛感，不敢久留，便回房。

10点20分，给志红打电话。志红本来去上班，但根本无法坚持，就病休在家。志红说："原打算周六、周日带老父亲、老母亲去城里买几件衣服，现在看来去不成了。"我说："我不在家里的这段日子，千万别带老人去城里。人多、拥挤、嘈杂，如发生跌跤等，那就大麻烦了。"当然，也数落志红一通，"费什么时间复习考试，连消磨时间都说不上，纯属无效工作。没有享受，只有遭罪。"

在塔科拉迪的中石化公司有人来电话，说有名员工已头痛一周，没有发烧和呕吐，已按林队意见去查头部CT和胸部CT。我不知道怎么一回事，让公司人员明日携结果来医疗队驻地看病。

晚上煮碗青菜汤，补充维生素和纤维素。林大厨提供的蔬菜量不够，不好意思再去提醒他，自己调节就行。昨日去买菜时，需要费时择菜的，如空心菜等，就没买，就是为了让他省些事。

2013年10月19日，周六，阿克拉

9点，几人一起出去购物，路上比较顺利。途中，我给丰收超市李老板打电话，问他那里有没有中国面粉。他说："面粉在特马，如要，就去那里拿几袋过来。"我说："那赶紧帮我拿几袋面粉到阿克拉。什么时候到了，就通知我去拿。"到了Shoprite购物中心，王泽到兑换店去办理兑换事宜，我就去超市购物。我个人买了2瓶黑方威士忌、1盒麦片和2盒脱脂牛奶，花了160塞地；为队里买了2袋大米（10公斤1袋，52塞地）及猪瘦肉、面粉等，一共花了266.11塞地。

今日欧元兑换价是3.0塞地，王泽进兑换店里屋交易，享受贵宾待遇。因要从他处调来现钞，故需耐心等待。王泽在里屋等，我们在外面候，毕竟要保护王泽，他承担那么重的任务。从10点30分开始等，大概等到12点，才办妥此事。其间，我买了件长袖加纳男士衣服，花了48塞地，留作纪念。

11点30分，给志红打电话，询问腰痛情况。志红说："还弯不了。"我说："这么短时间内竟发生两次扭伤，怎么就想不明白呢？难道要等到病倒了，才知道一切就是浮云吗？"志红一声不吭，我也不再好意思数落。嘱咐其好好休息，明日去买药。

12点38分，回到驻地。中午盛了一碗青菜鸡蛋面，刚吃一半，塔科拉迪中石油项目部小秦就来到驻地。据他介绍，那个病人是名男性，49岁，今年5月份到加纳，

平时身体健康，没有慢性病。一周前出现右半侧头痛，右半侧面部有紧绷感觉，同时出现鼻腔出血，没有触碰，每日早上都有少量出血。而且食欲不佳，每顿吃不了多少食物，但没有发烧、呕吐、全身酸痛等症状。随队冯医生给予打吊针、消炎、止痛药等处理，效果不明显。昨日进行了CT检查，今日将结果拿过来给我看看。

我看了头部CT，没见到肿瘤或者出血灶。但肺部CT显示右上肺有大包块，边界不清；左上肺亦有一个小包块阴影，边界也不圆滑。我高度怀疑肺癌可能。我告诉小秦，建议其回国进一步检查治疗。小秦说："那好，准备安排下周六回国。"我说："看病回国内比较方便。尤其像这样有头痛，肺部有包块，还出现鼻出血的，在加纳至少要预约三个专科医生，那不知需要多长时间才能搞定。但回到国内，一天就可以搞定。所以，稍有点复杂的病例，还是回国就医便利。赚钱只是次要的，身体更要紧。"

小秦还提起，上次送回国的那例被钢管砸断胫腓骨骨折的病人，由阿联酋航空空运回国，花费近5万美元。

下午收看凤凰卫视卢琛主持的财经节目，有一句话给我深刻印象。她说："每个人的观点不同，只是因为其所处的位置各异。"当然，位置不同决定着看问题的角度不同。如在国内看非洲，与我现在非洲看非洲，那观点或者结论可能差异很大。现在不遗余力地写日志，自然将为日后创作留下最翔实的素材。

2013年10月20日，周日，阿克拉

7点20分醒来。整理图片资料时，又感到心前区不适，就难坚持下去。

10点30分，志红来短信，让我打电话回去。准没好事！果不其然，老父亲下午出现低烧。那赶紧按照感冒处理啊！像年轻人那样多喝水，对于老年人没有用，需尽快药物治疗。如果持续低烧两日，则需复查血常规和肝肾功能。秋季时节，广州气候转凉，容易感冒。老父亲接受化疗，白细胞减低会出现低热，而肝转移癌也会出现低热。不过，幸好最后确诊是感冒，如果是白细胞降低，那就无法继续按计划化疗，整个化疗方案要调整，甚至暂时停止；如果出现癌性发热，那就没办法了。

10点40分，上天台晒太阳。晒了20分钟，回房后，感心前区仍有明显不适，就舌下含服1片硝酸甘油。

2013年10月21日，周一，阿克拉

睡前喝了杯黑方，睡得很舒坦。7点20分醒来，坐在电脑前，进行图片整理工作。

11点30分，给家里打电话，老父亲接的。父亲说："不发烧了，体温正常了，全身关节也不酸痛了。"那太好了！我吩咐说："秋季广州，天气燥热。躺下休息，又易着凉感冒。煲点绿豆汤喝，既去暑又防感冒。"老父亲不烧了，值得高兴。老父亲啊，千万要顶住啊！

14点30分，和老彭一起出去。帕杰罗车前横挡撞过，发动机下面排气管漏气，要进厂维修。另外，尼桑车空调不制冷，且上周换新轮胎后，前后轮不是一个品牌。有队员对林队嘀咕说："前后轮胎纹理不一致，车辆平衡受影响。"林队又到老彭那里嘀咕着。老彭说："也懒着解释，那就去换呗。"

我到王泽处预支现金后，就和老彭一起，将帕杰罗车送到修理厂。修理厂离驻地不远，但靠近繁忙的长途汽车站，所以路上比较拥堵。到修理厂后，将车辆交付，让他们检查维修，过后我们再去取车。这点好像比国内简单不少，似乎双方都讲诚信，我们也不用担心修理厂会胡来。反正我的理念是：绝对保证安全，不考虑钱财。到了15点30分，将修车此事了结。我们又驱车前往Max商场附近的轮胎售卖店，就是上周买轮胎的那家，准备将尼桑车另外2个轮胎也换成邓禄普新轮胎。没想到，那店仅剩下一个同款新轮胎，所以将原来用作备胎的邓禄普轮胎换到前轮去，后轮继用一个磨损不重的旧轮胎。我说："一不做二不休，下周再将这个旧轮胎换掉。"更换轮胎后，进行四轮定位等，总共支付376塞地。

18点10分回到驻地。

2013年10月22日，周二，阿克拉

5点多醒来。起床后，坐在电脑前，进行手术器械图片编排。休息一个晚上后，头脑清醒，肩膀没有那么酸痛，可以干会儿事。脑袋里忽冒出一个想法，编写一部专著《外科手术器械学》，将手术器械发展史、手术器械材料、主要结构特点、临床应用以及器械维护等内容收编其中，作为外科学教材的辅助读物。如此甚好！

实践出真知！很多事情要先干起来，干着干着思路就清晰了，创意也会随之涌现。这新思路和新创意是在不断的实践中产生的。

这两日，喝了中石化小秦送的那盒碧螺春茶叶。可能刚从国内带出来的，口感清新醇厚，还有消食功能，比库存的抽真空包装茶叶好喝多了，以后要先喝这些碧螺春。我有一个习惯，好吃的东西一定先吃，好喝的东西一定先喝。次一些的，等到没有吃喝的时候再来充数。而不像别人，未雨绸缪，先动用库存的，先消耗那些次等的，到了最后，好东西没有享受到，搁置久之也变成了陈旧、次等的。吃喝的东西皆有保质期，多数并不能久放。所以，享受在当下，而不是留着、放着，放到最后就馊了，扔了，更浪费、更心疼！

16点，司机Oxward修理尼桑车空调后，回到驻地。我下楼，登车检查，空调可以制冷了，就支付了其现金。可能就加了个雪种什么，竟然花了200塞地，确实有点贵。

2013年10月24日，周四，阿克拉

昨晚早睡，凌晨1点醒来。感到胃痛不适，可能饿了，起来泡包即食面。但胃暖和了，还感胃部疼痛，只好再吃2片氢氧化铝，才觉得好受一点。最后折腾到4点再入睡。

7点30分醒来，起床后就坐在电脑前，进行图片整理工作。午睡后，还是做这些工作。要突击几天，完成这项工作。

晚上继续图片整理至21点。

2013年10月25日，周五，阿克拉

7点30分醒来。起床后继续图片整理工作，有点废寝忘食的感觉。只要肩膀不酸疼，就要赶紧将此事了解，否则拖延不起。

15点，下楼到厨房洗碗，见到张贴一份通知，要参加回国欧洲游的人员签字确认。12月22日，荷兰航空KLM从阿克拉到法国，游览国家有法国、比利时、德国、荷兰、卢森堡等，12月30日19：30从法国飞回广州，12月31日下午到达广州。每人可托运2个行李箱，每个箱子限重23公斤，随身行李不超10公斤。防寒衣服自备。周末上交因公护照，申请团体旅游签证。我看完后立即签名确认。志红有交代，有机会去就赶紧去，等到回国后事情一多，想再抽空出国旅游，就不知道猴年马月了。毕竟10年前在德国柏林生活过一段时间，盼望着故地重游。

晚上老彭来电告知，请接收关于回程欧洲旅行签证的邮件。等了个把小时，那

邮件还没从二楼到三楼。明天再说吧。

2013年10月26日，周六，阿克拉

7点30分醒来，起床第一件事是修改《心儿向着远方》散文集出版海报内容。散文集虽尚未面世，需请冯岚提前设计海报。

9点20分，与王泽、林大厨等一起出去买菜。本来想更换尼桑车那个旧轮胎，但到Max那家轮胎店时，见到店里客户较多，需要排队等候，也就算了。到Marina购物中心，林大厨没说具体要购买什么食物。林队昨日已买了2箱鸡翅，并要林大厨尽快消耗冰箱里的冷冻鱼。我说，只要有吃的，什么都行。不管怎样，还要买些青菜，自己晚上可做顿青菜面条等，在超市花了180塞地。我自己买了两袋青苹果，已降价到每公斤5.88塞地，够享用两周时间，花了28塞地。然后去Osu，买110塞地的鸡蛋。再去丰收超市，买了一些青菜，花了70塞地。就此完成任务，11点30分回到驻地。我跟王泽做了一下买菜分工。从下周开始，周三或者周四，由我负责外出买青菜；周六由他带车出去采购一次。大家轮流出去买菜，可以减轻一点负担。

12点40分，给家里打电话，老母亲接的。老父亲说："这两日发现大便时有血。"我就问："是纸上有血，还是大便上带血啊？"老父亲说："是纸上带血。"我尽量安抚着老父亲，希望其减轻心理负担。

挂电话后我给女儿发了条短信，询问最近的情况如何。女儿回复说：挺好的，作业还是那样吭哧着，减肥小有成效。我告诉她，预定12月22日撤离，绕道欧洲，31日晚回到广州。而后也给志红发了邮件，告诉这档事。

预约荷兰大使馆签证，就我没有收到确认函，于是13点，我给老彭发了一条短信：

到现在还没有收到邮件，咋回事？周游世界了？

老彭回复说：

不急，邮件过周末，下周一就可以见到。

晚上到老彭处，见到回国的航班安排。12月30日23：30，法航从巴黎直飞广州，31日18：16到达广州，空中飞行时间为11个小时。

2013年10月27日，周日，阿克拉

7点45分醒来，8点起床。起床后继续图片归类整理工作，花了3小时，终于全

部完成。这部分工作量浩大、繁重，确实要咬牙才能坚持下来。

15点午睡起床后，上天台晒会儿太阳。然后给冯岚发了一封邮件，将海报初样寄给她，请她帮忙版面设计。当然，海报落款应以党支部名义，毕竟自己还是党支部书记，这也是集体荣誉。此为深思熟虑后确定的。人家是"最炫民族风"，我炫"非洲风"。

下午写作《有关看病的哲学》的杂文。今日完成1篇。下周将已拟草稿修改录入。还有近30篇杂文内容，所以写作量较大。

2013年10月28日，周一，阿克拉

早上起床后就开始写作。现在写作初稿，怎么想就怎么写，想到哪儿就写到哪儿，反正随着脑子走，没有刻意贯注什么主线、什么辅线。写作是反复修改的过程，不可能一出手就成文。对我这样的业余作者而言，把自己的思想先记录下来才是最重要的。

9点，给冯岚打了个电话，请她协助海报设计。不求轰动，有局部效应就可以。然后给家里打了个电话，告诉老母亲："志红想到饭堂吃几顿，就随她，千万别往心里去。"这世道怎么活着顺心，就怎么办，不必强求。老母亲说："志红昨日已经说了。"老母亲也觉得饭菜不合志红胃口，老父亲需要吃煮烂的，志红肯定不习惯。我说："反正有地方就餐就行，这个事情就算解决了，不要因为小事一桩，传出去，不好听。"一家人生活在一起，要相互包容，也不容易。另外，老母亲说自己准备去查一下血常规和肝肾功能。我说："要查就不要光抽血检查，直接到查体中心去全面检查一遍，别跑来跑去，花点钱、省些事。"

17点，今日已完成写作6000字。这在近期算是不错的成绩。似乎写作更能给自己一种快感，可以宣泄自己的思想，那是舒胸中一口闷气啊！而收集图片那种单调工作容易引起胸闷不适。没想到写作竟有如此功用，如沉浸其中，可能会延年益寿吧！但愿不只是想得美！

2013年10月30日，周三，阿克拉

8点起床后，修改《临床思维的独立精神》杂文，10点完成该文。

10点20分，与老彭一起出去，到丰收超市买蔬菜。买了小白菜、芥菜、豇豆、菜心及豆腐，花了68塞地。又去Lara超市，买了牛腱肉及加纳面粉等，花了150塞

地。然后返回驻地，前后共用了1小时。

回来后，那位肘关节脱位的山东老余过来复查。手法复位后3周，X线摄片位置良好。老余觉得屈肘力量差一点，而且肘关节不能完全伸直，大概残存5°。我嘱咐其可以开始有效锻炼，可望获得满意的功能恢复。

15点，上天台晒太阳。回房后，写作《临床思维的惰性》一文，共2400字。要利用余下6周时间，按照每周3万字的写作进度，完成《有关看病的哲学》初稿，力争达到20余万字。

20点30分结束写作。看会儿电视。

2013年10月31日，周四，阿克拉

8点方醒来，现在常睡懒觉。

洗漱完毕，即开始写作。今日要写《外科手术目的》及《外科适应证》杂文。其中《外科手术目的》是写作过程中突发的一个念头。而在《外科手术适应证》中，主要突出诊断的确定性、手术的必要性以及手术的目的性。我觉得这3点总结是很充分的，这是今日写作的收获。原来那篇医学哲学论文《脊柱外科术式选择的考量》，在这个问题上没有弄清楚，故尽被退稿，原来系逻辑上有问题。12点30分才下楼拿饭，说明写作热情又回来了。

13点多，准备睡午觉，却收到克城表弟的邮件，系其与新华社孟记者的短信联系。来件告知孟记者采访我的稿件已发表在《新华社内参》上：

新华社采访你的稿件出来了，但目前还没有公开，此类系列稿件共有15篇，采访你的那篇为对外援助方面，共采访了4个人，因稿件未公开，所以孟记者也不能把稿件传给我。

此事让我激动又兴奋，午睡就泡汤了。15点，上天台晒太阳去。提供给孟记者的内容，主要是对援外志愿者工作提出一点建议，倒不是自己的先进事迹宣传。假如以后写作"从非洲看中国"，这部分内容也是很好的素材。晒太阳半小时，回房后写作《外科手术的一般类型》。这样今日写作3篇杂文，共7500字。

晚睡前看几遍《有关看病的哲学》写作提纲，然后躺在床上，在脑子里先打个写作框架，明日继续。写作确实有一种快感。

2013年11月

2013年11月3日，周日，阿克拉

凌晨2点多醒来。在床上翻来覆去，再也无法入睡。5点50分起来，常规服降压药，就坐在电脑前，写作《外科手术新技术》杂文。睡眠节律紊乱，故注意力不集中，思路也不清晰，写作起来不连贯。最后东拉西扯，勉强拼凑2500字，就放下了。8点，又得上床睡觉，睡到10点起来。动手写作《外科手术的并发症》，仅完成半拉子。肚子饿了，就去煮面。吃完出一身汗，开着空调，又想休息了。

西非出现日偏食。13点，走上天台，瞄了一眼日食。即使日偏食，阳光依然太耀眼，戴墨镜根本不顶用，又找不到X线胶片，只好作罢。

16点，用电动推子给自己理了个发。短发舒适，容易伺候。志红曾笑言："就像从监狱里刚出来的。"冲凉后，继续写作《外科手术的并发症》，完成2600字。先暂停一下，还有相当部分内容可以写，拟拆成两部分。今日写作任务算是完成了。

2013年11月4日，周一，阿克拉

6点多醒来就起床，继续写作《外科手术的并发症》一文。

8点50分，出门去医院。太阳热烈，出了一身热汗。仅到病区看看，大病房有点变样了，隔出一个大房间作为监护病房。病人还是那几个，没有特殊的脊柱病例。

在医生办公室，遇到Dr Akoto和Mawuli，打了个招呼。我翻阅了一些MRI等影像资料，见到1份颈椎屈曲损伤病例，椎体有矢状骨折，还有泪滴样椎体前缘骨块，符合自己收集病例的要求。

本周连续5天都安排手术。除周三安排1台手术外，其余都安排2台手术，分别是1台脑科手术和1台脊柱手术。故本周有5台脊柱手术，除1台颈椎后路全椎板减压术，其余4台为腰椎管狭窄手术。普外科手术室装修尚未结束，所以神经外科手术量不大。我早就断言，原计划10月底完成普外科手术室装修，是天真的想法，根本不可能按期完成，甚至可能拖到年底。转了一圈，没有什么事，就走回了驻地。

回到驻地后，继续写作。下午写作《外科手术的并发症》杂文，共7300字，并完成《中国脊柱脊髓杂志》等5篇论文的审稿。

17点45，林队来电话说，葛洲坝公司发生车祸，有一员工受伤，已经送到克里布医院，要我一起过去看看。于是，我们急忙赶到创伤急诊中心，已有其他队员在那里。

伤者姓曹，男性，27岁。早8点30分左右，其乘坐起亚皮卡车副驾驶位置（没有系安全带），因车辆前胎爆裂，车辆侧翻，车轮朝上，车门尚可以打开（车体没有变形），司机没有受伤。伤者主要致伤部位是骨盆及右前臂，受伤当时没有昏迷，神志尚清楚。工友说出事时，其手端一壶热茶，故造成颈部及肩胸部的皮肤烫伤（这是无法想象的情景）。

我见到伤者时，已是其伤后9小时余，尚在输血中。伤者神志清楚，血压及血氧饱和度均维持正常，骨盆部采用布兜固定，双足可以活动，下肢感觉尚可。腹部及侧胸有皮肤擦伤，颈部、肩部及上胸部见有烫伤水泡，面积约3%。腹部无膨隆，腹式呼吸和胸式呼吸都存在，可见阴囊部明显肿大。其工友介绍，右下肢可以稍举高一些，但左下肢活动时感到剧烈疼痛。我询问伤者自我感觉如何。伤者说，就是感到下腹部疼痛。从目前情况看，主要是骨盆骨折，可能合并尿道损伤。因为有医疗队员在处理，所以我就交代一下，骨盆骨折主要是抗休克，没有急诊要处理的。有队员建议急诊手术探查，我又交代一句："千万不能看到腹膜后蓝色就打开，那是腹膜后血肿，一打开就完蛋了。"伤者已伤后9小时，绝对不会有髂血管损伤，否则早就生命危险了。要少搬动，甚至连拍片都暂缓，等到全身状况稳定后再处理不迟。但需要下尿管，如果不能确定尿道是否损伤，也应予以膀胱造瘘，一是看膀胱肾脏等有无损伤，二是观察抗休克效果。交代完后，因有医生在现场跟进，我就返回了驻地。

2013年11月5日，周二，阿克拉

9点30分，与老彭一起出去买菜。老彭说，昨晚高参也到了医院，大使还特意询问是否需要SOS转运到南非治疗。老彭还说，幸好我去了创伤急诊中心，告诉他们怎么做，不然会出事的，那些人临床经验还是不足。膀胱造瘘时，看到腹膜后血肿，估计有1000ml。以后看病还是得找有经验的医生，否则会害死人的。

今日出去，办了一件私事，那就是去Max商场买机械手表。上月在Max商场二楼，见到雷蒙威机械手表，款式经典，很是心仪。到店后，见报价3201塞地，可

有7%折扣。老彭说："再优惠一点，给8%折扣。"后来经理同意了，最后成交价是2964塞地。但店里就这么一款雷蒙威手表，没得挑选，就此拿下吧。表带较长，那哥们捣鼓了一会儿，搞不定，也就算了。这是给自己的礼物。

从Max商场出来，我们又去Marina购物中心。几名卖香水的姑娘一见到我们，就热情地招呼我们进店参观。我们从她们那里买了不少香水，相互熟悉。给她们个面子，我们走进香水店，了解了几款新到的香水。然后进超市，给队里买了白糖、猪肉、大葱、包菜等，支出137塞地。自己买了牛奶、青苹果及果汁，花了42塞地。又到丰收超市，买面粉、几种青菜等，花了175塞地。完成任务，返回驻地。

17点30分，去医院看望伤者小曹。今日他精神不错，询问其自我感觉如何，小曹说，就是感到口干、口渴。监护仪提示脉搏快，血压也低一下，提示血容量不足。见伤者在耻骨联合到双侧腹股沟部位有明显的皮下瘀斑，符合骨盆前环骨折的表现。嘱其活动下肢尚可。问其有没有感到腰痛，腰部能不能使上劲。旁边工友说，今日还能挺一下腰。那么就不会有腰椎骨折，而且骨盆后环应该也不会有骨折，故骨盆稳定性良好。造成骨盆前环骨折的原因应该是直接撞击损伤，那就是因未系安全带，人飞起来后该部位直接撞击到副驾驶前储物箱位置。工友说，那个水壶不是他拿着，那么颈部及上胸部烫伤就不是水壶中的热水引起的，可能是发动机水箱的热水溢出造成的，那会造成3°烧伤。重新估计一下，烧伤面积要达到4%。伤者仍然禁食，但肠鸣音比较活跃，整体液体量补充不足。已拍骨盆X片，但不在床旁，没有看到。后来就与陪同工友一起找了值班医生，叮嘱其一定要多给伤者补充液体，因为下胃管、禁食、手术部位有引流管等，要尽快补充足够血容量。从目前情况看，下一步治疗有几个方面：（1）骨折治疗，包括骨盆骨折及右前臂骨折；（2）膀胱造瘘，尿道损伤待排；（3）颈部及上胸部皮肤烫伤，深2°到3°。这些方面虽不涉及性命，但在加纳救治条件可能受限，而SOS后送到南非，或者转运到国内治疗，均可作为选项。明日上午再视病人情况决定。

忙完了，回到驻地，已18点30分。

2013年11月6日，周三，阿克拉

7点20分醒来，早餐是牛奶麦片和一个青苹果。8点40分出门去医院，还要去看望葛洲坝公司的那个病人。

来到神经外科病区。医生办公室装修后，放置了沙发，空调效果不错，故先凉快一下。用手机翻拍了几份影像学资料。其中有1例男性，34岁，车祸伤，为典型

颈椎屈曲损伤，伴有矢状骨折。能将此病例收集下来，对于颈椎屈曲损伤的分型很重要。然后到病房看一下，那位颈椎屈曲损伤的病人已经出院，资料没有收集齐全，有点遗憾。西侧大病房中有几例腰椎骨折手术的病人，其余都是脑科病人。

从病房出来时，遇见Dr Dakurah。有个把月没见面了，故寒暄了几句。我告诉Dr Dakurah，将于12月下旬结束任务回国，非常感谢其的友好合作和关心帮助，我会记住他们的友谊。我亦邀请Dr Dakurah和Dr Wepeba方便时到访广州，希望今后我们有更密切的合作。Dr Dakurah说，他们也在不断地改变、变化着，希望过几年我能再到加纳看看。他专门提到高个女医生（那就是邹琳了），并让我转达他的问候。

由于普外科手术室装修，神经外科手术室被部分占用，手术量减少，但科室人员包括专科培训医生较多，因此事也不多。西区大病房专门隔出一个六人房间，收治小儿神经外科病人，这是为Dr Bankah学习归国后专门设立的小儿外科区域。相对而言，成人病房床位会减少，因此脊柱手术也会减少。加纳社会目前不太稳定，如货币贬值、罢工等，人心惶惶。病人少、医生多、人心浮动，可能是神经外科的现状。

来到创伤急诊中心病房，看望葛洲坝公司伤者小曹。今日小曹自我感觉可以，且告诉我他来自四川。但监护器显示脉搏仍快。我让其活动下肢尚可，抬臀时有腰背部疼痛。再仔细查看烫伤部位，面积远大于原先估计，属于液体流注性烫伤。不仅颈部及上胸部烫伤，还有腋窝、肩部及后背部（未翻身，具体不明确）烫伤，估计面积要翻一番，应达到8%～10%。用纸片粗检烫伤部位感觉，在颈部及肩部均感觉消失，而上胸部烫伤处感觉尚好，故颈部及肩部可能系3°烫伤。伤者双手及双足运动感觉良好，未见神经损伤并发症。目前情况，生命体征尚稳定，伤者神志清楚，主要伤情是烧伤、骨折（骨盆、右前臂）、膀胱造瘘（尿道损伤待排），需要后送回国治疗，且有后送时机。由于医生查房教学，尚未看到X线片，具体骨折情况尚不清楚。我的工作是适时评估病情，提出后续治疗建议。向陪同工友小施交代病情，并请转告公司领导，目前可以后送回国治疗。小曹刚才亦提起拟转至北京治疗，亦有队友说已联系SOS北京方面。

近18点，接到林队电话问："认识ICU医生不？"我说："上午我还看过呢，病人挺好的，准备后送吗？"林队说："下午龚大使也到医院看望病人，烧伤科医生对小曹进行了包扎。现在病人心率快，150次/分钟，血氧饱和度仅90%。"血氧饱和度低于95%，说明有呼吸功能不全，这是新问题。从损伤机制说，小曹不可能有胸部损伤，且为液体流注性烫伤，而不是吸入性损伤，也不会有呼吸道损伤可能。

应考虑因大面积烫伤、伤后禁食，胃肠减压等，伤后一直补充盐水和林格液，导致血容量不足、低蛋白血症、低钠血症等，故要尽快抽血复查血常规、生化及胸部X片。

19点，又来电话说，现在伤者出现烦躁、精神症状，应考虑低钠低氯血症！伤者禁食两天，还胃肠减压，仅补充晶体，没有补充胶体，很容易出现低钠低氯血症以及低血压等。目前伤者已处于失代偿状态，因此有必要转外科ICU治疗。

在加纳发生紧急救治事件，真是叫天天不应啊！即使在克里布医院，真正急救时，他们也忙碌不起来。在克里布医院，一线医生是实习医生、培训医生，类似我们大学刚毕业的医生、研究生，而年资高的医生偶尔才到病房看一下。所以想一下子紧张起来，那是不可能的。而我们国内的医生尽职尽责，有什么事情发生，人员一下子就到位，而且检查结果很快出来，需要怎么救治，基本可以满足。但在加纳，一是慢，二是等，结局要靠上帝保佑。

2013年11月7日，周四，阿克拉

7点50分醒来。今日不去医院，写作"临床经验可靠吗？"杂文。脑子有点迷糊，叙述有点啰唆，写完2700字，已经11点。

今日老父亲住院，要复查一些项目。中午给家里电话，志红接的，后来老父亲接电话。今日没有安排化疗，要等明日复查结果出来后再决定。我说："那就不用着急，要信任他们，就按他们的安排办。"老父亲说："都是年轻医生决定的。"我说："那你就错了，年轻医生只是执行者，何况怎么治疗也不是你关心的事，不用操心那么多，安心治疗就行。"

午睡不到1小时。14点多醒来，上天台晒太阳，接受非洲阳光的沐浴。回房后，继续写作，内容是"医生的人品"。

16点05分，被叫下楼去，与葛洲坝公司人员一起讨论病情。没有自我介绍，除了与几位陪同工友见过面，也不清楚那个负责人是谁。我进会客室时，见队友用手机拍了小曹的X线图片，骨盆前环部分几乎完全粉碎骨折，但骶髂关节等后部结构完整，故稳定性尚可。右上肢为肱骨下端粉碎性骨折。今日CT检查发现双侧胸腔内积液，为少量积液。神经内科杨医生说，目前电解质尚正常，血气有轻度碱中毒，有明显的低蛋白血症，白蛋白仅24G。这些人在一起讨论的目的是往哪里后送。现已伤后第4天，感染问题随后就来，因此不能再拖延下去，需要尽快后送。病人目前胸腔积液，考虑系低蛋白血症等引起，而不是肺部损伤。公司方带来SOS

后送方案，目的地有南非或北京。因为存在胸腔积液、心率快、呼吸急促等问题，我的意见是往南非后送，理由是路程近，安全性比较有保障。另外，我提出，要多补充一些新鲜血浆，烧伤、出血等，输血浆更好。公司方已去购买白蛋白，但明日还是输新鲜血浆为好。因系讨论后送目的地，我发表完自己意见，就离开了会客室。SOS后送南非，空中飞行费用虽少一些（具体不清楚），但具体环节较多，包括联系入境、治疗、医疗费用支出及赔付等，这些费用将相当可观。

吃完晚饭，继续写作。到20点30分，完成《医生的人品》一文初稿，3300字。

22点30分，驻地来了一名华为公司的员工。其双胞胎女儿1岁多。白天在提拉女儿的一个胳膊时，出现左上肢疼痛，孩子哭闹，尚未言语。其去看了几个中国诊所和非洲医生，开了点药，也没说出什么名堂，心里很着急，就连夜跑到医疗队驻地，找我看看。我一看，左上肢自行活动差点，但检查左肩肘均无肿胀，骨性关节位置良好，关节被动活动都很好，检查未见明显异常。可能牵拉引起桡骨小头半脱位，但折腾一圈后，已经复位。所以就叮嘱其现在不需要特殊处理，回去后不要吃药，休息两日后看看。如果孩子不哭不闹、左上肢活动良好，就完全好了。小孩母亲连声道谢，问需要支付多少诊金。我哈哈一笑，说："中国国家医疗队，热情服务，不要诊金。"这可把小孩父母和另一位开车的朋友感动了一番。

2013年11月9日，周六，阿克拉

凌晨3点20分醒来一次，连被子都踢翻了。一看时间尚早，就再次播放音乐，在歌声中继续入眠。早上醒来时，已经9点10分。昨晚睡了近10小时，算是补觉。

上午花了2个小时，写作《医生能拒绝病人吗？》一文，共2500字。本来拟题《医生能拒绝治疗吗？》，后来想想，容易引起歧义和误解，故改以现在题目。拒绝病人，主要指拒绝病人的请求，看上去让读者心里会舒坦一点。

昨晚，华为员工给我发来短信：

孩子今日上肢活动很好，感谢！

2013年11月10日，周日，阿克拉

11点40分，给志红打电话，询问老父亲的事情。老父亲已经出院，CT及B超检查显示与化疗之前没有明显变化，目前病情尚稳定。静脉化疗头两天有些不适，脸色有点潮红，但这次没有打嗝，整体可耐受。这是第4次化疗。按照方案，要进行8

次化疗。本月底有一次，下月有一次，即在我回国前，要完成6次化疗。

今日给志红打电话时讲到，这两年到非洲援非，有时间不去写SCI论文，却去写什么散文集，最后离作家有一截距离，离教授也有一步距离，哪个似乎都没挨着。志红说："要想通，能做一点事，有一点成绩就行了，人不要那么贪，什么都想要，那是要不起的。"

难得余下这一个多月时间，悠点就行。坐时间长了，腰痛；站时间长了，腿酸；用鼠标久了，拇指腱鞘炎也来。现在身体零件和功能基本上都有毛病。这就是人生啊！得到了，就要失去一些东西。何求呢？

晚上上网关注"双11"电商购物狂欢的情况。看来势头很猛，网络力量确实很大，而且购物途径方便快捷，已经改变了很大部分人的消费方式。相信国外一些商家也会关注到这个问题，有生意不做，那是傻瓜。

循环播放降央卓玛歌曲来催眠，大概凌晨3点才睡着。

2013年11月11日，周一，阿克拉

9点45分醒来。姚玲在网上留言，医院开始启动迎春晚会的节目编排，党总支希望科室能出一个节目，结合瞿某人为大学援非第一人、医院援非第一人的事迹，选择一些精彩片段，表现大医情怀。这件事要斟酌一下，不能缺席群众性文化活动。

中午就想晚会节目这件事。15点多才睡，16点40分醒来，准备写文章，但心又野了。越到最后，心里越难平静下来，而且年底事情越来越多。无论如何，即使糊弄式写作，也要写些东西出来，为以后写作留下一些素材或者思想火种，否则回国后更难静心写作了。

2013年11月12日，周二，阿克拉

上午在补觉。睡眠不好，精力不济，索性休息，一个字也懒着写。

现在已是旱季，气温上升较大。下午室内空调在23°，开窗还不带劲，需要吊扇一起转。也许我要走了，就再多给我一点温暖。

2013年11月13日，周三，阿克拉

8点30分醒来。与姚玲在线上聊迎春晚会节目的事。我的援非故事已经被医院列入重大题材，那就不是我们在科室层面折腾了，也不用我费太多心思，积极配合就是。

10点，与老彭一起出去买菜，路上不堵车。老彭说："葛洲坝公司可能想宴请医疗队，在Movenpick酒店。那个伤者小曹后送至南非，这几天都很好。"我说："那本来就不是一个疑难病例。关心的人多了，就会出乱。现在不出事就好。"这个病例本来稳定一下，就可以回国治疗。后来只能送去南非，工作只完成半拉子。现在除了外出买菜，我就不参与此类集体吃饭的活动。要尽量避免外出以及参加集体活动，一则浪费时间；二则安全问题令人忧心忡忡，我管不住别人，要管住自己。老彭说，前两日已将保险搞定，其余欧洲之行事情都由林队自己办理。老彭要继续留守，担任第3批援加纳中国医疗队翻译。

老彭和我一起去Osu那里一家DA-VIVA商店，那是卖丝织品的商店。见到一款有特色的丝巾，90cm宽幅，每件80塞地。买了5件，花400塞地。可惜仅有三种花样。这丝巾写着意大利制造，不过贴的是非洲品牌。

回国带什么礼物确实是让人头疼的事。幸好早着手准备，可以一点一点地补充齐全。争取在加纳把一些小礼品搞全了。到了欧洲，游玩是主要的，适当购买一些礼品。为老人带的，那就是羊毛长围巾，可能要买4条。为女士带的，就是钱包、手拿包、丝巾等，起码要准备10份。为男士带的，除了打火机、领带，好像没有别的东西。只是这些东西太不实用了，还要费心思量。不然就是烟酒，可以在机场买一些。

今日签名改为：

坐久了，腰痛；站久了，腿酸；看电脑久了，眼花；鼠标用久了，腱鞘炎也出来了。看来该收摊了！

2013年11月14日，周四，阿克拉

110点多，上天台晒太阳。回房后，冲了一杯牛奶麦片，作为早餐。

一个月后，第3批医疗队就要启程到加纳，不知他们现在做何感想。对于我来说，因为有收获，所以很充实。

19点多，收到志红短信：

《中国脊柱脊髓杂志》于11月22日召开编委会，特快专递邀请出席，事关换届选举，如不能出席要及时告知请假。

其实，杂志社对我援非一事很了解，去年我还成了优秀编委。假如这次换届能成为常务编委，那就好了。这两天及时审毕1篇稿件，并向杂志编辑部去信请假。

2013年11月15日，周五，阿克拉

今晨4点才入睡，9点醒来。

9点50分，老彭来电话说，司机Oxward又说刹车机油漏了。这小子现在不是说漏机油，就是说漏雪种，已经学聪明了。看来这本地人不能雇佣太长时间，否则也会跟你玩花样。老彭说："要找房东Susan说说，准备换一个司机。"就是，给点钱无所谓，是我愿意给的；但玩阴招不允许，那会将助长社会邪气！要尽快灭了它！

右手拇指出现拇长屈肌腱鞘炎已经有段时间，现在屈指还行，伸直就痛，可能与前段时间鼠标用多了有关。已用法斯通局部按摩，但效果不明显。这几日不想写东西，有点排斥使用鼠标。

11点40分，给家里拨了个电话，询问老父亲情况。主要天气冷了，我那些衣服可以穿，别受凉。另外，老父亲晚上起夜多，影响睡眠，那是没有办法的事，只能晚上少睡，白天补觉。吃的食物，自己调整，照顾好自己。坚持这段时间，等我回国后，化疗完成6个疗程，再看看如何安排后续事情。

Oxward修车回来，老彭让我拿80塞地修理费下楼支付。见到收据却写着115塞地，老彭气愤地说："这是不守信用，明明说好80塞地修理费用，怎么又变成115塞地呢？"最后我们只给了80塞地，让司机Oxward送过去，还教训其要信守诺言。

2013年11月18日，周一，阿克拉

9点醒来，见到一封邮件，系《中国脊柱脊髓杂志》卢庆霞主任的回信：

瞿教授：您好！首先谢谢您多年来对编辑部工作的支持！从您单位已经知道您还未回国，很遗憾您不能参加此次会议。本次编委会换届将聘请您为本刊"常务编委"，会后给您邮寄证书。您对编辑部工作有什么意见和建议，您可E-mail发至编辑部。再次感谢您的支持！

"常务编委"！这与自己愿望一致，也是自己学术上的一个进步。以后要继续努

力啊。一早起来，有如此好消息，倍添愉悦心情。

2013年11月21日，周四，阿克拉

9点30分，与老彭一起出去。先去加纳卫生部，再到Marina购物中心，买了2个Sisley（希思黎）手提包及1个长款钱夹，打折后共400塞地。而后到Outlet Italia店买了2个长款钱夹，打折后每个240塞地。最后又转到上次买法国衬衫的店，买了那条褐红色纯羊毛围巾，330塞地。此次购物共支出1100塞地，超爽！现在手头余款仅400塞地，留待下月初买丝巾。

在路上，老彭说："你买了那块雷蒙威机械手表后，同款手表就没有了。加纳商店进货基本上不重复，以保持个人使用的独特性。"这不像中国商店，同一款式可能码成一堆。老彭还透露一个消息，去欧洲每人会携带1000欧元，那够我花一阵了。

我们接着驱车去丰收超市买蔬菜。买了空心菜、大白菜、小白菜、黄瓜、苦瓜及豇豆，并给林大厨带了包香烟，共205塞地。12点20分返回驻地。

13点收到小杨妻子的短信，其已到加纳几天，本想过来当面道谢，但不会讲英语，而且患马拉利（疟疾），故只能发个短信道谢感恩。我回复：

那你赶快抓紧时间治病。不要客气，多保重。

杨妻后来回复说：

瞿教授，看见你的回话，我就想哭，在异国他乡，小杨幸亏遇见了您，大恩大德一辈子都记挂着。谢谢。

2013年11月22日，周五，阿克拉

今日去荷兰大使馆签证。

6点20分醒来，比闹钟预定时间早10分钟。早餐是牛奶和饼干。姚玲来短信，要我提供一些图片及影像视频资料，拟用于医院春晚节目。在网上给姚玲留言：

可以找琳玲姐要一下图片和视频资料，现网络常卡壳，不容易发回去。

7点30分，我们9人拿上签证资料，去荷兰大使馆。于8点就到达大使馆领事部，申根签证都在那里办理。

因已在网上预约，故门卫核对姓名以及签到后就允许我们进入使馆区。使馆了解我们属于团队签证，故等其他散客办理差不多了，集中办理我们申请。先核对签

证资料齐全，再取指模，最后面签（interview），很快走完程序。我们在10点就结束递件，下周五下午领取护照。

等候时，我有心观察了这个领馆大理石建筑。令人感兴趣的是，玻璃窗户是长方形的，但窗户外面遮阳板却有讲究。其为上窄下宽的菱形，百叶式钢板结构。顶起百叶窗的是液压结构，收起百叶窗，恰好嵌入墙体，因此想从外部翘窗进入内部是很难的。显然这种设计是为了防止外部突袭。真是用心良苦！

签证结束后，我们到翠竹园中餐厅进餐。到中餐厅时，才知道其11点30分才开始营业，故驱车前往Marina购物中心。这次我又把二楼那几个店全逛了一遍。在Outlet Italia店，看到钱夹款式基本雷同，那就没买什么；那些女式包都比较大，也就算了。在Daviva店，只有衣服和布料，没有围巾。在Givenchy店，那些包均没有明确注明生产国，且只有钱夹买得起，也算了。在另一家服饰店，有丝巾卖，一看产地是中国，更没有意思。最后转到科特迪瓦人开的那家服饰店，还是把那条羊毛围巾买了，385塞地。比昨天买的那条贵，真不知道贵在哪里？太低档的商品，买回去没有多大意思，不如买几件像样一点的，心里也有一点宽慰。这样，口袋里购物的资金基本花完，余下200塞地作为零花钱。钱花完，省心又省事。

11点30分，返回翠竹园中餐厅，在那吃了顿午餐。12点30分结束，返回驻地。吃饱了，困劲上来，在车上就睡着了。

下午收到花城出版社殷编辑邮件，并寄来《心儿向着远方》散文集最终校样，为PDF格式。这真令人高兴啊！一步一步地走过来，已经到了临产阶段，我的散文集即将面世！就像这援非生活，也到了最后关键时刻。今天恰好距撤离加纳还有整整一个月的时间。这事件一件一件地完成，自然心里有说不出的喜悦，自己对得起自己！

初步浏览一下清样，不禁热泪盈眶。有道"言为心声"，文中每一行字都是自己的心血，自己与自己的对话，都深深地印刻在自己的心中，怎不让人为此倾情呢？我以我的努力、勤奋和汗水，奉献给这世界一份别样的礼物！

签名改为：

收到散文集清样，刚看几页，早已泪流满面，我以生命来追求自己的人生。

2013年11月23日，周六，阿克拉

7点醒来，关了空调，开窗通风，呼吸一下早晨的清新空气。

8点25分王泽过来，问我今日去不去买菜。我说："我就不去了，你和林大厨出

去吧。坚持、再坚持，也就一个月时间。"王泽说："好无奈呀！"确实如此，人家都在休息，我们每周要重复做一件事，外出买菜。虽已没有新鲜感，却要一直坚持，确实无奈！因此，做一件事并不难，难的是怎么坚持，如何坚守。如此看来，时间才是检验一切的标准。这也是自己一直持有的观点，坚持才见真功夫。援非两年，什么都不用说，时间已经说明一切。

午睡起来后，校对散文集清样。清样连扉页共379页。经过殷编辑周到的修改、润色，现在前面几篇文章比原先好了不少，非常感谢她。要参考志红校对意见，再提交最后校对稿。看自己的稿子，并不能静心进行。或者我属于那种只顾创造新事物的人，看过去的东西，总觉得已经成为回忆，自己感动一番可以，仔细去斟酌，却没有那些心思了。

晚上林大厨又做了烤龙虾。龙虾是特马小张送过来的，很新鲜。如此美味，所以又喝了两杯花雕。

2013年11月24日，周日，阿克拉

醒来已8点50分。起床后继续校对清样。13点，终于看完一遍校样。有一些错别字、标点符号等问题，经过编辑修改润色，比原先初稿顺眼不少。给志红打电话，她这一天也在看，有点疲倦，已经躺下休息。我让志红将发现的问题归纳后发给我，汇总后再发给殷编辑进行修改。校对真的是件苦差事。

下午把头发给剃了，头皮要晒晒太阳，否则会起疖子。回国前还要剃次短发，这种自助理发任务差不多可以结束了。17点吃完凉拌黄瓜，睡到18点。晚上林大厨做了烤羊排，咬不动，最后都给了队犬Harry。自己做盘水捞小白菜，糊弄自己的胃。

18点15分，中石化公司送来一名伤者。系29岁年轻人，姓高，打篮球时损伤右肩部，直接就从球场来医疗队驻地。这两年时间接诊这种运动伤不下20例。这些人在国外也像在国内一样拼命运动，最后"自取其伤"。我看到伤者疼痛明显，右肩呈方肩畸形。伤者说感觉手有点麻，主要疼痛和活动障碍。我让他赶紧去医院照X线片，需要明确损伤情况。陪同的3名小伙子哪里都不熟，口袋里连现金都没有。我让他们向林队借钱，然后用绷带悬吊右臂，吩咐非洲司机送他们去克里布医院拍X线片，检查出来后再返回医疗队驻地。

19点30分，该中石化员工返回我们驻地。X线片显示其右肱骨头前内下脱位，未见骨折。在治疗室里，我施行手法复位，过程顺利。林队全程DV录像。只是自

已就穿着运动短裤，有点影响形象。嘱咐三角巾悬吊固定3周。中石化公司有3名小伙子在场，我们这边是林队和另一队友在场，让他们见识了一下老军医的风采。

20点，拟写2013年工作总结，计350字：

继续深化与加纳同事的医疗技术合作。协助开展临床新技术2项，包括侧后方入路胸膜外胸椎结核病灶清除内固定术、胸腰椎关节突融合内固定术等。上台手术3例，参与术前规划10例。共同开展颈椎屈曲损伤和后伸损伤的临床研究，已获得初步结果。赠送主编《脊柱内固定学》专著2册，协助引进耳脑胶、人工脑脊膜补片等药品器械，为加纳脊柱外科发展提供力所能及的帮助。为加纳乡村学生群众义诊1次，共44人次；为中资企业巡回医疗2次，开展医学讲座、健康咨询及送医送药等，达70人次；接诊中企员工、当地华人42人次，其中急诊8人次，关节脱位手法复位4人次，无缝对接安全后送伤员回国治疗2人次，周到服务受称赞。出版援非散文集1部，30万字，此开在职援非队员出版援非文集之先河。援非先进事迹入选广东省援非医疗队事迹报告团巡回演讲汇报，社会反响良好，获得好评。

然后给花城出版社殷编辑去信，感谢其细致、周到、专业的服务，使《心儿向着远方》散文集得以顺利出版。作为一名援非队员，在援非期间能出版一部散文集，已开援非50年历史的先河，由衷感谢殷编辑和花城出版社。

好像今日做了不少事，感觉挺不错的！

2013年11月25日，周一，阿克拉

下午收到姚玲寄来的"大爱无疆，情洒南医"舞台剧脚本，写得不错。情节引自散文集中《我要去加纳》一文，不知谁的改编杰作。按照其中要求，收集了一些资料照片，供制作PPT文件，于20点30分发过去。此事亦算暂告一段落。总不会让我上台演自己吧！不过我没有那个表演天赋，我有自知之明。

做自己的事，让别人去决定。多数人生就是如此，这是无可奈何的事。一个人能做的应是追求自己的内心世界，而不是身外的纷纷扰扰。幸好有一部《心儿向着远方》记录着自己这一段历史。这点要特别感谢中学语文老师！

2013年11月27日，周三，阿克拉

早上洗漱完毕，就开始第2次通读散文集清样。我细看了一下志红提出的11处修改意见，竟然与我的校对结果毫无相同之处，这点令人诧异。关注点不同，所

以要互补。结合第1次校对发现与志红的意见，逐条写出来修改意见。如"分"和"份"不是很清楚，即使上网查找这两字的区别，也没有十分把握。说"分"比较古老，而"份"仅是一份报纸、省份、份子钱等，应用比较局限，所以认为"那分宁静""那分耐心""那分寂寞"等还是正确的，可能殷编辑已经有意改正。不过，今日校对之后列出36条修改意见，还是有收获的，力争将差错减少到最低限度，奉献给大家一个精品。到了18点，终于完成校对任务，并将校对意见发给出版社殷编辑。

10点，与老彭一起出去买菜，就跑丰收超市。为队里买了菜心、小白菜、丝瓜等。自己也买了点白菜、小白菜和黄瓜等，补充一点蔬菜，可以少吃点肉类和米饭，总共花了157塞地，然后就返回驻地。

路上，和老彭聊起这个援非收获。可能每个人的感受都不一样，援非2年，仅上台手术39例，我很坦然地这么写援非总结，因为我不需要靠数据浮夸来抬高自己。外科医生是拿刀的，没有手技，那就啥都不是。谈起前两日为中石化肩关节脱位病人手法复位之事。幸得老彭提醒，才叫我下去一展老军医的丰采。谈起回国后去处，老彭说："像你这样的医生不去当医生了，还是蛮可惜的，因为病人还是需要你这样的医生。"我说："那也没有办法，因为身体不许可，就要急流勇退，否则身体垮了，最后收获一个零蛋。"

晚上结算了一下本月的买菜款项，预支1000塞地，共支出939.87塞地，余60.13塞地，把库存的钢镚全给王泽了。这个月结束，医疗队账目将封存。还有3周时间，主要购买蔬菜。肉类及鱼已装满冰箱，可以留给下一批医疗队享用。

每天能干一件事，就是收获。

2013年11月28日，周四，阿克拉

6点30分醒来。将任期考评表寄给姚玲，被告知还需要述职报告，就在任期表个人总结基础上加几行字，姑且作为述职报告。这几天写这些总结材料很多，有点心烦。明日还要援外任期考核，而今日要递交给医院的材料。

14点，完成给组织人事处并转医院党委的一封信。

组织人事处并转医院党委：

受医院的派遣，我于2011年6月入选第2批中国援加纳医疗队，2011年7月参加在广东外语外贸大学举办的为期四个月的援外英语封闭式培训，2011年12月20日奉命出征，赴非洲加纳共和国执行援非任务。根据国家卫健委的安排，我将于2013年

12月22日结束援非工作，撤离加纳，绕道欧洲回国。预计于2013年12月31日下午6点许法国航空公司航班到达广州白云机场。

作为南方医院首位援非干部，倍感光荣，虽有艰辛万苦，但在医院党委、各级领导和同志们的鼓励、支持和鞭策下，时刻牢记祖国的重托，忠实履行使命，勤恳工作，从不懈怠，圆满完成国家赋予的两年援非任务：

①忠诚祖国，不辱使命。援非工作是国家大外交工作的重要组成部分。在驻加纳中大使馆和经商处领导下，严格遵守援外纪律，努力工作，积极开展民间外交活动，服务国家的外交大局。两次受命到移民局监狱对被捕中方采金工人进行健康查体，送去祖国的关怀，并参加遇难工人的法医尸检工作，为中方交涉提供证据支持，切实维护中方的权益，受到使馆的充分肯定。两次参加下乡医疗巡回活动，为加纳乡村民众送医送药，加深中非人民传统友谊，亦赢得加纳方面的高度赞赏。

②拓展合作交流，探索援非新途径。根据受援国的国情，在学科规划、人才培养及技术交流上，积极拓展合作空间，协助制定学科发展规划，引进、开展多项脊柱外科新技术，并实现邀请加方专家到国内考察访问，搭建合作新平台，更好地造福加纳人民。

③提供精诚服务，解华人后顾之忧。在加纳的中方机构及华侨华人众多，在为使馆外交人员提供健康保障的同时，不辞辛苦，为中资企业、劳务人员及华侨华人提供精湛的医疗健康服务。多次到中资企业工地进行医疗讲座和咨询，积极救治因伤因病的华侨华人，并为后送回国治疗人员提供无私帮助，得到了广泛称赞。如"无缝对接式"后送伤者小杨到南方医院接受治疗，在华人中反响很好。援非工作并无波澜壮阔的惊人壮举，也是平平淡淡的平凡工作，大家在不同的地域，共同实践"为国效力"的诺言。

两年援非，是人生难得一段经历，个中艰辛，自己品味，尽管会失去很多，但是失去的都是微不足道的，而收获的才是真正宝贵的。这些收获是：

①信仰更坚定。非洲两年的生活就是自己灵魂的洗礼和净化过程。一个人只有代表祖国出征，才知道祖国在心中沉甸甸的分量，才知道自己肩上的重任，才会更坚定自己的信仰，才就是忠于祖国、忠于人民。

②思想有提高。家事、国事、天下事，事事关心；援非工作是国事，也是天下事。为非洲人民服务，就是"为人民服务"思想的延伸。两年援非工作，不但使自己思想进化，也更加珍惜服务人民的机会。

③发展更全面。援非两年，无论是对学科发展和医学教育制度考察，或者对医疗制度和社会制度的思考，或者对国际问题的研究，都极大扩展自己的视野、丰富

自己的知识、加深自己的认识，身心得到全面锻炼，使自己在知识、能力的提高更加全面。

④成果颇丰硕。两年援非间，取得三项业绩，一是主编出版148万字的《脊柱内固定学》，二是获得1项资助额75万的国家自然科学基金项目，三是出版30万字的援非散文集《心儿向着远方——我在加纳的援非经历》。此业绩已经创造了援非50年历史上的一个传奇。而担任国际华人脊柱学会第一届理事会理事、中国脊柱脊髓杂志常务编委等学术职务上进步，更表明自己的援非工作亦收到学术界的肯定。

两年援非，毫末成绩，本不足挂齿，但医院和学校给予很高荣誉和鼓励。两次被评为南方医科大学标兵个人。在医院的大力推荐下，援非事迹入选广东省卫生厅和广东省委宣传部组织的"广东援非医疗队先进事迹报告团"，在省内巡回演讲报告，社会反响良好。有关援非事迹也在新华网、南方网、健康报等报道。2013年10月新华社《内参》上亦登载个人援非事迹以及对援外工作的建议（本人级别远远未到，故未看到具体内容，系被转告，仅此报告，不承担核实责任）。

两年援非，沐浴恩情不断。承蒙医院党委、各级领导和同志们的关心、支持和帮助，给予我无穷的援非动力，鞭策自己为医院、为学校争光的豪情。林加兴书记远赴万里来非洲慰问，倍感作为南方医院一员的荣幸，也激励自己不断奋进。尤在父亲罹患恶性转移癌之时，学校领导关心，全院上下鼎力帮助，让我感激万分，铭记在心。南方医院这个大家庭让我有无比的感动，让我切实感受到这个集体有无比的温暖，切实感受到代表南方医院出征有无比的自豪。

两年援非即将结束，回国又开始新的征程。由于自己右小腿静脉功能不全，肌肉变性（出国前MRI检查已发现），静态站立1—2小时，肌肉就呈硬石状，已无法继续坚持外科临床一线工作，故向医院请求转型管理或者教学工作。此请求并非基于个人援非的功劳或者苦劳（那也太小看我了），而是基于自己身体的考虑，期望继续力所能及之事，为医院建设再尽一分力。恳请组织上综合考察个人的具体情况，予以考虑，并谨致谢忱。

最后，请派车于12月31日接我归队。

此致

敬礼！

瞿东滨 于加纳

2013年11月28日

下午填写了援非年度考核表及民主评议表，还有一份任期考核表明日完成。上述给医院材料中总结部分有三点就抄到任期表中，也算一个了结。这些东西对自己来说，都是虚的，按照要求完成即可。

2013年11月29日，周五，阿克拉

9点30分，给家里电话，老父亲接的。昨日老父亲入院，检查发现中性粒白细胞很低，故无法按计划进行化疗，要先升白细胞，等到下周才能进行化疗。我问老父亲："有没有腿酸、疲乏、无力等？"回答说还好，而且听声音也比较洪亮。化疗方案可能要根据情况进行调整，可能最多只能完成6次化疗。回国后再找廖主任征求一下意见，可能需要适时停止化疗。这几天广州天气冷了，东征已经把衣服寄来，家里还有军大衣等，都可以保暖，千万不能受凉。

13点收到殷编辑来信。用语规范方面，其比我有经验；提出一些修改意见，都比较认同，也从中学习不少知识。散文集要出版了，那令人兴奋啊！自己的一番心血，最后凝结成果实。不兴奋，那是不可能的！现在仅封面设计没有解决，拟向殷编辑建议，以"卖水果的女孩"那张图片作为封面背景，毕竟一看就知道是非洲。

晚上早早上床休息。22点多，有队友将因公护照送过来，下午从荷兰使馆取件回来。申根签证拿到了，下一步就是欧洲之行。

只是折腾一下，睡意全无。到凌晨4点多才入睡，数不清听了多少遍降央卓玛的歌。

2013年11月30日，周六，阿克拉

9点王泽出去买物品，我就不出去了。专门找了林大厨，察看冰箱库房的存货。肉类较充足，米面也够，油盐酱醋充裕，仅需买几瓶花雕料酒，另外就是蔬菜购买，因此应支出费用不多。

9点40分，给女儿打个电话，询问近期情况。最近她课题事情多，很忙，更要注意身体。女儿说，学校里在搭招聘会的台子，下周澳洲及新西兰大学招生咨询也会进行，会去了解一些情况。因为持有中国护照，尽管在新加坡学习多年，可能还要考英语等。我也说，现在做事，就是伸出一只手，五个指头一起出去，抓住哪个是哪个，读书、工作、事业、恋爱、婚姻等，哪个顺当了，就把那个事情解决了。女儿刚给志红打完电话，去外面食阁买晚餐。志红一直提醒我要关心一下女儿，所以打个电话，先稳定其情绪。越是到毕业时候，孩子的心理越复杂，需要及时疏导。

16点30分，收拾抽屉里的物品，竟发现有张50塞地的MTN充值卡。看来不把边边角角都翻遍，可能就会有遗漏。要用一个纸箱，将几本书以及枕芯、床上几件套、羽绒背心等装箱托运，途中不需开箱。而大行李箱中就是途中要穿的衣服、背包、三脚架等。小行李箱里放冬天旅欧的行装。另手提两件，一是摄影包，二是电脑包。如可以，电脑包亦放到小行李箱中。在欧洲购物把大行李箱装满就可以了。还有一个背包，在机场免税店购买酒类及巧克力。要为老父亲、老母亲买厚围巾。

19点20分，突起大风，刮黄尘，天边闪电光，好长时间没见到如此沙尘暴了。

21点30分，收到志红短信，提醒要记得把相机的充电器带回来。这么早就醒来了，看来志红与我一样，随着归期临近，有些兴奋和激动。我打电话回去，说了几件事。一是与女儿打了电话、聊了天；二是完成校对工作，尚待封面设计；三是申根签证下来了，准备欧洲之行；四是给医院党委写了一封信，表达转型意向。同时，也讲了援非两年，一本散文集，就是最大的收获。谦虚一点，援非历史上绝无仅有；张扬一点，那是前无古人后无来者。什么都不用说，散文集代表我的心。就像自己给医院信中也写许多收获，那都是虚词，让别人可以看到的收获才是真正的收获。这一点，我做到了。只是按照目前进度，12月底能拿到书。封面决定后，要尽快完成海报，回国之前就要张贴，否则回国后再搞就有点变味。聊了40分钟，才上床休息。

入睡是23点30分以后的事。11月份又过完了。

2013年12月

2013年12月1日，周日，阿克拉

10点36分，与女儿线上聊天。谈到散文集封面设计，女儿建议用非洲土屋作为背景。女儿上传其设计版本，我说自己的看法，就这样她反复修改，不停往返。花了1小时，终于落锤。女儿真有才，帮助我最后定夺封面设计。而我便给出版社殷编辑去信，决定采用非洲土屋图片作为封面主设计。

林队过来说，后面两周时间计划用500塞地买菜，仅购买蔬菜（叶菜及瓜菜），其余不用买。林队也说，我们就住在现在的驻地房间，22日晚18点出发到科托卡机场，21点30分飞离阿克拉。下批队员来后，他们就在附近酒店食宿，两队偶尔聚聚。

12点54分，女儿发来一幅卡西欧G-shock手表图片，说想要这款运动型手表。我说："那不用多少钱，友情赠送。"本来想送她一款机械表，志红说以女儿的喜欢为前提。后来女儿建议我和志红同时上网，群语音聊天，国际交流。但女儿的声音很小且有杂音，女儿折腾半天，可能电脑出了问题。最后成了我和志红聊天，她在那里文字输入，让人觉得有点怪怪的。我们商量一下，准备明年1月10日去新加坡一趟，看望女儿，并送点给养。很不习惯这样的聊天方式，总觉得两人在聊天，而另有一人偷听似的。而且要静坐在电脑前，时间一长，颈腰部不太舒服，所以14点就下线休息了。

17点沐浴更衣，端坐在沙发上，观看嫦娥三号发射直播。每一次看到火箭升天，总有一股暖流激动在心头。作为二炮的老兵，那种感情依然在心中荡漾。哪一天一定让人写条横幅"号手就位"，放在自己办公室中，时刻提醒自己以前那段艰苦的岁月。

2013年12月2日，周一，阿克拉

7点30分起床。脖子似乎又被虫子爬了，赶紧涂抹软膏。请Oxward帮忙买2桶饮用水，给了他3塞地小费，把他乐得合不拢嘴。上网仅见1封邮件，系《中华外科杂志》审稿通知。

9点30分，给冯岚去电话。昨日中午她和张永刚主任一起就餐，刘社庭主任也在。大家很关心我，谈论起我的事。说起散文集，大家不清楚书名为什么叫《心儿向着远方》。正解反解不少，比较逗趣。冯岚说："因为跑了很远，所以心里想着国内呗。"我说："怎么都是现实主义者呢？不会浪漫一点？"科室节前迎春活动定在元月17～18日，地点选在河源市万绿湖。

昨日厦深高铁试运行，本月26日正式运行。如果老父亲身体许可，那么春节前可以坐动车回老家。今日老父亲开始第5个疗程化疗，本月底再行一次化疗，然后需要休息一段时间。刚好临近春节，可回老家散散心。加强营养，扶正培元，这对后续治疗很重要。医疗工作最后归结到一个哲学问题，即如何选择平衡点的问题。

11点10分，拨打家里座机电话，志红接听。后请老母亲讲话，询问老父亲化疗情况。老母亲说，今日上了一次化疗药物，下午已办出院。前两日给了升白细胞的药物，效果比较明显。今日化疗后有点疲惫，但是吃喝还可以，休息两日应可以缓过劲来。前两日给老父亲讲了，按照目前情况，可能进行6个疗程化疗后，需要休整一段时间。毕竟岁数大了，如持续化疗，身体不一定吃得消。老母亲说，上月复查CT及B超，医生说目前病情控制尚可。那么现在要养身体，就像坐月子一样，把身体养好，才有抗癌本钱。老父亲胃口还可以，肠子也通畅，小米、红豆、花生、排骨、瘦肉、鸡、猪肚，以及桂圆、枸杞、红枣等，不时轮换着吃。这段时间可苦了老母亲，毕竟亦是古稀老人。我鼓励老母亲，再坚持一段时间，等我回国后就有一位帮手。广州天气没有连江冷，但有时风大，一定要注意保暖，那几件军大衣很管用。然后叮嘱老母亲，走路要小心一点，冬天腿脚不便，什么都慢一点，千万不要着急。厦深高铁月底通车，如回老家过年，可以考虑便捷交通，并观赏沿途风光。听老母亲的声音，心情还不错。老母亲瘦小羸弱，关键时候却无比坚强、坚韧。

午睡1小时。15点多醒来，上天台晒太阳。16点10分回到房间。将签名改为：不是心儿向着远方，而是心儿飞到哪儿去了。

晚上开启最后一支法国葡萄酒，与林大厨一起分享。无论日子怎么样，都要生活，都要学会享受。这点也是援非的一个收获。现在仅剩下1支5L西班牙Sangiovese葡萄酒。那是为房东Susan兄弟看病后获赠的。有意思的是，酒标上有"DAMA 5 LITRI"字样。哈哈，竟然是"大妈"，西班牙语为"贵妇人"！

2013年12月3日，周二，阿克拉

中午收到冯岚发来的宣传海报设计。海报已改为竖排，比横排收敛许多。海报

设计有些意境，相信可达到预期效果。既要做事，又要低调；既要感人，又要自然；既有诗意，又不做作。这宣传真有不少技巧。待出版社寄来正式封面设计，即可制作宣传海报。如出国援非前张贴海报一样，拟回国前1周张贴海报，慎终如始。

下午观看电视剧，以打发时间。17点30分，又刮起沙尘暴，下起倾盆大雨。似乎要把阿克拉的天空洗刷一遍，准备欢迎这一拨来自深圳的医生。

2013年12月4日，周三，阿克拉

6点30分醒来，收到殷编辑发来的邮件和几幅封面设计图，还是中意和女儿一起设计的"非洲土屋"封面。"非洲土屋"图片位置亦有讲究。如果图片跨据勒口部分，则封面较呆板，没有高低之分，且中心位置为草棚，不具美感。如将图片往左挪，勒口部空白，则封面中心区有高树及小截红土路，画面显得错落有致，富有层次感，画面相对平衡，效果就出来了。确实如殷编辑所说，那"非洲土屋"图片是在行进车上抓拍的。虽清晰度不高，但有种朦胧美感，可说明非洲一些景色只能远观，远看很美，近看不行。图面中有一截红土路，正说明人在路上。另外，封面书名字体中规中矩，可能要换成飘逸一点的，如廋金体，可以寓意一种活跃的思想活动。

11点50分，与女儿联系，向女儿讲了我的看法。女儿倾向于书名竖排。我觉得竖排书名字小，显得比较拥堵，还是倾向于横排。

午睡1小时，起床后看电视剧。15点30分，又下起一阵瓢泼大雨。这段时间如同进入雨季一样，不过仅过15分钟，雨就停了。房间里小虫子似乎多了起来，不时造访我的手足。只能常开空调，把室温降下来，那些虫子就被冻僵了。

16点30分，给殷编辑写封信，确定最后封面设计。最后一个环节完成，大功告成。

说实在话，这部援非散文集《心儿向着远方》并不着力描写在非洲的生活，而是借助非洲这个窗口来认识人生，认识这个世界，因此更多的是我的人生观、世界观、价值观的呈现。文字只是思想的一个载体，没有思想，任何文字都是苍白的。只有思想，才会引人思考，才会令人印象深刻，才会令人难忘。文如其人，这部散文集充分体现了我对人生的思考，充分表现了我内心的豪情、温情、柔情。我写作的目的是认识自己，而不是刻意渲染非洲的生活。

2013年12月5日，周四，阿克拉

9点30分，收到殷编辑寄来的封面改样及扉页设计，符合自己的要求，故去信确认，并将此封面设计图样转发冯岚处，请冯岚协助制作海报。

《心儿向着远方》散文集以很好的封面设计和图文效果，高质量地呈现在读者面前，绝对会让很多人惊讶（当然，散文也写得优美）。非常感谢家人和朋友的支持，成就我人生中的一段传奇。

10点，带着司机Oxward出去买菜。到丰收超市，运菜车未到，遂去Lara超市。在那里，我给自己买了牛奶、苹果、饼干及黎巴嫩饼等，花了55塞地。然后又回丰收超市，给队里买了蒲瓜、小白菜、豆腐、洋葱、花雕酒等。昨日大雨，今日小白菜均拖泥带水，不敢多买。蒲瓜简单易煮，买了10多个，可以打发一阵子。买菜花了152塞地。卖菜小弟要开票，我说现在可免了。本队账目已封存，这2周菜金500塞地，花完即可。可能下周一及周五还要出来买些蔬菜，则援非两年买菜工作宣告结束。回到驻地不到12点。

午睡1小时，醒来后见窗外阳光明媚，就上天台晒了会儿太阳。一会儿，门卫Tier也上来查看储水罐水位情况。我惊讶地发现，Tier已学会用敲击罐体来判断水位。以前他要搬来一把竹椅，站在竹椅上，打开储水罐的顶盖，吃力地望着里面的水位。有一次被我遇见，我就告诉他，可以通过敲击（叩诊）罐体来判断水位，而不需要爬上去看。今日见其已学会，不禁有点感慨。

2013年12月6日，周五，阿克拉

今日是Farmer's Day（农民节）。去年农民节是12月7日，那天举行加纳总统大选。一晃，一年已逝！再一晃，援非两年结束！人的一生做不了几件事，有时想想，甚感悲哀。想做的，不一定能做成；而没想做的，不经意间却做成了。出来援非时，就是想留下"援非日志"，并未想写什么散文。最后，在大家的鼓励下，散文却结集出版，心中那一份文学情怀又被挖掘出来。世界总在不断变化中，能做的就是适应这个变化。这两年时间，除了那些"援非日志"外，我还收集了外科手术器械图片，完成《关于看病哲学》大部分杂文。以后如有闲时，不妨再折腾一番。一年耕耘，来年收获，我也成了一位辛勤劳动的"农民"。

曼德拉逝世了！全世界都在关注这位传奇的老人，连加纳网络上也是这些内容。很多人将曼德拉入狱时的讲演"为了理想，我愿牺牲自己"分享到网络上，以

缅怀这位伟大的战士。

2013年12月7日，周六，阿克拉

7点30分醒来一次。等到再次醒来，已经9点50分。今日志红去花都第二工人疗养院，参加农行优秀职工疗养，次日返回。

11点07分，收到志红短信：

住在梯面镇。老爸今日抽血，可能结果不太乐观，怕得要命。打个电话回家吧。

11点20分，拨打家里座机，老母亲接听。我详细询问老父亲的情况。这两日，老父亲出现低热、胃胀、食欲差、晚上尿少等症状。早上抽血检查，白细胞1.2万，中性约72%，谷丙转氨酶59，谷草转氨酶504。去医院开了一些药，已停化疗药物。我一听，担心是癌性低热，看来情况要急转直下。我嘱咐母亲下周一找廖主任看一下，要积极地保护父亲的肝脏，让其少吃多餐。如果需要，则住院进行支持性治疗。而后我也跟老父亲通话，安慰老父亲的情绪。

挂了电话后，我又给东征打电话。东征下午亦跟老母亲打了电话，已知道情况。我说："现在情况有点不妙，担心癌性发热，要有思想准备。"东征说："要不要接回老家？"我说："目前还没有那么急迫。"最好等我回国再作决定，一般坚持三周时间不会有什么大问题。我说："还想等到元月送老父亲回老家，可以乘坐厦深高铁，看看沿途风光，不知有没有那福气啊。"

现在我才明白，昨晚半夜临睡时，怎么心里会咯噔一下。看来真有"天人感应"啊，总有一种预感会提醒我。不过，心里纵有万般不舍，但父亲术后能好好地活几个月，能吃能喝，能走能睡，也是一点慰藉。

这样看来，散文集出版通讯稿下周要发，而海报要提前1周张贴。希望出版图书尽快到手，让老父亲能看到我的作品。本来想高高兴兴地回国去，现在看来要带着一分愧疚回家。毕竟老父亲病重，我却花时间绕道欧洲回国。但我曾对卫生厅承诺，我要陪大家安全回国。只有安全回到广州那一刻，援非任务才算圆满完成。

午睡1小时，16点30分醒来。上天台晒太阳，心里则想着老父亲的事。如果这种低热一直持续，那只能再撑两个多月。老父亲的仁兄弟中，就他一人念书，出来工作，这辈子应该是比较幸运的。如说知足，这就应该知足。但面对死亡时，心里肯定会有恐惧，无法坦然面对。我不知道哪天我会面对死亡（有几次死里逃生），但至少要活得快乐，快乐地活着。活着就没有权利去浪费快乐的时光，活着就要去

做一些自己想做的事情。这是人生观问题，并不是多吃几年饭就能解决的。看来今后的路，要写一些人生哲学的东西。

2013年12月8日，周日，阿克拉

给校园网的通讯稿今日定稿，并发给姚玲，为我的散文集预热一下，并嘱咐其帮忙制作海报。节奏要加快，要以快打慢，在短时间内，在南方医院局域形成一个热点，告诉大家：我从非洲带回一部散文集。

11点30分，收到志红短信，我就打电话回去，询问老父亲的体温情况。听志红的语气，老父亲的精神负担似乎甚于病情加重，肝功仅轻度异常，看到化验单上出现红箭头较多，心理就紧张。不管怎样，还是让老父亲明日去看一下。

2013年12月9日，周一，阿克拉

凌晨4点44分被电话铃声吵醒。一看是志红来电，赶紧回拨电话。原来殷编辑给她打电话，商量关于封面设计署名问题。如果署女儿名字，则立即告知殷编辑，因为下午下厂印刷。我想，这没有什么不妥。封面设计略图是女儿画的，女儿做了很多工作，署名没有问题。出版社如此处理，也是尊重知识产权。这样散文集就变成了我和女儿的合作作品，真是机缘巧合。这应是女儿公开发表的第一件作品。

10点20分，与老彭一起出去。先去克里布医院送个文件，后到丰收超市买蔬菜。路上顺畅，10点47分到丰收超市，发现没有什么叶菜，最后买了些蒲瓜、芥菜、黄瓜、大白菜等，花了78塞地。又转到Lara超市，买了葱、几颗包菜及黎巴嫩饼，花了31塞地。然后就回驻地，林大厨已做好饭。将饭菜端到房间时才11点50分。

午睡1小时，醒来15点。上天台晒了会儿太阳，回到房间，见女儿在网上，就征求其对封面设计的看法，她认为还行。

2013年12月10日，周二，阿克拉

6点30分醒来，见到志红的短信：
越看你的文章越觉得有趣，越觉得精彩。
哈哈，这是恭维我，受用！
10点，顶着烈日走去医院。路上见到那条Dr Qu小道正在进行路面整修，别的

都是原样。到了外科楼，二楼普外手术室还没有装修完毕，一楼神经外科手术室走廊过道依然堆放着那些尚未启封的木箱。他们说10月份可以完成手术室装修，而我早就认为那是个梦想。

我将一串颈椎干骨标本赠送给Mawuli，作为共事两年的纪念。那是我在攻读解剖学博士学位时亲自制作的，很有意义。Mawuli欣喜若狂地接过标本，在加纳获得真正的人体干骨标本是非常困难的。我相信，这标本对他的今后工作很实用，而且他肯定会记得我这位中国医生朋友。

然后，我又将自己主编的《脊柱内固定学》中文书赠送给Dr Wepeba，在扉页上亲笔题写："To Dear Dr George Wepeba"。我邀请Dr Wepeba来年到中国访问。如果成行，赠送他的还是一本书，不过换成援非纪实散文集。那时，他一定会明白，为什么Dr Qu在等待手术时，都坐在那里不停地写作。Dr Wepeba拿着这本厚厚的全中文书籍，有点得意地向周围人展示了一番，并希望能把它译成英文。我曾给Dr Dakurah赠送了一本《脊柱内固定学》。现在又送了一本给他，这表明我珍视我们之间真诚的友谊。Dr Wepeba知道我即将结束任务回国，提议找个时间欢送我。我感谢他的盛情，但是婉拒了。

完事之后我走回驻地，好长时间没有这么走路、晒太阳了，感觉到一种舒坦。可惜好景不再，好梦不长！

回来房间，给家里打个电话，志红接的。没讲几句，就请老母亲听电话，赶紧追问老父亲体温降下来没有？人感觉如何？并嘱咐其不要把心思花在看化验单上，自我感觉好就行。本来就是转移癌，天天看检查，没有一次会正常，而且还会越来越不正常。如果整天操心这个，那就没有好心情。何必呢，人不应该这么活着！而应是高兴、快乐地过好每一天。

2013年12月11日，周三，阿克拉

上午登录医院网，见到散文集出版通讯稿已刊。不过，文中展现"南方医院医生的真正风采"改为"援非医生的真正风采"。宁习源处长有头脑，不愧搞宣传工作的，很注意小节。

白天清点公物及收拾行李。18点30分，林队来到房间，知会晚上会议内容，主要是年度考核及下周的工作安排。

19点30分，在会议室开会。看到下周的工作安排，第3批援加纳医疗队将于14日（周六）到达加纳。按照整个交接安排，时间比较宽裕。我们将于22日（周日）

乘坐荷兰航空KL590航班离开加纳，在阿姆斯特丹转机KL1229航班至巴黎。允许每人托运两件行李，每件23公斤，随身行李10公斤，不得带违禁品。专门下发一份承诺书，让每个队员亲笔签名。接着进行年度考核、评优什么的，我不是太感兴趣。

2013年12月12日，周四，阿克拉

10点30分，到老彭那里，见老彭已完成一幅油画，系布苏阿海滩情形，几个非洲人玩沙滩足球。我上前索赠，老彭说已答应他人。我说："谁先下手就归谁，现在就卷走。"油画上有老彭的签名，作为援非纪念品收藏。感谢老彭！

11点40分，给家里打电话，老母亲接的。老父亲体温已经正常，这两日感觉好许多，还在住院。志红病了，重感冒，自己躲在里屋休息，怕传染给老母亲。她们支行出现了流行性感冒。我告诉老母亲说："深圳医生明日晚上出发，后日到加纳，我们即将结束援非两年任务，于22日撤离。"可以清晰听到电话那边老母亲的笑声。为我牵挂的心即将放下，老父亲病情有好转，老母亲心情由阴转晴，这让我有些心安。

13点20分，门卫Tier来敲门，说有一华人来看病。下楼见到一名中年男子，系烟建集团的，来咨询一个病例。一周前该公司一加纳青年员工拆脚手架时，从3米高处，顺着钢管，摔到地下，可能臀部着地。在当地医院拍片未见异常，现在干活时却常喊腰痛，要求休息。他们怀疑其装病，所以来咨询我一下。没有见到那名加纳员工，不过听有关病例介绍，我认为还是腰肌及韧带损伤。所以，建议让其卧床休息几天，服用一些非甾体类止痛药。这是在加纳两年第一次遇到资方怀疑加纳员工装病的。

今晚是深圳医生在家最后一晚，这将是一个不眠之夜啊！我清晰记得援非出发前的那段日子，睡眠不错。临走前一个晚上，谢绝了叶深溪同学的邀请，好好睡它一觉，然后进行长途飞行。其实，有时候自己心理压力和负担还不是很大，家人们承受的压力和负担更大。当兵多年，有一个习惯，就是把自己能做的事情都做了，然后无牵无挂地走向远方。不过，好像达不到那么潇洒，总有一分感情，要深深地埋在心里头。祝愿深圳医生明日旅途顺利。

2013年12月13日，周五，阿克拉

早上起床后，上天台晒了会儿太阳，驱除身上寒意。然后，将陪伴一年半时间的背囊冲洗了一下，然后用脚踩洗，等干了后装箱去欧洲。那双穿了一年半时间的骆驼休闲皮鞋，亦完成援非使命，送到楼下Tier房外。毕竟破旧，不好意思说送人，就说扔了，人家爱收就收。

10点，与老彭一起出去买菜。这是两年援非最后一次买菜。老彭说："还有一周时间呢。"我说："林大厨有交代，买些白菜、西红柿之类能久放的，叶菜就算了。可支撑一周。"我们再Lara超市买了葱、包菜、西红柿、土豆及黎巴嫩饼、一盒金树巧克力，花了95塞地。然后去买了3排鸡蛋，花了36塞地，一排12塞地。刚到加纳时，一排（30枚鸡蛋）为6塞地，离开加纳时，物价翻了一番。我们最后到丰收超市，运菜车没到，有什么买什么，辣椒、中国包菜、四季豆、西红柿、葱等，花了90塞地。这样，有肉菜和鸡蛋，有蒲瓜、包菜、西红柿、土豆、洋葱、南瓜等，下周基本可以满足，因为有好几顿大餐在等着我们。我自购2块黎巴嫩饼、1小包面条、2小包西红柿、3枚鸡蛋，以及2盒牛奶、1盒果汁、3包饼干等，够我后面9天时间的早点和加餐。13点40分，回到驻地。

12点多，给志红打电话。志红感冒还在持续中，已经有支气管炎表现。我叮嘱志红，赶紧买一些抗生素及镇咳宁服用，千万别硬撑。另外通报深圳队今日出发，现在可能已在机场候机，我们的使命即将结束。志红说："现在会不会很兴奋？"我说："兴奋谈不上，但干不了实事。看看电视、电影可以，无法看书，不能写作，晚上睡眠有点紊乱。"可能生物钟就调成这样了，人一松懈下来，就有点失调。

21点22分，又开始刮风、打雷、闪电，接着下了半小时大雨。比较少见，好像去年这个季节没有这么多雨。阵雨后，明日天空会更加蔚蓝，非洲以清新脱俗的本来面目欢迎我们的后来者。

2013年12月14日，周六，阿克拉

今日由深圳市组队的第3批中国医疗队将抵达加纳。据报道，这批医疗队员平均年龄43岁，有3名正高、2名博士。在队员成熟度方面与本队相当。

11点，门卫Tier上楼说，有位加纳医生来访。我赶紧穿衣下去，原来是Dr Dakurah来到驻地。昨晚Dr Dakurah曾给我打电话，但这几天我除了拨打出去之

外，手机就扔在一旁，所以没注意到来电。原先我告诉Dr Dakurah月中离开加纳，今日专门前来找我确认时间。我表示歉意，并说下周会去向他告别，却没想到Dr Dakurah亲自过来了。Dr Dakurah很客气地说："很想让你多给年轻医生演示一下手术技巧，但最近手术室装修，没有开展更多手术。"我说："我们已经建立很好的友谊，为将来合作奠定了良好的基础。相信以后会有机会！"Dr Dakurah亦提起，我前几日赠送Dr Wepeba一部专著和Mawuli一串颈椎骨性标本的事情，他想盛情邀请我们下周一起去他家里聚聚。我想下周见面后再定。

我非常感谢Dr Dakurah的关心以及提供的协助，也庆幸我们之间能建立良好的友谊，让我的援非工作超乎寻常的顺利。Dr Dakurah是一位很真诚的医生，Dr Wepeba和Mawuli也是如此。我想，这种友谊要保持下去。

13点，收看嫦娥三号软着陆月球表面的直播。为祖国的科技进步感到自豪！

14点30分，第3批医疗队终于到达驻地附近的酒店。9月份在广州跟这些队员见过一面，今日大家的精神都不错。其实当医生的，适应能力都很强。

晚上给志红打电话，关心其身体恢复情况。志红说："满嘴都起疱疹了。"我说："那可惨啦，过两周到机场接人，人家一看，显然心火上炎、阴阳不调嘛。"志红说："本来嘛，让他们也去援非两年看看。"志红又说："在医院商场入口，见到了冯岚制作的海报，效果挺不错的。"我说："这是传统的宣传手法，不能少也不能缺。"志红说："确实不错，想得比较周到，现在就等待新书到来。"我开玩笑道："可能下周就可以见到书了，放在家里，以后我们家送礼就是送书。一本散文集可以换两只老母鸡，就靠它来养家了。"惹得志红哈哈大笑。志红说："散文集内容以及写作都不错。"我说："封面设计也漂亮，此书绝对不会寒酸，拿得出手。现在读读自己写的东西，有时都会热泪盈眶。"我们聊天时，我常常会自夸一下，志红说这属于典型自恋。志红说："11人一起踏上非洲土地，最后就你带回来一本散文集，这就是不一样。"志红告诉我，老父亲已经出院，住在家里。我叮嘱道："千万要小心，别感染感冒，否则后果严重。"志红说："放心吧！已经很注意了。"

越到关键时候，事情会越多。

2013年12月15日，周日，阿克拉

9点30分，在中国医疗队驻地"蓝屋"三楼会议室，举行新老队员见面会。我将库存的那瓶5升意大利葡萄酒拿到会议室，供大家一起分享，酒水一定会比茶水有感觉。第3批医疗队中，除了一名放疗医生来自广医肿瘤医院外，其余新队员均

来自深圳。新队长姓鄢，1962年出生，原籍湖南，亦系骨科主任医师。

见面会仅持续半小时，主要由林队介绍这几日的工作安排。见面会后，新队奉医生来到我房间，我们又对饮数杯。新队操医生说，他准备写"援非日记"，现在已经写了3篇，供局部分享。我说："那很好。最好不要急于公开发表，因为许多想法、看法在早期都不是很成熟，甚至有误解，要先放一下。"

11点30分，我给老郝打了个电话，请老郝安排晚上小型聚会。18点，我和老彭一起，开车接上新队鄢队长（骨科）及陈医生（心血管内科）、来医生（泌尿外科，党支部书记），到城市花园参加老郝的私人宴请。

鄢队长不吃红肉，其妻子挺担心这点，所以见到桌上摆满河虾、石斑鱼、姜葱炒蟹等，赶忙拍照。鄢队长说："要发回给妻子看看，不用担心在加纳没吃的。"鄢队长妻子是兰州人，与老郝同乡，所以又多了个话题。老郝与中国医疗队有缘，也很讲情谊，所以我出面安排这次聚会，并介绍他们认识，希望这种友谊继续保持下去。中国医疗队工作除了援非之外，尚有服务使馆人员、中资机构及华侨华人等使命。

我说："鄢队长等来到加纳之后，第一顿接待餐由中国人宴请，这很有意义，说明我们有广泛的群众基础。"气氛热烈、友好，所以我们喝了不少酒。老郝拿来的白酒是安徽产的，喝完之后我们又喝了啤酒。

我说："最大的问题是安全。没有安全，什么都是白搭。这个警钟要长鸣。"鄢队长说："来前领导交代也是两点，人身安全和医疗安全。"对于今后的工作，他们肯定有不少想法。祝他们一切顺利！

新队到达，我们的任务结束。我相信，第3批医疗队一定会更好！大家兴致勃勃，酒喝挺多，说的话也很多。

2013年12月16日，周一，阿克拉

10点30分，我打印《心儿向着远方》散文集封面、扉页、代序及后记等内容11份并装订，拟分送新队、经参处及其他中资机构，作为纪念。下午自行理发，留下典型的非洲发式。周五加纳卫生部举行迎送仪式，留影要有援非特色，那是最好的援非纪念。

晚上欣赏《黄河大合唱》。以前只熟悉"保卫黄河"，此次完整地观看了一遍，依然热血沸腾。

见到女儿的留言：

你知道！人就是这么奇怪！上次编剧的工作累死我，这次又接了个策划的工作，我觉得我接下来3个月可以直接去死了……

予以跟帖：

跟我一样。写完一本书，发誓打死也不干了，但是又出了一本啦。这不是奇怪，是追求。没干过的，就要去尝试一下。

意犹未尽，又添加一句：

有其父必有其女。

2013年12月17日，周二，阿克拉

凌晨4点30分，不远处清真寺祷告声准时地传到耳边。两年前刚到加纳时，觉得这些祷告声扰人清梦，后来渐渐习惯了。再后来睡眠质量提高，很少大清早醒来去欣赏这些祷告。只有偶尔睡眠紊乱，才静静地欣赏一番。今日却感到这些祷告声让人心情逐渐平静。

今天我给冯岚发邮件，告知其我将于12月31日回到广州，下飞机后先帮忙找个吃夜宵的地方。我要好好吃顿海鲜大餐，这是回国后要完成第一件事。8点15分，我收到宁习源处长的短信：

学校定于12月26日召开新年师生同乐晚会，真诚希望得到远在非洲的瞿教授校友对母校师生的视频祝福，最好展示一下非洲特色，望百忙之中帮助录几句简短的录像，20日前发给我们。越快越好，学校比较着急。谢谢！

按照工作安排，上午9点，我带新队膳食组队员出去熟悉环境。由Oxward驾驶尼桑车，我带着来医生、陈大厨、罗医生（中医针灸）、袁医生（放疗）等人一起出去。我们先去的Marina购物中心。此处购物环境不错，商品琳琅满目，食品种类齐全；再去的Osu的长城商店和丰收超市。阿克拉的牛肉品质好，不吝推荐。11点30分即返回。

路上，新队员谈起初步感受，觉得阿克拉的生活条件挺不错的。我也谈了我的想法：在物质及生活条件上，加纳应该不会差。只是大家初到此地，什么事情都觉得有新鲜感。对于我们医生来说，有些东西容易适应，但心态调整要有一段时间。目前医疗队有水、电、网络，那就可以了。吃啥、喝啥，以后大家自己去调节。路上堵车严重，也让他们提早体验一下阿克拉的拥堵。13点，我们才回到驻地。

16点，我们出席使馆经参处会议。会议主题是欢送第2批医疗队援非任期结束，欢迎第3批医疗队来加纳援非。高文志参赞及秘书牛韬出席。

林队总结了这两年第2批中国医疗队的主要工作。老队员讲了援非的体会、收获以及忠告。新队员也讲了到达加纳2天的感受。

轮到我发言时，我就讲了两点：第一，是对新队的建议：一要保安全，二要充分尊重加纳方，三要搞好与同事的关系；第二，总结个人援非心得。经历难得，收获良多，至少有一点，把身体调养一下。当然最大的收获是出版了一部30万字的援非散文集《心儿向着远方》。然后，我将复印件呈送高参，他翻阅了一下，颇感兴趣。

最后高参总结发言。高参高度赞扬了我们这批医疗队，说我们特别讲团队精神，特别有战斗力，为国家争光。也寄望新队，在已有基础上，取得更大成绩。不过，高参也谈了自己的看法。现在只签一年，一年一轮换，他认为这不利于开展工作。

18点15分会议结束。然后移师翠竹园中餐馆，席开三围。龚建忠大使及夫人、高文志参赞及夫人王老师、牛韬秘书出席晚宴。主桌仅8人，大使及夫人、参赞及夫人、鄢队长与来医生、林队和我。我亦呈送大使及高夫人散文集复印件。龚大使嘱咐我回去后一定要记得赠书。大使明年3月2日满任期归国。高参本来明年亦到期，但可能延期任职，推迟半年退休。

宴会开始前，龚大使致辞，主要讲述中国与加纳之间的传统友谊。

新老队员首次聚会，都挺兴奋，不知几时返回。

2013年12月18日，周三，阿克拉

一早醒来，脑袋虽清醒，仍有宿醉感。见到志红短信：

由你制造的宝贝"第一胎"《心儿向着远方》已送到家里！

终于在结束援非任务前，我的第一部援非散文集如期出版，可喜可贺！

8点许，给家里打电话，老父亲接的。老父亲说，现在体温正常，胃不痛了，吃东西也正常，就是睡眠差点。另外，廖主任已安排于23日住院，继续化疗。那好，就按照廖主任的安排办！老父亲说："今日书已送到，质量不错。"老母亲在旁插话说："真是好事临门啊！"老父亲又说："钟院士评价很高，说你是他的研究生。"我说："这是老师对自己学生的最高评价。"老父亲是老师，我也是老师。我又向老父亲自吹自擂一番。老父亲说："别太吹了。"我说："没做到的，叫吹牛；做到了，爱怎么吹都行，这是实事求是。"我明白这部书为老父亲带来的快乐无可比拟。脊柱专业的书，他看不懂，但他可以读懂这部散文集，毕竟他是师专中文系毕业的。

但愿老父亲心情高兴，能延长时日。天下父母都以孩子的快乐为自己最大的快乐。

11点40分，想尽早一睹新书的风采，遂发起视频聊天，无奈网络不行，只好给志红打电话，让她介绍"第一眼"感受。志红说，非常不错，封面色彩清晰，图片精美，纸张很好，那些工作照片效果也好。封面设计署名为女儿和另一人，属于联合署名，这也充分尊重了女儿的创作权。这部散文集的出现，为家里添加了不少喜庆气氛。聊了半小时，笑声不断。

16点许，穿上加纳传统服饰，走上天台，请老彭协助录制视频。远处背景是蓝天白云，中近处是阿克拉贫民窟，再加上典型服饰，一头短发，非洲元素十足，看上去就像非洲酋长，不过人肥了点。我就说了一句话：

我是南方医科大学首位援非医生瞿东滨，我在非洲加纳首都阿克拉，祝全校师生新年快乐、身体健康、万事顺意。

视频大小17M，花近20分钟，才发到大学宣传部邮箱。

17点40分，由Oxward开车，新老队员一行8人前往皇上皇中餐厅，参加江西国际的晚宴。路上花了1个多小时，19点到达餐厅。江西国际办事处杨主任、老肖副主任等8人出席晚宴。

我与江西国际的交情颇深，相互之间很随和，也希望大家把这种友谊保持下去。我们喝的是葡萄酒，吃的是海鲜，聊着轻松的话题，感觉很舒心。我说，今年我临时回国时，受邀给第3批队员介绍加纳情况。没有一个苦字，大家似乎都不敢相信。现在到了加纳，大家就知道了，事实就是如此，比想象的要好。国内很多人没有到过非洲，一直对非洲有种误解。所以，我希望大家深度感受非洲，享受非洲的生活，看到非洲的好，认识真正的非洲。人生有这段经历，那是千金买不来的！

老肖主任说，我们在非洲的员工都很年轻，好多人在这里增加了阅历、长了见识、多了本事。几年后回国，都能谋到很好的工作（他们是按照项目招聘来的，项目完成了，就回到国内），无论在生活和工作方面都会很不错。我说，这就是非洲的历练！只要吃过非洲苦的人，就会懂得去珍惜那些本来就是很美好的东西。所以，我很佩服那些很早就来非洲谋生的年轻人。

老肖主任说，下午公司员工把"从此路不再漫长"散文给他看了，写得很好，尤其小康经理那些篇幅，很感人。感人的故事是他们创造的，我只不过以笔记录他们的故事。这时，我突感受到写作的真正快乐所在。

晚宴到21点结束，非常感谢江西国际的朋友。

2013年12月19日，周四，阿克拉

8点许，第3批医疗队膳食组队员来驻地见我。我毫无保留地讲了我的体会。整个医疗队，最辛苦的活是买菜，付出最多的是膳食组，事情最多、最苦、最累（堵车），而且风雨无阻。我们这队最初安排4人，后来林队和老彭也加入了。这么多人买菜，还觉得很辛苦，而且最没成就感。你为病人服务，人家会感激你。你去买菜，时间花了再多，也累得够呛，似乎没人会感激你，甚至是吃力不讨好。所以，负责膳食工作就需要有思想准备，否则心理就不平衡。

我对他们说膳食工作就是保证大家基本的膳食需求。那就是一日三餐荤素搭配，食材新鲜，保障饮食安全。至于大家要吃好，可以将伙食费节省一些下来，发给大家，让大家自己去调节。

与他们交谈结束，我就开车出去购物。先去Shoprite购物中心。我买了巧克力、曲奇饼干、咖啡及葡萄酒等，花了308.20塞地，作为明日与Dr Dakurah及护士道别的礼物；又到Marina购物中心，在Outlet Italia买了2个钱夹和一个真皮女包，钱夹是GF Ferre和Galliano，女包是Just Cavalli，都不是大名牌，花了1730塞地。还买了个Govenchy女手提包（小），花了627塞地；再到Osu的Daviva店，买了6条真丝丝巾，支出480塞地。这一趟共支出3150塞地。口袋里仅剩余75塞地，留作机场行李打包及餐费。

18点30分，新老队员一起去Movenpick Hotel吃自助餐，由中地公司丰总做东。到了那里，丰总还没来，我们自行开吃，反正是自助餐。酒店的自助餐，品种丰盛，但我不敢吃多，吃了2个小面包、1个鸡块、1个鱼块、3个小寿司，再加2碟青菜，就够了。

大家一起开心聊天。老彭介绍了他在莱索托援非的情况。老彭说："南非那里好啊！"我说："我们在广州时，你就说非洲好；我们在西非时，你就说南非好。反正哪些地方我们没去过的，你尽说好，纯粹吊我们胃口啊。"有老队员说："我们刚来时感觉也是很新鲜的，等到那日下午目送上批队员离开，寂寞和孤独感一下子来到身边，顿时感到心里凉飕飕的。等过几天，新队员们一定也会有这种感受。"这一点，我也向他们吹过风，寂寞和孤独才是援非的第一课！

21点30分返回驻地，我接到Dr Dakurah电话。我告诉他，明日早上会到病区，向他们道别。因为时间紧张，不能参加他的欢送宴请，谨表示衷心感谢。

2013年12月20日，周五，阿克拉

9点换穿藏青色西服，请老彭开车，一起去医院。携有3包礼品，分赠Dr Dakurah、神经外科病区、手术室。到了神经外科病区，遇见Dr Dakurah和病区护士长，寒暄了几句，将礼品奉上，祝福奉上："Merry Christmas and happy new year!"病房护士长回赠礼物，系加纳男士服饰。非常感谢他们两年来的关心和帮助！祝他们幸福快乐，期待将来见面！

9点55分，在同学群和科室群中留言：

我将于本周日撤离加纳，完成两年援非任务，飞往巴黎。衷心感谢各位同学（同事）的关心、支持和帮助。祝大家圣诞快乐、新年幸福！Merry Christmas and happy new year!

10点45分，与林大厨一起步行到酒店。我穿着西服正装，披上Dr Dakurah刚送我的那条加纳领带，很有非洲特色。

迎送仪式的开始时间，最先通知是11点，后来又说是11点30分，我从来没把这时间当作一回事。我知道，在非洲，时间不算什么，一切都在改变之中。能做的，唯有等待。

到了13点多，还在等待中。我饥肠辘辘，就先喝点饮料，又吃了甜点。见到台面上有黑方威士忌，我就问："我能喝点黑方吗？"获得点头同意，那我的时间就好过了。我让服务员开酒，倒了一杯加冰黑方，吃上一块鸡块、2片烤猪肉，外加1个卷饼。只要有威士忌、黑方，至于吃什么，好像无所谓。好长时间没有喝黑方了，今日一喝，感觉十分爽快。人生就是这样，有时就要靠酒，让自己感觉到这世界并不是那么艰辛。

14点正式开始迎送仪式。加纳卫生部部长与副部长都没来，来的是大司长。克里布医院CEO刚上任，也来到现场。仪式开始后，首先由克里布医院新CEO致辞，然后林队致辞，接着新队长致辞，最后高参讲话。高参讲话比较激昂，从友谊、交流、合作等讲起，讲得不错，很有人性化。致辞结束后，给老队员颁发克里布医院的证明文书。接着赠送由房东Susan准备的礼物，一条加纳领带或者绶带，还有一套西餐桌布。我取下Dr Dakurah赠送的加纳领带，再让Susan披上绶带，一起与加纳卫生部大司长合影。最后新老队员一起合影留念。简单、简短的迎送仪式到此结束。

15点30分回到驻地。在科室群及同学群里，发了两张今日照片。一张背景为欢迎仪式上的个人照，一张为克里布医院的工作证书。配上自己的感慨：为了祖国，

我无怨无悔！确实如此。

17点30分，新老队员前往Golden Tulip Hotel（郁金香酒店），参加国开行的自助餐宴请。中午喝了几杯黑方，脑袋还在晕乎，我就不去了。18点下楼拿个蒲瓜，煮一锅面条，填饱肚子，再清静会儿。

19点，再读自己的散文集，又潸然泪下，最近容易动情。两年援非生活全部凝结在散文集中，恍如昨日。假如没有这部散文集，我的援非或许就是浪得虚名。现在可不一样，我钦佩自己的，不是援非，而是这部散文集。读着自己散文，就睡着了。听到外面有嘈杂声，醒来一看21点25分，晚宴后老队员刚回驻地。

2013年12月21日，周六，阿克拉

6点30分醒来，就上天台晒太阳。在加纳旱季里，天空是灰蒙蒙的，阳光没有那么强烈，撒在身上同样暖洋洋的。要抓紧时间晒太阳，那是非洲的太阳，以后可能不再有此机会。

9点许，步行到Unique Palace Hotel，与几名新队员聊天。援非期间，希望他们相互协调，步调一致，愉快地生活和工作，而不要相互掣肘。每人有分工，把自己分内事做好，少操心别人。有新队员问起："在医院内如何与加纳医生相处？如何开展工作？"我介绍个人的体会。能干的事，一定干好，干不好的事，不要去干。人家是大学教学医院，水平并不差。大家不要有太高的期望值，走一步看一步吧。

15点，上天台晒太阳，这是最后一次光着膀子在非洲晒太阳。一边享受着热烈的阳光，一边回想这两年的非洲生活，感慨万千。记得在"寂静的山谷"中写道，会享受，到哪儿都能享受。在这个屋顶天台晒太阳，不仅享受非洲日光浴，还收获《在非洲晒太阳》一文，这是一种境界啊！往事不再，幸有这部散文集，幸有笔耕不辍的"援非日志"，依稀可以寻觅曾经的足迹。这次晒太阳有点贪婪，17点才回房，冲个热水澡，遍体舒坦。

18点，乘车去玫瑰园中餐厅。路上虽有拥堵，但仅花了1小时就到达那里。两年前到加纳后的第一顿饭也是在玫瑰园中餐厅，却在路上花了3小时，依然记忆犹新。今日是中铁五局宴请，唐总主持，随队何医生及办公室许主任作陪。由衷感谢中铁五局，吃了他们好几头猪！

回到驻地已21点40分。夜色那么宁静，一切都在淡淡中度过。援非两年结束了，该干吗干吗。换句话说，缤纷斑斓世界，各自憧憬未来。

啊，加纳的最后一夜，最后一觉。

2013年12月22日，周日，阿克拉

注定昨晚是个不眠之夜。

6点50分起床。7点审稿《中国脊柱脊髓杂志》1篇稿件，这是援非生活中最后1篇审稿。

8点50分，走上屋顶天台，再晒会儿非洲的太阳。如说非洲有什么让我如此痴迷，那就是非洲的阳光——阿克拉的阳光。抽空给女儿打个电话，询问近况如何。那个Cavalli（卡沃利）包是否喜欢？女儿说："喜欢那个GF Ferre（吉弗）钱夹。"我问："是否买块比较威猛的CASIO（卡西欧）手表？"女儿说："购物时先发个视频看一下，不要乱决定。"一年没见到女儿了，回国后要去慰问一下这个海外游子。

午餐以饼干和巧克力对付着。下午早早收拾行李，将房间移交给新队鲁医生，就到楼下候车。晚上办完行李托运后，在机场附近的肯特基餐厅吃了个巨无霸，这是在加纳的最后一餐。

加纳时间21点50分，荷兰航空KL590航班从科托卡国际机场起飞。我将手贴在飞机舷窗上，向夜色中灯火通明的阿克拉告别。走啦，两年非洲生活就此结束，心儿永远向着远方！

2013年12月23日（周一）至2013年12月30日（周一）

随第2批援加纳中国医疗队经欧洲回国。8天欧洲行程，走马观花似的游览了法国巴黎、比利时布鲁塞尔、荷兰海牙、荷兰阿姆斯特丹、德国科隆、德国波恩、德国特里尔、卢森堡等多个国家和城市。安排景点众多，似乎要为这些非洲生活两年的人们提供一顿饕餮的大餐。只是疲于旅游巴士来回奔波，又念着"食在广州"的诱惑，难有更多雅致徜徉于欧洲文化之中。

但多年以后，我一定会记得，有一年圣诞节是在巴黎度过的。

2013年12月31日，周二，广州

北京时间18点30分，我乘坐法航AF102航班安全抵达广州白云国际机场。至此，我的援非任务胜利完成。

是日，《福州晚报》刊发我的散文《心儿向着远方》。

后记

我在非洲的写作

一

"只有路上充满回忆，心中总有一分快慰。"这是第一部援非散文集《心儿向着远方——我在加纳的援非经历》后记中的结束语。援非路上的回忆不少，并不是我的记忆没有模糊，而是我留下了一部"援非日志"。否则有超级记忆的头脑，也难堪岁月的磨砺。

2011年12月20日，受国家派遣，我作为第2批援加纳中国医疗队队员踏上援非的旅程，在加纳大学医学院克里布教学医院神经外科任脊柱外科医生。2012年1月7日，我以"发自加纳的第一封信"为题，向国内汇报我来到加纳之后的生活和见闻，这是我在非洲写作的第一篇"散文随笔"。其实这就是一封普通的国际邮件，只是被收录到散文集中，便成了散文随笔。此后，短期内写作了"与蚊子的战争""家中的水仙花""在阿克拉过春节"……这些都是我的援非汇报。来到非洲，国内那么多人挂念着我，向他们及时汇报是必须完成的工作。我想，既然援非汇报是写作，散文随笔也是写作，何不两者结合为一？随之而来的写作冲动便一发而不可收。我心里明白，援非是我人生中难得的一段经历，理当真实记录，于是从2012年2月开始"援非日志"的写作。在援非两年的日子里，"援非日志"写作便成了我在非洲生活的每日功课，其间亦写作散文、杂文随笔及医学论文等。2013年12月，恰逢新中国医疗援非50周年之际，花城出版社出版了我的援非散文集《心儿向着远方》，这是援非历史上第一部由在任中国医疗队员创作的作品。

2013年12月31日，我结束援非任务，返回广州。伴我而归的是达100万字的"援非日志"，那是在非洲的日日夜夜、点点滴滴、方方面面的原始记录。2016年6月，我的第二部援非散文集《阿克拉的阳光：一个骨科主任的援非记忆》由中国文联出版社出版。正如恩师钟世镇院士在《阿克拉的阳光》序言中写道："两年援非艰苦生活，成就了瞿东滨一段人生传奇，成就了医疗援非50余年历史上的一段佳话：在《阿克拉的阳光下》《心儿向着远方》。如此富有诗情画意的援非生活，诸君何妨一读？抑或亲自体验一番？"在这两部援非纪实散文集中，我所择取的只是援非生活的一些断面，呈现的只是援非生活富有诗情画意的一面，而我就像一名非洲导游，带着大家走进非洲，向大家介绍着非洲的异域风情、自然景观和人文历史……因为创作出版了两部援非散文集，2017年我被吸收成为广东省作家协会会员。从此我的医学生涯有了文学的滋润，这是非洲友情馈赠我的礼物。

本想以这两部散文集结束自己的援非故事，让那段非洲记忆封藏在自己的心底深处。随着时间推移，我却感受到仅仅这些援非故事总有一点缺憾，那就是我没有告诉人们真正的原汁原味的援非生活。由于种种原因，这是我能做而没有去做的事。因此，我打开电脑上保存的"援非日志"文件夹，援非生活的日日夜夜、点点滴滴、方方面面又一次展现在自己的眼前，历历在目，让我欲罢不能……这时，在我心底，油然而生一种庆幸感，我庆幸自己能在非洲留下我的"援非日志"。假如没有这些"援非日志"，我怎能去回忆曾经的两年援非时光？

当然，我更庆幸自己在非洲的写作。这是有别于我从事医学职业的写作。

二

10岁那年，全家团聚，住在父亲任教的连江第四中学校园里。在那个书籍很匮乏的年代，我却有机会与书结缘。学校有个小小的图书室，图书管理员是王瑰琳老师（后来我的高中英语老师）。说是图书室，其实就是在王瑰琳老师宿舍里，矗立着一个书柜。大概藏书就几十册，不过都是我喜欢看的小说，如《大刀记》《艳阳天》《铁道游击队》《敌后武工队》《平原枪声》《烈火金刚》《红岩》《苦菜花》《青春之歌》《林海雪原》《吕梁英雄传》《桐柏英雄》《暴风骤雨》《新来的小石柱》《高玉宝》《红旗谱》《沸腾的群山》《激战无名川》《难忘的战斗》等。我一本一本地借阅，那几十本藏书看完了，就再来一遍。后来学校图书室藏书增加，我有机会阅读的书籍更多了，但我只看长篇小说，有故事、有情节，特别令人爱不释手。诗歌、散文之类则较少阅读。从那时起，我就养成了良好的读书习惯，屁股能坐下来，书能看得进去，阅读能力日见提高。初中时，每年犯病眩晕一次，基本半学期不能坚持上课，但能躺在床上看小说。幸好那年的中考语文试卷，全部是阅读理解题，我的阅读能力让我占了不少便宜，竟然也能被录取到连江第一中学读高中。高中学习很紧张，我不敢到学校图书馆借小说看，怕老师怪罪竟然有闲心思看课外读物。所以每逢周六周日，就到校外图书室租书看。租书要花钱，所以看书要快，快读快还，尽量花最少的钱，多看几本书。这样阅读又成了我脑子休息的最佳方式。

父亲毕业于师专中文系，却是政教老师，并担任连江第四中学校长。我开始写作就是被父亲逼着，逼着写日记作文。我的写作本是个方格本，专门请陈光伙老师用毛笔在封面写上"沙砾"二字。"沙砾"是我自己起的，那是很不起眼的东西，但铺路缺了沙砾却不行。只是作为学生，生活本来就没有多少故事，脑子里亦无"胡思乱想"之念，最后日记成了"流水账"，并没有坚持下去。但模仿作文倒是写了几篇记叙文，如模仿鲁迅"一件小事"，写"我遇到的一件小事"。写完作文，就请林位强老师帮忙修改，父亲不做这事。记得有一篇写景作文"雨后彩虹"，我勉强凑了400字，便意识到写作的艰难，原因是生活体验不足、脑里词汇太缺乏了。因此，写作练习中断，意识到多阅读学习才是正途。

上第一军医大学时，只有必修课，没有选修课。读书不少，我也看起英文小说原著，并自学《大学语文》《逻辑学》等。除了完成作业，其他写作练习几乎为零。大学毕业后，我来到云南大山深处的第二炮兵（现火箭军）某导弹旅任卫生队军医。虽空闲时间多多，但单位涉密，故不宜养成记日志习惯。但阅读习惯依旧，喜欢上买书和藏书。工作这么多年，除了医学写作外，唯一一次带有报告文学色彩的作品"为了少愿的心愿"被一字不改地刊载在某市日报上。那是1998年的事，至少让我感受到有一种"跨界"的愉悦。当然，我一直没有养成记日志的习惯，只有到德国、日本短期进修学习时，方拿起笔，写下一点考察日志。然而在国外学习时间特别短暂，所以这些日志意义不大。

假如不是到了非洲，我的写作故事可能就到此为止。

三

不曾料到，我的写作在非洲掀开新的一页。

无事且做文字戏。来到非洲，可支配时间多了，闲杂事情不多，可以静心写作。当然，写的是日志，而且天天记日志：

（午休）起床后就是完成日志，把当日所见所闻、所思所想、所作所为均记录下来。援非生活并没有什么波澜壮阔，也没有什么惊人之举，比国内生活更为简单和平淡，但毕竟是人生一段经历，怎能不留下片言只语？

因此，在援非期间，事无巨细地真实记录每日的生活，并坚持到援非结束。这些点点滴滴的记录包括所作所为、所见所思，与远方的家人、同事的线上聊天、邮件（短信）往来等。这种写作，没有主题，没有逻辑，有时天马行空，有时语无伦次。

确实，在非洲练习中文写作，成为我援非的一段趣事。援非本身是一件很有意义的事，而勤耕不辍的写作也是一件很有意义的事。我想，这两件很有意义的事能结合一起，那意义会不寻常。所以我就以日志形式真实记录自己在非洲的生活，并乐此不疲。不仅记录每天的工作和生活，而且记录脑子里闪现的思想火花，而这些火花常在上下班行走的路上，或者上屋顶天台晒太阳时涌现的。正是有那一点点思想火花，使援非日志不再成为"流水账"，并有了特殊的内涵和价值。

如同科学研究一样，"援非日志"是"原始数据"，而《心儿向着远方》《阿克拉的阳光》是这些数据提炼而发表的"论文"，只不过这些"论文"以散文的形式出版。真实的援非生活有两条主线，一是简约非洲线，二是复杂国内线。那两部援非散文集更集中体现的是那条简约非洲线，而复杂国内线便难以顾及，这便是我感到有些许遗憾的原因。而这部"援非日志"对于还原那段援非日子更具意义。生活总是平淡无奇的，即使顶着援非的光环，那些生活一样是再普通不过的，如同在国内生活一样。凡夫俗子、人间烟火，那才是援非生活的本色和真实写照。援非的伟大可能并不在于在非洲做了多少事，而是从踏上援非之路那一刻起，就注定了"伟大"的字眼。只不过大部分人不能置身于这项伟大的事业，所以援非工作对他们充满着某种神秘感。真实的援非生活可从我的"援非日志"中管中窥豹。当然，这只是我的生活，并不代表其他人。

很庆幸在非洲的写作，留下了我的"援非日志"。

四

刚到加纳一月余，沉浸在援非光环下的那种荣光便消退荡尽，我一下子感受到援非生活的真情实感，扑面而来的是援非生活无聊的感受。这种无聊的生活是一种很无趣的生活，孤独、寂寞、无聊蜂拥而至。即使对我这个已届中年的人来说，也是一种无法排遣的体验。

在《无聊怎滋味》一文中，我写道：

人生总会有孤独的时候。那是身边没有人。

人生总会有寂寞的时候。那是身边没有可说话的人。

人生也总会有无聊的时候。那是整日里无所事事。

孤独常与寂寞相伴。孤独在先，寂寞于后。身边没有人，自然就没有可说话的人。其实，更准确地说，应该是身边没有亲人或者知心朋友。茫茫人海，穿梭在自己周围的不乏众生，但是有几人与自己有关呢？又有几人能真正说上几句话呢？因此，孤独和寂寞应该属于内心的体验，那是一种感觉，不一定是现实的状态。

无聊的时光中，一个人不仅整日里无所事事，而且是整日里浑浑噩噩，就像即将耗尽能量的电池。说它没电吧，它时不时又会支撑一下，不至于一霎间熄灯转入黑暗；说它有点电量吧，它总没有闪耀更多的光亮，少了许多平日的光芒。因此，无聊是一种状态，一种没有滋味的味道。

真实的援非生活就是这样一种无聊的状态，那是一种很无趣的感受。正是在这样的情况下，从记录日志开始我的写作和思考。我不能像别人那样靠运动发泄自己多余的热量和情绪；也不能沉浸在书海里（没有中文书籍），靠阅读来充实自己；更不能靠饮酒来麻醉自己，在醉生梦死中打发漫漫长夜、如梭岁月。在我的心里，只有一个小小的信念，那就是写作。因为只有在写作中，我才会感受到自己的思维不死，才会感受到岁月留下的痕迹，才会感受到心中还有一块宁静的绿洲。因此，我要努力让这个信念小火苗不能熄灭。即使再无聊再无趣的生活，我要坚持写作；因为写作，生活有了另一番情趣。

那时，我根本没有去想以后开辟一块文学的新天地。我只是觉得，在写作中，我可以找到我自己；在写作中，有另一个我在陪伴着我，与我如影相随，与我窃窃私语；在写作中，什么孤独、寂寞和无聊一扫而光，我总能以微笑面对这援非岁月。渐渐地，我从写作中发现援非生活的乐趣。那就是我做自己想做的事，我能做自己想做的事。正是如此，在2013年7月就能将援非散文结集付梓。很庆幸，假如那时候心中没有那点小火苗，可能我也无法坚持下去，那么两年的援非岁月只能留在记忆深处，只能自己回味，却不能有作品问世，与众佳朋好友共享。

所以，在《享受寂寞》一文中，我如此叙述自己在云南生活的那段岁月：

夜深人静时，耳边充满了松涛和虫鸣，心里却怎么也无法平静，辗转反侧，难以入眠。自己的追求在哪里？自己的价值又在何方？自己的道路如何前行？一个又一个夜晚，躺在床上的仅仅是自己的躯壳，心中的另一个我早已飞到自己的眼前，在自己的耳旁不停地对话着，是那么清晰，全部镌刻在自己的脑海里——

这个我说，活着就是幸福，只要不倒下，站着也是屹立；那个我说，活着就是经历，无论是苦是甜，是热血还是汗水。这个我说，生活就是从这山到那山，从山谷到山峰；那个我说，生活就是那海水、那河水，从笑看潮起潮落到坐听小河淌水。这个我说，时光就是人生的碎布，拼接好了，也是一幅精美的画卷；那个我说，时光更像田间的水车，只要不停地转动，总有一股甘泉流淌。这个我说，事业就是一个前行者的耳语，跟上也累，不跟也苦；那个我说，事业就是那一个风铃，风愈疾，铃声愈加响彻。这个我说，如果明天太阳不会升起，我们是不是与黑暗为伍；那个我说，不，即使太阳不会升起，我们也有月亮和星星做伴……

无数个夜晚，任凭思绪飞扬，任凭心与心的对话，只有心不停止思索，人生就不再寂寞。当清晨一缕阳光照进窗边，我就觉得全身舒坦、精神倍增。渐渐少了许多年轻人的浮躁，人生思路也愈加清晰，犹如修行者的涅槃，寂寞才能悟出真谛。其实，人生就是修行，没有困惑，哪有解脱；没有磨难，哪会重生！

尽管写的是云南的岁月，但何尝不是我在非洲的体验和领悟？我深深地感受到，在非洲的写作让自己愉悦，使援非生活变得更有情趣、更有意义。

五

在非洲的写作，出版了两部援非散文集，发表了加纳医学考察论文4篇，留下这部"援非日志"，还完成"关于看病的哲学"杂文初稿，也收集医学专著编写的素材。从这部"援非日志"可以看出，我每天都坚持写作，并享受着这个写作过程。

为什么现在才想起出版这部"援非日志"呢？2021年10月26日，我来到南方医科大学，走进恩师钟世镇院士办公室。前一天，钟院士再次提笔为南方医院增城院区骨科题词"乐山乐水乐众生"。此次面见钟院士，就是来取墨宝。一见面，钟院士就问道："最近有什么新作问世呢？"我愣了一下，忙回答："正在写作中。"其实，这只是一个托词、借口。每天事务性工作繁多，虽有意写作，却无法静下心来，因此写作是断断续续的，难有像样的作品可以呈现。迄今我创作出版的散文集《心儿向着远方》《阿克拉的阳光》，专著《脊柱内固定学》《医学写作美学》，钟院士皆欣然提笔作序。而我亦有幸为《我的配角人生——钟世镇学术自述》写了一篇序言。师徒之间，相互作序，已成一段佳话。钟院士时已97岁高龄，仍然关心我的写作，而自己却懈怠不前，颇感惭愧。钟院士接着言道："你不是还有压箱底的'援非日志'吗？为什么不整理出版呢？那么宝贵的援非资料，即使没有更多的文学价值，也有其第一手的史料价值。"钟院士的话可谓"一语惊醒梦中人"，即使没有"史料价值"，也是我援非的足迹，因此我决心整理这部"援非日志"并愿意公之于世。

1963年，中国向阿尔及利亚派出首支中国医疗队，开创了新中国援非医疗的历史。2023年为新中国援非医疗60周年。此时如出版我的"援非日志"，那是一件很有意义的事。尽管"援非日志"中涉及众多私密性内容，但时过境迁、事过境迁，内心已坦然，也释然。从非洲带回来的"援非日志"共100万字，整理后保留50多万字，只删减无关我援非生活的内容，而不增添我现在的认识和思考。整理这部"援非日志"，对我来说，并不是轻松的过程，而是很沉重的工作。往事历历在目，我常常百感交集。有人说，援非散文集《心儿向着远方》是一个理想主义者的壮语豪言，而《阿克拉的阳光》是现实主义者的真情告白。这部"援非日志"则不同，那是毫无掩饰地展示我援非生活的本来面目，那是一名普通中国援外医生在非洲的真实写照。

本书取名《远在加纳的足迹：我的援非日志》。确实，无论时间、空间这故事都有些久远了。我只能说，这是我的援非故事。每个人的世界是不同的，我说我的故事，而不能推而广之。而那段岁月里发生的故事，更多时候并不能以现在的眼光去评判。我现在呈现给世人的是在那段岁月，在加纳那个地方，曾经有一名中国医疗队员留下一部完整的"援非日志"。在这部"援非日志"中，有些内容已成单篇散文收录于已出版的两部援非散文集中，但为了保持"援非日志"的原汁原味，亦不进行大幅删减。因此，这部"援非日志"与那两部援非散文集一起，构成我援非生活的真实世界，也充分记录我在非洲的写作经历。

有人可能说，在这部"援非日志"中，并没有看到多么艰难困苦的援非生活。确实如此，日志写作形式只能忠实记录每日所作所为、所思所想，或简或繁，而不能过度渲染真实事件，或者倾注过多的个人感情色彩。何况，我并不是那种多愁善感的人，曾经军旅生活磨砺着我，更喜有难得援非之行，故难有心中之苦。"乐不在外而在心。心以为乐，则是境皆乐；心以为苦，则无境不苦。"所以，笔端下只有平淡的、平凡的援非生活，但其中亦讲述一些生动的中国医疗队故事。希望读者从已出版散文集《心儿向着远方——我在加纳的援非经历》《阿克拉的阳光：一个骨科主任的援非记忆》及这部《远在加纳的足迹：我的援非日志》中，走进中国援非医疗队，走进中国医疗援非事业，也希望有更多的后来者加入这伟大的事业中，有更多的后来者来写作援非的新篇章。

即便我的援非生活已远去十年，但有在非洲的写作，时至今日我仍可津津有味地讲述着曾经的故事。所以，我真的可以很欣慰地说一句：只有路上充满回忆，心中总有一分快慰。

2023年4月5日于广州增城寓所

2011 年 12 月 20 日，瞿东滨（右）启程援非，与妻子朱志红在广州白云机场合影。

2011 年 12 月 20 日，在广州白云机场欢送瞿东滨等援非人员时场景。

2011 年 12 月 19 日，第 2 批援加纳中国医疗队全体队员在广州合影（前排左 2 为瞿东滨）。

2011 年 12 月 19 日，广东省政府在广州花园酒店举行欢送会（2 排左 4 为瞿东滨）。时任广东省副省长雷于蓝（前排中）、省政协副主席兼卫生厅厅长姚志彬（前排左 5）等出席。

2011 年 12 月—2013 年 12 月，第 2 批援加纳中国医疗队在阿克拉的驻地 "蓝屋"（Blue House）。

2011 年 12 月 26 日，瞿东滨（左 1）与第 1 批队员董健文医生（右 1）、加纳大学医学院克里布教学医院神经外科主任 Dr Dakurah（左 2）、神经外科病区护士长（右 2）在驻地合影。

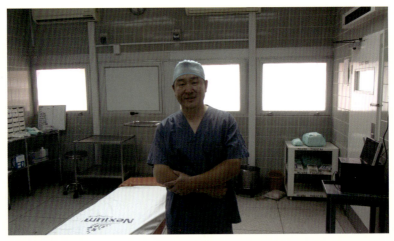

2012 年 4 月 16 日，瞿东滨在克里布教学医院神经外科手术室内留影。

2012 年 6 月 19 日，瞿东滨在手术室里阅读 MRI 资料。

2012 年 4 月 16 日，瞿东滨（左 1）与克里布教学医院神经外科 Dr Akoto 同台手术。

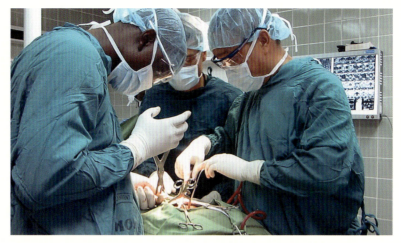

2013 年 11 月 25 日，瞿东滨（右 1）与克里布教学医院专科培训医生 Yankey 同台手术。

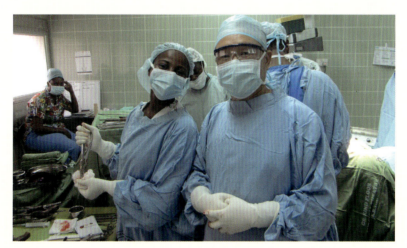

2012 年 6 月 26 日，瞿东滨（右 1）在克里布教学医院开展手术时留影。

2012 年 7 月 24 日，瞿东滨（左）与克里布教学医院神经外科主任 Dr Dakurah 同台手术。

2012 年 10 月 1 日，瞿东滨在加纳中部省乡村志愿服务时留影。

2012 年 10 月 1 日，瞿东滨在加纳中部省乡村志愿服务时与当地护士合影。

2012 年 10 月 1 日，中国医疗队赴加纳中部省开展志愿服务活动（左 5 为瞿东滨）。

2012 年 9 月 7 日，瞿东滨（左 2）在江西国际加纳项目部进行健康讲座。

2012 年 1 月 28 日，瞿东滨（左 1）与加纳友人在一起。

2013 年 3 月 30 日，瞿东滨（左 1）与加纳友人在一起。

援非期间，瞿东滨兼职"司务长"工作。2012 年 4 月 18 日，从 James Town 渔港买海鱼，返回驻地时留影。

中国驻加纳使馆、中资机构、华人华侨给予中国医疗队大力支持。2012 年 4 月 26 日，特马渔业公司为中国医疗队送来大龙虾。

2012 年 9 月 13 日，瞿东滨参观加纳中部省医院时留影。

2012 年 7 月 27 日，瞿东滨参观加纳大学并在加纳大学图书馆前留影。

2012 年 9 月 16 日，瞿东滨在加纳 Cape Coast 参观游览时在下榻酒店留影。

2012 年 9 月 16 日，瞿东滨游览世界文化遗产——埃尔米纳城堡时留影。

2012 年 8 月 26 日，瞿东滨妻子朱志红赴加纳探亲时在加纳首都阿克拉市凯旋门留影。

2012 年 8 月 30 日，瞿东滨和妻子朱志红在大西洋边合影。

瞿东滨援非期间游览西非国家多哥共和国时留影。

瞿东滨援加纳期间的写作角落。

2011 年 12 月 24 日，第 1 批、第 2 批援加纳中国医疗队交接时合影。前排中为时任中国驻加纳大使龚建忠，前排左 2 为经济商务参赞高文志，后排左 7 为瞿东滨。

2013 年 12 月 20 日，第 2 批、第 3 批援加纳中国医疗队交接时合影。前排左 2 为瞿东滨。

2013 年 12 月 20 日，加纳卫生部、加纳大学医学院克里布教学医院举行的欢送会上，瞿东滨与加纳卫生部官员合影。

2013 年 12 月 29 日，瞿东滨结束援非任务，经欧洲回国，在卢森堡游览时留影。

加纳大学医学院克里布教学医院颁发给瞿东滨的证书。

国家卫生部于 2014 年颁发给瞿东滨的援非荣誉证书。

2013 年 5 月 6 日，广东省援非医疗队先进事迹报告会在省卫生厅（今卫健委）机关举行。会后，广东省卫生厅（今卫健委）领导与报告团成员合影。右 5 为瞿东滨妻子朱志红。

2013 年 5 月 10 日，瞿东滨妻子朱志红在广东省援非医疗队先进事迹报告会上演讲时留影。